国家社科基金
GUOJIA SHEKE JIJIN HOUQI ZIZHU XIANGMU
后期资助项目

唐代文人文学传播意识研究

Research on Literatus' Communication Consciousness of Literature in Tang Dynasty

黄俊杰 著

WUHAN UNIVERSITY PRESS
武汉大学出版社

图书在版编目(CIP)数据

唐代文人文学传播意识研究/黄俊杰著.—武汉：武汉大学出版社，2018.12
ISBN 978-7-307-20142-2

Ⅰ.唐…　Ⅱ.黄…　Ⅲ.①古典文学—大众传播—研究—中国—唐代　②文人—思想意识—研究—中国—唐代　Ⅳ.I209.42

中国版本图书馆 CIP 数据核字(2018)第 075267 号

责任编辑:胡程立　　责任校对:李孟潇　　版式设计:汪冰滢

出版发行：**武汉大学出版社**　(430072　武昌　珞珈山)
(电子邮件：cbs22@ whu.edu.cn　网址：www.wdp. com.cn)
印刷:武汉中远印务有限公司
开本:720×1000　1/16　印张:30　字数:520 千字　插页:1
版次:2018 年 12 月第 1 版　2018 年 12 月第 1 次印刷
ISBN 978-7-307-20142-2　定价:98.00 元

国家社科基金后期资助项目(14FZW028)

湖北省社科基金项目(2012219)

国家社科基金后期资助项目
出版说明

后期资助项目是国家社科基金设立的一类重要项目，旨在鼓励广大社科研究者潜心治学，支持基础研究多出优秀成果。它是经过严格评审，从接近完成的科研成果中遴选立项的。为扩大后期资助项目的影响，更好地推动学术发展，促进成果转化，全国哲学社会科学工作办公室按照"统一设计、统一标识、统一版式、形成系列"的总体要求，组织出版国家社科基金后期资助项目成果。

全国哲学社会科学工作办公室

序

传播学是一门新兴的学科，但传播意识和传播现象却古已有之。早在春秋时期，就出现了“立德，立功、立言”的“三不朽”说；其后，孔子也说过类似的话：“君子疾没世而名不称焉。”梁代皇侃释其义曰：“没世，谓身没以后也。身没而名誉不称扬，为人所知，是君子所疾也。”(《论语集解义疏》卷八)尽管对孔子这句话还可以有别的理解，但因早期注疏权威性的影响，遂使得古人大多遵从此解，并在留名青史一途孜孜以求。而要留名青史，除立德、立功外，对文人而言，便是拿出自己的看家本领，从事文章著述、创作，希望借此传播名声于后世。史学家司马迁曾明言要将《史记》“藏诸名山，传之其人”(《报任少卿书》)；辞赋家扬雄也“意欲求文章成名于后世”(《汉书·扬雄传》)；魏文帝曹丕更明确声扬：文章乃“经国之大业，不朽之盛事。……是以古之作者，寄身于翰墨，见意于篇籍，不假良史之辞，不托飞驰之势，而声名自传于后”(《典论·论文》)。这样一种对个人在后世名声的重视，经过代复一代的谈说和积淀，遂成为历代文人文学创作意识中不可忽视的一大要因，也作为一种对声名湮没的隐忧，内化到他们的心理结构中去，并在隐显明暗的交叉中发挥作用。如果说，此一情形在文事渐兴的中古时期即已颇具普遍性，那么，到了诗文极盛的唐代，表现得便更加突出、强烈；如果说，在思想控制较为严格或兵荒马乱的动荡年代，这种求名意识也许会因政治压抑、生命危机而转换方向，处于潜隐状态，那么，在诗酒风流、人性高扬而较少文字狱的唐代文人这里，便无遮无拦地表现出来。他们不仅在意后世名，更重视当世名；不仅多有特定的传播对象和读者群，在创作时即形成明确的针对性，而且还借助行卷、干谒、题壁、唱和、赠别、交游等各种行为方式而刻意求名，甚至利用自己营造的文学性事件，一日之间就暴得大名。因此，要了解唐人的诗文盛况，先须了解唐人的传播意识；只有了解了唐人的传播意识，才能对唐代文学，特别是唐诗的彬彬大盛获得更深入的认知。

黄俊杰君的《唐代文人文学传播意识研究》，就是这样一部全面考察唐人传播意识的新著。该书的突出特点，在于避开了前人多从传播现象着眼的路数，而将关注点集中在唐人的传播意识上，将传播现象与传播意识结合在一起，深入探究唐人的主体心性。在作者看来，文人文学传播意识的发生本原，在于文人冀求文章名世的愿望，以及对于湮没的隐忧所具有的内在逼迫力。在基本价值取向上，文章名世受到文人名声与品行的制约，并与立德、立功、立言的"三不朽"观念密切相关。具体来说，文章名世的愿望可分为传之后世与传写四方的主观追求，其中传写四方的当时传播与传之后世的历史传播之间本具关联，不可割裂；而湮没的隐忧，作为一种心理因素的考虑，也支配着文人在文学方面可能具有的"不得已而为之"的声名传播意识。

由此进一步，作者将文人的传播意识主要分为明道、存史、弘文、诉情四大类，依次进行考察。其间或考儒佛之争、文质之变、余暇为文及裨补教化，或述润色鸿业、实录贻鉴、入史意识及其对文史关系之认知，或析崇文局面之形成、复古新变与文人传播意识之关系、锐意文墨与热衷编集之风气，或论闲适余暇之娱情、悲愁忧思之感伤、隐逸遁世之心态，从而使得文人传播意识的显、隐、潜、无等状态得以彰显，也使得整个研究的核心部分翔实而丰满。

德国哲学家胡塞尔认为：意识作为意向性的体验，具有针对于对象的指向性；意向性涉及意义行为、意义内容和被意指对象。作者以此为理论依据，对涉及文人传播意识的意义行为，如类书编纂中诗文的加入，题壁、送别、行卷、诗文征求及文字饮等社会行为中的文学传播内涵，逐一进行考察；并对文人传播意识的主要意义内容、意指对象，即他们的审美性创作与实用性创作，以及文本的指向(读者)予以分析，认为在唐代文学极盛与文人文学传播意识日益增强的背景下，文人的著述与社会行为均发生了一些新的变化；诗、赋等审美性创作形式渐趋精丽工整，其题下小序与日益增多的苦吟行为的出现，则意味着文人对审美创作在传播方面的重视；书信、壁记、碑铭、判词等实用性创作形式，也都出现文学化的倾向。而当文本指向的对象即读者发生变化时，诗、文的风格也会发生若干改变。

在对唐人传播意识与创作新变予以重点论述后，作者掉转话头，从纵横两方面考察文人传播意识形成的时代背景和社会动因。一方面，儒家传统的积淀，文学史的演进，乃是文人传播意识中存在明道、存史、弘文、诉情等因素的主要原因；另一方面，隋唐逐渐兴起的科举取士制度、雕版印刷对传抄的影响，以及佛教传布、文馆教坊驿站等方面的促发，也为文人传播意识之强化提供了充备的条件。至于文人传播意识与文人的文学史地位，其间也存在不可忽视的关联。作者运用当前社会学中较常使用的定量分析方法，对文人传播意识与文人的作品存世数量、唐代文人别集的存佚状况，以及作家传播意识强弱与其文学史地位之间的关系，进行了探索性考察，认为文人的传播意识(场)可以决定作品的存世数量，却不能决定其文学史地位；决定一位作家地位的主要因素，说到底还是其作品的品质。而换一个角度看，作为传播意识量化反映的作品存世数量，则在一定程度上拓展了一位作家被阐释的空间；大量不同风格作品的呈现，也增加了他在后世被解读的维度。

通观黄著，选题新颖，论述细密，实具独到的感悟和创意。在研究中，作者始终注意突出唐五代文学传播的主体精神，以文人传播意识作为贯穿全文的主导线索，由此形成其独特的内在理路。研究运用了不少新材料，也善于从旧材料发现新问题，经过深入爬梳，清晰展现了中国文人对文章名世、文章不朽的理解过程。以文学传播意识的存在形态言，其所概括的明道、存史、弘文、诉情四种方式，既将文学传播与传统思想、历史观念、文风演化和文人情怀相融合，又突出了文学传播的指向和目标，可以说抓住了文学传播主体意识的关键。至于对传播意识中显、隐、潜、无几种状态的体味、思考，也别具胜意，补充了学界相关研究的薄弱环节。书中有宏观的整体思考，也有微观的个案考索，后者以前者为旨归，前者则建立在后者的基础之上，二者相互结合，使得立论扎实稳健，亦具格局。譬如，将传播行为与著述活动联系起来，从中发现因传播需要而引起的文体变化，进而探求这些活动对书信、序文、判词、记体文、碑铭行状等实用性文体带来的影响，便在前人研究的基础上有新的推进。再如，通过作品数量、作品质量与文学传播意识、文学史地位等关联的对比，从文学史视角对文人传播意识与文人文学史地位的互相影响进行探讨；从留言、回复、纪事、标榜、传示、寄怀五个方面，对唐人题壁诗展开论证；从行卷所体现的文人传播意识着手，探讨其声名意识与传世观念，如此等等，均在前人已有较多成果的情况下，另辟蹊径，独标胜解。

这本书是俊杰君在其博士学位论文基础上修订而成的。记得在当年的答辩会上，评委们对该文给予很高的评价，同时也提出了若干存在问题和修改意见。对这些意见，俊杰非常认真地做了记录，在此后的几年中，进一步搜集材料，提炼观点，改订讹误，补所未备，使书稿质量得到了明显的提升，并入选国家社科基金后期资助项目。当然，因时间、精力特别是认识水平所限，一部书稿要达到尽善尽美是不可能的，俊杰也意识到了这一点，所以在结语中坦陈，书中还存在对传播意识这一概念的定义有欠明确，对唐代文人传播意识较之前代文人有何发展变化、对后世文人有何启发影响等尚未做比较研究的问题，但我想，这并不影响全书的主干和核心观点，而且留下这些问题，正可以作为他继续深入思考，为下一部同类课题作准备的逻辑起点。

俊杰书即将交付出版，问序于余，义不当辞，遂匆匆写下以上感想，既将书的内容和特点向读者作一简要介绍，也希望俊杰能以此为基础，在学问之途上继续精进。

尚永亮

丁酉初冬于珞珈山麓

目　录

绪论：域外理论的借鉴与传统史料的整合

一

历史学家陈寅恪曾云："一时代之学术，必有其新材料与新问题。取用此材料，以研求问题，则为此时代学术之新潮流。治学之士得予此潮流者，谓之予流。其未得予者，谓之未入流。此古今学术之通义，非彼闭门造车之徒，所能同喻者也。"①取新材料以研究新问题，确乎是学术的要义。发掘新材料，不仅有待于对敦煌、殷墟之类的出土文献的整理，而且有待于以新的理论视角从习见的典籍史料中发掘材料的新价值，来解决当今时代所呈现出来的新问题。这些新理论的产生，可以缘于思想家自身的构建，也可能来自域外思想的启迪。

传统中国学术历来不乏对域外理论学说的借鉴，这种文化上的交流，殷海光称之为濡化(acculturation)②。远者如天竺佛教的传入所导致的东汉以来学术思想的突变，诞生了影响魏晋南北朝时期文人思想的玄学；后来更在儒、释、道三家融合的基础上，产生了对整个中唐以后的文人思想都有巨大影响的禅宗与理学。20世纪以来，借鉴西方文艺理论作为中国文学研究的工具更成为一种重要的研究趋向。晚清民初，王国维将西方悲剧理论融入中国古代文学的阐释与研究，陈寅恪借鉴西方的种族、文化学说对唐代政治史进行考证与诠释，学衡派因西方新人文主义的引进而诞生，皆为西学东渐背景下的必然产物。此后，西方的美学、心理学、阐释学、结构主义、马克思主义等各种理论思潮如洪水一般涌入中国，对中国

① 陈寅恪：《陈垣〈敦煌劫馀录〉序》，原载《历史语言研究集刊》1930年第1本，后收于陈寅恪《金明馆丛稿二编》，三联书店2001年版，第266页。

② 殷海光：《中国文化的展望》，商务印书馆2011年版，第43页。他所说的濡化实际包含双向的影响，主体文化所受的影响，他称为文化变迁。

的人文研究形成广泛的影响。近二十余年来有关接受美学的文学批评建立在“文本”“读者”这些研究对象上，也极大地拓展了中国古代文学研究的领域。

以传播学理论来研究中国古代文学是一种新兴的理论视角。通过这种新的理论视角对中国古代的文学传播状况进行考察，深入研究媚时、独立、传播、存世、湮没等问题，不仅有助于理解中国古代文人的性情风骨，也有助于我们深入思考“文章千古事，得失寸心知”的现实意义。

中国文学研究中引入“传播”这一概念是晚近发生的事情。20 世纪 80 年代初期，传播学理论才逐渐传入中国。可是，传播学理论本身就是一种新事物，即便是作为该学科发源地的美国，它的兴起也不过才半个世纪的时间。1943 年，以衣阿华大学教授 Wilbur Schramm(威尔伯·施拉姆)创办大众传播的博士课程为标志，传播学得以确立①。传播学以人类的社会信息交流为其研究对象，它以人与社会的关系为立足点，重点的研究范围涉及传播的过程、手段、媒介，传播的速度、效度、目的等。在当今这个信息化的时代，其重要性是不言而喻的，这门学科的诞生也与时代的需要密切相关。由于传播是人的一种基本的社会功能，所以凡是研究人与人之间的关系的科学，如政治学、经济学、人类学、社会学、心理学、哲学、语言学等，可以说都与传播学相关。因此，传播学自产生以来，它自身不仅因为受到传统学科的影响而内涵不断丰富，还因为其理论上的某些特质，反过来对传统学科产生了影响，广泛地应用于人文社会科学的各个领域，成为一代之显学。

在近 30 年的时间里，传播学在中国的普及异常迅速。传播学的各种理论得到大量的翻译与介绍，传播学史上早期的奠基者如 Harold Dwight Lasswell(拉斯韦尔，1902—1980，提出 5w 模式)、Kurt Lewin(卢因，1890—1947，提出“把关人”的概念)、Carl Hovland(霍夫兰，1921—1961，将心理学方法引入传播学领域，主要从事劝服研究)、Paul F. Lazarsfeld(拉扎斯菲尔德，1901—1976，“意见领袖”概念的提出者)、Wilbur Schramm(施拉姆，1907—1988，早期传播学的集大成者，现代传播学的开创者)等人的理论逐渐被中国学界所了解。传播学的经典名著如施拉姆的《传播学概念》《大众传播学》、沃尔特·李普曼的《公众舆论》、帕克的《移民报刊及其控制》、拉扎斯菲尔德的《人民的选择》、哈罗德·拉斯韦

① [美]E. M. 罗杰斯著，殷晓蓉译:《传播学史——一种传记式的方法》，上海译文出版社 2005 年版，第 1 页。

尔《社会传播的结构与功能》、霍金斯的《自由而负责任的传媒》、霍夫兰的《传播与说服》、维纳的《人有人的用处：控制论与社会》、麦克卢汉的《理解媒介》等也渐为国人所知。

如今，传播学不仅是一门学科，而且成为一种理论工具，在中国古代文学研究中的运用如火如荼。仅就中国知网所收录各类论著来看，中国古代文学中的传播研究，其内容已经涉及中国古代几乎所有的重要作家与作品。作品如先秦时期的《诗经》《楚辞》《庄子》，到魏晋南北朝时期的建安文学、陶诗、《文选》，以及唐诗、宋词、明清的四大古典小说；作家如屈原、曹植、李白、杜甫、韩愈、柳宗元、白居易、苏轼、黄庭坚、陆游、辛弃疾等，均有较引人注目的研究成果。对古代文学传播方式、传播媒介、传播途径的研究尤为繁夥，也体现出传播学理论重视传播过程、手段、媒介研究的独特性①。

可是，在传播媒介并不发达的古代，尤其是在雕版印刷尚未普及的唐代，文人是否就已经具备了传播的观念，拥有了文学传播的自觉意识呢？② 如果有，它又是以怎样的形态存在呢？目前，学术界对于中国古代文人的文学传播意识尚缺乏足够地关注，虽然也有研究者对唐代的白居易、明代的李东阳等人的传播意识有所探讨，对唐代诗文编集中所体现的传播观念有一定的论述，但总体上来说，仍没有系统、全面地对这一研究领域进行探索。

另外，中国的历史如此悠久，中国文学史的跨度又如此巨大，倘若不选取较典型的时段进行论述，必然因为材料的庞杂与文献的繁复而难以措手。正如英国哲学家艾耶尔(Alfred Jules Ayer，1910—1989)曾说的，我们要是无法把可入选的领域减少到易于处理的范围，就根本不能希望揭示特殊的原因和结果③。通过思考，我决定选取唐代作为本项研究的断代区间。其理由有四：(1)唐代是中国古代文学最为发达的一个时期之一，其间所产生的优秀作家和经典作品之多，以及作品传播之广，均较为突出，极具研究价值；(2)对唐代文人文学传播意识进行全面系统的专题研究目前尚属空白，本书希望通过研究弥补这一方面的不足；(3)唐代与稍后的

---

① 近30年来中国古代文学传播研究的情况可参见黄俊杰：《25年来古代文学传播研究的历程》，《文学传播与接受论丛》第三辑，中华书局2011年版，第208~221页。

② 文学传播固然可以摆脱主体的观念而存在，但毕竟自觉传播与自发传播有着极大的不同。在考察文学传播之前，先对当时文人的传播意识有所考证，是合乎研究上的逻辑需要的。本书可以视为撰写唐五代文学传播史的理论准备。

③ [英] A. J. 艾耶尔著，李步楼、俞宣孟、苑利均等译：《二十世纪哲学》(*Philosophy in the twentieth century*)，上海译文出版社2005年版，第13页。

五代时期，政治上的盛衰治乱反差强烈，在这种鲜明的对比中，文学传播意识的内涵变化较为深刻；(4)就文学传播史而言，唐代具有其他时期所没有的特殊性：其一，这个时代传播方式极其多样；其二，雕版印刷技术的出现使得刊印本逐渐取代了手抄本的传播成为可能，文学的传播更加便利；其三，因为社会的开放、经济的发展、文化的繁荣和交通的便利，各种文学传播现象也丰富多彩。

基于以上诸因素，本书将以唐代为中心，借助于相关的诗文资料与历史材料，对这个时期文人的文学传播意识进行研究分析，以为学界提供一条理解文学传播意识与文学传播现象之间关系的新途径。

二

文学传播作为一种文学史现象早已存在，并非在传播学理论产生以前就没有文学传播，如何细致、审慎地整理中国早期典籍中暗含的文学传播思想，需要研究者有渊博的学识与敏锐的眼光。譬如，孔子所说“杞宋无征”①固然是关于文献传播重要性的认识，但“辞达而已矣”②却是一种非常深刻的关于文学传播的认识与要求；“言之无文，行而不远”③，涉及文学的传播效能；唐代以来逐渐强调的“文以明道”的观念是关于古代文学传播目的的一个重要论述；中国古人对于史官、史书的重视涉及传世、传播的问题；文人们在文学形式上的追求不仅是文体自身发展的需要，也与作品传播中受众的影响密切相关；等等。阐释这些思想与现象中所蕴含的传播学内涵，也是当前文学传播研究所要解决的重要问题。

中国古代文学传播的研究，缘于当代西方传播学的兴起，它固然要借鉴西方，但又绝不能简单地生搬硬套。其研究范围虽然也包括文籍的流传(借助于版本学的考察)，但更重要的是要从文学社会学和历史学的角度，对当时的各种文学传播现象进行阐释。比如传播者的身份(史官、秘阁文馆学士、亲友、歌者)、传播的内容(当时文坛主流的创作倾向)、传播方

---

① 参见《论语·八佾》篇：“子曰：夏礼吾能言之，杞不足征也；殷礼吾能言之，宋不足征也。文献不足故也。足，则吾能征之矣。”(朱熹撰：《四书章句集注》，中华书局1983年版，第63页。)

② 参见《论语·卫灵公》篇，朱熹撰：《四书章句集注》，中华书局1983年版，第169页。

③ 参见《左传·襄公二十五年》：“仲尼曰：‘志有之，言以足志，文以足言。不言谁知其志？言之无文，行而不远。’”(阮元校刻：《十三经注疏》，中华书局1980年版，第1985页下。)

式、受众情况、传播的环境(社会环境与具体场景)、传播的效果等。这些因素的差异，往往会导致不同的传播效果，故不可将其简单地理解为作家影响的研究，作家的影响可能与传播的效果有一定关系，但二者不能等同。

文学传播研究正是要在一种社会学、历史学的眼光之下，展开从“文本诞生后”到“读者阅读、听闻到”这一过程的描述，并总结其间的模式、规律，以及这些传播规律与文学创作之间的联系，从而更深刻地了解“一代之文学”。比如，通过考察各个时期文学传播内容的变化与一般文学史叙述倾向的区别，这样就会发现“存在即合理”有其史料上的欠缺与理论上的偏差；“存在即超越”虽然可以视作经典的代名，但仍需建立在文学传播的基础上。“湮没”的本质有时与未被传播密切相关，并非一定表现为不存在。文学经典的确立有其恒定的标准，但这个标准会随着不同时代的传播观念不断更新与扩容。所以，将文学传播史、接受史的书写，纳入与现有一般文学史的比较中来，从而完成对文学史的更加深入、全面的叙述，将是传播研究不能绕过的一个重要的研究趋向，也是今后文学史书写中新的拓展领域。

考察文人的文学传播意识、文章传世观念是研究传播主体的一个重要组成部分，这一考察需要结合传播背景来研究，包括社会思潮、政策环境、经济发展等方面。比如，儒家传统思想影响下文人的传世观念；复古与新变思潮下的唐代各期文学传播作品的差异；事功心态、科举制度对于唐人诗赋创作与传播的影响等。其他如对传播方式、传播区域的研究也蕴含了广泛的历史学与社会学的内容。所以，加强对传播意识与传播背景的考察，也将是文学传播研究中一个亟待强化的领域。同时，传播研究作为当前学界的一个热点，还应该与经典研究、文学史研究、时间意识研究等热点结合起来思考，而不是孤立地加以考察，这样或许可以从理论上有新的突破。

文学传播的研究，实际是一种对文学史的重新解构。也就是说，要通过研究，能够做出一种不同于一般文学史(以文体或以重要作家为线索)的书写，要能够还原当时的传播史实，而不被后世的评论与各种主观的解读所左右。文学传播意识研究不仅要揭示其存在形态，还要揭示出它对于文学创作的影响；并要考察这类意识的内在实质(如文章不朽、文章名世观念等)，以及理解这些内在观念对于文人创作心理的影响。在这样一种研究目的之下，确定文学传播意识的思想内涵与心理底线是根本，然后由此揭示这种思想根源所表现出来的各种传播意识(形态)，再对文人传播行为、著述活动等进行相关探讨。

本书运用搜集、归纳、综合、分析史料的传统方法，力图还原唐代文学传播意识的本真形态。首先，阅读《全唐文》《全唐诗》等文献，并运用现代计算机技术对《中国基本古籍库》《四库全书》《汉籍全文检索系统》、中国知网等数据库进行检索，对相关文学传播资料进行了收集与整理，因为这是整个研究的基础。当代学者傅璇琮曾谈到文史研究中史料运用的重要性："研究文史，不管是文学史，或哲学史、史学史，其治学结构，或云研究格局，一为史观，二为史料；史观是主体指导，史料是客体基础，二者不能缺一。对史料的认识、掌握和利用，实际上还可以是对史观的推动与整合。"①这个说法是准确的，没有史料的研究无疑是一种主观的臆测。其次，在资料收集完成后，通过对资料的整理，基本上具备了对于唐代文学传播意识的总体认识，然后再依据这样一些认识来安排材料、整理思路、归纳类型，并考虑到其与传播学的关联点，使古代的史料与当代的理论工具结合起来，而不是先预设了一种理论构架后再进行材料的填充。论述中，还注意到中国古代传统学术的方法，重点对一些基本概念、关键的含义进行文献溯源，比如名行、文章名世观、意指对象、盗名现象等，使之兼具有传统札记的学术特点。

从材料上说，全书关于文学传播意识的资料，严格地从唐代文人的著述中撷取，也就是以《全唐文》与《全唐诗》及相关补编为主要底本，再酌情参校唐代文人别集，因为这些诗文才能从根本上反映当时文人的本真心态，即便如此，也还要甄别其中的真伪、谀词、遁词与反语。至于其他如两《唐书》之记载，《资治通鉴》之撰述，《唐才子传》之刻画，以及年谱、方志、笔记、诗话之考录，皆作为辅助材料，以丰富论述之笔调，不视作文人传播意识的原始语源。

在具体的撰写中，重点有这样几个关键环节：

一，文人、文学创作与文学传播意识三者关系的厘清与论述基点的考虑。人，是一类复杂的群体。根据不同的视角，可以区分为不同的类别。就中国古代而言，按照社会地位，可将人分为贵族与庶民两类，然后再据等级将贵族分为君王、公侯、卿大夫，依所事行业将民众分为士、农、工、商等。如果我们透过等级与行业的划分表象来看其本质时，发现这种划分的依据只是其劳作的内容不同罢了，尽管这些劳作在人的观念中，会

① 傅璇琮：《唐翰林学士史料研究劄记》，《唐翰林学士传论》，辽海出版社 2005 年版，第 3 页。

有高贵与卑贱之分。因此，近代德国哲学家卡西尔关于人的论述非常深刻——“人的突出的特征，人的与众不同的标志，既不是他的形而上学本性，也不是他的物理本性，而是人的劳作(work)。”①由此他认为，人的本质是永远处在制作之中，处在不断地通过自身发明的各种“符号”创造文化的劳作之中。同时，按照近代美国社会心理学家米德的观点，我们不应当根据人的意识来解释人的行为，而应当根据人的行为来解释人的意识②。具备了这些理论前提，我们在考察文人的文学传播意识时，就不再会为文人的分类所困扰。况且一位文人的传播意识并非终生不发生变化，他在不同的生命时期，可能会具有强度不同的文学传播意识(比如李白，他有时有着强烈的声名传播意识，有时又有一种较为淡泊的出世思想)。既然对于人的本质无法做出一种实体性的定义，有关人的分类也只能是一种功能性的划分，那么与其从设定的时代分期与文人分类的框架开始，不如直接从唐代文学传播意识的归纳、分类入手，再将文人根据其传播意识的类型——作为“符号”——加以分类，将更有助于对古代文人的理解，有助于对人的了解。

二，文学传播意识思想本原与内涵的确定。在确立了文学传播意识的论述基点后，就要思考与论证文学传播意识产生的思想本原。以立德、立功、立言的传统“三不朽”观作为其思想本原，作为“名行之源”的主要内涵，并由此论及文章名世观的形成与文人对于湮没的隐忧。

三，对唐代文学传播意识的存在表征与衍变形态的归类。既然对于文人不能以身份与时代先后做出其在传播意识上的区分，那么对传播意识的归类就显得尤为重要。经过对相关材料的整理，可以发现当时文人在思考文章传世与声名传播的时候，他们的文学传播意识主要可归纳为明道、存史、弘文、诉情等几个方面。这几方面，也不能断然划限，只是在文人身上表现出一种主要的倾向。比如，一些文人的文章存史观念，是为后世提供借鉴的，但所贻之鉴，却又与明道、重德等有关；再如，文章诉情的观念，有时可能并非出于传播诗文的考虑，只为取悦于人或倾诉于人，但由于情是文学中的重要构成因素，于是诉情的文章观念，无疑又能起到弘文(虽然不是作者本意)的作用。另外，文人的“名

① ［德］恩斯特·卡西尔著，甘阳译：《人论》，上海译文出版社 2004 年版，第 95 页。

② ［美］乔治·H. 米德著，赵月瑟译：《心灵、自我与社会》，上海译文出版社 1992 年版，“译者的话”，第 2 页。

世观念”与“遁世之心”，有时会共存于某个人的身上，但在不同的人生阶段会表现出不同的倾向，这个时候，就要看一位文人主要的意识倾向。当然，这四个方面的划分，是否能涵盖唐五代时期文学传播意识的全部，也是需要进一步检验的。

四，结合材料安排传播行为、著述活动、时代背景、社会动因等章节。有了对文学传播意识的归类以后，文章的关键枢纽得以构成，其他章节便将围绕这四个方面来展开，在论述分析时也就具备了针对性。同时，在几个部分的构架形成之后，根据准备论述的内容，结合掌握的材料，寻找出一个个可以考察的关键点，由此来带动思考，形成观点。

五，将文学传播意识与文学史联系起来思考，以彰显传播研究对于重新认识与重新书写文学史的意义。在这种关联思考中，充分运用人文计量学的方法，将抽象的观念、意识予以量化，使之具有可分析性，从而完成传播意识对文学史地位影响的论述。当然，运用这种方法分析的结果还有待检验。同时，还运用版本目录学的方法，对唐代文人文集的存佚情况加以考察记录与比勘。

总之，本书希望能够充分借鉴已有研究成果，运用传播学理论与传统历史考证相结合的方法来进行研究。以文学传播意识为中心，并由此切入唐代文学史，以期客观真实地还原唐代文学传播的总体状况，同时掘发出这些文学传播现象背后蕴含的理论意义。论文突出对文学传播意识的阐释与总结，对于诸如传播方式、传播效果、传播场所等内容，不单独列章，而是穿插在对传播主体意识演变的论述之中。

三

从某种程度上说，古代文学的研究属于历史研究中的一部分。历史问题本身存在很大的可质疑性，在对以往人物(包括他们的思想意识)、事件的描述中，“想象的历史”是允许存在的。但这种“想象的历史”应该具有自己存在的依据，这个依据包括一定的基本史料和事件本身在当时发生的合逻辑性(即余英时所云“内在理路”)，而后者显得尤为重要。想象历史的目的与意义在于揭示人物、事件在当时的或然状态，此状态在一般史的叙述中属于空白。合理的填充需要历史的逻辑，想象的历史与实证的历史一样，均是为了最大限度的指向真实。

唐人张柬之曾说：“善言古者必考之于今，善言今者必求之于古。”①中国古人的文学传播意识，是早已有之的。美国图书馆学家谢拉认为，“没有传播便没有社会，没有一定形式的文字记载和保存这些文字记载的方式，便没有持续的文化”②。的确，传播与传播意识都是随着人类社会的形成而产生的。中国古代典籍中所存在的“传”、“流传”、“传世”、“扇”、“导”等语词，均包含这方面的语义，皆带有现在传播学上的一些性质，今可统归之于“传播”。这种对于西方概念加以借用与参照的方法也有前贤可据，冯友兰在他的《中国哲学史》中就曾运用这种方法，他说：“哲学本一西洋名词。今欲讲中国哲学史，其主要工作之一，即就中国历史上各种学问中，将其可以西洋所谓哲学名之者，选出而叙述之。”③陈寅恪对冯氏的这种学术行为予以了充分肯定④。同样，有关传播、文学传播、文学传播意识等概念、名词，也是就中国历史史料中可以用相关内容名之者选出而叙述之。

但中国古代的流传与传世之说，又与今世所说之“传播”略有不同，因为今之所云“传播”，无论是当代西方传播学所说的“Communication”，还是当今国内学界有些人所理解的“Dissemination”，均不能十分准确地涵盖流传与传世这两重意思。“Communication”所代表的“传达”“交流”之意与“Dissemination”所表示的“扩散”之意均源于西方的语言背景，它们所表示的意涵都只带有空间上的意义，并没有时间上的内涵，也就是说，缺少一种“史”的观念。这种翻译上的缺陷由中西方思想文化的差异所致，后文有所论述，此处不多做评价。在此需要强调的是，鉴于本书是对中国古代文学中有关文学传播意识的论述，所取“传播”的概念是兼含流传、传布与传世之意的，不仅观照文学作品的当世流传，亦关注作品的后世传衍。

本书的解析，不仅仅是对唐代文学传播意识诸现象的简单叙述，也希望能对当下的创作与文人的传世观念有所启发。希望能探讨诗人生前的寂寞与身后的荣耀、当世的荣华与死后的沉寂这类传播悖论后的理论内涵，思考“时运交移，质文代变”这些与文学传播密切相关的文坛转向。

---

① 张柬之：《对贤良方正策》，《全唐文》卷175，中华书局1983年版，第1785页。按，此语或本自《荀子》卷17《性恶》篇，原文为“善言古者必有节于今，善言天者必有征于人”。节者，准也；征者，验也。（参见王先谦：《荀子集解》，中华书局1988年版，第440页。）

② 袁咏秋等主编：《外国图书馆学名著选读》，北京大学出版社1988年版，第302页。

③ 冯友兰：《中国哲学史绪论》，见《中国哲学史》，中华书局1961年版，第1页。

④ 参见冯友兰《中国哲学史》所附《审查报告三》，中华书局1961年版。

当然，任何一种理论都不能适用于所有的研究领域。比如，“进化论”是19世纪的重大发现，对于很多的科学领域也有所启发，但其“适者生存”的原理并不能机械地引入文学传播研究中来。一篇文学作品，它如果迎合了当时的社会需要，可能会流行一时，得以存世成为经典，但也可能在后世的变幻中湮没无闻；同时，它如果不能满足当时人的欣赏，则会沉寂无声，但只要留下痕迹，或许又会在某一天焕发异彩。这种“存”与“亡”的相对性表现得如此强烈，难以让人仅仅将“适”与“不适”作为判断作品价值的唯一标准；而文学的显晦则又使人对文学作品存在的认识变得有些惘然，似乎只有将文学传播的研究与道德教化联系起来才使人找到一丝可以理出的头绪。

清人章学诚《文史通义·答客问上》有段治学名言：“所以通古今之变，而成一家之言者，必有详人之所略，异人之所同，重人之所轻，而忽人之所谨，绳墨之所不可得而拘，类例之所不可得而泥，而后微茫杪忽之际，有以独断于一心。及其书之成也，自然可以参天地而质鬼神，契前修而俟后望。”①这是一个极高的学术要求，本书在论述中一直以此为目标来鞭策自己，尽管是追求“详人之所略，异人之所同，重人之所轻，而忽人之所谨”，但对于一些较为成熟的研究成果，不敢轻忽，引证之际，一一注明。

① 章学诚著，叶瑛校注：《文史通义校注》卷5，中华书局1985年版，第470~471页。

第一章　文学传播意识的内涵及其形成

太上有立德，其次有立功，其次有立言，
虽久不废，此之谓不朽。

——《左传·襄公二十四年》①

文学传播意识产生的思想本原何在？是否与文人对于文章名世的渴望和声名湮没的忧虑有关？本章将对与文学传播意识相关的一些基本概念进行解释，并对其发生本原及内涵特点进行探讨。

第一节　文人与传播意识概念的界定

一、文人与闻人

“文人”这个概念有广义与狭义之分。广义的“文人”，既包括能写得几篇文字的作家，也包括学贯中西、识通古今的硕学大儒。狭义的“文人”，则专指擅长诗、文、词、曲、赋、小说、戏剧等文学体裁创作的特殊群体。东汉学者王充《论衡·超奇》篇云：

夫能说一经者为儒生，博览古今者为通人，采掇传书以上书奏记者为文人，能精思著文连结篇章者为鸿儒。②

从王充的论述来看，汉代对于文人的认识与后世是有区别的。他所说的

---

① 《左传·襄公二十四年》，阮元校刻：《十三经注疏》，中华书局 1980 年版，第 1979 页中。

② 王充著，黄晖校释：《论衡校释》卷 13《超奇第三十九》，中华书局 1990 年版，第 607 页。

“采掇传书以上书奏记者”，在后世属于刀笔小吏的范畴，倒是他所说的“鸿儒”更接近于我们今日所理解的“文人”。梁元帝萧绎在《金楼子·立言》篇中论“儒”“文”由汉至南北朝的变化时则说：

> 夫子门徒，转相师受，通圣人之经者谓之儒。屈原、宋玉、枚乘、长卿之徒，止于辞赋则谓之文。今之儒，博穷子、史，但能识其事，不能通其理者，谓之学。至如不便为诗如阎纂，善为章奏如伯松，若此之流，泛谓之笔。吟咏风谣，流连哀思者，谓之文。①

萧氏之言反映出由汉代至南北朝时期“儒者”与“文人”逐渐细分的趋势。南北朝时候的“文人”更侧重于其“吟咏风谣、流连哀思”的特点，也就是他们所作的文辞更加讲究声韵，内容更加注重情感的触动。这种“文人”与“文学”的概念基本上已与后世没有太大差异。

按照中国古代的身份等级，世人可分为两大类，一类是贵族，一类是平民。贵族又可细分为帝王、诸侯、大夫等；平民则又可再分为农、工、商等。此外，士阶层则是一类较为复杂的群体，他既可能出自贵族，也有可能来自平民。余英时认为，在春秋战国之际，由于部分贵族的下降与庶民的上升，士人得以数量大增②。文人群体绝大部分由士构成，却并不能被认定为一类社会阶层③，因为他既可以是士大夫，也可以是庶士。另外，不仅帝王、诸侯中出现了一些文人，部分农民、手工业者、商人中也

---

① 萧绎著，许逸民校注：《金楼子校笺》，中华书局2011年版，第966页。

② 余英时：《古代知识阶层的兴起与发展》，《中国知识人之史的考察》，广西师范大学出版社2004年版，第33页。另外，余先生还著有《中国知识阶层史论》（台北联经出版社事业公司1980年版）、《士与中国文化》（上海人民出版社1987年版）等，亦可供参考。

③ 龚鹏程《中国文人阶层史论》（兰州大学出版社2004年版）认为文人阶层是中国传统社会一个非常重要的社会阶层，是一种较为新颖的论述，但在史料上缺乏支撑，因为中国古代士、农、工、商的存在是显然的事实。所以，我并不同意龚鹏程将文人作为一个独立阶层的观点，在唐代阶层的处理上，我宁可选择历史研究者的处理方式。比如，《隋唐五代社会生活史》（李斌城、李锦绣、张泽咸、吴丽娱、冻国栋、黄正建著，中国社会科学出版社1998年版，第12~17页）中按等级（阶级）的划分，将当时的整个社会按阶层分为土地拥有者（地主）、农、工、商。细分地主又可分为：1. 皇帝、皇室、皇族外戚；2. 勋贵、士族、衣冠户；3. 品官、使职差遣人员；4. 少数宦官；5. 寺观地主；6. 庶民地主（人数最多，又可分为寄庄户即外乡寄居地主如卸任官僚、形势户即豪强地主、工商地主即投资土地者三类）。在中国古代，大部分的文人出自以上的地主阶层，绝少有文人出于农、工之家者。商人中的富商与中商之家或许也会产生一些入仕文人（如孙光宪《北梦琐言》卷3所记毕諴、陈会，中华书局2002年版，第42、62页），这一点，明代以后较多。另有一些奴婢仆役之家，更难以产生文人。

产生了一些文人。文人的作品与其他知识人作品的最大区别，就在于文人的作品，不仅注重内容的传达，同时也注重形式的完美(如辞藻、韵律、结构)与情感的抒发，即追求情辞兼美①。

(一)文人类型与文人的基本特征

文人的类型有多种，从不同的角度可以有不同的分类方法。从身份与地位上区分，文人可以分为帝王文人、士大夫文人、寒庶文人以及僧、道、女冠，等等。

在唐代帝王中，以太宗、玄宗、宪宗、德宗、文宗、僖宗六帝最为好文，此六朝之文风也最为繁盛。元代辛文房《唐才子传》卷1《六帝》篇云：

> 以太宗天纵，玄庙聪明，宪、德、文、僖，睿姿继挺，俱以万机之暇，特驻吟情，奎璧腾辉，衮龙浮彩，宠延臣下，每锡赠酧。故上有好者，下必有甚焉者矣。②

上有所好，下必从之，唐代成就最大、最具影响力的诗人也都出于此六帝当朝之时。士大夫文人是唐代文人群体中的主要部分，尽管当时科举制的兴起给文人群体带来了一些出身上的变化，但由于门阀制度的余绪仍在，因而真正的寒素之士尚无法真正获得科举的公平，参与考试并入选者其实是相当受限制的，这一状况直到北宋实行糊名试时才有了根本的改变。唐代佛教的繁荣则使僧侣中产生出不少优秀的文人，如齐己、贯休、寒山、拾得等，他们或者本身即天资聪慧、文采出众，或者与一些著名的文人有着频繁地交往，成为唐代文人的重要组成部分。在女冠中，也出现了鱼玄机、李季兰等颇具传奇性的女才子。

从才性与气质的区分上，文人的类型亦有差别。南朝梁刘勰《文心雕龙·神思》篇云：

> 人之禀才，迟速异分；文之制体，大小殊功：相如含笔而腐毫，扬雄辍翰而惊梦，桓谭疾感于苦思，王充气竭于思虑，张衡研京以十年，左思练都以一纪，虽有巨文，亦思之缓也。淮南崇朝而赋骚，枚

---

① 梁元帝萧绎《金楼子·立言》篇云："至如文者，惟须绮縠纷披，宫徵靡曼，唇吻遒会，情灵摇荡。"(《金楼子校笺》，中华书局2011年版，第966页)所指即是辞藻、声律与情感。

② 辛文房撰，傅璇琮等校注：《唐才子传校笺》第1册，中华书局1987年版，第3页。

皋应诏而成赋，子建援牍如口诵，仲宣举笔似宿构，阮瑀据案而制书，祢衡当食而草奏，虽有短篇，亦思之速也。①

这是从文人才性迟速上做的区分。梁元帝萧绎也曾以“明月之夜”与“雾露之朝”在可“远视”与可“近书”的差异上比喻了才性的不同②。另有一类属于文人学术专长上的差别，也可算作才性的区别。清人王闿运云：

古今学术，约有三途：一曰儒林，经师之所传习也；二曰文苑，学士之所极思也；三曰道学，儒生之所推致也。文苑之中，复分三等：长记述者，谓之良史；精论说者，谓之诸子；工词赋者，谓之才人。③

从这种学术的细分上，可见文人中有重于道的儒士文人，又有长于记事的史家文人，亦有长于论说的辩士文人，还有工于词赋的才子文人。但同样是工于词赋，又因气格思致的差异，呈现出不同的气质，正如唐代裴度所说：“文人之异，在气格之高下，思致之浅深；不在其磔裂章句，隳废声韵也。”④李白与杜甫，韩愈与白居易，李商隐与杜牧，同样都是非常杰出的文学作者，在气质上就存在很大不同。

文人的特征是怎样的呢？我们不妨仍然从传统论述来进行评析。曹丕曾说：

观古今文人，类不护细行，鲜能以名节自立。⑤

北齐颜之推总结文人的特点，也认为“自古文人，多陷轻薄”⑥。其《颜氏家训·文章》指点前贤，评论才人曰：

屈原露才扬己，显暴君过；宋玉体貌容冶，见遇俳优；东方曼

① 刘勰著，范文澜注：《文心雕龙注》卷6，人民文学出版社1958年版，第494页。
② 萧绎著，许逸民校注：《金楼子校笺》，中华书局2011年版，第765页。
③ 王代功：《清王湘绮先生闿运年谱》卷2，王云五主编《新编中国名人年谱集成》第六辑，台湾“商务印书馆”1978年版，第63页。
④ 裴度：《寄李翱书》，《全唐文》卷538，中华书局1983年版，第5462页。
⑤ 曹丕：《与吴质书》，萧统编、李善注：《文选》卷42，上海古籍出版社1986年版，第1897页。
⑥ 颜之推著，王利器校注：《颜氏家训集解》卷4，中华书局1993年版，第237页。

倩，滑稽不雅；司马长卿，窃赀无操；王褒过章僮约；扬雄德败美新；李陵降辱夷虏；刘歆反覆莽世；傅毅党附权门；班固盗窃父史；赵元叔抗竦过度；冯敬通浮华摈压；马季长佞媚获诮；蔡伯喈同恶受诛；吴质诋忤乡里；曹植悖慢犯法；杜笃乞假无厌；路粹隘狭已甚；陈琳实号粗疏；繁钦性无检格；刘桢屈强输作；王粲率躁见嫌；孔融、祢衡，诞傲致殒；杨修、丁廙，扇动取毙；阮籍无礼败俗；嵇康凌物凶终；傅玄忿斗免官；孙楚矜夸凌上；陆机犯顺履险；潘岳乾没取危；颜延年负气摧黜；谢灵运空疏乱纪；王元长凶贼自诒；谢玄晖侮慢见及。凡此诸人，皆其翘秀者，不能悉记，大较如此。至于帝王，亦或未免。自昔天子而有才华者，唯汉武、魏太祖、文帝、明帝、宋孝武帝，皆负世议，非懿德之君也。自子游、子夏、荀况、孟轲、枚乘、贾谊、苏武、张衡、左思之俦，有盛名而免过患者，时复闻之，但其损败居多耳。每尝思之，原其所积，文章之体，标举兴会，发引性灵，使人矜伐，故忽于持操，果于进取。①

颜氏几乎将他之前的所有著名文人都做了一番道德上的评判，甚至连一些帝王文人也没有放过。他指出文人的主要特征是“易陷轻薄”。表面上看，颜氏所论颇含几分道理，但如果仔细思考一下颜之推所处时代的世风与他作训的初衷，以及细读他在批评文人所举的事例，就会发现他其实是试图通过这样一种“批判”来消解日益增长的文学诱惑，从而达到他规训弟子的目的。因为他所说的文人之“轻薄”，或者是一种曲解，或者是一种“误释”，带有太大的主观性与随意性。比如，他说“班固盗窃父史”，岂不是强加之罪？因为班固修撰《汉书》，本来就是继承父志，怎能加以“盗窃”二字呢？再如他说孔融、祢衡，因“诞傲”而致殒，又何尝看到了曹操排除异己的实质呢？不过，颜之推所说“文章之体，标举兴会，发引性灵”，这一论述却道出了文学创作的一些特质。

宋代一些理学家直陈“文士浮华”。比如胡寅在谈到读《后汉纪》的感受时便曾说过：“书生记诵而不知理，文士浮华而不实用”②；朱熹也谈道：“至于退之《原道》诸篇，则于道之大原，若有非荀、扬、仲淹之所及者。然考其平生意向之所在，终不免于文士浮华放浪之习、时俗富贵利达

① 颜之推著，王利器校注：《颜氏家训集解》卷4，中华书局1993年版，第237页。

② 胡寅：《致堂读史管见》卷29，北京图书馆出版社2004年中华再造善本。

之求。”①探究这些理学家的论述实质与动机，与颜之推所说“文人轻薄”的初衷并无二致。

历史上确实存在一些浮华放浪的文人，但他们代表的只是文人的一部分。整个文人群体的特征，自然不能以“轻薄”、“浮华放浪”这类贬抑之词来全面概括。至于后来人们所说的弹琴、弈棋、书法、绘画、饮酒、品茶，则更是文人的一些外在的喜好。仔细推求，文人的基本特征主要有两点：其一为具备才情；其二为长于著作。文人必须是具备才情的。才，指铺陈运用辞藻的能力；情，则指敏锐善感的心灵。

铺陈辞藻的才能是成为文人的基本前提。王衡《论衡·超奇》篇曰：

> 衍传书之意，出膏腴之辞，非俶傥之才，不能任也。②

颜之推《颜氏家训·文章》篇云：

> 学问有利钝，文章有巧拙。钝学累功，不妨精熟；拙文研思，终归蚩鄙。但成学士，自足为人；必乏天才，勿强操笔。③

张说《齐黄门侍郎卢思道碑》云：

> 文士擅名当时，垂声后代，亦云乎才力之绝众故尔。④

遍照金刚《文镜秘府论》南卷《论文意》云：

> 文章关其本性，识高才劣者，理周而文窒；才多识微者，句佳而味少。⑤

这些文人学者均谈到文才对于表现文章的重要。清人叶燮《原诗》将此总

---

① 朱熹：《王氏续经说》，《晦庵先生朱文公文集》卷67，商务印书馆1922年四部丛刊本。
② 王充著，黄晖校释：《论衡校释》卷13《超奇第三十九》，中华书局1990年版，第606页。
③ 颜之推著，王利器校注：《颜氏家训集解》卷4，中华书局1993年版，第254页。
④ 张说：《齐黄门侍郎卢思道碑》，《全唐文》卷227，第2290页。
⑤ [日]遍照金刚著，王利器校注：《文镜秘府论校注》，中国社会科学出版社1983年版，第327页。

结为"才""胆""识""力"四要素①。可见，"才"对于文人来说是必不可少的一个重要因素。文人之才须通过对辞藻的运用表现出来，萧统《文选序》说"事出于沉思，义归乎翰藻"②，即是此意。刘义庆《世说新语·文学》篇载：

> 王逸少作会稽，初至，支道林在焉。……因论庄子《逍遥游》，支作数千言，才藻新奇，花烂映发。王遂披襟解带，留连不能已。③

正是这种排比辞藻的才华使人惬意释怀、留连不已。所以，"才"是文人之能称为"文"的基本前提，每位文人的才性会因个人气质的差异有所不同，但文才的具备则是基本的前提。

敏锐善感的情性也是成为文人的关键要素。《诗大序》云：

> 诗者，志之所之也，在心为志，发言为诗。情动于中而形于言，言之不足，故嗟叹之，嗟叹之不足故永歌之，永歌之不足，不知手之舞之足之蹈之也。④

其中谈到作诗的不同状态，便是一个真情流露的过程。西晋陆机《文赋》曰：

> 诗缘情而绮靡。⑤

陆氏更明确地指出了"情"对于诗歌创作的重要，成为"缘情论"的先导。萧绎《金楼子·立言》论文章曰：

> 至如文者，惟须绮縠纷披，宫征靡曼，唇吻遒会，情灵摇荡。⑥

表现出对于文章辞藻、声律、情性等的重视。南朝钟嵘《诗品》亦云：

---

① 叶燮：《原诗·内篇下》，丁福保辑《清诗话》本，上海古籍出版社1978年版，第579页。
② 萧统：《文选序》，萧统编、李善注：《文选》，上海古籍出版社1986年版，第2页。
③ 刘义庆著，徐震堮校注：《世说新语校笺》，中华书局1984年版，第121页。
④ 《毛诗序》，阮元校刻：《十三经注疏》，中华书局1980年版，第271页。
⑤ 陆机著，张少康集释：《文赋集释》，人民文学出版社2002年版，第99页。
⑥ 萧绎著，许逸民校注：《金楼子校笺》，中华书局2011年版，第966页。

若乃春风春鸟，秋月秋蝉，夏云暑雨，冬月祁寒，斯四候之感诸诗者也。嘉会寄诗以亲，离群托诗以怨。至于楚臣去境，汉妾辞宫。或骨横朔野，或魂逐飞蓬。或负戈外戍，杀气雄边。塞客衣单，孀闺泪尽。或士有解佩出朝，一去忘返。女有扬蛾入宠，再盼倾国。凡斯种种，感荡心灵，非陈诗何以展其义？非长歌何以骋其情？①

强调对于感荡心灵的自然现象与历史事件若是无动于衷，也是难于写出佳作的。梁代萧子显在《南齐书·文学传论》所说“文章者，盖情性之风标，神明之律吕也”②则更为精要，既然文章为情性之风标，则其创作必出于情无疑。无论是“诗言志”，还是“诗缘情”，都少不了创作主体的情感贯入，故唐代韩休《苏颋文集序》云：

故情发于中，而申之以歌咏；文生于情，而饰之以辞采。③

此外，唐代史学家刘知几《史通》外篇《杂说上》第七云：

今俗文士，谓鸟鸣为啼，花发为笑。花之与鸟，安有啼笑之情哉？④

刘知几以史家之眼观文士之文，自然有些格格不入。鸟与花固然不会啼笑，但这一“啼”一“笑”却渗入了文人的情感，正是“以我观物，故物皆著我之色彩”⑤的文学表现的结果。

文人又必须擅长著书写作。一个人一旦被称为“文人”，确乎是需要有诗文传世的，否则其身份难以被指认。在这一点上，当代学者钱钟书说得较为简洁：

---

① 钟嵘著，陈延杰注：《诗品注》，人民文学出版社1961年版，第2~3页。
② 萧子显撰：《南齐书》卷52《文学传论》，中华书局1972年版，第907页。
③ 韩休：《唐金紫光禄大夫礼部尚书上柱国赠尚书右丞相许国文宪公苏颋文集序》，《全唐文》卷295，中华书局1983年版，第2986页。
④ 刘知几著，浦起龙通释：《史通通释》，上海古籍出版社2009年版，第423页。
⑤ 王国维语。王国维、况周颐著，王幼安校订：《蕙风词话 人间词话》，人民文学出版社1960年版，第191页。

所谓文人也者，照理应该指一切投稿、著书、写文章的人。①

虽然是个随笔性质的描绘，却也能切中肯綮。投稿、著书、写文章，不仅是通过文章来反映自己的观点，还有着传世之意。

（二）文人的著作意识和传播意识之关系

刘勰《文心雕龙·原道》篇论“人文之元”云：

人文之元，肇自太极，幽赞神明，易象惟先。庖牺画其始，仲尼翼其终。而乾坤两位，独制文言。言之文也，天地之心哉！若乃河图孕乎八卦，洛书韫乎九畴，玉版金镂之实，丹文绿牒之华，谁其尸之？亦神理而已。自鸟迹代绳，文字始炳，炎皞遗事，纪在三坟，而年世渺邈，声采靡追。唐虞文章，则焕乎始盛。元首载歌，既发吟咏之志；益稷陈谟，亦垂敷奏之风。夏后氏兴，业峻鸿绩，九序惟歌，勋德弥缛。逮及商周，文胜其质，雅颂所被，英华日新。文王患忧，繇辞炳曜，符采复隐，精义坚深。重以公旦多材，振其徽烈，剬诗缉颂，斧藻群言。至夫子继圣，独秀前哲，镕钧六经，必金声而玉振；雕琢情性，组织辞令，木铎起而千里应，席珍流而万世响，写天地之辉光，晓生民之耳目矣。②

刘勰谈到了从庖牺（伏羲）至孔子的著述情况，认为早期的画卦与坟典，或仅具神理，或渺邈难追，无可凭据。只有诗、书、易中所记载的元首歌咏、贤臣谟奏始启人文之盛事。到周公制诗缉颂斧藻群言、孔子镕钧六经组织辞令，才真正让人文精华得以流传，知晓于世人之耳目。清人方玉润《诗经原始自序》亦云：

大抵古人载籍，多不著撰人姓氏。《书》虽断自唐、虞，而著《书》之人无传焉。《诗》纵博采列国，而作《诗》之人亦无闻焉。③

---

① 钱钟书：《论文人》，《写在人生边上》，开明书店 1941 年版。近有陈弱水认为“所谓文学家，是指擅长诗赋文章写作并以此见知于世的人”，他也称之为“文人”，并且认为文人之间有一个共同关心的话题，那就是“文学写作”本身。（参其所撰《中古传统的变异与裂解——论中唐思想变化的两条线索》，《唐代文士与中国思想的转型》，广西师范大学出版社 2009 年版，第 5 页。）

② 刘勰撰，范文澜注：《文心雕龙注》，人民文学出版社 1958 年版，第 2 页。

③ 方玉润撰：《诗经原始》序，中华书局 1986 年版。

可见，古之作者并不具备自觉的著作、传播意识。虽然一般认为中国的第一位文学家是战国时期楚国的屈原，他的《离骚》也列在集部之首，但由于早期文化中文、史、哲不分的性质，要进行文章不朽与文学传播意识的思想考原，便不能从屈原开始，必须以广义的“文人”概念作为起点来探讨。

按照“不语怪力乱神”的儒家传统，抛弃伏羲画卦、仓颉造字等神话传说，第一位有名可知、有行事可考的与文化传播相关的先哲当属**周公旦**。史载周公曾传易赋诗、制礼作乐，对于周代以后的文化有着深远的影响，即便是孔子也对周公顶礼膜拜，他不仅有过“如有周公之才之美”的随意流露①，还为自己许久没有梦见周公而感到不安②。此后便是著有五千言《道德经》的**老子**，但老子却是一位提倡“大音希声”的哲人，可视为后世“无意识传播”的滥觞。然后就是**孔子**，史载孔子删述六经，撰写《春秋》，但也有人怀疑其真实性，因为孔子曾说过“述而不作”③。以孔子之博雅，尚且如此，可见著作在当时是非常人所能为、所敢为的。《礼记·乐记》云：“作者之谓圣，述者之谓明。明圣者，述作之谓也。”④《中庸》第二十八章又云：

> 虽有其位，苟无其德，不敢作礼乐焉；虽有其德，苟无其位，亦不敢作礼乐焉。⑤

孔子有德无位，“无制作之权”⑥，也只能以述者自居⑦。与孔子几乎同时者，还有一位左丘明，据说也是鲁国的史官。这些例子均带有这样一个暗示——在上古之世，著作之事，若非帝王天子、冢宰执政，则地位低微者不得擅自为之。由此也可以推断，所谓的“立德”、“立功”、“立言”实际上是统一的，三者实际都落实在一个国家的统治最高层。这丝毫也不奇怪，因为那个时候的文化权力实际只掌握在他们这些贵族的手中⑧。

---

① 《论语·泰伯》，朱熹撰：《四书章句集注》，中华书局1983年版，第105页。
② 《论语·述而》，朱熹撰：《四书章句集注》，中华书局1983年版，第94页。
③ 《论语·述而》，朱熹撰：《四书章句集注》，中华书局1983年版，第93页。
④ 《礼记·乐记》，阮元校刻：《十三经注疏》，中华书局1980年版，第1530页。
⑤ 《中庸》，朱熹撰：《四书章句集注》，中华书局1983年版，第36页。
⑥ 章学诚著，叶瑛校注：《文史通义校注》，中华书局1985年版，第131页。
⑦ 按，此段中所云述作，或专指制礼作乐，并非文章著述。
⑧ 参见陈平原：《章太炎与中国私学传统》，《陈平原自选集》，广西师范大学出版社1997年版，第228页。

现代历史学家钱穆在《西周书文体辨》中说："在当时人观念中，尚无有所谓文，更不论有所谓史也。"①中国古代早期的著作并没有自觉的文学创作观念，唐代的孔颖达在《毛诗正义序》中就谈到"诗"乃"无为而自发"②。近代史学家吕思勉在他的读史札记中有《诗无作义》一节，也说过：

> 古之诗，与后世之谣辞相似，其原多出于劳人思妇，矢口所陈，或托物而起兴，或感事而陈辞。其辞不必无所因，而既成之后，十口相传，又不能无所改易。故必欲问诗之作者为何人、其作之为何事，不徒在后世不可得，即起古人于九原而问之，亦将茫然无以对。何也？其作者本不可知，至于何为而作，则作者亦不知也。③

这种作者亦不知何为而作的现象，持续了相当长的一段时间，直至战国晚期的荀卿、屈原、宋玉等人才有所改变。但这种改变，也只是随着古代知识人对于"立言"不朽的深刻理解而产生的，仍然不是为了以文学作品的形式传世，所以钱穆谈到：

> 诗、书以下迄于春秋乃及诸子百家言，文字特以供某种特定之使用，不得谓之纯文学。纯文学作品当自屈子《离骚》始，然屈原特以一政治家，忠爱之忱不得当于君国，始发愤而为此。在屈原固非有意欲为一文人，其作《离骚》，亦非有意欲创造一文学作品。④

正因为如此，不仅《诗》《书》不知作者，即使是周代晚期出现的《老子》《论语》《庄子》《孟子》等著作，或者作者模糊难明，或者篇目、文字有难考之迹。从现存资料看，在战国晚期，能够确知作者名姓的著作渐渐多起来，如《荀子》《韩非子》等，但也仍然存在一些篇章与作者较为可疑的现象，如屈原作品的真伪，及屈原其人的生平等。

---

① 钱穆：《中国学术思想史论丛》第1辑，台北东大图书有限公司1976年版，第153页。

② 孔颖达：《毛诗正义序》，阮元校刻：《十三经注疏》，中华书局1980年版，第261页。

③ 吕思勉：《诗无作义》，《吕思勉读史札记》，上海古籍出版社1982年版。

④ 钱穆：《读文选》，《中国学术思想史论丛》第3辑，台北东大图书有限公司1977年版，第97页。

至汉代司马迁之时，一种希望能够“**藏之名山，传之后世**”①的著述传世意识才真正建立起来。东汉末年，还出现了以文为乐的文人，班固《答宾戏》云：“若乃牙旷清耳于管弦，离娄眇目于毫分；逢蒙绝技于弧矢，般输榷巧于斧斤；良乐轶能于相驭，乌获抗力于千钧；和鹊发精于针石，研桑心计于无垠。走亦不任厕技于彼列，故密尔**自娱于斯文**。”②表现出他不屑他技、独好斯文的心理。这个时候，尽管也有扬雄那般视文学为“童子雕虫篆刻”的观点③，但文学的发展与专业文人的出现，已经成为一个不容否认的确凿事实。

扬雄对后世文人的传世观念也有着极其深远的影响。班固在《扬雄传赞》中说：“(雄)实好古而乐道，**其意欲求文章成名于后世**。以为经莫大于《易》，故作《太玄》；传莫大于《论语》，作《法言》；史篇莫善于《仓颉》，作《训纂》；箴莫善于《虞箴》，作《州箴》；赋莫深于《离骚》，反而广之；辞莫丽于相如，作四赋。皆斟酌其本，相与仿依而驰骋云。”④这些均体现出扬雄自觉的传世观念。关于扬雄的文章名世观对唐代文人的影响，后面的章节还将仔细分析。

由于文学的发展，至东汉末年，汉代以前那种文史不分的现象已经不复存在，文学与史学的区分开始出现。刘知几《史通》内篇《核才》中说：“昔尼父有言：‘文胜质则史。’盖史者当时之文也。然朴散淳销，时移世异，文之与史，较然异辙。故以张衡之文，而不闲于史；以陈寿之史，而不习于文。其有赋述《两都》，诗裁《八咏》，而能编次汉册，勒成宋典。若斯人者，其流几何？”⑤以张衡、陈寿之才已经难以做到文、史兼擅，可见当时文学与史学之间的区别越来越明显。

三国时期，曹丕提出“文章者，经国之大业，不朽之盛事”⑥，更将文章不朽之功用推臻极致。日本学者铃木虎雄便据此而推断“魏的时代是中

① 司马迁：《太史公自序》云：“厥协六经异传，整齐百家杂语，藏之名山，副在京师，俟后世圣人君子。”《史记》，中华书局 1959 年版，第 3320 页。司马迁《报任少卿书》亦有“藏之名山，传之其人”的类似言语。

② 班固撰：《答宾戏》，萧统编，李善注：《文选》卷 45，上海古籍出版社 1986 年版，第 2022 页。

③ 扬雄本人也曾“欲求文章成名于后世”(《汉书》卷 87 下《扬雄传》，中华书局 1962 年版，第 3583 页)，后文有论。

④ 班固撰，颜师古注：《汉书》，中华书局 1962 年版，第 3583 页。

⑤ 刘知几著，浦起龙通释：《史通通释》，上海古籍出版社 2009 年版，第 232 页。

⑥ 曹丕：《典论·论文》，萧统编，李善注：《文选》卷 52，上海古籍出版社 1986 年版，第 2271 页。

国文学自觉的时代”①，尽管学界关于“文学自觉”的起始年代众说纷纭（如龚克昌、张少康、詹福瑞等学者便主张汉代便已表现出文学的自觉②，鲁迅则从铃木虎雄之论主魏、晋之说），但大抵在汉、魏之际，文学逐渐趋于独立应是一个不争的事实。汉末刘劭《人物志·流业》篇中已正式把“文章”视为十二种人类职业中的一种，他说：“能属文著述，是谓文章，司马迁、班固是也。”③南北朝史家范晔《后汉书·文苑传》的出现，更代表着文人的地位正式得到社会的承认。随着文学的独立与文学的自觉，文人们不仅象司马迁、扬雄那般关注作品是否能传之后世，也开始逐渐注意其在当世的流传。这种情况，从中唐时期起，表现的日益明显，从元稹与白居易的通信中，便可以清晰地感受到这一点（详见后文第二章第三节、第三章第二节）。

可见，文人的出现，不仅由于儒生的转变，也具有自身发展的内在理路。它是在文人的著述观念、传播意识诞生并日益走向自觉的过程中得以出现的。

（三）文人与闻人：唐代文人身份地位的变化

在唐代，随着科举制的逐步推行，科举进士日益增多，在当时那种重文学且文人预政的背景之下，文人一旦进士及第往往便成为受人尊崇的仕宦文人，所谓“春风得意马蹄疾，一日看尽长安花”，即有感于此。士大夫文人的数量也因此大大增加，并逐渐成为当时社会的一个具有崇高地位的重要群体。科举制于是成为滋生这类知名文人的体制根源，五代王定保《唐摭言》卷一云：

> 元和中，中书舍人李肇撰《国史补》，其略曰：进士为时所尚久矣，是故俊乂实在其中。由此而出者，终身为文人，故争名常为时所弊。④

---

① ［日］铃木虎雄著，许总译：《中国诗论史》，广西人民出版社1989年版，第37页。

② 可参考龚克昌《论汉赋》（《文史哲》1981年第1期）、《汉赋——文学自觉时代的起点》（《文史哲》1988年第5期），张少康《论文学的独立和自觉非自魏晋始》（《北京大学学报》1996年第2期），詹福瑞《文士、经生的文士化与文学的自觉》（《河北学刊》1998年第4期）、《从汉代人对屈原的批评看汉代文学的自觉》（《文艺理论研究》2000年第5期）等文章。

③ 刘劭撰：《人物志·流业第三》，文学古籍刊行社1955年版，第11页。

④ 王定保撰，阳羡生校点：《唐摭言》，上海古籍出版社1978年版，第2页。

考李肇《唐国史补》，其原文为：

> 进士为时所尚久矣。是故俊乂实集其中，由此出者，终身为闻人。故争名常切，而为俗亦弊。①

“文”与“闻”虽一字之差，但其中的内涵却需仔细辨析。从李氏后文的叙述看，其原意当为“闻人”②。既然李氏原意为“闻人”，为何王定保却擅自改作“文人”呢？推测其由，不外三因：1. 传抄之误；2. 当时大部分居于显贵的“闻人”本身就是“文人”；3. 由于“文人”地位的日益提高，王定保认为“闻人”应该是“文人”，于是竟用其字。第一点固然最有可能，但何以王定保会坦然地接受这样一种改动之后的语意呢？这就与后两点有关了。

唐杜佑《通典》卷15引沈既济语云：

> 太后（指武则天）君天下二十余年，当时公卿百辟，无不以文章显。因循遐久，寖以成风。③

又《旧唐书·职官二》“翰林院”条：

> 至德（756—758，肃宗年号）已后，天下用兵，军国多务，深谋密诏，皆从中出，尤择名士，翰林学士得充选者，文士为荣。④

可见，自武则天执政以来，公卿百寮，皆重文章；而安史之乱以后，负责草拟军国密诏的翰林学士也皆由文士担纲，且地位日重。而这些公卿、翰林在当时又都是闻人要员。此皆可证当时“闻人”与“文人”的紧密关系。另外，《资治通鉴》所记载的唐代科举，“礼部取士，专用文章为甲乙，故天下之士，皆舍德行而趋文艺”⑤。刘知几《史通》内篇《自叙》第三十六：

---

① 李肇：《唐国史补》，丁如明、李宗为、李学颖等校点：《唐五代笔记小说大观》，上海古籍出版社2000年版，第193页。

② 《唐国史补》后文有云：“贤士得其大者，故位极人臣，常十有二三，登显列十有六七，而张睢阳、元鲁山有焉，刘辟、元翛有焉。”（《唐五代笔记小说大观》，上海古籍出版社2000年版，第193页。）

③ 杜佑撰：《通典》，中华书局1988年版，第357~358页。

④ 刘昫等撰：《旧唐书》，中华书局1975年版，第1854页。

⑤ 司马光编著，胡三省音注：《资治通鉴》，中华书局1956年版，第6374页。

余初好文笔，颇获誉于当时。晚谈史传，遂减价于知己。①

也可旁证当时文学成就所获得的声名甚至超越了传统中德行与史学所带来的荣耀。在这样的情形之下，五代时的王定保将李肇原文的“闻人”说成“进士……所出者，终身为文人”，也就丝毫不显得突兀了。

因为森严的等级制度，加以中国上层自古以来对文化的控制，所以早期文人以出身于贵族阶层者居多，从先秦两汉、魏晋南北朝直至盛唐时期皆是如此。但在盛唐以后，这种由贵族专擅文学的格局渐被打破，这既与李唐王朝重定氏族品第的初衷有关，更与门阀制度的崩坏与科举制度的兴起有着密切关系，这些社会背景的变动，造成了更多下层人员参与到文学的创作之中。龚鹏程认为：“(唐代)文人流入社会底层，社会底层的人如娼妓、戏子、贩夫、屠沽、货郎儿，都逐渐学为文人，吟诗作对起来了，出现向文人阶层类化的现象”②，并非虚言。《全唐文序》云：

夫三代以上，典谟训诰，四子五经，皆大文也。汉魏、两晋，及前五代，渐涉浮靡，清谈乱政。至唐起八代之衰，彬彬郁郁，以文辅治，用昭立言极则，非徒猎取科名之具也。③

在唐代以文辅治的格局下，文学几乎渗透于当时的各个领域，“文人”概念所涵盖之范围也渐趋广泛。可是，尽管“文人”在唐代已经涵盖了社会底层的各色人物，但许多杰出的文人才士确能成为朝廷中的闻人要员。这个名单中我们可以看到魏征、上官仪、张说、张九龄、李泌、权德舆、元稹、令狐楚、李德裕等宰相级的人物，也可以看到王维、高适、韩愈、柳宗元、刘禹锡、白居易、杜牧等大量的中层官僚，这正是唐代崇文局面下文人参政的表现。这种文才与官位的联系，不仅推动了世人对于文学的热情，也促进了文学作品在传播上的便利，使得“文人”更加闻名于世，成为声名遍天下的“闻人”。

何为“闻人”？对此，孔子的定义是颇含贬义的，“夫闻也者，色取仁而行违”④，意思是说“闻者”只是些表面上装作有仁德而实际上却违背于

---

① 刘知几著，浦起龙通释：《史通通释》，上海古籍出版社2009年版，第272页。
② 龚鹏程：《中国文人阶层史论》，兰州大学出版社2004年版，第75页。
③ 《全唐文》卷首，中华书局1983年版。
④ 《论语·颜渊》，朱熹撰：《四书章句集注》，中华书局1983年版，第138页。

此的人。据《荀子》记载，春秋时候，鲁国有大夫**少正卯**聚徒讲学，被众人称为“闻人”。杨倞注曰：“闻人，谓有名。为人所闻知者也。”①王充《论衡·讲瑞》篇亦有提及：少正卯在鲁，与孔子并。孔子之门，三盈三虚，唯颜渊不去，颜渊独知孔子圣也。夫门人去孔子归少正卯，不徒不能知孔子之圣，又不能知少正卯，门人皆惑。子贡曰：“夫少正卯，鲁之闻人也。子为政，何以先之?”孔子曰：“赐退。非尔所及。”②这位少正卯，当时在鲁国与孔子齐名，而且几次将孔子门前的学生吸引过去(除颜渊外)。子贡是孔子较为优秀的弟子，尚且不能识别孔子与少正卯之间的不同，可见这位“闻人”当时也是以知识渊博、才华出众而闻名于鲁国的。尽管这位少正卯后来被时任司寇的孔子以“五恶”之罪名诛杀③，但这位“闻人”有一定的知识与文才，并且懂得传播宣扬，因而声名得以产生，却是没有疑问的。

唐代的文人们能因文才、学识而成为朝廷中的“闻人”要员，这也意味着文人的文学传播意识必将随之产生变化。

二、意识与文学传播意识

意识(Consiousness)既是个哲学上的概念，又是个心理学上的概念，有关“意识”的定义是一个比较复杂的理论问题。概括来说，在哲学上主要是指与“物质”、“存在”等相对立的知识、思想、观念。在心理学上则主要是指思维个体(包括各种生物及人工智能产品)对信息进行处理(如采集、传递、存储、提取、删除、对比、筛选、判别、排列、分类、变相、转形、整合、表达等等)后的心理反映。

在中国古代，“意识”主要有三种含义：(1)识见。如王充《论衡·实知》载：“众人阔略，寡所意识，见贤圣之名物，则谓之神。”又如《北齐书·文宣帝纪》：“高祖尝试观诸子意识，各使治乱丝，帝独抽刀斩之，曰：‘乱者须斩。’高祖是之。”(2)先入之见。如宋王明清《挥麈后录》卷二：“子之所陈，心存意识，或欲周知，何从皆得?”(3)佛教语。佛教六识之一，即由意根所起之识，亦称法识。其现代含义亦有三种：(1)人的

---

① 参见《荀子·宥坐》篇云：“夫少正卯，鲁之闻人也，夫子为政而始诛之。”(王先谦撰，沈啸寰、王星贤点校：《荀子集解》，中华书局1988年版，第521页。)

② 王充著，黄晖校释：《论衡校释》，中华书局1990年版，第724~725页。

③ 《荀子》一书记载孔子的话说：“人有恶者五，而盗窃不与焉：一曰心达而险，二曰行辟而坚，三曰言伪而辩，四曰记丑而博，五曰顺非而泽。此五者有一于人，则不得免于君子之诛，而少正卯兼而有之。故居处足以聚徒成群，言谈足以饰邪营众，强足以反是独立，此小人之桀雄也，不可不诛也。”(《荀子集解》，中华书局1988年版，第521页。)

头脑对于客观物质世界的反映，是各种心理过程的总和。(2)觉察，感觉。(3)谓自觉抱有某种目的。①

本书所言之“意识”，更大成分上具有近现代由西方所传入之哲学、心理学概念的内核，主要是指文人在认识外界时所反映出来的知识、思想与观念。② 文学传播意识则指的是作者对于读者的一种自觉而理性的心理期待状态——当作者心中自觉地存在了作品的意指对象，便具备了传播意识。具体说来，文学传播意识包括文人自身所具有的明道、存史、弘文等观念，以及对自己的文学作品流传当世与传之后世的种种心理考虑，如关于读者(受众)、传播方式、传播效果等。

(一)文学传播意识的思想渊源及其流衍

人类早期的信息传播，多与生产、生活密切相关。人们通过简单的划痕或有规律的声音向族群传递消息，以寻找、追捕猎物或告知危险③。后来，逐渐运用结绳、图画、雕刻、烽烟、旗鼓、木铎等来传达信息。从考古发现来看，最早的带有文字符号的传播载体是甲骨，之后又有青铜器、崖岩、石碑、竹简、木片等用来书写文字，传播信息④。可以说，人类的传播意识受人的社会性所决定，在人类早期，没有传播意识的人是难以生存的。

中国古代的文化传播，更多的与经史文献传播有关，最初以传道、传经、传义、存史、纪事等形式存在。“传”之本义，原与传车、驿使、驿

---

① 罗竹风主编：《汉语大词典》(第7册)，汉语大词典出版社1991年版，第646页。

② 德国哲学家胡塞尔认为有三种意识概念：(1)作为经验自我的**完全的、真实的存在**和作为统一意识流中诸心理体验的关联体，即**全体体验流**。(2)作为个人心理体验的**内在认识**(内意识、内知觉)，即对体验的自认知。(3)作为意向性的体验，体验具有**对对象的指向性**。(李幼蒸译，《纯粹现象学通论》附录《中译者术语解释》，中国人民大学出版社2004年版，第451页)本书所取之意识概念，与这三个方面均有关联。如论其发生本原时倾向于第二种，论述现象时则倾向于第一种，论传播意向、效果则倾向于第三种。而动因部分又吸取了法国存在主义现象学(以萨特为代表)注重社会文化的理论路径。并非有意使“意识”这一概念在文中杂糅，实是根据研究目的而实施的论述转变。此外，黑格尔在《精神现象学》中关于意识与理性的探讨(商务印书馆1979年版，第154~290页)，也是本书概念形成的基础。

③ 贺拉斯《杂诗》云：“大陆始形，禽兽蠕蠕。初民方痞，椽食野居。拳爪是奋，棓梃继诸。兵刃晚作，维时所需。乃有言词，以语以呼。”(摩尔根《古代社会》序言前所引)卢克莱修斯《天道赋》云：“且代妇孺，乞求怜爱。或出之以呼号，或无声而作态。盖谓众人之于幼弱，宜怀恻隐以相待。”([美]路易斯·亨利·摩尔根著，杨东莼、马雍、马巨译：《古代社会》，商务印书馆1977年版，第16页注①)。

④ 方汉奇主编：《中国新闻传播史》，中国人民大学出版社2014年版，第1~2页。

马相关，《说文解字》云："传，遽也。"段玉裁引《周礼》注云："传遽，若今时乘传骑驿而使者也。"又引《左传》《国语》句"晋侯以传召伯宗"注云："传，驿也。"并曰"汉有置传、驰传、乘传之不同。按传者如今之驿马，驿必有舍，故曰传舍。……凡展转引伸之称皆曰传，而传注、流传皆是也。"①《汉书·文帝本纪》所记"横惧，乘传诣雒阳"，其中田横所乘之"传"，当指驿车，即用本义。颜师古注引如淳语曰："四马高足为置传，四马中足为驰传，四马下足为乘传，一马二马为轺传。"释之甚详②。

古代传师所作"传"，则为引申之义，即为传注经义之用，若《春秋左氏传》《春秋公羊传》《春秋穀梁传》之属。《尔雅》郭璞注云："传，传也，博识经意，传示后人也。"③唐代长孙无忌也曾谈到："圣人制作，谓之为经，传师所说，则谓之为传。"④孔颖达亦云："传谓传述，为经义，或亲承圣旨，或师儒相传，故云传。"⑤刘知几《史通》内篇《六家》所云："盖传者，转也，转受经旨，以授后人；或曰传者，传也，所以传示来世。"⑥也是此意。传师的阶段，基本是在汉代的时候，到了唐代初年，则连经带传又一并加以注解，长孙无忌说："近代以来，兼经注而明之，则谓之为义疏。疏之为字，本以疏阔、疏远立名。"⑦所以，这种连经带传一并注之，称之为"义疏"，取疏导之意，为敷衍经传之深义而作。又《广雅》有云："疏，识也。"⑧则"义疏"是为识经读传之用，其意甚明。刘勰在《文心雕龙·原道》篇中说："鼓天下之动者存乎辞。辞之所以能鼓天下者，乃道之文也。"⑨借文辞以传道，是从先秦延及后世所有文章的一个重要准则。但这一准则，在东汉以后，随着文学门类的独立，逐渐弱化。

唐初李延寿的《上南北史表》则将"文以存史"的功能揭示的非常明白，擢录如次：

> 臣闻史官之立，其来已旧。执简记言，必资良直。……元熙以

---

① 许慎撰，段玉裁注：《说文解字注》，上海古籍出版社1988年版，第377页上。
② 班固撰，颜师古注：《汉书》，中华书局1962年版，第57页。
③ 郭璞：《尔雅注》，阮元校刻：《十三经注疏》，中华书局1980年版，第2568页上。
④ 长孙无忌：《律疏议序》，《全唐文》，中华书局1983年版，第1382页。
⑤ 孔颖达：《礼记·曲礼疏》，阮元校刻：《十三经注疏》，中华书局1980年版，第1229页下。
⑥ 刘知几著，浦起龙通释：《史通通释》，上海古籍出版社2009年版，第10页。
⑦ 长孙无忌：《律疏议序》，《全唐文》卷136，第1382页。
⑧ 王念孙：《广雅疏证》，中华书局1983年版，第73页。
⑨ 刘勰著，范文澜注：《文心雕龙注》卷1，人民文学出版社1958年版，第3页。

前，则总归晋。著述之士，家数虽多，多泛而商略，未闻尽善。太宗文皇帝，神资睿圣，天纵英灵，爰动冲襟，用纾玄览，深嗟芜秽，大存刊勒，既悬诸日星，方传不朽。然北朝自魏以还，南朝从宋以降，运行迭变，时俗污隆，代有载笔，人多好事，考之篇目，史牒不少，互陈闻见，同异甚多，而小说短书，易为湮落，脱或残灭，求勘无所。一则王道得丧，朝市贸迁，日失其真，晦明安取；二则至人高迹，达士宏规，因此无闻，可为伤叹；三则败俗巨蠹，滔天桀恶，书法不记，孰为劝奖。臣轻生多幸，运奉千龄，从贞观以来，屡叨史局，不揆愚固，私为修撰。……唯鸠聚遗逸，以广异闻。编次别代，共为部秩，除其冗长，捃其菁华。若文之所安，则因而不改。不敢苟以下愚自申管见，虽则疏野远惭先哲，于披求所得，窃谓详尽。其南史刊勘已定，北史勘校粗了，既撰自私门，不敢寝嘿，又未经闻奏，亦不敢流传。①

李延寿谈到了著史者需具备“良直”的品性，并且有感于南北朝诸史芜杂，又有阙漏，为避免王道失真，至人达士无闻，巨蠹桀恶不惩，于是“鸠聚遗逸，以广异闻”。观其奏表所言，文以存史之用是明显存在的。同时，李延寿还谈及当时私撰史书的流传尚须朝廷的许可。

从文字使用功能的角度来看，其最初所具有的传播作用也是非常明显的。虞世南《书旨述》云：“夫言篆者传也，书者如也，述事契誓者也。字者孳也，孳乳寖多者也。”②言文字之传播功能，凝练明了。“述事契誓”，皆为传事；“字”之义，则为“孳乳”实事，以广其传也。另外，《广韵》曰：“传，转也。”(卷二)“播，扬也，放也。”(卷四)③由此，可以推断“传播”是对人、事或作品的转告、揄扬与散布。

“传播”这一语词，始见于李延寿《北史》卷九十九《突厥传》：“传播天下，咸使知闻。”④而出现于文学作品中，最早则应是白居易的诗歌《宣武令狐相公以诗寄赠，传播吴中，聊奉短章，用申酬谢》⑤。但“传播”观念之萌生，实早于此。

早在先秦时期，有关传后世与传当时的观念均已存在。墨子在谈到先

---

① 李延寿：《上南北史表》，《全唐文》卷154，第1571～1572页。
② 虞世南：《书旨述》，《全唐文》卷138，第1400页。
③ 陈彭年：《广韵》，北京图书馆出版社2004年中华再造善本。
④ 方汉奇：《中国近代传播思想的衍变》，《新闻与传播研究》1994年第1期。
⑤ 吴淑玲：《唐诗传播与唐诗发展之关系》，中华书局2013年版，第1页。

圣六王亲行兼爱交利之道时就说："吾非与之并世同时，亲闻其声，见其色也。以其所书于竹帛，镂于金石，琢于盘盂，传遗后世子孙者知之。"(《墨子·兼爱下》)①《论语·八佾》里记载孔子的话说："夏礼，吾能言之，杞不足征也；殷礼，吾能言之，宋不足征也。文献不足故也，足则吾能征之矣！"②体现出对于历史文献的重视。《庄子·养生主》篇中记载秦失在吊唁老聃时三号而出，认为是对老子精神的延续——"指穷于为薪，火传也。"唐人陆德明解释"传"即为"相传继续也"③。这些皆是指一种历史的纵向传播。《左传·昭公四年》载，"庆封唯逆命，是以在此，其肯从于戮乎？播于诸侯，焉用之"④；《国语·晋语三》曰："夫人美于中，必播于外而越于民，民实戴之。"⑤前者是播恶名，后者是播美名，这都是指声名在当时社会的横向传播。可见，中国古人关于人、事在时、空两方面的传播观念很早就已存在。

与此同时，有关"言"、"文"、"辞"的传播观念也随之而形成。《左传·襄公二十四年》中有这样一段著名的记载：

> 太上有立德，其次有立功，其次有立言。虽久不废，此之谓不朽。⑥

"言"原本就是为了传播自己的思想，此段话将"立言"与"立德""立功"并举为"不朽"，可见古人对思想言论传播的重视。另外，《左传·僖公二十四年》载介之推语云："言，身之文也。身将隐，焉用文之？是求显也。"⑦则讲到人的言语是其行为的表现，要求"显"不求"隐"，也是对"言"的重视。孔子曾说：

---

① 孙诒让撰，孙启治点校：《墨子间诂》，中华书局2001年版，第120页。

② 杨伯峻：《论语译注》，中华书局2009年版，第26页。

③ 陆德明撰：《经典释文》卷26，中华书局1983年版，第365页。亦载于郭庆藩《庄子集释》，中华书局1961年版，第129~130页。

④ 《春秋左传·昭公四年》，阮元校刻：《十三经注疏》，中华书局1980年版，第2035页下。

⑤ 徐元诰撰，王树民、沈长云点校：《国语集解》卷9，中华书局2002年版，第305页。

⑥ 《春秋左传·襄公二十四年》，阮元校刻：《十三经注疏》，中华书局1980年版，第1979页中。

⑦ 《春秋左传·僖公二十四年》，阮元校刻：《十三经注疏》，中华书局1980年版，第1817页中。

言以足志，文以足言，不言谁知其志？言之无文，行而不远。①

孔子非常简练地论述了言语、文采、思想（“志”）、传播的关系，强调思想的传达，要富于文采。清代阮元认为，孔子所言之“文”，乃是有韵之文，并非单行恣肆之语，他说：“古人无笔砚纸墨之便，往往铸金刻石，始传久远”，又曰：“古人以简策传事者少，以口舌传事者多，以目治事者少，以口耳治事者多。故同为一言，转相告语，必有愆误，是必寡其词，协其音，以文其言，使人易于记诵，无能增改。”尽管章太炎于此有所辩难②，但这里的“文”不论是否为阮氏之意，其目的在于方便记忆，使之传播久远，毋庸置疑。再如孔子所说“辞达而已矣”③，也是说文辞要能够准确地传达内心的思想感情，从而使别人能够理解。《老子》所云“大音希声”（第三十五章）虽然强调了“虚静”的重要，但这种对于“音”“声”关系的细微辨析，同样是出于传播的考虑；开篇所言“道可道，非常道；名可名，非常名”（第一章），则认为定义、传述面对真理时不可名状、无可奈何的局面④。所以，老子在传播中是主张“不言”“希声”的，他希望通过不言而达意，但并非否定传播。

古代的传播工具如竹简、手版、编丝等，甚至被直接作为书籍的代称，表现出传播媒介在古代书籍发展史中的重要作用。如经、传、论，章太炎便释之为，“经者，编丝缀属之称，异于百名以下用版者”，“传者，‘专’之假借……《说文》训‘专’为‘六寸簿’，簿即手版”，“论者，古但作‘仑’，比竹成册，各就次第，是谓之‘仑’”，并总括之云：“绳线联贯谓之经，簿书记事谓之专，以竹成册谓之仑，各从其质为之名……所以别文字于语言也。”⑤

这个时期，人们也开始注意到文艺的传播效果。如宋玉《对楚王问》记云：“客有歌于郢中者，其始曰《下里》《巴人》，客中属而和者数千人。其为《阳阿》《薤露》，国中属而和者数百人。其为《阳春》《白雪》，国中属而和者不过数十人。引商刻羽，杂以流征，国中属而和者不过数人而已。

① 《春秋左传·襄公二十五年》，阮元校刻：《十三经注疏》，中华书局1980年版，第1985页下。

② 阮氏之论、章氏之驳，见黄侃：《文心雕龙札记》，中国人民大学出版社2004年版，第4~8页。

③ 《论语·卫灵公》，朱熹撰：《四书章句集注》，中华书局1983年版，第169页。

④ 所引两章序数根据魏源：《老子本义》，中华书局1955年版，第48页、第1页。

⑤ 章太炎：《国故论衡·文学总论》，上海古籍出版社2003年版，第53~54页。

是其曲弥高，其和弥寡。"①虽然在这段话里，宋玉是以歌者所唱之歌作比喻来形容自己的品行高洁，但也表明他也观察到了所歌曲调不同，其传播之效果也会发生变化的社会现象。

可见，传播作为人类社会的一种基本功能，其在人、事、文等方面所起的作用由来已久，也很早被一些先哲们所意识到②。

延及**秦汉**，文章传播的功效日益受到重视。李斯《狱中上书》云："更剋画，平斗斛、度量、文章，布之天下，以树秦之名。"③将平"文章"作为与平"斗斛、度量"相媲美的第五宗"罪"(此处之文章，实为事功之颂赞)相提并论，其对文章传播力量的重视程度可见一斑。同时，像秦始皇的焚书坑儒，汉武帝的罢黜百家，也都是统治阶层对思想、学术传播效果予以重视的政治反映。

汉代司马迁"所以隐忍苟活，幽于粪土之中而不辞者，恨私心有所不尽，鄙陋没世而文采不表于后也"④。他忍辱负重，就是为了完成《史记》，为了使这部著作"藏诸名山，传之其人"。作为一位卓越的历史家，司马迁很早就认识到了著述传世的重要。汉代史书著作中也往往将传主的辞赋作品全文载入其传记中(如《史记》《汉书》中司马相如、扬雄等人的传记)，也悄悄地改变着文人士大夫对待文学的态度。

到**魏晋南北朝**时期，文人的文学传播观念更加强烈。曹丕《典论·论文》中说：

> 文章者，经国之大业，不朽之盛事。年寿有时而尽，荣乐止乎其身，二者必至之常期，未若文章之无穷。是以古之作者，寄身于翰墨，见意于篇籍，不假良史之辞，不托飞驰之势，而声名自传于后。⑤

---

① 萧统编，李善注：《文选》卷45，上海古籍出版社1986年版，第1999页。

② 有关中国古代的不朽观念，还可以参看胡适《中国人思想中的不朽观念——胡适先生英文讲稿》(杨君实译)，《中研院历史语言研究所集刊论文类编》(思想与文化编一)，中华书局2009年版，第855页。

③ 司马迁撰，裴骃集解、司马贞索隐、张守节正义：《史记》卷87《李斯传》，中华书局1959年版，第2561页。

④ 司马迁：《报任少卿书》，萧统编，李善注：《文选》，上海古籍出版社1986年版，第1854页。

⑤ 曹丕：《典论·论文》，萧统编，李善注：《文选》卷52，上海古籍出版社1986年版，第2271页。

这是重视文学传世不朽之独特性质的较早的观点。魏晋文人对于传名于当世也有深切的感受。如《三国志·吴书·张纮传》裴松之注引《吴书》记载：

纮见柟榴枕，爱其文，为作赋。陈琳在北见之，以示人曰："此吾乡里张子纲所作也。"后纮见陈琳作《武库赋》《应机论》，与琳书，深叹美之。琳答曰："自仆在河北，与天下隔，此间率少于文章，易为雄伯，故使仆受此过差之谭，非其实也。今景兴(王朗)在此，足下与子布(张昭)在彼，所谓小巫见大巫，神气尽矣。"①

引文中，无论是陈琳的谦逊，还是他对张纮、王朗、张昭等人的推崇，均可见出当时文人对文学当世传播的关注。此后，陆机《文赋》云：

伊兹文之为用，固众理之所因。恢万里使无阂，通亿载而为津。俯贻则于来叶，仰观象于古人。济文武于将坠，宣风声于不泯。②

其中所谈到的"恢万里""通亿载"，同样注意到文章在空间与时间两个维度上的传播；而俯仰之间，对于前世、来生的思考，以及济文武、宣风教的提倡，则又是陆机对于文章传承、存史、政教等方面的要求。可以说，陆机此文虽以辞藻胜，但他的这些传播观念却反映出一种儒家的思想，是后来文章明道论的前导。

梁代萧统也注意到词人才子因其文翰而名载史册的事实，其《文选序》曰：

自姬汉以来，眇焉悠邈。时更七代，数逾千祀。词人才子，则名溢于缥囊；飞文染翰，则卷盈乎缃帙。③

为此，他决定略芜秽、集菁英，编文选以供人览胜。萧统对于辞采、文华

---

① 裴松之注：《三国志》，中华书局1959年版，第1246页。
② 陆机著，张少康集释：《文赋集释》，人民文学出版社2002年版，第261页。
③ 萧统：《文选序》，萧统编，李善注：《文选》，上海古籍出版社1986年版，第1页。

的关注，以及《文选》的编成，嘉惠文人甚夥，但他为避免繁复所做的选择①，却略去了文章在明道、教化、存史等方面的功能，也遮蔽了文人在这些方面的传播意识。刘勰《文心雕龙·序志》篇云："岁月飘忽，性灵不居，腾声飞实，制作而已。……形同草木之脆，名踰金石之坚，是以君子处世，树德建言。"②不仅道出了"制作"所具有的"腾声飞实"的作用，而且还感悟出人生短暂，应当树德建言以留名的思想。该篇又云："唯文章之用，实经典枝条，五礼资之以成，六典因之致用。"认为文章是铸成与传达经典的重要工具。

魏晋南北朝时期文人的传播观念基本确立了此后文学传播意识的走向，逐渐积淀成后世文人希冀文章名世时不可回避的集体意识。

至**隋唐五代**，由于文学技巧的发展，单纯的文字表述已不能满足文人对于文学的要求，他们在诉诸情志的传播意识之外，也开始注重文与道的联系，强调诗文的现实意识，并将著史实录以贻鉴提到了极高的地位。

就"文""道"关系而言，无论是"文以明道"③"文以贯道"④，还是后来的"文以载道"⑤，其中所言文章"明""贯""载"之目的，皆在于所"传"之道。以杜甫、白居易等为代表的一类文人，不仅用诗歌来表达意兴，而且以之蕴含寄托、表现实事、讽谕上层，具有强烈的现实意识，将文、道结合起来，实现了诗歌在审美与教化上的高度统一，成为后世难以逾越的高峰。韩愈更被视为理学的先驱。令狐德棻、刘知几等史家文人则关注历史著作实录之功效，用存史贻鉴之眼光以付诸文笔，实际仍然是为了政教。另有一些文人，他们或者功名无望，以审美的标准对待诗文的创作，以求借文章而不朽；或者意本遁世，以游戏的态度对待诗文的撰写，无意于传而制作却佳，反倒成就了文学的名声。这些，都是隋唐五代时期崇尚文学风气之下的各种传播意识之表现。

---

① 《文选序》云："若夫姬公之籍，孔父之书，与日月俱悬，鬼神争奥，孝敬之准式，人伦之师友，岂可重以芟夷，加之剪截？老、庄之作，管、孟之流，盖以立意为宗，不以能文为本，今之所撰，又以略诸。若贤人之美辞，忠臣之抗直，谋夫之话，辨士之端，冰释泉涌，金相玉振。所谓坐狙丘，议稷下，仲连之却秦军，食其之下齐国，留侯之发八难，曲逆之吐六奇，盖乃事美一时，语流千载，概见坟籍，旁出子史。若斯之流，又亦繁博。虽传之简牍，而事异篇章，今之所集，亦所不取。至于记事之史，系年之书，所以褒贬是非，纪别异同，方之篇翰，亦已不同。若其赞论之综缉辞采，序述之错比文华，事出于深思，义归乎翰藻，故与夫篇什杂而集之。"

② 刘勰著，范文澜注：《文心雕龙注》卷10，人民文学出版社1958年版，第725页。

③ 柳宗元：《答韦中立论师道书》，《全唐文》卷575，第5813页。

④ 李汉：《唐吏部侍郎昌黎先生讳愈文集序》，《全唐文》卷744，第7697页。

⑤ 周敦颐：《通书·文辞》，陈克明点校：《周敦颐集》，中华书局2009年版，第35页。

此后的宋元明清时期，随着雕版印刷术的发展，文人对于文章传世的认识更加深刻，但文字狱却也因此屡见不鲜。因后世之文学传播不在本书所论之范围，此处不再赘及，留待异日再加探讨。

(二)文学传播意识的产生及其类型

文人文学传播意识的产生，有时是出于他对文学本体的关注。如卢照邻《驸马都尉乔君集序》所云：

> 凡所著述，多以适意为宗；雅爱清虚，不以繁词为贵。足以传诸好事，贻厥孙谋。①

这里所说的"适意"与"清虚"，分别是关于文章创作态度与创作风格的。再如寒山《有人》诗云：

> 有人笑我诗，我诗合典雅。不烦郑氏笺，岂用毛公解。不恨会人稀，只为知音寡。若遣趁宫商，余病莫能罢。忽遇明眼人，即自流天下。②

其中的"合典雅"、"趁宫商"也是关注诗歌创作本身的。

但文人文学传播意识的产生更多的则是与文人对自身存在价值的思考，与文人对声名的追求与湮没的担忧有关。司马迁之隐忍苟活以著《史记》，虽有继承父志的考虑，但主要还是担心"鄙陋没世，而文采不表于后也"(《报任安书》)。唐初文人张鷟在临死前同样以未能将文集缮写完毕为恨事，他在《陈情表》中异常诚挚地写道：

> 伏愿陛下遂臣万请之心，宽臣百日之命，集录缮写，奉进阙庭，微愿获申，就死无恨。③

再如杜甫在《莫相疑行》当中回忆往昔时，这样写道："忆献三赋蓬莱宫，自怪一日声烜赫。集贤学士如堵墙，观我落笔中书堂。"④众多学士观看自

① 董诰等：《全唐文》卷166，中华书局1983年版，第1691页。
② 钱学烈：《寒山拾得诗校评》，天津古籍出版社1998年版，第451页。
③ 董诰等：《全唐文》卷172，中华书局1983年版，第1749页。
④ 仇兆鳌：《杜诗详注》，中华书局1979年版，第1213页。

己在中书堂中写诗赋的情景，给诗人杜甫带来了极大的心理满足，这种满足更多地是出于对他自身存在价值的肯定。

对于存世声名的渴望，是许多文人追求实现自我生命价值的一种表现。由于中国古代对于德行与品格的重视，文人在涉及对声名的追求时，不可避免地要顾及这种“名行之源”的修炼，因而使德行、品格等因素成为文学传播意识的本原与基础。文章名世等声名传播方式虽然不完全受此局囿，但一位品行有亏的文人，即使他极具文才，却一定会在名誉方面受到损害，并且由此影响到他的文学史地位。如沈佺期、宋之问等人，即是如此。

文章名世的观念在东汉时期便已具备。前文说到，司马迁、扬雄等人已肇文章传世、名世观念之端始，魏晋南北朝时期曹丕、陆机、萧统、刘勰等人关于文学传播的论述，基本确立了后世文学传播意识的走向。这种文章名世的观念产生以后，文人们渐渐开始关注自身作品的流传问题，由是衍生出文学传播意识。

当代传播学由西方传入，无论是将传播分为人际传播与大众传播的“二分法”，还是将其分为自我传播、人际传播、组织(团体)传播、大众传播的“四分法”，均指的是信息在当世的传受行为(或过程)①。序论部分已经谈到，本书所说传播，因为研究对象是中国古代的文学作品，它是兼含时间与空间两个维度上的流传、传布与传世之意的，不仅观照文学作品的当世流传，亦关注作品的后世传衍，甚至这种时间维度上所占的比重更大些。所以，如果说接受美学解决的是“过去时代的文学和艺术何以在后来的社会形态中仍然能够给人以享受，而且就某方面说还是一种规范和高不可及的范本”②的问题，那么文学传播学关注的则更多的是这些**过去时代的文学和艺术怎样流传到后来的社会中，并且为什么会是这些作品而不是其他作品**的问题。

与这样一种“传播”概念下的类型相对应，我们可以将文学传播意识也**从时间与空间上**分为“传之后世的传播意识”与“名盛当世(传写四方)的传播意识”这两大主类(当然，另有一类“渴望生前身后皆享荣誉”的特殊类型)；又可以从文人的**文学价值观**上分为明道、存史、弘文、诉情等类型(这四种类型是本书架构的主要内容，在后面的各章中会有详细的分

① 张国良主编：《传播学原理》，复旦大学出版社2012年第2版，第10页、第6页。

② 马克思：《〈政治经济学批判〉导言》，《马克思恩格斯选集》第二卷，人民出版社1972年版，第114页。

析)；还可以根据文学传播意识**在社会发展不同时期、个人生长不同阶段的显晦**分为显意识、隐意识、潜意识与无意识。

以上从**时间与空间**、从文人的**文学价值观**以及根据文学传播意识**在社会发展不同时期、个人生长不同阶段的显晦**这样几种划分，在实际分析中有所交叉，也可以互相补充。本书以文人文学价值观的传播意识类型为主线，兼及其他类型的穿插，构成论述的全部。

(三)文学传播意识的主要特征

文人的文学传播意识并非凭空而来，更不是因为有了这种意识，才会有各种各样的传播行为。恰恰相反，首先是因为社会中已经存在一些潜在的价值观念(如尊德重道、立言不朽等)、传播现象与传播行为，才促成了文学传播意识的诞生。

文人在根据自己的知识、思想和经验对各种传播现象进行判断、选择的时候，便会表现出不同的意识倾向，呈现出多样化的形态，而且他们的这些形态各异的思想意识又会影响到以后的文学创作与传播行为。比如，帝王文人在考虑文学的传播时，他会更加注意利用文学对于功业的表彰与修饰作用，即润色鸿业；一些上层的执政文人，他会更加关注文学对于政治、教化所起的功效，即裨补教化；一些中下层的官僚文人与应考的文人举子会利用自己的文才去联络上层，以求得到升迁与重用，即以文谒进；更有一些升迁无望的贬谪官宦文人与布衣文人会通过以文传世来实现自己的价值，以求文章不朽；最后还有一种特例就是那些处世淡泊的文人，他们不介意自己的隐没，只是顺性而为，其传播意识表现得也最为淡漠。所以，文学传播意识首先具有**形态多样性**。

同时，按照弗洛伊德的精神分析学说，“意识不是心理的实质，而只是**心理的一个属性，一个不稳定的属性**，因为它是**旋即消失**的，消失的时间远较长于存在的时间”①。文学传播意识在作家的心中，也不是一个始终不变的固定体，它具有**不稳定性**。在一个人的一生中，它可能会出现波动，有时希望名扬天下、传世不朽，有时却又希望和光同尘、遁世渊默。不同阶层的文人，其思想倾向也会有所不同，文学传播意识同样受到思想倾向的限制。文人在不同阶层的流动(社会流动)更会造成其意识上的波动，进士及第与坐罪被贬之际的看法会大不一样，高层贵族与下层官僚在

① S. Freud, Collected Papers V, p. 379. 转引自高觉敷《精神分析引论译序》，弗洛伊德《精神分析引论》，商务印书馆 1984 年版，第 vii 页。

为文之际，考虑的传播对象也会有所不同。这些，都会造成文人在传播意识上的差异。

另外，文学传播意识与文学传播现象之间处于一种互相联系、互相影响的状态，即社会中的文学传播现象会影响到文人的传播意识，反过来，文人的传播意识又会萌发出一些新颖的传播形式，造成各种各样的传播现象，甚至影响到自己在文学史中的地位。在这样一种文学传播意识与文学传播现象相互勾连、相互缠绕的状态下，文学得以呈螺旋式上升的发展趋势。所以，文学传播意识又具有与文学传播现象的**互联性(或称伴随性)**。

唐代文人的文学传播意识总体上来看是积极的、开放的，但也存在一些细微的变化。比如，初盛唐时期的文人大部分并不太注重自身作品的流传，他们往往兴到而作，于传播不甚留意；而中唐以后的文人则开始更多地关注自己作品的当时流传与千载声名。在上述文学传播意识总体特征的框架之下，中国古代文人的文学传播意识具体来说可表现为以下两种特征：

第一，存在着**由潜在性向目的性的转变**。传播意识是在当代传播学诞生的背景下产生的一个学术术语。中国古代文人以含蓄蕴藉为美，讲究谦逊辞让①，不喜欢露才扬己之人，偶有炫才邀名者，往往被人讥为浅薄，刺曰无行。所以在探讨文学传播意识的时候，必须注意文人这样一种观念整体的潜在性。但是由于文人思想中仍然存在着一些关于文学作品的传布、流传与传世的基本想法，这些想法如果以今天的眼光来看，属于传播意识中的早期状态。这种文学传播意识在中唐以前，整体上处于一种潜在的状态，可是在中唐以后，尤其到了宋代，随着雕版印刷技术的发展与普及，并逐渐应用于文人作品集的印行以后，便变得越来越具有传播意识上的目的性。

第二，存在着**对于文学作品的附着性**。文人的文学传播意识是附着于他的文学意识与创作意识的，说得具体一些，就是这种传播意识是附丽于文人的文学作品的。没有实际的文学作品，没有自觉的文学创作意识，文人的传播意识也无从谈起。作者队伍的更替，会表现为文学作品在创作风格等方面的新变，文人的传播意识便附着于这种新变而有所变化。这种附着性，还表现在文人的传播意识往往附着于他的一些社会活动之中，比如远游纪行、游览题壁、书信唱酬、干谒行卷、歌筵吟唱等。

① 如苏颋《授张说中书令制》云："才冠代而不有，功至大而若虚"(《全唐文》卷250，第2527页)，即指此。这类思想，渊源于《老子》"为而不恃"思想的影响。

第二节　名行之源：文人名世的思想根柢

名行，指名声与品行①。名行之源是考量一位文人能否声名传之百代的重要出发点，是中国古代评价文人高下时所凭借的基本价值标准，也是本书首先要阐明的一组概念。具体地说，名行之源是指与一个人名声相关的品行上的清浊与美恶，关乎其立身行事的基本准则。中国古代文人讲究仁、义、礼、智、信，名之为“五常”②，亦有将之径称为“五行”的③。符合了这样一些道德伦理上的规范，做到“言芳兰芷，行温珪璧”④，就称之为君子，称之为名士；不符合这样一些规范，就认为其人名行有亏，称之为小人，称之为浪子。这些道德规范，初源于传统的儒家思想，是文人士大夫的立身之本，固然也就成为文人名世的根本标准与基本价值取向。

唐人薛登《论选举疏》云：

> 古之取士，实异于今。先观名行之源，考其乡邑之誉。崇礼让以励已，明节义以标信，以敦朴为先最，以雕虫为后科。⑤

薛登先说观名行、考乡誉是古时候的取士之风，与唐世相异；然后又将这种名行之源、乡邑之誉明确规定为崇礼让、明节义、尚敦朴，将文章之道(雕虫)则视为“后科”。结合有唐一代的崇文之风来看，针砭时弊之意甚明。当然，他的批评主要是针对当时科举选拔中文人干谒躁进的不良之风而发的，并非针对唐代取士的全部内容，也不是想掩盖科举制度在选拔人才中所起到的积极作用。况且，在名行与乡誉的要求之中，立德、立功与立言作为不朽的标准，还保持着一种传统的、伦理的惯性，仍然对唐代文人产生着重要影响。

---

① 参见《汉语大词典》第3册(罗竹风主编，汉语大词典出版社1989年版)，第167页。其中引汉王粲《酒赋》：“贼功业而败事，毁名行以取诬。”北魏杨衒之《洛阳伽蓝记·冲觉寺》：“怿，亲王之中最有名行。”唐韩愈《四门博士周况妻韩氏墓志铭》曰：“况，立名行，人士誉之。”明高明《琵琶记·蔡公逼试》：“你纵然锦衣归故里，补不得你名行亏。”

② 董仲舒《举贤良对策》曰：“仁、谊、礼、知、信，五常之道”。参见班固：《汉书》卷56《董仲舒传》，中华书局1962年版，第2505页。

③ 郭店楚简《五行》篇即言仁、义、礼、智、圣。参见荆门市博物馆编：《郭店楚墓竹简·五行》，文物出版社2016年版。

④ 李峤：《授刘如玉崔融等右史制》，《全唐文》卷242，中华书局1983年版，第2445页。

⑤ 薛登：《论选举疏》，《全唐文》卷281，中华书局1983年版，第2850页。

一、“三不朽”在唐代的诠释与理解

“三不朽”的论述，是中国古代一个非常著名的关于存在的命题，历来言之者甚多，已为世人所熟知。鉴于这段叙述与本书观点关系甚大，仍记其本末于下。

鲁襄公二十四年(前549)春，晋国贵族范宣子向刚刚来到晋国不久的叔孙豹问了这样的一个问题：“古人有言曰：死而不朽，何谓也?”叔孙豹最初尚沉思未答，范宣子就自己解释说：“昔匄(范宣子之名)之祖，自虞以上为陶唐氏，在夏为御龙氏，在商为豕韦氏，在周为唐杜氏，晋主夏盟为范氏。其是之谓乎?”他的意思是说，范氏家族历代显赫，是不是可以算作不朽呢?叔孙豹针对范宣子的这段话，提出了一段著名的观点：

> 豹闻之：太上有立德，其次有立功，其次有立言，虽久不废，此之谓不朽。若夫保姓受氏，以守宗祊，世不绝祀，无国无之。禄之大者，不可谓不朽。①

叔孙豹所说的“三不朽”，突破了士大夫以世卿、世禄为“不朽”的认识论，是一种着眼于品德、事功与言论文章历时性的价值考虑。自此一说法提出以来，遂成为文人士大夫砥砺节操的主要标准，具有重要的思想史意义。其中，“立德”作为基础，虽然可能与忠孝仁义等相关，但仍带有极大的形上性质，较为抽象；“立功”与“立言”则成为士大夫们践行的具体目标。杜佑所言“太上立德，不可庶几；其次立功，道行当代；其次立言，见志后学”②，即为此也。

“立功”者，指的是文能安邦、武能定国，君如轩辕尧舜、商汤文武，臣如伊尹傅说、周公管仲，或如兴周八百年之姜子牙，或如开汉四百年之张子房；又或载名麒麟阁，又或图形凌烟阁。“立功”需要的不仅是才智，同时更需要机缘遇合，多为时势所造就。正如东汉王充《论衡·逢遇》篇所云：“合则遇，不合则不遇。”③“立言”者，则是指沉思翰藻、纵情声辞之文人，或者借文辞以明道，或者凭雄文以著史，抑或以文字声情感动人心。“立言”之举，多关乎一己之天才禀赋，无论其人之时遇如何，不管

① 《左传·襄公二十四年》，阮元校刻：《十三经注疏》，中华书局1980年版，第1979页。
② 杜佑：《进通典表》，《全唐文》卷477，中华书局1983年版，第4871页。
③ 王充著，黄晖校释：《论衡校释》卷1《逢遇第一》，中华书局1990年版，第5页。

是居于高位还是沉沦下僚，只要有动人之声情、华彩之文章，总存在被时人与后人所承认的可能。所以，南唐后主李煜说：“立言不朽，君子之常道也。”①对于古代文人而言，他们希望通过“立功”与“立言”来实现“立德”的最高目标，于是在二者之间不停地选择，“立功”不能，便求“立言”，以求不朽。

（一）立德与君子：唐代文人对于德行与君子之认识

孔夫子说：“为政以德，譬如北辰，居其所而众星共之。”②讲的是政治与德行的关系。立德作为“三不朽”之首，为历代文人所重视，不论其人属于哪家哪派，它都是一个最高的人生标准。不仅儒家的士大夫重视品德的培养，道家的遁世隐者也同样重视品德的树立。道家之祖老子的著作原本又称《道德经》；庄子之作中，也有《德充符》篇，其中所举脱却形骸、游心于德的兀者（刖足者）王骀、申徒嘉等人，即因为品德上的崇高修养被人称赞，尽管他们因刖足而身残，均是孔子所说“视丧其足尤遗土”者③，也就是说他们都是些注重德行而对于自身残疾并不挂碍于心之人。魏晋时期的阮籍之所以佯狂避世而仍能受人所重，也是因为他能“以全德生于衰世”④。

唐代的文人士大夫同样无不以德为重，因为这是士人臻至高位的一个重要条件。唐初名臣魏征《论时政疏》云：

> 自古受图膺运……皆欲配厚德于天地，齐高明于日月，本支百代，传祚无穷。⑤

是说古来承帝王之位者，都想自己德被天下、智慧高明，以使帝业流传不穷。可见，在帝王、执宰的眼里，统治者是否具有品德是统治国家的一个重要基础。盛唐名相姚崇《扑满赋》亦云：

> 夫惟哲人，罔有败德。⑥

① 李煜：《送邓王二十六弟牧宣城序》，《全唐文》卷128，中华书局1983年版，第1285页。

② 《论语·为政》，朱熹：《四书章句集注》，中华书局1983年版，第53页。

③ 郭庆藩撰，王孝鱼点校：《庄子集释》，中华书局2004年版，第187~223页。

④ 独孤及：《阮公啸台颂序》，《全唐文》卷384，中华书局1983年版，第3903页。

⑤ 魏征：《论时政疏》，《全唐文》卷139，中华书局1983年版，第1409页。

⑥ 姚崇：《扑满赋》，《全唐文》卷206，中华书局1983年版，第2079页。

同时的另一名相宋璟也曾因为梅花坚贞不屈的品格，有感而作《梅花赋》①，以表彰其出群之姿，实际也暗含着对于人的道德品质的要求。

更有一类文人以崇高的道德风范为标尺，认为倘若不能以方正忠信获取荣华，就不如以耿介峻洁、静穆冲和以终老，切不可俯首低眉，区区计较于财利之多寡；奴颜婢膝，急急奔走于权势之门庭。如元结《喻友》篇即云：

> 人生不方正忠信以显荣，则介洁静和以终老。②

其《送王及之容州序》亦曰：

> 人生若不能师表朝廷，即当老死山谷。彼区区于财货之末，局局于权势之门，纵得锺鼎，亦胡颜受纳，行矣自爱！③

均表达出对于德行操守的坚持。

倘若一位士大夫以德行称著于世，他居住的屋舍、存留的作品也会因此而受到重视。如唐睿宗太极、延和年间(712)，名士崔沔曾在洛阳买宅而居，此宅“俭而不陋，净而不华”，崔沔于是作了篇《陋室铭》。“天宝末，子孙洒扫，贮书籍、剑履而已。逆胡再陷洛阳，屋遂崩圮，唯檐下废井存焉。”后来，崔沔之子崔祐甫，“恐茂烈烟沦，罔垂后裔，乃刻《陋室铭》于井北遗址之前，以抒所志。”④崔沔其人，《旧唐书》本传称其：

> 淳谨，口无二言，事亲至孝，博学有文词。⑤

《新唐书》本传亦云沔：

> 性舒迟，进止雍如也，当官则正言，不可得而诎。⑥

---

① 宋璟：《梅花赋》，《全唐文》卷207，中华书局1983年版，第2089页。
② 元结：《喻友》，《全唐文》卷383，中华书局1983年版，第3887页。
③ 元结：《送王及之容州序》，《全唐文》卷381，中华书局1983年版，第3873页。
④ 颜真卿：《通议大夫守太子宾客东都副留守云骑尉赠尚书左仆射博陵崔孝公宅陋室铭记》，《全唐文》卷338，中华书局1983年版，第3426页。
⑤ 刘昫等撰：《旧唐书》卷188《崔沔传》，中华书局1975年版，第4927页。
⑥ 欧阳修、宋祁撰：《新唐书》卷129《崔沔传》，中华书局1975年版，第4476页。

可知，崔沔在德行、品格、文才等方面均是极符合传统规范的。再如令狐楚《刻苏公太守二文记》记载：

从天宝十二载（753）而下，及兹八十年，（苏）源明有盛名于朝，遗爱在郓，尝与五太守会集。燕游之所，形于文字，罔若金玉……余以为不可使中行子之文无传于此地，乃于溪亭作金石刻引而记之。①

也是因为重视苏源明之德行而刊刻其文。

与这种推崇德行的观念所并重的，就是对个人才智所秉持的审慎态度。德才兼备固然为至上之选，倘若不能两全，则宁可选择有德无才之人，亦不可任用有才无德者，这是传统用人的一个重要原则。春秋时期晋国的智伯，才智过人，但因其穷武少德，终于导致身败族灭，就是一个极为典型的事例②。唐代史家刘知几《思慎赋》小序有云：

然历观自古，以迄于今，其有才位见称，功名取贵，非命者众，克全者寡。大则覆宗绝祀，堙没无遗；小则系狱下室，仅而获免；速者败不旋踵，宽者忧在子孙。至若保令名以没齿，传贻厥于后允，求之历代，得十一于千百。③

他以一位历史家的眼光，洞鉴了“才位见称，功名取贵，非命者众，克全者寡”的客观事实，说明了才智运用需谨慎的道理。在此文中，他还用近三千字的篇幅，列举了历史上那些“望夷篡夺，鸿沟战争，包燕盖之异志，践恭显之邪迹，干纪乱常，窥窬侥幸”者、傲诞者、自满者与过于刚直者，这些人往往凭借个人慧黠以行事，终致获罪身败。刘知几因此而反思“才轻任重之诫，智小谋大之忧，观止足于居常，绝觊觎于不次”的社会伦理，对“恃才而轻德者，令人堪忧”的观点进行了详细的疏解。这篇借鉴史事的剀切之论，堪称初唐时期探讨德才关系的一篇宏文。

盛唐以后，唐代文人在重视德行的同时，也开始注意到文辞对于立德所起到的重要作用。于邵《词场箴》便说：

---

① 令狐楚：《刻苏公太守二文记》，《全唐文》卷543，中华书局1983年版，第5507页。

② 参见《资治通鉴》卷1周威烈王二十三年司马光论语，中华书局1956年版，第14~15页。

③ 刘知几：《思慎赋》，《全唐文》卷274，中华书局1983年版，第2778页。

惟士立德，必先修词。①

由李华、萧颖士、独孤及、梁肃直至韩愈、柳宗元等人所提倡的古文运动，主张“文以明道”，实则也和当时文人对待德行与文章之关系有着密切的关系。这方面的论述较多，此不赘述。

与推重德行相联系的，还有人们关于“君子”的认识。先秦典籍中，存在着大量的关于“君子”的论述，不仅一向以“君子”自任的儒家之士热衷于阐发其中的深义，诸子之书也纷纷言之②。其中，儒家经典《论语》及诸子之作如《管子》《晏子春秋》《荀子》《吕氏春秋》《韩非子》等书对于“君子”之论尤多精到见解。如《管子·版法解第六十六》云：“君子恶称人之恶，恶不忠而怨妒，恶不公议而名当称，恶不位下而位上，恶不亲外而内放。”③《管子·心术上第三十六》云：“君子不怵乎好，不迫乎恶，恬愉无为，去智与故。”④《晏子春秋》卷六内篇《杂下第六》云：“君子不犯非礼。”⑤《吕氏春秋·高义》曰：“君子之自行也，动必缘义，行必诚义。”⑥《吕氏春秋·遇合》曰：“君子不处幸，不为苟，必审诸己然后任，任然后动。”⑦《韩非子·八说第四十七》曰：“轻禄重身谓之君子。”⑧《韩非子·解老第二十》云：“君子取情而去貌，好质而恶饰。”⑨等等。比较这些观点，基本可以看出早期的士人们关于“君子”的核心观点——**崇德行义，明礼内省，依仁好学**。这种“君子”观实质上已与汉代董仲舒所提倡的仁、义、礼、智、信没有太大的差异。

唐代文人对于“君子”的认识，仍然没有超越出先秦两汉时所确立的“君子”概念之范畴。如王绩所云“君子不苟洁以罹患”⑩，无非是君子重义之表现；魏征所说“君子扬人之善，小人讦人之恶”⑪，也不过是《论

① 于邵：《词场箴》，《全唐文》卷429，中华书局1983年版，第4371页。
② 诸子著作如《晏子春秋》《墨子》《管子》《荀子》《庄子》《尹文子》《慎子》《吕氏春秋》《商君书》《韩非子》等书中均有关于君子的论述。
③ 黎翔凤撰：《管子校注》，中华书局2004年版，第1206页。
④ 黎翔凤撰：《管子校注》，中华书局2004年版，第764页。
⑤ 吴则虞撰：《晏子春秋集释》，中华书局1962年版，第418页。
⑥ 许维遹撰：《吕氏春秋集释》，中华书局2009年版，第513页。
⑦ 许维遹撰：《吕氏春秋集释》，中华书局2009年版，第342页。
⑧ 王先慎撰：《韩非子集解》，中华书局1998年版，第423页。
⑨ 王先慎撰：《韩非子集解》，中华书局1998年版，第133页。
⑩ 王绩：《无心子传》，《全唐文》卷132，中华书局1983年版，第1326页。
⑪ 魏征：《论君子小人疏》，《全唐文》卷140，中华书局1983年版，第1421页。

语》所说“君子成人之美，不成人之恶。小人反是”①、《韩非子》所言“君子不蔽人之美，不言人之恶”②的另一种表述；卢照邻所云“富贵者，君子之余事”③，则是“君子固穷”④论的变向说法。

中唐时期的元结在其《自箴》篇中，曾有一段与人关于“君子”之道的讨论，略可考察唐代文人的君子观，现录如下：

有时士教元子显身之道曰：“于时不争，无以显荣；与世不佞，终身自病。君欲求权，须曲须圆；君欲求位，须奸须媚。不能此为，穷贱勿辞。”元子对曰：“不能此为，乃吾之心。反君之言，作我自箴。与时仁让，人不汝上；处世清介，人不汝害。汝若全德，必忠必直；汝若全行，必方必正。终身如此，可谓君子。”⑤

这里提出的与时仁让、处世清介、忠直以全德、方正以全行的观点，集中体现了唐代文人关于君子的认识。元结在其《喻友》一文中也曾说：“贵不专权，罔惑上下，贱能守分，不苟求取，始为君子。”⑥仍然是上段所云“清介”的具体表现。需要指出的是，元结归纳的与时仁让、处世清介、忠直方正这几个特点，不过是先秦“君子”观的具象化而已。

唐人崔宏庆的《解诘论》中还详细谈到当时文人习读经书以达成君子之身的愿望：

读《孝经》则思君子之行，读《春秋》则思君子之志，读《易》则思君子之性命，读《诗》则思君子之讽兴，读《书》则思君子之载言，读《礼》则思君子之防乱，读乐章则思君子之理心。至于非法道未尝敢言行也。夫是乡里称余，朋友佳余……⑦

这种希望通过学习经典来培养德性，达成君子的愿景，从而立德成名的思路，素来为唐代文人所重视，如虞世南《劝学篇》所曰：

---

① 《论语·颜渊第十二》，朱熹：《四书章句集注》，中华书局 1983 年版，第 137 页。
② 韩非撰，王先慎集解：《韩非子集解》卷 9《内储说上第三十》，中华书局 1998 年版，第 220 页。
③ 卢照邻：《对蜀父老问》，《全唐文》卷 167，中华书局 1983 年版，第 1706 页。
④ 《论语·卫灵公第十五》，朱熹：《四书章句集注》，中华书局 1983 年版，第 161 页。
⑤ 元结：《自箴》，《全唐文》卷 382，中华书局 1983 年版，第 3881 页。
⑥ 元结：《喻友》，《全唐文》卷 383，中华书局 1983 年版，第 3887 页。
⑦ 崔宏庆：《解诘论》，《全唐文》卷 947，中华书局 1983 年版，第 9837 页。

自古贤哲，勤乎学而立其名。若不学，即没世而无闻矣。①

此外，李翰《三名臣论》所谈及的管仲、乐毅、诸葛亮，则可视作唐代文人心中理想的名臣形象②，此三人皆以善于治理国家而著名，这将是下一小节将要讨论的立功垂名问题了。

(二)立功垂名：以画像于凌烟阁为中心

唐代宗大历十三年(778)春季的一天，梁肃与友人欧阳仲山游于吴地，忽然发现里巷间显得有些荒芜的周瑜墓，于是二人“壮公瑾之业，历于遗墟；想公瑾之神，息驾而吊，徘徊不能去”，欧阳仲山还为此作了些“过墓之什”，梁肃为其诗作序，序中抒发了对于周公瑾“时弥远而名益振，世逾往而声不灭”③的不世功业的歆羡之意。应该说，梁肃的这种感叹源于他对周瑜“用寡制众，挫强为弱”这一勋业的赞赏。

五代时的徐铉也曾说过：

高卧尧舜之代，不为背时；濡足楚汉之际，不为趋利。嗟乎！天下兵起，百年于兹。立功名、取富贵者有之，贞苦节、安徒步者，何寂寞而无闻也。④

天下兵兴之际，正是世人立功名、取富贵之时，在唐末那个兵荒马乱的时代，“贞苦节、安徒步”的立德君子，只能寂寞无闻。徐铉的感慨，固然暗含着对于乱世的谴责，但他的这种认识，却又是存在的事实。

孔夫子曾言：

我欲载之空言，不如见之于行事之深切著明也。⑤

建功立业是古代文人实现自身价值的最好体现，成为文人的普遍追求，这种渴望是早已有之的。卢藏用《陈子昂别传》载：

---

① 虞世南：《劝学篇》，《全唐文》卷138，中华书局1983年版，第1402页。
② 李翰：《三名臣论》，《全唐文》卷431，中华书局1983年版，第4382页。
③ 梁肃：《周公瑾墓下诗序》，《全唐文》卷518，中华书局1983年版，第5263页。
④ 徐铉：《答左偃处士书》，《全唐文》卷881，中华书局1983年版，第9209页。
⑤ 司马迁撰：《史记》卷130《太史公自序》，中华书局1959年版，第3297页。

子昂有天下大名而不以矜人，刚断强毅而未尝忤物，好施轻财而不求报。性不饮酒，至于契情会理，兀然而醉。工为文而不好作，其立言措意，在王霸大略而已。①

因为陈子昂意不在以文传名，故其“文章散落”，多亏人口相传，才得以保存十卷诗文。王维《与工部李侍郎书》中对于李侍郎的评价，也表现出对立功垂名的向往：

以剑率卒，执戈前驱，浃旬之间，六军响振，以成兴复之业……岂非侍郎忠节盖世，义贯白日，垂名竹帛，为一代宗臣？②

清人赵翼曾云：“事本易传，则诗亦易传。”③唐太宗与他的凌烟阁功臣东征西伐之事，历来为世人津津乐道，相关诗文也有不少。下面结合凌烟阁的有关史料与诗文来详细谈谈唐代文人对于立功不朽的态度。

凌烟阁的建成时间已难确考，贞观初期，太宗曾整修过不少隋代宫殿④，其建成时间或在此时。凌烟阁最初只是禁苑中一栋并不起眼的楼阁，为皇室及上层贵族聚会、娱乐的场所。如贞观四年(630)，李世勣、李靖等大破突厥，时为太上皇的李渊因曾受突厥人欺侮，听说突厥可汗颉利被擒，便召集太宗与贵臣十多人，以及诸王、妃、公主在凌烟阁设酒庆祝，李渊还自弹琵琶，太宗也随乐起舞，公卿大臣起身祝寿，至夜始罢⑤。

据五代王溥《唐会要》卷45记载，贞观十七年(643)二月二十八日，太宗鉴于前朝有“甘露良佐，麟阁著其美；建武功臣，云台纪其迹”⑥，于是下诏效仿汉代麒麟阁与云台之事，以褒崇勋德。在凌烟阁图以二十四功

---

① 卢藏用：《陈子昂别传》，《全唐文》卷238，中华书局1983年版，第2412页。
② 王维：《与工部李侍郎书》，《全唐文》卷325，中华书局1983年版，第3292页。
③ 赵翼：《瓯北诗话》卷9，人民文学出版社1963年版，第131页。按，此为赵氏论吴梅村叙事歌行之语。
④ [英]崔瑞德编，中国社会科学院历史研究所与西方汉学研究课题组译：《剑桥中国隋唐史》，中国社会科学出版社1990年版，第192页。其依据为：《唐会要》(中华书局1955年版)卷30，第551~552页；《资治通鉴》(中华书局1956年版)卷193，第6079~6080页、第6088页。
⑤ 司马光编著，胡三省音注：《资治通鉴》卷193，中华书局1956年版，第6075页。
⑥ 王溥撰：《唐会要》卷45，中华书局1955年版，第801页。太宗《图功臣像于凌烟阁诏》，亦载于《全唐文》卷7，中华书局1983年版，第81页。

臣的画像，这二十四人是赵公长孙无忌、赵郡王李孝恭、莱公杜如晦、郑公魏征、梁公房玄龄、申公高士廉、鄂公尉迟敬德、卫公李靖、宋公萧瑀、褒公段志玄、夔公刘弘基、蒋公屈突通、勋公殷开山、谯公柴绍、邳公长孙顺德、郧公张亮、陈国公侯君集、郯公张公谨、卢公程知节、永兴公虞世南、渝公刘政会、莒公唐俭、英公李勣、胡公秦叔宝。凌烟阁从一座不起眼的楼阁，一举变为臣子功成名就、名垂青史的象征与准的。这一次的旌表举动，虽然只是朝廷对于开国功臣的惯常表彰，但对后来的社会风气影响很大，具有重要的文化史意义。唐代文人渴求建树功业的思想中，不能排除受凌烟阁之举的影响。如符载《上西川韦令公书》写道：

某顷不自揆谬隐匡庐间，其所务者，不专文字，亦尝有意窥佐王治国之术，思树勋不朽之事。①

即使是隐于庐山，也对佐王治国之术颇为留意，渴望树立功勋以不朽。

张亮、侯君集二人原本为凌烟阁图像最初确定的元勋，因为不久参与到宫廷夺权的政变中，便被取消继续存像于阁的资格。刘肃《大唐新语》卷11《褒锡》载：

及侯君集谋反伏诛，太宗与之诀，流涕谓之曰："吾为卿不复上凌烟阁矣！"②

对于有谋乱之心的人，不仅要砍头，而且还要剥夺其政治上的权利，也可以看出太宗李世民对画图像于凌烟阁是相当看重的。

后来，凌烟阁所图名臣还有过几次增补，其中最重要的一次是在平定安史之乱以后，作为大唐中兴的重要人物，郭子仪、李光弼等人也图像于凌烟阁。代宗宝应元年(762)，长达八年之久的"安史之乱"终于平定。"安史之乱"给曾经繁华的唐王朝带来巨大的破坏，《旧唐书》卷120记郭子仪奏书云："宫室焚烧，十不存一，百曹荒废，曾无尺椽，中间畿内，不满千户，井邑榛棘，豺狼所嗥，既乏军储，又鲜人力。东至郑、汴，达于徐方，北自覃怀，经于相土，为人烟断绝，千里萧条。"③诗人杜甫亦有

---

① 符载：《上西川韦令公书》，《全唐文》卷688，中华书局1983年版，第7047页。
② 刘肃撰，许德楠、李鼎霞点校：《大唐新语》，中华书局1984年版，第163页。
③ 刘昫等撰：《旧唐书》卷120《郭子仪传》，中华书局1975年版，第3457页。

诗曰："寂寞天宝后，园庐但蒿藜。我里百余家，世乱各东西。存者无消息，死者为尘泥"①，皆是实际情况。鉴于郭子仪、李光弼等人在平定这次战乱中功勋卓著，广德元年(763)，朝廷决定将郭、李诸人亦图其像于凌烟阁②。

贞元五年己巳(789)，德宗又下诏曰：

> 我行西宫，瞻宏阁崇构。见老臣遗像，雎然肃然，和敬在色。想云龙之叶应，感致业之艰难，睹彼思今，取类非远。且功与时并，才为代生，苟蕴其材，遇其时，尊主庇人，何代不有？在中宗则桓颜范等著匡戴之绩，在元宗则刘幽求等申翼奉之勋，在肃宗、代宗则郭子仪等扫殄氛祲。今则李晟等保宁朕躬，咸尽力肆勤，光复宗祐，继之前烈，夫岂多谢。阙而未录，孰谓旌贤？况念功纪德，文祖所为也，在予曷其敢怠！有司宜叙年代先后，各图其像，列于旧臣之次，仍令皇太子书朕是命，纪于壁焉。③

于是朝廷对中宗以来的名臣良将如桓颜范、刘幽求、郭子仪、李晟、马遂等予以表彰并图其像，昭示天下，以使后来之人，"知元勋之不朽"。

另据《新唐书》卷191《李憕传》载："武德(高祖年号)功臣十六人，贞观(太宗年号)功臣五十三人，至德(肃宗年号)功臣二百六十五人。德宗即位，录武德以来宰相及实封功臣子孙，赐一子正员官。史馆考勋名特高者九十二人，以三等条奏。……有诏差为二等，增至百八十七人。……大中初，又诏求李岘、王珪、戴胄、马周、褚遂良、韩瑗、郝处俊、娄师德、王及善、朱敬则、魏知古、陆象先、张九龄、裴寂、刘文静、张柬之、袁恕己、崔玄暐、桓彦范、刘幽求、郭元振、房琯、袁履谦、李嗣业、张巡、许远、卢弈、南霁云、萧华、张镐、李勉、张镒、萧复、柳浑、贾耽、马燧、李憕三十七人画像，续图凌烟阁云。"④大中，为宣宗年号，时在公元847年。这一次凌烟阁功臣图像的补续规模也是相当大的。

光化三年(900)，宦官刘季述等废昭宗立太子裕。孙德昭应宰相崔胤

① 杜甫：《无家别》，《全唐诗》卷217，中华书局1960年版，第2284页。

② 《旧唐书》卷12《德宗本纪》(中华书局1975年版，第319页)；颜真卿《唐故开府仪同三司太尉兼侍中河南副元帅都督河南淮南淮西荆南山南东道五节度行营事东都留守上柱国赠太保临淮武穆王李公神道碑铭》(《全唐文》卷342，中华书局1983年版，第3471页)。

③ 唐德宗：《令画中宗以后功臣于凌烟阁诏》，《全唐文》卷52，中华书局1983年版，第564~565页。

④ 欧阳修、宋祁撰：《新唐书》卷191，中华书局1975年版，第5512~5513页。

之命，与都将董彦弼、周承诲于次年元旦杀刘季述等，奉昭宗复位。三将分别被赐以姓名李继昭、李彦弼与李继诲，俱留宿卫，时称“三使相”。昭宗天复元年(901)，宰相崔胤亦被图像于凌烟阁①。但是，尽管崔胤被赐封为“回天兴祚平难功臣”，大唐的气数已尽，仅仅才过了5年，这座大厦便在一片风雨飘摇之中坍塌了。后唐闵帝应顺元年(934)，或许是出于对大唐盛世的怀念，朝廷还曾下令对凌烟阁重新进行了修葺②。

唐王朝对于功臣图像于凌烟阁的表彰，并非仅限于开国元勋与平乱的武将，对于国家文治方面起到重要作用的人物，朝廷也会加以特恩。比如，受诏撰写《五经正义》的孔颖达，便也受到此项殊礼③。另外，还有玄宗、肃宗朝的名相裴耀卿亦以文治之功图像于凌烟阁。

图像于凌烟阁的表彰，对于唐人的事功之心、声名意识以及对于不朽的理解形成了极大的触动，成为唐代文人时常萦怀于心的一丝情愫。他们或用自己的实际行为去渴求建功立业(如盛唐时期那些情志昂扬的边塞诗人)；或用图画来赞颂，如画家阎立本即作有《凌烟阁功臣图》④；或用赋颂来表达自己对于凌烟阁所绘功勋卓著的文武群臣的歆羡之情，如崔损《凌烟阁图功臣赋》、吕温《凌烟阁勋臣颂》等⑤。他们有时也将这份期待转移到文学作品的创作中来，希图以文章不朽。

唐代关于凌烟阁的诗中，最有名的应该是李贺的《南园》诗：

> 男儿何不带吴钩，收取关山五十州。请君暂上凌烟阁，若个书生万户侯？⑥

此诗表达出建树功名的强烈渴望，同时对不能经世致用的书生之途也提出了疑问。再来看一首晚唐文人张嫔的《夏日题老将林亭》：

> 百战功成翻爱静，侯门渐欲似仙家。墙头雨细垂纤草，水面风回

---

① 唐昭宗：《改元天复赦文》，《全唐文》卷92，中华书局1983年版，第959~963页。

② 阙名《准勅修凌烟阁奏》题下小注云：“应顺元年闰正月集贤院”，《全唐文》卷972，中华书局1983年版，第10083页。

③ 孔颖达被图像于凌烟阁，在贞观十八年，见《旧唐书》卷73《孔颖达传》(中华书局1975年版，第2603页)。

④ 刘昫等撰：《旧唐书》卷77《阎立本传》，中华书局1975年版，第2680页。

⑤ 崔损：《凌烟阁图功臣赋》，《全唐文》卷476，中华书局1983年版，第4861页；吕温《凌烟阁勋臣颂》，《全唐文》卷629，中华书局1983年版，第6343页。

⑥ 李贺《南园》其五，《全唐诗》卷390，中华书局1960年版，第4401页。

聚落花。井放辘轳闲浸酒，笼开鹦鹉报煎茶。几人图在凌烟阁，曾不交锋向塞沙？①

此诗先写百战成名的老将在经历了许多喧嚣的战争场面后，开始偏爱宁静闲适的生活。对于庭院墙头上因细雨淋湿而垂下的纤草与院池中因微风回旋而聚拢的落花的刻画，以及辘轳、鹦鹉的描写，表现出一派宁静悠闲的景致，结语却突然著一反问——“那些画在凌烟阁之上的名臣战将，有几人不是因沙场征战而搏得的功名呢？”令人于光景流连之中添几分警醒。张蠙其人，两唐书及五代史俱无传，元辛文房《唐才子传》卷10有少许记载，源出宋晁公武《郡斋读书志》，知其曾于蜀中王衍之廷供职。《郡斋读书志》卷18载：“王衍与徐后游大慈寺，见壁间书‘墙头细雨垂纤草，水面回风聚落花’，爱之，问知蠙句，给札，令以诗进。蠙以二百首献。衍颇重之……”②张蠙作诗，尤擅借景言事，《唐才子传》云：“（蠙）初以家贫累下第，留滞长安，赋诗云：‘月里路从何处上，江边身合几时归。十年九陌寒风夜，梦扫芦花絮客衣。’主司知为非滥成名。余诗皆佳，各有意度，过人远矣。”③传中所引之诗，写举子落第之后的失意心情，确实意度过人。

此外，还有如白居易的《题旧写真图》④、张籍的《赠赵将军》⑤、鲍溶的《赠远》⑥、杜牧的《寄远》⑦（一作许浑所作）⑧、张祜的《咏史》（其

---

① 《全唐诗》卷702，中华书局1960年版，第8082页。

② 晁公武撰，孙猛校证：《郡斋读书志校证》卷18，上海古籍出版社1990年版，第941页。

③ 辛文房撰，傅璇琮等校注：《唐才子传校笺》第4册卷10，中华书局1990年版，第346~347页。

④ 白居易《题旧写真图》诗：“我昔三十六，写貌在丹青。我今四十六，衰悴卧江城。岂比十年老，曾与众苦并。一照旧图画，无复昔仪形。形影默相顾，如弟对老兄。况使他人见，能不昧平生。羲和鞭日走，不为我少停。形骸属日月，老去何足惊。所恨凌烟阁，不得画功名。”《全唐诗》卷430，中华书局1960年版，第4751页。

⑤ 张籍《赠赵将军》诗：“当年胆略已纵横，每见妖星气不平。身贵早登龙尾道，功高自破鹿头城。寻常得对论边事，委曲承恩掌内兵。会取安西将报国，凌烟阁上大书名。”《全唐诗》卷385，中华书局1960年版，第4337页。

⑥ 鲍溶《赠远》诗：“辛苦关西车骑官，几年旌节客河兰。金泥舞虎精神暗，银缕交龙气色寒。欲和古诗成窦锦，倍悲秋扇损齐纨。莫劳雁足传书信，愿向凌烟阁上看。”《全唐诗》卷486，中华书局1960年版，第5519页。

⑦ 杜牧《寄远》诗：“两叶愁眉愁不开，独含惆怅上层台。碧云空断雁行处，红叶已凋人未来。塞外音书无信息，道傍车马起尘埃。功名待寄凌烟阁，力尽辽城不肯回。”《全唐诗》卷526，中华书局1960年版，第6030页。

⑧ 许浑《寄远》诗，见《全唐诗》卷536，中华书局1960年版，第6126页。

二)①，或从自己的旧画像联想到凌烟阁的图形，或者对边塞的友人寄以功业的期许，或者借咏历史上的人物，表达出对建树功名的向往及对儿女情怀与千金之酬的不屑，均表现出对于凌烟阁功臣的羡慕之情。而晚唐诗人刘驾的乐府诗《送征夫》则具有典型的盛唐气质，其诗云：

> 昔送征夫苦，今送征夫乐。寒衣纵携去，应向归时著。天子待功成，别造凌烟阁。②

对征战之事，不言其苦，仅称其功，刘驾此诗，可谓别开生面，脱却晚唐格调。据《唐才子传》卷7《刘驾传》记载："时国家复河、湟故地，有归马放牛之象，贺献乐府十章，序曰：'驾生唐二十八年，获见明天子以德归河、湟，臣得与天下夫妇复为太平人。恨愚且贱，不得拜舞上前，作诗十篇，虽不足贡声宗庙，形容盛德，愿与耕稼陶渔者，歌江湖田野间，亦足自快。'"③唐室尽复河、湟之地，在宣宗大中五年(851)春，以沙州刺史张义潮遣使来降为标志④，一时王朝呈复兴气象，故其诗能与时异趣，自有因由。

晚唐时期的诗僧贯休(832—912)也曾写过有关凌烟阁的诗。宋释文莹《湘山野录》载："唐昭宗以钱武肃镠平董昌于越，拜镠为镇海镇东节度使、中书令，赐铁券。……庄宗入洛，又遣使贡奉，恳承旨改回请玉册、金券。有司定仪，非天子不得用，后竟赐之。镠即以节钺授其子元瓘，自称吴越国王，名其居曰殿，官属悉称臣。……禅月贯休尝以诗投之，曰：'贵极身来不自由，几年勤苦踏山丘。满堂花醉三千客，一剑光寒十四州。莱子衣裳宫锦窄，谢公篇咏绮霞羞。他年名上凌烟阁，岂羡当时万户侯？'镠爱其诗，遣客吏谕之曰：'教和尚改十四为四十州，方与见。'休性褊介，谓吏曰：'州亦难添，诗亦不改，然闲云孤鹤，何天而不可飞邪？'遂飘然入蜀，以诗投孟知祥。有'一瓶一钵垂垂老，万水千山得得来'之句，知祥厚遇之。"⑤

---

① 张祜《咏史》其二："留名鲁连去，于世绝遗音。尽爱聊城下，宁知沧海深。偶然飞一箭，无事在千金。回望凌烟阁，何人是此心。"《全唐诗》卷510，中华书局1960年版，第5815页。

② 刘驾：《送征夫》，《全唐诗》卷585，中华书局1960年版，第6777页。

③ 辛文房撰，傅璇琮等校注：《唐才子传校笺》第3册卷7，中华书局1990年版，第367页。

④ 司马光编著，胡三省音注：《资治通鉴》卷249，中华书局1956年版，第8044页。

⑤ 文莹：《湘山野录·续录》，中华书局1984年版，第79~80页。

贯休其人，元代辛文房《唐才子传》卷10称他“一条直气，海内无双，意度高疏，学问丛脞，天赋敏速之才，笔吐猛锐之气，乐府古律，当时所宗……僧中之一豪也。后少其比者，前以方支道林，不过矣。”①盖贯休处晚唐乱世，希冀有能臣良将可扶大厦于将倾，原以为钱镠乃救世之臣，一定也会如前代名臣般图像于凌烟阁上。哪知钱氏另有野心，于是他便改投蜀中孟知祥。在蜀中时，他也写过“岳渎殊祥日月精，人尧金镜佐休明。衣严黼黻皇恩重，剑折芙蓉紫气横。玉甃金汤山岳峻，花藏台榭管弦清。已闻图上凌烟阁，宠渥穹窿玉不名”这样的诗以歌咏大蜀皇帝②。

贯休作诗，颇得颂咏、风刺之道。晚唐一位较著名的文人吴融曾为其诗集作序云：“夫诗之作者，善善则咏颂之，恶恶则风刺之。苟不能本此二者，韵虽甚切，犹土木偶不生于气血……国朝为能歌诗者不少，独李太白为称首，盖气骨高举，不失颂咏、风刺之道。厥后白乐天为讽谏五十篇，亦一时之奇逸极言……上人之作，多以理胜，复能创新意，其语往往得景物于混茫之际。然其旨归，必合于道。太白、乐天既殁，可嗣其美者，非上人而谁？”③可是，贯休却认为吴融并不能了解自己的心意，他与弟子昙域等人曾有过一段对话，并让昙域为自己的著作重新作序：

> 唐翰林学士兵部侍郎吴融请为叙，先师长谓吾门人曰：“吴公文藻赡逸，学海渊深，或以揖让周旋（阙一字）待矣，或以文害辞，或以辞害志，或以诞饰饶借，则殊不解我意也。子可于余所著之末，仰重序之。”昙域乃稽颡而言曰：“语云：‘子疾病，子路欲使门人为臣。子曰：欺天乎！’昙域小子，何敢叙焉？”师曰：“子不知皆孔子弟子，记诸善言，以成其书。况吾常酷于兹，心剿形瘵，访奇稽古，慰以大道，皤然皓首，岂为贾其声耶？且吾昔在吴越间，靡所济集，聊欲系志于翰墨，得以乱思，不憖遗老矣！子无辞焉。但当吾意而言之，然又不可以过之。乐天、长吉似之矣！吾若与骚人同时，即知殊不相屈耳。直言之，无相辱也。”④

---

① 辛文房撰，傅璇琮等校注：《唐才子传校笺》第4册卷10，中华书局1990年版，第442页。

② 贯休：《大蜀皇帝潜龙日述圣德诗五首》其一，《全唐诗》卷835，中华书局1960年版，第9412页。

③ 吴融：《禅月集序》，《全唐文》卷820，第8642页。

④ 昙域：《禅月集后序》，《全唐文》卷922，第9605页。

贯休之意，是说吴融富有文辞、学问渊深，但他在写序时文饰过重，不能准确地阐明诗中本意，于是希望昙域能重序而传其本心。他还说自己"心剿形瘵，访奇稽古"，是为了寻求"道"，而不是为了沽名钓誉。同时，他表达出自己系情翰墨、不愿使这些诗文不传而"遗老"的愿望。

从贯休献给钱镠、孟知祥的诗和他与昙域诸弟子的对话，可以看出，贯休虽为一出家人，但他仍有着强烈的功名心，他也不像一般的佛门弟子那般了无牵挂，他对自己的诗文非常看重，也有着比较自觉的传播意识。

凌烟阁上所绘之像，不是开国元勋，就是顾命大臣，为国之梁柱，是以人皆向往。唐人渴望建功边塞，还缘于君王对于边关之将的荣宠。如玄宗时张九龄所撰《敕幽州节度张守珪书》云："兵贵从权，以时经略，在卿临事，一以委之。效命输忠，成名立事，居今慕古，千载一时，卫、霍之俦，独何人也！"①将边塞之事，全部委托给边关守将，可见边将权势之崇重。并且玄宗还屡次问候边关将士的平安："秋气已冷，卿及将吏以下并平安好"②，"边事烦总，无乃为劳，冬初薄寒，卿及禄山并诸将士已下并平安好"③，等等。后来安禄山起兵谋反，与恃宠而骄不无关系。

由凌烟阁绘图与这些相关诗文事例的考察，可以窥见唐代文人渴望建树功业的强烈欲望，这种心理源于文人希冀不朽的声名意识。

（三）立言致远：史官、学士与以文辅治

《左传·襄公二十五年》载孔子语云：

> 志有之："言以足志，文以足言。"不言，谁知其志？言之无文，行而不远。④

正因为孔子对文辞的重视，所以在德行、言语、政事、文学这孔门四科中，"言语""文学"已占其半。中唐文人李观曾举这个古例引申道：

---

① 张九龄：《敕幽州节度张守珪书》其二，《全唐文》卷284，中华书局1983年版，第2887页。

② 张九龄：《敕幽州节度张守珪书》其一，《全唐文》卷284，中华书局1983年版，第2886页。

③ 张九龄：《敕幽州节度张守珪书》其二，《全唐文》卷284，中华书局1983年版，第2887页。

④ 《春秋左传·襄公二十五年》，阮元校刻：《十三经注疏》，中华书局1980年版，第1985页下。

羊舌大夫谓鬷明曰："子不言，吾几失子矣。"仲尼又云："言而无文，行之不远。"则知士不得不言，言不得不文。①

羊舌大夫，名肸，即叔向，春秋时晋国贵族。鬷明，即鬷蔑，字然明，郑国大夫。叔向与鬷明之事，出于《左传·昭公二十八年》，原文如下：

昔叔向适郑，鬷蔑恶。欲观叔向，从使之收器者，而往立于堂下，一言而善。叔向将饮酒，闻之曰："必鬷明也。"下执其手。②

这一个事例，一句名言，不仅说出了言语表达的重要，而且也道出了文辞在人际交流中的重要性。

文人通过立言而不朽，不仅仅只是停留在语言交流的层面上，与书面的文采存在着更大的关系。唐代文人大多认为"言而不能文，君子耻之"③、"志非言不形，言非文不彰"④。近人刘师培论先秦诸子之文得以流传之由云：

惟文学臻于极盛，故周末诸子，卒以文词之美，得后世文士之保持而流传勿失。⑤

若非文词美赡，不能得到后世文士的保存，也就难以流传，这种论断是非常有道理的。

关于唐代文章，《全唐文序》评价道：

唐起八代之衰，彬彬郁郁，以文辅治，用昭立言极则，非徒猎取科名之具也。⑥

彬彬郁郁的唐代文章成为当时文人立言不朽的重要凭借，并非仅仅为取科

① 李观：《与右司赵员外书》，《全唐文》卷533，中华书局1983年版，第5407页。
② 《春秋左传·昭公二十八年》，阮元校刻：《十三经注疏》，中华书局1980年版，第2119页。
③ 柳冕：《答荆南裴尚书论文书》，《全唐文》卷527，中华书局1983年版，第5357页。
④ 独孤及：《检校尚书吏部员外郎赵郡李公中集序》，《全唐文》卷388，中华书局1983年版，第3945页。
⑤ 刘师培：《中国中古文学史》，人民文学出版社1959年版，第110页。
⑥ 《全唐文序》，《全唐文》卷首，中华书局1983年版，第2页。

名而作。唐初文人宋之问更发惊人之语：

> 自古皆死，不朽者文！①

宋之问以文馆学士的身份下此论断，固然有其偏颇之处，但文章写得好确也是实现精神不朽的一条重要路径。

在唐代，实现立言不朽大致有这样几种路径：

(1)借助修撰正史，即以史官身份而垂名；

(2)以学士身份为一时文冠以垂名；

(3)以文人身份进入正史的《文苑传》；

(4)凭借诗文在世间的传诵而脍炙人口；

(5)有文集流传于世。

后三点将在其余章节中展开论述，此处先就以史官与学士身份垂名加以讨论。

中国是一个重视历史记载的国度，前辈学人如梁启超、范文澜、顾准等均已指出史学、史官文化在中国古代文化中的重要性，无须赘言。同时，需要注意的是历代史官往往还是文才出众的"一朝之选"。李华《著作郎厅壁记》中对魏晋以来史官评价道：

> 魏则王沈以侍中兼之，卫凯以尚书带之。至于有晋，若史材之美，陈寿自佐郎迁；元舅之尊，庾亮以中书领。宋则徐爰、何承天，齐则沈约、裴子野，梁则陆云、公姚察，陈则顾野王、张正见，后魏则崔光、高允，北齐则邢子才、魏收，周则苏亮、柳虬，隋则虞绰、王劭，皆一朝名选也。……唐之建官，罔非俊乂。若虞永兴德函大雅，魏侍中才高王佐，郑吏部绝韵锵鸣，崔司业雄词飞动，皆历焉。②

在这个概括了六百年间主要史官的名单之中，可以看到沈约、张正见、邢子才、魏收、虞世南、魏征等许多在中古文学史上同样非常重要的人物。

有唐一代，修史之风尤盛。武德四年(621)十一月，唐王朝建国伊始，令狐德棻就上书提出：

---

① 宋之问：《祭杨盈川文》，《全唐文》卷241，中华书局1983年版，第2440页。

② 李华：《著作郎厅壁记》，《全唐文》卷316，中华书局1983年版，第3204页。

> 近代已来，多无正史。梁、陈及齐，犹有文籍，至周、隋遭大业离乱，多有遗阙。当今耳目犹接，尚有可凭，如更十数年后，恐事迹湮没。陛下既受禅于隋，复承周氏历数，国家二祖，功业并在周时，如文史不存，何以贻鉴千古?①

奏文从存史贻鉴的角度谈到了修史的必要性，认为如果不尽早修备史书，十数年以后，恐怕事迹会湮没不闻，难以对已经之历史进行反思，从而不能保持修史的传统。所以，次年十二月，高祖便颁布《修魏周隋梁齐陈史诏》，命中书令萧瑀、秘书丞令狐德棻等人修撰前六代史②。虽然此事后因"玄武门之变"的政治变故暂时搁置，但却为贞观三年(629)开始的大规模修史工作做了充分地准备。

令狐德棻(583—666)，为由北周入唐之文士。唐高祖时任大丞相府记室，太宗朝历任起居舍人、礼部侍郎、国子监祭酒、太常卿、弘文馆学士、崇贤馆学士等职。他不仅直接从事了《周书》的撰写，还参与撰写了《氏族志》③与唐律的制订、类书《艺文类聚》的编纂、《晋书》的修撰，监修《五代史志》，参撰贞观十三年以后的实录及高宗实录等。而且还奏请购募遗书，置吏补录，保存了大批的图书，使"宏文殿聚四部群书二十余万卷"④，是唐初文化史上不可或缺的关键人物。赵翼《廿二史札记》云："创修撰之源，自德棻始也。"⑤盖赵氏之意，就唐代撰述而言，当自令狐德棻始也。

唐初，撰史之事因隋旧制，隶属秘书省著作局。贞观三年(629)，太宗有鉴于晋以来的历史缺乏系统的记载，便下诏成立国史馆，令修梁、陈、北齐、北周、隋前五朝史，并定下宰相监修之制。贞观十年(636)正月二十日，尚书左仆射房玄龄、侍中魏征等，撰成周、隋、梁、陈、齐五

---

① 令狐德棻：《请修近史奏》，《全唐文》卷137，中华书局1983年版，第1388页。

② 《全唐文》卷2，中华书局1983年版，第32页。诏令中提及的著史之人如下：中书令萧瑀、给事中王敬业、著作郎殷闻礼，可修魏史；侍中陈叔达、秘书丞令狐德棻、太史令庾俭，可修周史；兼中书令封德彝、中书舍人颜师古，可修隋史；大理卿崔善为、中书舍人孔绍安、太子洗马萧德言，可修梁史；太子詹事裴矩、兼吏部郎中祖孝孙、前秘书丞魏征，可修齐史；秘书监窦琎、给事中欧阳询、秦王文学姚思廉，可修陈史。

③ 参与《氏族志》撰写的有四人：高士廉、韦挺、岑文本、令狐德棻，他们分别代表了山东士族、关中士族、南方士族与河西士族。

④ 王溥撰：《唐会要》，中华书局1955年版，第1114页。

⑤ 赵翼著：《廿二史札记》，中华书局1985年版。

代史以上[①]。其分工为：令狐德棻、岑文本撰周史，孔颖达、许敬宗撰隋史，姚思廉撰梁、陈史，李百药撰齐史。一时皆有良史之称[②]。

修前五朝史中的关键人物，除令狐德棻外，还有魏征。太宗称他“文高翰林，学综册府”[③]。魏征(580—643)，是唐朝初年著名的政治家与史学家，他以敢于犯颜直谏而著名。贞观十年(636)，魏征奉命主持编写的《隋书》《周书》《梁书》《陈书》《齐书》等，历时七年而完稿，其中，《隋书》的序论、《梁书》《陈书》和《齐书》的总论都是魏征所撰。

贞观二十年(646)，太宗又下诏令修《晋书》。命司空房玄龄、中书令褚遂良、太子左庶子许敬宗主掌其事；令中书舍人来济，著作郎陆元仕，著作郎刘子翼，主客郎中卢承基，太史令李淳风，太子舍人李义府、薛元超，起居郎上官仪，主客员外郎崔行功，刑部员外郎辛邱驭，著作郎刘允之，光禄寺主簿杨仁卿，御史台主簿李延寿，校书郎张文恭分工撰录；又令前雅州刺史令狐德棻、太子司仪郎敬播、主客员外郎李安期、屯田员外郎李怀俨，详其条例，量加考正。以臧荣绪《晋书》为本，捃摭诸家以修[④]。太宗在《修晋书诏》中说，晋以来的有关史料，“十有八家，虽存记注，而才非良史，书亏实录”，“其文既野，其事罕传。遂使典午清尘，韫遗芳于简策；金行曩志，阙继美于骊騵。”他希望能够“诠次旧文，裁成义类，俾夫湮落之诰，咸使发明”[⑤]，其实录存史之意甚明。

参与《晋书》修撰的李延寿还利用史馆历史文献的使用便利，在公事之余，完成自己的私人撰述《南史》《北史》[⑥]。唐初其他私人撰著的史书还有吕才《隋纪》、元行冲《魏典》等，其中元氏因其本族出于后魏，所作编年之史事详文简，为学者所称道[⑦]。与唐初这些撰写前朝历史的史家同样需要关注的，就是撰写本朝史与实录的那些史官。据《唐会要》卷63，考知唐代撰写本朝史与实录者如下(他们当中有些人也参加了前朝史的修撰)：

(1)贞观十七年七月十六日，司空房玄龄、给事中许敬宗、著作郎敬播等，上所撰高祖太宗实录各二十卷。

---

① 参见王溥撰：《唐会要》卷63，中华书局1955年版，第1091页。

② 参见《旧唐书》卷71《魏征传》，中华书局1975年版，第2549、2550页。

③ 太宗：《奖魏征编注戴氏礼诏》，《全唐文》卷9，中华书局1983年版，第106页。

④ 王溥撰：《唐会要》卷63，中华书局1955年版，第1091页。

⑤ 太宗：《修晋书诏》，《全唐文》卷8，中华书局1983年版，第94页。

⑥ 李延寿：《北史》卷100《序传》，中华书局1974年版，第3345页。

⑦ 王溥撰：《唐会要》卷63，中华书局1955年版，第1092页。

(2)永徽元年闰五月二十三日，史官太尉(长孙)无忌等，修贞观实录毕，上之。起贞观十五年至二十三年。

(3)显庆元年七月三日，史官太尉无忌、左仆射于志宁、中书令崔敦礼、国子祭酒令狐德棻、中书侍郎李义府、崇贤学士刘允之、著作郎杨仁卿、起居郎李延寿、秘书郎张文恭等，修国史成。起义宁尽贞观末。

(4)显庆四年二月五日，中书令许敬宗、中书侍郎许圉师、太史令李淳风、著作郎杨仁卿、著作郎顾允，受诏撰贞观二十三年已后至显庆三年实录。

(5)长安三年正月一日敕，宜令特进梁王三思、与纳言李峤、正谏大夫朱敬则、司农少卿徐彦伯、凤阁舍人魏知古、崔融、司封郎中徐坚、左史刘知几、直史馆吴兢等，修唐史。

(6)神龙二年五月九日，左散骑常侍武三思、中书令魏元忠、礼部尚书祝钦明、及史官太常少卿徐彦伯、秘书少监柳冲、国子司业崔融、中书舍人岑羲、徐坚等，修则天实录二十卷。

(7)开元四年十一月十四日，修史官刘子元、吴兢，撰睿宗实录二十卷、则天实录三十卷、中宗实录二十卷成，以闻。

(8)大历三年，起居舍人兼修史令狐峘，修元宗实录一百卷。

(9)元和二年七月，太仆寺丞令狐丕，进亡父故史官峘所撰代宗实录四十卷。

(10)五年十月，宰臣裴垍，与史官蒋乂等，撰德宗实录五十卷。

(11)长庆二年十月，敕翰林侍讲学士谏议大夫路随、中书舍人韦处厚，兼充史馆修撰，修宪宗实录。……会昌元年四月敕，宪宗实录，宜令史馆再修撰进入。……至三年十月，宰臣兼监修国史李绅，与修史官郑亚等，修毕进上。

(12)八年三月，宰臣监修国史魏謩，修成文宗实录四十二卷，上之。史馆给事中卢耽、太常少卿蒋偕、司勋员外郎王沨、右补阙卢告(皆受赏)。

(13)大顺二年二月，敕吏部侍郎柳玭等，修宣宗懿宗僖宗实录。

另外，《全唐文》中还收有韩愈所撰《顺宗实录》，因《唐会要》未载，加以他本人曾表现出的史官著述“不有人祸，则有天刑”的著史态度①，亦

① 韩愈:《答刘秀才论史书》,《全唐文》卷554，中华书局1983年版，第5609页。

有疑之为伪作者①。通过以上所列人员，可以发现在唐代负责主持修撰本朝实录者，大部分均为各朝宰相。由宰臣兼职领衔撰修国史及大型类书的编纂，反映的是唐王朝对于文化建设的重视。中唐李泌之后，国史修撰不再由宰臣兼领，也是出于史著责任重大的缘故，并非对著史之权的轻视。权德舆《为齐相公让修国史表》云：

> 自贞元四年李泌后，宰臣遂不兼此职，盖以论著慎重，留于圣心。自非时谓全才，何以远循故事?②

即是此意。由此亦可知，著史者需是时之“全才”，且需专力为之；宰相事冗，难以专心著史，故此不再兼领。

唐人重史，也明白著史作为立言不朽的一种重要方式，具有其他著述所不可替代的优越性。李元纮《请令张说吴兢就史馆修史奏》即云：

> 国史者，记人君善恶，国政损益，一字贬褒，千载称之。③

《唐会要》中设有“史馆”专卷，其中包含史馆移置、诸司应送史馆事例、修前代史、修国史、在外修史、修史官、史馆杂录诸细目等④，更可见出唐代对于史官的重视。

再谈学士。《新唐书》卷46《百官志一》云：

> 学士之职，本以文学、言语被顾问，出入侍从，因得参谋议、纳谏诤，其礼尤宠。⑤

历代王朝都有执掌文衡、起草诏令的职官。汉代由尚书郎主作，魏晋时期，其职权转入门下、中书省。到了唐代，沿袭旧制，仍设中书舍人之职，负责诏诰的草拟。南朝时起，帝王身边的御用文士开始渐渐兴起，这

① 可参见蒋凡：《今本〈顺宗实录〉作者考辨》，《文章并峙壮乾坤——韩愈柳宗元研究》，上海教育出版社2001年版；刘真伦：《韩愈〈顺宗实录〉考实》，《韩愈集宋元传本研究》，中国社会科学出版社2004年版。

② 权德舆：《为齐相公让修国史表》，《全唐文》卷485，中华书局1983年版，第4953页。

③ 李元纮：《请令张说吴兢就史馆修史奏》，《全唐文》卷300，中华书局1983年版，第3040页。

④ 王溥撰：《唐会要》卷63、卷64，中华书局1955年版。

⑤ 欧阳修、宋祁撰：《新唐书》卷46，中华书局1975年版，第1183页。

些文士往往为文儒兼重的饱学之士，最初仅与帝王讲经、论文，并不参预政治。太宗朝的弘文馆学士仍沿此例。武则天主政以后，诏令制册之属，渐由这些文馆学士主之。玄宗朝的"翰林待诏""翰林供奉"，最初仅为陪侍之人，后来更发展为集文学与参政为一体的重要职官①。

从唐代历朝的文馆名目来看，有修文馆、弘文馆、昭文馆、崇贤馆、丽正殿、集贤殿、翰林院等。这些文馆名目虽多，其性质却并无二致，基本可算作帝王的私人书房，入值之人皆为朝廷的御用文人，其中学士多为文采卓异者。为有所区别，史书中通常以其所居、所处之地名之，如太宗时期的弘文馆学士，高宗时的丽正殿学士、武后时期的北门学士，玄宗时的集贤殿学士，以及玄宗末期以后的翰林学士等，即按此例。《新唐书》卷46《百官志一》述唐代学士衍变之状及其地位较为简要，其文曰：

> 唐制，乘舆所在，必有文词、经学之士，下至卜、医、伎术之流，皆直于别院，以备宴见；而文书诏令，则中书舍人掌之。自太宗时，名儒学士时时召以草制，然犹未有名号。乾封以后，始号"北门学士"。玄宗初，置"翰林待诏"，以张说、陆坚、张九龄等为之，掌四方表疏批答、应和文章。既而又以中书务剧，文书多壅滞，乃选文学之士，号"翰林供奉"，与集贤院学士分掌制诏书敕。开元二十六年，又改翰林供奉为学士，别置学士院，专掌内命。凡拜免将相、号令征伐，皆用白麻。其后，选用益重，礼遇益亲，至号为"内相"，又以为天子私人。凡充其职者无定员，自诸曹尚书下至校书郎，皆得与选。入院一岁，则迁知制诰，未知制诰者不作文书。班次各以其官，内宴则居宰相之下，一品之上。宪宗时，又置"学士承旨"。唐

① 《旧唐书》卷43《职官二》：翰林院。天子在大明宫，其院在右银台门内。在兴庆宫，院在金明门内。若在西内，院在显福门。若在东都、华清宫，皆有待诏之所。其待诏者，有词学、经术、合练、僧道、卜祝、术艺、书弈，各别院以廪之，日晚而退。其所重者词学。武德、贞观时，有温大雅、魏征、李百药、岑文本、许敬宗、褚遂良。永徽后，有许敬宗、上官仪，皆召入禁中驱使，未有名目。乾封中，刘懿之、刘祎之兄弟、周思茂、元万顷、范履冰，皆以文词召入待诏，常于北门候进止，时号北门学士。天后时，苏味道、韦承庆，皆待诏禁中。中宗时，上官昭容独当书诏之任。睿宗时，薛稷、贾膺福、崔湜，又代其任。玄宗即位，张说、陆坚、张九龄、徐安贞、张洎等，召入禁中，谓之翰林待诏。王者尊极，一日万机，四方进奏、中外表疏批答，或诏从中出。宸翰所挥，亦资其检讨，谓之视草，故尝闻当代四人，以备顾问。（肃宗）至德已后，天下用兵，军国多务，深谋密诏，皆从中出。尤择名士，翰林学士得充选者，文士为荣。亦如中书舍人例置学士六人，内择年深德重者一人为承旨，所以独承密命故也。德宗好文，尤难其选。贞元已后，为学士承旨者，多至宰相焉。（中华书局1975年版，第1853、1854页。）

之学士，弘文、集贤分隶中书、门下省，而翰林学士独无所属。①

李肇《翰林志序》则记有具体人员姓名：

唐兴，太宗始于秦王府开文学馆，擢房元龄、杜如晦一十八人，皆以本官兼学士，给五品珍膳，分为三番更直，宿于阁下，讨论坟典。时人谓之"登瀛洲"。贞观初置宏文馆学士，听朝之隙，引之大内殿，讲论文义，商较时政，或夜分而罢。至元宗置丽正殿学士，名儒大臣，皆在其中。后改为集贤殿，亦草书诏。至翰林置学士，集贤书诏乃罢。

初，国朝修陈故事，有中书舍人六员，专掌诏诰。虽曰禁省，犹非密切。故温大雅、魏征、李百药、岑文本、褚遂良、许敬宗、上官仪时召草制，未有名号。乾封以后，始曰北门学士。刘懿之、刘祎之、周思茂、元万顷、范履冰为之。则天朝苏味道、韦承庆，其后上官昭容独掌其事。睿宗则苏稷、贾膺福、崔湜，元宗改为翰林待诏，张说、陆坚、张九龄、徐安贞相继为之，改为翰林供奉。开元二十六年，刘光谨、张垍乃为学士，始别建学士院于翰林院之南，又有韩纮、阎伯舆、孟匡朝、陈兼、李白、蒋镇在旧翰林院，虽有其名，不职其事。至德宗以后，翰林始兼学士之名。代宗初，李泌为学士，而今壁记不列名氏，盖以不职事之故也。②

以下试就弘文馆学士、北门学士与翰林学士这三类学士文人与立言不朽的声名关系略作阐释。

1. 弘文馆学士

唐代初兴，当时尚为秦王的李世民便在自己的王府设立文学馆，引房玄龄、杜如晦等一十八人分班更直，宿于阁下，讨论古代典籍。《续世说》卷二载：

太宗既平寇乱，留意儒学，乃于宫城西起文学馆，以待四方文士。杜如晦、房玄龄、于志宁、苏世长、薛收、褚亮、姚思廉、陆德明、孔颖达、李元道、李守素、虞世南、蔡允恭、颜相时、许敬宗、

---

① 欧阳修、宋祁撰：《新唐书》，中华书局1975年版，第1183页。

② 李肇：《翰林志序》，《全唐文》卷721，中华书局1983年版，第7415页。

薛元敬、盖文达、苏勖，号“十八学士”，图其形状，题其名字爵里，藏之书府，以彰礼贤之重也。诸学士并给珍膳，分为三番更直，宿于阁下。每军国务静，参谒，即便引见，讨论《坟》籍，商略前载。预入馆者，时所倾慕，谓之“登瀛洲”。①

这些十八位文人，皆曾为隋室之臣，初不为隋代所用，往往能引礼度而能成典则，畅文词而可咏风雅，构成唐初文化界的核心。后来，他们中间的部分人物更有位至权宰者，如房玄龄、杜如晦等。李世民即位以后，改高祖所立修文馆为弘文馆，诏令这十八人“并以本官兼文馆学士”，史称“弘文馆十八学士”②，时人荣之。其中，以文学著称的褚亮还作有《十八学士赞》以褒扬之③。另一位唐代文人王䛒作《十八学士图记》评曰：

夫立身之功，莫大于行道；行道之功，莫大于逢时。行道则孝悌才学有闻，逢时则仁信机谋及物。有其时，无其材，斯固自犬彘也；有其材，无其时，得不愤心涕血欤？则知无代无材，计用与不用耳。……十八学士皆炀帝之臣，曷闇于隋而明于唐？是有其材而无其时矣。……暨我国家，则有道兼文武，器重珪璋者；慷慨大节，临机能断者；仁孝忠直，预识存亡者；洁行检身，而有英略者；好学敏达，详明吏道者；出入军旅，涉历危难者；不惮兵威，树立忠谊者；博闻贞俭，文翰兼绝者；风韵闲雅，善于吟咏者；精练诂训，长于讲论者。夫如是，则立身行道之事，尽在于斯矣，得不冥心契志，以自勖励哉？④

① 孔平仲：《续世说》，丛书集成初编本，商务印书馆1936年版，第27页。

② 太宗《置文馆学士教》曰：“昔楚国尊贤，崇道光于申穆；梁邦接士，楷德重于邹枚。咸以著范前修，垂芳后烈，顾惟菲薄，多谢古人，高山仰止，能无景慕。是以芳兰始被，深思冠盖之游；丹桂初丛，庶延髦俊之士。既而场苗盖寡，空留皎皎之姿；乔木从迁，终愧嘤嘤之友。所冀通规正训，辅其阙如。故侧席无倦于齐庭，开筵有待于燕馆。属以大行台司勋郎中杜如晦、记室考功郎中房元龄、于志宁、军谘祭酒苏世长、天策府记室薛收、文学褚亮、姚思廉、太学博士陆德明、孔颖达、主簿李道元、天策仓曹李守素、王府记室参军虞世南、参军事蔡允恭、薛元敬、颜相时、宋州总管府户曹许敬宗、太学助教盖文达、谘议典签苏勖等，或背淮而至千里，或适赵以欣三见。咸能垂裾邸第，委质藩维，引礼度而成典则，畅文词而咏风雅，优游幕府。是用嘉焉。宜令并以本官兼文馆学士。”(《全唐文》卷4，中华书局1983年版，第49页。)

③ 褚亮：《十八学士赞》，《全唐文》卷147，中华书局1983年版，第1486页。

④ 王䛒：《十八学士图记》，《全唐文》卷269，中华书局1983年版，第2732页。

由于太宗后来以“贞观之治”名盛史籍，弘文馆的学士又皆是“贞观之治”的主要辅佐，竟使“弘文馆学士”似乎成为高祖、太宗两朝的唯一学士群，炳耀千古。但历史的事实显然有所遮蔽，据《唐会要》记载，“武德四年(621)正月，于门下省置修文馆，至九年三月，改为宏文馆”①。改宏文馆(或称弘文馆)，当与嬗位于太宗有关。“弘文馆学士”固声名极大，然此前修文馆学士之情况，则不甚著明矣。另外，“弘文馆学士”均为太宗即位前“秦王文学馆”的主要成员，同时的类似群体尚有太子建成、齐王元吉等亲王下属的文馆学士，但皆因玄武门之变而未见史载。

宏文馆后又曾改名昭文馆、修文馆等，并在景龙二年(708)始置“大学士”一人，“名命益重，多以宰司处之”，初任其职者为李峤②。

此外，还有所谓丽正殿学士、集贤殿学士等，亦当属此类，均为“翰林学士”之前的过渡性类型。如韩愈曾提及集贤殿学士的成因时说：“秘书，御府也。天子犹以为外且远，不得朝夕视，始更聚书集贤殿，别置校雠官，曰学士、曰校理。常以宠丞相为大学士，其他学士皆达官也；校理则用天下之名能文学者。苟在选，不计其秩次，惟所用之。由是集贤之书盛积，尽秘书所有，不能处其半。书日益多，官日益重。”③这类学士主要为帝王阅读、学习而备，有时也会起草一些临时性的文件，因为常伴帝王左右，故往往能受到重用。

2. 北门学士

高宗麟德元年(664)，上官仪被杀④。此后，武则天开始逐渐掌握政权。为了巩固自己的势力，她开始着手物色一批文才卓异之人，以助其治国理世。高宗乾封元年(666)起，武则天陆续从左、右史和著作郎中挑选了一批文学之士，这批文人学士被特许从玄武门(即北门)出入禁中，时人称之为“北门学士”。《资治通鉴》卷217载：

> 唐初，诏敕皆中书、门下官有文者为之。乾封以后，始召文士元万顷、范履冰等草诸文辞，常于北门候进止，时人谓之“北门学士”。中宗之世，上官昭容专其事。⑤

---

① 王溥撰：《唐会要》卷64，中华书局1955年版，第1114页。
② 权德舆：《昭文馆大学士壁记》，《全唐文》卷494，中华书局1983年版，第5037页。
③ 韩愈：《送郑十校理序》，《全唐文》卷556，中华书局1983年版，第5627页。
④ 刘昫等撰：《旧唐书》卷80《上官仪传》，中华书局1975年版，第2743页。
⑤ 司马光编著，胡三省音注：《资治通鉴》，中华书局1956年版，第6923页。

《资治通鉴》卷228德宗建中四年八月。“初，上在东宫，闻监察御史嘉兴陆贽名。即位，召为翰林学士”条，胡注引韦执谊《翰林志》曰：“自太宗时，名儒学士，时召草制，然犹未有名号。**乾封以后**，始号‘北门学士’。”①

可是，同样是在《资治通鉴》中，关于武则天延引文学之士的时间，却又有“上元二年”一说。《资治通鉴》卷二〇二**上元二年**(675)载，武则天引文学之士著作郎元万顷、左史刘祎之等，使之撰《列女传》《臣轨》《百僚新戒》《乐书》，凡千余卷。朝廷奏议及百司表疏，时密令参决，以分宰相之权，时人谓之“北门学士”。②

《旧唐书》卷87《刘祎之传》亦云：“上元中，迁左史、弘文馆直学士，与著作郎元万顷，左史范履冰、苗楚客，右史周思茂、韩楚宾等，皆召入禁中，共撰《列女传》《臣轨》《百僚新诫》《乐书》，凡千余卷。时又密令参决，以分宰相之权，时人谓之‘北门学士’。”③

“北门学士”之出现时间，究竟是乾封年间，还是上元年间，不是本书的重点，于此不再详考，俟他日另证。

武则天所引之“北门学士”中，以元万顷、刘祎之最为著名，但由于他们依附武氏，故不太为人所知，今就二人之生平、文学略作叙述如下。

据《旧唐书》卷一九〇中《元万顷传》记载，高宗乾封年间，元万顷曾随英国公李绩(勣)征高丽，所草檄文中有“不知守鸭绿之险”之语，令敌军有所防范，是以流放岭外，此是元万顷不通世务之表现。本传又云：“时天后讽高宗广召文词之士入禁中修撰，万顷与左史范履冰、苗神客，右史周思茂、胡楚宾咸预其选，前后撰《列女传》《臣轨》《百僚新诫》《乐书》等凡千余卷。朝廷疑议及百司表疏，皆密令万顷等参决，以分宰相之权，时人谓之‘北门学士’。万顷属文敏速，然性疏旷，不拘细节，无儒者之风。则天临朝，迁凤阁舍人。无几，擢拜凤阁侍郎。万顷素与徐敬业兄弟友善，永昌元年(689)为酷吏所陷，配流岭南而死。时神客、楚宾已卒，履冰、思茂相次为酷吏所杀。”④

刘祎之，据《旧唐书》卷87《刘祎之传》载：“祎之少与孟利贞、高智周、郭正一俱以文藻知名，时人号为刘、孟、高、郭。寻与利贞等同直昭文馆。上元中，迁左史、弘文馆直学士，与著作郎元万顷，左史范履冰、

① 司马光编著，胡三省音注：《资治通鉴》卷228，中华书局1956年版，第7347页。
② 司马光编著，胡三省音注：《资治通鉴》卷202，中华书局1956年版，第6376页。
③ 刘昫等撰：《旧唐书》卷87，中华书局1975年版，第2846页。
④ 刘昫等撰：《旧唐书》卷190，中华书局1975年版，第5011页。

苗楚客，右史周思茂、韩楚宾等，皆召入禁中……时人谓之‘北门学士’。祎之兄懿之，时为给事中，兄弟并居两省，论者美之。……时军国多事，所有诏敕，独出祎之，构思敏速，皆可立待。”①又据《资治通鉴》卷204，垂拱三年(687)，刘祎之因欲请武则天“返正”，则天以为其叛己，赐其死于家。祎之“临刑，沐浴，神色自若，自草谢表，立成数纸。麟台郎郭翰、太子文学周思钧称叹其文。”②《旧唐书》本传称其卒年五十七。

这些“北门学士”在当时颇为武则天所重。《资治通鉴》卷204记载：“太宗、高宗之世，屡欲立明堂，诸儒议其制度，不决而止。及太后称制，独与北门学士议其制，不问诸儒。”③

可见，“北门学士”在武后时期起着与“弘文馆学士”相当的作用，选入之人也是些文才出众之士，只是政治上的选择，令他们为古代传统的文人所不齿，声名受污。据史传载，这些“北门学士”当时都有集行于当时，可是，如今能见到的篇章已是凤毛麟角了。如刘祎之，《旧唐书》卷87本传称，“有集七十卷，传于时”，可是《全唐文》中却未收1篇，《全唐诗》亦仅收其诗5首而已。而元万顷，《全唐文》中亦仅收文2篇，《全唐诗》收其诗不过4首，尚有2首一说为上官仪所作。

公元705年，武则天去世。其侄武三思与韦后勾结擅权，重用武则天统治后期起用的上官婉儿，形成她独掌文柄的局面。《资治通鉴》卷209记载，中宗景龙二年(708)夏四月，置修文馆学士，选公卿善为文章者等二十余人，为之陪伴游宴，赋诗属和，使上官昭容(名婉儿)第其甲乙。于是天下靡然，以争文华相尚④。

但这种格局时间并不长，不久唐王室即陷入权力争夺的斗争中。公元707年至712年，应该是唐代政治史上较不平静的几年。在平定武、韦之乱中，上官婉儿和修文馆学士宗楚客、韦元旦被杀；之后，宋之问被赐死，郑愔遭灭族；平定太平公主之乱中，萧至忠、岑羲、薛稷被诛，崔湜赐死，卢藏用流放，李峤、赵彦昭、韦嗣立远贬僻州。于是，这五十年间曾经煊赫的宫廷御用文士的声名也随着历史的发展而逐渐湮没。

3、翰林学士⑤

翰林院设立于开元之初，“本在银台门内，麟德殿西厢重廊之后。盖

① 刘昫等撰：《旧唐书》卷87，中华书局1975年版，第2846页。

② 司马光编著，胡三省音注：《资治通鉴》卷204，中华书局1956年版，第6444页。

③ 司马光编著，胡三省音注：《资治通鉴》卷204，中华书局1956年版，第6447页。

④ 司马光编著，胡三省音注：《资治通鉴》，中华书局1956年版，第6622页。

⑤ 傅璇琮著有《唐翰林学士传论》，辽海出版社2005年版。考证尤详，可参看。

天下以**艺能技术**见召者之所处也”①。最初的“翰林待诏”，并非仅有擅长文辞的才士，也有其他技艺的擅长者，只是擅长词学之士尤受重视。如《旧唐书》记云：“其待诏者，有词学、经术、合练、僧道、卜祝、术艺、书弈，各别院以廪之，日晚而退。其所重者词学。”但是不久，唐玄宗考虑到“四隩大同，万枢委积，诏敕、文诰悉由中书，或虑当(疑为事)剧而不周，务速而时滞。宜有偏掌，列于宫中，承导迩言，以通密命”，于是“始选朝官有词艺学识者，入居翰林，供奉别旨”。② 也就是说，唐玄宗是出于中书省事务的繁剧与宫中传旨便利的考虑，才另外擢选一些有“词艺学识”之人入居翰林院，以供撰写密旨之用。据韦执谊《翰林院故事记》记载，初选之人有中书舍人吕向、谏议大夫尹愔；后又有中书舍人张九龄、中书侍郎徐安贞等迭居其职，并皆受宠遇。但这类人“虽有密近之殊，然亦未定名”，同时密旨的撰写有时也分付与“集贤殿学士”。

至开元二十六年(738)，这些原在翰林院居住以供奉密旨的人员被正式称为“翰林学士”。并别建“学士院”在翰林院之南，命他们专掌宫内密旨的草拟，“集贤殿学士”便不再任其事。初任“翰林学士”之人有张垍、刘光谦，此后又有张淑、张渐、窦华等人掌此事。而同时尚在北翰林院的韩翃、阎伯玙、孟匡朝、陈兼、蒋镇、李白等人则虽有“翰林学士”之名，却无撰旨之职。③

至德以后，由于掌拟内旨的“翰林学士”开始兼掌朝廷诰敕，责任转重，于是又置“东翰林院”在金銮殿之西，以紧随帝王之所在。此后，召入之人，均出于帝王所命，人数并不确定，地位渐趋尊宠。更有所谓“翰林承旨学士”，为“翰林学士”中最为尊崇者，但选择也更严格，“德宗好文，尤难其选。贞元已后，为学士承旨者，多至宰相焉”④。如德宗朝的陆贽，任“翰林学士”时，逢泾原兵变，天子出奔，陆贽“行止辄随从”，“虽有宰臣，而谋猷参决，多出于贽，故当时目为‘内相’”⑤。

“翰林承旨学士”的正式立名，却在永贞元年(805)宪宗即位之时，据元稹《翰林承旨学士厅壁记》记载，第一位“承旨学士”是郑絪，此后至长庆元年(821)，“十七年间，由郑至杜，十一人而九参大政”。而未参大政的二人，一位也是“诏及门而返”，一位是“弄相印以俟其病间者久之”，

① 王溥撰：《唐会要》卷57《翰林院》，中华书局1955年版，第977页。
② 刘昫等撰：《旧唐书》卷43《职官二》，中华书局1975年版，第1853页。
③ 韦执谊：《翰林院故事记》，《全唐文》卷455，中华书局1983年版，第4648页。
④ 刘昫等撰：《旧唐书》卷43《职官二》，中华书局1975年版，第1854页。
⑤ 刘昫等撰：《旧唐书》卷139，中华书局1975年版，第3817页。

均出于偶然未至相位而已①。而且，此后继任的元稹，后来同样也出任了宰相。

唐人韦执谊曾于贞元元年撰《翰林院故事记》，述“翰林学士”之本末较详。韦氏评“翰林学士”的责任、德行与文学时说道：“盖人君深拱端默于穆清之中，茫茫九区，视听不及……故议定于内，而事修于外，言发于上，而旨达于人，微乎斯，百度阕矣。……若非谨恪而有立，秉贞而通理，俾义枢要，简于帝心，言不及温树之名，慎不遗辕马之数，处是职者，不亦难乎！至于强学修词，刀笔应用，或久洽通儒之望，或早升文墨之科，虽必有之，乃余事也。”②其意盖云，“翰林学士”虽以文词笔墨为长，但若非谨恪秉贞的有德之人，与帝王相接，恐亦为难，故文章仍其余事也。

这些史官与学士，不仅文才好，而且往往在朝廷中居于清要之位，所以基本上是当时文坛的主盟之人，也是文人们所景仰的立言之典范。萧颖士尝云：

> 尝愿得秘书省一官，登蓬莱，阅典籍，冀三四年内，绝笔之秋，使孟浪之谈，一朝见信。宁不知立身有百行、立命非一途，岂必系心翰墨，为将来不朽之事也？夫太上立德，其次立功，其次立言；立言者乃不朽之末耳。然则古之终年著述者，亦已知之。③

可谓道出了一般文人希望登秘阁的内在心理。

宫廷学士的声名与政治地位的盛衰密切相关。“弘文馆学士”之著名，皆源于太宗朝“贞观之治”的成功；“北门学士”的湮没不闻，则与他们依附武周的性质有关；集贤院、翰林院学士之盛名同样在开天盛世的背景之下，并且与这些学士文人在政治上的成功密切相关。这些都是文人声名与政治关联的显著例证。

二、乡邑之誉：文人名世的社会起点

唐代虽以科举取士，但尤存古风，较重视对地方贤能及奇人逸士的发掘、推荐与存档。太宗贞观四年，即下诏要求有司对上古至隋的“明王圣

---

① 元稹：《翰林承旨学士厅壁记》，《全唐文》卷654，中华书局1983年版，第6646页。

② 韦执谊：《翰林院故事记》，《全唐文》卷455，中华书局1983年版，第4648页。按，上文所述“翰林学士”本末，未注明引文出处者，皆从此文所出。

③ 萧颖士：《赠韦司业书》，《全唐文》卷323，中华书局1983年版，第3278页。

帝”“良宰名卿”“贤臣烈士”等的立言显行加以寻访，凡“丘垄可识，茔兆见在者，各随所在，条录申奏”①，所反映的是对前代名士的重视。又太宗朝所下《令州县举孝廉茂才诏》②及《唐会要》卷63《诸司应送史馆事例》所载：

> 硕学异能、高人逸士、义夫节妇。州县有此色，不限官品，勘知的实，每年录附考使送。③

此则是对本朝地方名士的看重。

就科举选士而言，其程序基本上也由乡到县，再到州府、礼部，是逐级而上的。李奕《登科记序》即云：

> 武德五年，帝诏有司，特以进士为选士之目，仍古道也。自乡升县，县升州，州升府，皆历试行艺。④

在信息、交通并不十分畅通便捷的古代，文人之声名往往初起于其所居之州县乡邑。所以，对于名行之源的考察，从社会层面来说，由乡邑之誉说起，也是合乎逻辑的。谈论乡邑之誉，则要从当时最能体现这一点的基层举选制——乡贡开始。

(一)乡贡与察举制度的变革

众所周知，礼部考试登科及第便是进士，但参加进士考试，也是要取得举人资格的。傅璇琮在《唐代科举与文学》中说，举子的来源有两条途径：一类是由中央与地方的各类学馆选拔而出的，叫生徒；而另有一些人，“举选不由馆、学”，称为乡贡。而乡贡之人要先通过县一级的考试，遴选至州或府；州、府一级再选拔其优秀者至中央，然后与学馆出身的生徒一起参加尚书省相关机构(初唐时期由吏部考功司负责，开元以后出于权重位轻的考虑而移交礼部)主持的考试⑤。由于乡贡之人不受出身贵族或寒门的限制，所以这种乡贡的基层举选制打破了此前的豪门世族的垄断

---

① 顾炎武著，黄汝成集释：《日知录集释》卷15，上海古籍出版社1985年版，第1180页。
② 太宗：《令州县举孝廉茂才诏》，《全唐文》卷7，中华书局1983年版，第84页。
③ 王溥撰：《唐会要》卷63，中华书局1955年版，第1090页。
④ 李奕：《登科记序》，《全唐文》卷536，中华书局1983年版，第5445页。
⑤ 傅璇琮著：《唐代科举与文学》，陕西人民出版社1986年版，第43页。

政治，具有重要的政治史意义。

汉代的基层选拔，主要通过察举制来实行，薛登所说的“乡邑之誉”，是指一个人在自身所在的州、县是否享有美誉，实际也是观念上的一种对于汉代察举制的怀念与追忆。唐人赵匡在《举选议》中谈到：“汉朝用人，自诏举之外，其府寺郡国属吏，皆令自署。故天下之士，修身于家，而辟书交至。以此，士务名节，风俗用修。”①也说的是这样一件事情。

汉代的乡邑之誉，尤其关注于士人的德行，这一点在唐代也仍然得到了延续。李舟在《独孤常州集序》中曾经这样评价汉代的四位重要文人即司马迁、司马相如、刘向、王褒：

> 是则四君子者，有汉之文雄欤！然而迁无乡曲之誉，亏大雅明哲保身之美；相如薄于贞操，有涤器受金之累；向无威仪，遗文以缪，而身几不免；褒多为歌颂，当时议者以为淫靡不急，其他无闻焉。②

他认为司马迁“无乡曲之誉”，司马相如“薄于贞操”，刘向“无威仪”，王褒“歌颂淫靡”，甚至由此还将这种德行上的亏缺推及于整个文人群体，认为“大较词人多陷轻躁，否则懦狭迂僻，于事放弛，其能蹈履中道，可为物主者寡矣”。李舟的评论准确与否姑且不说，但他的着眼点无疑是在德行上，尽管这些评价并不会影响到司马迁等人在文学史上的地位。

唐代的乡贡，虽然经过考试，在某种程度上与地方察举也是有关的，只是汉代尤重孝行，而唐人凸显文才，但对品德的要求却是一以贯之的。如唐代杜佑《通典》卷15《选举三·历代制》下载：“大唐贡士之法，多循隋制，上郡岁三人，中郡二人，下郡一人，有才能者无常数。”③五代王定保《唐摭言》卷1《贡举厘革并行乡饮酒》亦云：“开元二十五年二月敕应诸州贡士：上州岁贡三人，中州二人，下州一人。必有才行，不限其数。”④可见，这种着眼于才行的选拔也是比较严格的。

乡贡之人须有乡邑之誉。王定保《唐摭言》卷1《统序科第》条载，唐高祖武德辛巳(四年，621)四月一日，敕诸州“学士及早有明经及秀才、俊士、进士，明于理体，为乡里所称者，委本县考试，州长重覆，取其合

---

① 赵匡：《举选议》，《全唐文》卷355，中华书局1983年版，第3602页。

② 李舟：《独孤常州集序》，《全唐文》卷443，中华书局1983年版，第4520页。

③ 杜佑撰：《通典》，中华书局1988年版，第353页。

④ 王定保撰：《唐摭言》，上海古籍出版社1978年版，第1页。

格，每年十月随物入贡”①。所说“为乡里所称”，即是指乡邑之誉。而在乡举里选中，虽然在不同的时代有着忠、敬、文、孝等对于人之行为的不同要求，但因在述行时，需要凭借文词的表达，所以文行成为根本。唐人贾至曾云：

礼部奏每岁贡人依乡举里选，敕令议者。谨按夏之政尚忠，殷之政尚敬，周之政尚文，然则文与忠、敬，皆统人之行也。且谥号述行，美极于文，文兴则忠、敬存焉。是故前代以文取士，本文行也。由词以观行，则及词也。②

贾至所言“文兴则忠、敬存焉”，正是指乡里德行选拔时对于文辞传达功能的重视。

翻检两唐书列传，还可以发现这样一个规律，一些文才突出的人物，他们很早就享有极高的声誉。如初唐四杰中的卢照邻，“年十余岁，就曹宪、王义方授《苍》、《雅》及经史，博学善属文”。杨炯，“幼聪敏博学，善属文。神童举，拜校书郎，为崇文馆学士”。王勃，“六岁解属文，构思无滞，词情英迈。与兄勔、勮，才藻相类。父友杜易简常称之曰：‘此王氏三珠树也。’”骆宾王，本传亦称其，“少善属文，尤妙于五言诗，尝作《帝京篇》，当时以为绝唱”③。再如中唐时期的李泌，“少聪敏，博涉经史，精究《易》象，善属文，尤工于诗，以王佐自负”④。这些人均在年幼之时，便以善于属文而闻名，其声名自然是由其乡邑而起。其中的李泌，因“居于京兆”，便受到了张九龄、韦虚心、张廷圭等人的器重。

如果说这些邻近京畿的文人才子，因地理上的优势而容易被发现，那么再来看看当时及第极为不易的偏远的闽中，便更可以体会到“乡邑之誉”给予应举者所带来的信心。《新唐书》卷203《欧阳詹传》记曰：

欧阳詹，字行周，泉州晋江人。……闽、越地肥，衍有山泉禽鱼，虽能通文书吏事，不肯北宦。及常衮罢宰相为观察使，始择县乡秀民能文辞者，与为宾主钧礼，观游、飨集必与里人矜耀，故其俗稍相劝仕。初，詹与罗山甫同隐潘湖，往见衮，衮奇之。辞归，泛舟饮

① 王定保撰：《唐摭言》，上海古籍出版社1978年版，第1页。
② 贾至：《议杨绾条奏贡举疏》，《全唐文》卷368，中华书局1983年版，第3735页。
③ 刘昫等撰：《旧唐书》卷190，中华书局1975年版，第5000、5005、5006页。
④ 刘昫等撰：《旧唐书》卷130，中华书局1975年版，第3620页。

> 饯。举进士，与韩愈、李观、李绛、崔群、王涯、冯宿、庾承宣联第，皆天下选，时称“龙虎榜”。闽人第进士，自詹始。①

闽、越之地富庶肥美，当地之人不肯到北方为官。曾为宰相的常衮贬于此地后，注重发掘人才，欧阳詹原本隐居于当地，但因常衮的到来，改变了隐居的初衷，于是挟乡曲之誉而入京应举，成为闽人及第的第一人。再如莆田人林藻，早年与欧阳詹创建“福平书堂”于紫霄山下，以文章、书法冠于闽中，后徒步入京应试，声名倾于朝野，于德宗贞元七年(791)进士及第②。欧阳詹与林藻均可视作借乡邑之誉而挟名进取的典范。

一旦乡邑之选不行，就会给人才的选举带来种种弊端。李华《正交论》云：

> 近代无乡里之选，多寄隶京师，随时聚散，怀牒自命，积以为常。吠形一发，群响雷应，铨擢多误，知之固难，使名实两亏、朋友道薄，盖由此也。③

乡里之选不行，不仅使举子们过多地寄寓于京城，给京师的食货带来不利，而且由此而怀牒、请托、干谒风行，使得名实不符、朋友反目之事屡现不止，其弊甚夥。

(二)乡饮酒礼与献贤举才

乡贡之人，寄托着本州的希望，所以，在他们去京城应考之前，州刺史一般会邀请州中有名望的先达举行欢送仪式，称为“乡饮酒礼”。傅璇琮《唐代科举与文学》第三章《乡贡》于此有述④，但并未论及前朝。今出于“乡邑之誉”的考源，补而述之。

乡饮酒之礼，本是古已有之的，唐初不过是循其旧俗而已。《仪礼》卷四《乡饮酒礼》有详细记载，主持此礼者，一般为诸侯之乡大夫，邀请先生、宾介，参与其礼。先生，一般是乡中致仕归田之人；宾介，则是处士、贤者。汉代郑玄注云：“乡大夫以正月之吉，受法于司徒，退而颁之于其乡史，使各以教其所治，以考其德行，察其道艺，及三年大比，而兴

---

① 欧阳修、宋祁撰：《新唐书》，中华书局1975年版，第5786~5787页。

② 徐松撰，赵守俨点校：《登科记考》，中华书局1984年版，第457页。

③ 李华：《正交论》，《全唐文》卷317，中华书局1983年版，第3215页。

④ 傅璇琮著：《唐代科举与文学》，陕西人民出版社1986年版，第52页。

贤者、能者，乡老及乡大夫帅其吏与其众寡，以礼礼宾之，厥明献贤能之书于王。是礼乃三年正月而一行也，诸侯之乡大夫贡士于其君，盖如此云。"①可见，乡饮酒礼的初衷就是为了献乡中之贤能于君王，至少汉代人是这样理解的。

据《唐会要》卷26载，太宗贞观六年(632)，颁行《令州县行乡饮酒礼诏》，并且要求各州县牧宰于每年十二月行之②。其诏文曰：

> 比年丰稔，闾里无事，乃有隳业之人，不顾家产，朋游无度，酣宴是耽，危身败德，咸由于此。每览法司所奏，因此致罪，实繁有徒，静言思之，良增轸叹。自非澄源正本，何以革兹弊俗？可先录《乡饮酒礼》一卷，颁示天下，每年令州县长官，亲率长幼，依礼行之。庶乎时识廉耻，人知礼节。③

由此可知，唐初君王之意，行乡饮酒礼，则是为了革时弊、纠民风。贞观之治，当离不开与此类诏令相关的一些政治举措。可是，这一措施并没有得到很好地延续，所以，少帝唐隆元年(710)有"乡饮酒礼之废，为日已久。宜令诸州，每年遵行乡饮酒礼"(《唐会要》卷26)的敕文。

也许由于乡饮酒礼最初就有贡献贤能之意，唐初这一改善民风的措施，后来渐渐演变为饯送举子的一种仪式。开元十八年(730)，宣州刺史裴耀卿上疏言道："窃见以乡饮酒礼颁于天下，比来**唯贡举之日，略用其仪**。闾里之间，未通其事。"裴氏说"唯贡举之日，略用其仪"，其意即言"乡饮酒礼"本不该仅用于贡举之日，可是现实中却与贡举联系起来了④。开元二十五年(737)，更直接下诏："所贡之人，将申送一日，行乡饮酒礼。"(《唐会要》卷26)

乡饮酒礼即便仅在贡举之日举行，后来也逐渐丧失其最初的礼仪。晚唐人刘蜕曾感叹道：

---

① 郑玄注《仪礼》，阮元校刻：《十三经注疏》，中华书局1980年版，第980页。

② 王溥撰：《唐会要》卷26，中华书局1955年版，第498页。以下有关乡饮酒礼的变迁，参此书者，括于引文后，不再出注。

③ 诏令全文，见《全唐文》卷5，中华书局1983年版，第63页。《唐会要》于"州县长官，亲率长幼"之后，另多八字："齿别有序，递相劝勉"，中华书局1955年版，第498页。

④ 按，傅璇琮并未谈及乡饮酒礼的古今演变，而径将此礼与贡举相联系，所以才会有饯送月份上的疑问。见傅璇琮《唐代科举与文学》，陕西人民出版社2007年版，第50～52页。

昨日送贡士堂上，得观大礼之器，见笾豆破折，尊盂穿漏，生徒倦怠，不称其服，宾主向背，不习其容。呜呼！天下所以知尊君敬长，小所以事大者，抑非其道乎？天下之用其道，不过于一日，尚犹偷惰如此，况天下尊君敬长，能终日者乎？①

这种礼器损坏、生徒倦怠的现象，反映出晚唐时期乡饮酒礼的流于形式及日趋衰微的态势。

乡饮酒礼由规劝民风的仪式转变为饯送举子的程式，当然与科举制的逐渐兴起有着密切联系。由于这一仪式内涵的转变，以至于中晚唐以后，世人皆以为“乡饮酒礼”为科举而设了。五代后唐明宗时，下诏复乡饮酒礼时，其中这样写道：

诸科举人，常年荐送，先令行乡饮酒之礼。……宜令复行乡饮酒之礼。太常草定仪注，颁下诸州，预前肄习，解送举人之时，便行此礼，其仪速具闻奏。②

便很自然地将乡饮酒礼与举子的荐送联系起来。同时，由这段话也可以看出，即使是由一种常制变为贡举的饯别仪式，乡饮酒礼也并没有得到很好地贯彻。

乡贡之人得以参加乡饮酒礼，本身就是一件荣耀的事情，尤其在参与者当中，由于多有致仕而退的大德君子、文章名家③，对于贡举之士的品行、文才也会有所考量，如果确有可观，自然能为之延誉。

但是，无论是欲图传之后世或是传布四方，有一点非常重要，那就是一定要有崇高的德行与真实的才学，切不可凭借巧智窃一时之虚名，否则，迟早会被历史所湮没，被世人所讥笑。韩愈《知名箴》有云：

内不足者，急于人知。霈焉有馀，厥闻四驰。
今日告汝，知名之法：勿病无闻，病其煜煜。
昔者子路，惟恐有闻。赫然千载，德誉愈尊。④

---

① 刘蜕：《江南论乡饮酒礼书》，《全唐文》卷789，中华书局1983年版，第8258页。
② 后唐明宗：《复乡饮酒礼敕》，《全唐文》卷111，中华书局1983年版，第1137页。
③ 杜佑《通典》卷130《礼九十·乡饮酒》云：“乡饮酒之礼，刺史为主人。先召乡之致仕有德者谋之。贤者为宾，其次为介，又其次为众宾。”（中华书局1988年版，第3341页。）
④ 韩愈：《知名箴》，《全唐文》卷557，中华书局1983年版，第5643页。

若不从德行实才上下功夫，只凭一时之机巧，掩人耳目，终难长久。所以，应该像子路那样，惟恐名望不符①，却因德行崇高而愈受尊敬。韩愈的《知名箴》当然是写给沽名钓誉者以为戒鉴的，却是唐人考察名行的极好注解。

第三节　文章名世观的演进路径与文人的存在思考

文章名世观是文学传播意识产生的前提。如前文所述，带有传播性质的思想虽然由来已久，但文章名世的观念却并非与之同时。有关文章名世观的最早资料见于《汉书》卷87《扬雄传下》：

> 初，雄年四十余，自蜀来至游京师。……及莽篡位，谈说之士用符命称功德获封爵者甚众，雄复不侯，以耆老久次转为大夫，恬于势利乃如是。实好古而乐道，其意欲求文章成名于后世。②

以汉代文学的发展来看，文章名世的观念产生于扬雄那个时代，并不奇怪，因为此前的司马相如、东方朔、司马迁、王褒等人均以其实际的文学成就达到了名世的效果。

从先秦时期的"立言"不朽论到魏文帝曹丕的"文章不朽"说，表面上虽然相似，但实际内涵却有着很大的不同，因为其中存在着对"道"与"文"侧重上的差别。本节提要钩玄，借助一些史论以及文人的行事，对此加以论述，以期将这种演进的路径揭之于众，并由文道之关系考察了唐代文人关于自身存在的思考与对于湮没于史的隐忧。

一、传之后世与传写四方：时间与空间的两种传播视角

文人的传播意识是与时间和空间相关的一个概念。中国古代称空间为"宇"，时间为"宙"："天地四方曰宇，往古来今曰宙。"③《墨子》里面则有

① 《论语·公冶长》有云："子路有闻，未之能行，唯恐有闻。"朱熹：《四书章句集注》，中华书局1983年版，第79页。

② 班固撰，颜师古注：《汉书》，中华书局1962年版，第3583页。

③ 尸佼著，汪继培辑：《尸子》卷下，丛书集成初编本中华书局1991年版，第27页。按，孙星衍辑本作"上下四方曰宇，往古来今曰宙。"（丛书集成初编本，中华书局1991年版，第26页。）

“久，弥异时也；宙，弥异所也”之语①。《论语》中也有孔子语曰：“子在川上曰：逝者如斯夫，不舍昼夜。”②就文人在当世的存在而言，其传播意识中具备空间(即地域)上的考虑固然是题中应有之义，但渴望传之久远的期待却是中国古代文人更难忘怀的终极追求。

由于中国传统重史观念的潜在性影响，中国古代文人的传播意识中很早就拥有一种时间上的思考，“不朽”之称谓正是这种思考的直观体现。而在西方，20 世纪以前，时间则主要作为一种物理学上的概念在谨慎的使用。从亚里士多德(Aristotle，公元前 384—公元前 322)论时间的著作——《物理学》开始，就“基本上规定了后世所有人对时间的看法——包括柏格森的看法”③。只是到了德国存在主义哲学家海德格尔(Martin Heidegger，1889—1976)那里，时间才成为探讨**存在问题**的核心概念，尽管海德格尔自己认为康德(Immanuel Kant，1724—1804)是“曾经向时间性这一度探索了一程的第一人与唯一一人”④。

相对来说，中国古代却较早就开始以史(时间)的眼光来看待世界。从公元前 841 年的“共和元年”算起，中国有据可查的历史迄今已有 2855 年。就历史记载的完整性而言，在世界范围内，没有任何一个民族与国家可以与中国相比。抛开 20 世纪以来考古发现的甲骨、竹简等远古资料不算，中国最古老的并且影响了中国二千余年文化的典籍，应该就是周代便已产生的诗、书、易、礼、春秋了。即便不受清代学者章学诚“六经皆史”观念的影响，其中的《尚书》与《春秋》这两部著作，基本上没有人怀疑它们的史书性质。这种重史的传统观念，虽然在历史上有显有晦，但延及至今。

作为上古历史记载的《尚书》，主要突出的是历史事件的记录，而作为我国第一部编年体史著的《春秋》则代表着先哲时间意识的诞生。如果从这个时候算起，则中国古人的时间观念至少在周代晚期便已具备⑤。不

---

① 孙诒让撰，孙启治点校：《墨子间诂》卷 10，中华书局 2001 年版，第 316 页。

② 《论语・子罕第九》，朱熹：《四书章句集注》，中华书局 1983 年版，第 113 页。

③ [德]马丁・海德格尔著：《存在与时间》，陈嘉映、王庆节合译，三联书店 2006 年版，第 31 页。按，柏格森，法国人，著有《时间与自由意志》，商务印书馆 1958 年版。

④ [德]马丁・海德格尔著：《存在与时间・导论》，陈嘉映、王庆节合译，三联书店 2006 年版，第 27 页。按，海德格尔的时间意识源自于胡塞尔(可参胡塞尔著，倪梁康译：《内时间意识现象学》，商务印书馆 2009 年版)，但将时间与存在相联系，仍应视为始自海德格尔。

⑤ 按，青铜时代的钟鼎文字本身也带有存留之意，但这与西方的羊皮卷一样，更多地是因为书写材料的限制所致，不能当做古人时间意识的产生标志。

仅《春秋》传为孔子所作，记载孔子言行的《论语》之中也记有关于存在的时间上的思考。《论语·卫灵公第十五》引孔子语曰：“君子疾没世而名不称焉。”①这种对于殁身之后声名湮没与毁誉的担忧，正是基于时间维度的存在考虑。具备了这样一个前提，再来看《春秋左氏传》中“三不朽”命题的出现，心中就会释然了，因为传为《左传》作者的左丘明与孔子几乎是同时的。

自我国先民有时间观念以来，将这种时间意识融入自身存在的认识便不绝如缕。如屈原《离骚》中的名句“吾令羲和弭节兮，望崦嵫而勿迫”②；王羲之的名篇《兰亭诗序》中所说的“俯仰之间，已为陈迹”③；陶渊明《归去来兮辞》中的“悟已往之不谏，知来者之可追”④，均是因生命的短暂、时光的流逝所发出的感慨。

就文学传播而言，传之后世与传之四方的两种视角，在西汉时便已同时存在。前者以司马迁为代表，后者以司马相如为嚆矢。司马迁之所以忍辱苟活，是因为他心中有着强烈的历史意识，他清楚地知道，一个人存在于世的意义，不在于躯体，而在于精神。他说，“假令仆伏法受诛，若九牛亡一毛，与蝼蚁何以异”，“所以隐忍苟活，幽于粪土之中而不辞者，恨私心有所不尽，鄙陋没世，而不文彩不表于后世也”⑤。在《报任少卿书》(一作《报任安书》)中，司马迁明确地表明他的传藏观：

> 仆诚以著此书藏之名山，传之其人，通邑大都，则仆偿前辱之责，虽万被戮，岂有悔哉？

司马迁不愧一位卓越的历史家，他这一带有预言性质的书简，穿越历史的烟尘，准确地预见了自己在将来的存在。在这一点上，他是有前鉴的，也正因为这种前鉴的存在，他才隐忍苟活而著书。这些前鉴正建立在他对史实的掌握与理解上：

> 古者富贵而名摩灭，不可胜记，唯倜傥非常之人称焉。盖西伯拘

---

① 《论语·卫灵公第十五》，朱熹：《四书章句集注》，中华书局1983年版，第165页。
② 屈原：《离骚》，洪兴祖：《楚辞补注》，中华书局1983年版，第27页。
③ 王羲之：《兰亭诗序》，欧阳询等编纂：《艺文类聚》卷4，上海古籍出版社1982年版。
④ 陶渊明著，逯钦立校注：《陶渊明集》，中华书局1979年版，第160页。
⑤ 司马迁：《报任少卿书》，萧统编，李善注：《文选》，上海古籍出版社1986年版，第1854页。后引两段文字，皆出于此。

而演《周易》；仲尼厄而作《春秋》；屈原放逐，乃赋《离骚》；左丘失明，厥有《国语》；孙子膑脚，《兵法》修列；不韦迁蜀，世传《吕览》；韩非囚秦，《说难》《孤愤》；《诗》三百篇，大抵圣贤发愤之所为作也。此人皆意有所郁结，不得通其道，故述往事，思来者。

正由于司马迁对于历史中的主体——人的深刻把握，他知道这些非常之人“述往事”的意义，也知道“思来者”这一期待的历史价值，所以他选择了著述留名的不朽之路。同时，在他的历史叙述中，他也选择了一种以人为主要叙述对象的人本主义模式，在他的笔下，对人的命运的关注，更甚于对事件的描述。在他看来，人的精神世界，不仅是历史的一部分，而且还可能成为决定历史的重要因子。

但即使是具备自觉传世观念的司马迁，其《史记》自诞生以后，也受到过各种不同观点的评论，其中最重要的一些批评围绕司马迁著史的愤激态度与崇老非儒倾向而发。在唐代也仍然延续着这样的评判。如柳冕《答孟判官论宇文生评史官书》中，他针对宇文生所说“仲尼因旧史修《春秋》，所记不过二百四十二年。今子长乃轶孔氏而修数千年荒绝之书，助以黄老寓托之说。仲尼之所二，子长之所一；仲尼之所难，子长之所易”的观点，认为孔子作《春秋》，乃是因为“大雅丧然后颂声寝；王泽竭然后诗不作；诸侯放恣，处士横议”的有感而作，而《春秋》仅书当时所见、所闻、所传闻，其意在“明天道，正人伦，助治乱”，目的是宏大、高远的，不可与司马迁同日而语；对于另外一种贬抑司马迁“非圣人而修圣人之名者，素王之篡臣”的观点，柳冕又认为“迁之过，在不本于儒教以一王法，使杨朱墨子，得非圣人，此迁之罪也。不在于叙远古，示将来也。”①柳冕之论，明显针对的是司马迁“不本儒教”的思想倾向，而对他“叙远古，示将来”的成就，还是肯定的，这应该是一种比较中允的评价。

司马迁的传藏观影响后世极其深远。唐初，朝廷四方搜求书籍，其中许多文人的文集最初便由其家人珍藏着。上官仪尝为李秘书作有上书表，其中略可窥得一二：

臣大父隋荆州刺史元操，簪仕登朝，官成三代，学综书部，思洽词源。虽岁序寂寥，微尘无弭，河东薛道衡，人推才杰；范阳卢思

① 柳冕：《答孟判官论宇文生评史官书》，《全唐文》卷527，中华书局1983年版，第5355页。

> 道，时号文宗，并叶契相忘，齐声比价，竞炫梁车之宝，争摘邺骑之珍。而二家文集，久蒙宸照，独于臣门，未污天烛。贻厥之训，在臣宜守；献书之典，有国通规。今缮写已讫，合若干卷，谨诣阙奉进。①

按上官仪文中之意，李秘书之祖李元操，与薛道衡、卢思道当时齐声比价，薛、卢二家文集已经献于朝廷，而李元操文集原藏于家，因为朝廷有献书的诏令，李秘书于是将其祖文集献了出来。这里面反映出古代文人的一些传藏观念：首先是在文集未献于朝廷之前，家中子孙“宜守”其集；其次是在适当的时候，仍应遵守国家的法规，献书以上。这些观念与措施都是为了避免作品的散佚。

司马迁著史传世之意昭然，也因为他个人的天才与努力而达到了自己的目的。司马相如的名盛当世，却具有一定的偶然性，从史料来看，并非出于他自己自觉的传播意识。先看这段带些戏剧性的记载：

> 蜀人杨得意为狗监，侍上。上读《子虚赋》而善之，曰：“朕独不得与此人同时哉！”得意曰：“臣邑人司马相如自言为此赋。”上惊，乃召问相如。②

司马相如的《子虚赋》如何传入宫中，不得而知，但巧在身为狗监的蜀人杨得意偏偏知道作者是司马相如。于是，在这种偶然的状态下，司马相如进入了帝王的视野，也进入了历史记录者的叙述之中。司马相如的文采当然是关键，但如果不是这个机遇，他的影响便会大打折扣。所以，后来唐代的王勃才会发出“杨意不逢，抚凌云而自惜”③的感叹以自怜。

无论司马相如的名盛当世多么具有戏剧性，其文学意义却非常巨大：他带动了一场以赋为主要创作体式的文学创作热潮，此后相当长的时间里，“赋”作为一种润色鸿业的表现文体，成为文人创作中不可或缺的一部分。据《汉书·艺文志》记载，仅汉代作赋者就有 78 家，共 1004 篇。这其中所蕴含的文人心理变化也是不言而喻的——他们期望能够像司马相如那样，直登青云，名载史册。

---

① 上官仪：《为李秘书上祖集表》，《全唐文》卷 155，中华书局 1983 年版，第 1583 页。
② 司马迁撰：《史记》卷 117《司马相如传》，中华书局 1959 年版，第 3002 页。
③ 王勃：《秋日登洪府滕王阁饯别序》，《全唐文》卷 181，中华书局 1983 年版，第 1846 页。

扬雄的创作态度本身比之于他的《太玄》《法言》等著作在中国文化史上的影响毫不逊色，原因不仅在于他的观念本身是儒家传统思想的延续，也在于他终年寂寞一床书的坚韧。汉代桓谭《新论》中说：

> 扬子云才智开通，能入圣道，卓绝于众。汉兴以来，未有此也。①

唐代韩愈更是将扬雄纳入道统，认为他尽管略有小疵，但仍是承继孟子的大儒，比之荀子，尚称雁行："晚得扬雄书，益尊信孟氏。因雄书而孟氏益尊，则雄者亦圣人之徒欤！""周之衰，好事者各以其说干时君，纷纷藉藉相乱，《六经》与百家之说错杂，然老师大儒犹在。火于秦，黄、老于汉，其存而醇者，孟轲氏而止耳，扬雄氏而止耳。及得荀氏书，于是又知有荀氏者也。考其辞，时若不粹；要其归，与孔子异者鲜矣。抑犹在轲、雄之间乎？"②而扬雄在唐人眼中，也是一位甘于寂寞、勤奋善思的著述者形象，其著作的态度与行为对唐人的影响也极大③。

汉代还有一位声名显赫的作家，那就是班固。《汉书》之成书，亦坎坷曲折，班固为其主笔。《汉书》自问世以后，就受到了广泛的关注。当时著史者还是相当多的，据刘知几《史通·古今正史》记载：

> 《史记》所书，年止汉武，太初已后，阙而不录。其后刘向、向子歆及诸好事者，若冯商、卫衡、扬雄、史岑、梁审、肆仕、晋冯、段肃、金丹、冯衍、韦融、萧奋、刘恂等，相次撰续，迄于哀平间，犹名《史记》。④

班氏《汉书》或许对这些人的著作有所借鉴，但无论如何，能在众多的史著中脱颖而出，若无独创性是不易办到的。王充评曰：

> 班叔皮续《太史公书》百篇以上，纪事详悉，义洽理备。观读之

① 桓谭著，朱谦之校：《新论·闵友第十五》，中华书局2009年版。

② 韩愈：《读荀》，《全唐文》卷559，中华书局1983年版，第5656页。

③ 扬雄在唐代诗文中经常出现，举其著者，如卢照邻《长安古意》有"寂寂寥寥扬子居，年年岁岁一床书"，刘禹锡《陋室铭》有"谈笑有鸿儒，往来无白丁。可以调素琴，阅金经。无丝竹之乱耳，无案牍之劳形。南阳诸葛庐，西蜀子云亭"。

④ 刘知几著，浦起龙通释：《史通通释》，上海古籍出版社2009年版，第314页。

者以为甲，而太史公乙。①

南朝范晔说得更清楚：

若固之序事，不激诡，不抑抗，赡而不秽，详而有体，使读之者亹亹而不厌，信哉其能成名也。②

可见，班氏史书记事详赡、态度公允、辞义得体是其成名的独特之处。

东汉以后，随着纸张的应用与文学地位的日益独立，越来越多的文学作品能容易被时人获得，文人们也在传之后世的历史愿望之中包含着流布四方的空间愿望。三曹、七子、三张、二陆、两潘，直至颜谢、沈约诸人，无不在生前便已声名卓著，他们不再需要像司马相如那样，经过偶然的遇合才被世人所知。他们凭借自己的才华，也借助于发展了的传播技术与手段，使当时人就能知道他们的名字，所以，才有“二陆入洛，三张减价”③的记载；也才会出现《三都赋》成而洛阳纸贵的奇特现象。《晋书·左思传》载，左思构思十年，写成《三都赋》，“及赋成，时人未之重。思自以其作不谢班、张，恐以人废言，安定皇甫谧有高誉，思造而示之。谧称善，为其赋序。张载为注《魏都》，刘逵注《吴》《蜀》而序之……自是之后，盛于当时，文多不载。司空张华见而叹曰：‘班、张之流也。使读之者尽而有余，久而更新。’于是豪贵之家，竞相传写，洛阳为之纸贵”④。成书于唐代的《晋书》，对这段文学传播现象的详细描写，或许不只是反映了西晋太康年间的一段故实，也隐含着唐代文人对于这种现象的歆羡之情。左思向皇甫谧、张载、刘逵等人的求助，促成了《三都赋》的风行，唐人于此有深刻认识，由是行卷、干谒一时在唐代蔚成风气。唐代史学家刘知几曾慨言：

夫人寓形天地，其生也若蜉蝣之在世，如白驹之过隙，发端庸浅。犹且耻当年而功不立，疾没世而名不闻。上起帝王，下穷匹庶，近则朝廷之士，远则山林之客，凉其于功也，名也，莫不汲汲焉，孜

① 王充著，黄晖校释：《论衡校释》卷13《超奇第三十九》，中华书局1990年版，第615页。

② 范晔撰，李贤等注：《后汉书》卷40下《班固传》，中华书局1965年版，第1386页。

③ 房玄龄等撰：《晋书》卷55，中华书局1974年版，第1525页。

④ 房玄龄等撰：《晋书》卷92，中华书局1974年版，第2376~2377页。

> 孜焉。夫如是者何哉？皆以图不朽之事也。何者而称不朽乎？盖书名竹帛而已。①

刘氏所云“书名竹帛”，即为传之后世也。

唐代文人也注意到诗文传写一时的盛况带来的心理愉悦，他们或者因为自己诗文的被传唱而自炫，或者为友人的诗文遍天下而由衷地佩服与骄傲。如魏颖《李翰林集序》写李白诗文的传播：“白久居峨眉，与丹丘因持盈法师达，白亦因之入翰林，名动京师，《大鹏赋》时家藏一本。”②赵儋《大唐剑南东川节度观察处置等使户部尚书兼御史大夫梓州刺史鲜于公为故拾遗陈公建旌德之碑》记陈子昂作品的传播：“拾遗（按，指陈子昂）之文，四海之内家藏一本。”③以及刘禹锡《和乐天南园试小乐》：“花木手栽偏有兴，歌词自作别生情。多才遇景皆能咏，当日人传满凤城。”④张籍《和左司元郎中秋居十首》：“新诗才上卷，已得满城传。”⑤王建《哭孟东野》：“但是洛阳城里客，家传一首《杏殇》诗。”⑥权德舆《吴尊师传》：“凡为文词理疏通，文彩焕发，每制一篇，人皆传写。”⑦等等，这些初、盛、中、晚唐各期的文人的记录与自叙，皆能体现这一点。尤其是白居易，则在名当世与传后世二者的欲求中，显得最为突出（后文有专论）。

二、道与文：立言不朽到文章不朽的内蕴嬗变

先秦时期所说的“立言不朽”，其内容实际仍然建立在“道”的基础之上，所以明清之际的思想家顾炎武说：

> 岂知圣人立言取譬固与后之文人同其体例，何尝屑屑于象哉？⑧

而汉末到中唐这五百年的时间内，以“文章不朽”为代表的观念中，则更看重的是“文”本身，或者说更看重的是文学的形式。梁昭明太子萧统选

① 刘知几：《史通》外篇《史官建置》第一，浦起龙通释：《史通通释》，上海古籍出版社2009年版，第280页。
② 《全唐文》卷373，中华书局1983年版，第3798页。
③ 《全唐文》卷732，中华书局1983年版，第7549页。
④ 《全唐诗》卷360，中华书局1960年版，第4063页。
⑤ 《全唐诗》卷384，中华书局1960年版，第4323页。
⑥ 《全唐诗》卷301，中华书局1960年版，第3433页。
⑦ 《全唐文》卷508，中华书局1983年版，第5164~5165页。
⑧ 顾炎武著，黄汝成集释：《日知录集释》卷1，上海古籍出版社1985年版，第93~94页。

编《文选》，便以“事出于沉思，义归乎翰藻”为宗旨①。到了唐代，经过陈子昂、李华、独孤及、梁肃等人，直到韩愈、柳宗元，复古以求新变，则再次强调“文以明道”②。这种由“道”到“文”，再复归于“道”的过程，是先秦直至唐代整个文道关系嬗替的大概，也是中古文学演变的核心内容。

汉唐时期，反映这种文道关系转变的标识性言论，一篇是魏文帝曹丕的《典论·论文》，另一篇则是唐初陈子昂的《与东方左史虬〈修竹篇〉序》。《典论·论文》云：

> 盖文章，经国之大业，不朽之盛事。年寿有时而尽，荣乐止乎其身，二者必至之常期，未若文章之无穷。是以古之作者，寄身于翰墨，见意于篇籍，不假良史之辞，不托飞驰之势，而声名自传于后。③

除了上面这段著名的文字，曹丕在《与吴质书》中也谈论到文辞传世不朽的问题，他说：“（徐干）著《中论》二十余篇，成一家之言，辞义典雅，足传于后，此子为不朽矣。”④可见，曹丕之文章不朽观，确乎是以文辞翰墨是否典雅为标准的。曹丕之论，开启了此后五百余年重“文”的格局，影响极为深远。

陈子昂的《与东方左史虬〈修竹篇〉序》是一篇对文饰太过者的挑战檄文。这篇序文开篇即云“文章道弊五百年矣”，反映出他对于文章之“道”的重视：

> 文章道弊五百年矣。汉魏风骨，晋宋莫传，然而文献有可征者。仆尝暇时观齐梁间诗，彩丽竞繁，而兴寄都绝，每以咏叹，思古人常恐逶迤颓靡，风雅不作，以耿耿也。⑤

---

① 萧统《文选序》，萧统编，李善注：《文选》，上海古籍出版社1986年版，第1页。

② 柳宗元：《答韦中立论师道书》，《全唐文》卷575，第5813页。

③ 曹丕《典论·论文》，萧统编，李善注：《文选》卷52，上海古籍出版社1986年版，第2271页。

④ 曹丕《与吴质书》，萧统编，李善注：《文选》卷42，上海古籍出版社1986年版，第1897页。

⑤ 陈子昂《与东方左史虬修竹篇序》，郭绍虞主编：《中国历代文论选》第2册，上海古籍出版社2001年版，第55页。

如果说陈子昂所言之“道”尚是文章之道，那么在陈子昂之后，对于与“文”并举的“道”，文人们更有了新的认识。李华《送薛九远游序》云：

> 士之舒羽毛，宣声调，不在高位，在有道。自王充、元晏、左思名盛当时，价压百代。薛都卿以夷澹养素，以文章导志，自浙右游湖左，一句一韵，遍于衣冠，江山为之鲜润，烟景以之明灭。①

指出了道对于文的重要，有道之文，不仅能名盛当世，且能传之百代。从李华说这位薛都卿“以夷澹养素”来看，他所言之道，带些道家的“无为”冲淡的思想，与后来的韩愈略有些不同。

玄宗时，自帝王至下层士人，都热烈地参与讨论过三教异同。张九龄在《贺论三教状》谈到：

> 臣闻好尚之论，事踬于偏方；至极之宗，理归于一贯。……陛下道契无为，思该玄妙，考六经之同异，埘淆教之幽赜。将以降照群疑，敷化率土，屏浮词于玉殿，辑精义于金门。一变儒风，再扬道要，凡百士庶，罔不知归。②

当时的文人，受帝王的思想观念影响，对儒道之异，恐怕不是特别在意，他们更关心的是那种一以贯之的终极之理。可是每个人在理解“道”时，总会有自己的倾向，而且这种倾向也受到个人性格与时代背景的影响。比如，李华虽也重“夫子之旨”③，但却杂有释道之倾向④。韩愈则身处国家乱离之后，正是李华所谓“丧乱以来，时多苟且，松贞玉粹，亦变颓流”⑤的时代，当时“文人，雅操大缺，内不能自强于已，外有以求誉于时”⑥。在这种文人不讲操行、沽名钓誉的世风之下，韩愈所言之道，直承孔、孟

① 《全唐文》卷315，中华书局1983年版，第3200页。
② 《全唐文》卷289，中华书局1983年版，第2934页。
③ 独孤及《检校尚书吏部员外郎赵郡李公中集序》，《全唐文》卷388，中华书局1983年版，第3945页。
④ 如独孤及在所撰李华集序中，就记载了李华写有“诠佛教心要而合其异同”的“《南泉真禅师》、《左溪朗禅师碑》”（同上）。李华在其《卧疾舟中相里范二侍御先行赠别序》一文中也说自己“服勤西方之教，久齐生死之域”（《全唐文》卷315，中华书局1983年版，第3201页），可知其思想中杂有释、道倾向。
⑤ 李华《与表弟卢复书》，《全唐文》卷315，中华书局1983年版，第3194页。
⑥ 萧颖士《赠韦司业书》，《全唐文》卷323，中华书局1983年版，第3274页。

的儒者之道，具有一种抗颜为师，“知其不可而为之”①的积极入世态度。这种复古重道的文学转变，并非由韩愈一人一蹴而就，在他之前的一些古文名家已经表现出这种端倪。萧颖士在《赠韦司业书》中曾说道：“仆平生属文，格不近俗，凡所拟议，必希古人，魏晋以来，未尝留意。”②萧氏虽未言“道”，但其复古之意甚明。独孤及则对梁肃曾说过：“文章可以假道，道德可以长保。华而不实，君子所丑。”③可知他也是主张朴实的文风。

梁肃在《补阙李君前集序》中论及唐代古文时，谈到了几位非常重要的人物，并且提出了“文章三变说”，历来为治唐代古文者所重：

> 唐有天下几二百载，而文章三变。初则广汉陈子昂以风雅革浮侈；次则燕国张公说以宏茂广波澜；天宝已还，则李员外、萧功曹、贾常侍、独孤常州比肩而出，故其道益炽。④

梁氏本人曾为一代文柄，识断自然十分精审，此处之评论，确乎不容置疑矣。但如果置于整个唐代古文发展史中来看，独孤及之后，韩愈之前，尚有可予申述者。至少还要关注梁肃本人，及较其稍晚些的权德舆。梁肃在为李翰文集所写序文中这样说道：

> 文本于道，失道则博(一作传)之以气，气不足则饰之以辞，盖道能兼气，气能兼辞，辞不当则文斯败矣。⑤

可见，梁肃在重道的同时，亦对文的作用有着清醒的认识，其《常州刺史独孤及集后序》亦曰：

> 道德仁义，非文不明；礼乐刑政，非文不立。文之兴废，视世之治乱；文之高下，视才之厚薄。⑥

---

① 《论语·宪问》，朱熹：《四书章句集注》，中华书局1983年版，第158页。
② 萧颖士：《赠韦司业书》，《全唐文》卷323，中华书局1983年版，第3276页。
③ 梁肃：《祭独孤常州文》，《全唐文》卷522，中华书局1983年版，第5306页。
④ 梁肃：《补阙李君前集序》，《全唐文》卷518，中华书局1983年版，第5261页。
⑤ 梁肃：《补阙李君前集序》，《全唐文》卷518，中华书局1983年版，第5261页。
⑥ 梁肃：《常州刺史独孤及集后序》，《全唐文》卷518，中华书局1983年版，第5260页。

由这两段文字，可以看出，韩愈的古文观基本承袭梁氏之论。

梁肃所论之语，历来颇受研究者的注意，而权德舆的文章"蕴道"论，则未见有人论及。权德舆《右仆射赠太子太保姚公集序》曰：

> 文章者，其士之蕴耶？微斯文，则士之道不彰不明。①

其《中岳宗元先生吴尊师集序》又曰：

> 道之于物，无不由也，无不贯也，而况本于元览，发为至言。言而蕴道，犹三辰之丽天，百卉之丽地。②

文章"蕴道"说的关键是将"文"与"道"的地位平等地对待，与韩、柳"文以明道"的侧重于"道"有着微妙的差别，需要研习者仔细体会。权德舆所用"蕴"字，非常贴切地道出了他那个时代文道并重的特点，这一点，由梁肃的论述也可看出。应当说，由唐初的重文辞之丽，到提倡兴寄，再到文章"蕴道"，直至"文以明道"，非常清晰地展现了唐代文道嬗替的演进路线。

在诗歌方面，中唐时期也出现了倡导"文章合为时而著，歌诗合为事而作"的理论倾向。顾炎武评之云：

> 唐白居易《与元微之书》曰："年齿渐长，阅事渐多，每与人言，多询时务。每读书史，多求理道，始知文章合为时而著，歌诗合为事而作。"……嗟乎！可谓知立言之旨者矣。③

而文章为时与歌诗为事，以对现实的关怀为旨归，实际也是重"道"的一种表现。

三、湮没的隐忧：文人关于自身存在的思考

作品能否永恒，实质是文学家、文学作品与时间的博弈。当文学作品

---

① 权德舆：《右仆射赠太子太保姚公集序》，《全唐文》卷489，中华书局1983年版，第4995页。

② 权德舆：《中岳宗元先生吴尊师集序》，《全唐文》卷489，中华书局1983年版，第4999页。

③ 顾炎武著，黄汝成集释：《日知录集释》卷21"作诗之旨"条，上海古籍出版社1985年版，第1553页。

能摆脱模仿，具有更多的原创内涵与超越成分时，它便越具备成为经典的因子；反之，如果只是因袭前人、未脱窠臼，则会成为文学史中可有可无的赘余物，极易被浩瀚的文学典籍所湮没，哪怕创作它的作者曾经在地位上煊赫一时，引人注目。

从文学传播意识的发生来看，如果说对于文章名世的渴望是一种普遍存在的内在驱动力，那么对于自身湮没的隐忧则是一种自觉理性的外在逼迫力。作为内在驱动的文章名世观可视为一种正面的诱惑与牵引，而作为外在逼迫力的湮没隐忧感则可看作一种反面的触动与逼迫。从心理层面来看，文章名世是较高一级的心理企盼，而湮没的隐忧则是一条潜藏着的心理底线。

(一)湮没的形式及其心理焦虑

在文学史上，文人湮没的形式有多种。有的是因无作品存世而湮没；有的是因作品虽存而内容浅薄、形式低劣，不能感动人心而湮没；有的则是曾经有作品流传，后来却因时代风气的变化、政治的迫害、战乱灾祸的破坏等造成作品的散佚而湮没；更有一种湮没却是因为缺乏个性的湮没，即作品置于万人一面的汪洋大海中，虽存实亡。

唐代的文人，甚至历史上大多数的文人，都不愿选择被历史湮没的存在方式。刘知几《自叙》云：

> 虽任当其职，而吾道不行；见用于时，而美志不遂。郁怏孤愤，无以寄怀。必寝而不言，嘿而无述，又恐没世之后，谁知予者？故退而私撰《史通》，以见其志。①

刘知几曾于长安三年(703)与徐坚、吴兢等人共同修撰唐史，又于开元四年(716)与吴兢合作撰成睿宗、则天、中宗实录②，可谓有著述存世者。但是进入史馆的刘知几，认为自己虽然任当其职、见用于时，但或许因为这些官方修撰的“史书”与“实录”并未能反映出他的修史观念，所以认为“吾道不行”、“美志不遂”，于是退而私撰《史通》。他这种担忧是出于对缺乏个性之湮没的隐忧。

另有出于对奸臣酷吏的惧怕而隐藏作品，最终导致本人湮没不闻的状

① 刘知几：《自叙》，《全唐文》卷274，中华书局1983年版，第2789页。
② 王溥撰：《唐会要》卷63，中华书局1955年版，第1094页。

况。李白《〈泽畔吟〉序》是为逐臣文人崔氏《泽畔吟》所作的序文，其文中写道：

> 《泽畔吟》者，逐臣崔公之所作也。公代业文宗，早茂才秀。起家校书蓬山，再尉关辅中，佐于宪车，因贬湘阴……流离乎沅湘，摧颓于草莽。同时得罪者数十人，或才长命夭，覆巢荡室。崔公忠愤义烈，形于清辞，恸哭泽畔，哀形于翰墨，犹风雅之什，闻之无罪，睹之者作镜。书所感遇，总二十章，名之曰《泽畔吟》。惧奸臣之猜，常韬之于竹筒；酷吏将至，则藏之于名山。前后数四，蠹伤卷轴。①

序文中所云崔公因“佐于宪车”，被贬至湘阴。在湘阴流离、憔悴之际，有所感遇，写成《泽畔吟》，但因为惧怕奸臣酷吏的揭发与猜忌，所以只得隐藏起来，以致文章的卷轴被蠹。序中所言崔公，学界多言其为崔沔长子崔成甫，即崔祐甫之兄；也有称其为崔宗之（字成辅，与李白等并称“酒中八仙”）者；又有学者称另有其人②。导致如此纷纭的猜测，无疑与崔氏诗文湮没过多，其人生平不彰有关。又如卢藏用《右拾遗陈子昂文集序》曰：

> 道丧五百岁而得陈君。君讳子昂，字伯玉，蜀人也。崛起江汉，虎视函夏，卓立千古，横制颓波，天下翕然，质文一变……惜乎湮厄当世，道不偶时，委骨巴山，年志俱夭，故其文未极也。③

卢藏用对于陈子昂“湮厄当世，道不偶时”的评价，是对其仕途逢遇的感叹。并且认为正是身世的坎坷，使得陈子昂的生命与志向均过早地夭折，没能将其才能发挥出更大的作用，从而无法让诗文达到更高的境界。卢氏之语，只是对于人才凋零的惋惜而已，但他也看到了陈子昂可能“卓立千古”的诗文影响。

出于湮没的隐忧，于是文人们便会自觉地、主动地去公开自己的作

① 李白：《泽畔吟序》，《全唐文》卷349，中华书局1983年版，第3540页。

② 李白序文中并未言《泽畔吟》的作者崔氏，据郁贤皓《李白诗中崔侍御考辨》（《文史哲》，1979年第1期）作崔成甫，詹锳《李白诗文系年》（人民文学出版社1984年版）取郁说；明高棅《唐诗品汇》（上海古籍出版社1982年版）主崔宗之，郭沫若《李白与杜甫》（人民文学出版社1972年版）从其说；李从军《〈李白诗中崔侍御考辨〉质疑》（《文史哲》1984年第6期）则认为另有其人。

③ 卢藏用：《右拾遗陈子昂文集序》，《全唐文》卷238，中华书局1983年版，第2402页。

品、宣扬自己的作品，并且有意识地保存自己的作品。在他们公开、宣扬、保存作品的过程中，会去寻找那些有利的传播途径，从而实现作品传在当世或传之后世的目的，达成自身存在的不朽。怎样实现自身作品在传播效果上的最佳化呢？除了借助自身的地位与作品的质量来扩大影响外，就是要充分利用各种公开的场合与交流的场所，要整理好自己的作品，要在与友人的来往信件中，表达出自己的愿望。从而让自己的一篇篇诗文传播开来，让自己的作品，会因友人、家人的收辑以文集的形式存世，最终实现传播的目的。

在唐代，由于国家对撰写、著作的重视，一般会要求民众主动献上自家所有的文集，前引上官仪《为李秘书上祖集表》中即有“献书之典，有国通规”之记录。这种官府的收集按文人身份、地位的区别可分为两类：一类是本身就已通过科举及第而拥有政治出身的士大夫文人；另一类是那些落第的或者放弃应举的布衣文人。士大夫文人会因为家境的略为宽裕与地位上的优越，在文集的整理、进奏上更加便易，布衣文人则复杂得多。如果这位布衣文人原本就是以遁世之心存在于世，那他就不存在所谓的传播意识，其作品的存世或许纯粹出于偶然，或许出于自身卓越的文才而产生的引人的魅力。

从逻辑上来看，仕进文人既有功名心，必然就有传播意识。但还要注意到这样的一个历史事实，即中国古代的寒士文人，如果不去通过科举及第进入仕途、取得俸禄，他便会在经济上处于困境，在精神上也难以慰藉。在中国古代的民众阶层中，士、农、工、商，均代表了一种身份，可是，寒素出身的文人如果不经由科举及第完成其社会身份的转变，便只有贫困终身。而且，作为一位知识人，他可能还会因为自己无法进入历史序列而带着清醒者的痛苦，将会为自己的湮没而产生隐忧，这种隐忧实际上就是一种更为深层的传播意识。

文人在创作出自己的作品以后，当然希望它能被人所知并传之后世，因此，也就具有了传播意识。白居易《刘白唱和集解》云：

> 文之神妙，莫先于诗。若妙与神，则吾岂敢？如梦得“雪里高山头白早，海中仙果子生迟”、“沉舟侧畔千帆过，病树前头万木春”之句之类，真谓神妙，在在处处，应当有灵物护之，岂唯两家子侄秘藏而已。①

① 白居易：《刘白唱和集解》，《全唐文》卷677，中华书局1983年版，第6920页。

希望有"灵物"保护绝妙的诗文，这样一种心理，虽说可能源于白居易心中的佛家思想，但却是文人重视文章传播的深刻反映。

当然也有些恬淡之人，以自娱的心态来进行创作，作品完成以后，并不怎么张扬，但这样一种创作形态，多半难以被人所知，于是便处在一种半湮没的状态。说是半湮没，是因为作品仍然有传播于世的可能。有时候，这种难以被人所知的情形也是由外部环境所造成，如被贬谪至荒僻的远州郡县，作品难以传达。文人对于湮没的隐忧在贬谪之际表现的尤为突出与强烈。

（二）落第、贬谪与湮没的隐忧

唐太宗有一段论述德行、文章与不朽之关系的文字，颇为精彩，吴兢《贞观政要》有载，今录如下：

> 贞观十一年，著作佐郎邓隆表请编次太宗文章为集。太宗谓曰："朕若制事出令，有益于人者，史则书之，足为不朽。若事不师古，乱政害物，虽有词藻，终贻后代笑，非所须也。只如梁武帝父子及陈后主、隋炀帝，亦大有文集，而所为多不法，宗社皆须臾倾覆。凡人主惟在德行，何必要事文章耶？"竟不许。①

臣子请编太宗文集，太宗认为史籍已著录事功，足可不朽，倘若政治紊乱，即便有词藻文章，也只是贻笑后人。并认为"人主惟在德行"，不必看重文章之事。唐太宗以成就大业的一代君王之身份，发出这种议论自然没有什么不妥②，但一些落第、贬谪文人却不得不在事功的渴望逐渐渺茫之际，求助于文章的不朽，以避免被历史湮没的命运。

落第举子在每年应举的人数中，约占十之八九③，他们中有相当一部分会留下来苦心复习，以应来年再考。宋人钱易《南部新书》乙卷记曰："长安举子，自六月已后，落第者不出京，谓之'过夏'，多借静坊庙院及

---

① 吴兢著：《贞观政要》第7卷《文史第二十八》，上海古籍出版社1978年版，第222页。

② 按，唐代诸位君王的文集均已不存，可参第五章相关内容。

③ 傅璇琮在《唐代科举与文学·序》中谈到："唐代进士科所取的人数，前后期有所不同，但大致在三十人左右。据唐宋人的统计，约一百人到二百人之间。进士、明经加起来，也不过占考试者总人数的十分之一。可以想见，风尘仆仆奔波于长安道上的，绝大部分是落第者。"（《唐代科举与文学》，陕西人民出版社1986年版，第5页。）

闲宅居住，作新文章，谓之‘夏课’。”①这种不登科不罢休的心理，固然有着身份上登阶的欲求，但从传播意识的角度来看也蕴含着深沉的湮没之忧。当然，也有些不第举子，不再以举业为重，放浪形骸、专意于作诗的，如张祜、崔涯等人即是②。

贬谪之际的隐忧心理也最突出。如韩愈，他本是一位积极入世的儒者，但他也曾有过“甘潜伏以老死兮，不显著其名誉”的遁隐情绪③，这种心理只能视为他获罪贬谪后处于无奈状态下的牢骚④，并非其真实的心声。他在《答窦秀才书》中写道：

> 愈少驽怯，于他艺能，自度无可努力，又不通时事，而与世多龃龉。念终无以树立，遂发愤笃专于文学。⑤

《闵己赋》又云：

> 独闵闵其曷已兮，凭文章以自宣。⑥

就可以知道韩昌黎所谓“甘潜伏”“不显著”的姿态，只是一时的自暴自弃罢了，因为想要凭借文章的“树立”与“自宣”，不是为了“显著其名誉”吗？可见，文人内心始终处在一种显名还是湮没的纠结之中。其甘于潜伏者，乃在于其道暂不得伸于世；而其凭文以自宣者，则仍在于“固守以静俟”⑦，待时而动也。

一个人如果具备人们所公认的才能，但是他的作品因为某种客观原因在传播上受到限制，作者会感到压抑，他的传播意识便会在一定时候释放出来，出现在与人交流的语言与信件中。在这一点上，柳宗元是个极典型的例子，以下结合柳宗元的诗文来谈谈贬谪文人的心理及其对于自身湮没的隐忧。

---

① 钱易撰，黄寿成点校：《南部新书》，中华书局2002年版，第21~22页。

② 参《唐才子传》卷6《张祜传》，辛文房著、傅璇琮等校注：《唐才子传校笺》第3册，中华书局1990年版，第161页。

③ 韩愈：《复志赋》，《全唐文》卷547，中华书局1983年版，第5542页。

④ 韩愈《答窦秀才书》有“以罪黜于朝廷，远宰蛮县，愁忧无聊”之语，可证之。见《全唐文》卷551，中华书局1983年版，第5579页。

⑤ 韩愈：《答窦秀才书》，《全唐文》卷551，中华书局1983年版，第5579页。

⑥ 韩愈：《闵己赋》，《全唐文》卷547，中华书局1983年版，第5543页。

⑦ 韩愈：《闵己赋》，《全唐文》卷547，中华书局1983年版，第5543页。

柳宗元存诗不多，从《柳宗元集》来看，算上卷一“雅诗歌集”和外集补遗的“送元暠师诗”，也不过163首。从诗的写作时间看，其中103首作于永州，40首作于柳州，元和十年(815)从永州召回长安时沿途作了9首，同年改贬柳州途中作诗8首，另有《韦道安》及《省试观庆云图诗》为早年在长安时的作品，《视民诗》不知何时何地所作。可见，柳宗元诗歌多为其贬谪时所作①。

“传统上，一般把柳宗元的诗歌归于由陶渊明所开创，谢灵运、孟浩然、王维、常建、储光羲、韦应物等从不同方面给以发展了的高闲旷逸一派。”②文学史上，韦、柳并称，主要由于他们在山水吟咏方面具有清淡高远的相似风格。司空图论柳诗云：“味其搜研之致，亦深远矣。”③评点柳诗最为精到的是苏轼，他对比陶渊明、韦应物、韩愈、柳宗元诗歌云：“柳子厚诗在陶渊明下、韦苏州上。退之豪放奇险则过之，而温丽情深不及也。所贵乎枯澹者，谓其外枯而中膏，似澹而实美，渊明、子厚之流是也。”④认为柳诗能够“发纤秾于简古，寄至味于淡泊”⑤。诚然，部分柳诗确与陶、韦之诗有相似之处，但如仔细体味，他们还是有差异的，“柳诗于淡泊中寓忧怨，见峭厉”⑥。柳诗的“凄神寒骨，悄怆幽邃”之感为其所独有。这种诗风的出现，与柳宗元的贬谪心理密切相关。

受到贬谪的柳宗元有着一种无可排解的孤独感，这种孤独感除来自荒僻南地的自然环境外，更多地源于巨大的身份地位的反差，从繁华的京畿到偏僻的蛮荒，从少壮时以为青紫可拾的干天豪气到去国投荒孑然一身的落寞萧索，这种反差而致的孤独意绪难以摆脱，始终流露于诗人的笔下，“由于长期处于被抛弃、被拘囚般的环境，处于忧郁苦闷、不与世接的冷漠状态，因而不能不使他一变昔日外向型的激切心性为内向型的自甘暗默，而且也不能不使他因旷日持久的外在压抑和自我压抑遭受到严重的‘时间的损伤’。”⑦无论是著名的《永州八记》，还是脍炙人口的《江雪》绝句，都足以印证这一点。《中夜起望西园值月上》诗亦云：

觉闻繁露坠，开户临西园。寒月上东岭，泠泠疏竹根。石泉远逾

---

① 吴文治：《柳宗元简论》，中华书局1979年版，第103页。

② 孙昌武：《柳宗元评传》，人民文学出版1982年版，第387页。

③ 司空图：《题柳柳州集后序》，《全唐文》卷807，中华书局1983年版，第8488页。

④ 苏轼：《评韩柳诗》，《苏轼文集》，中华书局1983年版，第2109页。

⑤ 苏轼：《书黄子思诗集后》，《苏轼文集》，中华书局1983年版，第2124页。

⑥ 尚永亮：《柳宗元诗文选评·前言》，上海古籍出版社2003年版，第7页。

⑦ 尚永亮：《柳宗元诗文选评·前言》，上海古籍出版社2003年版，第5页。

响，山鸟时一喧。倚楹遂至旦，寂寞将何言。①

此诗写夜半觉后的所见所闻，本来也只是一般景语，但尾联两句则透露出诗人贬谪后的孤独落寞以至难眠的状态。金人元好问曾评柳诗道："谢客风容映古今，发源谁似柳州深。朱弦一拂遗音在，却是当年寂寞心。"②这个评论是准确的，既点出了柳诗与谢诗的渊源，更清楚地看到了柳宗元孤独寂寞的心态。

曾经以为倾力建功就能封侯，哪里去计较个人的安危，但当英雄身处末路、才士成为缧囚的时候，一种悲凉感油然而生。在《冉溪》一诗中，柳宗元的这种"悲壮复悲凉"的感觉直透人的心底：

少时陈力希公侯，许国不复为身谋。风波一跌逝万里，壮心瓦解空缧囚。缧囚终老无余事，愿卜湘西冉溪地。却学寿张樊敬侯，种漆南园待成器。

这首诗是元和五年(810)在永州时所作。"冉溪"又名"染溪"，宗元则改之为"愚溪"。十年永州，有五六年的时间宗元是住在愚溪的。柳宗元曾写过《八愚诗》(包括愚溪、愚丘、愚泉等八篇)，惜皆已失传。现存诗中言及愚溪的尚有《愚溪对》《溪居》《冉溪》《夏初雨后寻愚溪》《雨后晓行独至愚溪北池》《雨晴至江渡》等诗，可见柳宗元在永州时，颇寄情于此处。但这种寄情是一种孤独悲凉的寄情，独游山水的时候，正是他最孤独的时候。

柳宗元山水诗中有篇极好的诗道出了诗人的苦闷与期待，《秋晓行南谷经荒村》诗云：

杪秋霜露重，晨起行幽谷。黄叶覆溪桥，荒村唯古木。寒花疏寂历，幽泉微断续。机心久已忘，何事惊麋鹿。

诗中，"霜露""幽谷""黄叶""荒村""古木""寒花""幽泉"，着字清冷，处处透露着一种与世相隔的荒寂，而末两句却又恰恰暗示诗人在孤独苦闷

① 本节部分所引柳氏诗文，未注明出处者俱见《柳宗元集》，中华书局1979年版。

② 元好问：《论诗绝句》，郭绍虞集解、笺释：《杜甫戏为六绝句集解．元好问论诗三十首小笺》，人民文学出版社1978年版，第72页。

中有着一种迫切的期待之情。

随着贬谪的日子愈多，诗人也会有更多的苦闷，有更多抑郁不平的意绪。《入黄溪闻猿》诗云："溪路千里曲，哀猿何处鸣。孤臣泪已尽，虚作断肠声。"此诗虽短，却是柳诗集中为数不多的直诉哀怨的作品，"孤臣泪已尽，虚作断肠声"与柳诗怨而不发、苦痛内含的整体诗风是异调的。《再上湘江》是诗人改贬柳州时路经湘江所作，也是直接道出"不知从此去，更遣几时回?"的期待之意。正因为这些偶尔一吐胸襟的诗作，让我们在读《江雪》《渔翁》这类含蓄之作时能有更深刻的理解与同情。

柳宗元在《愚溪诗序》中谈到："余以愚触罪，谪潇水上，爱是溪，入二三里，得其尤绝者，家焉。"这"余以愚触罪"几字何尝不是负气之言，通观整篇序文，诗人的幽愤不平溢于言表，他认为宁武子、颜子①都不是真愚，自己"遭有道，而违于理，悖于事，故凡为愚者，莫我若也。"悔耶？怨耶？或者兼而有之吧。在《对贺者》一文中，诗人也说："嘻笑之怒，甚乎裂眦；长歌之哀，过乎恸哭。庸讵知吾之浩浩，非戚戚之尤者乎?"这是一种集苦闷、悲伤、忧愤于一体的难以名状的精神上的失落。

在《溪居》诗中，同样可以感受到诗人的不平之气：

> 久为簪组累，幸此南夷谪。闲依农圃邻，偶似山林客。晓耕翻露草，夜榜响溪石。来往不逢人，长歌楚天碧。

明明贬谪是不幸的，诗人却反言"久为簪组累，幸此南夷谪"。这是一种含着痛苦的微笑。"闲依"含无聊之意，而"偶似"则表明他并不真正具有隐士的淡泊。清人沈德潜评价说："愚溪诸咏，处连蹇困厄之境，发清夷淡泊之音，不怨而怨，怨而不怨，行间言外，时或遇之。"②其说甚是。

被贬南方的柳宗元百无聊赖，只得凭借栽种花草来打发时日，在他的诗集内有相当多的种花诗可以证明。一代才子，曾经怀抱着大唐中兴的崇高理想，如今却只于荒寒州郡栽竹种花来耗费时光，怎不令人扼腕长叹。年轻时的柳宗元并不想以诗文名世，即使是初贬永州之时，也是如此。他

---

① 宁武子，春秋时卫国大夫宁俞，"武"是他的谥号。《论语·公冶长》载："宁武子，邦有道则智，邦无道则愚。其智可及也，其愚不可及也"。(《四书章句集注》，中华书局1983年版，第81页。)颜子，即颜回。《论语·为政》："子曰：'吾与回言终日，不违如愚。退而省其私，亦足以发，回也不愚。'"(《四书章句集注》，中华书局1983年版，第56页。)柳宗元《愚溪诗序》中用二典，以他们之非愚与己相比，暗含幽怨。

② 沈德潜选注：《唐诗别裁集》卷4，上海古籍出版社1979年版，第129页。

在《衡阳与梦得分路赠别》一诗中这样写道："休将文字占时名。"但事实却是贬谪生涯成就了他的诗文，而沉淀在作品中的幽怨情怀也铸就了他的诗文风格，从而在文学史上独树一帜。

在这种孤独、悲凉、苦闷、幽怨的心态之下，柳宗元带着回归朝廷的期待，同时也因为这种期待的不可能，开始由最初的"不以文字占时名"，转向关注著述，以求立言不朽，这其中包含着他对于声名湮没的隐忧。

这种隐忧首先表现在他对家族荣耀的萦怀上。柳宗元不止一次地提起柳氏家族先辈们的荣耀，他为自己出生于柳氏家族而自豪，因为这是一个人才代出的家族，是一个曾经产生过不少冢宰的家族。他在《寄许京兆孟容书》中说："得姓来二千五百年，代为冢嗣"①，《祭从兄文》亦云："我姓婵嫣，由古而蕃。钟鼎世绍，圭茅并分。至于有国，爵列加尊。联事尚书，十有八人。"②语意间的自豪不言自明。

在家族前代的荣耀之下，柳宗元也流露出柳氏当前的不如人意，《送文郁师序》云："柳氏以文雅高于前代，近岁颇乏其人，百年间无为书命者。"③表达出对于柳氏家族当前状况的不满，他期望自己能复兴本族，赓续这种荣耀。在《送澥序》中，柳宗元这样写道："人咸言吾宗宜硕大，有积德焉。在高宗时，并居尚书省二十二人。遭诸武，以故衰耗。武氏败，犹不能兴。为尚书吏者，间十数岁乃一人。永贞年，吾与族兄登并为礼部属。吾黜，而秀父公绰更为刑部郎，则加稠焉。又观宗中为文雅者，炳炳然以十数，仁义固其素也。意者其复兴乎？自吾为僇人，居南乡，后之颖然出者，吾不见之也。"④其中的意思是说，柳氏家族之中，近年来颇出人才，已呈复兴之象，但自己被贬之后，脱颖而出者渐渐少了。从文中意思来看，这位名"澥"之人，定姓柳，柳宗元的勉励之意昭然。

在贬谪期间，柳宗元对湮没之隐忧异常明显，他常以"僇人"自责，为机遇的丧失而痛悔，在知道自己再也无法复京起用时，他转而希望以文章传世而不朽。最能代表这种心态的，就是他的《寄许京兆孟容书》，书中写道：

> 今抱非常之罪，居夷獠之乡，卑湿昏雾，恐一日填委沟壑，旷坠先绪，以是怛然痛恨，心骨沸热。……贤者不得志于今，必取贵于

---

① 柳宗元：《寄许京兆孟容书》，《全唐文》卷573，中华书局1983年版，第5789页。
② 柳宗元：《祭从兄文》，《全唐文》卷593，中华书局1983年版，第5993页。
③ 柳宗元：《送文郁师序》，《全唐文》卷579，中华书局1983年版，第5853页。
④ 柳宗元：《送澥序》，《全唐文》卷578，中华书局1983年版，第5844页。

> 后，古之著书者皆是也。①

或者，他希望自己的著作能弥补仕途上的失败，如《上襄阳李仆射愬献唐雅诗启》：

> 宗元身虽陷败，而其论著往往不为世屈，意者殆不可自薄自匿以坠斯时，苟有补万分之一，虽死不憾。②

《上严东川寄〈剑门铭〉启》亦曰：

> 今身虽败弃，庶几其文犹或传于世。又焉知非因阁下之功烈，所以为不朽之一端也，敢默默而已乎？谨撰《剑门铭》一首，惶恐献上。③

这几段文字中的"贤者不得志于今，必取贵于后，古之著书者皆是"、"身虽陷败，而其论著往往不为世屈，殆不可自薄自匿以坠斯时"、"今身虽败弃，庶几其文犹或传于世"，虽然言语间略显谦逊，但均表现出对于文章传世的自信。这种转而寻求文章不朽的动机，却正是在他贬谪之后"抱非常之罪"、"身虽陷败"、"身虽败弃"的情况下产生的。

（三）文人的引荐与湮没的隐忧

唐代文人在其偃蹇不遇、流落风尘或是被贬谪流放的时候，他们几乎都会选择向上层的官僚干谒自荐的方式，希望能够碰到伯乐，逢到知音，从而登科、复用或是提拔，以达到其声名传播的目的或实现兼济天下的抱负。以下，将对一些文人的自荐书略作考察，以揭明这种传播行为所蕴含的文学传播意识的内涵。

通过干谒来展示自己的德行、文才，从而被州郡或是朝廷所知，这样一种"自荐"的行为可谓由来已久。战国时期，已有"毛遂自荐"的故事。汉代官员的选拔采取的是察举制，更加需要通过自荐或他人引荐以获得征用。魏晋时期开始的九品中正制，以人才品评为其核心，由于一些世家大

---

① 柳宗元：《寄许京兆孟容书》，《全唐文》卷573，中华书局1983年版，第5789页。

② 柳宗元：《上襄阳李仆射愬献唐雅诗启》，《全唐文》卷576，中华书局1983年版，第5822页。

③ 柳宗元：《上严东川寄剑门铭启》，《全唐文》卷576，中华书局1983年版，第5824页。

族把持评判权，其弊其大，导致了“上品无寒门，下品无世族”的社会局面。隋唐以来，科举虽然开始逐渐改变世族垄断的政治格局，但以荐引为手段的择人方式依然存在，它甚至还渗透在进士及第的遴选过程当中，成为文人士子向上的重要阶梯。所以，才有了今天所能见到的大量干谒书信。

有研究者统计，唐代书信数量有469篇，涉及作者达135人。其中，占有相当比例的便是干谒书信，唐代重要的文人如卢照邻、王勃、骆宾王、张说、李峤、萧颖士、王昌龄、李白、杜甫、韩愈、柳宗元、李翱、刘禹锡、白居易、元稹、欧阳詹、沈亚之、杜牧、李商隐等都有过干谒行为，其干谒对象有宰相、方镇节帅、知贡举等①。从这些文人的干谒书信来看，其内容大体可分三部分：首先是推举对方，认为其人有识鉴之明，善于择人；其次是介绍自己，其中不乏夸大之辞；最后是说献上自己的一些作品，请求评议。这样的干谒书信，有时也会附上自己的作品，做成卷轴献上，这种行为则称为“行卷”。

一般来说，敢于写自荐书的文人，其文才大致不差，甚至还有不少恃才傲物之人。恃才傲物与干谒投刺，这似乎是一种矛盾，但从留存的唐人书信来看，这却是一个不容否认的现象：王勃、李白、白居易、李商隐等文才杰出的诗人都有不少的自荐书信。魏晋时期的著名文人阮籍平时很少以青眼示人，但遇到他看重的人，也会青眼有加，所以，恃才傲物只是一个相对的概念。

唐郑处诲《明皇杂录》记载：

> 天宝中，刘希夷、王昌龄、祖咏、张若虚、孟浩然、常建、李白、杜甫，虽有文名，俱流落不偶，恃才浮诞而然也。②

郑氏所提及的文人中，固然有像孟浩然那样比较淡泊的文人，但大部分还是希望能够为世所用，建功立业。可是，正是由于郑处诲所说的“恃才浮诞”的缘故，他们大多流落不遇。李白为人狂放不羁，早年经贺知章等人引荐，得以进京觐见皇帝，不久却因恃才傲物，被人构陷而退出朝廷。尽管如此，年轻的李白仍然胸存昂扬之志，并无低靡颓废之态，即使是请求

① 王凤玲：《唐代书信研究》，博士论文，武汉大学2009年。
② 郑处诲：《明皇杂录》，《唐五代笔记小说大观》，上海古籍出版社2000年版，第981页。

引荐的《与韩荆州书》，也写得不卑不亢。可是到了暮年，一向高傲的他，也写过一封情感悲凉的《为宋中丞自荐表》，信中自叹自怜，充盈着对湮没于当世的隐忧：

> 臣伏见前翰林供奉李白，年五十有七。天宝初，五府交辟，不求闻达，亦由子真谷口，名动京师。上皇闻而悦之，召入禁掖，既润色于鸿业，或间草于王言，雍容揄扬，特见褒赏。为贱臣诈诡，遂放归山，闲居制作，言盈数万。……臣闻古之诸侯，进贤受上赏，蔽贤受显戮。若三适称美，必九锡光荣，垂之典谟，永以为训。臣所管李白，实审无辜，怀经济之才，抗巢、由之节。文可以变风俗，学可以究天人，一命不霑，四海称屈。伏惟陛下大明广运，至道无偏，收其希世之英，以为清朝之宝。昔四皓遭高皇而不起，翼惠帝而方来，君臣离合，亦各有数。岂使此人名扬宇宙，而枯槁当年？①

在此奏表中，李白揣摸着宋中臣的语气来推荐自己，前段述自己的经历，后段则重点表达出对"名扬宇宙"而"枯槁当年"的自我叹惜。这一声叹息，代表了许多才士文人的心声，他们自负具不世之才，认为自己"文可以变风俗，学可以究天人"，但因为时运不济，不得伸志于当时，带着深沉的隐忧。这种隐忧，是枯槁于时的隐忧，是无名于世的隐忧，是湮没的隐忧。

柳宗元《与顾十郎书》一文最能反映文人在立身、著书不能名世时的心理焦虑，今录其中一段于下：

> 在朝不能有奇节宏议，以立于当世，卒就废逐，居穷阨；又不能著书，断往古、明圣法，以致无穷之名。进退无以异于众人，不克显明门下得士之大。今抱德厚，蓄愤悱，思有以效于前者，则既乖谬于时，离散摈抑，而无所施用。长为孤囚，不能自明。②

柳宗元曾经有过荣登丹墀的显赫经历，又遭遇了两度贬谪的沉痛打击，他对于名世与湮沦的体会至深，感慨也最真切，故录此段作为本章的结语。

---

① 李白：《为宋中丞自荐表》，《全唐文》卷348，中华书局1983年版，第3529页。

② 柳宗元：《与顾十郎书》，《全唐文》卷574，中华书局1983年版，第5796页。并参见《柳宗元集》，中华书局1979年版，第805页。

第二章　文学传播意识的表征形态

人不可能过着他的生活而不表达他的生活。

——[德]恩斯特·卡西尔《人论》①

文人的文学传播意识属于文人自身的心理活动，不太容易揭明。如果是当代的文人，可以通过调查采访等手段去获取更为真实的材料，但要考察千余年前唐代文人的传播意识，便只能借助保存下来的各种文献，从这些文献所记载的文人的对话、他们的文章以及他们的行为当中去推求一种或然的状态。比如通过笔记、史传去获得他们的谈话记录与轶闻趣事，通过他们的诗文去推敲其中所隐含的传播思想，从而得出一个有关唐代文学传播意识的整体印象。当然，还需进一步探讨这种传播意识所引起的文人创作态度的变化，以更深地了解作家与他的作品。德国哲学家黑格尔认为意识的具体形态，可以分为道德、伦理、艺术、宗教等②。本书并未套用这种划分方式，经过对相关资料的整理、归纳，认为从文学价值观的角度来看，唐代文人文学传播意识的存在形态可分成四大类：即以传统思想为归属的明道传播意识；以历史观念为主干的存史传播意识；追求文章不朽的弘文传播意识；抒发情志的诉情传播意识。如果从意识的显现程度，则可分为显意识、隐意识、潜意识与无意识。而关于时空维度上的传之后世与名盛当代的期待作为传播意识已在上章揭橥，本章不再赘述。

第一节　明道：传统思想与文学传播意识

人的思想意识，虽然可能会有阶段性的变化，但一般会有个总体的价

① 恩斯特·卡西尔著，甘阳译：《人论》，上海译文出版社2006年版，第307页。

② 黑格尔：《小逻辑》，商务印书馆1980年版，第103~104页。

值倾向。在这个较突出的价值倾向下，人的各种意识也会处于一种相对恒定的状态，从而呈现出一定的特征。“明道”的思想即是中国古代文人所具有的一种集体传播意识倾向。

“道”是中国文化史、思想史上的一个重要概念，中国古代的文人自古便有一种重“道”的思想。不仅道家的老、庄予以重视，儒家的孔、孟也同样非常重视，尽管二者所言“道”之内涵，并不完全相同。如以儒家而言，所言之道近乎“仁”；以道家而言，所言之道则是“自然”。其他先秦诸子，不论其学说倾向如何，也纷纷言道，“皆自以为至极，而思以其道易天下者也”①，就是说，诸子均按照自己的理解来谈论“道”这个形而上的概念。《庄子·天下》所说“道术将为天下裂”②，《淮南子·俶真训》所云“周室衰而王道废，儒墨乃始列(裂)道而议、分徒而讼”③，均是此意。余英时认为，孔子之前，“道”之观念大体指“天道”；并认为虽然后来诸子所言之“道”歧见纷陈，但就中国古代总体的思想倾向而言，各家所说的“道”，都趋向于把“天道”与“人道”结合起来，具有“天人合一”的倾向④。

由于“道”之概念自产生以来，在中国古代思想史、学术史中具有崇高的地位，因此对古代文人也产生着深远的影响，其中对于文道关系的关注便是最典型的一例。刘勰说：

> 鼓天下之动者存乎辞。辞之所以鼓天下者，乃道之文也。⑤

这一观点，在唐代经过李华、萧颖士、独孤及、梁肃、韩愈、柳宗元等人的延续与发展，形成了“文以明道”的共识，并在宋代继续发展成“文以载道”这一重要理论，就连对文辞不甚提倡的朱熹也说：“道之显者，谓之文。”⑥

这种文道关系的处理，正是把握唐代文学传播意识的关键。比如韩愈、杜甫分别通过文章与诗歌将文与道统一起来，达到了中国古代文人理想中的文学境界，杜诗、韩文成为中国古代文学史中的经典。但也有很多

---

① 章学诚著，叶瑛校注：《文史通义校注》卷2《原道中》，中华书局1985年版，第133页。
② 郭庆藩撰，王孝鱼点校：《庄子集释》，中华书局1961年版，第1069页。
③ 刘文典撰，冯逸、乔华点校：《淮南鸿烈集解》，中华书局1989年版，第66页。
④ 余英时：《中国知识人之史的考察》，广西师范大学出版社2004年版，第6页。
⑤ 刘勰著，范文澜注：《文心雕龙注》卷1，人民文学出版社1958年版，第3页。
⑥ 《论语·子罕集注》，朱熹撰：《四书章句集注》，中华书局1983年版，第110页。

文人因为文华太过，而被叱为浮华、轻薄；又有些人因为反对文饰，而致使文章沦为说理的实用文字，化为板滞的道学(理学)，文学性完全丧失。所以，如何处理好这两者的关系是一个值得重视的问题。

一、人文化成：裨补教化的明道意识

文学是人文之学的重要组成部分，人文的主要功用之一就是教化。《易》曰："观乎天文，以察时变；观乎人文，以化成天下。"①这是历代士人理解人文意涵时的一个权威观点。唐初所撰成的《隋书》亦云："文章乃政化之黼黻。"②以人文教化天下，可分为"治化为文"与"述作为文"，五代文人牛希济《文章论》中论曰：

> 圣人之德也有其位，乃以治化为文，唐虞之际是也。圣人之德也无其位，乃以述作为文，周孔之教是也。③

唐尧、虞舜以德居位，故能以治化为文；周公、孔子有德而不在位，故以述作为文，但同样都是为了教化。治化为文，从帝王出，实为治国之事功，有唐一代，太宗、玄宗、宪宗皆可当之；述作为文，从文儒出，为本节论述之重点。

魏晋以来，丧乱日久。唐初，承隋季之乱局，百废待兴。高祖、太宗有鉴于民生之凋弊，欲重振废弛之纲维，于重视农耕的同时，尤重人文教化。文学倾向的倡导，亦从此处着眼。高祖初即位，即令国子学立周公孔子庙，以扇儒风。太宗于文教之业，倾注尤多。贞观之初，便下《置文馆学士教》之诏令，其中有云：

> 昔楚国尊贤，崇道光于申穆；梁邦接士，楷德重于邹枚。咸以著范前修，垂芳后烈。顾惟菲薄，多谢古人，高山仰止，能无景慕。是以芳兰始被，深思冠盖之游；丹桂初丛，庶延髦俊之士。④

由于太宗意欲接纳贤士，所以于当时之俊彦，尽收入其彀中，其中最著名的就是"弘文馆十八学士"。在这弘文馆学士之中，擅长文学者以南朝文

① 《周易·贲》，阮元校刻：《十三经注疏》，中华书局1980年版，第37页。
② 魏征、令狐德棻撰：《隋书》卷32《经籍志》，中华书局1973年版，第909页。
③ 牛希济：《文章论》，《全唐文》卷845，中华书局1983年版，第8877页。
④ 太宗：《置文馆学士教》，《全唐文》卷4，中华书局1983年版，第49页。

士为多，如虞世南、许敬宗等皆是，故彼时文风，仍承六朝余绪。

太宗好文，开有唐三百年尚文之格局。《全唐诗》太宗小传云：

> 贞观之治，庶几成康，功德兼隆，由汉以来，未之有也。而锐情经术，初建秦邸，即开文学馆，召名儒十八人为学士。既即位，殿左置弘文馆，悉引内学士，番宿更休。听朝之间，则与讨论典籍，杂以文咏。或日昃夜艾，未尝少息。诗笔草隶，卓越前古。至于天文秀发，沉丽高朗，有唐三百年风雅之盛，帝实有以启之焉。①

评之甚洽。然以太宗之聪明英武，其文亦喜南朝格调，观其诗文，虽有帝王之雄，尚喜排比艳辞，仍徐、庾之流亚。如前引《唐会要》卷65《秘书省》载有太宗尝戏作艳诗，为虞世南所谏止②；《全唐诗》亦收有一首太宗效拟庾体之诗，皆可证之。虞世南对太宗之规劝，只是当时诸多名臣劝谏行为中的一例，如魏征亦认为南北词人各有得失，若能"各去所短，合其两长，则文质彬彬，尽善尽美矣"③。在虞世南、魏征等名臣的劝戒之下，唐王朝追求文质兼美的诗文之风日渐兴起，裨补教化的明道意识亦随之展开。

裨补教化的明道意识首先表现在对师道的重视上。贞观八年(634)，太宗《建三师诏》云：

> 朕比寻讨经史，明王圣帝，曷尝无师傅哉！……黄帝学太颠，颛顼学绿图，尧学尹寿，舜学务成昭，禹学西王国，汤学威子伯，文王学子期，武王学虢叔。前代圣王，未遭此师，则功业不著乎天下，名誉不传乎载籍。……夫不学则不明古道，而能致太平者，未之有也。④

他援引前代明王拜师学道之事以言教化之重要，并身体力行，亲设三师(太师、太傅、太保)。《尚书·周官》云："立太师，太傅，太保。兹惟三

① 《全唐诗》卷1，中华书局1960年版，第1页。

② 王溥撰：《唐会要》卷65，中华书局1955年版，第1124页。

③ 魏征、令狐德棻撰：《隋书》卷76《文学传序》，中华书局1973年版，第1730页。

④ 太宗：《建三师诏》，《全唐文》卷7，中华书局1983年版，第87页。另据《唐会要》卷26，中华书局1955年版，第489页，知此事在贞观八年。

公，论道经邦，燮理阴阳。”①太宗建三师，意在明古道，敦邦国之教化，成天下之太平。

裨补教化的明道意识还表现在对于浮华、轻薄之文的贬黜上。吴兢《贞观政要·文史第二十八》载：

> 贞观初，太宗谓监修国史房玄龄曰：“比见前、后《汉史》载录扬雄《甘泉》、《羽猎》，司马相如《子虚》、《上林》，班固《两都》等赋，此既文体浮华，无益劝诫，何假书之史策？其有上书论事，词理切直，可裨于政理者，朕从与不从皆须备载。”②

太宗黜浮华而取“词理切直，可裨于政理者”，正是出于裨补教化的考虑。不仅帝王重教化，一些儒家文人也是如此。如李肇《唐国史补》卷上载：“崔颢有美名，李邕欲一见，开馆待之。及颢至，献文，首章曰：‘十五嫁王昌。’邕叱起曰：‘小子无礼！’乃不接之。”③崔颢乃一时才子，其人放荡不羁。李邕亦一代名士，本欲礼接崔颢，崔颢却将一首闺情诗献上，闺情也罢，偏偏第一句是“十五嫁王昌”，以女性口吻起句，轻薄之意昭然，李北海由是叱之以“无礼”，竟不予接待。崔颢之诗名为《古意》，全诗如下：

> 十五嫁王昌，盈盈入画堂。自矜年正少，复倚婿为郎。舞爱前溪绿，歌怜子夜长。闲来斗百草，度日不成妆。

从用语来看，全诗仿古诗十九首之情调，应该说是一首仿古的佳作。李邕乃名儒李善之子，自身亦以道德、文章、书法名世。他因崔颢之起句而废全诗，固然有失公允，但也可以见出当时儒家文人对于轻薄之文的抑制。

初唐时期以诗文冠绝天下的王勃也曾表达出对于文章教化的重视，他在《上吏部裴侍郎启》中写道：

> 夫文章之道，自古称难。圣人以开物成务，君子以立言见志。遗雅背训，孟子不为；劝百讽一，扬雄所耻。苟非可以甄明大义，矫正

---

① 《尚书·周官》，阮元校刻：《十三经注疏》，中华书局1980年版，第235页。
② 吴兢：《贞观政要》，上海古籍出版社1978年版，第222页。
③ 李肇：《唐国史补》，《唐五代笔记小说大观》，上海古籍出版社2000年版，第162页。

末流，俗化资以兴衰，国家由其轻重，古人未尝留心也。自微言既绝，期文不振。屈、宋导浇源于前，枚、马张淫风于后。谈人主者，以宫室苑囿为雄；叙名流者，以沈酗骄奢为达。故魏文用之而中国衰，宋武贵之而江东乱。虽沈、谢争骛，适足兆齐梁之危；徐、庾并驰，不能止周陈之祸。于是识其道者卷舌而不言，明其弊者拂衣而径逝。潜夫昌言之论，作之而有逆于时；周公孔氏之教，存之而不行于代。天下之文，靡不坏矣。①

王勃之意，盖云文章之道，当在"甄明大义，矫正末流"，教化世俗；屈、宋、枚、马等人，导辞赋淫靡之风，则令后世文风败坏。这段议论，完全如同出于一位维护儒家教化的道德家之口，让人难以相信是出于曾经写作文采飞扬的《滕王阁序》的王勃之手。但如果明白他写此信时的目的意在取悦吏部官员，则知其所言，应有对朝廷用人制度的迎合之意。且王勃本为中古大儒文中子王通裔孙，遽发此语，亦非无本。

又据王谠《唐语林》卷二所载李珏奏疏，可知当时朝廷拥有的关于文章与教化关系的考虑，其奏云：

当今起置诗学士，名稍不嘉。况诗人多穷薄之士，昧于识理。今翰林学士皆有文词，陛下得以览古今作者，可怡悦其间；有疑，顾问学士可也。陛下昔者命王起、许康佐为侍讲，天下谓陛下好古宗儒，敦扬朴厚。臣闻宪宗为诗，格合前古，当时轻薄之徒，摛章绘句，聱牙崛奇，讥讽时事，尔后鼓扇名声，谓之"元和体"，实非圣意好尚如此。今陛下更置诗学士，臣深虑轻薄小人，竞为嘲咏之词，属意于云山草木，亦不谓之"开成体"乎？玷黯皇化，实非小事。②

李珏(784—853)，字待价，《旧唐书》卷173、《新唐书》卷182有传，仕经宪、穆、敬、文、武、宣六朝，文宗开成三年(838)曾出为相，开成五年，文宗崩，武宗立，李珏因曾主立太子被贬，武宗年间外任，宣宗朝始内调。其人以儒行著称。诗人赵嘏曾屡有诗作歌其德行，如《舒州献李相公》诗云：

① 王勃：《上吏部裴侍郎书》，《全唐文》卷180，中华书局1983年版，第1829页。
② 王谠撰，周勋初点校：《唐语林校证》，中华书局1987年版，第150页。

野人留得五湖船，丞相兴歌郡国年。醉笔倚风飘涧雪，静襟披月坐楼天。鹤归华表山河在，气返青云雨露全。闻说万方思旧德，一时倾望重陶甄。①

这是李珏被调任舒州刺史时，赵嘏所献之诗。李珏既然是一位重视儒家教化的执政者，他的奏章颇能代表当时官方的主流意见。此篇奏状亦从王朝教化着眼，主要针对文宗欲置"诗学士"提出了反对意见。李珏认为，已有的翰林学士皆有文词，完全可以胜任顾问之职事；设置"诗学士"，则可能会使轻薄小人"竞为嘲咏之词"，"玷黯皇化"，故不可轻设。

此外，讽谕也是裨补教化的一种特殊手段。《毛诗序》云：

风，风也，教也，风以动之，教以化之。

又云：

诗有六义焉：一曰风，二曰赋，三曰比，四曰兴，五曰雅，六曰颂，上以风化下，下以风刺上。主文而谲谏，言之者无罪，闻之者足以戒，故曰风。②

孔颖达《毛诗正义序》曰：

夫诗者，论功颂德之歌，止僻防邪之训。虽无为而自发，乃有益于生灵。六情静于中，百物荡于外。情缘物动，物感情迁。若政遇醇和，则欢娱被于朝野；时当惨黩，亦怨刺形于咏歌。③

他在《毛诗正义》中也说：

臣下作诗，所以谏君，君又用之教化。④

① 赵嘏：《舒州献李相公》，《全唐诗》卷549，中华书局1960年版，第6359页。
② 阮元校刻：《十三经注疏》，中华书局1980年版，第271页。此序亦有云为卜商(子夏)所作，如五代孙光宪《白莲集序》云："美刺之说，卜商之序明矣。"(《全唐文》卷900，中华书局1983年版，第9390页。)
③ 孔颖达：《毛诗正义序》，阮元校刻：《十三经注疏》，中华书局1980年版，第261页；《全唐文》卷146，中华书局1983年版，第1475页。
④ 孔颖达：《毛诗正义》，阮元校刻：《十三经注疏》，中华书局1980年版，第271页中。

从这些对《诗经》的解读文字来看，从中国诗歌的源头开始，讽谕之旨便是其中的重要组成部分。

唐玄宗以帝王之身份，对于诗歌的讽谕作用，也有着明确的认识，他在《褒魏知古进诗手制》中说道：

> 夫诗者，志之，所以写其心怀，实可讽谕君主。①

可谓一语中的。唐人顾陶《唐诗类选序》亦云：

> 在昔乐官采诗而陈于国者，以察风俗之邪正，以审王化之兴废，得刍荛而上达，萌治乱而先觉。诗之义也，大矣远矣！肇自宗周，降及汉、魏，莫不由政治以讽谕，系国家之盛衰。作之者有犯而无讳，闻之者伤惧而鉴诫。宁同嘲戏风月，取欢流俗而已哉！晋、宋诗人，不失雅正，直言无避，颇遵汉、魏之风。逮齐、梁、陈、隋，德祚浅薄，无能激切于事，皆以浮艳相夸，风雅大变，不随流俗者无几，所谓亡国之音哀以思，王泽竭而诗不作。吴公子听五音，知国之兴废，匪虚谬也。②

顾氏所论，也不过是对美刺之说的延伸。

讽谕之手法，固然有直言刺上者，但亦有假借他事以讽时事者。唐人沈颜记有这样一段关于“假事讽时”的文字：

> 尝读李肇《国史补》云：“韩文公登华岳之巅，顾视其险绝，恐栗度不可下，乃发狂恸哭，而欲缒遗书为诀。”且讥好奇之过也如是。沈子曰：“吁！是不谕文公之旨邪，夫仲尼之悲麟，悲不在麟也。墨翟之泣丝，泣不在丝也。且阮籍纵车于途，途穷辄哭，岂始虑不至邪？盖假事讽时，致意于此尔。③

今检李肇《唐国史补》，未见韩愈华岳恸哭事，或为佚文。然韩文公即便有恸哭绝顶之举，当亦如孔子之悲获麟、墨翟之泣染丝、阮籍之哭穷途，

① 玄宗：《褒魏知古进诗手制》，《全唐文》卷20，中华书局1985年版，第235页。
② 顾陶：《唐诗类选序》，《全唐文》卷765，中华书局1985年版，第7959页。
③ 沈颜：《登华旨》，《全唐文》卷868，中华书局1985年版，第9090页。

均为假他事以讽时事者，沈颜之辨，当为知言。

二、文章乃余事：明道意识下纯文学的地位

文章乃余暇之事的观点早已有之。先秦时期，孔子就曾说过：

志于道，据于德，依于仁，游于艺。①

又云：

行有余力，则以学文。②

孔子的这些观念，反映出一种在“道”的紧张之余对于文艺的轻松态度，于后世文人影响深远。尤其是一些具有雄才大略的帝王宰相、名公巨儒，以及那些注重事功的才士文人，多以文学为行余之事。

正因为中国早期以文学为余事观念的存在，所以当汉代一些专力于文学的人物出现之时，其地位并不高，只将其视为擅长文字游戏的伎艺之人，以倡优蓄之。司马迁《报任少卿书》曰：

文史星历近乎卜祝之间，固主上所戏弄，倡优蓄之，流俗之所轻也。③

正是汉代擅文之人地位的极好写照。汉武帝时期，武帝于东方朔、枚皋等文人便因其滑稽，以倡优蓄之，此等人的言谈、文字，仅供其朝政余暇散虑玩赏。

即使是到了东汉末年，文章之学渐渐为世人所重，有为之士也仍以立说、立功为尊，对于辞赋之作，则视为小道、为余事。扬雄“童子雕虫篆刻”之讥，自不待言，即便是视文章为不朽之业的魏文帝曹丕，也强调本乎经术之文，重视立论之作。曹丕在评论徐干所著《中论》时说：

观古今文人，类不护细行，鲜能以名节自立。而伟长独怀文抱

① 《论语·述而》，朱熹：《四书章句集注》，中华书局1983年版，第94页。

② 《论语·学而》，朱熹：《四书章句集注》，中华书局1983年版，第49页。

③ 司马迁：《报任少卿书》，萧统编、李善注：《文选》，上海古籍出版社1986年版，第1854页。

质，恬淡寡欲，有箕山之志，可谓彬彬君子者矣。著《中论》二十余篇，成一家之言，辞义典雅，足传于后，此子为不朽矣。①

可见，其重视的仍然是能自立名节、怀文抱质、恬淡寡欲的彬彬君子，而并非不护细行的轻薄文人。以文才著称的曹子建，在《与杨德祖书》中亦云：

夫街谈巷说，必有可采；击辕之歌，有应风雅。匹夫之思，未易轻弃也。辞赋小道，固未足以揄扬大义，彰示来世也。昔扬子云先朝执戟之臣耳，犹称壮夫不为也。吾虽德薄，位为蕃侯，犹庶几戮力上国，流惠下民，建永世之业，留金石之功，岂徒以翰墨为勋绩，辞赋为君子哉！若吾志未果，吾道不行，则将采庶官之实录，辩时俗之得失，定仁义之衷，成一家之言。虽未能藏之于名山，将以传之于同好。②

由于存在"辞赋为小道"的观念，所以曹植不以翰墨为勋绩，不以辞赋为君子，即便是志未果、道不行，所著之文章，也要是采实录、辨时俗得失、定仁义之衷的一家之言，而不是取悦于人的辞赋文字。由曹丕、曹植之言，均可见出文学的闲余性质。唐人张说诗曰："昼携壮士破坚阵，夜接词人赋华屋"(《邺都引》)，说的正是汉魏时期战余赋诗的情景。

南北朝时期喜好文学的梁太子萧统亦曰：

余监抚余闲，居多暇日。历观文囿，泛览辞林，未尝不心游目想，移晷忘倦。③

尽管对于文学"心游目想，移晷忘倦"，但毕竟是在余闲暇日。《梁书》卷二十五《徐勉传》记载徐勉训诫其子徐崧语云：

凡为人长，殊复不易，当使中外谐缉，人无间言，先物后已，然后可贵。……汝当自勖，见贤思齐，不宜忽略以弃日也。……吾年时

① 曹丕：《与吴质书》，萧统编、李善注：《文选》卷42，上海古籍出版社1986年版，第1897页。

② 曹植：《与杨德祖书》，萧统编、李善注：《文选》卷42，上海古籍出版社1986年版，第1901页。

③ 萧统：《文选序》，萧统编、李善注：《文选》，上海古籍出版社1986年版，第1页。

> 朽暮，心力稍殚，牵课奉公，略不克举，其中余暇，裁可自休。或复冬日之阳，夏日之阴，良辰美景，文案间隙，负杖蹑屩，逍遥陋馆，临池观鱼，披林听鸟，浊酒一杯，弹琴一曲，求数刻之暂乐。①

虽然先以为长之道劝诫其子，但后文所抒写，也是余暇之际方弹琴咏诗之意。

由于在治理朝政之余，帝王常常会有一些游冶畋猎、宴集歌舞之事，此时的诗文辞赋便成为一种松弛神经、聊佐清欢的闲裕行为，因此唐代帝王也普遍存在文学乃余暇之事的观念。太宗李世民、玄宗李隆基等帝王在他们的诗赋中就不止一次地声称自己作文乃是“万几之暇”：

> 岩廊罢机务，崇文聊驻辇。(《帝京篇》)②
> 惟万几之暇景，屏千虑于岩廊。(《临层台赋》)③
> 余将问罪东夷，言过洛邑。聊因暇景，散虑郊畿。(《感旧赋序》)④
> 冕旒多暇景，诗酒会春风。(《春晚宴两相及礼官丽正殿学士探得风字》)⑤
> 撰日岩廊暇，需云宴乐初。(《同二相已下群官乐游园宴》)⑥
> ……

由于受辞赋为小道、余暇为文学等传统重道德、重事功观念的影响，唐代文人中也存在“文章乃余事”的“偏见”。以文章称著的一代名相张说在其《送工部尚书弟赴定州诗序》中曾曰：

> 应制华篇，凡若干首。……置之怀袖，以慰遐心云尔。⑦

---

① 姚思廉撰：《梁书》，中华书局1973年版，第385页。
② 《全唐诗》卷1，中华书局1960年版，第1页。
③ 太宗：《临层台赋》，《全唐文》卷4，中华书局1983年版，第46页。
④ 太宗：《感旧赋》，《全唐文》卷4，中华书局1983年版，第47页。
⑤ 玄宗：《春晚宴两相及礼官丽正殿学士探得风字》，《全唐诗》卷3，中华书局1960年版，第34页。
⑥ 玄宗：《同二相已下群官乐游园宴》，《全唐诗》卷3，中华书局1960年版，第35页。
⑦ 张说：《送工部尚书弟赴定州诗序》，《全唐文》卷225，中华书局1983年版，第2272页。

对于自己所制之诗文，也不过希望对方怀之袖中，以慰遐心罢了。而中唐文人皇甫湜《答李生第一书》则径云：

功既成，泽既流，咏歌纪述光扬之作作焉；圣人不得势，方以文词行于后。①

咏歌记述的诗文，不过是功业的光扬；圣贤们只在不得势之时，文才着力于文词，这些，均不过是“行有余力，则以学文”的诠释之语而已。对于以文章名世的李白，李华也说他是“道以恒世，言以经俗，虽曰死矣，吾不谓其亡之也”②，仍然是从道的角度来评价的。

盛唐文人多以建树功业为目标，对于文章能否传世并不十分在意。所以，无论是王维、王昌龄，还是李白、杜甫，他们有关自己诗文传播的言论并不太多。颜真卿所说“好事者传写讽诵，以垂乎无穷，亦何必藏名山而纳石室也！”③实可代表盛唐文人的文学传播观。

据《旧唐书》卷158《郑馀庆传》记载：

郑馀庆，始以衣冠礼乐，行于山东，馀力文章，遂成志学。出入清近，盈五十年。再秉台衡，屡分戎律。凡所要职，无不践更。贵而能贫，卑以自牧。④

郑馀庆，字居业，宪宗时曾官居宰相之位。《旧唐书》本传称，“时议以馀庆虽好古博雅而未适时”，又云：“砥名砺行，不失儒者之道，清俭率素，终始不渝。”可见其为“志于古道”、“馀力为文”的儒者。郑馀庆的“馀力文章”行为，在唐代极为普遍，文人士子所致力于攻读的主要典籍仍然是注重道德的经部之学，他们以此入仕途，以此近清要，甚至以此臻于宰辅，以此治理邦国。文章之学，不过是他们闲暇之时的一种放松，或者至多是抒发自我怀抱的一种工具罢了。王勃《平台秘略论·文艺》论此至为深切：

---

① 皇甫湜：《答李生第一书》，《全唐文》卷685，中华书局1983年版，第7020页。

② 李华：《故翰林学士李君墓志铭》，《全唐文》卷321，中华书局1983年版，第3250页。

③ 颜真卿：《尚书刑部侍郎赠尚书右仆射孙逖文公集序》，《全唐文》卷337，中华书局1983年版，第3415页。

④ 刘昫等撰：《旧唐书》，中华书局1975年版，第4166页。

《易》称“观乎天文，以察时变”；《传》称“言而无文，行之不远”，故文章经国之大业，不朽之能事，而君子所役心劳神，宜于大者、远者，非缘情体物，雕虫小技而已。是故思王抗言词讼，耻为君子；武皇裁出篇章，仅称往事。不其然乎？至若身处魏阙之下，心存江湖之上，诗以见志，文宣王有焉。①

王勃认为，君子纵然役心劳神于文章，也应着眼于大者、远者，不能仅仅只是从事于缘情体物的辞赋之作。所以，陈思王曹植才会耻以辞赋为君子，而魏武帝曹操所作诗篇，也不过仅言往事。

唐代尚衡《文道元龟》曰：

君子之文为上等，其德全；志士之文为中等，其义全；词士之文为下等，其思全。……君子之作，先乎行，行为之质；后乎言，言为之文。行不出乎言，言不出乎行，质文相半，斯乃化成之道焉。志士之作，介然以立诚，愤然有所述，言必有所讽，志必有所之，词寡而意恳，气高而调苦，斯乃感激之道焉。词士之作，学古以摅情，属词以及物；及物胜则词丽，摅情逸则气高。高者求清，丽者求婉，耻乎质，贵乎情，而忘其志，斯乃颓靡之道焉。古人之贵有文者，将以饰行表德、见情著事。②

尚氏将文章分为君子之文、志士之文与词士之文，认为“君子之作”行与言相辅相成、质文互半，乃化成之道；“志士之作”则耿介慷慨、意气奋发，乃感激之道；“词士之作”贵情忘志、属词清婉，则为颓靡之道。将注重情志的纯文学作品视为颓靡之道，固然有矫枉过正的意味，但其末句所云“文以饰行表德、见情著事”，则无疑是文章乃德行之余事的另一说法而已。

三、文质兼善的追求：六朝余绪之厘革

唐初朝野围绕明道宏猷，在文学上的最大动作，就是对六朝绮靡文风的厘革。这一过程，又屡有反复，成为贯穿于初唐一百年的一个重要现象。

---

① 王勃：《平台秘略论·文艺三》，《全唐文》卷 182，中华书局 1983 年版，第 1855 页。
② 尚衡：《文道元龟》，《全唐文》卷 394，中华书局 1983 年版，第 4014 页。

薛登《论选举疏》云：

> 有梁荐士，雅好属词；陈氏简贤，特珍赋咏。故其俗以诗酒为重，不以修身为务，逮至隋室，余风尚存。①

《新唐书》卷107《陈子昂传》亦云：

> 唐兴，文章承徐、庾余风，天下祖尚。②

可见，隋至唐初，时人尤尚六朝之风。但与此同时，一种希望革除文学弊端的思想也正在悄然升起。魏征《隋书·文学传序》曰：

> 江左宫商发越，贵于清绮；河朔词义贞刚，重乎气质。气质则理胜其词，清绮则文过其意。理深者便于时用，文华者宜于咏歌，此其南北词人得失之大较也。若能掇彼清音，简兹累句，各去所短，合其两长，则文质斌斌，尽善尽美矣。③

在“合其两长”的这样一种文学观念下，初唐文坛在被南朝文风所占据的同时，又因朝野上下的反拨，以及寒素之族逐渐入仕的触动，日益蜕变、隐遁，被质文兼善的文风所取代。如果将初唐百年的诗人分为三代，便可大致看出这样的一种走向。第一代诗人有以弘文馆学士为主的宫廷文人与在野的文人与诗僧，前者如虞世南、魏征、李百药、褚亮等，后者如王绩、寒山、王梵志等人；第二代则是以上官仪及北门学士元万顷、范履冰等为代表的宫廷文人；第三代则开始风格多样化，既有李峤、杜审言、苏味道、崔融以及沈佺期、宋之问这些延续南朝文风的宫廷诗人，又有提倡风骨兴寄的初唐四杰与陈子昂等人。

南朝文风素以绮丽浮华著称，对这类文风的反拨，隋代已现端倪，如李谔有《上隋高祖革文华书》，文中谈到魏晋以来的创作倾向时说：

> 魏之三祖，更尚文词，忽君人之大道，好雕虫之小艺。下之从

① 薛登：《论选举疏》，《全唐文》卷281，中华书局1983年版，第2850页。
② 欧阳修、宋祁撰：《新唐书》卷107，中华书局1975年版，第4078页。
③ 魏征、令狐德棻撰：《隋书》卷76，中华书局1973年版，第1730页。

上，有同影响，竞骋文华，遂成风俗。江左齐、梁，其弊弥甚，贵贱贤愚，唯务吟咏。遂复遗理存异，寻虚逐微，竞一韵之奇，争一字之巧。连篇累牍，不出月露之形；积案盈箱，唯是风云之状。世俗以此相高，朝廷据兹擢士。禄利之路既开，爱尚之情愈笃。①

李谔认为这一竞骋文华的创作倾向导致了“文笔日繁，其政日乱”，对于治理国家乃是“损本逐末”之行为。

唐太宗时期，为固本明道，君臣上下更极力反对轻薄浮艳的南朝文风。《唐会要》卷65《秘书省》记载，贞观七年(633)九月二十三日：

(上)尝戏作艳诗，世南进表谏曰：“圣作虽工，体制非雅。上之所好，下必随之。此文一行，恐致风靡，轻薄成俗，非为国之利。”②

再如《资治通鉴》卷198《唐纪》十四太宗贞观二十一年五月戊子载：

(张)昌龄与进士王公治皆善属文，名振京师，考功员外郎王师旦知贡举，黜之，举朝莫晓其故。及奏第，上怪无二人名，诘之。师旦对曰：二人虽有辞华，然其体轻薄，终不成令器。若置之高第，恐后进效之，伤陛下雅道。③

可见，贞观朝野上下对于轻薄浮华文风都是有意抵制的。可是，唐太宗时期对于浮华文风的抵制，却又在高宗朝出现复辟，绮媚婉错的“上官体”，便是一次南朝文风的回归。这种复辟的原因在于，唐太宗对于浮华文风的排斥，均源于政治教化上的考虑，并非文学发展的客观要求。南朝文学中对于作品形式的讲求，本身具有符合文学发展要求的合理性，尽管因为内容空虚、文词绮丽受到严厉批评，但还在反反复复地影响着唐初的文学创作。初唐四杰、陈子昂诸人关于“风骨”“兴寄”的倡导④，不久仍然被沈、

① 李谔：《上隋高祖革文华书》，《隋书》卷66《李谔传》，中华书局1973年版，第1544页。
② 王溥撰：《唐会要》卷65，中华书局1955年版，第1124页。
③ 司马光撰，胡三省注：《资治通鉴》，中华书局1956年版，第6246~6247页。
④ 杨炯《王勃集序》云：“龙朔初载，文场变体，争构纤微，竞为雕刻。”“骨气都尽，刚健不闻”，批评了高宗朝对于雕琢文风的反复，但他所说王勃诸人“长风一振，众萌自偃”、“积年绮碎，一朝清廓”，似乎有些言之过早。陈子昂《与东方左史虬修竹篇序》着眼更长远，开篇便说“文章道弊五百年矣。汉魏风骨，晋宋莫传”，一下子将五百年来的文学做了彻底地否定。

宋诸人的创作所归复(沈、宋对南朝诗歌的形式有所发展)，诗歌还是沿着追求形式的道路发展着，只是内容已开始发生变化。

唐代对于绮靡之风的彻底革除，一直到后来的盛唐诗人才得以完成。受渴望载入史册的激励，受凌烟阁功臣图形传世的鼓舞，追求建树功业的文人们，开始从边塞奏响风骨凛然、气象壮大的时代强音，并在李白等人身上实现了从重声色艳情到文质兼美的巨变。唐代殷璠《河岳英灵集序》云：

> 自萧氏以还，尤增矫饰，武德初(620前后)微波尚在，贞观末(650前后)标格渐高，景云(710—711)中颇通远调，开元十五年(727)声律风骨始备矣。①

论述的是初盛唐诗风的总体演变情况。唐李阳冰《唐李翰林草堂集序》评李白诗曰：

> 凡所著述，言多讽兴，自三代以来，风、骚之后，驰驱屈宋，鞭挞扬马，千载独步，唯公一人。故王公趋风，列岳结轨；群贤翕习，如鸟归凤。卢黄门云："陈拾遗横制颓波，天下质文，翕然一变。"至今朝诗体，尚有梁陈宫掖之风。至公大变，扫地并尽。今古文集，遏而不行，唯公文章，横被六合。②

则是从李白一人着眼来考量的。殷、李二人均准确地道出了初盛唐之际的风格转向。

四、沙门与王者：儒佛之争与文以明道之关系

东晋名僧慧远在思想上主张会通佛、儒、道，"内通佛理，外善群书"，他认为：

> 求圣人之意，则内外之道可合而明矣。常以为道法之与名教，如来之与尧、孔，发致虽殊，潜相影响；出处诚异，终期则同。③

---

① 殷璠：《河岳英灵集序》，《全唐文》卷436，中华书局1983年版，第4452页。
② 李阳冰：《唐李翰林草堂集序》，《全唐文》卷437，中华书局1983年版，第4460页。
③ 慧远：《沙门不敬王者论》，释僧祐、道宣：《弘明集·广弘明集》，上海古籍出版社1991年版。

唐代文人兼受儒家、道家以及天竺传进之释教的影响，思想倾向趋于多元化，对慧远之说颇多赞同者。但大部分文人仍以儒家思想为根本，或者说儒家思想已经内化成文人群体的一种集体潜意识，具体说来，表现在追求“文以明道”这一现象上。

儒家文人所说的“道”、“仁”，以及儒家的一些经典著作，实际提倡的是一种王者之道。如唐代文人韩休在《苏颋文集序》中说：

> 《易》有四象，有天文焉，有人文焉，所以察时变而观化成也；《诗》有六义，有大雅焉，有小雅焉，所以陈国风而美王政也。文之时用，其肇于兹。①

其中所云“察时变而观化成”与“陈国风而美王政”，所蕴含的观教化与饰鸿业之意，也都是以明王道为归属的一种认识。

众所周知，春秋战国之际，王、霸之辨导致学术的分野，以孔子为代表的儒家学说崇王道、重等级，是社会秩序的积极维护者。故班氏《汉书》曰：

> 儒家者流，盖出于司徒之官，助人君顺阴阳、明教化者也。游文于六经之中，留意于仁义之际，祖述尧舜，宪章文武，宗师仲尼，以重其言，于道最为高。②

在唐代，由于六朝以来佛教的盛行，沙门不敬王者、释道不拜君亲的言论屡有出现，于是围绕沙门与王者、释道清规与世俗秩序的争执就成为当时儒家文人明道的突出表现。

(一)从傅奕到韩愈：排佛崇儒以明道

傅奕的《请废佛法表》是唐初倡导反佛的第一篇重要文献，是他在武德四年(621)上陈唐高祖的一封奏表。他说自东汉明帝以来，“妖胡滋盛，大半杂华”，使得“搢绅门里，翻受秃丁邪戒；儒士学中，倒说妖胡浪语”，尤且“剥削民财，割截国贮”，为弊甚重。他认为佛教之行，令“军

---

① 韩休：《唐金紫光禄大夫礼部尚书上柱国赠尚书右丞相许国文宪公苏颋文集序》，《全唐文》卷295，中华书局1983年版，第2986页。

② 班固撰，颜师古注：《汉书》卷30《艺文志》，中华书局1962年版，第1728页。

民逃役”“不事二亲”，应予以革除，请求将“胡佛邪教，退还天竺，凡是沙门，放归桑梓”①。傅奕还针对当时的社会弊端提出“益国利民事”十一条，其中与拯治佛教之弊有关的就有八条，如“众僧剃发染衣，不谒帝王，违离父母，非忠孝”，“诸州及县减省寺塔，则民安国治”，“僧尼衣布省斋，则贫人不饥”等。

武德九年(626)，傅奕又上呈《请除释教疏》，说佛教之传，“使不忠不孝，削发而揖君亲；游手游食，易服以逃租赋”，并且“窃人主之权”，危害政治；请求将僧尼还俗，加以教育，可以益国足兵②。文中主旨与前一篇大致相同，其要在于弘明王道之治。据《资治通鉴》卷191记载，时为太史令的傅奕上疏之时，唯太仆卿张道源称奕言合理，朝中大臣萧瑀驳之云：“佛，圣人也，而奕非之；非圣人者无法，当治其罪。”傅奕则说：“佛以世嫡而叛其父，以匹夫而抗天子。萧瑀不生于空桑，乃遵无父之教。非孝者无亲，瑀之谓矣！”瑀一时不能对语。由于高祖本人“亦恶沙门、道士苟避征傜，不守戒律……又寺观邻接廛邸，溷杂屠沽”，于是不久即下《沙汰僧道诏》，要求减少寺观与僧众③。应该说，傅奕的有关建议，可以减少食物与财货的无端消耗，对于初建的唐王朝是有利的，但似乎并未得到贯彻实行④。可同时要说明的是，适当减少寺观与僧众的数量在经济发展时有其作用，但废除释教的提议对于文化的繁荣来说却显得有些狭隘。

傅奕的废佛论以明王道、益国治为目的，开启有唐一代反佛论的先声，后来的反佛言论所批评的佛教弊端基本没有超出他所提出的范围。如李宽说：“止可君父不受其拜，何得自为尊重？”⑤谢祐所云：“岂有弛傲所生，不屈君父？”⑥豆卢暕所言：“究以释门垂范，义在冲虚；道家立言，理归损挹。岂自矜尚，然后为高？若乃君臣父子之仪，尊卑贵贱之序，与夫儒教，分路同趋。但缁服黄冠，未通正法，真言净戒，莫能坚受，惟凭衣钵，以自尊崇。谦抑之道既亏，熏修之行弥失。然则尊严之极，本属君

① 傅奕：《请废佛法表》，《全唐文》卷133，中华书局1983年版，第1345页。

② 傅奕：《请除释教疏》，《全唐文》卷133，中华书局1983年版，第1347页。

③ 司马光编著，胡三省音注：《资治通鉴》，中华书局1956年版，第6001、6002页。

④ 韩愈在《论佛骨表》中说：“高祖始受隋禅，则议除之。当时群臣材识不远，不能深知先王之道、古今之宜，推阐圣明，以救斯弊，其事遂止。”(《全唐文》卷548，中华书局1983年版，第5552页。)

⑤ 李宽：《僧道拜君亲议状》，《全唐文》卷168，中华书局1983年版，第1724页。

⑥ 谢祐：《沙门应拜君亲议状》，《全唐文》卷187，中华书局1983年版，第1897页。

亲，资敬所归，道俗何别?”等①，皆仅从礼仪上来批评。

后来，到宪宗朝的韩愈，才从根本上对这场论争进行了概括。他在《论佛骨表》中先引前朝君王为鉴，说汉明帝时有佛法而短祚；“宋、齐、梁、陈、元魏以下，事佛渐谨，年代尤促”；梁武帝好佛虽在位 48 年，但因侯景之乱而饿死，“事佛求福，乃更得祸”，所以“佛不足事”，并曰：

> 佛本夷狄之人，与中国言语不通，衣服殊制，口不言先王之法言，身不服先王之法服，不知君臣之义、父子之情。假如其身至今尚在，奉其国命，来朝京师；陛下容而接之，不过宣政一见，礼宾一设，赐衣一袭，卫而出之于境，不令惑众也。②

所以，如果说傅奕的论述更多地着眼于国家的治理策略，那么韩愈的论述则更关注的是王道与华夷之辨。

但是，无论是傅玄、韩愈等人的呼吁，还是武宗会昌年间的毁佛之举，均没有根除佛教在中国的影响，懿宗咸通年间，佛教复又盛行起来。高彦休《唐阙史》卷下《迎佛骨事》记载：

> 咸通癸巳岁，有诏迎佛骨于岐下。先是，元和末，宪宗命取到京，时韩吏部上疏极谏，以为远近农商弃业奔走如不及，至有火其顶者，刃其臂者。当时佛骨之盛，已如此，至是又加甚，不啻百千倍焉。有僧自京一步一礼，至凤翔法门寺。及到京，则倾城迎请，幡幢珂伞，香车宝马，阗咽衢路。天子御安福楼，降万乘之尊，亲为设礼。兆众涕泪，感动左右，竭家产，断肌骨，以表诚志者，不可胜纪。③

咸通癸巳(873)之诏迎佛骨，距元和末年(820)韩愈之谏迎佛骨，不过 50 余年的时间，好佛之民众，不降反增，以至于“倾城迎请”“阗咽衢路”，则知儒家文人的明王道、尊华夏，毕竟不能阻扼世俗对于佛教的需要。

---

① 豆卢暕：《释道拜君亲议状》，《全唐文》卷 200，中华书局 1983 年版，第 2028 页。

② 韩愈：《论佛骨表》，《全唐文》卷 548，中华书局 1983 年版，第 5553 页。

③ 高彦休：《唐阙史》卷下，《唐五代笔记小说大观》，上海古籍出版社 2000 年版，第 1357 页。

(二)拜俗与敬王者之争：沙门与世俗礼仪的冲突及其本质

沙门敬不敬王者与沙门是否应行凡俗之礼(如拜父母)这些问题是整个中古佛教史上争论较多的一个问题①，其实质仍然是明王道与华夷之辨(即儒佛之争)。唐代的许多文人，尤其是一些高层的官僚文人，对于沙门与世俗秩序之争，都曾有所参预。翻检《全唐文》，相关文章不在少数(见下表)，故于此略加辨析。

附表：唐代文人关于沙门拜俗礼的争论对比

释道(沙门)应拜俗(君亲)	释道(沙门)不应拜俗(君亲)
李宽(1724)、谢祐(1897)、豆卢暕(2027)、薛孤吴仁(2029)、贺兰敏之(2423)	李淳风(1631)、杜君绰(1887)、权善才(1887)、孔志约(1888)、窦德元(1890)、刘审礼(1907)、源直心(1913)、程士禺(2048)、李义范、李行敏、斛斯敬则、熊元逸、杨思俭、韩处元、柳元贞、李仁方、张约、杨思元、马大师、崔崇业、窦尚义、蒋真胄、李洽、邱神静、韦怀敬、赵崇素、王思九、刘仁叡、崔道默、崔安都、张松寿、李晦、崔修业、王元策、徐庆、韦思齐、高药尚、王思、皇甫公义、梁孝仁、元大士、谢寿、王千石、刘庆道、郑钦泰、王泉、源诚心、王隐客(以上2054~2072)

注：表中人名后的数字，为《全唐文》(中华书局1983年版)中的页码。

唐代佛教的发展与帝王之喜好有着密切的联系。唐初，高祖初建国，以崇儒为尚，对佛教并不太重视，甚至曾有废除之意。太宗则一改其父之作风，不仅有尊崇佛门高僧玄奘法师的盛举，而且直言不讳地谈到：

> 自古皆贵中华，贱夷、狄，朕如爱之如一。②

在这种视华夷为一家的思想下，佛教也不再被排斥。《新唐书》卷2《太宗本纪》即称太宗"牵于多爱，复立浮图"③。武德九年(626)，傅奕上《请废

① 沙门不敬王者，由东晋名僧慧远首倡，见《弘明集》卷5，上海古籍出版社1991年版。

② 司马光编著，胡三省音注：《资治通鉴》卷198，中华书局1956年版，第6247页。

③ 欧阳修、宋祁撰：《新唐书》卷2，中华书局1975年版，第48页。

佛法表》《请除释教疏》等表章，虽然促成了高祖《沙汰僧道诏》的颁布，便随即因为高祖的退位与太宗的登基而搁浅。但太宗也时有排佛之意，他在《贬萧瑀手诏》中这样说道：

> 至于佛教，非意所遵，虽有国之常经，固弊俗之虚术。何则？求其道者，未验福于将来；修其教者，翻受辜于既往。至若梁武穷心于释氏，简文锐意于沙门，倾帑藏以给僧祇，殚人力以供塔庙，及乎三淮沸浪，五岭腾烟，假余息于熊蹯，引残魂于雀鷇，子孙覆亡而不暇，社稷俄顷而为墟，报施之征，何其缪也？①

就连太宗颇为欣赏的大臣萧瑀亦曾因崇佛而被贬为商州刺史。高宗则是一位比较尊崇佛门的皇帝，在他尚为太子时，曾修建大慈恩寺以为母亲荐福。此后之中宗、睿宗、武则天皆为崇重佛教之主。尤其武后时期，以《大云经》为自己受命的符谶，抬升佛教的地位，提出“释教宜在道法之上，缁服处黄冠之前”②。她不仅大量兴建佛寺、塑造佛像、广度僧尼，而且在译经、立宗等方面，均有极大地支持。

总的说来，高祖时期，国家初创，对佛教不太提倡。太宗、武则天时则崇尚佛教，一些文人附庸而议。玄宗时三教并行，但佛教地位不如儒、道。武宗时反佛，打压甚厉。具体论争与诸臣奏疏，可参《唐会要》卷47、卷48之《议释教》③。汤用彤在《隋唐佛教史稿·绪言》中，谈及隋唐佛教与帝王之关系时，论述得较为明晰：

> 佛教史之分期，盖据势力之盛衰而言。势力之消长除士大夫之态度外，亦因帝王之好恶。隋炀帝之尊智者大师，唐太宗、高宗之敬玄奘三藏，武后之于神秀，明皇之于金刚智，肃宗之于神会，代宗之于不空，佛教最有名之宗派均因之而兴起。而有开元之禁令，三阶教由之而亡；有会昌之法难，我国佛教其后遂衰。④

---

① 太宗：《贬萧瑀手诏》，《全唐文》卷8，中华书局1983年版，第97页。此事在贞元十七年(643)后不久，时萧瑀为太子太保、宋国公，可详参《旧唐书》卷63《萧瑀传》(中华书局1975年版，第2403页)。

② 武则天：《释教在道法上制》，《全唐文》卷95，中华书局1983年版，第981页。

③ 王溥撰：《唐会要》卷47、卷48，中华书局1955年版。

④ 汤用彤：《隋唐佛教史稿·绪言》，中华书局1982年版，第2页。

可谓通识之论。

上表所列这场关于僧道是否应拜君亲以及是否应废除释、老的讨论，发生在高宗龙朔年间(661—663)。总体上看来，主张僧道不应拜俗的人数要多些，这自然是因为高宗、武后皆崇佛教的缘故。可见，文人的讨论与帝王对佛道的喜好关系极大。

主张僧道应拜君亲者，主要观点是：僧、道虽然别有旨趣，君亲位尊而庄重，只可以君父不受其拜，不可以自为尊重、自我弛傲、自加矜尚。前引李宽、谢祐、豆卢暕等人之论述可知。薛孤吴仁的见解，尤为犀利深刻，他说：

> 劝诱之规，虽则多躅，等归利物，宁履义方？何必骄倨为容，便跻众妙之域；虔恭表节，遂隔真如之镜！①

大意是说，释、道二教的劝导、修行方法虽然有多种，但总体上是利人利物而已，为什么一定要不拜君亲呢？难道必须以骄倨为容，才能得道；而虔诚恭敬，就与佛家的真如之境相隔了吗？贺兰敏之的观点，则完全以儒家观念对待这个问题，他说：

> 岂有超俗途而轻法主，洁其已而忽所生。忠、孝一亏，二教何寄？②

却不知释、道二教原本就不是以忠、孝二义为其理论基础的。

玄奘门人释彦悰《沙门不应拜俗总论》则提出沙门与俗世“出处异流，内外殊分”的观点，认为佛教对于俗世的秩序也有功绩，可以“静人天之苦浪，清品庶之炎氛”，故沙门不应行拜俗礼——“岂使绝尘之伍，拜累君亲，闲放之流，削同名教而已！”③所以，这次争论仍然是儒家思想与异端思想之间的冲突。

文人针对儒、释二家所尊奉的某些观念所进行的争论，作为一种文人意识的思想背景，代表着文人在著述撰文之际对于文章传播功效的分歧，也会构成一种主导倾向上的差异，故将这种争辩态势揭示如上。同时还要

① 薛孤吴仁：《僧道拜君亲议状》，《全唐文》卷201，中华书局1983年版，第2029页。
② 贺兰敏之：《僧道拜君亲议》，《全唐文》卷239，中华书局1983年版，第2423页。
③ 彦悰：《沙门不应拜俗总论》，《全唐文》卷905，中华书局1983年版，第9447页。

看到，佛教在传播上的经验、方法也启迪着儒家文人，使得他们在宣扬儒家之道时有所借鉴，这一点在后文的社会动因一章中将会涉及。

第二节　存史：历史观念与文学传播意识

中国人尤重史书之记载，前文已有阐述，这一特点在唐代表现得同样强烈。太宗《修晋书诏》云：

> 发挥文字之本，导达书契之源，大矣哉！盖史籍之为用也。①

王谠《唐语林》卷 4 记唐初弘文馆学士薛元超语曰：

> 吾不才，富贵过人。平生有三恨：始不以进士擢第，不娶五姓女，不得修国史。②

能够参与修撰国史是唐代文人的梦想。一则预修者皆是当时文坛的一时之选，二则修国史者往往又与宰辅之位密切相关联。参与史书的修撰更有一层内在的精神愉悦，那就是它能直接使著作者垂名不朽。这一点，自司马迁以来就被历代文人深刻意识。东汉张衡就曾明确表达过这一观点：

> 臣仰干史职，敢微官守，窃贪成训，自忘顽愚。愿得专于东观，毕力于纪记，竭思于补阙，俾有汉休烈，比久长于天地，并光明于日月，炤示万嗣，永永不朽。③

稍后，蔡邕等人也存在这样的想法：

> 臣自在布衣，常以为《汉书》十志下尽王莽而止，光武已来唯记纪传，无续志者。臣所事师故太傅胡广，知臣颇识其门户，略以所有旧事与臣，虽未备悉，粗见首尾，积累思惟二十余年。不在其位，非

① 太宗：《修晋书诏》，《全唐文》卷 8，中华书局 1983 年版，第 94 页。
② 王谠撰，周勋初点校：《唐语林校证》，中华书局 1987 年版，第 384 页。
③ 范晔撰，李贤等注：《后汉书》卷 59《张衡传》注引，中华书局 1965 年版，第 1940 页。

外史庶人所得擅述。天诱其衷，得备著作，即建言十志皆当撰录。会臣被罪，遂放边野，恐所怀随躯朽腐，抱恨黄泉，遂不设施，谨先颠踣，科条诸志。①

可见，蔡邕即使是在被罪流放之时，也仍然牵挂著史之事，“恐所怀随躯朽腐”，这种存史的意识是自觉而强烈的。蔡邕后来还是没能遂愿，被王允下狱致死，留下遗憾，但唐人重史的态度，却正是这类观点的延续与发展。

存诸史册的传世意识，不仅表现在参与修撰的渴望上，更多地体现在对事功的追求上，因为“功业不著乎天下，名誉不传乎载籍”②，功名卓著的开国元勋、治世能臣是载入史籍的主体内容。这种想法在文人的观念中也是渊源有自，建安时期的曹植可称此类人物的先导，他在《求自试表》中说：

必效须臾之捷，以灭终身之愧，使名挂史笔，事列朝荣，虽身分蜀境，首悬吴阙，犹生之年也。如微才不试，没世无闻，徒荣其躯而丰其体，生无益于事，死无损于数，虚荷上位而忝重禄，禽息鸟视，终于白首，此徒圈牢之养物，非臣之所志也。……常恐先朝露，填沟壑，坟土未干，而身名并灭。③

即使在临终前，他也仍然表达出要建功立业的强烈愿望：

臣闻士之羡永生者，非徒以甘食丽服，宰割万物而已。将有补益群生，尊主惠民，使功存于竹帛，名光于后嗣。④

曹子建为唐代文人树立了渴求建功立业以求不朽的最好典范。

在唐人看来，史籍也是宏道的一种方式。玄宗《授萧嵩集贤院学士修国史制》曰：

---

① 范晔撰，李贤等注：《后汉书》卷60下《蔡邕传》注引，中华书局1965年版，第2004页。
② 太宗：《建三师诏》，《全唐文》卷7，中华书局1983年版，第87页。
③ 曹植：《求自试表》，萧统编，李善注：《文选》卷37，上海古籍出版社1986年版，第1679页。
④ 曹植：《请招降江东表》，欧阳询等编纂：《艺文类聚》卷52，上海古籍出版社1982年版。

明乎国史，所以宏阐大猷；观乎人文，所以化成天下。①

即是此意。初唐时期，隐士王绩曾向陈叔达借《隋纪》，欲完成其兄王度未竟之《隋书》，陈叔达在《答王绩书》中说：

尝以谓为国以礼，君举必书，故左史记言，右史记事，言者申立德立功之意也，事者叙立德立功之迹也。②

孙樵《孙氏西斋录》则云：

宰相升沉人于数十年间，史官出没人于千百岁后，是史官与宰相分挈死生权也。③

前者称国史寓褒贬、别善恶之功能，后者将史官与宰相作为分掌死生之权的重要人物，说明唐人已经认识到史籍对于自身在传世不朽等方面具有的特殊作用。

唐人重史还表现在对史官选择的重视上。一个人身为史官，必须做到不虚饰，敢于实录，如果不能做到这一点，朝廷之上便会有大臣弹劾。如高宗《简择史官诏》云：

修撰国史，义须典实，自非操履贞白，业量该通，谠正有闻，方堪此任。④

不仅要求文辞典雅、内容切实，而且要求史官本人德行高尚，有操守，有雅量，还要正直不阿，可谓极严。张鷟《监修国史刘济状称修史学士李吉甫多行虚饰不据实状有善不劝有恶不惩得财者入史无财者删削褒贬不实非良史之体》言：

纪功纪过，沮诵肇之于前；系月系时，迁任踪之于后。莫不惩恶

① 玄宗：《授萧嵩集贤院学士修国史制》，《全唐文》卷22，中华书局1983年版，第263页。

② 陈叔达：《答王绩书》，《全唐文》卷133，中华书局1983年版，第1336页。

③ 孙樵：《孙氏西斋录》，《全唐文》卷795，中华书局1983年版，第8332页。

④ 高宗：《简择史官诏》，《全唐文》卷13，中华书局1983年版，第158页。

劝善，激浊扬清，千载睹其昏明，一字成其褒贬。①

谈到史书所具有的“惩恶劝善，激浊扬清”的作用，并批评修史官李吉甫其人，“文随意曲，笔逐情偏……异班彪之正色，乖董狐之直道；有奸雄之性，无良史之才。徒紊国经，宜从屏退”。如果史官在记史时，不能审功过、明时日，随着自己的主观意思来写史，在品格方面又不能秉持公正之心，则是难以胜任的。

唐人重史同时还表现在对历史记载的效果有着充分的认识。太宗李世民玄武门之变后，非常在意史官对这次事件的记载，他曾屡次要求观看有关的记录，均被史官婉拒，或者以理谏止。朱子奢《谏欲观起居纪录表》云：

今月十六日，陛下出圣旨，发德音，以起居纪录，书帝王臧否，前代但藏之史官，人主不见，今欲亲自观览，用知得失。愚以为圣德在躬，举无过事，史官所述，义归尽善，陛下独览起居，于事无失，若以此法传示子孙，窃有未喻。大唐虽七百之祚，天命无改，至于曾元已后，或非上智，但中主庸君，饰非护短，见时史直辞，极陈善恶，未必省躬罪已，唯当致怨史官。但君上尊严，臣下卑贱，有一于此，何地逃刑？②

朱子奢清楚地知道，太宗贤明，以其一人“独览起居”，固然无事。但这类事情一开先例，便坏了规矩。如果后世如果出现“中主庸君”，则史官危险，史载难实。再如贾至所草拟的《诏天下搜贤俊制》云：

昔荀桓子立翟之功，士伯受瓜衍之邑，柳下惠贤而不举，臧文仲被窃位之名，《春秋》书之，千载不朽。③

也反映出对史载效果的清醒认识。由于对史载效果的重视，所以唐代以后，朝廷对于著史权的控制也非常严格，寻常私人撰史是不允许的，即便

① 张鷟：《监修国史刘济状称修史学士李吉甫多行虚饰不据实状有善不劝有恶不惩得财者入史无财者删削褒贬不实非良史之体》，《全唐文》卷173，中华书局1983年版，第1764页。

② 朱子奢：《谏欲观起居纪录表》，《全唐文》卷135，中华书局1983年版，第1361页。

③ 贾至：《诏天下搜贤俊制》，《全唐文》卷366，中华书局1983年版，第3720页。

有私自撰写的，也要上报史馆，未经许可，不能流传。李延寿《上南北史表》说：

既撰自私门，不敢寝嘿，又未经闻奏，亦不敢流传。①

吴兢《请总成国史奏》中写道：

既撰将成此书于私家，不敢不奏，又卷轴稍广，缮写甚难，特望给臣楷书手三数人，并纸墨等，至绝笔之日，当送上史馆。②

郑虔曾因私撰国史而坐谪十年③。凡此，皆可为证。唐代重史，还表现在君问臣事，臣子多援引史事以论等方面。正因为唐代文人的历史意识极为强烈，所以其赋、颂、诗、论、序、书、启、志、铭等皆能着眼于后世，有文观百代之意。以下就润色鸿业、实录、文苑传等方面，与唐代文人眼中的文、史之关系，探讨唐代重史观念下文人的传播意识。

一、润色鸿业：政治功能下的文学传播意识

文学自诞生之日起，便与政治有着紧密的联系，在纪念事功、表彰勋业，以及饰美政治上具有重要的作用，凡此种种，皆可称之为润色鸿业。班固《两都赋序》云：

大汉初定，日不暇给。至于武、宣之世，乃崇礼官，考文章，内设金马、石渠之署，外兴乐府、协律之事，以兴废继绝，润色鸿业。……故言语侍从之臣，若司马相如、虞丘寿王、东方朔、枚皋、王褒、刘向之属，朝夕论思，日月献纳；而公卿大臣，御史大夫倪宽、太常孔臧、太中大夫董仲舒、宗正刘德、太子太傅萧望之等，时时间作。或以抒下情而通讽谕，或以宣上德而尽忠孝，雍容揄扬，著于后嗣，抑亦雅颂之亚也。④

---

① 李延寿：《上南北史表》，《全唐文》卷154，中华书局1983年版，第1571页。
② 吴兢：《请总成国史奏》，《全唐文》卷298，中华书局1983年版，第3024页。
③ 参见《封氏闻见记》卷10《赞成》条及《新唐书》本传。
④ 班固：《两都赋序》，萧统编，李善注：《文选》卷1，上海古籍出版社1986年版，第2页。

可见，在润色鸿业方面，无论是御用侍从文人，还是朝廷公卿大臣，并没有太大差别。出于朝廷润色鸿业的需要，文人在著述之际，便会有意迎合当时君王的择文标准，以求能为君王所用，从而实现对声名的追求。唐太宗以虞世南为文辞之宗，又认为魏征“文高翰林”①；玄宗称张说“挥翰之间，润色鸿业”②，所以这些人皆受到重用，而这种认可，又与他们的文学传播意识跟朝廷的利益与君王的意志相契合不无关系。

只要稍微深入地做些探究，就会发现，所谓的“文宗”、“大手笔”，他们的成名往往不表现在抒发个人情感的小碎篇章，也不在那些讲究辞藻、声律的诗歌辞赋，甚至不在纯文学的畛域，而是那些诏令、册状、奏议、时论等实用型的文章。《唐会要》卷55载：

> 景龙四年(710)六月二日，初定内难。唯中书舍人苏颋在太极殿后。文诏填委，动以万计。手操口对，无毫厘差误。主书韩礼、谈子阳，转书诏草。屡谓颋曰：“望公稍迟，礼等书不及，恐手腕将废。”中书令李峤见之，叹曰：“舍人思若涌泉。峤所不测也。”③

又据《新唐书》卷125《苏瓌传》附《苏颋传》：

> 自景龙后，与张说以文章显，称望(与颋)略等，故时号“燕许大手笔”。帝爱其文，曰：“卿所为诏令，别录副本，署臣某撰，朕当留中。”④

苏颋在朝廷需要的时候，能尽其迅捷之文才，不误国事，使善为文章的李峤都叹服不已，故其获“大手笔”之称誉与他善草诏令有莫大关系。此外，再如《旧唐书》卷94《李峤传》：

> 朝廷每有大手笔，皆特令峤为之。⑤

同卷《崔融传》亦云：

---

① 太宗：《奖魏征编注戴氏礼诏》，《全唐文》卷9，中华书局1983年版，第106页。
② 玄宗：《授张说中书令制》，《全唐文》卷20，中华书局1983年版，第237页。
③ 王溥撰：《唐会要》卷55，中华书局1955年版，第944页。
④ 欧阳修、宋祁撰：《新唐书》卷125，中华书局1975年版，第4402页。
⑤ 刘昫等撰：《旧唐书》卷94，中华书局1975年版，第2993页。

融为文典丽，当时罕有其比，朝廷所须《洛出宝图颂》、《则天哀册文》及诸大手笔，并手敕付融。①

另如《唐会要》卷57载：

长庆元年，翰林学士李德裕上疏曰(略)。上然之。初，穆宗在东宫，素闻李吉甫之名。及即位，既见德裕，尤重之。禁中书诏大手笔，多令德裕草之。②

由此，可知只有与朝廷册文、颂文等有关的应用文字，尤其是草写诏令，方可称得“大手笔”。

与苏颋并称为“大手笔”的张说，同样也是草诏著称的。《旧唐书》卷97《张说传》云：

玄宗在东宫，说已蒙礼遇，及太平用事，储位颇危，说独排其党，请太子监国，深谋密画，竟清内难，遂为开元宗臣。前后三秉大政，掌文学之任凡三十年，为文俊丽，用思精密，朝廷大手笔，皆特承中旨选述，天下词人，咸讽诵之。尤长于碑文、墓志，当代无能及者，喜延纳后进，善用己长，引文儒之士，佐佑王化，当承平岁久，志在粉饰盛时。③

史书之记载，并非虚言，张说本人曾多次表达文章佐王化、饰太平等润色鸿业的作用。如他在《唐陈州龙兴寺碑》一文中写道：

夫业可大，而芜没焉不贻于后；事可尊，而苞蕴焉不述于代，臣子之罪也，敢请图之。④

认为王朝至人至尊的事业，如果不能记述于当代、湮没于后世，则是臣子的罪过。可谓以润色鸿业为文章之本能矣。其《齐黄门侍郎卢思道碑》

---

① 刘昫等撰：《旧唐书》卷94，中华书局1975年版，第3000页。
② 王溥撰：《唐会要》卷57，中华书局1955年版，第981页。
③ 刘昫等撰：《旧唐书》卷97，中华书局1975年版，第3057页。
④ 张说：《唐陈州龙兴寺碑》，《全唐文》卷226，中华书局1983年版，第2284页。

又云：

> 昔仲尼之后，世载文学，鲁有游、夏，楚有屈、宋，汉兴有贾、马、王、扬，后汉有班、张、崔、蔡，魏有曹、王、徐、陈、应、刘，晋有潘、陆、张、左、孙、郭，宋齐有颜、谢、江、鲍，梁陈有任、王、何、刘、沈、谢、徐、庾，而北齐有温、邢、卢、薛，皆应世翰林之秀者也，吟咏性情，纪述事业，润色王道，发挥圣门，天下之人，谓之文伯。①

此文更是将古往今来的所有著名文人，都包括到“吟咏性情，纪述事业，润色王道，发挥圣门”的框架之内，简直有文学即政治的意味了。难怪《资治通鉴》称张说在历代宰相中以“文”治著称：“上即位以来，所用之相，姚崇尚通，宋璟尚法，张嘉贞尚吏，**张说尚文**，李元纮、杜暹尚俭，韩休、张九龄尚直，各其所长也。”②

成为一个时代的“大手笔”，是每位有志文人的梦想。他们渴望自己的文章能经纬天地，有用于时。如李峤《自叙表》曰：

> 倘得参名芸阁，假迹蓬山，探石室之秘文，览金版之遗籍。听歌探颂，以观四方之风；讲艺论诗，以崇三代之式。第其科目，载之简编，大以荐陈郊庙，报享成功；小以敷布乐章，润色鸿业。使宏勋播于金石，盛德流乎舞咏，光济于当日，洋被于来叶。然后退没草泽，下入幽泉，犹生之年也。③

晚唐时的刘蜕《投知己书》亦云：“文之用，莫过乎当时。”④均是希望自己的文章，能为时所用，或者说希望能够象那些“大手笔”与“文宗”一样，发挥出文章在自己那个时代的政治作用。

崔祐甫则将文章视为大臣参与政治、弘扬王道的根本，其《齐昭公崔府君集序》曰：

---

① 张说：《齐黄门侍郎卢思道碑》，《全唐文》卷227，中华书局1983年版，第2290页。

② 司马光编著，胡三省音注：《资治通鉴》，中华书局1956年版，第6825页。

③ 李峤：《自叙表》，《全唐文》卷246，中华书局1983年版，第2494页。

④ 刘蜕：《投知己书》（一作《与大理杨卿书》），《全唐文》卷789，中华书局1983年版，第8252页。

国之大臣，业参政本，发挥皇王之道，必由于文。故虞有皋、陶洎益、稷以嘉言启迪，舜、禹以降，伊、傅、周、召，训命策诰，并时而兴。秦之李斯，著事而僻。自兹厥后，蜀丞相孔明有《出师表》，晋司空茂先有《鹪鹩赋》，皆辅臣之文也。财成陶冶，于是见焉。①

他认为古之名臣如皋、陶、益、稷，皆能以嘉言予人启迪；伊、傅、周、召，均可用训诰来治理国家。至秦代的李斯，著作之事方才有所减少。此后的诸葛亮、张华虽略逊前贤，但也能写出《出师表》、《鹪鹩赋》这样的“辅臣之文”。所以，一个国家的重要大臣，要发挥王道，必然借助于文字。

权高势重的宰辅与位居清要的馆阁文人，固然是朝廷鸿业的主要建构者，但文章的润饰功能，并非身居宰要的上层文人才有所认识，一些抑郁不得志的寒素文人也非常关注。李商隐《上河东公第二启》曰：

(某闻)周朝贝叶，列妙引于王褒；梁日枳园，洒芳词于沈约。必资乎鸿笔丽藻，刻乎贞金翠珉，然后可以充足人天，发挥龙象。②

他引用王褒与沈约对北周与南梁事迹的润色，表达了对于“鸿笔丽藻”的重视。

除了这些直接与朝廷政治有关的文字，可以称之为润色鸿业，诗文对于太平盛世的描绘、诗文的现实记录作用，同样可以表现出对于统治者政治鸿业的表彰与润色，唐代文人称之为“文之时义”与“文之时用”。如萧颖士《为陈正卿进续尚书表》云：

至哉文乎！天人合应，名数指归之大统也。……然则伏羲创文籍，黄帝立史官，太古淳奥，权舆朴略。至陶唐氏，而后大备。故孔子美之曰：“尧之为君也，焕乎其文章。”由是叙帝王之书，首唐虞之典。于尧则曰“钦明文思”，于舜则曰“诞敷文德”。文之时义大矣哉！③

① 崔祐甫：《齐昭公崔府君集序》，《全唐文》卷409，中华书局1983年版，第4191页。
② 李商隐：《上河东公第二启》，《全唐文》卷778，中华书局1983年版，第8118页。
③ 萧颖士：《为陈正卿进续尚书表》，《全唐文》卷322，中华书局1983年版，第3266页。

萧颖士认为，文章之时义，正在于“钦明文思”、“诞敷文德”，尧舜之时，便已重之。

景龙二年(709)十月三日，上官婉儿所作《驾幸三会寺应制》一诗，最能反映文人以词藻记载鸿业的心理，现录如下：

> 释子谈经处，轩臣刻字留。故台遗老识，残简圣皇求。驻跸怀千古，开襟望九州。四山缘塞合，二水夹城流。宸翰陪瞻仰，天杯接献酬。太平词藻盛，长愿纪鸿休。①

据《新唐书》卷76《上官昭容传》所载，上官婉儿“天性韶警，善文章，年十四，武后召见，有所制作，若素构。自通天以来，内掌诏命，掞丽可观。尝忤旨当诛，后惜其才，止黥而不杀也。然群臣奏议及天下事皆与之”②。上官婉儿以女子之身，因文才仍然被朝廷所重用，诗中所云“太平词藻盛，长愿纪鸿休”，当代表的是文人被帝王重用时的普遍心理。

二、实录：存史贻鉴的基础

前文已经谈到，“实录”作为历史著作的一种，是立言致远的路径之一，并列举了唐代实录和撰写情况和一些实录的作者。以下将就“实录”作为存史贻鉴的基础展开论述，以明乎“实录”作为文学传播意识表现形式的相关内容。

据《隋书·经籍志》记载，可考知最早的实录是南朝梁周兴嗣所撰《梁皇帝实录》和谢吴撰《梁皇帝实录》，前者记梁武帝事，后者记梁元帝之事③。唐朝以后，继嗣君王让史官据前朝起居注、时政记、日历等编撰实录，历代相传，沿为定制。初唐史家刘知几更是一位非常重视“实录”的历史学家。他在《史通》外篇《惑经》第四中说：

> 盖君子以博闻多识为工，良史以实录直书为贵。

并将“实录”定义为：

---

① 上官婉儿：《驾幸三会寺应制》，《全唐诗》卷5，中华书局1960年版，第61页。

② 欧阳修、宋祁撰：《新唐书》卷76，中华书局1975年版，第3488页。

③ 魏征、令狐德棻撰：《隋书》，中华书局1973年版，第960~961页。

苟爱而知其丑，憎而知其善，善恶必书，斯为实录。①

刘氏对各种“实录”材料又格外注意甄别，《史通》内篇《杂述》第三十四云：

大抵编纪、小录之书，皆记即日当时之事，求诸国史，最为实录。然皆言多鄙朴，事罕圆备，终不能成其不刊，永播来叶，徒为后生作者削稿之资焉。②

可见，他对于言语鄙朴、叙事不完整的实录材料，也并不满意。也就是说，他认为实录文字应该文笔典雅、记事完备。史家“实录”之说，源自汉代班固。班固在《汉书》中评司马迁之文曰：

自刘向、扬雄博极群书，皆称迁有良史之材，服其善序事理，辨而不华，质而不俚，其文直，其事核，不虚美，不隐恶，故谓之实录。③

刘知几的“实录”观，循班氏而来，今人于此已有论述④，兹不赘言。

实录材料的出现与实录理论的发展，对唐代文人认识自身的存在有着重大的影响，从而也加深了文人的历史传播意识。他们不仅希望自己的著作能被人称誉为“实录”，而且也渴望自己能建功立业或立言行世，被实录的史书收入，编入史传，进入历史的序列，不被湮没在历史的烟尘之中。如严挺之《自撰墓志》云：

尽忠事君，叨载国史，勉拙从仕，或布人谣。陵谷可以自纪，文章焉用饰为？⑤

严氏整个自撰墓志不过百余字，他对于文章的装饰作用不甚在意，但他庆幸自己得以载之国史，对此念念不忘。在注重史载的观念下，一些亲王、

---

① 刘知几撰，浦起龙通释：《史通通释》，上海古籍出版社2009年版，第381页。
② 刘知几撰，浦起龙通释：《史通通释》，上海古籍出版社2009年版，第255页。
③ 班固撰，颜师古注：《汉书》卷62《司马迁传》，中华书局1962年版，第2738页。
④ 施丁：《刘知几“实录”论》，《史学理论研究》2003年第4期。
⑤ 严挺之：《自撰墓志》，《全唐文》卷280，中华书局1983年版，第2844页。

皇子也渴望自己的作品能编入典策，如李承乾的孙子李适之在《请宣付太子诸王词翰表》中便上言道：

> 恐良史阙书，请编诸典策，以光千古。①

又有一些大臣请求将皇帝的诗文编入国史，以示对皇上作品的重视，如蔡孚《请宣付御制春雪台望诗编入国史奏》②等，虽有阿附之嫌，但也反映出这样的观念。

"实录"论的发掘与倡导，与唐初大兴修史之风有着密切联系，是当时修史实践的理论总结。此论一出，唐人就此抓住著史的本质，不再纠缠于编年、纪传的体例之争，以明道、通理为尊，以不虚美、不隐恶为质，对唐代文人的历史观念形成重大影响，皇甫湜《编年纪传论》曰：

> 夫是非与圣人同辨，善恶得天下之中。不虚美，不隐恶，则为纪为传，为编年，是皆良史矣。③

只要是"不虚美，不隐恶"的实录之作，无论其体例是纪传，还是编年，都是"良史"。由于对"实录"的推崇，文人将其作为"良史"的基础，作为明道的根本，作为通往不朽的重要条件，并由此影响及于文人的创作与传播意识。

先来看看"实录"观念对于唐代史家文人的影响。唐初史家李延寿《上南北史表》曰：

> (然)北朝自魏以还，南朝从宋以降，运行迭变，时俗污隆，代有载笔，人多好事。考之篇目，史牒不少，互陈闻见，同异甚多。而小说短书，易为湮落，脱或残灭，求勘无所。一则王道得丧，朝市贸迁，日失其真，晦明安取？二则至人高迹，达士宏规，因此无闻，可为伤叹。三则败俗巨蠹，滔天桀恶，书法不记，孰为劝奖？④

---

① 李适之：《请宣付太子诸王词翰表》，《全唐文》卷 304，中华书局 1983 年版，第 3091 页。

② 蔡孚：《请宣付御制春雪台望诗编入国史奏》，《全唐文》卷 304，中华书局 1983 年版，第 3095 页。

③ 皇甫湜：《编年纪传论》，《全唐文》卷 686，中华书局 1983 年版，第 7030 页。

④ 李延寿：《上南北史表》，《全唐文》卷 154，中华书局 1983 年版，第 1571 页。

李延寿著史目的甚为明了，此奏表中所云三条即是。而对于湮落、残灭、失真、无闻、不记的担忧，正是出于“实录”的史家心理。另一位史家文人吴兢则有直接的言论道出：“国史之作，在乎善恶必书。”①

五代赵莹等人奉旨撰唐史，赵氏也非常强调收集“实录”的重要，他在《论修唐史奏》中上言道：

> 自季朝丧乱，迨五十年，四海沸腾，两都沦覆，竹简漆书之部帙，多已散亡。……褒贬或从于新意，纂修须按于旧书。既阙简编，先忧漏落。臣今据史馆所阙唐书、实录，请下敕购求。②

赵氏“纂修须按于旧书”的态度，无疑也是著史注重根据的“实录”观点。另外，赵莹还曾谈到唐史修撰中的一些具体问题，其述“列传”之撰修云：

> 列传以述功臣者。古者衣冠之家，书于国籍，中正清议，以定品流。故有家传族谱、族图。江左百家，轩裳继轨；山东四姓，簪组盈朝。隋唐已来，勋书王府，故士族子弟，多自纪世功，备载简编，以光祖考。……卿士大夫，咸多世族。闻兹汗简，孰不慰心。请下文武两班及藩侯、郡牧，各叙累代官婚名讳行业功勋状一本，如有家谱、家牒，亦仰送官，以凭纂叙列传。③

衣冠之家、簪缨士族，通常不仅自记祖考之世功，对本族中的卓越人士也会有所记录，如颜真卿、柳宗元等人均写过不少本族人的墓志、行状。文武两班及藩侯、郡牧，又多出于士族，赵莹请求朝廷下诏让他们各叙本族“累代官婚名讳行业功勋状”，并家谱、家牒一起缴上，以撰“列传”，也是出于史料的收集与“实录”著史的需要。此外，五代时期另一位文人贾纬之所以献上《唐年补遗录》，也是因为“恐谣俗之讹变，致信实以湮沉”④的实录观念。

在这样一种观念之下，撰文能“实录”与否，甚至成为选择史馆修撰人员的标准，如崔恭《唐右补阙梁肃文集序》曰：

---

① 吴兢：《请总成国史奏》，《全唐文》卷298，中华书局1983年版，第3024页。
② 赵莹：《论修唐史奏》，《全唐文》卷854，中华书局1983年版，第8963页。
③ 赵莹：《请修唐史奏》，《全唐文》卷854，中华书局1983年版，第8963页。
④ 贾纬：《上〈唐年补遗录〉奏》，《全唐文》卷856，中华书局1983年版，第8982页。

公之文章，粹美深远……若以叙人伦、正褒贬，则人皆知之……国尚实录，故以公为史馆修撰。①

梁肃以文章深粹，能正褒贬，故被擢入史馆，正因为其有“实录”之才。

史家文人的“实录”倡导，实际与寓褒贬、别善恶的早期史著《春秋》之笔法有关。孔颖达《春秋正义序》认为这种春秋笔法“不怒而人威，不赏而人劝，实永世而作，则历百王而不朽者也。”②正因为“实录”之文能不怒而威、不赏而劝，所以才会使上至帝王、下至庶民的全部世人感到威慑，才能起到存史贻鉴的作用，并影响到朝廷对于类书、总集的编纂，以及私人碑志、集序等一些文章的撰写。魏征《群书治要序》曰：

今之所撰，异乎先作，总立新名，各全旧体，欲令见本知末，原始要终，并弃彼春华，采兹秋实。一书之内，牙角无遗；一事之中，羽毛咸尽。用之当今，足以殷鉴前古；传之来叶，可以贻厥孙谋。③

魏征等人编撰《群书治要》，原本是为了让皇帝通览群书，博识精要，但他们在编著时，则要求“见本知末，原始要终”，“弃彼春华，采兹秋实”，并且“一书之内，牙角无遗；一事之中，羽毛咸尽”，这种创作态度，也与“实录”之观念有密切联系。

正是本着这种“实录”的态度，朝廷的一些官修类书、大型总集，在收录文章时，有时甚至整部收入，不加汰择，造成类书、总集部帙的繁富。类书如高祖时有《艺文类聚》100卷，太宗时有《文思博要》1200卷，高宗时有《瑶山玉彩》500卷、《累璧》400卷，武则天时期有《玄览》100卷、《三教珠英》1300卷，玄宗时有《事类》130卷、《初学记》30卷等④。这些成百上千卷的类书以“实录”之态度编纂的方式一直延续到后世类书的编辑中。如宋代的《太平御览》《册府元龟》，明代的《永乐大典》，清代的《渊鉴类函》等书，均保留着这种编纂的方法，因此也成为学者们辑考佚书的重要渊薮。

不仅官方重视“实录”，这种态度甚至延伸到私人墓志的撰写中。如张说《与魏安州书》所云：

① 崔恭：《唐右补阙梁肃文集序》，《全唐文》卷480，中华书局1983年版，第4903页。
② 孔颖达：《春秋正义序》，阮元校刻：《十三经注疏》，中华书局1980年版，第1898页。
③ 魏征：《群书治要序》，《全唐文》卷141，中华书局1983年版，第1431页。
④ 胡道静：《中国古代的类书》，中华书局1982年版，第57页。

> 尊豫州府君德业高远，名言路绝，岂说常词，所堪碑纪？比重奉来旨，力为牵缀，亦不敢假称虚善，附丽其迹。虽意简野，文朴陋，不足媚于众眼；然敢实录，除楦酿，亦无愧于达旨。①

魏氏两次请张说为其父撰写碑文，张说推脱不掉，只得操觚缀文。但他明白地说自己“不敢假称虚善，附丽其迹”，并谦逊地说自己的碑文虽然文意朴简，不足媚时，但以“实录”为尚，可以无愧文章之达旨。此为私撰碑志重“实录”之明证。

出于对“实录”之旨的尊崇，唐代文人对一些虚美的赞扬之辞往往不满。如权德舆《答杨湖南书》云：

> 蒙惠寄制集序，发函焕然，盈耳溢目，宏丽博厚，坦夷章明。……但根本不称，奖饰非宜……序中所言，霈王泽，浊幽滞，振刑典，申肃杀，揄扬宏大，务极其言，则虚美之中，又为虚美。②

这位杨湖南为权德舆制文集作序，由于溢美过甚，反倒受到了权氏的批评，当然首先是因为权氏位高权重，以上临下，敢于批评，但同时也能反映出“实录”观念对于文人创作的影响。

尽管唐代史家文人普遍重视实录，仍免不了纪事时不明真相的诬传与明知真相而惧于权威的避忌。陈寅恪便谈到：

> 通论吾国史料，私家纂述易流于诬妄，而官修之书，其病又在多所讳饰，考史事之本末者，苟能于官书及私著等量齐观，详辨而慎取之，则庶几得其真相，而无诬讳之失矣。③

此乃洞鉴无碍的通识之论，读史者不可不察。

三、《文苑传》与唐代文人的人史意识

清人袁枚《答友人某论文书》云：

---

① 张说：《与魏安州书》，《全唐文》卷224，中华书局1983年版，第2265页。
② 权德舆：《答杨湖南书》，《全唐文》卷489，中华书局1983年版，第4992页。
③ 陈寅恪：《顺宗实录与续玄怪录》，《金明馆丛稿二编》，三联书店2011年版，第81页。

> 要知为诗人、为文人，谈何容易！入文苑，入儒林，足下亦宜早自择。宁从一而深造，毋泛涉而两失也。①

袁氏一生专精于文学，感慨而发此语。此论诚然，但《文苑》之设，固有其源；欲入《文苑》，亦非易事。

史部中专设《文苑传》，最早始于南朝宋人范晔《后汉书》。此后，史部著作设置《文苑传》基本成为常式，只是名称或称“文学”，或称“文艺”，略有变化。范氏设“文苑”，得益于南北朝时期文学风气的兴盛。这种文学风气之极盛，又滥觞于魏晋以降的文章不朽观念。唐代史论家刘知几从史书体例着眼，对范晔这种矜炫文采的著史方法提出了批评，他在《史通》内篇《序例》中说：

> 爰洎范晔，始革其流，遗弃史才，矜炫文彩，后来所作，他皆若斯。于是迁、固之道忽诸，微婉之风替矣。若乃《后妃》《列女》《文苑》《儒林》，凡此之流，范氏莫不列序。②

刘氏重实录，对范晔的做法不以为然，但其实他是忽略了魏晋以来文学家地位的变化。今借史部《文苑传》之一端，来考察唐代文人对文章传世之态度，以从另一角度来认识其历史观念下的文学传播意识。先来看一下唐代以前史部《文苑传》收录文人的情况：

> (1)《后汉书》卷80《文苑》分上下二卷，凡录东汉文人22人：杜笃、王隆、夏恭、傅毅、黄香、刘毅、李尤、苏顺、刘珍、葛龚、王逸、崔琦、边韶(以上在卷上)；张升、赵壹、刘梁、边让、郦炎、侯瑾、高彪、张超、祢衡(以上在卷下)。③
>
> (2)《晋书》卷92《文苑》，凡录18人：应贞、成公绥、左思、赵至、邹湛(子捷)、枣据、褚陶、王沈、张翰、庾阐、曹毗、李充、袁宏、伏滔、罗含、顾恺之、郭澄之。④
>
> (3)《南齐书》卷52《文学》，凡录11人：丘灵鞠、檀超、卞彬、

---

① 袁枚：《小仓山房文集》卷19，上海古籍出版社1988年版。

② 刘知几：《史通》内篇《序例》第十，浦起龙通释：《史通通释》，上海古籍出版社2009年版，第81页。

③ 范晔撰，李贤等注：《后汉书》，中华书局1965年版，“目录”第36~38页。

④ 房玄龄等撰：《晋书》，中华书局1974年版，“目录”第27页。

丘巨源、王智深、陆厥、崔慰祖、王逡之(从弟珪之)、祖冲之、贾渊。①

(4)《梁书》卷49、卷50《文学》，凡录26人：到沆、丘迟、刘苞、袁峻、庾于陵(弟肩吾)、刘昭、何逊、钟嵘、周兴嗣、吴均(以上在卷49)，刘峻、刘沼、谢几卿、刘勰、王籍、何思澄(宗人子朗)、刘杳、谢征、臧严、伏挺、庾仲容、陆云公、任孝恭、颜协(以上在卷50)。②

(5)《陈书》卷34《文学》，凡录17人：杜之伟、颜晃、江德藻、庾持、许亨、褚玠、岑之敬、陆琰(弟瑜、从兄玠、从弟琛)、何之元、徐伯阳、张正见、蔡凝、阮卓、阴铿。③

(6)《魏书》卷85《文苑》，凡录9人：袁跃(子聿修)、裴敬宪、卢观、封肃、邢臧、裴伯茂、邢昕、温子昇。④

(7)《北齐书》卷45《文苑》，凡录14人：祖鸿勋、李广、樊逊、刘逖、荀士逊、颜之推、袁奭、韦道逊、江旰、眭豫、朱才、荀仲举、萧慤、古道子。⑤

(8)《隋书》卷76《文学》，凡录19人：刘臻、王頍、崔儦、诸葛颍、孙万寿、王贞、虞绰、辛大德、王胄、庾自直、潘徽、杜正玄(弟正藏)、常得志、尹式、刘善经、祖君彦、孔德绍、刘斌。⑥

(9)《旧唐书》卷190《文苑》，凡录105人：孔绍安(子祯、孙若思)、袁朗(弟承序、利贞；孙谊)、贺德仁、庾抱、蔡允恭、郑世翼、谢偃、崔信明、张蕴古、刘胤之(弟子延祐、兄子藏器)、张昌龄、崔行功、孟利贞、董思恭、元思敬、徐齐聃、杜易简(从祖弟审言)、卢照邻、杨炯、王勃(兄勮、勔)、骆宾王、邓玄挺(以上文苑上)；郭正一、元万顷、范履冰、苗神客、周思茂、胡楚宾、乔知之(弟侃、备)、刘希夷、刘允济、富嘉谟、吴少微、谷倚、员半千、丘悦、刘宪、王适、司马鍠、梁载言、沈佺期(弟全交)、陈子昂、间丘均、宋之问、阎朝隐、王无竞、李适、尹元凯、贾曾(子至)、许景先、贺知章、贺朝、齐融、张若虚、邢巨、包融、李登之、席

① 萧子显撰：《南齐书》，中华书局1972年版，“目录”第10页。
② 姚思廉撰：《梁书》，中华书局1973年版，“目录”第11~12页。
③ 姚思廉撰：《陈书》，中华书局1972年版，“目录”第9页。
④ 魏收撰：《魏书》，中华书局1974年版，“目录”第24~25页。
⑤ 李百药撰：《北齐书》，中华书局1972年版，“目录”第10页。
⑥ 魏征、令狐德棻撰：《隋书》，中华书局1973年版，“目录”第14~15页。

豫、徐安贞、齐澣、王澣、李邕、孙逖(子成)(以上文苑中);李华、萧颖士、李翰、陆据、崔颢、王昌龄、孟浩然、元德秀、王维、李白、杜甫、吴通玄(兄通微)、王仲舒、崔咸、唐次(子扶、持;持子彦谦)、刘蕡、李商隐、温庭筠、薛逢(子廷珪)、李拯、李巨川、司空图(以上文苑下)。①

(10)《新唐书》卷210、220、230《文艺》,凡录79人:袁朗、袁谊、袁承序、袁利贞、贺德仁、庾抱、蔡允恭、谢偃、崔信明、郑世翼、刘延祐、刘藏器、刘知柔、张昌龄、崔行功、崔铣、杜审言、杜易简、杜甫、王勃、王勮、王助、杨炯、卢照邻、骆宾王、元万顷、范履冰、周思茂、胡楚宾、元正、元义方、元季方(以上文艺上);李适、韦元旦、刘允济、沈佺期、宋之问、阎朝隐、尹元凯、富嘉谟、刘宪、李邕、吕向、王翰、孙逖、孙成、孙简、李白、张旭、王维、郑虔、萧颖士、萧存、陆据、柳并、皇甫冉、苏源明、梁肃(以上文艺中);李华、李翰、李观、孟浩然、王昌龄、崔颢、刘太真、邵说、于邵、崔元翰、于公异、李益、卢纶、欧阳詹、欧阳秬、李贺、吴武陵、李商隐、薛逢、李频、吴融(以上文艺下)。②

注:前四史之后、《宋史》之前的史书著作中,沈约《宋书》、令狐德棻《周书》、薛居正《旧五代史》、欧阳修《新五代史》等书未专设"文苑"类史传。

通过以上所列名单可以看出,史部《文苑传》、《文学传》或《文艺传》中所录文人,并未囊括当时文人的全部,甚至有些突出的诗文家也没有编入文苑传中。比如陶潜,就收录于《宋书·隐逸》传中;韩愈、张籍、孟郊、柳宗元,以及白居易、元稹、刘禹锡等人也未收入两唐书的《文苑传》《文艺传》中。

两唐书中文学类人物传所收人员的增多,一方面与史料收集制度的日益完善有关(如《唐会要》设有史馆收集史料的专门条例③,有唐一代,历朝实录亦未断绝,且文人多有笔记记载,为撰写唐史者提供了极大的便利);另一方面也与世人文学观念的逐步增强密不可分。柳宗元《与杨京兆凭书》云:

① 刘昫等撰:《旧唐书》,中华书局1975年版,"目录"第63~66页。
② 欧阳修、宋祁等撰:《新唐书》,中华书局1975年版,"目录"第66~68页。
③ 王溥撰:《唐会要》卷63《诸司应送史馆事例》,中华书局1955年版,第1090页。

今之世，言士者先文章。文章，士之末也，然立言存乎其中，即末而操其本，可十七八，未易忽也。自古文士之多莫如今，今之后生为文，希屈、马者，可得数人；希王褒、刘向之徒者，又可得十人；至陆机、潘岳之比，累累相望。若皆为之不已，则文章之大盛，古未有也。后代乃可知之。①

可以说，柳宗元几乎在生前就预见到了唐代文章对于后世的影响。如果说范晔《后汉书》设"文苑"源于当日重文风气之兴起，则这种风气无疑至唐代时达到了顶峰。

唐代文人对于能否载入史册，以及如何归属具有非常自觉的认识。宋之问《在桂州与修史学士吴兢书》云：

自昔逸群之器，旷俗之才，誉虽冠于人伦，禄不跻于卿士。南史之笔，漏美不书；东岱之魂，与名俱灭。②

宋之问之意乃云，古今的那些超逸之才，虽然当时能被人所称，但因为官爵不够高，所以往往为史家所忽略，其声名也随即逐渐消隐。可谓对出仕与入史已有较为清醒的认识。萧颖士《赠韦司业书》曰：

丈夫生遇升平时，自为文儒士。纵不能公卿坐取，助人主视听，致俗雍熙，遗名竹帛；尚应优游道术，以名教为己任，著一家之言，垂沮劝之益，此其道也。③

其中，也将取公卿与"遗名竹帛"(即载入史册)相联系。李翰《进张巡中丞传表》则希望自己所写《张巡传》能被史官采用：

傥以臣所撰，编列史官，虽退死邱壑，骨而不朽。④

还有如权德舆《故朝散大夫使持节常州诸军事守常州刺史充本州团练守捉

① 柳宗元《与杨京兆凭书》，《全唐文》卷573，中华书局1983年版，第5790页。
② 宋之问：《在桂州与修史学士吴兢书》，《全唐文》卷240，中华书局1983年版，第2433~2434页。
③ 萧颖士：《赠韦司业书》，《全唐文》卷323，中华书局1983年版，第3275页。
④ 李翰：《进张巡中丞传表》，《全唐文》卷430，中华书局1983年版，第4376页。

使赐紫金鱼袋独孤公谥议》云：

> 其初在濠，其后在常，皆因俗为理，人用爱戴。虽不得居公卿长帅之任，然其奉常议论，三郡绩用，亦足以列于《文苑》，附于《循吏》。①

权氏之意，盖谓独孤及在濠州、常州任上，均能根据当地习俗来治理，为民众所爱戴，虽然他没有能居于公卿、长、帅之任，但按其文才言论、治理地方的实绩，也足以列于《文苑传》或是《循吏传》中。独孤及，《旧唐书》未见其传，《新唐书》则收入列传之中②。

所有这些，均反映出唐代文人极为强烈的入史意识。而这种意识，在中晚唐时期表现的越来越突出。如杜牧《上安州崔相公启》，应是他干谒行卷时的一封书信，其中对于付之于史与传之于后便有着较自觉的观念：

> 伏恐机务殷繁，不暇省览，今者窃敢再录启本，重干尊严。付于史馆而不诬，悬于后代而不泯，其于取重，岂在小人。③

杜牧自信地认为自己的诗文可以“付于史馆而不诬，悬于后代而不泯”，这两句话的意义甚大，“付于史馆”，反映出杜牧的入史与存史意识，而“悬于后代”则是文章不朽的传世观念。由此，可以表明，中晚唐时期文人对于文章传世已具有较为成熟与自觉的主观意识。

五代刘昫《文苑表》引唐代史官论“文苑”设置目的云：

> 爰及我朝，挺生贤俊。文皇帝解戎衣而开学校，饰贲帛而礼儒生。门罗吐凤之才，人擅握蛇之价，靡不发言为论，下笔成文。足以纬俗经邦，岂止雕章缛句。……如燕、许之润色正言，吴、陆之铺扬鸿业，元稹、刘蕡之对策，王维、杜甫之雕虫，并非肄业使然，自是天机秀绝。若珠玑色泽，无假淬磨，孔翠羽毛，自成华彩，致之文苑，实焕缃图。其间爵位崇高，别为之传。今采孔绍安已下，为《文

---

① 权德舆：《故朝散大夫使持节常州诸军事守常州刺史充本州团练守捉使赐紫金鱼袋独孤公谥议》，《全唐文》卷488，中华书局1983年版，第4988页。

② 欧阳修、宋祁撰：《新唐书》卷162《独孤及传》，中华书局1975年版，第4990页。

③ 杜牧：《上安州崔相公启》，《全唐文》卷752，中华书局1983年版，第7800页。

> 苑》三篇。觊怀才憔悴之徒，千古见知于作者。①

可见，《文苑》之设，实为“怀才憔悴之徒”而设②。至于那些天机秀绝、文采出众却又“爵位崇高”者，则是单独列传的。比如上引燕国公张说、许国公苏颋，以及陆贽、元稹等人，均因爵位较高，未入《文苑》而别为之传。

颜荛《颜上人集序》，则能反映编史者对于自身缺漏的自责之情，其文云：

> 颜公姓薛氏，字茂圣。少工为五言诗，天赋其才，迥超名辈。……余景福间为尚书郎……后数载，余罢自合江，沿泱流而下，至荆之日，方遂疑阙。阅其篇章，睹其仪相，然后知师之盛名不虚得也。向之送别者，自故太傅相国韦政公而下，凡四十三首。余亦别为一卷，陆相公为序。余继忝清华，荐兼史任，宜以师之名字书于《文苑传》中。缉编未遑，漏略是惧。③

颜荛，吴郡(今苏州)人，颜萱兄。与著名诗人张祜为世交，少时受知于张祜。后登进士第。昭宗景福(892—893)时，任尚书郎，历任合州刺史，礼部、虞部郎中、知制诰。光化三年(900)，迁中书舍人，又拜给事中，判史馆。后谪官，卒于湖州。颜荛能诗善文，为文敏捷。任中书舍人时，草制数十，无妨谈笑。与陆龟蒙为诗文之交，陆卒，荛为书碑。又与诗僧薛颜为诗友，薛颜卒，为撰《颜上人集序》。《全唐诗》录存其诗一首、断句一联，《全唐诗续拾》补其诗一首、断句四④。此序乃昭宗光化三年(900)颜荛任中书舍人兼判史馆时所作。颜荛认为没有将颜上人编入《文苑传》中，是自己的疏漏，为此遑惧自责不已，他的这些忧惧，一则反映

---

① 刘昫：《文苑表》，《全唐文》卷853，中华书局1983年版，第8951页。按，此表系从唐代史官抄录。

② 按，即使是“怀才憔悴之徒”，也往往有着品格上的要求。比如，宋代以写词称著的柳永，未载于《宋史·文苑传》，虽然因为词在当时被视为小技，便也主要还是在于他表现出来的浮浪轻薄，不合于著史者的选择标准。

③ 颜荛：《颜上人集序》，《全唐文》卷829，中华书局1983年版，第8730页。

④ 颜荛生平，据“江苏文化数据库”引录，以补未备。网址：http://www2.jslib.org.cn/was40/detail?record=1&primarykeyvalue=rowid%3D046FA17B8.00000E56.1E83&channelid=8038；其任中书舍人，兼判史馆，见薛居正等撰《旧五代史》卷68《崔沂传》，中华书局1976年版，第900页。

出“实录”观念的影响，二则说明当时文人对于入史的重视。

四、文史异途与文史一体

魏晋以前，历史著作均可以作文学作品看；魏晋以后，这种现象不复存在。魏晋南北朝时期出现的《三国志》《后汉书》这样的史书，已不能再如汉代的《史记》《汉书》那样进入文学史的书写之中。范晔之后的史书，无论是私撰，还是官修，也均不能再以文学作品视之。这是文学逐渐独立的一种表现，也是文史分途的必然结果。

唐代文人对待历史与文学的界限仍然存在着两种分歧：一种认为文史异途；另一种则认为文史一体。前者以刘知几等史学家为代表，比如他在《自叙》中说：

> 余幼喜诗赋，而壮都不为，耻以文士得名，期以述者自命。①

在这里，刘氏将“文士”与“述者”相对立，他所说的“述者”，指的正是历史书写者，而“文士”，自然是文学之作者。刘知几甚至还反对将文学作品收入史书之中，《史通·载文》云：

> 若马卿之《子虚》《上林》，扬雄之《甘泉》《羽猎》，班固《两都》，马融《广成》，喻过其体，词没其义，繁华而失实，流宕而忘返，无裨劝奖，有长奸诈。而前后《史》《汉》皆书诸列传，不其谬乎！②

刘知几虽然主张文史异途，但他却认为，它们的流向归于一致。历史需要借助文才来表达③，而文学作品只要以“不虚美、不隐恶”为创作的准则，也可因其“良直”而称之为史：

> 若乃宣、僖善政，其美载于周诗；怀、襄不道，其恶存乎楚赋。读者不以吉甫、奚斯为谄，屈平、宋玉为谤者，何也？盖不虚美，不

① 刘子玄：《自叙》，《全唐文》卷274，中华书局1983年版，第2789~2792页。
② 刘知几撰，浦起龙通释：《史通通释》，上海古籍出版社2009年版，第114页。
③ 刘知几：《史通·叙事》云：“史之为务，必借于文”，浦起龙通释：《史通通释》，上海古籍出版社2009年版，第167页。

> 隐恶故也。是则文之将史，其流一焉，固可以方驾南、董，俱称良直者矣。①

他认为《诗经》所载之诗，表彰了周代宣王、僖王的善政，但不见其谄媚。而战国楚怀王、襄王的恶政，却被屈原、宋玉的辞赋所表现，世人也不以其为诽谤，其中的重要原因就是，作诗的吉甫、奚斯与作赋的屈原、宋玉诸人均“不虚美、不隐恶”。龚鹏程认为，“《史通》一书的重点就是强调文与史的区分，认为后代之文丧失了文的实录精神，而这种精神正应由史来负担。然能负担这种责任的人，得有史才。”并认为《史通》之所以有这种倾向，主要还是因为刘知几反感于时代文人风气龌龊的原因②，可备一说。

另有一种观点则认为文史一体③，较早的论述如《孟子·离娄下》所云：

> 晋之《乘》，楚之《梼杌》，鲁之《春秋》，一也。其事则齐桓晋文，其文则史。④

刘知几虽认为文学与史学功能相异，但其表现形式却是一体的，故《史通》内篇《核才》亦云：

> 盖史者，当时之文也。⑤

反映出刘氏在分析文、史时的审慎态度。李华《著作郎厅壁记》更云：

> 化成天下，莫尚乎文。文之大司，是为国史。⑥

---

① 刘知几：《史通·载文》，浦起龙通释：《史通通释》，上海古籍出版社2009年版，第114页。

② 龚鹏程：《文化符号学：中国社会的肌理与文化法则》，世纪出版集团、上海人民出版社2009年版，第216页、226页。

③ 清代章学诚可称此说之代表人物，其所著《文史通义》即出于此意。然章氏之着眼点仍在于史，是其将“史”泛化的结果。

④ 焦循撰，沈文倬点校：《孟子正义》，中华书局1987年版，第574页。

⑤ 刘知几撰，浦起龙通释：《史通通释》，上海古籍出版社2009年版，第232页。

⑥ 李华：《著作郎厅壁记》，《全唐文》卷316，中华书局1983年版，第3204页。

将国史的书写归入文章这一大类中，当然是偏重文学者的观点。这一点，从唐朝历代择史官以文翰为重，也可得到证明。

正因为存在文史一体的观念，才有了从王阳明“五经亦史”到王世贞“天地间无非史”、章学诚“六经皆史”、龚自珍“史之外无文字”的历史观，直至陈寅恪“诗史互证”的学术方法，完全融通文史，卓然成一大家。

王阳明《传习录》云：

> 五经亦只是史。史以明善恶，示训诫。①

王世贞进一步认为“天地间无非史而已”。他认为六经是史之“言理者”；编年、本纪、志、表、书、世家、列传，是“史之正文”，叙、记、碑、碣、铭、述，是“史之变文”；训诰命册、诏令教劄、上书封事、疏表启笺、弹事奏记、檄文露布、移文驳喻、尺牍书信，是“史之用”；论、辨、说、解、难、议，是“史之实”；赞、颂、箴、哀、诔、悲，则是“史之华”。② 而这些文体，又何尝不是“文之用”呢？章学诚所标举之“六经皆史”固然受王阳明的直接影响，但他的《文史通义》则俨然以文史一体的观念为根本来撰作的，所以他说：

> 史所贵者义也，而所具者事也，所凭者文也。③

至龚自珍径直道出：

> 史之外无有语言焉，史之外无有文字焉。④

可以说达到文史一体观之另一极端了。⑤

陈寅恪的《元白诗笺证稿》《柳如是别传》等著述更是通过诗文(文学)来参证史料，形成文史通达之学问。

---

① 王阳明：《传习录》上，《王阳明全集》上，上海古籍出版社1992年版，第10页。

② 王世贞《艺苑卮言》卷一，周维德集校：《全明诗话》第三册，齐鲁书社2005年版，第1888页。

③ 章学诚著，叶瑛校注：《文史通义》上册，中华书局1985年版，第144页。

④ 龚自珍：《古史钩沉论二》，《龚自珍全集》，上海人民出版社1975年版，第21页。

⑤ 王阳明至陈寅恪此段文字参考刘梦溪《陈寅恪的学说》，三联书店2014年版，第42~43页。

第三节　弘文：属意词章与文学传播意识

中国是个重视历史的国度，中国古人也普遍有着强烈的历史意识。由于这种历史意识的存在，使中国古人由早期的敬畏天命一变为敬畏史官，尊崇史记，他们中的许多知识人尤其渴望能够名垂青史。载入史籍的条件有三个：一曰立德，二曰立功，三曰立言。其中，立德是根本，但它要通过行为、事功与言语、文章来表现。具体行为表现有时会是忠孝、仁义、诚信等基本的伦常规范，有时是凭借道义以伐无道，有时是借助言语文章以宣扬道义。后来随着文学的发展，也出现了仅凭卓越的文辞才华便能跻身"文苑传"的不朽之人，他们成为后来文人的典范。尤其是唐代更形成了崇尚文学的极盛风气，在这种风气之下，更有一些纯粹希望以诗文而传名不朽的文人。顾炎武《日知录》卷19载宋代刘挚训子孙之语曰：

> 士当以器识为先，一号为文人，无足观矣。然则以文人名于世，焉足重哉！此扬子云所谓"摭我华而不食我实"者也。①

虽然如此，但文人在不能以事功名世的时候，仍然是希望以文章名世的。

一、崇文、新变与编集之风

探析唐代文人纯粹的文学传播意识时，沿着初盛、中、晚三个时期依次可以清晰地感受到朝野上下崇文、文人复古新变的追求、编纂文集以传世的繁盛风气，兹论如下：

(一)太宗与张说：唐代崇文局面形成的重要人物

在论及唐代崇文局面的产生与形成时，不能忽略二位重要人物的引导。

第一位是文皇太宗李世民。《全唐诗小传》说太宗"天文秀发，沉丽高朗，有唐三百年风雅之盛，帝实有以启之焉"②。诚非虚言。《资治通鉴》卷192记载，贞观元年太宗初即位，大宴群臣，奏《秦王破阵乐》，太宗

---

① 顾炎武著，黄汝成集释：《日知录集释》卷19，上海古籍出版社1985年版，第1454页。

② 《全唐诗》卷1，中华书局1960年版，第1页。

于是说："朕昔受委专征，民间遂有此曲，虽非文德之雍容，然功业由兹而成，不敢忘本。"意思是说自己在征伐之际，民间便能因事而奏曲颂美，虽然曲调不雍容，但因为这个曲子颇有纪念意义，所以不敢忘却。当时有位大臣封德彝说："陛下以神武平海内，岂文德之足比。"认为太宗是凭借"神武"之力平定天下的，"文德"不足道，太宗针对这类观点，批评道："勘乱以武，守成以文，文武之用，各随其时。卿谓文不及武，斯言过矣！"①世人皆以为赵宋之朝崇文黜武，庶不知唐太宗时已认识到文武须适时而用矣。尽管如前文曾论述的，太宗对于浮华绮靡的文学并不提倡，他认为德行与事功才是不朽的根本。但正是由于他及他的一些大臣们对于浮华绮靡的六朝文风的批判，并从制度上予以了纠偏②，才使得文学没有顺着浮靡的南朝文学的路径发展下去。

第二位是名相张说③。《资治通鉴》云：

> 上即位以来，所用之相，姚崇尚通，宋璟尚法，张嘉贞尚吏，张说尚文，李元纮、杜暹尚俭，韩休、张九龄尚直，各其所长也。④

张说作为一代名相，本就以"尚文"而著名。王泠然在《论荐书》中也说他"一登甲科，三至宰相，是因文章之得用"⑤。《资治通鉴》卷212又载：

> 上置丽正书院，聚文学之士秘书监徐坚、太常博士会稽贺知章、监察御史鼓城赵冬曦等，或修书，或侍讲；以张说为修书使以总之。有司供给优厚。中书舍人洛阳陆坚以为此属无益于国，徒为糜费，欲

---

① 司马光编著，胡三省音注：《资治通鉴》，中华书局1956年版，第6030页。

② 如盛于唐贞观、永徽的进士科，便以时务策、经史为尊。杜佑《通典》卷15《选举三》云："其初止试策，贞观八年诏加进士试读经史一部。"（中华书局1988年版，第354页。）清人赵翼《陔馀丛考》卷28《进士》条云："唐初制，试时务策五道，帖一大经，经、策全通为甲第。"（以上材料均见于傅璇琮《唐代科举与文学》，陕西人民出版社1986年版，第164~165页）。又据王定保《唐摭言》卷1《散序进士》条：进士科始于隋大业中，盛于贞观、永徽之际；缙绅虽位极人臣，不由进士者，终不为美，以至岁贡常不减八九百人。其推重谓之"白衣公卿"，又曰"一品白衫"；其艰难谓之"三十老明经，五十少进士"；其负倜傥之才，变通之术，苏、张之辨说，荆、聂之胆气，仲、由之武勇，子房之筹画，弘羊之书计，方朔之诙谐，咸以是而晦之。修身慎行，虽处子之不若；其有老死于文场者，亦所无恨。"（上海古籍出版社1978年版，第4~5页。）

③ 关于张说对唐代文学的影响，可参熊礼汇：《开元文风走向论》，《中国古代散文艺术史论》，湖北人民出版社2005年版。

④ 司马光编著，胡三省音注：《资治通鉴》，中华书局1956年版，第6825页。

⑤ 王泠然：《论荐书》，《全唐文》卷294，中华书局1983年版，第2980页。

悉奏罢之。张说曰："自古帝王于国家无事之时，莫不崇宫室，广声色。今天子独延礼文儒，发挥典籍，所益者大，所损者微。陆子之言，何不达也！"上闻之，重说而薄坚。①

张说充分认识到"延礼文儒，发挥典籍"的作用，认为有关礼仪、文章、典籍方面的花费"所益者大，所损者微"，较之费于宫室、声色要好得多。由于张说与玄宗之关系非比寻常②，又言之成理，其意见不仅得到玄宗的尊重与肯定，并很好地得到了贯彻。张九龄所撰《张说墓志》(此为简称)亦谈到了张说对于后来文人的激励作用：

始公之从事，实以懿文，而风雅陵夷，已数百年矣。时多吏议，摈落文人。庸引雕虫，沮我胜气；邱明有耻，子云不为。乃未知宗匠所作，王霸尽在。及公大用，激昂后来，天将以公为木铎矣。③

如果说太宗对于唐代文学之影响，在于开启了纠正六朝文风的大幕的话，那么张说于唐代文学，则正如张九龄所云之"木铎"，起着号令天下的作用。木铎，语出《论语·八佾》篇："天下之无道也久矣，天将以夫子为木铎。"④古代颁布政令要摇木铎，以召集众人，此处则指张说执掌文学之权柄而言。《新唐书》卷一二五《张说传》云："天子尊尚经术，开馆置学士，修太宗之政，皆说倡之。"⑤《旧唐书》卷九七张说本传也说他"前后三秉大政，掌文学之任凡三十年"⑥，皆是此意。

张九龄所云"风雅陵夷，已数百年""时多吏议，摈落文人"，正反映出当时唐代文学的待兴局面与唐代文人的地位。张说在政治地位上的提升，固然得益于其有助玄宗登基之功。同时，他在政治上的成功，却也造成了玄宗朝上层士大夫文人间的"吏治与文学之争"，如开元初期的姚崇与张说，开元中期的张说与宇文融、崔隐甫，开元后期的张九龄与李林甫。这种吏治与文学之争，当然只是一种总体上的判断，如初期作为张说

① 司马光编著，胡三省音注：《资治通鉴》，中华书局1956年版，第6755页。
② 据《旧唐书》卷97《张说传》及《新唐书》卷125《张说传》及有关记载，张说在玄宗与太平公主的权力斗争中有助益之功，于是召为中书令，封燕国公。
③ 张九龄：《故开府仪同三司行尚书左丞相燕国公赠太师张公墓志铭》，《全唐文》卷292，中华书局1983年版，第2964页。
④ 《论语·八佾》，朱熹：《四书章句集注》，中华书局1983年版，第68页。
⑤ 欧阳修、宋祁等撰：《新唐书》，中华书局1975年版，第4410页。
⑥ 刘昫：《旧唐书》卷97，中华书局1975年版，第3057页。

对立面的名相姚崇，不仅自身不乏文才，其推荐的宋璟也“工于文翰”①，其他如姚氏所奖励、引用的刘知几、吴兢、严挺之等人也均为博通经史文辞的文学之士。用吏、用文的朋党之争也对当时作家的创作与命运产生了极大的影响，并因此成为盛唐诗坛内在气运与宏观风貌的重要内因②。

张说以权臣之位，身体力行，对唐代文学的兴盛有着不可磨灭的贡献。张说之后，唐人崇文，已成一定的常态，至终朝而未绝。在《论荐书》中，王泠然言道：

> 有唐以来，无数才子，至于崔融、李峤、宋之问、沈佺期、富嘉谟、徐彦伯、杜审言、陈子昂者，与公（说）连飞并驱，更唱迭和。此数公者，真可谓五百年挺生矣。③

这不仅可以看出盛唐初期唐人自身对于本朝前期文人的评价，其中所言张说，实际是尤应引起重视的关键人物。

此外，在武后、中宗时期，上官婉儿也是一位非常重要的执掌宸翰的关键人物④，但因其政治上的失败而被诛，故其在文学上的观念及其影响仍是通过早期曾为景龙文馆学士的张说来完成的，此不多论。

（二）中唐时期的复古新变与文学传播意识

玄宗天宝十五载（755）至代宗宝应元年（762），由于安史之乱的破坏，曾经繁盛一时的大唐王朝从此逐渐走向衰落，历史进入史家一般所习称的“中唐”时期⑤。陈寅恪曾云：“论唐史者必以玄宗之朝为时代划分界线，其事虽为治国史者所得略知，至其所以然之故，则非好学深思、通识古今之君子不能详切言之也。”⑥此处，不拟就此分限之依据展开辨析，但代宗

---

① 刘昫等撰：《旧唐书》卷96《宋璟传》，中华书局1975年版，第3029页。

② 玄宗朝始终存在着与“用吏治”与“用文学”的朋党之争，具体可参见李中华《评唐玄宗朝“吏治与文学之争”——兼论盛唐气象的形成及其历史意蕴》（《中国古代文学风貌与文学精神》，湖北人民出版社2005年版，第149页）。

③ 王泠然：《论荐书》，《全唐文》卷294，中华书局1983年版，第2980页。

④ 陶敏所辑武平一《景龙文馆记》载《上官婉儿传》云：“自通天后，逮景龙前，恒掌宸翰。”（中华书局2015年版，第149页）原文载《太平广记》卷271所引。

⑤ 历史学家一般将“安史之乱”平定之年（代宗宝应元年，762）作为盛、中唐的分界；文学史家则常以杜甫卒年（代宗大历五年，770）为限。此处取前者。

⑥ 陈寅恪撰：《唐代政治史述论稿》，上海古籍出版社1997年版，第48页。

朝以后，文人求新、求怪、求变之风气愈演愈烈①，借文章传世之意亦渐趋明著，凌跨盛、中唐的杜甫已现出这种转变之端倪。这种文人力求新、怪、变的思想根源，虽然出于归复风雅之古道的初衷，但与此相关的行为，却正是他们传播意识增强的表现，以下将以韩愈、白居易为代表，结合相关材料申论之。

1. 韩愈

作为求怪的代表，韩愈向以讲究戛戛独造②，重视自我树立而著称。而韩愈重视“自树立”的原因，正是出于传之后世的考虑。他在《答刘正夫书》中说：

> 汉朝人莫不能为文，独司马相如、太史公、刘向、扬雄为之最。然则用功深者，其收名也远。若皆与世沉浮，不自树立，虽不为当时所怪，亦必无后世之传也。③

韩愈认为，若想文章能收名久远，必须用功精深。但向什么方面用功呢？他认为不能与世沉浮，要学习古圣贤文章的精粹，“师其意，不师其辞”。在这个基础上，自树立、不因循世人，敢于“为当时所怪”，才能有成。韩愈这种文学上的“自树立、不因循”观点，源于其思想上对于“特立独行”的深入思考。他在《伯夷颂》中说道：

> 士之特立独行，适于义而已。不顾人之是非，皆豪杰之士信道笃而自知明者也。一家非之，力行而不惑者，寡矣；至于一国一州非之，力行而不惑者，盖天下一人而已矣；若至于举世非之，力行而不惑者，则千百年乃一人而已耳。④

---

① 孟二冬在其《中唐诗歌之开拓与新变》第 2 章中谈到，中唐诗人呈现出众多的流派与风格，这正是他们创新精神的体现，尽管求新、求变的方法、途径有所不同，但诗人们主观上的追求却是一致的(北京大学出版社 2006 年版)。但限于关注的重点有所不同，孟先生并未由此思考这种新、变与文学传播意识之关系，此正是本节所要进一步论述的内容。

② 韩愈《答李翊书》云：“当其取于心而注于手也，惟陈言之务去，戛戛乎其难哉！”(《全唐文》卷 552，中华书局 1983 年版，第 5587 页。)范文澜《中国通史》第 3 编第 7 章第 5 节：“韩愈派诗人，自孟郊、张籍以次，都各有成就，他们的共同点是戛戛独造，异乎流俗。”(《中国通史》，人民出版社 1978 年版。)

③ 韩愈：《答刘正夫书》，《全唐文》卷 553，中华书局 1983 年版，第 5600 页。

④ 韩愈：《伯夷颂》，《全唐文》卷 547，中华书局 1983 年版，第 5544 页。

他认为，只要满足道义的基本要求，则可以像伯夷、叔齐那样“信道笃而自知明”，不顾人们的肯定与否，径行己道而不顾。

韩愈有许多与传播有关的论述。如韩愈与张籍曾就排佛、老的传播方式有过一番讨论。张籍认为，“排释、老不若著书，嚣嚣多言，徒相为訾”，主张以著述的方式来排佛；韩愈则说：“夫所谓著书者，义止于辞耳。宣之于口，书之于简，何择焉？”口传与书简都是为了表达儒家经义，著书反使经义只限于文辞；他还举孟子为例，言其书不过是门人记其言而已，从而认为“化当世莫若口，传来世莫若书”①。

再如，韩愈对口传与著书也有着相当深刻的认识。以“化当世莫若口，传来世莫若书”为基础，他发展了一系列的观点。在《重答张籍书》中他坚持“书者，皆所为不行乎今而行乎后世者也”②，他以孔子著《春秋》为例，指出“得时行道”与“著书传世”之间的不可兼得：

> 昔者圣人之作《春秋》也，既深其文辞矣，然犹不敢公传道之。口授弟子，至于后世，然后其书出焉。其所以虑患之道微也。

正因为“所虑患之道”呈式微之势，所以韩愈认为在佛老之学已经深入到“公卿辅相”之时，如果自己昌言著书以排之，“怒之者必多矣，必且以我为狂为惑”。

由于持“得其时行其道，则无所为书”的观点，韩愈坚持不过早著书，他说：

> 今吾之得吾志、失吾志未可知，俟五六十为之未失也。

韩愈的这一观点，对后世儒家文人影响深远，近人黄侃便因坚持“不至五十不著书”而遗著甚少，令学界惋惜不已③。

韩愈还认为，欲求所著之文与古之经典等齐，需固其根本。他在《答李翊书》中说道：

> 将蕲至于古之立言者，则无望其速成，无诱于势利，养其根而俟

---

① 韩愈：《答张籍书》，《全唐文》卷551，中华书局1983年版，第5577页。
② 韩愈：《重答张籍书》，《全唐文》卷551，中华书局1983年版，第5578页。
③ 章太炎：《黄季刚墓志铭》，程千帆、唐文编《量守庐学记——黄侃的生平和学术》，三联书店2006年版，第1页。

其实，加其膏而希其光，根之茂者其实遂，膏之沃者其光煜。①

其观点与那些急功近利、锐意于声名者迥然不同。

2. 白居易

中唐时期是文学传播意识表现最为强烈的一个时期，此前虽有也如张鷟、初唐四杰、陈子昂、宋之问、张说、李华、萧颖士等关注思考过诗文传世这一现象的文人，但总体上来看，不如中唐时期普遍。中唐文人中，又以白居易为最著。

白居易是力图拯"诗道"而为新的，他曾说：

仆尝痛诗道崩坏，忽忽愤发，或食辍哺，夜辍寝，不量才力，欲扶起之。②

由他所倡导的"新乐府"诗的创作，即是这一想法的贯彻。有论者曾从白居易的传播目的(如补察时政与传世留名)、他对诗歌内容的浅化俗化、自我传播方式的多样化等角度，对白居易的自觉传播意识作过探讨③，颇能给人以启发。此处将重点就白居易对诗文在生前身后传播的理解作一阐述。

先来看看白居易对自己诗歌传世的评价，以及他的"诗道"观念。在《与元九书》中，白居易将自己当时已有的八百余首诗歌分为四类：

(1)自拾遗来，凡所遇所感，关于美刺兴比者；又自武德讫元和，因事立题，题为《新乐府》者，共一百五十首，谓之"讽谕诗"；

(2)又或退公独处，或移病闲居，知足保和，吟玩情性者一百首，谓之"闲适诗"；

(3)又有事务牵于外，情性动于内，随感遇而形于叹咏者一百首，谓之"感伤诗"；

(4)又有五言、七言长句、短句，自一百韵至两韵者四百余首，谓之"杂律诗"。

① 韩愈：《答李翊书》，《全唐文》卷552，中华书局1983年版，第5587页。
② 白居易《与元九书》，《全唐文》卷675，中华书局1983年版，第6888页。
③ 郑华珍、刘蓉：《论白居易的自觉传播意识》，《湖南社会科学》2008年第5期。

他说：

谓之“讽谕诗”，兼济之志也；谓之“闲适诗”，独善之义也。故览仆诗者，知仆之道焉。其余“杂律诗”，或诱于一时一物，发于一笑一吟，率然成章，非平生所尚，但以亲朋合散之际，取其释恨佐欢。今铨次之间，未能删去，他时有为我编集斯文者，略之可也。

又云：

今仆之诗，人所爱者，悉不过“杂律诗”与《长恨歌》已下耳。时之所重，仆之所轻。至于“讽谕”者意激而言质，“闲适”者思澹而词迂，以质合迂，宜人之不爱也。今所爱者，并世而生，独足下耳。然千百年后，安知复无足下者出，而知爱我诗哉？

可见，在白居易生前，他自己所看重之“讽谕诗”与“闲适诗”，较之“感伤诗”与“杂律诗”影响就要小得多，而偏偏“感伤诗”与“杂律诗”是“非其平生所尚”者。即使是在“千百年后”的今天，可以发现，那些世间所推重的、传唱较广的也仍然是他的那些随意率然的感伤与杂感诗歌。难怪陈寅恪会有这样的评价：

自来文人作品，其最能为他人所欣赏，最能于世间流播者，未必即是其本身所最得意，最自负自夸者。①

白居易之所以看重自己的“讽谕诗”与“闲适诗”，这与他的“诗道”观念有关。他认为，对于诗而言：

感人心者，莫先乎情，莫始乎言，莫切乎声，莫深乎义。诗者，根情苗言，华声实义。

如果说这一句还有些抽象，那么在他接下来论述“诗道六义”沦丧的过程时，就可以看得很清楚了：

---

① 陈寅恪：《元白诗笺证稿》第1章《长恨歌》，三联书店2001年版，第1页。

> 洎周衰秦兴，采诗官废，上不以诗补察时政，下不以歌泄导人情，乃至于谄成之风动，救失之道缺，于时六义始刓矣。

以下，白居易又云自骚辞、苏李而“六义始缺”，晋宋时期“六义浸微”，梁陈之代则仅能“嘲风雪、弄花草”，“六义尽去”矣。至于唐代，虽然诗人间出，但得“六义之旨”者亦不甚多。

可见，白居易总体的“诗道”观念，是《诗经》以来的“美刺”传统，是“补察时政”与“泄导人情”、“文章合为时而著，歌诗合为事而作”的现实关怀。在他的眼中，《诗经》“六义”无疑是诗歌真正能够传世的重要标准，舍此而外，即使当时有诗能传在人口，也不过是暂时的“释恨佐欢”而已。

白居易对于他的诗歌能在当时传唱是颇为在意的，他曾非常详细地描述自己诗文被人题写、咏诵的情况，并且不止一次地提到自己诗文“传在人口”的盛况。《与元九书》云：

> 礼、吏部举选人，多以仆私试赋、判传为准的，其余诗句，亦往往在人口中，仆恧然自愧，不之信也。及再来长安，又闻有军使高霞寓者，欲聘娼妓，妓大夸曰：“我诵得白学士《长恨歌》，岂同他妓哉？”由是增价。又足下书云，到通州日，见江馆柱间有题仆诗者，复何人哉？又昨过汉南日，适遇主人集众乐娱他宾，诸妓见仆来，指而相顾曰：“此是《秦中吟》《长恨歌》主耳。”自长安抵江西三四千里，凡乡校、佛寺、逆旅、行舟之中，往往有题仆诗者，士庶、僧徒、孀妇、处女之口，每每有咏仆诗者。此诚雕虫之戏，不足为多，然今时俗所重，正在此耳。虽前贤如渊、云者，前辈如李、杜者，亦未能忘情于其间。①

这里，对举子传写其诗文、歌妓夸诵《长恨歌》、驿馆题白诗与宴集被妓识等具体传播情状的刻画，以及对“时俗所重，正在此耳”的言说，表现出他不无得意的心理。而《序洛诗序》又曰：“予不佞，喜文嗜诗，自幼及老，著诗数千首。以其多也，故章句在人口，姓字落诗流。”②虽然他谦虚地说，自己是因为诗歌多而被人传诵，但也不能掩饰其内心的欣喜之情。

可是，白居易更看重的是身后之名。《与元九书》曰：

---

① 白居易：《与元九书》，《全唐文》卷675，中华书局1983年版，第6890~6891页。

② 白居易：《序洛诗序》，《全唐文》卷675，中华书局1983年版，第6897页。

夫贵耳贱目，荣古陋今，人之大情也。仆不能远征古旧，如近岁韦苏州歌行，清丽之外，颇近兴讽，其五言诗又高雅闲澹，自成一家之体，今之秉笔者，谁能及之？然当苏州在时，人亦未甚爱重，必待身后，然后人贵之。

他以韦应物为例，说明诗人是否能为人所“贵”，当在“身后”。正因为希望能“身后为人所贵”，所以他极看重自己那些归复“六义之旨”的“讽谕诗”，甚至是那些近乎于“迂”的“闲适诗”，他认为那些是能传之后世的，是自己争取百代声名的资本。

白居易的传播意识中，尤其是传之后世的思想中还含有佛教影响的因子。他曾说：“愿以今生世俗文字、放言绮语之因，转为将来世世赞佛乘、转法轮之缘也。”①并且分别在东林寺、圣善寺、苏州南禅院、香山寺等禅寺庋藏了自己的文集，他希望这些文集能像佛家经藏或远（慧远）大师的文集那样流传于后。此点将在后文详论，此处暂不论。

最后，还要补充的是，韩愈、白居易二人性格上虽有诸多扞格之处，但他们都有一个共同的爱好，那就是二人都非常喜好文学。韩愈曾说：

愈少驽怯，于他艺能，自度无可努力，又不通时事，而与世多龃龉。念终无以树立，遂发愤笃专于文学。②

白居易亦云：

除读书属文外，其他懵然无知，乃至书、画、棋、博，可以接群居之欢者，一无通晓。③

对于文学的共同爱好，使得他们专力于此，尽管在诗文风格与为人处世的

① 白居易：《苏州南禅院白氏文集记》，《全唐文》卷676，中华书局1983年版，第6908页。

② 韩愈：《答窦秀才书》，《全唐文》卷551，中华书局1983年版，第5579页。但韩愈《上兵部李侍郎书》又云：“性本好文学，因困厄悲愁，无所告语，遂得穷究于经传、史记、百家之说，沈潜乎训义，反复乎句读，砻磨乎事业，而奋发乎文章。”（《全唐文》卷551，中华书局1983年版，第5580页）可见，韩愈虽有个由“文”向“道”的转变倾向，但爱好文学的品性却是贯彻始终的。

③ 白居易：《与元九书》，《全唐文》卷675，中华书局1983年版，第6888页。

态度等诸多方面存在差异(如韩愈尚险怪而白居易为浅俗，韩愈为人谨重而白居易较为率性)，但求新、求变的追求却并无二致，而这种追求背后的潜在心理，则是惟恐湮没的传世意识。

(三)晚唐文人的锐意于文与编集之风

晚唐五代时期，出现了一股锐意于文的风气，由此而文人开始关注自己作品的编集，一个突出的表征就是《全唐文》中收录文章至中晚唐各种诗文集序骤然增多。

尽管曹丕以来，士大夫文人对于文章能够不朽的认识已很深刻，但在很长一段时间内，锐意于文的意识并不强烈。无论是那些谨言慎行的儒家文人，还是放浪不羁的才士文人，他们首要的追求仍然是以能够辅时济世为己任，希望能够以此光耀门庭，传名千古。即使如盛唐文人的代表李白、杜甫，以及王维、王昌龄、高适、岑参等人，也均是如此。李白暮年仍欲出为永王辅佐，杜甫诗言"致君尧舜上，再使风俗淳……主上顷见征，欻然欲求伸"(《奉赠韦左丞丈二十二韵》)，而高、岑诸人出入边塞为建功立业，皆可为证。柳宗元的一段话最可代表这种心理，其《答吴陵论〈非国语〉书》曰：

> 仆之为文久矣，然心少之，不务也，以为是特博奕之雄耳。故在长安时，不以是取名誉，意欲施之事实，以辅时及物为道。……辅时及物之道，不可陈于今，则直垂于后。①

将为文与博弈之属等同，可见其对文学的轻视态度，而他却非常强调"辅时及物"的重要性，认为那才是既可传于今又可垂于后的不朽功业。柳宗元的这种表达，可以视作整个中唐以前有志事功之士的普遍心理。

上文曾谈到，韩、白二人均对文学有着非同寻常的喜好，但二人对于仅仅以文名世实际也还是不满足的。韩愈固然以明王道、崇儒家为己任，只在贬谪之际才有以文自嬉的游戏行为。早年白居易对于文学的专好，也以美刺传统为标的，仍然是出于教化的考虑。但是这种状况，从中唐后期开始发生变化。

长庆四年(824)，韩愈辞世；大和九年(835)，"甘露之变"事发。如果说韩愈的去世是一位具有代表性的"重道"文人的离去，那么"甘露之

---

① 柳宗元：《答吴陵论〈非国语〉书》，《全唐文》卷574，中华书局1983年版，第5801页。

变”的发生则是对“重道”文人的一次致命打击。此后，文人开始逐渐疏离“道”，讳言政治，甘心沉潜于文学，以求独善其身。虽然这些也许非出本意，但渐渐衍变为一种惯势。晚年白居易便已开始有这种倾向，《与元九书》已显其志。到晚唐时，锐意于文与专力于文更成为一种风气，罗隐便是其中最典型的一位。

罗隐的锐意于文当然有其无奈之处，唐王朝的衰落、个人科举进士的不利等皆是不可忽略的重要因素。正因为这两个因素在当时带有极大的普遍性，所以，甘为文人，沉潜文艺，渐成风气。罗隐生活于晚唐那个风雨飘摇的时代，他见证了大唐王朝的衰落；个人的科举不第，亦见诸于相关之历史记载：宋薛居正《旧五代史》卷24《罗隐传》说他“诗名于天下，尤长于咏史，然多所讥讽，以故不中第”①。宋人陶岳《五代史补》亦云：“罗隐在科场，恃才傲物，尤为公卿所恶，故六举不第。”②宋人罗大经《鹤林玉露》乙编卷6《晚唐诗人》条则曰：“罗隐，乾符中举进士，十上不第”③。元辛文房《唐才子传》卷9《罗隐传》亦载：“乾符初举进士，累不第。广明中，遇乱归乡里……”④王朝的衰落与科举的不利自然会让一些才高气傲的文人疏离政治，沉潜于文。

先来看罗隐属意于为文的言论。其《投知书》云：

> 窃念理世之具，在乎文质。质去则文必随之，苟未去，则明天子未有不爱才，贤左右未有不汲善者。故汉武因一鹰犬吏而《子虚》用，孝元以《洞箫赋》使六宫婢子讽之。当时卿大夫，虽死不敢轻吾辈。是以霍光贵也，萧望之责其不下士。公孙述叛也，马援怒其陛戟相见。一为权臣，一为狂虏，犹且不能下一书生。⑤

此处，以“吾辈”与作《子虚赋》的司马相如、作《洞箫赋》的王褒等文人并用，自属为文之书生，其意甚明。其《谗书序》又云：

---

① 薛居正等撰：《旧五代史》，中华书局1976年版，第326页。

② 陶岳撰：《五代史补》卷1，影印文渊阁《四库全书》本。

③ 罗大经撰，王瑞来点校：《鹤林玉露》，中华书局1983年版，第226页。按，罗隐“十上不第”之事，可详参周祖譔、吴在庆所作考证（辛文房撰、傅璇琮等校注：《唐才子传校笺》第4册卷9，中华书局1990年版，第115页）。

④ 辛文房撰，傅璇琮等校注：《唐才子传校笺》第4册卷9，中华书局1990年版，第115页。

⑤ 罗隐：《投知书》，《全唐文》卷894，中华书局1983年版，第9333页。

他人用是以为荣，而予用是以为辱。他人用是以富贵，而予用是以困穷。……而今而后，有诮予以哗自矜者，则对曰："不能学扬子云寂寞以诳人。"①

他不仅要张扬为文的旗帜，而且对扬雄的文章名世却以寂寞示人的伪装进行了辛辣的批判。正由于罗隐好讥讽他人，以至于其名竟成轻薄利口的代名，五代后梁时有位李知损，其人因"轻薄，利口无行"，于是被时人称为"李罗隐"②。但同时必须指出的是，尽管罗隐的想法代表了晚唐时期锐意于文的一种心理，但他们仍然是企望圣贤，向往于"道"的。正如罗隐《答贺兰友书》所说：

仆之所学者，不徒以竞科级于今之人，盖将以窥昔贤之行止，望作者之堂奥，期以方寸广圣人之道。可则垂于后代，不可则庶几致身于无愧之地。③

但这样的企盼，在已经渐趋末落的王朝晚期，无疑只是他锐意为文之余的理想。

锐意于文的风气，直接带来个人文集(别集)编纂的再度盛行。唐代以前，文集的编纂，仅南朝梁代有过一次高潮。《汉书》卷30《艺文志》所载"诗赋"类所收皆为"篇"，而不曰集④，则知东汉时仍无诗文编集之观念。近人刘师培云：

六朝以前，文集之名未立。及属文之士日多，后之君子，欲观其体势，以见性灵，乃荟萃成编，颜曰文集。⑤

刘氏认为，文集之称，始于梁阮孝绪《七录》。《隋书》卷35《经籍四》已设"集"部，所录文集，即多为南梁所出⑥。南朝梁以前，文人作品之编集，

① 罗隐：《谗书序》，《全唐文》卷895，中华书局1983年版，第9344页。
② 薛居正等撰：《旧五代史》卷131《李知损传》，中华书局1976年版，第1731页。
③ 罗隐：《答贺兰友书》，《全唐文》卷894，第9333页。
④ 班固撰，颜师古注：《汉书》卷30《艺文志》，中华书局1962年版，第1747～1756页。
⑤ 刘师培：《论文杂记》，人民文学出版社1959年版，第121页。
⑥ 魏征、令狐德棻撰：《隋书》卷35《经籍四》(中华书局1973年版，第1055页)。按，《隋书·经籍志》曰："别集之名，盖汉东京之所创也。"当指东汉王逸已编《楚辞》之事。然汉至南梁，其间文集之编纂，尚属稀见。

并不多见。

唐代文人对于诗文的收集与整理，初唐之际便已有之。如贞观时间邱允收集僧人寒山诗于“竹木石壁”之上、“村墅厅壁”之间①。卢照邻写有《驸马都尉乔君集序》《南阳公集序》《乐府杂诗序》，杨炯写有《王勃集序》，均表明曾有经过他们寓目的诗文集存在。初唐文人吕才也较为重视文集的整理，其友人王绩的文集便由他编辑而成②。前文所引张鷟在《陈情表》中请求宥罪以编文集的陈述，亦能证明部分初唐文人已经表现出对于编集的重视。盛唐时期，若张说品题之上官婉儿、张希元、孔季翊等人文集，卢藏用赏鉴之陈子昂文集，韩休题藏秘府之苏颋文集，与王士源整理、韦縚献上之孟浩然集，魏颢、李阳冰所编李白集，王缙所献王维集，可算间出。古文家李华、独孤及等人也作有相当多的集序文字③。但唐代较成规模的文人编集，则始于白居易、元稹等人，并大兴于晚唐五代时期。据《与元九书》所云：

> 今年春游城南时，与足下马上相戏，因各诵新艳小律，不杂他篇，自皇子陂归昭国里，迭吟递唱，不绝声者二十里余，樊、李在傍，无所措口。……当此之时，足下兴有余力，且欲与仆悉索还往中诗，取其尤长者，如张十八古乐府、李二十新歌行、卢杨二秘书律诗、窦七元八绝句，博搜精掇，编而次之，号《元白往还诗集》。④

尽管这个《元白往还诗集》，不久因为二人的先后被贬而暂时搁浅⑤，但却成为后来编纂《因继集》等唱和集的缘起。

白居易不仅编撰自己的文集，同时也很重视对于集序的撰写。《白氏长庆集》有元稹所作序，他自己又在两次增入诗文后，另作有《长庆集后

① 闾邱允：《寒山子诗集序》，《全唐文》卷 162，中华书局 1983 年版，第 1663 页。

② 吕才：《东皋子后序》，《全唐文》卷 160，中华书局 1983 年版，第 1638 页。

③ 中华书局 1983 年版《全唐文》卷 315 收录有李华所撰《赠礼部尚书清河孝公崔沔集序》、《扬州功曹萧颖士文集序》、《杨骑曹集序》等；卷 388 收录有独孤及所撰《唐故左补阙安定皇甫公集序》（第 3940 页）、《唐故殿中侍御史赠考功郎中萧府君文章集录序》（第 3941 页）、《检校尚书吏部员外郎赵郡李公中集序》（第 3945 页）等。另，后方第五章设专节查考唐代别集、总集存佚情况，可参看。

④ 白居易：《与元九书》，《全唐文》卷 675，中华书局 1983 年版，第 6892 页。

⑤ 《与元九书》又云：“言未终而足下左转，不数月而仆又继行，心期索然，何日成就，又可为之叹息矣！”

序》①《白氏长庆集后序》②。其余集序如《序洛诗序》③《东林寺白氏文集记》④《圣善寺白氏文集记》⑤《苏州南禅院白氏文集记》⑥《香山白氏洛中集记》⑦《刘白唱和集解》⑧等均见载于《全唐文》之中。然而，又还有伪托其名之事，正如白居易《白氏长庆集后序》自云：

> 前著《长庆集》五十卷，元微之为序，《后集》二十卷，自为序。今又《续后集》五卷，自为记。前后七十五卷，诗笔大小凡三千八百四十首。集有五本，一本在庐山东林寺经藏院，一本在苏州南禅寺经藏内，一本在东都胜善寺钵塔院律库楼，一本付侄龟郎，一本付外孙谈阁童，各藏于家，传于后。其日本、暹罗诸国及两京人家传写者，不在此记。又有《元白唱和》、《因继集》共十七卷，《刘白唱和集》五卷，《洛下游赏宴集》十卷，其文尽在大集内录出，别行于时。若集内无而假名流传者，皆谬为耳。⑨

难怪清人朱彝尊会说：

> 诗家好名，未有过于唐白傅者。既属其友元微之排缵《长庆集》矣，而又自编后集，为之序，复为之记；既以集本付其从子、外孙矣，而又分贮东林、南禅、圣善、香山诸寺。⑩

正由于白居易对自身文集的非常关注，极大地减少了他作品散佚的可能性，使他成为有唐一代存诗最多的诗人。

元、白之后，文人编集之风，大行于世。文人集的编汇，之所以大兴于晚唐之世，与中唐时期的行卷之风有着密切的联系。因为文人之行卷已经改变了诗文传播的形式，使作品由零碎、散乱、无序的状态趋于有

① 《全唐文》卷675，中华书局1983年版，第6898页。
② 《全唐文》卷675，中华书局1983年版，第6897页。
③ 《全唐文》卷675，中华书局1983年版，第6897页。
④ 《全唐文》卷676，中华书局1983年版，第6905页。
⑤ 《全唐文》卷676，中华书局1983年版，第6905页。
⑥ 《全唐文》卷676，中华书局1983年版，第6908页。
⑦ 《全唐文》卷676，中华书局1983年版，第6905页。
⑧ 《全唐文》卷677，中华书局1983年版，第6920页。
⑨ 白居易：《白氏长庆集后序》，《全唐文》卷675，中华书局1983年版，第6897页。
⑩ 朱彝尊：《曝书亭集》，世界书局1937年版，第443页。

序①，而文集的产生，则使这种有序的传播状态更趋于完整。诗文集的编行，由于大多经过编纂者或作者本人的精心选择，往往能体现文学传播意识的自觉。②

随着编集之风的兴起，集序文的篇数也开始增多。翻检《全唐文》，至代宗、德宗朝以后，文集序开始较多地出现。由于文集的大量出现，文人也开始关注自己文集的传播，据《旧五代史》卷127《和凝传》载：

> (凝)平生为文章，长于短歌艳曲，尤好声誉。有集百卷，自篆于板，模印数百帙，分惠于人焉。③

这种自己篆板、印行文集以传播声誉的举动，正是对于文章名世追求的表现。

(四)文人争窃诗句著作权的盗名心理探析

由于受以诗文传世的心理意识的支配，在文学史中便会出现一些索取、盗用他人作品的卑劣行径。尽管就一种社会行为而言，这种作法违背君子的道德标准，是为人所不耻的，但作为一种文人的文学传播意识，却体现出当事者强烈的自觉性。宋之问因诗杀刘希夷之事是最为著名的一例文坛公案，据刘肃《大唐新语》卷8记载：

> 刘希夷一名挺之，汝州人。少有文华，好为宫体，词旨悲苦，不为时所重。善搊琵琶，尝为《白头翁咏》曰："今年花落颜色改，明年花开复谁在?"既而自悔曰："我此诗似谶，与石崇'白首同所归'何异也?"乃更作一句云："年年岁岁花相似，岁岁年年人不同。"既而叹曰："此句复似向谶矣，然死生有命，岂复由此。"乃两存之。诗成未周，为奸所杀。或云宋之问害之。④

另据韦绚《刘宾客嘉话录》记载：

> 刘希夷诗曰："年年岁岁花相似，岁岁年年人不同。"其舅宋之问

① 有关文人行卷所体现的文学传播意识，后文将有所涉及。
② 马承五：《唐代诗文的编集与传播》(《中州学刊》2004年第2期)一文可参看。
③ 薛居正等撰：《旧五代史》，中华书局1976年版，第1673页。
④ 刘肃撰，许德楠、李鼎霞点校：《大唐新语》，中华书局1984年版，第128页。

苦爱此两句，知其未示人，恳乞，许而不与。之问怒，以土袋压杀之。①

刘希夷才高见忌，因诗丧命，令人惋惜，但宋之问的文学传播意识之自觉，也令人惊叹。再看一例争诗的轶事，据张鷟《朝野佥载》卷2记载：

国子进士（一作祭酒）辛弘智诗云："君为河边草，逢春心剩生。妾如堂上镜，得照始分明。"同房学士常定宗为改"始"字为"转"字，遂争此诗，皆云我作。乃下牒见博士，罗为宗判云："昔五字定表，以理切称奇；今一言竞诗，取词多为主。诗归弘智，'转'还定宗。以状牒知，任为公验。"②

常定宗以一字之改，便欲将全诗据为己有，何异强取豪夺。而国子监博士罗为宗判以"诗归弘智、'转'还定宗"，其判词亦堪称奇绝矣。

又据《旧唐书》卷181《罗弘信》附其子《罗威传》载：

威……伏膺儒术，招纳文人，聚书至万卷。每花朝月夕，与宾佐赋咏，甚有情致。钱塘人罗隐者，有当世诗名，自号江东生。威遣使赂，叙其宗姓，推为叔父。隐亦集其诗寄之。威酷嗜其作，目己所为曰《偷江东集》，凡五卷，今邺中人士讽咏之。③

罗威，《新唐书》卷210作罗绍威④。他竟然公开以"偷"字贯于集名，歆慕耶？附庸耶？偷文固然招来后世之讥笑，却又得以记载入史，焉知非其初衷耶！

其他如《唐摭言》卷2《争解元》所载杨衡文章被其表弟偷去行卷而及第；《唐诗纪事》卷47《李播》、《唐语林》卷7"补遗"、《类说》引《芝田录》

---

① 韦绚：《刘宾客嘉话录》，《唐五代笔记小说大观》，上海古籍出版社2000年版，第796页。

② 张鷟撰，赵守俨点校：《唐宋史料笔记丛刊·朝野佥载》，中华书局1979年版，第48页。

③ 刘昫等撰：《旧唐书》卷181，中华书局1975年版，第4693页。

④ 欧阳修、宋祁撰《新唐书》卷210记云："绍威多聚书，至万卷。江东罗隐工为诗，绍威厚币结之，通谱系昭穆，因目己所为诗为《偷江东集》云。"（中华书局1975年版，第5943页。）

等书所载举子以诗文行卷，适逢诗文原作者即是干谒之人等[①]，皆是偷人诗文的恶劣行为，是唐代崇文风气之下的负面影响，需要予以批判的。

这种盗窃他人诗文以成就自己声名(盗名)的心理基础何在呢？仔细推究起来，应与这些盗名之人强烈的文学传播意识有关。法国哲学家卢梭曾说："一个人在那里坐吃不是他本人挣来的东西，就等于是在盗窃。"[②]在未经他人允许的情况下，将他人的文学作品或手稿冠以自己的名字，同样是一种盗窃行为。其盗窃的目的当然不在于物质利益的获得，主要是源于精神利益(即声名)的获得。

虽然西方哲学史上也出现过伏尔泰的《世界简史》被人盗窃之类的事件[③]，但个人披览所及，西方哲学史中似乎却还未见有关注这种"盗名"现象的哲人。中国思想史中对于欺世盗名的现象却有较多的关注。《荀子·不苟》篇云：

> 夫富贵者则类傲之，夫贫贱者则求柔之，是非仁人之情也，是奸人将以盗名于晦世者也，险莫大焉。[④]

一个人对于富贵之人一律傲视，对于贫贱之人则一味迁就甚至去讨好，这不是一位仁德君子正常的情感表现，不过是奸邪之徒盗取名誉的做法而已，其用心是险恶的。这里，要盗取的是"仁义"之名。

章学诚应该是一位较早关注到文学创作中盗名现象的学者。他在《文史通义·辨似》中谈到：

> 乃有黠者，易古人之貌而袭其意焉；同时之人有创论者，申其意而讳所自焉。……然而盗名欺世，已非一日之厉矣。[⑤]

作为诗歌类抒情性文学的表现手法，"易古人之貌而袭其意"，是宋代黄庭坚以来的一种常用手段，倒也无可非议。但在表现自我观点的议论文当中，袭他人之观点或引申他人之观点却讳言所出的做法，无疑都是一种偷

---

① 以上四例，可参傅璇琮《唐代科举与文学》第10章《进士行卷与纳卷》，陕西人民出版社1986年版，第283~284页。

② [法]让-雅克·卢梭(Jean-Jacques Rousseau，1712—1778)：《爱弥尔·论教育》(*Émile：ou De l'éducation*)第三卷。

③ [法]伏尔泰：《哲学辞典》，商务印书馆1991年版。

④ 王先谦：《荀子集解》，中华书局1988年版，第52页。

⑤ 章学诚著，叶瑛校注：《文史通义校注》，中华书局1985年版，第340~341页。

盗的行为，是不足取的。

较早的欺世盗名的故事与德行有关。许由(见《庄子·逍遥游》、晋代皇甫谧《高士传》)、务光(见《庄子·让王》)逢尧禅让王位而推辞不就是德行的荣誉。黄宗羲《原君》篇中说："古人之君，量而不欲入者，许由、务光是也。"①但在很多人的眼里，许由、务光的行为也仍然不过是欺世盗名之举。后来，欺世盗名又与事功相关。罗隐《英雄之言》所提到的项羽、刘邦等那些打着救民涂炭旗号的英雄们，也不过为了以国为家的欺世盗名之辈罢了——"视家国而取之者，则曰救彼涂炭"②。后世道教方士与起事者，亦不乏借画符以欺世盗名的事例。这些事例的详情因不属本书讨论范围，此不多论。

而到了唐代，由于文学的声名已与事功相埒，甚至有超越德行声名的趋势，因而窃取他人诗文著作以成就自己声名的盗名之举也就必然出现了。

二、文人的意气之争及其相关因素

在一种崇文的风气之下，文人间的较量便也随之凸显。曹丕在《典论·论文》中说：

> 文人相轻，自古而然。③

关于文人相轻的内在心理因素，不是本书讨论的范围。此处仅就唐代文人意气之争的比较与排挤现象，以及所蕴含的相关文学传播意识(传世心理)作一论述。

唐代文人有争胜之风，但当他们遇见或者看见已有极佳的应景之作时，便会主动搁笔。李白睹崔颢《黄鹤楼》之作而感叹"眼前有景道不得"，便是显例。兹另举一例，范摅《云溪友议》卷上《巫咏难》条载，秭归县令繁知一，得知白居易将要经过巫山，于是将神女祠的墙壁立即粉刷一新，他说，"苏州刺史今才子，行到巫山必有诗。"哪知，白居易后来并没有题诗，他对繁知一说："历阳刘郎中禹锡，三年理白帝，欲作一诗于此，怯而不为。罢郡经过，悉去千余首诗，但留四章而已。经四章者，乃古今之

---

① 黄宗羲：《明夷待访录》，中华书局2011年版，第6页。

② 罗隐：《英雄之言》，《全唐文》卷896，中华书局1983年版，第9350页。

③ 曹丕：《典论·论文》，萧统编，李善注：《文选》卷52，上海古籍出版社1986年版，第2270页。

绝唱也，而人造次不合为之。”①这四首诗分别为沈佺期、王无竞、李端、皇甫冉所作。于是白居易只是将这四首诗吟诵了一遍，也没有再作。

李肇《唐国史补》卷上载：

> 德宗览李令《收城露布》，至“臣已肃清宫禁，只谒寝园，钟虡不移，庙貌如故”，感涕失声，左右六军皆呜咽。露布，于公异之词也。议者以国朝捷书、露布无如此者。公异后为陆贽所忌，诬以家行不至……坎壈而终，朝野惜之。②

《旧唐书》卷137《于公异传》称于氏以“文章精拔，为时所称”，并补记此事曰：“公异初应进士时，与举人陆贽不协。至是，贽为翰林学士，闻上称与，尤不悦。时议者言之，公异少时不为后母所容，自游宦成名，不归乡里；及贞元中陆贽为宰相，奏公异无素行，黜之。”③陆贽本人以善为文章而著名，他对擅作露布之文的于公异采取压制之态度，无疑含忌惮之意。

中唐时期，文人的争胜风气尤盛。大和二年(828)，白居易所作《因继集重序》记道：

> 去年，微之取予《长庆集》中诗未对答者五十七首追和之，合一百一十四首寄来，题为《因继集》卷之一。今年，予复以近诗五十首寄去，微之不逾月依韵尽和，一百首又寄来，题为《因继集》卷之二，卷末批云：“更拣好者寄来。”盖示余勇，磨砺以须我耳。予不敢退舍，即日又收拾新作格律共五十首寄去，虽不得好，且以供命。④

如此频繁密集的诗歌唱和，正如白居易自云“与足下和答之多，从古未有”，这种状况是因为双方以“文犹战”的态度在创作，所以，以元、白关系之亲密，尚且不免“每因唱酬，或相侮谑”，何况其他的文人相轻者耶？

白居易《刘白唱和集解》谈到自己早年有元稹为诗敌，暮年又遇刘禹锡，虽然朋友间的唱和能吟咏情性，播扬声名，令人闲适遗形，乐以忘忧，但又使自己不得独步一时，戏言之为“幸又不幸”：

---

① 范摅：《云溪友议》，《唐五代笔记小说大观》，上海古籍出版社2000年版，第1263页。
② 李肇：《唐国史补》，《唐五代笔记小说大观》，上海古籍出版社2000年版，第170页。
③ 刘昫等撰：《旧唐书》卷137，中华书局1975年版，第3767页。
④ 白居易：《因继集重序》，《全唐文》卷675，中华书局1983年版，第6898页。

予顷以元微之唱和颇多，或在人口，常戏微之云：“仆与足下，二十年来为文友诗敌，幸也，亦不幸也。吟咏情性，播扬声名，其适遗形，其乐忘老，幸也；然江南士女，语才子者，多云元、白，以子之故，使仆不得独步于吴越间，亦不幸也。”今垂老复遇梦得，得非重不幸耶？①

是以权德舆《秦征君校书与刘随州唱和诗序》借秦公绪之口论云：

今业六义以著称者，必当唱酬往复，亦所以极其思虑，较其胜败；而文以时之闻人序而申之。②

所谓“业六义以著称者”，即指以诗著称者。此句之意，指当时诗人唱酬往复，往往“极其思虑，较其胜败”，所写文章又常请当时的著名文人为序，以求提高声价，均是为了较胜败、炫才华、扬名声，可谓一针见血。

与中唐文人张祜有关的诗才之争也屡见于唐宋人之记载。范摅《云溪友议》卷中记载，白居易任杭州刺史，张祜与徐凝均到杭州取解，白居易试以诗，而后首荐徐凝。张祜不服，“行歌而迈，凝亦鼓枻而归。二生终身偃仰，不随乡赋”。后来，杜牧“守秋浦，与张生为诗酒之交，酷吟祜宫词，亦知钱塘之岁，自有非之之论，怀不平之色，为诗二首以高。则曰：谁人得似张公子，千首诗轻万户侯。又云：如何故国三千里，虚唱歌词满六宫。”③张祜与徐凝争胜之事，宋人计有功《唐诗纪事》卷五二《张祜》条亦有记载。再如五代王定保《唐摭言》卷十三“敏捷”条所记张祜与杜牧斗诗之事，也是逞才较量的事例：

唐张祜客淮南幕中，赴宴，时舍人杜牧为御使，座有妓人索骰子赌酒。牧微吟曰：“骰子逡巡裹手拈，无因得见玉纤纤。”祜应声答曰：“但知报道金钗落，仿佛还应路指尖。”④

---

① 白居易：《刘白唱和集解》，《全唐文》卷677，中华书局1983年版，第6920页。

② 权德舆：《秦征君校书与刘随州唱和诗序》，《全唐文》卷490，中华书局1983年版，第5003页。按：“而文以时之闻人，序而申之。”《全唐文》中，原断句作“而文以时之，闻人序而申之。”误。

③ 范摅：《云溪友议》，《唐五代笔记小说大观》，上海古籍出版社2000年版，第1282～1284页。

④ 王定保撰：《唐摭言》，上海古籍出版社1978年版，第146页。

孟棨《本事诗·嘲戏第七》亦记有张祜与白居易以彼此诗句斗才之事：

> 诗人张祜，未尝识白公。白公刺苏州，祜始来谒。才见白，白曰："久钦籍，尝记得君款头诗。"祜愕然曰："舍人何所谓？"白曰："'鸳鸯钿带抛何处，孔雀罗衫付阿谁？'非款头何邪？"张顿首微笑，仰而答曰："祜亦尝记得舍人目连变。"白曰："何也？"祜曰："'上穷碧落下黄泉，两处茫茫皆不见。'非目连变何邪？"遂与欢宴竟日。①

这些例子，均可为权德舆所述之语作一注脚。

中唐时期是唐代文学的重要转变期。经历过安史之乱以后，文人对于时世的看法出现很大的改变，也带来了处世态度上的差异，形成不同的派别。龚鹏程认为：

> 中唐贞元、元和之际，白居易、元稹、刘禹锡、白行简、李公佐等应为一文学集团；韩愈、孟郊、张籍、李翱、皇甫湜、黄颇、李贺等则为另一集团。柳宗元依违于二者之间，与刘禹锡的政治关系较密切，而与韩愈的文学关系较密切。韩愈集团中人对白居易等人所代表的文学风气，似不甚以为然。②

韩、白二派确实是中唐贞元、元和之际文坛的两大主流，而两派的意气之争又是中唐文坛的一个重要现象，其表现形式也有多种，且其间确有从价值观到创作观上的极大差别，中间涉及不少文人间的意气之争，今以此为例，详细申论之。

先来看作为两派代表人物的韩愈与白居易。从年龄上看，韩愈生于公元768年，白居易生于公元772年，二人年龄相仿；从文才上说，二人均才力卓绝，诗文创作宏富，在当时也都以诗文名噪天下。遍检全唐诗文，韩、白二人交往唱和之作加起来不过7首诗而已。这种极其少量的文字往来对于文章钜子韩、白来说，是不太正常的。

从诗歌来看，韩愈写给白居易的诗仅有两首：一为《早春与张十八博

---

① 孟棨撰：《本事诗》，丁福保辑：《历代诗话续编》，中华书局2006年版，第21页。

② 龚鹏程：《文化符号学：中国社会的肌理与文化法则》，世纪出版集团、上海人民出版社2009年版，第323页，注24。

士籍游杨尚书林亭，寄第三阁老，因寄白冯二阁老》，一为《同水部张员外曲江春游寄白二十二舍人》；而白居易写给韩愈的诗也仅有五首，即《久不见韩侍郎戏题四韵以寄之》《和韩侍郎苦雨》《和韩侍郎题杨舍人林池见寄》《酬韩侍郎张博士雨后游曲江林池见寄》《同韩侍郎游郑家池吟诗小饮》。就文章而言，二人却均无书信文字。据考证，二人这些诗歌均作于长庆元年与二年(821、822)之间①。也有论者认为白居易的《久不见韩侍郎戏题四韵以寄之》诗作于元和九年(814)，其余作品则均作于长庆一、二年②。从白居易诗题中的"韩侍郎"之语看，《久不见韩侍郎戏题四韵以寄之》也应作于长庆二年，因为韩愈长庆元年为兵部侍郎，次年又转吏部侍郎，而元和九年时，韩愈则任考功郎中知制诰，不可能称之为"韩侍郎"。白居易集中《思旧》一诗中所云"退之"，当从清人钱大昕之考证，其人为卫中立(字退之)，非指韩愈③。

韩、白在文学上对立的一个焦点就是二人对待李、杜的态度。白居易在《与元九书》中说："诗之豪者，世称李、杜。李之作，才矣！奇矣！人不逮矣！索其风雅比兴，十无一焉。杜诗最多，可传者千余首。至于贯穿古今，覙缕格律，尽工尽善，又过于李焉。然撮其《新安》《石壕》《潼关吏》《芦子关》《花门》之章，'朱门酒肉臭，路有冻死骨'之句，亦不过十三四。杜尚如此，况不迨杜者乎？仆常痛诗道崩坏，忽忽愤发，或废食辍寝，不量才力，欲扶起之。"④白氏从风雅比兴的角度，对李、杜诗的评价并不甚高。韩愈则云："李杜文章在，光焰万丈长。不知群儿愚，那用故谤伤？蚍蜉撼大树，可笑不自量！"⑤这种评论上的针对性是非常明显的。白居易的《与元九书》作于元和十年(815)，清人方世举《韩昌黎诗集编年笺注》据此将韩愈的《调张籍》诗系于该年⑥，并非无由。

在韩、白不相容的问题上，白居易倒是表现得较温和，姿态比较谦逊。他在《久不见韩侍郎戏题四韵以寄之》诗中写道："近来韩阁老，疏我我心知。户大嫌甜酒，才高笑小诗。静吟乘月夜，闲醉旷花时。还有愁同处，春风满鬓丝。"⑦意思是说，韩公有意疏远我，我是知道的。他酒量

① 刘国盈：《韩愈和白居易交流考》，《北京社会科学》1997年第1期。
② 邓新跃：《韩愈白居易文学交游考》，《中国韵文学刊》2000年第2期。
③ 钱大昕撰：《十驾斋养新录》卷16《卫中立字退之》条，上海书店1983年版。
④ 白居易：《与元九书》，《全唐文》卷675，中华书局1983年版，第6888页。
⑤ 韩愈：《调张籍》，《全唐诗》卷340，中华书局1960年版，第3814页。
⑥ 方世举：《韩昌黎诗集编年笺注》卷9，清乾隆二十三年卢见曾雅雨堂刻本。
⑦ 白居易：《久不见韩侍郎戏题四韵以寄之》，《全唐诗》卷442，中华书局1960年版，第4941页。

高，嫌我酒量小；他才气大，讥笑我的小诗不成气候，但我们其实也还是有着相同烦恼的。关于韩、白之酒量，我们顺便于此凿实：韩愈好饮酒，他在《芍药歌》中写道：“一尊春酒甘若饴，丈人此乐无人知。花前醉倒歌者谁，楚狂小子韩退之。”①其《遣兴》一诗也说“断送一生惟有酒”②。至于韩愈的酒量，白居易既然说他“户(一作量)大嫌甜酒”，想来酒量不小。白居易虽然也好饮③，但他曾言自己酒量较小，《醉后》诗中说：“酒后高歌且放狂，门前闲事莫思量。犹嫌小户长先醒，不得多时住醉乡。”④关于诗才，白居易说韩愈“才高笑小诗”，自含谦逊之意，但其中内涵尚须深辨，后文详之。

再看韩、白两派间其他人的文学之争。

首先看皇甫湜的撰碑之争。据高彦休《唐阙史》卷上《裴晋公大度》条记载：

> 皇甫郎中湜气貌刚质，为文古雅，恃才傲物，性复褊而直。……公讨淮西日，恩赐钜万，贮于集贤私第，公信浮屠教，且曰：“燎原之火，漂杵之诛，其无玉石俱焚者乎！”因尽舍讨叛所得，再修福先佛寺。危楼飞阁，琼砌璇题，就有日矣。将致书于秘监白乐天，请为刻珉之词。值正郎在座，忽发怒曰：“近舍某而远征白，信获戾于门下矣！且某之文，方白之作，自谓瑶琴宝瑟，而比之桑间濮上之音也。然何门不可以曳长裾，某自此请长揖而退。”⑤

皇甫湜后来争取到了撰写碑文的资格，并且索要颇丰。皇甫湜系韩愈门人，他所说的“某之文，方白之作，自谓瑶琴宝瑟，而比之桑间濮上之音也”，便是将自己的作品与白居易的作品做了个雅俗上的比较。裴度平淮西，时在元和十二年(817)，此事当在此年后不久。

其次再看李贺与元稹之间的不洽。康骈《剧谈录》卷下《元相国谒李贺》条记载：

> 元和中，进士李贺善为歌篇，韩文公深所知重，于缙绅之间每加

---

① 韩愈：《芍药歌》，《全唐诗》卷345，中华书局1960年版，第3869页。
② 韩愈：《遣兴》，《全唐诗》卷343，中华书局1960年版，第3852页。
③ 方勺《泊宅编》卷上载：“(白乐天)诗二千八百首，饮酒者九百首。”中华书局1983年版。
④ 《全唐诗》卷442，中华书局1999年版，第4953页。
⑤ 高彦休撰：《唐阙史》卷上，《唐五代笔记小说大观》，上海古籍出版社2000年版。

延誉，由此声华藉甚。时元相国稹年老，以明经擢第，亦攻篇什，常愿交结贺。一日，执贽造门，贺览刺不容，遽令仆者谓曰："明经擢第，何事来看李贺？"相国无复致情，惭愤而退。其后，左拾遗制策登科，日当要路。及为礼部郎中，因议贺父名讳"晋"，不合应进士举。贺亦以轻薄为时辈所排，遂致轗轲。文公惜其才，为著讳辩录明之，然竟不成事。①

就由于一次拜谒的不合，竟致后来睚眦相报，影响终身，对李贺而言，是得不偿失的。李贺受韩愈赏识，后来韩愈又为其作《讳辩》，自然是韩氏一派。

最后，再来看一下刘禹锡对韩愈的批评。韦绚《刘宾客嘉话录》载刘梦得语云：

韩十八愈，直是太轻薄。谓李二十六程曰："某与丞相崔大群同年往还，直是聪明过人。"李曰："何处是过人者？"韩曰："共愈往还二十余年，不曾共说著文章，此岂不是敏慧过人也？"②

刘禹锡这里的意思，当是指韩愈其人太刻薄，恃才凌人。而且就韩愈的名作《平淮西碑》，刘禹锡与柳宗元都曾有过评论，王谠《唐语林》卷二载：

柳八驳韩十八《平淮西碑》云："'左飧右粥'，何如我《平淮西雅》云'仰父俯子'。"禹锡曰："美宪宗俯下之道尽矣！"柳曰："韩碑兼有冒子，使我为之，便说用兵讨叛矣。"刘禹锡曰："韩碑柳雅，予诗云：'城中晨鸡喔喔鸣，城头鼓角声和平。'美李尚书愬之入蔡城也，须臾之间，贼都不觉。又诗落句言：'始知元和十二载，四海重见昇平时。'所以言十二载者，因以记淮西平之年。段相文昌重为淮西碑，碑头便曰：'韩弘为统，公武为将。'用左氏'栾书将中军，栾

① 康骈撰：《剧谈录》卷下，《唐五代笔记小说大观》，上海古籍出版社2000年版，第1497页。按，此事恐非实，朱自清《李贺年谱》、岑仲勉《唐史馀瀋》卷3《李贺与元稹》均有考证，参见程千帆《唐代进士行卷与文学》(上海古籍出版社1980年版，第7页)。然则此处非考较纪事之真伪，实关注的是其背后的文化现象，因为此事无论是否属实，既加之于元稹、李贺，更可观当时韩、白两派之对立也。

② 韦绚：《刘宾客嘉话录》，《唐五代笔记小说大观》，上海古籍出版社2000年版，第804页。

鏖佐之。'文势也甚善，亦是效班固《燕然碑》样，别是一家之美。①

其中，不仅谈到韩愈的《平淮西碑》不如柳宗元的《平淮西雅》，语意间甚至还流露出韩碑不如后出的段文昌之碑。以今日之眼光看来，刘禹锡的评论是带有偏见的。这种偏见源于韩愈与刘、柳的几段过结：一是贞元十九年冬(803)的韩愈之贬，韩氏对刘、柳的怀疑；二是顺帝即位(805)的大赦，韩愈却未被召回，对刘、柳的失望与怨恨；三是元和十年(815)，刘、柳分别从贬所召还，却未被征用，续贬远州，时韩愈为考功郎中知制诰②。

总体看来，因为韩愈及第较白居易要早八年，元稹又是明经出身，加以韩愈谏佛骨、平淮西、说叛兵之事功，其政治上的影响远大于元、白诸人，尤其在韩愈去世以前，韩氏友朋、门人在对待元、白时往往是自恃甚高的。但刘禹锡则是一个例外，首先，他与白居易的交往实际较晚些，二人的亲密接触基本上是在韩愈逝后，不能算作韩、白对立之成员；其次，刘禹锡及第仅较韩愈晚一年，早年亦曾与韩愈同在御史台，自身也有过参与永贞革新之经历，在政治地位上，并没有对待韩愈时的劣势感。所以，刘禹锡对韩愈之批评，更加属于私人间的情感，而与韩、白两派之间的对立关系无关。

韩、白两派的意气之争不是一个简单的"文人相轻"的问题，也不应仅仅是性格上的自负所造成的扞格不入。它不仅与两派成员的出身相关，也与他们对待儒学的态度有关，还涉及到他们对待干谒行为的态度分歧，及第、入仕路径的差异，以及由此而形成的价值观念上的冲突。

前文所引白居易《久不见韩侍郎戏题四韵以寄之》诗中，有句云"才高笑小诗"，自然是白居易的自谦之词。但白居易原本也是一位狷狂之人，他在《酬张十八访宿见赠》诗中曾说："我受狷介性，立为顽拙身"，可是他对韩愈并未表现出这一点。同是在酬张籍的这首诗中，他说："问其所与游，独言韩舍人。其次即及我，我愧非其伦。"其实，联系白居易作这首诗时韩、白二人的地位与成就，诗中之语也就好理解了。白居易作这首诗，时应在元和十年(815)初，当时方服除返京，门前车马冷稀，所来往的人只有元稹、张籍等少数至交，旧友张籍来访，于是写下这首诗。而当

---

① 王谠撰，周勋初点校：《唐语林校证》，中华书局1987年版，第137~139页。

② 刘禹锡、柳宗元与韩愈之交往，参见卞孝萱《刘禹锡与韩愈》，《四川师院学院》1983年第1期。

时韩愈已经倡复古、尊师道、论天旱、修实录，在德行、事功、文学诸方面均表现出卓越的成就，时又由考功郎中知制诰擢为中书舍人，与白居易当时的处境不可同日而语。所以，白氏写下“我愧非其伦”，虽然带些未遇的抑郁之感，但也并非虚言。

虽然同为文才出众的及第进士，但及第之路却也各有不同。有因德行、文章声名太盛而众望所归的，有文才卓越但不得不干谒求进的。韩、白两派之人的构成与此有关。

韩派诸人，对干谒躁进的侥幸之人是深恶痛绝的，他们不愿与之交，即使他确有文才。他们倒宁可与那些因未干谒而落第的文人往来，于是就可看到韩氏一派中，既有蹭蹬至50岁才及第的孟郊，又有早年为僧还俗后终为及第的贾岛，还有因名讳而不能应举的李贺。韩愈对这些人均很看重，反倒是对名噪一时的元、白诸人并无丝毫好感。论此事者众说纷纭，有言两派不同之文学观者，有从政治上态度来解释者，亦有从性格的自负来臆度者，均非探本之论。

以下就两派重要成员及第情况做一简要概述。

韩愈，贞元八年(792)进士及第，时年25岁。此前曾三次赴试①。其《感二鸟赋序》自述及第之事云：“选举于有司，与百十人偕进退，曾不得名荐书，齿下士于朝”，其《答崔立之书》又云：“及来京师，见有举进士者，人多贵之。仆诚乐之，就求其术。或出礼部所试赋、诗、策等以相示，仆以为可无学而能。因诣州县求举，有司者好恶出于其心，四举而后有成，亦未即得仕。”②可知，韩愈虽然有干谒之举，但他“齿下士于朝”，并未一意躁进，而“有司”的态度也是“好恶出于其心”，致令四举而后乃成。其行状由李翱所撰③，神道碑、墓志铭均由皇甫湜所撰④，逝后文集由李汉作序⑤。

孟郊，贞元十二年(796)进士及第，时年50岁⑥。此前不曾应举，是

① 徐松撰，赵守俨点校：《登科记考》，中华书局1984年版，第467页。
② 韩愈：《答崔立之书》，《全唐文》卷552，中华书局1983年版，第5586页。
③ 李翱：《故正议大夫行尚书吏部侍郎上柱国赐紫金鱼袋赠礼部尚书韩公行状》，《全唐文》卷639，中华书局1983年版，第6459页。
④ 皇甫湜：《韩愈神道碑》、《韩文公墓志铭》，《全唐文》卷687，中华书局1983年版，第7037、7039页。
⑤ 李汉：《唐吏部侍郎昌黎先生讳愈文集序》，《全唐文》卷744，中华书局1983年版，第7697页。
⑥ 徐松撰，赵守俨点校：《登科记考》，中华书局1984年版，第503页。

年，“以尊夫人命，来集京师，从进士试，既得即去。”①孟郊《同年春燕》诗云：“少年三十士，嘉会良在兹。高歌摇春风，醉舞摧花枝。意荡晼晚景，喜凝芳菲时。马迹攒騕褭，乐声韵参差。视听改旧趣，物象含新姿。红雨花上滴，绿烟柳际垂。淹中讲经义，南皮献清词。前贤与今人，千载为一期。明鉴有皎洁，澄玉无磷缁。永与沙泥别，各整云汉仪，盛气自中积，英名日四驰。塞鸿绝俦匹，海月难等夷。郁抑忽已尽，亲朋乐无涯。幽蘅发空曲，芳杜绵所思。浮迹自聚散，壮心谁别离。愿保金石志，无令有夺移。”其《擢第后东归书怀献座主吕侍御》诗亦曰：“昔岁辞亲泪，今为恋主泣。去住情难并，别离景易戢。夭矫大空鳞，曾为小泉蛰。幽意独沈时，震雷忽相及。神行既不宰，直致非所执。至运本遗功，轻生各自立。大君思此化，良佐自然集。宝镜无私光，时文有新习。慈视诚志就，贱子归情急。擢第谢灵台，牵衣出皇邑。行襟海日曙，逸抱江风入。蒹葭得波浪，芙蓉红岸湿。云寺势动摇，山钟韵嘘吸。旧游期再践，悬水得重挹。松萝虽可居，青紫终当拾。”则其登第未曾私谒，已可明证。其墓志铭由韩愈所撰(见前注)。

李翱，贞元十四年(798)进士及第，时年 27 岁，此前曾五次应举②。其《感知己赋》云：“贞元九年，翱始就州府之贡举人事。其九月，执文章一通，谒于右补阙安定梁君。是时梁君之誉塞天下，属词求进之士，奉文章造梁君门下者，盖无虚日，梁君知人之过也。亦既相见，遂于翱有相知之道焉。谓翱得古人之遗风，期翱之名不朽于无穷，许翱以拂拭吹嘘。翱初谓面相进也，亦未幸甚。十一月，梁君遘疾而殁。翱渐游于朋友公穷间，往往皆曰：“吾久籍子姓名于补阙梁君也。”翱乃知非面相进也。当时意谓先进者遇人特达，皆合有是心，亦未谓知己之难得也。梁君殁于兹五年，翱学圣人经籍教训文句之旨，而为文将数万言，愈昔年见于梁君之文，弗啻数倍。虽不敢同德于古人，然亦常无怍于中心。每岁试于礼部，连以文章罢黜，声光晦昧于时俗，人皆谓之固宜。然后知先进者遇人特达，亦不皆有是心也，方知知己之难得也。”③由此可知，李翱除向梁肃曾有过以文干谒的举动，也并未求他人荐举，致使“声光晦昧于时俗”，五次应举才得成功。翱之墓志、行状等今未见。

皇甫湜，元和元年(806)进士及第④。及第后，历陆浑县尉、工部郎

---

① 韩愈：《贞曜先生墓志铭》，《全唐文》卷 564，中华书局 1983 年版，第 5715 页。
② 徐松撰，赵守俨点校：《登科记考》，中华书局 1984 年版，第 518 页。
③ 李翱：《感知己赋并序》，《全唐文》卷 634，中华书局 1983 年版，第 6397 页。
④ 徐松撰，赵守俨点校：《登科记考》，中华书局 1984 年版，第 584 页。

中、东都判官等职。《新唐书》卷一七六有传，然仅记其为裴度撰碑事，知其性格较为褊直。元和三年(808)，应贤良方直言极谏策，皇甫湜与牛僧孺、李宗闵并登第三等①，因对策针砭时弊太甚，三人因此得罪，同时考策官杨于陵、韦贯之、李益及覆视官翰林学士裴垍等均因此被贬，湜之舅翰林学士王涯亦坐亲累被贬。史称三人之对策直切相国李吉甫之时政，由是揭牛李党争之开端，聊备一说②。皇甫湜的策文对现实之流弊批评相当激烈，其中有云："今宰相之进见亦有数，侍从之臣皆失其职"，又说："夫裔夷亏残之微，褊险之徒，皂隶之职，岂可使之掌王命、握兵柄，内膺腹心之寄，外当耳目之任乎?"③将皇帝身边的权宰、宦官均纳入批评之中。他甚至还对中代以还的君王也进行了批判："夫上古之君，躬率以正，轨度其信，恕己及物，自诚而明，此其所以其化如神，天下如截也。中代以还，则异乎此。"希望宪宗能够返乎古道。针对当时虚夸躁进之文人，皇甫湜在《答李生第二书》中描写道："近风教偷薄，进士尤甚，乃至有一谦三十年之说，争为虚张，以相高自谩。诗未有刘长卿一句，已呼阮籍为老兵矣；笔语未有骆宾王一字，已骂宋玉为罪人矣；书字未识偏傍，高谈稷契；读书未知句度，下视服郑。此时之大病，所当嫉者。"④而在《答刘敦质书》中，皇甫湜谈到自己应举，"三年而不遇有司"，并反思其原因，认为关键在于自己的不通人事、以古律今："退则惟其初未通人事。谓人之得失，或为在己，始求宾兴，眼中始无人，而心巉然，谓其天下公议可抵而掇也。律身以古人而不知时，凡所出行，动与今戾。"⑤对于委曲求进之人，他更是深恶痛绝："今之取进者，曲拳折人，非以为屈；疾趋卑拜，非以为冲。妄归听以拘录细计，骋门室之辨，钩色适之欲，以入其身。必见以为恭，低颜以为恶，且悦其所为容焉。"并说自己"理吾尽知之矣，然而未言；道吾尽知之矣，然而未行"。则皇甫湜对待干谒躁进文人之态度，略可知矣。湜之墓志等今亦未见。

由韩愈一派几位主要成员对待科举中干谒躁进与委曲求进文人的态

① 按，制举第三等即为甲科，又称敕头。详参傅璇琮《唐代科举与文学》，陕西人民出版社1986年版，第142页。

② 元和三年制举之始末，可参《旧唐书》卷148《裴垍传》及卷176《李宗闵传》，《新唐书》卷174《牛僧孺传》、卷179《王涯传》亦略记其事。今人傅璇琮并不认为此事揭牛李党争之序幕，参其所著《李德裕年谱》，齐鲁书社1984年版。

③ 皇甫湜：《对贤良方正极言直谏策》，《全唐文》卷685，中华书局1983年版，第7013～7019页，以下策文不再出注。

④ 皇甫湜：《答李生第二书》，《全唐文》卷685，中华书局1983年版，第7022页。

⑤ 皇甫湜：《答刘敦质书》，《全唐文》卷685，中华书局1983年版，第7023页。下引同。

度，可以看出，他们都是希望有司能以实才择人，而不愿凭疏通人事来取进，尽管他们也曾有过请求荐举的行为。那么，白氏一派如何呢？

白居易，贞元一十六年(800)进士及第，时年29岁。清人徐松《登科记考》卷14考之甚详，录如下：

白居易，旧书本传曰："居易字乐天，太原人，二十七举进士。贞元末，进士尚驰竞、不尚文，就中六籍尤摈落。礼部侍郎高郢始用经艺为进退，乐天一举擢上第。明年中，拔萃甲科，由是性习相近远、求玄珠、斩白蛇等赋洎百节判，新进士竞相传于京。"又曰："居易与元稹书曰：'十五六始知有进士，苦节读书。二十已来，昼课赋，夜课书，闲又课诗，不遑寝息矣。以至于口舌成疮，手肘成胝，既壮而肤革不丰盈，未老而齿发早衰白，瞀然如飞蝇垂珠在眸子中者，动以万数，盖以苦学力文之所致，又自悲矣。家贫多故，年二十七方从乡赋，既第之后，虽专于科试，亦不废诗。'"白居易《与陈给事书》云："正月日乡贡进士白居易遣家僮献书于给事，今礼部高侍郎为主司，则至公矣！而居易之文章可进也，可退也，窃不自知之。欲以进退之疑，取决于给事。"盖即此年正月也。又《箴言序》："贞元十有五年，天子命中书舍人渤海公领礼部贡举事。越明年春，居易以进士举，一上登第。"《白香山年谱》："十六年二月十四日，中书舍人高郢下第，四人登第。按乐天生于大历七年，是年二十九岁。"李璜旧谱据香山诗"此生知负少年春，不展愁眉欲三十"之语，以为乐天二十九犹未第，误也。《唐摭言》："白乐天省试《性习相近远赋》，携之谒李凉公逢吉。公时为校书郎，于时将他适，白遽造之，逢吉行携行看，初不以为意，及览赋头曰：'噫！下自人，上达君，咸德以慎立，而性由习分。'逢吉大奇之，遂写二十馀本，其日十七本都出。"白居易《及第后归觐留别诸同年》诗："十年常苦学，一上谬成名。擢第未为贵，贺亲方始荣。时辈六七人，送我出帝城。轩车动行色，丝管举离声。得意减离恨，半酣轻远程。翩翩马蹄疾，春日归乡情。"又《东都冬日会诸同年宴郑家林亭》诗："盛时陪上第，暇日会群贤。折桂应同树，莺迁各异年。宾阶纷组佩，伎席俨花钿。促膝齐荣贱，差肩次后先。助歌林下水，销雪酒中天。他日升沈者，无忘共此筵。"①

再来看白居易之家世，《旧唐书》卷166本传载："北齐五兵尚书建之仍孙。建生士通，皇朝利州都督。士通生志善，尚衣奉御。志善生温，检校都官郎中。温生锽，历酸枣、巩二县令。锽生季庚，建中初为彭城

① 徐松撰，赵守俨点校：《登科记考》，中华书局1984年版，第531~532页。

令。……自锽至季庚，世敦儒业，皆以明经出身。季庚生居易。初，建立功于高齐，赐田于韩城，子孙家焉，遂移籍同州。至温徙于下邽，公为下邽人焉。”本传又云：“年十五六时，袖文一编，投著作郎吴人顾况。况能文，而性浮薄，后进文章无可意者。览居易文，不觉迎门礼遇曰：‘吾谓斯文遂绝，复得吾子矣。’”张固《幽闲鼓吹》云其呈顾况之诗乃白氏名作《赋得古草原送别》①。

观此，则知白居易出生于一没落官宦之家，其苦学是实，且一举及第。白氏治学之勤奋、才华之卓越，固然不假，然观其十五六即以文求进之事，则其求取之切，自不必言。且其及第后得意之态亦现于上引诗文之中，其急切轻躁之性，略约可见。白居易之墓志，有自撰之《醉吟先生墓志铭》，今世亦有疑其为伪作者②；另有李商隐所撰白氏墓志③。

元稹，贞元九年(793)明经及第，时年15岁④。元稹《自叙》云：“年十有五，得明经出身。由是苦心为文，夙夜强学。年二十四，登吏部乙科，授校书郎。年二十八，蒙制举首选，授左拾遗。始自为学，至于升朝，无朋友为臣吹嘘，无亲戚为臣援庇。莫非苦己，实不因人，独立性成，遂无交结。”⑤又《旧唐书》卷164《王起传》云：“长庆元年，迁礼部侍郎。其年，钱徽掌贡士，为朝臣请托，人以为滥。诏起与同职白居易覆式，覆落者多。徽贬官，起遂代徽为礼部侍郎，掌贡二年，得士尤精。先是，贡举猥滥，势门子弟，交相酬酢，寒门俊造，十弃六七。及元稹、李绅在翰林，深怒其事，故有覆试之科。”⑥由这两条材料可知，元稹其人出身寒微，登朝之际，无朋友吹嘘，无亲戚援庇。而且他对于势门弟子交相酬酢的行为是非常反感的。但观其本传，他的每次擢升，总会引来朝中士大夫的轻视与讪笑。比如长庆初年，他因崔潭峻的引荐从南宫散郎转祠部郎中知制诰，“朝廷以书命不由相府，甚鄙之”，但后来由于他“辞诰所出，琼然与古为侔，遂盛传于代”；又如长庆二年，穆宗诏拜其平章事，“诏下之日，朝野无不轻笑之。”后来，被人诬告欲刺宰相裴度，他与度同贬之时，朝中谏官又言“责度太重，稹太轻”。元稹之不被人所重，一个重要的原因就是他不是进士及第，尽管他后来制举中曾对策第一，也无法

① 丁如明等校点：《唐五代笔记小说大观》，上海古籍出版社2000年版，第1450页。
② 今人岑仲勉有《白集醉吟先生墓志铭存疑》，《历史语言研究所集刊》第9本，1947年。
③ 李商隐：《刑部尚书致仕赠尚书右仆射太原白公墓碑铭》，《全唐文》卷780，中华书局1983年版，第8145页。
④ 徐松撰，赵守俨点校：《登科记考》，中华书局1984年版，第482页。
⑤ 刘昫等撰：《旧唐书》卷166《元稹传》引，中华书局1975年版，第4334页。
⑥ 刘昫等撰：《旧唐书》卷164《王起传》，中华书局1975年版，第4278页。

弥补这样一种缺憾。康骈《剧谈录》卷下《元相国谒李贺》条所载之事，便很好地说明了这一点。元稹之墓志为白居易所撰①。

李公佐，生卒年与举进士之年均不详。与白行简友善。二人均著有传奇小说，李公佐著《南柯太守传》，白行简则著《李娃传》。而唐人志怪传奇原本多为干谒行卷之作②。

综合以上二派主要成员的登科情况来看，基本上韩氏一派对行卷之事不太热衷(即使有，也仅限于一般性地投递诗文)，并非干谒躁进之人；而白派中人，除元稹有材料可知其反对请托外(但其又为明经出身)，其余如白居易、白行简、李公佐等人，均难脱干谒躁进之嫌疑，尽管该派中人不乏才华。当然，韩、白两派之间的隔膜，主要还在于韩孟一派不仅重文，同时也更重视儒家的追求，而元白一派则是专意于文、以文为尚的旨趣更多些。

此外，唐代科举的产生与发展，使文人群体出现分化，一类是仍残留着世族高贵观念的世族文人；一类则是凭借一己之才力得以名噪一时的文学新进，包括新进的进士。韩、白两派之分歧，实开后来牛、李两党纷争之先兆，由此而萌发的世族文人与新进文人之间的意气之争，是唐代中后期所特有的一种文化现象，也是考察与认识唐代文学的一个重要角度。

曹丕不仅说过“文人相轻，自古而然”，同时他还指出：

> 夫人善于自见，而文非一体；鲜能备善，是以各以所长，相轻所短。里语曰：‘家有弊(敝)帚，享之千金。’斯不自见之患也。③

虽然已经放宽了眼界，评述公允，但其着眼点仍只限于文人关于文章认识的比较。可是事实上，文人之间的彼此相轻，很多时候却是意气之争，与文章本身的高低没有太大关系。其起因或者出于自身利益的考虑，如陆贽之于于公异；或者出于才情的自负与炫耀，如张祜之于徐凝、白居易；或者出于处世态度的不同，如韩、孟之于元、白，然后才由这些诗文以外的因素而及于文章上的诋毁。在后人看来，较量的双方往往在诗文才情上，

---

① 白居易：《唐故武昌军节度处置等使正议大夫检校户部尚书鄂州刺史兼御史大夫赐紫金鱼袋赠尚书右仆射河南元公墓志铭》，《全唐文》卷679，中华书局1983年版，第6945页。

② 陈寅恪：《元白诗笺证稿》第1章《长恨歌》(三联书店2001年版，第4页)；程千帆：《唐代进士行卷与文学》(上海古籍出版社1980年版，第7页)。

③ 曹丕：《典论·论文》，萧统编，李善注：《文选》卷52，上海古籍出版社1986年版，第2270页。

并无轩轾，只是当时的处境以及他们的态度造成他们的不和与对立。

三、唐代文人的文章不朽观念辨析

近人刘师培云：

> 以文学特立一科者，自刘宋始。考之史籍，则宋文帝时，于儒学、玄学、史学三馆外，别立文学馆。①

由于上层统治者的持续提倡，经宋、齐、梁、陈、隋之后，至唐代时，世人于文学之崇好日重。在这种极盛的崇文风气下，唐五代时期便有不少著名文人抒发了自己对文章与传世关系的理解。有些文人，重视文章对于道、义、理的传达功效，认为文章借助于传达道、义而可以不朽；有一些文人则认为天地之间，唯有文章才是传世不朽的，其他的一切事物，包括王霸之业、富贵繁华等，皆不过是虚妄。宋之问在《祭杨盈川文》开篇即云：

> 自古皆死，不朽者文！②

这是对文章不朽的带有宣言性质的论断。他的这一论断固然有不确切处，但已反映出唐代文人在崇文风气之下对于不朽的最新理解。曹丕的"文章不朽"论虽然倡明了文章作为经国之大业的崇高，但却并未否定事功的决定性作用，否则他也不会与自己的兄弟曹植有王位之争了。宋之问的断语，却完全否定了其他方面不朽的可能，是一种对曹丕言论在揭示文学重要性方面的发展。有唐一代，类似宋之问的这种论述，并不鲜见。如于邵《华阳属和集序》曰：

> 游、夏登科于孔门，独擅文学。虽风流万古而不易者，文乎哉！③

借子游、子夏之擅文而风流万古，以言文学有传世不朽中所具有的"不

---

① 刘师培：《中国中古文学史》，人民文学出版社1959年版，第70页。
② 宋之问：《祭杨盈川文》，《全唐文》卷241，中华书局1983年版，第2440页。
③ 于邵：《华阳属和集序》，《全唐文》卷427，中华书局1983年版，第4347页。

易”地位。于邵其人，《旧唐书》卷一三七有传，称其书判超绝于时，德宗时曾执掌朝中诏令，与陆贽不谐①。其他如李白所说“屈平词赋悬日月，楚王台榭空山丘”②亦可视为推崇辞章的名句。五代词人牛希济《文章论》中也说：

君子以言可教于人，谓之文。垂是非于千载，殁而不朽者，唯君子之文而已。③

这些诗文均表现出唐代文人所具有的不同于前人所言“三不朽”的独特之处。

唐代文人也有直接受司马迁著书传世的影响，在获罪之时，乞求能以文集存世而希望不朽的。如张鷟在《陈情表》中说道：

臣平生好学，颇爱文章，虽不逮于词人，滥流传于视草。近来撰集诗、赋、表记等若干卷，编集拟进，缮写未周，负谴明时，方从极典。恐士衡止息，华亭之唳不闻；嵇康顾影，广陵之音永绝。缺简零落，抱痛幽泉。昔司马迁请就腐刑，以终《史记》，汉武帝愍其至恳，矜而许之。伏愿陛下遂臣万请之心，宽臣百日之命，集录缮写，奉进阙庭，微愿获申，就死无恨。④

按，张鷟，《旧唐书》卷149、《新唐书》卷161《张荐传》附有传，张荐为其孙。《旧唐书》传云：

鷟，字文成，聪警绝伦，书无不览。为儿童时，梦紫色大鸟，五彩成文，降于家庭。其祖谓之曰，“五色赤文，凤也；紫文，鸑鷟也，为凤之佐，吾儿当此文章瑞于明廷”，因以为名字。初登进士第，对策尤工，考功员外郎謇味道赏之曰：“如此生，天下无双矣!”调授岐王府参军。又应下笔成章及才高位下、词标文苑等科。鷟凡应八举，皆登甲科。再授长安尉，迁鸿胪丞。凡四参选，判策为铨府之最。员外郎员半千谓人曰：“张子之文如青钱，万简选中，未闻退

---

① 刘昫等撰：《旧唐书》卷137，中华书局1975年版，第3766页。
② 李白：《江上吟》，《全唐诗》卷166，中华书局1960年版，第1715页。
③ 牛希济：《文章论》，《全唐文》卷845，中华书局1983年版，第8877页。
④ 张鷟：《陈情表》，《全唐文》卷172，中华书局1983年版，第1749页。

时。”时流重之，目为“青钱学士”。然性褊躁，不持士行，尤为端士所恶，姚崇甚薄之。开元初，澄正风俗，鷟为御史李全交所纠，言鷟语多讥刺时，坐贬岭南。刑部尚书李日知奏论，乃追敕移于近处。开元中，入为司门员外郎，卒。

鷟下笔敏速，著述尤多，言颇诙谐。是时天下知名，无贤不肖，皆记诵其文。天后朝，中使马仙童陷默啜，默啜谓仙童曰：“张文成在否?”曰：“近自御史贬官。”默啜曰：“国有此人而不用，汉无能为也。”新罗、日本东夷诸蕃，尤重其文，每遣使入朝，必重出金贝以购其文，其才名远播如此。①

《新唐书》本传称其进士及第在调露初(679)，则生年当在公元660年左右。张鷟是有唐一代较早具有文章传世意识的文人，其人又因性格褊躁、不持士行而偃蹇不遇，连本传都是附在其孙张荐传之后，可见其在修史者心中卑微之地位。张鷟是位典型的词士文人，故将其文、其传俱列于上。其《陈情表》述存文之意甚切，正如他自己所言，与司马迁述苟存以著《史记》之旨同，可观其自觉的文章传世意识。而其传述其一生的传奇故事，皆与文有关，从其得名“鷟”、謇味道之叹赏、员半千之称赞、默啜之惋惜，以及新罗、日本重金购其文，展示出张鷟在当时的文名之盛。

中唐文人更多以文学为重之人，以韩愈为例，《旧唐书》本传即称他有以文学自振之意：

大历、贞元之间，文士多尚古学，效杨雄、董仲舒之述作，而独孤及、梁肃最称渊奥，儒林推重。愈从其徒游，锐意钻仰，欲自振于一代。②

不仅韩愈如此，当时的文人如白居易等人也莫不如此。

杜牧的《答庄充书》中有一段话，揭示了文人不遇时寄志于言(文)以求遇知己于后世的心理，其文曰：

古者其身不遇于世，寄志于言，求言遇于后世也。自两汉以来，

① 刘昫等撰：《旧唐书》卷149《张荐传》附(中华书局1975年版，第4023页)。按，张荐乃其孙，以精于史传著名，德宗朝常任史馆编撰。

② 刘昫等撰：《旧唐书》卷160，中华书局1975年版，第4195页。

富贵者千百，自今观之，声势光明，孰若马迁、相如、贾谊、刘向、扬雄之徒。斯人也，岂求知于当世哉！故亲见扬子云著书，欲取覆酱瓿，雄当其时亦未尝自有夸目。①

他所举司马迁、司马相如诸人，均为以著作传世之文人，所以，他所说的求遇于后世，实际正是借助文章而不朽。

第四节 诉情：泄导情志与文学传播意识

诉诸情感的文学传播意识源于屈、宋以来的离骚传统。《汉书》卷30《艺文志》曰：

春秋之后，周道浸坏，聘问歌咏不行于列国，学《诗》之士逸在布衣，而贤人失志之赋作矣。大儒孙卿及楚臣屈原离谗忧国，皆作赋以风，咸有恻隐古诗之义。②

由于作者往往只是为了一吐胸中块垒，或是怀念亲人友朋，不太考虑是否会被人所知，这种创作心态下的文人，当时的传播意识最为淡薄。或者另有一些闲适的、游戏的文学创作，它既可能因为具备传播意识而炫耀才华，也可能只是作为消遣而无所谓传与不传。白居易《与元九书》曰：

与足下小通，则以诗相戒。小穷，则以诗相勉。索居，则以诗相慰。同处，则以诗相娱。③

这段话很好地道出了诗歌在诗人通达、穷愁、独处、群聚时所具有的警戒、勉励、慰藉、娱乐的功能。不同生活状态下，文学虽然可能具有不同的应用功能，但由于文学中情感因素的存在，也表现出文人在穷通之际不同的传播意识。

① 《全唐文》卷751，中华书局1983年版，第7783页。
② 班固撰，颜师古注：《汉书》，中华书局1962年版，第1756页。
③ 白居易：《与元九书》，《全唐文》卷675，中华书局1983年版，第6888页。

一、娱情：聊以自适、雅集娱宾与感于斯文

文学具有娱情的功能。无论是闲暇时的自我排遣，还是宴会雅集上的咏唱清吟，又或是修禊等风俗活动中的生死哀乐之感，皆含娱情释怀之意。

（一）个人余暇与聊以自适

文人闲居之余暇，往往处在一种较为放松的心情下，有所谓“碧天秋霁，风琴夜弹，良朋合坐，茶茗间进……就闲窗或屏风间，曲肱岸帻，怡然自处”①之类的散淡与潇洒。在这种心态下进行创作，任意纵诞，为欢愉助兴，或以排遣郁闷。陶渊明《饮酒十二首序》云：

> 余闲居寡欢，兼比夜已长，偶有名酒，无夕不饮。顾影独尽，忽焉复醉，既醉之后，辄题数句自娱。纸墨遂多，辞无诠次，聊命故人书之，以为欢笑尔。②

闲居寡欢、夜长难寐固然是促成他创作《饮酒》诗的主要原因，但如果没有“以文自娱”的心态，也是不可能写得出来的。

白居易诗云：“平生闲境界，尽在五言中。”③讲得是文学对于自己闲适生活的记录作用。如果反过来理解，也就是说，可以通过白居易的那些“闲适诗”来了解他当时的闲暇生活，如此，则文学无疑具有倾诉自我情感的传播功能。可是，这也可能仅仅是后之览者的刻意追附，对于当时的作者而言，闲暇时的情怀抒写，只是一种“聊以自适”的休闲方式，原本无所谓传播的范围与流传的久远，是一种传播意识极为淡薄的创作状态。如韩愈在《送穷文》中曾自嘲有五穷：智穷、学穷、文穷、命穷、交穷，谈及文穷时说：

> 其次曰文穷：不专一能，怪怪奇奇，不可时施，祇以自嬉。④

可见，退之于文学，“明道”之外，又另有“自嬉”之意在。可施于时，则

---

① 萧颖士：《赠韦司业书》语，《全唐文》卷323，中华书局1983年版，第3277页。
② 陶渊明：《饮酒十二首序》，逯钦立校注《陶渊明集》，中华书局1982年版，第86页。
③ 白居易：《偶题阁下厅》，《全唐诗》卷442，中华书局1960年版，第4941页。
④ 韩愈：《送穷文》，《全唐文》卷557，中华书局1983年版，第5640页。

以明道，如《原道》、《师说》；不可施于时，则以自嬉，如《毛颖传》《送穷文》。

如果说这种“不可时施”的心理，还多少有些出于被斥逐时的骚怨，那么另有一类则纯粹是出于自我娱情的需要了。如唐宣宗大中三年(849)，诗人许浑因病东归丹阳(今属江苏)丁卯涧村。在第二年，因闲居无事，于是便着手编辑自己的新旧作品，其意不求为世人所知，只为自得其乐。他在《乌丝阑诗自序》中写道：

> 大中三年，守监察御史。抱疾不任朝谒，坚乞东归。明年少间，端居多暇，因编集新旧五百篇，置于几案间。聊用自适，非求知之志也。①

许浑其人，《唐才子传》卷7有传，传中云：“浑乐林泉，亦慷慨悲歌之士。登高怀古，已见壮心，故为格调豪丽，犹强弩初张，牙浅弦急，俱无留意耳。”又说他曾“诵孙绰古赋，傲然有思归之想，志存不朽”②。可是，许浑的“不朽”追求，无疑是一种“长生”上的追求，并非精神上的传世不朽。这不仅从上面的自序所云“非求知之志”可知，且据谭优学考证，辛文房说许浑“志存不朽”等语，应是据许浑《早发天台中岩寺度关岭至(一作次)天姥岑》一诗而来，诗云：“来往天台天姥间，欲求真诀驻衰颜。星河半落岩前寺，云雾初开岭上关。丹壑树多风浩浩，碧溪苔浅水潺潺。可知刘阮逢人处，行尽深山又是山。”既然是“欲求真诀驻衰颜”，则其“志存不朽”自然只是一种成仙的渴望。所以，许浑的编集五百篇之举，并非为求作品的传世，确实如他自己所说，“聊用自适”而已。

再如韦縠《才调集序》曰：

> 或闲窗展卷，或月榭行吟，韵高而桂魄争光，词丽而春色斗美。但贵自乐所好，岂敢垂诸后昆。③

亦是闲暇为文的心态。可见，以文自嬉、自适、自乐，不求垂名后世的想法，还是较为普遍的一种现象。

---

① 许浑：《乌丝阑诗自序》，《全唐文》卷760，中华书局1983年版，第7903页。

② 辛文房撰，傅璇琮等校注：《唐才子传校笺》第3册卷7，中华书局1990年版，第241页。按，《许浑传》一文由谭优学考证，后文所引，亦据此书。

③ 韦縠：《才调集序》，《全唐文》卷891，中华书局1983年版，第9305页。

又有因旅途之中的山川之美，结合个人的闲适心情有感而发，创作诗文“以宣行唱”的。如高宗总章二年(669)五月间，诗人王勃由长安入蜀中，一路上经过褒斜关之隘道，岷峨山之绝径，还有幽深翠碧的陵谷，弥月而至。在烟霞风月、山川美景的感召下，王勃于是写成“入蜀纪行”诗三十首，并公之于众，以传播自己沿途的心理感受与山川的秀美。他在《入蜀纪行诗序》中说道：

> 躬览胜事，足践灵区。烟霞为朝夕之资，风月得林泉之助？嗟乎！山川之感召多矣，余能无情哉？爰成文律，用宣行唱，编为三十首，投诸好事焉。①

可惜王勃并未将这些“入蜀纪行诗”编集后多抄几本，今《全唐诗》中存王勃诗82首，竟不知有没有当时所编30首入蜀诗中的诗篇。清人蒋清翊所注《王子安集》，蜀中诗亦未过20首②。故王勃的“用宣行唱”之意，恐怕也只能在当时有所反映，千百年后的今天已经无从体会了。

(二)雅集娱宾与斯文不坠

文学具有娱情佐欢的作用，宴集吟咏是其中尤为频繁的一种表现方式。文人宴集，作诗吟咏以抒写怀抱情感，并非唐代才有。汉武帝时，东方朔、枚皋等文人便被以倡优蓄之，每有宴集，便命作赋以述之。建安文人也多有“狎池苑”“叙酣宴”之行为③，成为与歌舞相并列的不可或缺的宴集活动。曹植《娱宾赋》便说：“办中厨之丰膳兮，作齐郑之妍倡。文人骋其妙说兮，飞轻翰而成章。”④曹丕《与吴质书》亦云：“每至觞酌流行，丝竹并奏，酒酣耳热，仰而赋诗。”⑤《世说新语》中也载有许多东晋文人宴集咏诗的场景，兹举一例：

> 支道林、许、谢盛德，共集王家。谢顾谓诸人：“今日可谓彦会，时既不可留，此集固亦难常。当共言咏，以写其怀。”许便问主

① 王勃：《入蜀纪行诗序》，《全唐文》卷180，中华书局1983年版，第1833页。
② 王勃著，蒋清翊注：《王子安集》，上海古籍出版社1995年版。另参见张志烈：《初唐四杰年谱》，巴蜀书社1993年版。
③ 刘勰著，范文澜注：《文心雕龙注》卷2《明诗》，人民文学出版社1958年版，第66页。
④ 曹植：《娱宾赋》，徐坚等编纂：《初学记》卷14，中华书局1962年版，第349页。
⑤ 曹丕：《与吴质书》，萧统编，李善注：《文选》卷42，上海古籍出版社1986年版，第1897页。

人有《庄子》不？正得《渔父》一篇。谢看题，便各使四坐通。支道林先通，作七百许语，叙致精丽，才藻奇拔，众咸称善。①

文学这种娱情佐欢的性质也同样被唐代文人所继承，它不仅表现在上层的华宴之中，即使在一般的宴集之上，也成为不可缺少的一种仪式。如王勃《越州秋日宴山亭序》曰：

琴樽远契，必兆联于佳辰；风月高情，每留连于胜地？是以东山可望，林泉生谢客之文；南国多才，江山助屈平之气。②

此句尚有些辞过其理，过于隐晦。杨炯《李舍人山亭诗序》则言之甚明：

百年无几，万事徒劳。唯谈笑可以遣平生，唯文词可以陈心赏。既因良会，咸请赋诗。虽向之所欢，已为陈迹；俾千载之下，感于斯文。③

说“万事徒劳”，唯有“文词可以陈心赏”，固然偏执，但于文人之心思，却是直接的表白。这种欲求“千载之下，感于斯文”的心理，正是文人传世意识的表现，也经常出现在他们的宴集文字中。如吴少微《冬日洛下登楼宴序》亦曰：

取乐文翰，不孤风景。置旨酒，命群公，列坐层楼，观望天地。烟霞咫尺，在右娱宾；山水凄清，纵横在目。其时既晚，其日将阑，度北牖之凉风，下南端之白石。览物增思，游子多怀，乃眷斯文，期乎不坠云尔。④

期望“斯文不坠”之意，也是非常明显的。其他如宋之问《春游宴兵部韦员外韦曲庄序》所云“佳辰行乐，安可无述？文在兹乎”⑤，亦是此意，余者不再赘引。

① 刘义庆著，徐震堮校注：《世说新语校笺》，中华书局1984年版，第129~130页。
② 《全唐文》卷181，中华书局1983年版，第1842页。
③ 《全唐文》卷191，中华书局1983年版，第1926页。
④ 《全唐文》卷235，中华书局1983年版，第2378页。
⑤ 《全唐文》卷241，中华书局1983年版，第2437页。

文人雅集中的诗文吟唱，固然是他们闲适余暇之时的消遣，但如果文人间彼此刻意炫才、斗才，更会表现出强烈的传播意识。如白居易《宿张云举院》诗云：

不食胡麻饭，杯中自得仙。隔房招好客，可室致芳筵。美酝香醪嫩，时新异果鲜。夜深唯畏晓，坐稳不思眠。棋罢嫌无敌，诗成愧在前。明朝题壁上，谁得众人传。①

诗中所说“明朝题壁上，谁得众人传”，明显带有较量的心思。

如果唱和文人皆一时之“闻人”，其唱和之诗文，往往能引起极大的轰动。以下将以韩愈《韦侍讲〈盛山十二诗〉序》所言唱和之事为例考论之，先观原文如下：

韦侯昔以考功副郎守盛山。人谓韦侯美士，考功显曹，盛山僻郡，夺所宜处，纳之恶地，以枉其材，韦侯将怨且不释矣。或曰：“不然。夫得利则跃跃以喜，不利则戚戚以泣，若不可生者，岂韦侯谓哉？韦侯读六艺之文，以探周公、孔子之意，又妙能为辞章，可谓儒者。夫儒者之于患难，苟非其自取之，其拒而不受于怀也，若筑河隄以障屋霤；其容而消之也，若水之于海，冰之于夏日；其玩而忘之以文辞也，若奏金石以破蟋蟀之鸣，虫飞之声。况一不快于考功、盛山一出入息之间哉！”未几，果有以韦侯所为十二诗遗余者，其意方且以入谿谷，上岩石，追逐云月，不足日为事。读而歌咏之，令人欲弃百事往而与之游，不知其出于巴东以属朐䏰也。于时应而和者凡十人。及此年，韦侯为中书舍人，侍讲六经禁中(处厚)，和者通州元司马(稹)为宰相，洋州许使君(康佐)为京兆，忠州白使君(居易)为中书舍人，李使君(景俭)为谏议大夫，黔府严中丞为秘书监，温司马(造)为起居舍人，皆集阙下。于是《盛山十二诗》与其和者，大行于时，联为大卷，家有之焉；慕而为者，将日益多，则分为别卷。韦侯俾余题其首。②

---

① 白居易《宿张云举院》，《全唐诗》卷462，中华书局1960年版，第5260页。

② 《全唐文》卷556，中华书局1983年版，第5630页。又据马其昶校注《韩昌黎文集校注》(上海古籍出版社1987年版，第290页)中云，“黔府严中丞”为“严謩”(第292页)。

考《新唐书》卷 142《韦处厚传》，宪宗元和年间，处厚“历考功员外郎”，后来“坐与宰相韦贯之善，出开州刺史”；穆宗即位后，为翰林侍讲学士，不久因著成《六经法言》而上，帝称善，擢为中书舍人①。据《旧唐书》卷 15《宪宗本纪下》，知韦处厚被贬开州，时在元和十一年(816)九月；据《旧唐书》卷 16《穆宗本纪》，知处厚于长庆二年(822)四月因进《六经法言》改中书舍人②。因白居易于该年七月十四日出为杭州刺史③，则知韩愈此文所述之事，当在长庆二年五六月间。

对于上段文字，可以从两个方面来理解其内容：一是儒家文人在患难之际的立身行事。文中谈到儒者对待患难的三种态度。第一种，“苟非其自取之，拒而不受于怀”，即能够不为患难所左右，有造次颠沛必于是之意；第二种，要能够以宽大的胸怀来消解忧愁，“其容而消之也，若水之于海，冰之于夏”；第三种，即“玩而忘之以文辞”，这正是一种以文学娱情排遣的心理。二是当时与韦处厚唱和的诸位文人及其诗文，以及这次唱和的传播盛况。文人之唱和，往往因为创作者的身份、地位不同而有所差异，文才卓越、地位显赫的文人，其相互间的唱和便极易传唱一时，但其是否能传之久远，仍然取决于诗文本身的品质。比如，这次关于韦处厚诗文的唱和，当时虽然大行一时，但从长远来看，远不及元、白贬谪期间的唱和在文学史上的影响。

(三)修禊：从祓除灾祸到感于斯文

在宴集中，还有一类非常特别的文人雅集形式，就是三月三日(又称上巳)的禊饮。如东晋穆帝永和九年(353)三月三日的兰亭雅集，由于有王羲之、谢安、许绰、支道林等人的参与，更因为书法名作《兰亭集叙》的诞生，成为中国文化史上极为著名的一次文人集会。

三月三日的修禊风俗始于何时呢？据《艺文类聚》卷 4《岁时部中》引《续齐谐记》记载了晋武帝与挚虞、束皙关于此事的讨论：

> 晋武帝问尚书郎挚虞曰：“三日曲水，其义何指?”(挚)答曰：

---

① 欧阳修、宋祁撰：《新唐书》卷 142，中华书局 1975 年版，第 4674 页。

② 刘昫等撰：《旧唐书》卷 15(第 457 页)、卷 16(第 497 页)。《穆宗本纪》载李景俭从建州刺史任复官谏议大夫在长庆元年八月。

③ 白居易：《杭州刺史谢上表》，《全唐文》卷 666，中华书局 1983 年版，第 6773 页。另参见[日]芳村弘道：《白居易杭州刺史转任考》，《唐代文学研究(第六辑)——中国唐代文学学会第七届年会暨唐代文学国际学术讨论会论文集》，1994 年。

“汉章帝时，平原徐肇，以三月初生三女，至三日俱亡，一村以为怪，乃相携之水滨盥洗，遂因水以汎觞，曲水之义起于此。”帝曰：“若如所谈，便非好事。”尚书郎束晳曰：“仲洽小生，不足以知此，臣请说其始。昔周公城洛邑，因流水以汎酒，故逸诗云，‘羽觞随波’。又秦昭王三日置酒河曲，见有金人出，奉水心剑曰：‘令君制有西夏’，及秦霸诸侯，乃因此处立为曲水祠。二汉相缘，皆为盛集。”帝曰：“善，赐金五十斤，左迁仲洽为阳城令。”①

挚虞并非腹俭之人，其所言徐肇三女早夭之事，应有所本，当非杜撰。但三月三日的习俗由来，恐怕还是束晳所说周公事更为合理②，因秦昭王时已于三月三日置酒河曲，说明汉代之前，已有与三月三日修禊之事相关的活动了。应劭《风俗通》云：“按周礼，女巫掌岁时，以祓除疾病。禊者，洁也……故于水上盥洁之也。巳者，祉也，邪疾已去，祈介祉也。”③又《韩诗》曰：“三月桃花水之时，郑国之俗，三月上巳，于溱洧两水之上，执兰招魂续魄，祓除不祥。”④应劭《风俗通》既然引《周礼》以证，则束晳所云“(周公)因流水以泛酒”、“羽觞随波”等事，堪称有本有据。而《论语·先进》所载曾晳语“暮春者，春服既成，冠者五、六人，童子六、七人，浴乎沂，风乎舞雩，咏而归”⑤，更可说明晚周暮春时节可能已经存在的洁身之礼。至于《韩诗》所言郑国之俗，当亦沿“周公城洛邑”时所创之礼。《诗经·溱洧》篇曰：

溱与洧，方涣涣兮。士与女，方秉蕑兮。女曰：“观乎?”士曰：“既且。”“且往观乎，洧之外，洵訏且乐。”维士与女，伊其相谑，赠之以勺药。

溱与洧，浏其清矣。士与女，殷其盈矣。女曰：“观乎?”士曰：“既且。”“且往观乎，洧之外，洵訏且乐。”维士与女，伊其将谑，赠之以勺药。⑥

---

① 欧阳询等编纂：《艺文类聚》，上海古籍出版社1965年版，第63页。
② 宋之问《三月三日奉使凉宫雨中禊饮序》亦云：“三月上巳，有祓除禊饮者，成俗久矣。挚虞对而不经，束晳言而有礼。”《全唐文》卷241，中华书局1983年版，第2435页。
③ 应劭撰，王利器校注：《风俗通义校注》，中华书局1981年版，第382页。
④ 欧阳询等编纂：《艺文类聚》卷4《岁时中》所引，上海古籍出版社1965年版，第62页。
⑤ 《论语·先进》，朱熹：《四书章句集注》，中华书局1983年版，第130页。
⑥ 《诗经·郑风》，阮元校刻：《十三经注疏》，中华书局1980年版，第346页下。

诗中所写，也与后来三月三的习俗相去并不太远。唐人萧颖士言“禊”云：

> 禊，逸礼也，《郑风》有之。盖取诸勾萌发达，阳景敷煦。握芳兰，临清川，乘和蠲洁，用徼介祉，厥义存矣。晋氏中朝，始参燕胥之乐。江右宋齐，又间以文咏。风流遂远，郁为盛集焉。①

述其事本末，可谓简洁而精当。

三月上巳的习俗既然有“礼”可循，又有那么多的风雅情事，于是渐渐也成为文人们雅集的一个节日，唐代便有不少与上巳日有关的诗文，较著名的如杜甫的《丽人行》中所写“三月三日天气新，长安水边多丽人”的绮丽景象。又如宋之问的《三月三日奉使凉宫雨中禊饮序》②《上巳泛舟昆明池宴宗主簿席序》③《三月三日于灞水曲饯豫州杜长史别昆季序》④，以及萧颖士的《蓬池禊饮序》⑤，吕温的《三月三日茶宴序》⑥等，均与此有关。更有三月三日帝王赐宴于群臣的盛举⑦。其中，在宋之问、吕温的禊饮序文中，均表现出强烈的文学传播意识，诸如宋之问所云“使一时之兴咏遥存，千古之姓名常在”，“请谈雕龙之什”，“请染翰操纸，即事形容”，“赋诗于是，旌予志之所之”，“盍请离唱，用贵洛阳之纸”，“请挥翰写心，用旌厥事，使嵩高洞里，记兹夕之当歌；太白岩中，念今宵之秉烛”⑧等等，皆蕴含此意。

宋之问其人，文才虽然出众，然一生有二失：一为依附武、张(690~705)；一为告王同皎等人谋诛武三思之密。如果说依附武氏，是政治选择上的一种失败，后一事则因为被告人中的张仲之乃是收留自己的友人，尤显人品低劣，故“深为义士所讥”⑨。景云元年(710)六月，临海郡王李隆基与太平公主诛杀韦后和安乐公主，拥立唐睿宗，以宋之问尝依附二张

① 萧颖士：《蓬池禊饮序》，《全唐文》卷323，中华书局1983年版，第3282页。
② 《全唐文》卷241，中华书局1983年版，第2435页。
③ 《全唐文》卷241，中华书局1983年版，第2436页。
④ 《全唐文》卷241，中华书局1983年版，第2438页。
⑤ 《全唐文》卷323，中华书局1983年版，第3282页。
⑥ 《全唐文》卷628，中华书局1983年版，第6337页。
⑦ 据宋璟：《三月三日为百官谢赐宴表》，《全唐文》卷207，中华书局1983年版，第2090页。
⑧ 所引据《上巳泛舟昆明池宴宗主簿席序》《春游宴兵部韦员外韦曲庄序》《三月三日于灞水曲饯豫州杜长史别昆季序》《送裴五司法赴都序》《袁侍御席饯永昌独孤少府序》《春夜令狐正字田子过敝庐序》，载《全唐文》卷241，中华书局1983年版，第2436~2439页。
⑨ 刘昫等撰：《旧唐书》卷190中《宋之问传》，中华书局1975年版，第5025页。

及武三思诏流放钦州(今广西钦州市东北)，后以赦改桂州，其《在桂州与修史学士吴兢书》当作于此时。书中有云：

> 恐耆旧咸谢，竹帛傥遗，使盛烈湮沈，下情感痛。自昔逸群之器，旷俗之才，誉虽冠于人伦，禄不跻于卿士，南史之笔，漏美不书；东岱之魂，与名俱灭。①

其声名意识也是相当强烈的。由于政治上对权势的依附而影响其文学地位的，在文学史上屡见不鲜。唐初另有一位谢偃，亦因依附魏王李泰而声名不彰，然其文赋，颇见文采。

吕温《三月三日茶宴序》一文述文人以茶代酒、各赋其诗之事，文章写得颇为雅致，且不甚长，并录如下，以睹当时文人间的茶酌清雅之风：

> 三月三日，上巳禊饮之日也，诸子议以茶酌而代焉。乃拨花砌，憩庭阴，清风逐人，日色留兴，卧指青霭，坐攀香枝，闲莺近席而未飞，红蕊拂衣而不散。乃命酌香沫，浮素杯，殷凝琥珀之色，不令人醉，微觉清思。虽五云仙浆，无复加也。座右才子南阳邹子、高阳许侯，与二三子顷为尘外之赏，而曷不言诗矣。②

修禊之事，原为洁身之礼，为祓除灾祸而设，自然是为求得生命的延长。而到文人修禊雅集，曲水流觞，赋诗文以"昭名千古""挥翰写心"以旌表情志时，便使修禊从祛灾逐渐嬗变为蕴含精神不朽的意思。所以，王羲之《兰亭集叙》曰："一死生为虚诞，齐彭殇为妄作。后之视今，亦犹今之视昔"，欲使"后之览者……有感于斯文"③。

二、感伤：悲愁忧思与文学传播意识

文学具有抒发情志、排遣忧伤的作用。当时光流逝、欢景难再，文人以之追忆往事、品味当年；当人生坎壈、前途渺茫，文人又以之泄忧遣怀、自我疗伤。曹丕《与吴质书》云：

---

① 宋之问：《在桂州与修史学士吴兢书》，《全唐文》卷241，中华书局1983年版，第2433~2434页。

② 《全唐文》卷628，中华书局1983年版，第6337页。

③ 王羲之：《兰亭诗序》，欧阳询等编纂：《艺文类聚》卷4，上海古籍出版社1982年版。

> 每念昔日南皮之游，诚不可忘。既妙思六经，逍遥百氏；弹棋闲设，终以六博，高谈娱心，哀筝顺耳。驰骋北场，旅食南馆，浮甘瓜于清泉，沉朱李于寒水。白日既匿，继以朗月，同乘并载，以游后园，舆轮徐动，参从无声，清风夜起，悲笳微吟，乐往哀来，怆然伤怀。①

可谓道尽其妙谛。文学之感伤，有时是顾影自怜的寂寞情怀，也有二三好友借酒浇愁的互相安慰，或者是游历江山以发其志，故王勃《春日孙学士宅宴序》曰：

> 若夫怀放旷寥廓之心，非江山不能宣其气；负郁怏不平之思，非琴酒不能泄其情。则林泉为进退之场，樽酒是言谈之地。②

在自我排遣与互相安慰之中，不吐不快的情绪时有存在，在这种情状之下，文学的传播成为可能，且往往颇能感动人心。

（一）偃蹇不遇的心酸倾诉

一种感伤是来自于对自身贫寒与饥饿的心酸倾诉。文学关乎性情，处于穷愁之境的文人更加敏感，其诗文也更易打动人心，于是就表现出一种较为奇特的现象，即穷愁出诗人。所以韩愈曾说：

> 夫和平之音淡薄，而愁思之声要妙；欢愉之辞难工，而穷苦之言易好也。是故文章之作，恒发于羁旅草野；至若王公贵人，气满志得，非性能而好之，则不暇以为。③

韩氏认为和平、欢愉之时的诗文情感淡薄，难以精工；而愁思、穷苦之时，则声情、文辞要妙易好，由此说“羁旅草野”出文章。韩愈对于穷愁之状是有亲身体验的，他曾谈到自己“居穷守约”“遑遑恤恤”，四海无归、饥寒交迫的状态：

---

① 曹丕：《与吴质书》，萧统编，李善注：《文选》卷42，上海古籍出版社1986年版，第1897页。

② 王勃：《春日孙学士宅宴序》，《全唐文》卷181，中华书局1983年版，第1840页。

③ 韩愈：《荆潭唱和诗序》，《全唐文》卷556，中华书局1983年版，第5629页。

今有人生二十八年矣，名不著于农工商贾之版。其业则读书著文，歌颂尧舜之道，鸡鸣而起，孜孜焉亦不为利；其所读皆圣人之书，杨墨释老之学，无所入于其心；其所著皆约六经之旨而成文，抑邪与正，辨时俗之所惑。居穷守约，亦时有感激怨怼奇怪之辞，以求知于天下，亦不悖于教化，妖淫、谀佞、诪张之说无所出于其中。四举于礼部乃一得，三选于吏部卒无成；九品之位其可望，一亩之宫其可怀。遑遑乎四海无所归；恤恤乎饥不得食，寒不得衣；滨于死而益固，得其所者争笑之；忽将弃其旧而新是图，求老农老圃而为师。悼本志之变化，中夜涕泗交颐。①

他认为自己以读书著文为业，读的是圣贤书，所著之文以“六经之旨”为依归，虽然有时以“感激、怨怼、奇怪”的文辞，邀誉于世人，但不悖于教化之旨，可是仍然不得其志。在《与李翱书》中韩愈亦云：

仆在京城八九年，无所取资，日求于人，以度时月。当时行之不觉也，今而思之，如痛定之人思当痛之时，不知何能自处也。②

这种每日央求于人的境况，令他事后思之，不能自处，可见当时的内心耻辱感。信中韩愈还谈到，贤者如颜回，尚有圣人孔子为其依归，有箪食、瓢饮以裹腹，而自己则“无所依归，无箪食，无瓢饮，无所取资”，生活艰难，欲求颜回之“不忧而乐”，也几乎是不可能。正因为韩愈对于贫困之境有如此深刻的体会，他才会在日后不断地推荐一些较为贫寒而笃守古道的读书人。如其《荐士》诗为荐孟郊③，《与袁相公书》为荐樊宗师④，《与张徐州荐薛公达书》荐薛公达等⑤。并且也因为对于贫寒的深切体验，他才会提出“大凡物不得其平则鸣”的著名论断⑥。白居易则曾列举前辈诗人偃蹇不遇的事例说：

---

① 韩愈：《上宰相书》，《全唐文》卷551，中华书局1983年版，第5582页。
② 韩愈：《与李翱书》，《全唐文》卷552，中华书局1983年版，第5590页。
③ 韩愈：《荐士》，《全唐诗》卷337，中华书局1960年版，第3780页。
④ 《全唐文》卷554，中华书局1983年版，第5604页。
⑤ 《全唐文》卷554，中华书局1983年版，第5607页。
⑥ 韩愈：《送孟东野序》，《全唐文》卷555，中华书局1983年版，第5612页。

诗人多蹇，如陈子昂、杜甫，各授一拾遗，而迍剥至死；李白、孟浩然辈，不及一命，穷悴终身；近日孟郊六十，终试协律，张籍五十，未离一太祝。①

也许出于对这种“诗人多蹇”现象的认可，他认为自己“既窃时名”，“今之迍穷，理固然也”。诗人偃蹇贫困的情况，当然不止白居易所列举的这几位。还有如李商隐，也是一生郁郁不得志的，他在《樊南甲集序》中说：

十年京师，寒且饿。人或目曰：韩文杜诗，彭阳章檄，樊南穷冻。人或知之。②

声称自己的贫寒状况（或叹贫之文），竟然因为太突出而被时人将之与韩愈文章、杜甫歌诗、令狐楚的奏章檄文相媲美，李商隐当时的穷愁境况可见一斑。

（二）友朋凋零的无尽思念

另一种是对于友人凋零的感伤。文人之间也并不是仅表现为“文人相轻”的，文人间的相知相交也是较为普遍的现象。互相倾慕的文人们，彼此在友人亡故之时，但会表现出一种“益友零落”的感伤，这一点尤其表现在这些相知文人的悼诗、祭文之中。如宋之问《祭杨盈川文》云：

之子妙年，香名早传，从来金马，夙昔崇贤。门庭若市，翰墨如泉，千载之后，闻而凛然。死而不亡，问余何伤？伤予命薄，益友零落。③

白居易与元稹之间的交情更是文学史上的佳话。元稹去世后，白居易所作《祭微之文》亦是感人至深：

……贞元季年，始定交分，行止通塞，靡所不同，金石胶漆，未足为喻，死生契阔者三十载，歌诗唱和者九百章，播于人间，今不复

① 白居易：《与元九书》，《全唐文》卷675，中华书局1983年版，第6891页。以下引文未注明者均出此篇。

② 李商隐：《樊南甲集序》，《全唐文》卷779，中华书局1983年版，第8136页。

③ 宋之问：《祭杨盈川文》，《全唐文》卷241，中华书局1983年版，第2440页。

叙。至于爵禄患难之际，寤寐忧思之间，誓心同归，交感非一，布在文翰，今不重云。唯近者公拜左丞，自越过洛，醉别愁泪，投我二诗云："君应怪我留连久，我欲与君辞别难。白头徒侣渐稀少，明日恐君无此欢。"又曰："自识君来三度别，这回白尽老髭须。恋君不去君须会，知得后回相见无。"吟罢涕零，执手而去。私揣其故，中心惕然。及公捐馆于鄂，悲讣忽至，一恸之后，万感交怀，覆视前篇，词意若此，得非魂兆先知之乎？无以寄悲情，作哀词二首，今载于是，以附奠文。其一云："八月凉风吹白幕，寝门廊下哭微之。妻孥亲友来相吊，唯道皇天无所知。"其二云："文章卓荦生无敌，风骨精灵殁有神。哭送咸阳北原上，可能随例作埃尘。"①

元稹卒于大和五年(831)，白居易以六十岁的高龄对于这种"始以诗交，终以诗诀，弦笔两绝"的生死之别，悲痛不已。而这份悲伤的情怀，无疑是这篇祭文以及有关感怀诗文形成的直接促因。

(三)沧海桑田的变迁感叹

又一种感伤是沧海桑田的变迁之叹。青紫可拾的愿望化作渺茫，曾经的富贵荣华烟消云散，这样一种身份、地位上的变化，往往也会引起文人的感伤之情。如李峤其人，也曾经位居权要，但因为政治上的依附，终于沦为权力争夺的牺牲品。在李峤《楚望赋》序中，他写道：

余少历艰虞，晚就推择。扬子《甘泉》之岁，潘生《秋兴》之年，曾无侍从之荣，顾有池笼之叹。而行藏莫寄，心迹罕并，岁月推迁，志事辽落。栖遑卑辱之地，窘束文墨之间。以此为心，心可知矣。②

由于晚年的贬谪，李峤心中的志事，随岁月之推移而逐渐寥落，其束于文墨，有其苦衷在。他的《汾阴行》一诗末四句亦云：

山川满目泪沾衣，富贵荣华能几时。不见只今汾水上，唯有年年秋雁飞。③

---

① 白居易：《祭微之文》，《全唐文》卷681，中华书局1983年版，第6906页。
② 李峤：《楚望赋》，《全唐文》卷242，中华书局1983年版，第2444页。
③ 《全唐诗》卷57，中华书局1960年版，第689页。

道尽富贵翻变的沧桑之感。据《唐才子传》卷一《李峤传》记载：

> 明皇将幸蜀，登花萼楼，使楼前善《水调》者奏歌，歌曰："山川满目泪沾衣，富贵荣华能几时。不见只今汾水上，惟有年年秋雁飞。"帝惨怆，移时，顾侍者曰："谁为此。"对曰："故宰相李峤之词也。"帝曰："真才子！"不待终曲而去。①

唐玄宗感叹作诗者的文才，不待终曲而去，或者因为其情"惨怆"之故。再如前文提到的柳宗元，早年也曾出入宫廷，草写诏诰，志在图治。但在贬谪之后，也常常流露出失志之后的感伤。

（四）离愁别恨的哀怨心曲

另有一类诗歌诉离别之情，最典型的就是那些代言体的闺怨诗，它们的传播对象是想象中的情人，表达的是孤身孑然索居的寂寞。如上官婉儿（昭容）所作《綵书怨》（一云《綵毫怨》）：

> 叶下洞庭初，思君万里馀。露浓香被冷，月落锦屏虚。欲奏江南曲，贪封蓟北书。书中无别意，惟怅久离居。②

又如沈佺期的《古意呈补阙乔知之》（一作《古意》，又作《独不见》）：

> 卢家少妇郁金堂，海燕双栖玳瑁梁。九月寒砧催木叶，十年征戍忆辽阳。白狼河北音书断，丹凤城南秋夜长。谁谓含愁独不见，更教明月照流黄。③

诗中表现的是一股很浓的思念之情，这是二人间内心的私密之情。也还有些闺怨诗，却是借题发挥，名为闺怨，实为抒怀，而且意欲传示世人。如李白的《子夜吴歌·秋歌》：

> 长安一片月，万户捣衣声。秋风吹不尽，总是玉关情。何日平胡

---

① 辛文房撰，傅璇琮等校注：《唐才子传校笺》第1册卷1，中华书局1987年版，第125页。

② 《全唐诗》卷5，中华书局1960年版，第61页。

③ 《全唐诗》卷96，中华书局1960年版，第1043页。

虏，良人罢远征。①

全诗从闺阁着眼，却又无时不照应边关，末两句，似代女子所言，又为诗人抱负。至于王昌龄的《从军行七首》，则将闺怨与边塞战事相连，于铁马秋风之中见儿女柔情，又于哀婉之中显雄浑，自是别有怀抱，不能以闺怨私情一概视之。如其二诗云：

琵琶起舞换新声，总是关山旧别情。撩乱边愁听不尽，高高秋月照长城。②

又《出塞》其一：

秦时明月汉时关，万里长征人未还。但使龙城飞将在，不教胡马度阴山。③

前诗先写拂不去的相思之情，末句“月照长城”结起，顿时呈现肃杀之气；后诗则只见豪情，不显离愁，但“人未还”三字，亦见丝丝哀怨，惟后二句，爽快直率，斩截无比。

还有一种感伤源于男女之间爱情的挫折，而这种挫折却又来自外部的强权，或是环境的不得已。如《朝野佥载》卷2载：

周补阙乔知之有婢碧玉，姝艳能歌舞，有文华，知之时幸，为之不婚。伪魏王武承嗣暂借教姬人妆梳，纳之，更不放还知之。知之乃作《绿珠怨》以寄之，其词曰：“石家金谷重新声，明珠十斛买娉婷。此日可怜偏自许，此时歌舞得人情。君家闺阁不曾观，好将歌舞借人看。意气雄豪非分理，骄矜势力横相干。辞君去君终不忍，徒劳掩袂伤铅粉。百年离恨在高楼，一代容颜为君尽。”碧玉读诗，饮泪不食，三日，投井而死。承嗣撩出尸，于裙带上得诗，大怒，乃讽罗织人告之。遂斩知之于南市，破家籍没。④

① 《全唐诗》卷165，中华书局1960年版，第1711页。
② 《全唐诗》卷143，中华书局1960年版，第1443页。
③ 《全唐诗》卷143，中华书局1960年版，第1444页。
④ 张鷟撰，赵守俨点校：《朝野佥载》，中华书局1979年版，第31页。

乔知之迫于武承嗣的势力，不得已将自己喜爱的婢女交给了武氏。所作《绿珠怨》借前朝石崇与绿珠之故实，抒发自己的怨愤之情，其中也暗含自身无能为力的伤感。但即便是这样的感伤之作，残酷的武承嗣也不放过，罗织罪名，使得乔知之被斩，家破人亡。孟棨《本事诗·情感》中也有很多类似的事例，兹不再述。

三、隐逸：遁世心态与文学传播意识

唐五代文人的归隐，有性本淡泊，无意于功名的避世之隐，如朱桃椎、陆羽、张志和等；又有功名无望，由不得已隐而至真隐者，如孟浩然、陆龟蒙等。《新唐书》卷196《隐逸传》将古之隐者分为三类，但均从"治世之才具"着眼，传云：

> 古之隐者，大抵有三概：上焉者，身藏而德不晦，故自放草野，而名往从之，虽万乘之贵，犹寻轨而委聘也；其次，挈治世具弗得伸，或持峭行不可屈于俗，虽有所应，其于爵禄也，泛然受，悠然辞，使人君常有所慕企，怊然如不足，其可贵也；末焉者，资槁薄，乐山林，内审其才，终不可当世取舍，故逃丘园而不返，使人常高其风而不敢加訾焉。且世未尝无隐，有之未尝不旌贲而先焉者，以孔子所谓"举逸民，天下之人归焉"。①

可见，唐宋时期的"隐逸"观念中也仍然是以谢安、陶弘景这些人物为目标的。其分类的三等也以治世能力来区分，并认为朝廷对于隐逸之人的聘用，可使天下归心。正因为具备这样的观念，所以一代雄主唐太宗，对于不问世事的隐逸之士，也颇有钦慕之心，他在《述圣赋序》中说：

> 余每览巢、许之俦，松、乔之匹，未尝不慨然慕之，思可脱屣长辞，拂衣高谢。欻复以时运见羁，因留连于大任，徒有轻举之志而不达者，其天意也，岂人事乎？②

隐逸之人的功名意识最为淡薄，属于传世观念中的一种特殊情况。这类文人的传播意识，源于道家的思想。《庄子》卷5中《天道》第十三云：

---

① 欧阳修、宋祁撰：《新唐书》卷196，中华书局1975年版，第5593~5594页。

② 太宗：《述圣赋序》，《全唐文》卷10，中华书局1983年版，第119页。

> 世之所贵道者，书也。书不过语，语有贵也。语之所贵者，意也，意有所随。意之所随者，不可以言传也，而世因贵言传书。世虽贵之，我犹不足贵也，为其贵非其贵也。故视而可见者，形与色也；听而可闻者，名与声也。悲夫！世人以形色名声为足以得彼之情。夫形色名声，果不足以得彼之情，则知者不言，言者不知，而世岂识之哉！①

由于对可见可闻的形色、名声的淡漠，形成了一种对言语、书籍传播的不看重，“世虽贵之，我犹不足贵也，为其贵非其贵也”，这正是归隐之人看待传播的思想基础。

隐居之士往往带着一颗遁世之心，他们不论是岩栖山林，还是结庐于溪水之畔，云卧谷饮，更多的是默对山水、闭门对书。有时也会与相投之士一起清谈玄想；或著一叶扁舟，出游寻友，往来于各地山寺；或藤杖芒鞋、短褐独行郊野之上，但这些交游与出访也是散淡的，闲适的，并非带着什么目的。但也有一些虽隐而仍存名世之心的隐士，初唐时期的王绩就是这样的一位隐者，《新唐书》卷196《隐逸传》列为唐代隐逸第1人。《唐才子传》卷1记其事较精简，据载：

> 王绩，字无功，绛州龙门人，文中子通之弟也。年十五游长安，谒杨素，一坐服其英敏，目为神仙童子。隋大业末，举孝廉高第，除秘书正字。不乐在朝，辞疾，复授扬州六合县丞。以嗜酒妨政，时天下亦乱，遂托病风，轻舟夜遁。叹曰：“网罗在天，吾将安之！”乃还故乡。②

托病还乡以后，王绩基本上过着隐居生活，虽曾有一次被朝廷诏征，但不久即又返回。他常与相距不远的另一位隐士仲长子光互相往来，过着赋诗、饮酒、弹琴、莳药的日子。可是，这样一位似乎与世无争的隐者，也有着较强烈的文章传世意识。元代的辛文房论之曰：

> 夫迹晦名彰，风高尘绝，岂不以有翰墨之妙，骚雅之奇。美哉！

① 郭庆藩撰，王孝鱼点校：《庄子集释》，中华书局2004年版，第488页。
② 辛文房撰，傅璇琮等校注：《唐才子传校笺》第1册卷1，中华书局1987年版，第4页。

> 文章为不朽之盛事也。[①]

并云：

> 今则舍声利而向山栖，鹿冠舄几，使于锦绣之服；柴车茅舍，安于丹雘之厦；藜羹不糁，甘于五鼎之味；素琴浊酒，和于醇饴之奉；樵青山，渔白水，足于佩金鱼而纡紫绶也。

的确，王绩可以鹿冠舄几、柴车茅舍、藜羹不糁、素琴浊酒，可以不要功名利禄，但他对于文章传世却是非常看重的，他希望能够借助文章而"迹晦名彰"。在《答冯子华处士书》中，王绩就表现出自己好以文章示人的一面：

> 吾往见薛收《白牛溪赋》，韵趣高奇，词义旷远，嵯峨萧瑟，真不可言，壮哉邈乎，扬班之俦也。高人姚义尝语吾曰："薛生此文，不可多得。登太行俯沧海，高深极矣！"吾近作《河渚独居赋》，为仲长先生所见，以为可与《白牛》连类，今亦写一本以示，可与清溪诸贤共详之也。[②]

薛收乃其兄王通门人，入唐以后曾出为相。从此信来看，归隐了的王绩并不恬淡，他仍然计较自己文章与他人的高低，并没有彻底地超脱俗世。他可以视作一位在隋末唐初还保留着魏晋风度的世家子弟[③]，他希望自己能象陶渊明一般[④]，过着诗酒隐居的日子，但他又有着较强烈的文章名世的欲望。王绩以一位隐者文人的身份，尚且仍带文章争胜之心，其他文人之间因诗文比较而出现的龃龉不合更不在话下。

另有隋唐之际的杜淹，亦曾是一位"扬言隐逸，实欲邀求时誉"的隐

---

① 辛文房撰，傅璇琮等校注：《唐才子传校笺》第1册卷1，中华书局1987年版，第17页。

② 王绩：《答冯子华处士书》，《全唐文》卷131，中华书局1983年版，第1322页。

③ 在《答冯子华处士书》中，王绩曾说："床头素书数帙，庄老及易而已"，"至于乡族庆吊，闺门婚冠，寂然不预者已五六岁矣"，"吾受性潦倒，不经世务。屏居独处，则萧然自得；接对宾客，则苶然思寝"，这些言论，均表现出他尚简好玄的魏晋文人心态。

④ 王绩对陶渊明极为推崇，在文中常陶氏诗文。其自号"五斗先生"，亦与"五柳先生"，庶几近之。陶渊明由晋入宋，王绩则由隋入唐，相似的历史背景，带给王绩与陶渊明相同的心灵体验。但王绩不象渊明那般能够荷锄以耕，他有名世之心，携奴婢供己役使，故不可与渊明等量齐观。

者，后于太宗朝，则又出为御史大夫、吏部尚书①。朱桃椎却是与王绩、杜淹等人绝然不同的隐者。他曾作《茅茨赋》明己志云：

吾意不欲世人交，我意不欲功名立。功名立也不须高，总知世事尽徒劳。②

全然是一位勘破世事的隐士。据《新唐书》卷196《隐逸传》云：

朱桃椎，益州成都人。澹泊绝俗，被裘曳索，人莫能测其为。长史窦轨见之，遗以衣服、鹿帻、鹿靴，逼置乡正。委之地，不肯服。更结庐山中，夏则裸，冬缉木皮叶自蔽，赠遗无所受。尝织十芒屩置道上，见者曰："居士履也。"为鬻米茗易之，置其处，辄取去，终不与人接。其为屩，草柔细，环结促密，人争蹑之。高士廉为长史，备礼以请，降阶与之语，不答，瞪视而出。士廉拜曰："祭酒其使我以无事治蜀邪？"乃简条目，薄赋敛，州大治。屡遣人存问，见辄走林草自匿云。③

《新唐书》得以为朱氏立传，皆因其事原载于《旧唐书》卷65《高士廉传》中，高士廉是唐初名臣，朱氏竟得附其传后而为世所知。由传文可见，朱桃椎诚然一绝俗之士，其不与人相接的遁世之心甚重，自然无所谓传播之意。其事其文，若非因高士廉之"存礼以敬"，恐亦随时湮没。然朱桃椎并非质木无文之人，其文才于《茅茨赋》中可见一斑，如赋中写其居所与其志向云：

若乃睹余庵室，终诸陋质。野外孤标，山旁迥出，壁则崩剥而通风，檐则摧颓而写日。是时闲居晚思，景媚青春；逃斯涧谷，委此心神。削野藜而作杖，卷竹叶而为巾，不以声名为贵，不以珠玉为珍。风前引啸，月下高眠；庭惟三径，琴置一弦。散诞池台之上，逍遥岩谷之间。逍遥兮无所托，志意兮还自乐；枕明月而弹琴，对清风而缓酌。望岭上之青松，听云间之白鹤。用山水而为心，玩琴书而取乐，

① 刘昫等撰：《旧唐书》卷66《杜如晦传》附（中华书局1975年版，第2470页）。按，杜淹乃如晦叔父。

② 朱桃椎：《茅茨赋》，《全唐文》卷161，中华书局1983年版，第1644页。下引同。

③ 欧阳修、宋祁撰：《新唐书》卷196《朱桃椎传》，中华书局1975年版，第5596页。

谷里偏觉鸟声高，鸟声高韵尽相调；见许毛衣真乱锦，听渠声韵宛如歌。调弦乍缓急，向我茅茨集。时逢双燕来，屡值游蜂入。冰开绿水更应流，草长阶前还复湿。

文中写景，令人仿佛置身其中，骈俪之语，虽从六朝所出，但并非徒具形式的七宝楼台，实为言之有物的切理餍心之谈。

唐初隐士的这两种模式，实际在唐代以前已经较普遍的存在。如陶渊明，就是一位淡泊自处的隐逸之士，虽然他曾任过地方小吏，但其本性恬淡，无意世之名利，于其诗文可尽观之；而谢安，则是一位似隐实仕的贵族，其后又有陶弘景这类兼于仕隐的"隐者"。从《新唐书》中对于"隐逸"的分类评论来看，整个中古时期的文人，对于"隐士"的认识基本上仍然是谢安、陶弘景这种类型。所以，可以看到，《新唐书》卷196《隐逸传》所收王绩、朱桃椎、孙思邈、田游岩、史德义、孟诜、王友贞、王希夷、李元恺、卫大经、武攸绪、白履忠、卢鸿、吴筠、潘师正、刘道合、司马承祯、贺知章、秦系、张志和、孔述睿、敏行、陆羽、崔觐、陆龟蒙诸人中，绝少完全与仕途毫无瓜葛者，只有就其总体倾向来将其归属为哪一类。如秦系，《新唐书·隐逸传》中载其事云：

秦系，字公绪，越州会稽人。天宝末，避乱剡溪，北都留守薛兼训奏为右卫率府仓曹参军，不就。客泉州，南安有九日山，大松百馀章，俗传东晋时所植，系结庐其上，穴石为研，注《老子》，弥年不出。刺史薛播数往见之，岁时致羊酒，而系未尝至城门……①

观其传，似乎秦系为一不欲与人相接的隐者。但权德舆《秦征君校书与刘随州唱和诗序》中却另有记载：

(儒有)秦公绪者，当天宝理平之世，兴丽则鼓盛名于当时。遭多故，道进身退，越部山水，佐其清机，圆冠野服，翛然自放。……(贞元)七年春，始与子遇于南徐。……悉索笈中，得数十编，皆文场之重名强敌。……随州刘君长卿赠答之卷，惜其长往，谓余宜叙。噫！夫彼汉东守，尝自以为五言长城，而公绪用偏伍奇师，攻坚击

---

① 欧阳修、宋祁撰：《新唐书》卷196《秦系传》，中华书局1975年版，第5608页。

众，虽老益壮，未尝顿锋。①

可知在太平之世，秦氏原亦“鼓盛名于当时”者。而且当权德舆于贞元七年(791)与他相遇时，他还“悉索笈中”与文场“重名强敌”较文的诗文数十编，其中便有以“五言长城”自许的刘长卿。前文在论述中唐文人的争胜风气时，曾引秦公绪之语，可见其对于文章争胜的关注，而他请权德舆为其作序之举，更可见他对于诗文传播所具有的自觉意识。

即便是如朱桃椎那样的真隐之人，也有畏惧仕争之心在。因为他在《茅茨赋》中结尾就说道：“未会昔时三个士，无故将身殒二桃。”

韩愈笔下的李愿，他只所以欲归盘谷，也只是因为时运不济的缘故，并非他不愿入仕。他曾描写所谓“大丈夫”云：

人之称大丈夫者，我知之矣：利泽施于人，名声昭于时，坐于庙朝，进退百官，而佐天子出令。其在外，则树旗旄，罗弓矢，武夫前呵，从者塞途，供给之人，各执其物，夹道而疾驰。喜有赏，怒有刑。才畯满前，道古今而誉盛德，入耳而不烦。曲眉丰颊，清声而便体，秀外而惠中，飘轻裾，翳长袖，粉白黛绿者，列屋而闲居，妒宠而负恃，争妍而取怜。大丈夫之遇知于天子，用力于当世者之所为也。②

并叹曰：

吾非恶此而逃之，是有命焉，不可幸而致也。穷居而野处，升高而望远，坐茂树以终日，濯清泉以自洁。采于山，美可茹；钓于水，鲜可食。起居无时，惟适之安。与其有誉于前，孰若无毁于其后；与其有乐于身，孰若无忧于其心。

李愿的退而求其次之心态，并非他一个人的现象，而是当时大部分落第文人的普遍心理。李翰《难进论》借答问之体言此事云：

① 权德舆：《秦徵君校书与刘随州唱和诗序》，《全唐文》卷 490，中华书局 1983 年版，第 5003 页。

② 韩愈：《送李愿归盘谷序》，《全唐文》卷 555，中华书局 1983 年版，第 5615 页。

> 宾有囊锦握兰，韬剑怀玉，介然独立，默而无言。主人怪而问之曰：“仆观今之士君子，所求速进，体必尽饰。而足下望门若有疑，造庭若有惧。隐文采，匿芬芳，掩光辉，潜颖利，此何谓也，岂有以哉?”客曰：“夫顺时而动，嘉会不可以智求；藏器于身，知已不可以力致。有道足辅天地，而不用于人；行足应神明，而不信于俗。仆所以候宽和之色，伺清宴之间，愿因左右，思待摈介哉。或没齿不遇，岂直斯须之顷与?”……委身草莽，沈迹蓬茨，位未名卑，誉不闻于左右；含光蓄锐，价不动于当时。①

言之已详。总体而言，唐代繁荣稳定，“圣代无隐者”，文人积极入世的观念较强，归隐之士虽然存在，但相对他朝少得多。即以前朝“隐逸之宗”陶渊明在唐朝的接受情况来看，他虽然被许多唐代文人提起，仍然未能对文学创作造成影响；到宋代以后，由于国势的衰颓，文人隐逸渐多，陶诗的影响日益增强。由此，亦可看出唐宋文化的区别。

第五节　文学传播意识的显与隐

无论是明道、存史，还是弘文、诉情，皆属有意识的文学传播，但实际上并非所有的文人都具有自觉而强烈的文学传播意识，他们有的强，有的弱，有的甚至是不自觉的。根据这种显性程度，可将文学传播意识分为显、隐、潜、无四种。

一、显意识

显意识是有意识传播的第一种形式。唐代强盛的国势、开放的政策以及人才选拔的制度决定了大部分唐代文人积极进取、张扬外露的性格特征。崇奉学术、追求文章名世以达致清要显赫之地位，是唐代文人的主要理想。尤其是玄宗开元以后，由于四海晏清，仓廪丰实，生活较为富足，对文化知识、学术文章的渴求也应成为必然。安史之乱虽有短暂的冲击，但并没有对这种趋势造成太大的影响，反而因为乱后人才的稀缺更助长了这种势头。所以，中唐时期应举的士子每年至少在千人以上，多的时候能

① 李翰：《难进论》，《全唐文》卷431，中华书局1983年版，第4384页。

达到两千人。沈既济说：“无贤不肖，耻不以文章达。”①可以说非常准确地看到了这一点。

《新唐书》卷46《百官志一》记载：

> 学士之职，本以文学言语被顾问，出入侍从，因得参谋议、纳谏诤，其礼尤宠。

> 唐制，乘舆所在，必有文词、经学之士。

又云：

> 班次各以其官，内宴则居宰相之下，一品之上。②

学士本来是在文学、经学、口才等方面较卓越的人才，由于经常陪伴在帝王左右，得以参与国家政策的谋议，或是对大臣们的谏诤之言进行评判，故在待遇上“其礼尤宠”。有了学士的称号，在朝廷班列时虽然按照官职品阶就列，但内宴之上却可坐于宰相之下、一品之上，更见学士地位之尊崇。

因为这种尊崇获得不易，所以文人们异常珍惜。武周时期，韦思谦与其子韦嗣立、韦承庆父子三人皆官至宰相，这本身已是非常荣耀的事情，但史官似乎认为还不够，仍然要突出“俱以学行”：

> 嗣立、承庆俱以学行齐名。长寿中，嗣立代承庆为凤阁舍人；长安三年，承庆代嗣立为天官侍郎，顷之又代嗣立知政事；及承庆卒，嗣立又代为黄门侍郎，前后四职相代。又父子三人，皆至宰相。有唐已来，莫与为比。嗣立三子：孚、恒、济，皆知名。③

在写这段话之时，我们似乎可以看到书写者羡慕的神态。从语序来看，他首先羡慕的自然是他们的学行，“四职相代”代表着韦氏兄弟才华与能力的相当；而先述学行，再轻轻道出“又父子三人，皆至宰相”，无

① 沈既济：《词科论并序》，《全唐文》卷476，中华书局1983年版，第4867页。
② 欧阳修、宋祁撰：《新唐书》，中华书局1983年版，第1183～1184页。
③ 刘昫等撰：《旧唐书》，中华书局1975年版，第2873～2874页。

疑更看重的是前者。

据李肇《唐国史补》卷上记载：

> 张垍、张均兄弟俱在翰林。垍以尚主，独赐珍玩，以夸于均。均笑曰："此乃妇翁与女婿，固非天子赐学士也。"①

张垍因为是驸马，获得皇帝赏赐的珍宝、古玩，张均讥笑这是"与女婿"，而不是"赐学士"。言外之意，若是"赐学士"则可羡，若是"与女婿"则不值得炫耀。故知重学士之风气已深入人心矣。

与学行、知识相关的，就是对文采的重视，对诗人的宠爱。原本狂傲的贺知章读了李白的《蜀道难》，叹服不已，竟称白为"谪仙人"，并且将自己身上佩带的金龟取下换酒，与李白痛饮。相得之下，将李白荐于玄宗。玄宗召见论事，李白应对如流，还奏颂一篇，皇帝竟"亲为调羹"，立刻下诏任命"供奉翰林"②。诗人杜甫一生也难以忘怀"集贤学士如堵墙，观我落笔中堂书"(《莫相疑行》)那文采动人、一日之间声名烜赫的时刻③。开元时期的刘眘虚因九岁能属文，而召为"童子郎"④；穆宗朝元稹因《连昌宫辞》而"日转祠部郎中、知制诰"，因《长庆宫辞》而迅速"召入翰林，为中书舍人、承旨学士"⑤。此例甚多，不必再举⑥。

在这样一种重学行、重文采的风气之下，明显而自觉地文学传播意识(显意识)随着文章名世、学行名世的观念得以自然而然地产生。

二、隐意识

隐意识仍属有意识文学传播思想的一种形式，但与显意识不同，作者之用意不在显世，而在遮蔽与掩饰，在于隐逸。这种隐意识源于中国上古时期就已存在的隐逸思想：有道则见，无道则隐。最初的入世与出世当然

---

① 丁如明、李宗为、李学颖等校点：《唐五代笔记小说大观》，上海古籍出版社 2000 年版，第 163 页。

② 辛文房：《唐才子传》卷 2，上海古籍出版社影印文渊阁《四库全书》本，1987 年版，第 451 册第 420~421 页。

③ 仇兆鳌：《杜诗详注》卷 14，中华书局 1979 年版，第 1213 页。

④ 辛文房：《唐才子传》卷 1，上海古籍出版社影印文渊阁《四库全书》本，1987 年版，第 451 册第 416 页。

⑤ 刘昫等撰：《旧唐书》卷 166，中华书局 1975 年版，第 4333 页。

⑥ 此段数例，参考吴淑英《唐诗传播与唐诗发展之关系》(中华书局 2013 年版，第 203~205 页)。尚有其他事例可参该书第四章第一节相关部分。

主要由于王朝的更替，或出自政治是否清明的考虑，但发展到后来，有本性自由、不愿受束缚的，有全身远祸的，有受不了上级的抑压的（“不为五斗米折腰”），这些隐逸，有的出于自愿，有的出于被迫，但最终毕竟是真隐，也有做“山中宰相”的假隐。

文学传播中的隐意识自然与上述几种隐逸的心理状态有关，但又不完全一样。比如，孟浩然本性风流潇洒，自由散漫。早年就隐于鹿门山，受到隐逸先辈庞德公的影响。40 岁游京师时，他以“微云淡河汉，疏雨滴梧桐”的佳句令张九龄、王维极口称道。当玄宗召见时，他以“不才明主弃，多病故人疏”呈上。结果，玄宗说：“卿不求仕，朕何尝弃耶？奈何诬我？”因命放还南山①。如果仔细探查孟浩然的心理，就会发现这实际是文学传播中隐意识的一种表现。众所周知，孟浩然佳作甚多，聪明如他，怎会不考虑“不才明主弃”传达给帝王时的效果。如果不是为了遮掩与求隐，难以令人释然，也难以理解李白所说的“吾爱孟夫子，风流天下闻。红颜弃轩冕，白首卧松云”（《赠孟浩然》）。与孟浩然有过接触的李白自然更能了解孟夫子的心思，“弃轩冕”三字，岂是轻易的断语？正因为孟浩然有着常人不能理解的“弃轩冕”的心理，所以他在玄宗面前所呈现的诗句不能真正反映他的诗歌水平，也即在这次文学的人际传播中他并没有传达出自己文学创作的真实一面，这便是文学传播中的隐意识。

再如程千帆在《两宋文学史》中评价黄庭坚道：“黄庭坚作诗，着意在求奇求新。他喜欢用变调、险韵和僻典，喜欢将两件很难联系起来的事件作对偶，有时还故意使用当时民间艺人作杂剧和禅宗和尚说法时的打诨办法，先说一些没头没脑叫人无从理会的话，然后再将用意挑明。这一切，都说明了黄庭坚对于技巧的深切注意，但也说明了，他是脱离了现实生活片面地去追求技巧的。”②这个分析与评价非常准确地揭示了黄庭坚创作中的特点，但说黄庭坚“脱离了现实生活片面地去追求技巧”，无疑是没有考虑传播的问题。黄庭坚 50 岁时编《退听堂集》，当时正为修撰《神宗实录》被人诬告“不实”而受审，由于东坡“乌台诗案”前鉴不远，忧惧之中，于是把早年所作涉及时政及抨击时弊的诗都删去了，而后来为山谷编集、作注的洪刍、任渊也都延续了他这样一种标准，所以黄氏诗集中反映社会

---

① 辛文房：《唐才子传》卷 2，上海古籍出版社影印文渊阁《四库全书》本，1987 年版，第 451 册第 419 页。

② 程千帆、吴新雷撰：《两宋文学史》，《程千帆全集》第 13 卷，河北教育出版社 2000 年版，第 206 页。

现实的作品鲜为人知①。唐人文集也多有删剔沙汰的行为。这种文人编集时的有意删剔的规避行为，也属于文学作品传播意识中的一种隐意识。

文学传播的隐意识除隐诗才、隐诗作外，还表现在作品隐晦的风格上。李商隐在这方面是个最典型的例子，他的许多诗歌尤其是《无题》诗、《锦瑟》诗，有人认为是有政治寓意的，有人认为是描写爱情的。造成阅读理解产生歧义的原因，主要由于党争环境中李商隐本人创作上的隐意识——不欲他人直接窥探出诗歌的主旨。

三、潜意识

如果说追求不朽是世人的普适价值观，那么追求诗名不朽则无疑是文人的共同目的，它已经成为一种潜意识，沉淀在每个文才卓异之士的心里。

这种潜意识最突出的表现就是在那些文人集的自序与他序中，即凡涉及著述，无不考虑到传播的问题，这已成为一种潜意识。如王勃至蜀中，他作了不少纪行诗，在《入蜀纪行诗序》中写道："爰成文律，用宣行唱，编为三十首，投诸好事焉。"②卢照邻《驸马都尉乔君集》亦云："凡所著述，多以适意为宗；雅爱清虚，不以繁词为贵。足以传诸好事，贻厥孙谋，故撰而存之，凡为若干卷云尔。"③卢藏用为陈子昂文集所作序云："集其遗文为序传，识者称其实录。呜呼陈君，为不亡矣！"④韦縚《孟浩然集序》："谨将此本，送上秘府，庶久而不泯，传芳无穷。"⑤即便豪放不羁如李白，在对待自己文集的时候，同样表现出一般文人渴望传世的潜在意识。为此，他讨好地对魏颢说："尔后必著大名于天下，无忘老夫与明月奴。"并且"尽出其文，命颢为集。"（魏颢《李翰林集序》）⑥此例俯拾皆是，不再胪列。

正因为这种无时不在的文学传播上的潜意识，所以，当他们有机会表现自己的才华，使自己的诗歌得到传播的时候，或者在与他人赛诗的时候占得上风，便显得尤高兴。《唐诗纪事》卷四十六"杨汝士"条记载：

① 袁行霈主编：《中国文学史》第三卷，高等教育出版社 2005 年第 2 版，第 84 页注②。
② 董诰等：《全唐文》，中华书局 1983 年版，第 1833 页。
③ 董诰等：《全唐文》，中华书局 1983 年版，第 1691 页。
④ 董诰等：《全唐文》，中华书局 1983 年版，第 2414 页。
⑤ 董诰等：《全唐文》，中华书局 1983 年版，第 3124 页。
⑥ 董诰等：《全唐文》，中华书局 1983 年版，第 3798 页。按，此处数例，参见吴淑英：《唐诗传播与唐诗发展之关系》，中华书局 2013 年版，第 218 页。

宝历中，杨于陵仆射入觐，其子嗣复率两榜门生迎于潼关，宴新昌里第。仆射与所执坐正寝，嗣复领诸生翼两序。元白俱在，赋诗席上。汝士诗后成，元、白览之失色。诗曰："隔座应须赐御屏，尽将仙翰入高冥。文章旧价留鸾掖，桃李新阴在鲤庭。再岁生徒陈贺宴，一时良史尽传馨。当年疏广虽云盛，讵有兹筵醉醁醽。"其日，大醉归，谓其子弟曰："吾今日压倒元、白。"①

《唐诗纪事》同卷又云：

裴令公居守东洛，夜宴半酣，公索句，元白有得色。时公为破题，次至汝士，曰："昔日兰亭无艳质，此时金谷有高人。"白知不能加，遽裂之曰："笙歌鼎沸，勿作冷淡生活。"元顾曰："乐天所谓能全其名者也。"

杨汝士其人，字慕巢，虢州弘农人。生卒年均不详，约穆宗长庆初前后在世。元和四年(809)登进士第。牛僧孺、李宗闵待之善，引为中书舍人。开成元年(836)由兵部侍郎出镇东川，入为吏部侍郎，终刑部尚书②。杨汝士虽然善诗，但其名声却断然难以与当时即已名著天下的元、白相比。可是前例中其诗令元、白失色，后例中他所言之句令乐天无以复加，固知其为敏捷之才士也。文人的声名观念与潜意识由这两个故事得以清晰地呈现，普通文人那种超越名人(即"压倒元白")的愿望，始终蛰伏在他们的心中，伺机而发。

四、无意识

并非所有人都具有自觉的文学传播意识，相反，在媒体极不发达的唐代，无意识的传播行为更为普遍。造成这种无意识状态的原因，首先当然是因为客观传播条件的欠缺，在书写材料、印刷材料并不易获得的历史时期，其传播意识自然淡漠些；其次就是日常作诗的氛围与习惯决定了传播的无意识，举例说，如饮宴、饯别等传播场合的从众心态，与登高而赋、节候吟咏等创作习惯，使文人们在作诗时不以传播为目的；最后就是作者

---

① 计有功撰，王仲镛校笺：《唐诗纪事校笺》，巴蜀书社 1989 年版，第 1265 页。
② 据《唐诗纪事校笺》卷 46(巴蜀书社 1989 年版，第 1265 页)及《全唐诗》卷 484《杨汝士传》(中华书局 1960 年版，第 5499 页)。

并非为传而作，其意或在功业政绩，或如前文所说在于自我纪事、自我娱情、自我疗伤。

唐代诗文的传播条件非常有限，这一点由今天稀缺的唐本就可以看出。雕版印刷在唐代虽已出现，但基本上还没有用来雕印文集。诗文的传播在当时主要靠即时吟唱、他人传唱、传抄卷本和题壁留款。刻碑虽能存藏较久，但除了墓志碑铭，极少用来传播大量诗文。在盛中唐以前文人整理编集的情况也不多见，这自然是传播载体稀缺有关，毕竟整理、抄写长卷以形成文集并不是那么容易的事情。物质条件的匮乏是唐代文人文学传播意识较为淡漠的首要原因。

唐人日常作诗，或出于实用之功能，诸如饮宴助兴、饯别送行、节庆纪事等，属于自古以来重赠言赠诗的礼仪与习俗，未必在当时有着文学传播的自觉意识。如王勃在洪州刺史阎公席上作《滕王阁序》，《旧唐书·王翰传》中记王翰在并州长史张嘉贞席上"自唱自舞"①，皆是饮宴助兴之类。开元年间，张孝嵩出塞，张九龄、韩休、崔沔、王翰、胡皓、贺知章等友人皆去送行，还撰写了不少送行歌诗②。试想当日情形，众诗人纷纷有作，有主倡之人，有应和之人，饯席之上赋诗以抒离别与留恋之情只是久已成为习惯的创作行为，并不一定具备传播意识。同样，诗人在节日的吟咏，或受节日气氛的感染，或是为记当日之情景，并非一定考虑着传与不传。诗人苏味道的《正月十五夜》是咏元宵的佳作，所写皆为当日(神龙元年，705)洛阳繁华之情境，节日纪庆而已，若心思只是顾及传播之效果，恐怕也就写不出"火树银花合，星桥铁锁开。暗尘随马去，明月逐人来。游伎皆秾李，行歌尽落梅"观察如此细腻的诗句，也写不出"金吾不禁夜，玉漏莫相催"这样传神的心理刻画了。

在今存唐诗中，有些作者并非为了以文传世，他们写作仅仅是为了缘情言志。他们生前既没有对自己的作品进行整理，临终也没有嘱托亲友传藏或刊印。作品得以传播后世，根本原因在于有人爱慕，并整理了他的作品。举个例子：晚唐有位建州(今福建建瓯)刺史李频，今传《梨岳集》1卷，存诗195首。其诗得存，就是因为功德在民、当地人讴思不忘之故。藏书家傅增湘跋其集云：

频诗笔尚清健，然在晚唐诸人中，亦非上驷。而元明以来覆校至

① 刘昫等：《旧唐书》卷190，中华书局1975年版，第5039页。
② 欧阳修、宋祁撰：《新唐书》，中华书局1975年版，第1622页。

> 于六次，观龚氏后序，知后人推重黎岳者，非以其诗为足重，特以功德在民，数百年来讴思不忘，而汲汲有思以永其传也。呜呼！后世之自命为诗人者，其所以自处哉。[1]

傅氏这里关注的诗集的传与不传，并由此提醒作诗者，若要诗歌流传，更要注意自己的德行与功绩。其实，不必说李频，就是曹子建、李太白、柳子厚等大诗人，他们最初又何尝以立言不朽作为自己的选择呢？从文学传播的无意识至有意识，正体现了立功不成的无奈。

① 万曼：《唐集叙录》，中华书局1980年版，第313页。

第三章　文学传播意识下的传播行为与著述活动

文章千古事，得失寸心知。

——（唐）杜甫《偶题》①

德国哲学家胡塞尔认为，意识作为意向性的体验，具有针对于对象的指向性。意识即意向性关系域，意识研究也就成为意向性分析。意向性则涉及意义行为、意义内容和被意指对象②。从某种意义上来说，文学传播意识所意指的对象（即其意向），不仅在于他的作品所要呈示的读者，而且也包括他所要着手的创作。唐代文学传播意识的增强，不仅对传唱、传抄、题壁等传播方式形成直接的影响，也给当时的文人著述行为与文学社会活动带来一些新变，这些转变使得唐代的文人活动呈现出自己的特色，也为当时的创作方式带来了一些新的变化。

第一节　文学传播意识下的传播行为

《全唐诗序》云：

盖唐当开国之初，即用声律取士，聚天下才士英杰之彦，悉从事于六义之学，以为进身之阶。则习之者，固已专且勤矣，而又堂陛之赓和，友朋之赠处，与夫登临讌赏之即事感怀，劳人迁客之触物寓兴，一举而讬之于诗。③

---

① 杜甫：《偶题》，《全唐诗》卷230，中华书局1960年版，第2509页。

② ［德］胡塞尔著，李幼蒸译：《纯粹现象学通论》附录《中译者术语解释》，中国人民大学出版社2004年版，第451页。

③ 康熙：《御制全唐诗序》，《全唐诗》，中华书局1960年版。

序中所云堂陛赓和、友朋赠处、登临讌赏之即事感怀、劳人迁客之触物寓兴，皆是作诗者所处之创作情境，亦又为诗文传播之第一场境。唐代文人之文学创作的场境当然不止以上这些，本节重点探讨文学传播意识影响下的著述与社会活动，以探明其间存在之联系。

一、类书编纂中诗文的加入

类书作为中国古代书籍的一种编纂形式，它取资于前朝典籍。因其能综赅四部、兼总诸籍、巨细无遗，成为“古代文献资料的渊薮”①。虽然从后世的视角来看，类书的主要作用是存往代之散佚、补前朝之阙文，成为整理国故与辑佚旧籍的重要工具书②。但若以当时文人的眼光来看，它却具有极强的应用性，是日常撰写诗文与科举应试的重要参考书。

类书的编纂，可考者始于三国魏文帝曹丕时代刘劭、王象等所编纂的《皇览》。《皇览》的编纂，正是曹丕文章不朽观念的贯彻。胡道静认为，他的这一举动，“给后来许多封建王朝在开国之初集中人才大规模地编纂类书以示文采之盛做了一个示范”③。有晋一代，官修类书几于沉寂，仅有不多的几部私修类书，如陆机《要览》、虞喜《志林》、韦謏《典林》等。南北朝时开始出现编纂类书的热潮，据《隋书·经籍志》著录，南北朝类书共有 8 种、1680 卷，加上南齐《史林》30 篇和《四部要略》1000 卷、梁《法宝联璧》300 卷和《学苑》100 卷，共计 12 种、3000 余卷。曹之认为，魏晋南北朝时期类书的产生和发展，与骈文的产生和发展、抄撰之风的盛行、图书分类水平的提高、公私藏书的增多、纸张的普及等因素密切相关④。南北朝时期的这一热潮直接影响到后来类书的主体内容，后出类书对南北朝诗文的大量引用，即是明证。

类书的编撰，需要一批既有一定才学，又有相当余闲时间的文人来完成。这种卷帙浩繁的编纂工作，多完成于易代之际。新王朝的统治者下令编纂这类书籍可谓一举三得：既安置了那些失职又失意的前朝文人，又能示人以宽宏的雅量，且能有助于王朝教化、裨补世道人心，故不惜费巨资以编纂。初唐高祖、太宗两朝的文人，大部分是南北朝的遗老，安排这些

① 胡道静：《中国古代的类书》，中华书局 1982 年版，第 1 页。

② 如《四库全书总目》类书类《小叙》就曾指出：“古籍散亡，十不存一，遗文旧事，往往托以保存。《艺文类聚》《初学记》《太平御览》诸编，残玑断璧，至捃拾不穷。”（中华书局 1965 年版，第 1141 页上。）

③ 胡道静：《中国古代的类书》，中华书局 1982 年版，第 39 页。

④ 曹之：《魏晋南北朝类书成因初探》，《古籍整理研究学刊》2001 年第 3 期。

富有才华但又不能委以重任的人去修撰类书与史书，以使他们不会因闲置而生变，也正是这样的考虑。明人胡应麟便清醒地认识到了这一点，他在《少室山房笔丛》中阐述道：

> （宋）太宗以五代文人失职，虑生意外，故厚其廪禄，俾编集诸类书。（唐）文皇命高士廉等，当亦此意。①

诚然，易代之际大型图书的编纂大部分都是出自前朝文人之手，类书亦是如此。

可是，唐代以前的类书却是以典故的收录为主，并没有加入诗文，从《艺文类聚》开始，才开始在类书中收有诗文。如今，唐代以前的官修类书已经基本不存，从虞世南私纂《北堂书钞》的体例来看，此前类书便只收录典故，未收诗文。欧阳询在《艺文类聚序》中说：

> （帝）以为前辈缀集，各杼（抒）其意。流别文选，专取其文；皇览遍略，直书其事。文义既殊，寻检难一。爰诏撰其事且文。②

意思是说，像《文章流别》《昭明文选》这样的文章总集，专收文学作品，而像《皇览》《华林遍略》这样的类书呢，却又只收录典故。于是，高祖、太宗便命欧阳询等人编纂《艺文类聚》，不仅纂其事，而且要搜其文。的确，在现存的唐初两大官修类书——《艺文类聚》与《初学记》中，均收录了不少前朝与初唐时期的诗文，成为后人勾稽诗文的重要资料。比如，《初学记》中，就收录了初唐时期的诗文356篇，成为记载初唐文学的重要资料。太宗李世民的诗文，《艺文类聚》收3篇，《初学记》收76篇（文7篇），《全唐诗》卷1收其诗98首，类书所收已占其全部存世作品的

① 胡应麟：《少室山房笔丛》卷29丙部《九流绪论下》（中华书局1958年版，第380页）。按，太宗对于本朝贤才的举荐也甚为重视，据《资治通鉴》记载，他曾令封德彝举贤，封氏“久无所举”，当太宗问他时，他对曰“于今未有奇才”，太宗当即反驳之曰：“君子用人如器，各取所长。古之致治者，岂借才于异代乎？正患己不能知，安可诬一世之人。”（中华书局1956年版，第6032页）可见，太宗不仅重视对于前朝文人的利用，而且注重人才的发掘与培养。

② 欧阳询：《艺文类聚序》，汪绍楹点校：《艺文类聚》，上海古籍出版社1982年版，第27页。

大半①。

附：《艺文类聚》与《初学记》所收各朝诗文情况简表

作家或作品	时代	艺文类聚	初学记	备注(升降)
宋玉	战国楚	10	26	+
贾谊	西汉	4	6	+
汉武帝刘彻	西汉	6	9	+
司马相如	西汉	12	24	+
枚乘	西汉	4	7	+
王褒	西汉	4	8	+
李陵	西汉	6	5	-
苏武	西汉	5	3	-
扬雄	西汉	37(作杨雄)	26	-
班固	东汉	37	35	-诗文赋
傅毅	东汉	9	10	+
崔骃	东汉	19	19(箴铭颂类)	=
李尤	东汉	57	51(铭文居多)	-
张衡	东汉	19	49(诗赋)	+
蔡邕	东汉	49	33	-
崔琰	东汉	1	2(赋)	+
祢衡	东汉	3	3	=
孔融	东汉	12	5	-
魏武帝曹操	曹魏	55	18	-
王粲	曹魏	44	20	-
徐幹	曹魏	9	9	=
应璩	曹魏	16	5	-
应玚	曹魏	19	4	-
阮瑀	曹魏	17	6	-

① 关于《艺文类聚》与《初学记》收录初唐文人作品的情况，可参见黄俊杰《从〈艺文类聚〉和〈初学记〉的引文看初唐的文学传播》一文(载于《中国韵文学刊》2010 年第 6 期，第 11~15 页)。

续表

作家或作品	时代	艺文类聚	初学记	备注(升降)
刘桢	曹魏	15	22	+
陈琳	曹魏	12	9	-
繁钦	曹魏	16	10	-
魏文帝曹丕	曹魏	83	57	-
曹植	曹魏	207	81	-
阮籍	曹魏	32	17	-
嵇康	曹魏	11	9	-
成公绥 231—273	魏、晋	26	30	+
张载	西晋	22	8	-
张协	西晋	22	16	-
张华	西晋	43	23	不含《博物志》
陆机	西晋	122	39	-
陆云	西晋	17	10	-
潘岳	西晋	62	48	-
潘尼	西晋	35	24	-
左思	西晋	13	31	+
左棻	西晋	22	6	-
傅玄	西晋	85	102	+
傅咸	西晋	53	26	-
嵇含	西晋	14	7	-
曹毗	西晋	12	10	-
夏侯湛	西晋	34	16	-
挚虞	西晋	14	31(赞 15)	+
孙楚(子荆)	西晋	35	18	-
刘琨	晋南渡	12	4	-
庾阐	晋南渡	38	9	-
卢谌	晋南渡	11	6	-
郭璞	东晋	96	24	-
袁宏	东晋	10	5	-

续表

作家或作品	时代	艺文类聚	初学记	备注(升降)
许询	东晋	2	1	-
孙绰	东晋	19	7(皆序赋赞诔类)	-
王廙	东晋	4	11	+
湛方生	东晋	22	9	-
李颙	东晋	7	15	+
陶潜	南朝宋	19	8	-
谢灵运	南朝宋	69	37	-
鲍照	南朝宋	60	31	-
颜延年	南朝宋	45	17	-
谢庄	南朝宋	36	16	-
谢惠连	南朝宋	43	18	-
宋孝武帝刘骏	南朝宋	31	9	-
谢朓	南朝齐	69	18	-
王融	南朝齐	46	14	-
孔稚珪	南朝齐	10	/	-
虞羲	南朝齐	8	1	-
梁元帝萧绎	南朝梁	164	46(含《纂要》12)	-
梁昭明太子萧统	南朝梁	31	6	-
梁简文帝萧纲	南朝梁	317	62	-
沈约	南朝梁	218	60	—不含《宋书》
范云	南朝梁	30	6	-
王僧孺	南朝梁	46	5	-
王筠	南朝梁	29	11	-
庾肩吾	南朝梁	96	27	-
庾信	南朝梁(后入北周)	124	43	-
何逊	南朝梁	31	11	-
任昉	南朝梁	55	8	-
吴均(一作吴筠)	南朝梁	80	15(《续齐谐记》5)	-
江淹	南朝梁	67	18	-

续表

作家或作品	时代	艺文类聚	初学记	备注(升降)
丘迟	南朝梁	21	/	-
张缵	南朝梁	16	2	-
陶弘景	南朝梁	11	/	-
陆倕	南朝梁	23	3	-
刘缓	南朝梁	8	1	-
刘孝标	南朝梁	11	1	-
刘孝仪	南朝梁	46	9	-
刘孝绰	南朝梁	56	19	-
刘孝威	南朝梁	54	10	-
周弘让	南朝梁、陈	3	3	=
周弘正	南朝梁、陈	15	7	-
陈后主(叔宝)	南朝陈	/	6	+
阴铿	南朝陈	32	11	-
沈炯	南朝陈	32	6	-
徐摛	南朝梁、陈	5	2	-
徐陵	南朝梁、陈	58	9	-
张正见	南朝陈	23	31	+
江总	陈、隋	83	38	-
魏收	北齐	2	6	+
邢子才	北齐	31	4	-
温子升	北魏	22	8	-
萧悫	北齐	/	13	+
王褒	北周	50	12	-
隋炀帝杨广	隋	/	15	+
卢思道	隋	4	9	+
虞世基	隋	4	9	+
薛道衡	隋	2	16	+
岑德润	隋	2	2	=
杨缙	隋	3	1	-

续表

作家或作品	时代	艺文类聚	初学记	备注(升降)
唐太宗	唐	3	79	+
沈佺期	唐	1	12	+
苏味道	唐	3	11	+
宋之问	唐	1	6	+
阎朝隐	唐		1	
李峤	唐	1	3	+
杜审言	唐	1	2	+
李崇嗣	唐	1	1	=
李重	唐	1	2	+
牛凤及	唐	1	1	=
杨炯	唐	1	1	=(《盂兰盆赋》)
杨师道	唐	/	14	+
李百药	唐	/	17	+
虞世南	唐	/	26	+
上官仪	唐	/	10	+
崔融	唐	/	3	+
魏征	唐	/	1	+
卢照邻	唐	/	1	+(《秋霖赋》)
陈子昂	唐	/	2	+(1 赋 1 文)
骆宾王	唐	/	4	+
岑文本	唐	/	6	+
王勃	唐	/	1	+(《咏风诗》)
刘希夷	唐	/	1	+
董思恭	唐(高宗时人)	/	9	+
《战国策》	战国(汉刘向编)	59	22	-
《国语》	战国	18	32	+
《孟子》	战国	31	14	-
《庄子》	战国	182	74	-
《史记》	西汉司马迁	303	237	-

续表

作家或作品	时代	艺文类聚	初学记	备注(升降)
《汉书》	东汉班固	577	500	-
《后汉书》	南朝宋范晔	32	91	+
《三国志》	西晋陈寿			按三国分排（见下）
《蜀志》	西晋陈寿	25	20	-
《魏志》	西晋陈寿	125	65	-
《吴志》	西晋陈寿	53	32	-
《离骚》	战国屈原	48	10	-
《楚辞》	屈、宋等	112	61	-
《世说新语》	南朝宋刘义庆	122	24	-
《昭明文选》	南朝梁萧统	/	/	=
《玉台新咏》	南朝陈徐陵	1	/	-

数据表说明：

(1)本表主要据[日]中津滨涉所编《艺文类聚引书索引》(改订版，日本京都中文出版社1977年版)与许逸民所编《初学记索引》(中华书局1980年版)编成。

(2)作家的选取。一是文学史所确定的重要作家。二是历代帝王中能诗者。三是统计数据出现较大异动者。四是个别不为文学史所书但数据较大的作家(或在当时有重要影响)。

(3)书籍的确定。取与文学相关典籍数种，经传之书引用虽夥，但本表未载。所取诸籍为先秦历史散文、诸子散文、前四史及唐前文选几种。

(4)时代。作家及成书时代据学界通例。

(5)数据说明。二书所引作家数据多为诗、文、赋类，亦取论、赞、箴、铭、诔、颂、序诸体。如欧阳询所言，“事居其前，列文于后”者，取其“文”而弃其“事”。诸家名下有非文学撰作之引用者，本表不取。

(6)引次升降。由于《艺文类聚》、《初学记》的成书时间相距105年，由二书引用数据的升降可观作家地位的变化，本表在备注中分别以“+”、“-”、“=”表示“升”、“降”、“平”。

从上表所列数据来看，《艺文类聚》于南朝文人收录诗文句数、篇数较多，而《初学记》则更能体现出对于隋代及初唐文人的关注。以今日之文学史家的眼光来看，《艺文类聚》收录的作家篇数基本与作家的地位成正比，以50条为标准线，我们可以看到有李尤、曹操、曹丕、曹植、陆机、潘岳、傅玄、郭璞、谢灵运、鲍照、谢朓、萧绎、萧纲、沈约、庾肩吾、庾信、吴均、江淹、刘孝绰、刘孝威、徐陵、江总、王褒(此外，蔡邕引49条，亦接近此数；宋玉、司马相如、扬雄、班固在存留作品不多的早期作家中，亦属佼佼者)，这些名字已囊括了唐代以前的重要作家。对于前代典籍，所引《庄子》《战国策》《史记》《汉书》《魏志》《吴志》《楚辞》《世说新语》也在数量上较为突出(经部除外)。所有这些，均反映出《艺文类聚》编选者较为卓越的文学眼光。

《初学记》于隋唐以前作家的引文则有着明显的回避，这固然有篇幅本身的原因，但也或许是出于避免与《艺文类聚》的重复。该书引隋唐以前文人诗文作品过50条的仅有李尤、曹丕、曹植、傅玄、萧纲、沈约这6人，唐太宗引文则高达79条。于前代典籍中，《庄子》《史记》《汉书》《魏志》《楚辞》的引用仍较多，但《战国策》《世说新语》均已大大减少，反倒是《后汉书》的引用数有了较大的增长。由此也可看出，《初学记》在编纂上除有意与《艺文类聚》互为补充外，在倾向上也带有更多的皇家色彩。刘肃《大唐新语》卷9记载玄宗对张说的话说："儿子等欲学缀文，须检事及看文体。《御览》之辈，部帙既大，寻讨稍难。卿与诸学士撰集要事并要文，以类相从。务取省便，令儿子等易见成就也。"于是，张说与徐坚、韦述等编纂此书以上，诏以《初学记》为名。① 从引文数据来看，《初学记》为皇子们学习缀文、翻检典故及查寻文体而用，这个记载是不错的。因而，它可能更得实用，而不像《艺文类聚》那样更重文学性。

但不管怎样，这些类书中诗文的加入，反映出唐代文人文学传播意识对编纂类书的影响。这种编纂类书的思路，延续到宋代类书的编纂上，宋初的几大类书，如《文苑英华》《太平御览》《太平广记》《册府元龟》等，成为辑稽唐代文学作品的重要资源，与唐代文人编纂类书时的这种思维转向有着密切关系，为文学作品的存留起用了重要作用。

二、题壁诗的传播意向

题壁是唐代文学中一种非常独特的传播行为。唐人题壁蔚成风气，尤其是宪宗元和年间，白居易、元稹诗歌为世人所喜爱，壁上题写元、白诗歌一时风行，达到了"二十年间，禁省、观寺、邮候墙壁之上无不书，王

① 刘肃：《大唐新语》卷9，《唐五代笔记小说大观》，上海古籍出版社2000年版，第296页。

公妾妇、牛童马走之口无不道”的地步①。唐代文人非常看重题壁，项斯《题令狐处士溪居》云：“为月窗从破，因诗壁重泥。”②为了观看月色，窗纸已破，也不去管它；因为珍重题在壁上的诗，连墙壁也不忍重新敷泥③，由此可见一斑。

唐代文人尤其留意壁上的题诗，如元稹《见乐天诗》：“通州到日日平西，江馆无人虎印泥。忽向破檐残漏处，见君诗在柱心题。”④再如杜牧《残春独来南亭因寄张祜》诗中所写：“仲蔚欲知何处在，苦吟林下拂诗尘。”⑤吴融《富水驿东楹有人题诗》小注还注意到“笔迹柔媚，出自纤指”⑥。诗僧齐己有《登大林寺观白太傅题版》⑦、《游道林寺四绝亭观宋杜诗版》⑧等诗，都是非常留意题诗板的具体事例。有研究者统计，唐代题壁诗的作者有三百余家，诗作近千首⑨。其中以元稹、白居易、寒山、张祜等人数量最多。据闾邱允《寒山子诗集序》记载：“(寒山)于竹木石壁书诗，并村墅人家厅壁上所书文句三百余首”⑩，而寒山本人也曾在一首无题诗中宣称：“五言五百篇，七字七十九。三字二十一，都来六百首。一例书岩石，自夸云好手。”⑪又有诗云：“一住寒山万事休，更无杂念挂心头。闲于石壁题诗句，任运还同不系舟。”⑫张祜其人，屡举进士不第，一生为处士，以宫词得名，与当时名公巨卿如令狐楚、裴度、李绅、李德裕等多有交往，其人亦好题诗，几乎题遍了当时的名寺胜处⑬。

---

① 元稹：《白氏长庆集序》，《全唐文》卷653，中华书局1983年版，第6644页。
② 《全唐诗》卷554，中华书局1960年版，第6407页。
③ 《五代诗话》卷2引《留青日札》云：“项斯云：‘因诗壁重泥’。盖言因壁上题诗，故珍重而不忍泥也。”(人民文学出版社1989年版。)
④ 《全唐诗》卷415，中华书局1960年版，第4586页。
⑤ 《全唐诗》卷524，中华书局1960年版，第5993页。
⑥ 《全唐诗》卷687，中华书局1960年版，第7903页。
⑦ 《全唐诗》卷839，中华书局1960年版，第9457页。
⑧ 《全唐诗》卷840，中华书局1960年版，第9477页。
⑨ 据刘洪生所编《唐代题壁诗》，诗作841首，作者324人，但其所言“壁”，乃是“空间载体”，非专指墙壁，也包括屏风、衣衫，甚至树叶、竹木等。中国社会科学出版社2004年版。
⑩ 《全唐文》卷162，中华书局1983年版，第1663页。
⑪ 《全唐诗》卷806，中华书局1960年版，第9097页。
⑫ 《寒山子诗》，《全唐诗》卷806，中华书局1960年版，第9086页。
⑬ 辛文房撰，傅璇琮等校注：《唐才子传校笺》第3册卷6，中华书局1990年版，第161页。

有关唐人题壁的研究论著已有不少①，本节避其陈言，详其所略，重点从文学传播意识的层面，对题壁这一创作方式所体现出来的文人传播意向加以解读，以期对这一独特的传播方式能有研究上的推进。从现有资料来看，唐代文人题壁的传播意向主要可分为留言、回复、纪事、炫才、寄怀等。

（一）留言

在唐代，由于通讯、交通等各方面的原因，当时的文人不可能拜访之前就联系好，访而不遇的现象是比较多的。他们或者专访，或者偶过，遇到主人恰好不在的情况，就会题壁留言，以告诉对方自己曾经拜访。

初唐诗人宋之问作有一首《使至嵩山寻杜四不遇，慨然复伤田洗马、韩观主，因以题壁赠杜侯杜四》②，此诗写自己到嵩山去寻访阔别二十年的旧友杜四，不遇，于是回想起当年二人与田游岩（洗马）、韩法昭（观主）携手同游的情景，而如今田、韩二人均已谢世，友人杜氏又访而未遇，恐怕难以相见，于是题壁留诗。诗中所写“旧友悉零落，罢琴私自怜”等诗句，流露出如杜甫诗“人生不相见，动如参与商”、“明日隔山岳，世事两茫茫”（《赠卫八处士》）一般浓浓的感伤情调。也有访友人遇其饮酒沉醉而题壁留言的，如韩偓《访隐者遇沈醉书其门而归》诗云：“晓入江村觅钓翁，钓翁沈醉酒缸空。夜来风起闲花落，狼藉柴门鸟径中。”③

有一种留言的情况，是文人路过某地，估计自己的友人也会经过，于是留言致意。如宋之问被贬岭南，途经端州，见杜审言、沈佺期等人在壁上所题之诗，于是作《至端州驿，见杜五审言、沈三佺期、阎五朝隐、王二无竞题壁，慨然成咏》④，诗中写道，“逐臣北地承严遣，谓到南中每相见”。沈、宋等人因趋附张易之、武三思而一同被逐，原以为在逐地南方会常见面，可是上路之后，才知道南中歧路多，音信难通，于是在端州题壁留言。于是几个人在先后贬经端州的时候题壁留言，有向友人传达问候

① 如罗宗涛《唐人题壁诗初探》（《唐代文学研究》第三辑，1992年）、严纪华《唐人题壁诗研究》（博士论文，台湾文化大学1994年）、吴承学的《论题壁诗——兼及相关的诗歌制作与传播形式》（《文学遗产》1994年第4期）、马银川《唐宋题壁文学研究》（硕士论文，南京师范大学2005年）、吕雁《唐代的题诗习俗与全唐诗中的“题壁诗”》（硕士论文，云南大学2005年）、方向明《唐代题壁诗研究》（硕士论文，辽宁大学2006年）等。另在资料方面，有刘洪生所编《唐代题壁诗》（中国社会科学出版社2004年版）。

② 《全唐诗》卷51，中华书局1960年版，第625页。

③ 《全唐诗》卷681，中华书局1960年版，第7809页。

④ 《全唐诗》卷51，中华书局1960年版，第626页。

之意。

驿路留言式的题壁，有时会因诗人在该地的来往频繁而自我观瞻。如白居易《商山路驿桐树，昔与微之前后题名处》所言："与君前后多迁谪，五度经过此路隅。笑问中庭老桐树，这回归去免来无？"①因为五度经过商山，每过一次都有题写，诗人不禁笑问驿站中庭的梧桐（但实际也是问友人元稹）：这回归去，是否还会回来？表达了一种对迁谪奔波的自嘲。

有时留言则明确说明以题壁代书信，对即将到来的友人表示问候。如元稹《小碎》诗云："小碎诗篇取次书，等闲题柱意何如？诸郎到处应相问，留取三行代鲤鱼。"②其中所说"代鲤鱼"，用汉乐府《饮马长城窟行》典："客从远方来，遗我双鲤鱼。呼儿烹鲤鱼，中有尺素书。长跪读素书，书中竟何如？上言加餐食，下言长相忆。"③汉以前，"双鲤鱼"即指信封，这种信封和现在用纸糊成口袋形的信封不同，它是用两块鱼形的木板做成的，中间夹着书信。

唐代文人还每每于欢聚宴饮之后，题壁留言。如杜甫《巫山县汾州唐使君十八弟宴别，兼诸公携酒乐相送，率题小诗，留于屋壁》④，诗中表达出人生多远离，拥别惜时光的眷恋之情。此外，还有一些题壁，就是为了留下自己的踪迹，表达"到此一游"的简单目的。如王仁裕《题麦积山天堂》所言："天边为要留名姓，拂石殷勤身自题。"⑤其他诸如"题……主人壁"、"访……不遇题壁""……留题"等题壁诗题，皆属留言式的题壁。

总之，这种留言式的题壁诗，主要是为了告知观阅者有人曾经过访某地。窦牟《陪韩院长、韦河南同寻刘师不遇》一诗便说得很明白："仙客诚难访，吾人岂易同。独游应驻景，相顾且吟风。药畹琼枝秀，斋轩粉壁空。不题三五字，何以达壶公。"诗题下小注云："三字分韵，牟得'同'字"⑥。可见，如果有友人陪伴同访，还会分韵以较才情。窦巩则有一首《寻道者所隐不遇》写道："篱外涓涓涧水流，槿花半点夕阳收。欲题名字知相访，又恐芭蕉不奈秋。"⑦意思是说，自己原本想题名于芭蕉叶上，告

---

① 《全唐诗》卷441，中华书局1960年版，第4927页。
② 《全唐诗》卷414，中华书局1960年版，第4584页。
③ 《饮马长城窟行》，萧统编，李善注：《文选》卷27，上海古籍出版社1986年版，第1278页。
④ 《全唐诗》卷232，中华书局1960年版，第2556页。
⑤ 《全唐诗》卷736，中华书局1960年版，第8402页。
⑥ 《全唐诗》卷271，中华书局1960年版，第3035页。
⑦ 《全唐诗》卷271，中华书局1960年版，第3052页。按，此诗又作于鹄诗，题作《访隐者不遇》。

知对方曾经拜访，但又担心芭蕉叶经不起秋天风雨的侵蚀。至于此诗是留于壁，还是书于纸，就不得而知了。

男女之间，又有题诗留言以传情的，如《本事诗·情感》载，博陵人崔护，姿质甚美，可是却为人孤洁寡合。有一年进士未第，在清明的时候，独游于都城之南以散心，来到一处庄园，花木丛萃，邂逅一位娇媚的女子，彼此暗生情愫。第二年清明，崔护又到此园，“门墙如故，而已锁扃之”，于是崔护在左扉题诗曰：“去年今日此门中，人面桃花相映红。人面不知何处去，桃花依旧笑春风。”可是，没想到崔氏此诗竟令那女子相思成疾，绝食数日而死。然而就在崔护悼念伤感之际，女子却又复活，于是其父大喜，以女嫁之①。这段故事，虽然是传奇手法，但这类题诗传情的事情，发生在唐代，是完全可能的。

（二）回复

以续题回复原题，就是通过续题诗来传达自己对原题诗的意见。

宋人计有功《唐诗纪事》卷20《薛令之》条记载，开元中，东宫官僚清淡，薛令之题诗自悼，有“饭涩时难绾，羹稀箸易宽。无以谋朝夕，何由保岁寒”之语。不久，玄宗幸临东宫，览之，索笔题其旁曰：“啄木口觜长，凤凰羽毛短。若嫌松桂寒，任逐桑榆暖。”令之遂谢病而归②。薛令之借题诗而抒写身在东宫的清冷与无聊，玄宗则就壁以批示，令之览批复而自惭谢归。薛氏初题本为抒怀，并没有想传到皇上那里；而玄宗的传播指向则非常明显，就如同批复薛令之的奏疏一般。

诗人往来答复，还存在题壁与书信相结合的情况。如宋之问被逐，经黄梅临江驿，作《途中寒食题黄梅临江驿寄崔融》③，崔融答有《和宋之问寒食题黄梅临江驿》④。宋之问自然在题壁之后抄录以寄，而崔融亦以书信回复酬和。又如陈子昂《酬田逸人游岩见寻不遇题隐居里壁》⑤，则是隐逸之士田游岩访陈子昂不遇，题诗于壁，陈子昂复以信酬和。再如韦应物《酬豆卢仓曹题库壁见示》⑥、刘禹锡《到郡未浃日登西楼见乐天题诗因即事以寄》，也均是如此。

---

① 孟棨撰：《本事诗》，丁福保辑：《历代诗话续编》，中华书局2006年版，第10~11页。
② 计有功撰，王仲镛校笺：《唐诗纪事校笺》，巴蜀书社1989年版，第517页。
③ 《全唐诗》卷52，中华书局1960年版，第640页。
④ 《全唐诗》卷68，中华书局1960年版，第765页。
⑤ 《全唐诗》卷84，中华书局1960年版，第912页。
⑥ 《全唐诗》卷190，中华书局1960年版，第1943页。

权德舆《从叔将军宅蔷薇花开，太府韦卿有题壁长句，因以和作》中有“佳句新成和者稀”之语①，其中所言韦卿，指韦渠牟，11岁时曾赋《铜雀台》诗受到李白激赏，并授以古乐府诗法②。此诗中，权德舆是说，韦渠牟的题壁长诗和者稀少，自己勉力和答以复，带些自谦，也带些自信。

这类带有“续题”、“和……题壁”、“酬……题壁”字样的诗题，多为答复式的题壁之作。

(三)纪事

唐人题壁诗中，还有类似写日记一般，将自己近况记于壁上的。如李白《自巴东舟行经瞿唐峡，登巫山最高峰，晚还题壁》，此诗前半部分简短地记载自己到巫山的过程：“江行几千里，海月十五圆。始经瞿塘峡，遂步巫山巅”，然后再写在巫山之巅的景观与感受，只为纪下这一行程。刘禹锡《和杨侍郎初至郴州，纪事书情题郡斋八韵》则在诗题中直言所题之诗为“纪事书情”③。吴融《题扬子津亭》云：“扬子江津十四经，纪行文字遍长亭。”④十四次经过扬子津，发现长亭之上题满了纪行的文字，表明扬子津作为一处交通要津，文人们在此题诗纪行的频繁。

又如羊士谔《乾元初，严黄门自京兆少尹贬牧巴郡，以长才英气，固多暇日，每游郡之东山，山侧精舍，有盘石细泉，疏为浮杯之胜，苔深树老，苍然遗躅，士谔谬因出守，得继兹赏，乃赋诗十四韵，刻于石壁》⑤，诗题已将作诗起因、本末交待得清清楚楚，其纪事性也很明显。其中所云严黄门，即严武。乾元元年(758)，严武自京兆少尹贬为巴州刺史；元和三年(808)，羊士谔继赴此任，因有此诗⑥。

再如韩愈《合江亭》诗题下小注云：“亭在衡州负郭，今之石鼓头，即其地也。地形特异，岿然崛起于二水之间。旁有朱陵洞，唐人题刻散满岩上。愈自阳山量移江陵，道衡山作。”全诗写景、纪事、抒怀融于一炉，并指出题诗石壁的原因是为了不使泥尘污染：“愿书岩上石，勿使泥尘

① 《全唐诗》卷326，中华书局1960年版，第3655页。
② 韦渠牟，《旧唐书》卷135(中华书局1975年版，第3728页)、《新唐书》卷167有传(中华书局1975年版，第5109页)。
③ 《全唐诗》卷363，中华书局1960年版，第4097页。
④ 《全唐诗》卷684，中华书局1960年版，第7851页。
⑤ 《全唐诗》卷332，中华书局1960年版，第3699页。
⑥ 辛文房撰，傅璇琮等校注：《唐才子传校笺》第2册卷5，中华书局1989年版，第352页。

涴"①。

白居易《香炉峰下新置草堂即事咏怀题于石上》②，全诗38句190字，则记载了自己在香炉峰下建草堂的事情。白居易对这间草堂的位置非常喜爱，他还专门写有一篇《草堂记》，其中写道："匡庐奇秀，甲天下山，山北峰曰香炉峰，北寺曰遗爱寺。介峰寺间，其境胜绝，又甲庐山。元和十一年秋，太原人白乐天见而爱之，若远行客过故乡，恋恋不能去，因面峰腋寺，作为草堂。"③

另外，白居易《题裴晋公女几山刻石诗后》有序云："裴侍中晋公出讨淮西时，过女几山下，刻石题诗……居易作诗二百言，继题公之篇末，欲使采诗者、修史者、后之往来观者，知公之功德本末前后也。"④平淮西是中唐时期一件重大的历史事件，而通过这件事，史家往往认为宪宗朝一时呈中兴之象，文人们也纷纷撰文作诗以纪其胜。裴度是平乱的主事之人，在出兵征讨之前，他在女几山刻石题诗，其中有"待平贼垒报天子"之语。白居易在裴度所刻诗后，题写的这首诗，36句180字，他明确表示是为了让采诗、修史、后之观者，知事之本末。纪事之意，非常明显。

贾岛名作《题李凝幽居》也是讲述自己不负幽期，如约至友人家之事："闲居少邻并，草径入荒园。鸟宿池边树，僧敲月下门。过桥分野色，移石动云根。暂去还来此，幽期不负言。"⑤更有湛贲《伏览吕侍郎丘员外旧题十三代祖历山草堂诗，因书记事》⑥，诗题则明言记事。

有时，甚至一些极为琐碎的事情，文人们也会题壁以记之。如白居易《郡厅有树晚荣早凋，人不识名，因题其上》⑦《有小白马乘驭多时，奉使东行至稠桑驿，溘然而毙，足可惊伤，不能忘情，题二十韵》⑧《往年稠桑曾丧白马，题诗厅壁，今来尚存，又复感怀，更题绝句》⑨，所记之物乃郡厅之树与曾经乘驭的白马。

（四）炫才

诗人在题壁或题写屏风时，有时也会自我标榜。这种情况多在宴饮之

---

① 《全唐诗》卷337，中华书局1960年版，第3777页。
② 《全唐诗》卷430，中华书局1960年版，第4746页。
③ 《全唐文》卷676，中华书局1983年版，第6900页。
④ 《全唐诗》卷453，中华书局1960年版，第5121页。
⑤ 《全唐诗》卷572，中华书局1960年版，第6639页。
⑥ 《全唐诗》卷466，中华书局1960年版，第5293页。
⑦ 《全唐诗》卷433，中华书局1960年版，第4794页。
⑧ 《全唐诗》卷448，中华书局1960年版，第5043页。
⑨ 《全唐诗》卷455，中华书局1960年版，第5158页。

后，酒酣耳热之际，直吐胸中块垒，不顾忌，充满自信。如白居易《题诗屏风绝句》："相忆采君诗作障，自书自勘不辞劳。障成定被人争写，从此南中纸价高。"①说自己与元稹唱和的诗歌经过他的校勘并书写在屏风之上后，一定会令当地人争相抄写，致使纸价上涨，自信之状，溢于言表。此诗有序云："十二年冬，微之犹滞通州，予亦未离湓上。相去万里，不见三年。郁郁相念，多以吟咏自解。前后辱微之寄示之什，殆数百篇。虽藏于箧中，永以为好，不若置之座右，如见所思。由是掇律句中短小丽绝者，凡一百首，题录合为一屏风，举目会心参，若其人在于前矣。前辈作诗，多出偶然，则安知此屏不为好事者所传，异日作九江一故事尔。因题绝句，聊以奖之。"通过这篇长序可知，白居易是从以往与元稹唱和之诗中擢百首短小丽绝者，合录于一座屏风。从后来元、白诗的影响看，当时便有"元和体"之称。白氏之自夸，亦非虚言。

文人题壁中，也有因为喜爱某人的诗文，而题写于壁的。如元、白之间惺惺相惜，互相标榜，是文学史上著名的事例。元稹《阆州开元寺壁题乐天诗》云："忆君无计写君诗，写尽千行说向谁。题在阆州东寺壁，几时知是见君时。"②白居易《答微之》则答曰："君写我诗盈寺壁，我题君句满屏风。与君相遇知何处，两叶浮萍大海中。"③既表达了一种亲密无间的友情，也有标举对方之意。再联系白居易《骆口驿旧题诗》所写："拙诗在壁无人爱，鸟污苔侵文字残。唯有多情元侍御，绣衣不惜拂尘看。"④以及白居易《蓝桥驿见元九诗》："每到驿亭先下马，循墙绕柱觅君诗。"⑤则知二人之间，实在也存在一种文采相重的默契。所以，宋人葛立方《韵语阳秋》卷三说："元白齐名，有自来矣。元微之写白诗于阆州西寺，白乐天写元诗百篇，合为屏风，更相倾慕如此。"⑥

再如白居易《宿张云举院》诗："不食胡麻饭，杯中自得仙。隔房招好客，可室致芳筵。美酝香醪嫩，时新异果鲜。夜深唯畏晓，坐稳不思眠。棋罢嫌无敌，诗成愧在前。明朝题壁上，谁得众人传？"⑦末句虽为反问之语，实则暗含几分自信。其他如白居易《玉泉寺南三里涧下，多深红踯

① 《全唐诗》卷440，中华书局1960年版，第4903页。
② 《全唐诗》卷415，中华书局1960年版，第4587页。
③ 《全唐诗》卷440，中华书局1960年版，第4903页。
④ 《全唐诗》卷437，中华书局1960年版，第4849页。
⑤ 《全唐诗》卷438，中华书局1960年版，第4870页。
⑥ 葛立方撰：《韵语阳秋》，何文焕辑：《历代诗话》，中华书局1981年版，第502页。
⑦ 《全唐诗》卷462，中华书局1960年版，第5260页。

蹋，繁艳殊常，感惜题诗，以示游者》①之诗题、《早春题少室东岩》所云“东岩最高石，唯我有题名”②，传示与人的心理均很明显。

有时，文人题写或出于敷衍与应酬而作，或仅仅是一种文人的作诗习惯。如白居易《题峡中石上》曰：“巫女庙花红似粉，昭君村柳翠于眉。诚知老去风情少，见此争无一句诗。”③白居易《访陶公旧宅》题下自序则径称：“余夙慕陶渊明为人，往岁渭上闲居，尝有效陶体诗 16 首。今游庐山，经柴桑，过栗里，思其人，访其宅，不能默默，又题此诗云。”④所言“争无一句诗”“不能默默”，似乎还暗含作为文人的一种责任。

（五）寄怀

唐人题壁，除去以上种种出于实用的传播意向外，还有极大一部分的寄怀作品。有的怀念友人，有的思念亲人，有的为怀古，有的则是戏题，抒发出诗人的各种情怀。

许多题友人故居的题壁诗，均表达出对于亡友深切的思念之情。由于物是人非，或者人去楼空，睹物思人，诗人们往往带有一种凄然惆怅的感伤情调。如李颀《题卢五旧居》所云：“物在人亡无见期，闲庭系马不胜悲”“忆君泪落东流水，岁岁花开知为谁？”⑤，皆为实情。而杜甫所作《题郑十八著作虔》所写“穷巷悄然车马绝，案头干死读书萤”⑥，权德舆《题亡友江畔旧居》所刻画“蟏蛸集暗壁，蜥蜴走寒窗。松盖欹书幌，苔衣上酒缸”⑦，元稹《陪诸公游故江西韦大夫通德湖旧居有感，题四韵，兼呈李六侍御，即韦大夫旧僚也》所云“尘壁暗埋”“风帘吹断”“狐兔奔丛”等⑧，则均以自然写实的手法表现出友人亡故后，居处荒凉的景象。其他如权德舆《题柳郎中茅山故居》“鸟啼花落人声绝，寂寞山窗掩白云”⑨、杨巨源《秋日题陈宗儒圃亭，凄然感旧》“前山依旧碧，闲草经秋绿。时物方宛然，蛛丝一何速”⑩，则在几抹淡淡地风景描写中，内含对于友人的浓烈

① 《全唐诗》卷 454，中华书局 1960 年版，第 5146 页。
② 《全唐诗》卷 456，中华书局 1960 年版，第 5166 页。
③ 《全唐诗》卷 440，中华书局 1960 年版，第 4914 页。
④ 《全唐诗》卷 430，中华书局 1960 年版，第 4740 页。
⑤ 《全唐诗》卷 134，中华书局 1960 年版，第 1363 页。
⑥ 《全唐诗》卷 225，中华书局 1960 年版，第 2412 页。
⑦ 《全唐诗》卷 326，中华书局 1960 年版，第 3659 页。
⑧ 《全唐诗》卷 413，中华书局 1960 年版，第 4573 页。
⑨ 《全唐诗》卷 326，中华书局 1960 年版，第 3659 页。
⑩ 《全唐诗》卷 333，中华书局 1960 年版，第 3719 页。

情怀。而韩愈的《游西林寺题萧二兄郎中旧堂》径自云："偶到匡山曾住处，几行衰泪落烟霞"①，率直朴实，流露真性情，与一向喜好奇崛险怪的韩退之判若两人。

怀念友人之作中还有见亡友生前题诗而慨然生悲的，如崔曙《登水门楼，见亡友张贞期题望黄河诗，因以感兴》云："人随川上逝，书向壁中留"、"时与文字古，迹将山水幽。"②壁中诗存，文字已古，如今惟有黄河独自流，作者只好掩泣赴行舟。再如欧阳詹《睹亡友题诗处》，其中写道："旧友亲题壁上诗，伤看缘迹不缘词。门前犹是长安道，无复回车下笔时。"③对于旧时友人的壁上诗，看着熟悉的笔迹就有一份感伤：所题之处虽然就在通往京城的大道之旁，但已经无法再看到友人回车下笔题字了。李群玉《长沙开元寺昔与故长林许侍御题松竹联句》诗，亦颇能道出此种心态："墙阴数行字，怀旧惨伤情。薜荔侵年月，莓苔压姓名。逝川前后水，浮世短长生。独立秋风暮，凝颦隔郢城。"④还有如刘禹锡《虎丘寺见元相公二年前题名怆然有咏》⑤，元稹《公安县远安寺水亭见展公题壁，漂然泪流，因书四韵》⑥，李郢《小石上见亡友题处》⑦等，亦皆相类。

元稹被贬江陵期间，曾与僧人如展、松滋主簿韦载同游碧涧溪，时隔不十日，僧人如展去世，元稹在其生前身后均有诗作，其前一首名为《八月六日与僧如展、前松滋主簿韦载同游碧涧寺，赋得"扉"字韵。寺临蜀江，内有碧涧穿注两廊，又有龙女洞能兴云雨。诗中啧字以平声韵》，其中写有："他生莫忘灵山别，满壁人名后会稀"⑧；后一首题曰《僧如展及韦载同游碧涧寺，各赋诗，予落句云："他山莫忘灵山座，满壁人名后稀"，展共吟"他生"之句，因话释氏缘会所以，莫不凄然久之。不十日，而展公长逝。惊悼返覆，则"他生"岂有兆耶？其间展公仍赋"黄"字五十韵，飞札相示。予方属和未毕，自此不复撰成，徒以四韵为识》，诗云："重吟前日'他生'句，岂料逾旬便隔生。会拟一来身塔下，无因共绕寺廊行。紫毫飞札看犹湿，'黄'字新诗和未成。纵使得如羊叔子，不闻兼记

① 《全唐诗》卷344，中华书局1960年版，第3861页。
② 《全唐诗》卷155，中华书局1960年版，第1601页。
③ 《全唐诗》卷349，中华书局1960年版，第3910页。
④ 《全唐诗》卷569，中华书局1960年版，第6593页。
⑤ 《全唐诗》卷365，中华书局1960年版，第4122页。
⑥ 《全唐诗》卷403，中华书局1960年版，第4506页。
⑦ 《全唐诗》卷590，中华书局1960年版，第6856页。
⑧ 《全唐诗》卷413，中华书局1960年版，第4577页。

旧交情。”①

白居易《商山路有感》表达的也是与上述元稹之作同样的情怀：“忆昨征还日，三人归路同。此生都是梦，前事旋成空。杓直泉埋玉，虞平烛过风。唯残乐天在，头白向江东。”②此诗序云：“前年夏，予自忠州刺史除书归阙。时刑部李十一侍郎、户部崔二十员外亦自澧、果二郡守征还。相次入关，皆同此路。今年，余自中书舍人授州刺史，又由此途出，二君已逝，余独南行，追叹兴怀，慨然成咏。后来有予、杓直、虞平游者，见此短什，能无恻恻乎？倘未忘情，请为继和。长庆二年七月三十日，题于内乡县南亭云尔。”三人曾同游，如今又从商山路过，二位友人均已故去，惟余自己白头东去，实令人感慨。

感怀、思念之作中，还有些怀念亲人的题壁诗作。韩愈《去岁自刑部侍郎以罪贬潮州刺史，乘驿赴任，其后家亦谴逐，小女道死，殡之层峰驿旁山下，蒙恩还朝过其墓，留题驿梁》诗作于他由贬地潮州还朝之时，为当年贬谪时亡去的小女儿而作，诗中有“绕坟不暇号三匝，设祭惟闻饭一盘。致汝无辜由我罪，百年惭痛泪阑干”之语③，充满自责与惭痛之情。由于韩愈被贬是奉诏先行，其家被迫遣送在后，所以小女身死设祭时，韩愈并不在旁，故有“设奠惟闻饭一盘”的辛酸之语。再如刘禹锡《途次敷水驿，伏睹华州舅氏昔日行县题诗处，潸然有感》所云“繁华日已谢，章句此空留”④，所表达的是其“舅氏”卢征(曾为华州刺史)诗文虽在，人却已去的萧然之感。

又有借题壁以讥讽世态炎凉的。《唐摭言》卷7“起自寒苦”条载：“王播少孤贫，尝客扬州惠昭寺木兰院，随僧斋餐。诸僧厌怠，播至，已饭矣。后二纪，播自重位出镇是邦，因访旧游，向之题已皆碧纱幕其上。播继以二绝句曰：二十年前此院游，木兰花发院新修。而今再到经行处，树老无花僧白头。上堂已了各西东，惭愧阇黎饭后钟。二十年来尘扑面，如今始得碧纱笼。”⑤反映出当时世人对于权重位高的阿附，对于贫寒文人的冷漠。王播，中唐时人，《旧唐书》卷164有传。为了表现出这种世态炎凉的古今一理，《诗林广记》还另外附了一段关于宋人寇准与魏野题壁诗的境遇对比，并录于下：

① 《全唐诗》卷403，中华书局1960年版，第4505页。
② 《全唐诗》卷443，中华书局1960年版，第4949页。
③ 《全唐诗》卷344，中华书局1960年版，第3862页。
④ 《全唐诗》卷358，中华书局1960年版，第4043页。
⑤ 王定保撰：《唐摭言》，上海古籍出版社1978年版，第73页。

附魏野题僧寺

世情冷暖由分别，何必区区较异同。若得常将红袖拂，也应胜似碧纱笼。

古今诗话云：寇莱公典陕日，与处士魏野同游僧寺。观览旧游有留题处，公诗皆用碧纱笼之，至野诗则尘蒙其上。时从行官妓之惠黠者，辄以红袖拂之。野顾公笑，因题诗云。①

这位慧黠的歌女，固然能以其红袖拂去题壁诗上的灰尘，也能暂时安慰魏野略显无奈的心情，但这类人情的冷暖，她却是无法拂去的。魏野是一位旷达的隐者，自然不会计较这种世俗的行为，但诗中以红袖“胜似碧纱”来自我解嘲，也暗含着对世态的针砭。

有因题诗寄怀而得幸者，如温宪《题崇庆寺壁》诗云：“十口沟隍待一身，半年千里绝音尘。鬓毛如雪心如死，犹作长安下第人。”②诗中写落第后心如死灰的绝望之感，却因此得福。《唐诗纪事》卷70《温宪》载：“温宪员外，庭筠子也。僖、昭之间，就试于有司，值郑相廷昌掌邦贡也，以其父文多刺时，复傲毁朝士，抑而不录。既不第，遂题一绝于崇庆寺壁。后荥阳公登大用，因国忌行香，见之悯然动容。暮归宅，已除赵崇知举，即召之，谓曰：‘某顷主文衡，以温宪庭筠之子，深怒嫉之。今日见一绝，令人恻然，幸勿遗也。’于是成名。”③

另有一类睹前贤题诗有感而作的。如刘禹锡《途次华州，陪钱大夫登城北楼春望，因睹李、崔、令狐三相国唱和之什，翰林旧侣继踵华城，山水清高鸾凤翔集，皆忝宿眷，遂题此诗》④，其中谈到自己与钱徽在华州城北楼登临之际，因为看到李绛、崔群、令狐楚三位相国的唱和之作，不禁感怀而作。

又有一些登览怀古之作。如韦夏卿《和丘员外题湛长史旧居》⑤、权德

① 蔡正孙：《诗林广记》，中华书局1982年版，第179页。
② 《全唐诗》卷667，中华书局1960年版，第7643页。
③ 计有功撰，王仲镛校笺：《唐诗纪事校笺》，巴蜀书社1989年版，第1869页。
④ 《全唐诗》卷359，中华书局1960年版，第4053页。
⑤ 《全唐诗》卷272，中华书局1960年版，第3058页。

舆《丰城剑池驿感题》①、杨巨源《题范阳金台驿》②、韩愈《题楚昭王庙》③、赵嘏《题曹娥庙》④等等。薛逢《题白马驿》所云"满壁存亡俱是梦，百年荣辱尽堪愁"⑤，深蕴兴亡之感，颇能代表这类题壁诗的主体风调。

题壁也并非皆写感伤情怀，也有的写林间暖酒、石上题诗的闲逸之状，如白居易《送王十八归山，寄题仙游寺》："曾于太白峰前住，数到仙游寺里来。黑水澄时潭底出，白云破处洞门开。林间暖酒烧红叶，石上题诗扫绿苔。惆怅旧游那复到，菊花时节羡君回。"⑥诗中忆旧时从游之闲适，羡如今友人之归隐，与怀古感旧之作大不相同。

另有一些戏题之作，如包佶《戏题诸判官厅壁》⑦、皇甫冉《秋夜戏题刘方平壁》⑧，后一首取笑好友刘方平留连于"翠帐兰房"，却不知户外青霜冰寒。李商隐《戏题友人壁》所戏题之处，则或为一女子住处，其诗云："花径逶迤柳巷深，小阑亭午啭春禽。相如解作长门赋，却用文君取酒金。"⑨

文人题壁，还有因书法精绝而受人珍爱保存的。如南朝萧子云的题壁字，就是因为书法好，受到了许多人的喜爱。唐张彦远《法书要录》中收有3篇唐人文章，详细记载了萧子云在浙西建邺佛寺题写的一块飞白书壁经韩滉、李士举、李约辗转保存之事⑩。再如五代时的杨凝式，宋高宗赵构《翰墨志》中载："杨凝式在五代最号能书……在洛中往往有题记，平居好事者，并壁匣置座右，以为清玩。"⑪把题了字的壁板拆下来，或置于座右，或置于匣中，以供赏玩，皆为书法绝妙之故。

碰到那种诗书俱佳的"墨宝"，如果题写者更是高人名士，则非同一般了。如刘禹锡《洛中寺北楼见贺监草书题诗》写道："高楼贺监昔曾登，壁上笔踪龙虎腾。中国书流尚皇象，北朝文士重徐陵。偶因独见空惊目，

---

① 《全唐诗》卷325，中华书局1960年版，第3650页。
② 《全唐诗》卷333，中华书局1960年版，第3736页。
③ 《全唐诗》卷343，中华书局1960年版，第3839页。
④ 《全唐诗》卷550，中华书局1960年版，第6368页。
⑤ 《全唐诗》卷548，中华书局1960年版，第6330页。
⑥ 《全唐诗》卷437，中华书局1960年版，第4843页。
⑦ 《全唐诗》卷205，中华书局1960年版，第2139页。
⑧ 《全唐诗》卷249，中华书局1960年版，第2805页。
⑨ 《全唐诗》卷540，中华书局1960年版，第6209页。
⑩ 三篇文章是：《崔备壁书飞白萧字记》《李约壁书飞白萧字赞》《大父相国高平公萧斋记》。参见张彦远：《法书要录》卷3，人民美术出版社1984年版，第132~136页。
⑪ 赵构：《翰墨志》，百川学海本。

恨不同时便伏膺。唯恐尘埃转磨灭，再三珍重嘱山僧。”①诗中，不仅表达了刘禹锡对于贺知章文才的倾慕，“恨不同时便伏膺”，而且通过他嘱咐僧人保护好贺知章题壁诗，免得壁诗蒙尘，被风雨侵蚀的行为，可见贺知章的题壁之作，之所以受重视，也因为书法的缘故。《旧唐书》卷190《贺知章传》载，“善草隶书，好事者供其片翰，每纸不过数十字，共传宝之”②，刘禹锡此处将他的书法与三国时的章草名家皇象相比，又将其文才与南朝徐陵相比，可见刘氏推重之意。温庭筠《秘书省有贺监知章草题诗，笔力遒健，风尚高远，拂尘寻玩，因有此作》也谈到贺知章之书法是“落笔龙蛇”③。

题壁之字，并非一定出自作者本人之手。如白居易《微之到通州日，授馆未安，见尘壁间有数行字，读之，即仆旧诗，其落句云：“渌水红莲一朵开，千花百草无颜色”，然不知题者何人。微之吟叹不足，因缀一章，兼录仆诗本同寄。省其诗，乃十五年前初及第时，赠长安妓人阿软绝句。缅思往事，杳若梦中，怀旧感今，因酬长句》诗：“十五年前似梦游，曾将诗句结风流。偶助笑歌嘲阿软，可知传诵到通州。昔教红袖佳人唱，今遣青衫司马愁。惆怅又闻题处所，雨淋江馆破墙头。”④诗题中已说元稹在通州时，见壁间有人题写之诗，却是白居易当初及第时赠予长安歌妓的旧诗，“不知题者何人”。

唐代文人喜在一些名胜之处题诗。如虎丘真娘墓，题诗者就有白居易、刘禹锡、李商隐、李绅、谭铢等人；再如绵阳越王楼，题写唱和者也有于兴宗、刘睽、李渥、王铎、李朋、杨牢等。

从上面所举的几个方面来看，题壁已经成为当日文人日常活动中不可或缺的精神生活，他们在访友、游宦、科举、贬谪，甚至是归隐、漫游等行为中，会频繁地使用题壁的手段。细思当日唐代文人在各处题写诗文，那种满壁烟霞的情状，的确令人怀想。如果能在众多的题壁之作中，看到友人的留字，那种快乐、兴奋之感，是难以言状的；而一旦人去诗存，则又会给存世的友人带来几许思念，增添一丝惆怅。正如元稹《褒城驿二首》其一诗所写：“容州诗句在褒城，几度经过眼暂明。今日重看满衫泪，可怜名字已前生。”⑤

① 《全唐诗》卷359，中华书局1960年版，第4051页。

② 刘昫等撰：《旧唐书》卷190，中华书局1975年版，第5034页。

③ 《全唐诗》卷578，中华书局1960年版，第6726页。

④ 《全唐诗》卷438，中华书局1960年版，第4868页。

⑤ 《全唐诗》卷403，中华书局1960年版，第4506页。

三、送别中的赠诗文以宠行

中国古代文人在离别之际，尤重赠言。《晏子春秋》记载：

> 曾子将行，晏子送之曰："君子赠人以轩，不若以言。吾请以言乎？以轩乎？"曾子曰："请以言。"①

轩者，车之属也。晏子认为赠人以轩，不若赠之以言，被送之人曾子也以为然。此事亦载于《荀子·大略》篇②。南朝梁元帝萧绎在其《金楼子·立言》篇中也曾说："赠人以言，重于金石珠玉。"③这种古时注重赠言的风气，在唐代仍然盛行。翻检全唐诗文，可以寻见许多赠诗、赠言以宠行的相关文字。如宋之问《袁侍御席饯永昌独孤少府序》即曰："夫登高动咏，赠远形言，岂鄙怀之庶几？乃群公之事业。"④李白《暮春于江夏送张祖监丞之东都序》亦曰："诗可赠远，无乃阙乎？"⑤王维《送郑五赴任新都序》："赋诗宠别，赠言诫行"等⑥。

以诗文赠远行之人，虽然古已有之，但由于唐代社会在各方面的繁荣，遂往往表现出一些不同于前人的阔大气象。由于赠诗文以宠行，多半发生于文人饯别之际，饯别场面之豪奢，有时竟然达到"绮筵临路""朱盖倾城""衣冠成市""翰墨为林"的地步⑦，这一点尤其表现在宦游文人间。

---

① 吴则虞撰：《晏子春秋集释》卷5《曾子将行晏子送之而赠以善言第二十三》，原文作"请以言之，以轩乎？"，清人卢文弨认为"之"当作"乎"，刘师培亦从之。今据卢、刘二氏改。又据吴则虞集释云：《荀子·大略》"庶人赠人以财"，与"君子赠人以言"对。潜夫论遏利篇："贻之以言，弗若以财。"（中华书局1962年版，第347页。）《史记·孔子世家》："辞去，而老子送之曰：'吾闻富贵者送人以财，仁人者送人以言。'"亦以"言""财"并举。《意林》卷1、《太平》御览卷983、《诸子琼林》卷24，并作"财"。作"轩"者恐沿庄子而讹。杨本亦作"轩"。

② 《荀子·大略》篇句云"君子赠人以言，庶人赠人以财"。（王先谦：《荀子集解》，中华书局1988年版，第507页。）

③ 萧绎著，许逸民校注：《金楼子校笺》，中华书局2011年版，第762页。按，此句原出于《荀子·非相》篇。

④ 宋之问：《袁侍御席饯永昌独孤少府序》，《全唐文》卷241，中华书局1983年版，第2438页。

⑤ 李白：《暮春于江夏送张祖监丞之东都序》，《全唐文》卷349，中华书局1983年版，第3537页。

⑥ 王维：《送郑五赴任新都序》，《全唐文》卷325，中华书局1983年版，第3297页。

⑦ 张说《送严少府赴万安诗序》有云："顾瞻周道载怀京邑，绮筵临路而告别，朱盖倾城而出饯。衣冠成市，翰墨为林，增乐府于蜀道，嗣文集于金谷。"《全唐文》卷225，中华书局1983年版，第2274页。

玄宗开元十四年(726)，工部尚书张嘉贞出守定州，君臣上下赋诗送之，张说为众人之诗作有《送工部尚书弟赴定州诗序》，其序曰：

> 于时春带余寒，野衔残雪，太官重味，御酒百壶。供帐临岐，假丝竹以留宴；倾城出饯，会文章以宠行。①

《旧唐书》卷99《张嘉贞传》云："复代卢从愿为工部尚书、定州刺史，知北平军事，累封河东侯。将行，上自赋诗，诏百僚于上东门外饯之。"②据张说之序所云"倾城出饯，会文章以宠行"，则当时场面一定甚为壮观。

又有许多送别文字，是参加科举应试时所结识的举子之间所作。因为其中一位擢升到较高的地位，其同举者仍有沉沦之人，后者便会去进一步结交拜访，以求能有所帮助。据白居易《送侯权秀才序》所云，秀才侯权也曾请他赠"一言以宠别"③。这位侯秀才与他相识在贞元十五年(799)秋，当时白居易与他一同被宣城太守贡举。贞元十六年，白居易及第进士，此后"凡历四朝，才朽命剥，蹇踬不暇"，于元和十五年(820)擢迁尚书郎，掌制诰，用他自己的话说，当时已是"青衫未解，白发已多"。可是，这位侯秀才更加潦倒，囊资消缩，自不待言，且日日奔走于权势之门，以干谒行卷。

无论是宦游士大夫的华筵饯别，还是举子友人间的薄酒慰远，这种送别之际的宠行诗文，不仅可以通过远行之人传播远地，而且可能因为送别时的相聚而形成诸人间的唱和。

四、行卷中的取悦主司与邀誉于时

传播学理论中，有个"两级传播论"(Two-Step Flow Theory)，其提出者是拉扎斯菲尔德，基本观点是：观念常常从广播与报刊流向"舆论领袖"，然后通过他们流向人群中"不太活跃的部分"(that ideas often flow from radio and print to opinion leaders and from these to the less active sections of the population)④。"舆论领袖"原指"提出指导性见解、具有广泛社会影

---

① 张说：《送工部尚书弟赴定州诗序》，《全唐文》卷225，中华书局1983年版，第2272页。

② 刘昫等撰：《旧唐书》卷99，中华书局1975年版，第3092页。

③ 白居易：《送侯权秀才序》，《全唐文》卷675，中华书局1983年版，第6897页。

④ [美]威尔伯·施拉姆(Wilbur Schramm)、威廉·波特(William E. Porter)著：《传播学概论(第2版)》(*Men, Women, Messages and Media: Understanding Human Communication, 2nd ed., New York*, 1982)，北京大学出版社2007年影印英文版，第110页。

响的人”，“具有崇高的社会威望，能够生产意见”，“具有高尚的政治品格和引人敬慕的气质”，能“在公众中产生一呼万从的感应。他们的人格魅力和高深的创见，产生引导思想的力量”①。如果拓展思维，将这一概念理解为物，则具备舆论引导性的书籍无疑也具备这一特征，可以充当起“舆论领袖”的作用。

唐代文人的传播意识还表现在应举或干谒时的行卷上。通过行卷，让主考官或是权要了解自己的文才，从而达到登第或擢迁的目的。行卷中为求标新立异，亦颇有以怪异为作文之旨者，中晚唐之文风渐趋怪异，并非与此无关。唐人的行卷，还结束了此前诗文单篇、零散传播(如寄赠、题壁)的状态，往往是一位作者多篇诗文的集成，成为一位作者风格的代言品。当代图书馆学中，有一种文献生成理论，其核心内容是指信息从零碎、散乱、无序的状态趋于有序完整的过程②。故唐代文人的行卷之作，后来作为其诗文集的主要构成部分，具有“舆论领袖”的性质，是作品传播过程中的一个重要步骤(Step)，值得密切关注。

行卷在唐人诗文集的形成过程中起着非常关键的作用。宋人赵彦卫《云麓漫钞》卷八载：

> 唐之举人，先藉当世显人以姓名达之主司，然后以所业投献。踰数日又投，谓之温卷，如《幽怪录》、《传奇》等皆是也。盖此等文备众体，可以见史才、诗笔、议论。至进士则多以诗为贽，今有唐诗数百种行于世者是也。③

可见，唐人行卷不仅为后世存留了大量的传奇小说，也是唐人诗集的重要渊薮。宋代王安石在编选《唐百家诗》时，便借助了大量的行卷资料。

按照程千帆的定义，“所谓行卷，就是应试的举子将自己的文学创作加以编辑，写成卷轴，在考试以前送呈当时在社会上、政治上和文坛上有地位的人，请求他们向主司即主持考试的礼部侍郎推荐，从而增加自己及第希望的一种手段”，程先生还认为行卷之手段“和当时的选举制度分不开”④。行卷虽然与唐代科举有着千丝万缕的联系，但却别有渊源，它属于文学发展过程中出现的一种正常的诗文交流活动。这种以诗文干谒的举

① 刘建明：《舆论传播》，清华大学出版社2001年版，第76页。
② 王新才：《中国目录学：理论、传统与发展》，国家图书馆出版社2008年版，第18页。
③ 赵彦卫撰，傅根清点校：《云麓漫钞》，中华书局1996年版，第135页。
④ 程千帆：《唐代进士行卷与文学》，上海古籍出版社1980年版，第3页。

动，并非只是为求进士及第时才出现。如魏晋时期的钟会撰写完《四本论》，欲请嵇康为之评鉴①；南北朝时期的刘勰，曾以所著《文心雕龙》干谒沈约等当时的文坛钜公，以求品评增价②；文学史上又有所谓“延之设问，希鲍昭之一言；何逊著名，系沈约之三读”等类的故事③，皆应属行卷之举。不过，确实是到了唐代，由于行卷与科举的联系，其内容与形式才开始气象万千、蔚为大观。

唐之举人，鲜有不以文谒进者。行卷的人数、卷数越来越多，卷轴的形制也日渐多样，成为唐代文人展现自我的一种重要手段。因此，行卷无疑是考察唐代文学的一个重要切入点。前辈学人如陈寅恪、冯沅君诸先生均有所涉及，又有程千帆《唐代进士行卷与文学》、傅璇琮《唐代科学与文学》(第十章)等著作专门论及。对于有关行卷的作用、卷轴形制、干谒投刺的相关程序，甚至主司的纳卷方式等均有极为精到的抉发。本节拟专从行卷所体现的文学传播意识，包括其声名意识、传世观念等进行论述，详人所略，略人所详，以期有助于唐人行卷研究的推进。

(一)取悦文柄：为科举及第而行卷

科举及第是唐代文人的梦想，与此相关的行卷也是文人谒名贤、献诗文的主要方面。在唐代，由于科举考试不采用糊名试，通榜之事遂成必然，时人也未尝以此为非，行卷因此得以大行于世。

唐代这种科举中行卷主司的风气，程千帆称之为“纳省卷”。程先生还据《旧唐书·韦陟传》与《登科记考》卷9考定这种风尚的形成可能在天宝元年(742)；又据范镇《东斋纪事》之记载指出，到了宋初，由于糊名诗的出现，纳省卷之风浸衰④。傅璇琮认为此说“大致符合实际”，并进一步认为纳省卷成为科举进士的一项正式规定在天宝元年与天宝十二载(753)之间⑤。

考察与纳省卷相关的文人行卷的态度，也须从《旧唐书》卷92的《韦陟传》说起：

---

① 刘义庆著，徐震堮校注：《世说新语校笺》卷上《文学》，中华书局1984年版，第106页。

② 姚思廉撰：《梁书》卷50《刘勰传》，中华书局1973年版，第712页。

③ 李商隐：《献相国京兆公启》，《全唐文》卷778，中华书局1983年版，第8115页。

④ 程千帆撰：《唐代进士行卷与文学》，上海古籍出版社1980年版，第8、9页。

⑤ 傅璇琮著：《唐代科举与文学》，陕西人民出版社1986年版，第251页。

曩者主司取与，皆以一声之善，登其科目，不尽其才。陟先责旧文，仍令举人自通所工诗笔，先试一日，知其所长，然后依常式考核，片善无遗，美声盈路。①

韦陟与当时的著名文人王维、崔颢、卢象等均有交往，本人也颇为喜欢文辞。据《旧唐书》本传载，“张九龄一代辞宗，为中书令，引陟为中书舍人，与孙逖、梁涉对掌文诰，时人以为美谈”，又说他“好接后辈，尤鉴于文，虽辞人后生，靡不谙练”②。从相关史料来看，韦陟是一位对科举考试非常重视之人，早在开元二十九年(741)，时为礼部侍郎的他因为自己的亲族中有人应举，便上过这样一封奏书：“准旧例：‘掌举官亲族，皆于本司差郎中一人考试。有及第者，尚书覆定，然后附奏。’臣本司今阙尚书，纵差郎官，是臣麾下，事在嫌疑，所望厘革。伏望天恩，许臣移送吏部，差考功员外郎试拣，侍郎覆定。任所在闻奏，即望浮议止息。”③所以，韦陟不以“一声之善”而取才，他的“先责旧文”，再试诗笔，然后依常式考核的取士之法，固然能举选出最优秀的人才。

由于“先责旧文”的规定，于是举子的行卷渐成惯例，而负责科举考试的主考官便成为举子们行卷的主要对象。科举知贡举之人，也即主考官，负责全国举子及第的遴选，权责重大，时人或誉之为“文柄”。中晚唐文人周墀《贺王仆射诗序》中尝云：

仆射十一叔以文学、德行，当代推高。在长庆之间，春闱主贡，采摭孤进，至今称之。近者朝廷以文柄重难，将抑浮华，详明典实，繇是复委前务。三领贡籍迄今，二十二年于兹，亦搢绅儒林，罕有如此之盛况。④

周墀(796—855)，字德升，汝南(今河南汝南)人。少孤，事母孝。长庆二年(822)进士。辟湖南团练巡官，入为监察御史、集贤殿学士。长史学，属辞高古。文宗雅重之。武宗时官中书门下平章事，终尚书右仆射。

① 刘昫等撰：《旧唐书》卷92，中华书局1975年版，第2958~2959页。
② 刘昫等撰：《旧唐书》卷92，中华书局1975年版，第2958页。
③ 王溥撰：《唐会要》卷58《考功员外郎》，中华书局1955年版，第1009~1010页。
④ 周墀：《贺王仆射诗序》，《全唐文》卷739，中华书局1983年版，第7639页。

工小篆，见称一时，画亦佳。尝与崔球、张次宗、孔温业等校雠经籍刊于石①。考清人徐松《登科记考》，周墀此处所言"王仆射"，应为王起②。另《文献通考》卷30《选举三》载："会昌中命太常卿王起知贡举，时亦检校仆射。"③可是，需要指出的是，"文柄"毕竟还是应指那些以文章著名的文人，如权德舆就曾说李华、独孤及等人"操文柄而爵位不称"④，刘禹锡也曾言韩愈"手持文柄，高视寰海"⑤。

唐代主考官——知贡举曾有过几次重大的变动。《册府元龟》卷639《贡举部总序》记载：

> 武德旧制，以考功郎中监试贡举。贞观已后，则考功员外郎专掌之。……明皇开元二十四年制，令礼部侍郎专掌贡举。初，因考功员外郎李昂诋诃进士李权文章，大为权要所凌讦，朝议以郎官地轻，故移于礼部。……其后，礼部侍郎缺人，亦以他官主之，谓之权知贡举。⑥

傅璇琮曾据《登科记考》，记有贞元八年(792)至天祐三年(906)历朝知贡主考官，今录其名如下：陆贽、顾少连、卫次公、张弘靖、尹躬、许孟容、韦贯之、李逢吉、李程、庾承宣、李建、李宗闵、贾餗、崔郸、高锴、崔蠡、王起、陈商、杜审权、裴坦、薛耽、王铎、李蔚、崔沆、裴贽、薛廷珪⑦。

这些知贡举的主考官，正是举子们所说的"文柄"，也是举子们科举行卷的主要对象，正如前引《云麓漫钞》所说，"唐之举人，先藉当世显人以姓名达之主司，然后以所业投献。"宋程大昌《演繁露》卷7《唐人行卷》亦载："唐人举进士必行卷者，为缄轴录其所著文以献主司也。"⑧又据程千帆的考证，举子们向主试官行卷必须是礼部衙门公开投纳省卷，不能私

---

① 参见《新唐书》卷182本传(中华书局1975年版，第5370页)，《旧唐书》卷176本传(中华书局1975年版，第4571页)，宋陈思《书小史》。

② 徐松撰，赵守俨点校：《登科记考》，中华书局1984年版，第712页。

③ 马端临撰：《文献通考》，中华书局1986年版，第281页上。

④ 权德舆：《兵部郎中杨君集序》，《全唐文》卷489，中华书局1983年版，第4996页。

⑤ 刘禹锡：《祭韩吏部文》，《全唐文》卷610，中华书局1983年版，第6169页。

⑥ 王钦若等编纂：《册府元龟》卷639，凤凰出版社2006年版，第7382页。

⑦ 傅璇琮著：《唐代科举与文学》，陕西人民出版社1986年版，第221~222页。当然，这并非一个完整的名单，而且还有一些副主考也是文人干谒行卷的对象。

⑧ 程大昌：《演繁露》卷7《唐人行卷》，程千帆《唐代进士行卷与文学》，上海古籍出版社1980年版，第18页。

底下进行①。如元结《文编序》记曰：“天宝十二年，漫叟以进士获荐，名在礼部。会有司考校旧文，作《文编》纳于有司。”②后来，元结所献《文编》被侍郎杨浚所激赏，并于次年及第③。

除了向主考官行卷外，举子们也会向与主考官关系密切的人员行卷，以便于“通榜”④。明人胡震亨《唐音癸签》卷18《进士科故实》有云：“举子麻衣通刺，称乡贡，由户部关礼部，各投公卷，亦投行卷于诸公卿间。”⑤这种间接性的行卷并不少于直接投向主考有司的数量，而一些著名的文人如梁肃、韩愈、李观均有非常热情的荐士之举。如韩愈《与祠部陆员外书》就是他向陆傪推荐举子侯喜等人的一封书信，其中便说：“执事之与司贡士者相知诚深矣；彼之所望于执事，执事之所以待乎彼者，可谓至而无间疑矣。彼之职在乎得人，执事之志在乎进贤，如得其人而授之，所谓两得其求，顺乎其必从也。”⑥将通榜中知贡举的主考官与佐僚之关系揭示的甚为明晰。据《唐摭言》卷8《通榜》条载：

> 贞元十八年，权德舆主文，陆傪员外通榜帖。韩文公荐十人于傪，其上四人曰侯喜、侯云长、刘述古、韦纾，其次六人：张苰、尉迟汾、李绅、张俊馀，而权公凡三榜共放六人，而苰、绅、俊馀不出五年内，皆捷矣。⑦

《唐摭言》所记“其次六人”缺二人，据韩愈之文，知尚有沈杞、李翊。由韩愈之书信，可以推知，当是侯喜诸人曾向文章名世的韩愈有过行卷之举，韩愈在阅读之后，向陆傪推荐，而陆氏则又是当时主考官权德舆的副佐。这样，一条“通榜”之链就形成了。

---

① 程千帆：《唐代进士行卷与文学》，上海古籍出版社1980年版，第22页。

② 元结：《文编序》，《全唐文》卷381，中华书局1983年版，第3872页。

③ 元结自序并未言侍郎杨公之名，李商隐《容州经略使元结文集后序》云：“次山见举于弱夫苏氏，始有名；见取于公浚杨公，始得进士第；见憎于第五琦、元载”（《全唐文》卷779，中华书局1983年版，第8135页）；皮日休《文薮序》亦记载：“比见元次山纳文编于有司，侍郎杨公浚见文编叹曰：‘上第污元子耳。’”（《全唐文》卷796，中华书局1983年版，第8352页。）此据傅璇琮《唐代科举与文学》第10章，陕西人民出版社1986年版，第252页。

④ 关于“通榜”，可参见《唐摭言》卷8《通榜》条（上海古籍出版社1978年版，第82页），亦可参见《唐代科举与文学》第9章《知贡举》二（陕西人民出版社1986年版，第225页）。

⑤ 胡震亨撰：《唐音癸签》卷18，上海古籍出版社1981年版。

⑥ 韩愈：《与祠部陆员外书》，《全唐文》卷553，中华书局1983年版，第5598页。

⑦ 王定保撰：《唐摭言》，上海古籍出版社1978年版，第82页。

在考察唐人行卷的相关细节时，白居易的《与陈给事书》是一篇非常重要的文献①，傅璇琮《唐代科举与文学》也曾辟有专节②，此处略做些个人阅读后的补述。按，此信作于德宗贞元十六年(800)，白居易就科举试之前③。陈给事者，陈京也。时礼部侍郎高郢知贡举，试题为《性习相近远赋》《玉水记方流》诗④。现将信中有关的材料擢列如下：

1. 给事门屏间请谒者如林，献书者如云……率不过有望于吹嘘剪拂耳。

2. 大凡自号为进士者，无贤不肖皆欲求一第、成一名。

3. 夫蕴奇挺之才，亦不自保其必胜，而一上得第者，非他也，是主司之明也；抱琐细之才，亦不自知其妄动，而十上下第者，亦非他也，是主司之明也。

4. 居易鄙人也，上无朝廷附丽之援，次无乡曲吹嘘之誉，然则孰为而来哉？盖所仗者文章耳，所望者主司至公耳。

5. 谨献杂文二十首，诗一百首，伏愿俯察悃诚，不遗贱小，退公之暇，赐精鉴之一加焉。可与进也，乞诸一言，小子则磨铅策蹇、骋力于进取矣；不可进也，亦乞诸一言，小子则息机敛迹、甘心于退藏矣。

这封信是一封极为典型的科举行卷书信，简洁而坦率。首先，白居易直接指出了参加科举应试的干谒举子的心理愿望：(1)有望于吹嘘剪拂；(2)欲求一第、成一名。其次，他对主司的权力也明白地道出，实际也暗暗在强调主司应该注意的责任。最后，言明自己对于“文章”的擅长，并表明行卷的目的。白居易于当年顺利及第，显然离不开他在考试之前诗文行卷的作用。

另外，举子们在中举之后，也会写信给主考官，以表示感谢。如韩愈贞元九年(793)所作《上考功崔虞部书》，即是韩愈中举之后，写给副主考之一崔元翰的一封信。其中写道：

窃惟执事之于愈也，无师友之交，无久故之事，无颜色言语之

① 白居易：《与陈给事书》，《全唐文》卷674，中华书局1983年版，第6883页。

② 傅璇琮著：《唐代科举与文学》，陕西人民出版社1986年版，第264页。

③ 朱金城：《白居易年谱》，上海古籍出版社1982年版。

④ 徐松撰，赵守俨点校：《登科记考》，中华书局1984年版，第531页。

情。卒然振而发之者，必有以见知尔。故尽暴其所志，不敢以默。①

则是一种袒露心思于知己的意思。

（二）邀誉于时与祈减罪愆：为呈诸名士及权要而行卷

文人行卷有时也会带着邀名或是渴望引荐推举的态度，将自己精心装裱的卷轴，呈于文坛上的知名人士或者权要，以求知音见赏。这种怀诗书以邀名誉的行卷活动，要早于科举中纳省卷的行为。从有关资料来看，至少在初唐四杰较活跃的武后时期，便已较为普遍。卢照邻《对蜀父老问》中曾有这样的对话：

余自丰镐归于五津……届于升仙桥上送客亭……遇蜀父老皤然庞眉华发者休于斯，谓余曰："子非衣冕之族欤？文章之徒欤？饰仁义以干时乎？怀诗书以邀名乎？……"②

这位蜀中父老既然有"怀诗书以邀名"之发问，则当时这种怀文行卷之事必已不是稀见之举。再来看王勃的一封书信，他在《上吏部裴侍郎启》最末一段这样写道：

窃不自揆，尝著文章，非敢自媒，聊以恭命，谨录《古君臣赞》十篇并序，虽不足尘高识之门，亦可以见小人之志也。③

可见，这位文才卓越的王子安，也并非如他自己所说的"未尝降身摧气，

① 韩愈：《上考功崔虞部书》，《全唐文》卷554，第5608页。按，此处之"崔虞部"或为"崔礼部"之讹。据《唐会要》卷76记载："贞元七年，兵部侍郎陆贽权知贡举。时崔元翰、梁肃，文艺冠时，贽输心于肃，肃与元翰推荐艺实之士。升第之日，虽众望不惬，然一岁选士，才十四五。"（中华书局1955年版，第1384页。亦可参《旧唐书》卷139《陆贽传》，中华书局1975年版，第3800页）则崔元翰当时为知贡之副佐可证。马其昶《韩昌黎文集校注》于此文题下注云："或作《上考功宏词官虞部崔员外书》。或云：崔元翰也。元翰，史有传，名鹏，以字行。举进士，博举宏词，贤良方正皆异等，独不载为虞部员外郎，或略之也。"（上海古籍出版社1987年版，第660页。）考两唐书《崔元翰传》（《旧唐书》卷137、《新唐书》卷203），知崔氏尝为礼部员外郎，故"虞部"或为"礼部"传刻之误。

② 卢照邻：《对蜀父老问》，《全唐文》卷167，中华书局1983年版，第1706页。

③ 《全唐文》卷180，中华书局1983年版，第1829页。

逡巡于列相之门；窃誉干时，匍匐于群公之室”那般坚韧[1]，尽管他对“邀时誉，忘廉耻，徇苟得，设向背于朝廷，立纵横于势利。举三寸之舌，屈辱豪门；奉咫尺之书，逡巡下席”[2]的行径大加鞭挞，但在失意受困之时，也会不得以地以行卷之举来结交朝中权要。此信中所言“裴侍郎”，即裴行俭，据《旧唐书》卷84本传记载，“麟德二年……征拜司文少卿。总章中，迁司列少常伯。咸亨初，官名复旧，改为吏部侍郎。与李敬玄为贰，时典选十余年，甚有能名，时人称为裴、李”[3]。可见，从麟德二年(667)起，司文典选的裴行俭便是不少文人干谒的对象[4]，直至上元三年(677)，因吐蕃叛乱，行俭出任“洮州道左二军总管”止。

至于文人行卷的对象，他们也是经过选择的，李商隐《与陶进士书》中写道：

> 昨又垂示《东冈记》等数篇，不惟其辞彩奥大，不宜为冗慢无势者所窥见，且又厚纸谨字，如贡大诸侯卿士及前达有文章积学者，何其礼甚厚而所与之甚下耶！[5]

这条材料不仅提供了行卷形制方面的一些要求，如文辞表现注重辞彩，纸张要厚实，书法要端正谨严，不能潦草等；而且还谈到了行卷对象的选择标准，如不能选“冗慢无势者”，要选择“大诸侯卿士”“前达有文章积学者”。为什么要这样选择呢？一方面因为朝廷中的那些冗官、无势之人并不能在擢迁上帮忙；另一方面因为李商隐曾经亲眼见过“有置之而不暇读者；又有默而视之，不暇朗读者；又有始朗读，而终有失字坏句不见本义者”这些令他不满的无才之人，献诗文于他们，无异于明珠暗投。另外，此文即名为“与陶进士书”，则陶氏应已为及第进士，其行卷的目的，或是出于制科与擢迁上的需要。

又有呈于主管上司以求有所提拔的，这类情况多半发生在一些贬谪文人的身上。由于遭到贬谪之后，许多文人的政治权利也受到一定程度的剥夺，他们不得不通过以前的亲友(尚有一定权力者)或是自己的顶头上司引荐，以改变沉沦的处境。元稹《上兴元权尚书启》即是献呈上司权德舆

---

① 王勃：《上刘右相书》，《全唐文》卷179，中华书局1983年版，第1821页。
② 王勃：《上绛州上官司马书》，《全唐文》卷179，中华书局1983年版，第1824页。
③ 刘昫等撰：《旧唐书》卷84，中华书局1975年版，第2802页。
④ 如骆宾王也有《上吏部裴侍郎书》，《全唐文》卷197，中华书局1983年版，第1997页。
⑤ 《全唐文》卷776，第8092页。

的一封书信，其中有这样的话："元和以来，贞元而下，阁下主文之盟，余二十年矣。……某实为环内之州司马，而又移族谒医，在阁下治所……因用官通已来所作诗及常记忆者，共五十首，又文书中得《迁庙议》《移史官书》《戡难纪》，并在通时《叙诗》一章，次为卷轴，封用上献。"①此信作于宪宗元和十二年(817)，权德舆当时以检校吏部尚书出任山南西道(今陕西汉中)节度使，元稹则在元和四年被贬逐后，历江陵府士曹参军、通州司马、虢州长史等职，而通州当时正在权氏辖区内，于元稹正为上司，故元稹有此行卷之事，当亦为求上司见赏而献。

也有一些贬谪之臣向一些权要行卷，表达自己消减罪愆的愿望，以实现自己重被朝廷所用的梦想。如韩愈《上兵部李侍郎书》写于贞元二十一年(805)他被贬江陵期间，这封书信写给当时的兵部侍郎李巽，希望重新获用，以展抱负。文中写道：

> 性本好文学，因困厄悲愁，无所告语，遂得究穷于经传、史记、百家之说，沈潜乎训义，反复乎句读，砻磨乎事业，而奋发乎文章。……惟是鄙钝不通晓于时事，学成而道益穷，年老而智益困，私自怜悼，悔其初心，发秃齿落，不见知己。……谨献旧文一卷，扶树教道，有所明白；南行诗一卷，舒忧娱悲，杂以瑰怪之言，时俗之好，所以讽于口而听于耳也。②

贞元十九年，监察御史韩愈因揭穿权贵隐瞒灾情，撰《论天旱人饿状》而得罪当朝权贵，被贬连州阳山县令。贞元二十一年，宪宗初即位，韩愈遇赦而被任命为江陵法曹参军，于是写了此信。

柳宗元于永贞革新后被贬，他不仅写过不少寄与朝中友人的书信，也投寄了自己不少的诗文稿(当亦算作行卷)给当时朝中的权贵。其与友人书信如《寄许京兆孟容书》《与萧翰林俛书》《与李翰林建书》等；行卷之书启则有《上权德舆补阙温卷决进退启》《上襄阳李仆射愬献唐雅诗启》《上扬州李吉甫相公献所著文启》《上江陵赵相公寄所著文启》《上江陵严司空献所著文启》《上岭南郑相公献所著文启》《上李中丞献所著文启》《上裴行立中丞撰訾家洲记启》《上河阳乌尚书重允欲献文启》等。其中，《上扬州李吉甫相公献所著文启》中的几句话，道出了他希望权臣揄扬自己的心思：

---

① 元稹：《上兴元权尚书启》，《全唐文》卷653，中华书局1983年版，第6641页。
② 韩愈：《上兵部李侍郎书》，《全唐文》卷551，中华书局1983年版，第5580页。

阁下倘以一言而扬举之，则毕命荒裔，固不恨矣。谨以杂文十首上献。缧囚而干丞相，大罪也。宁为有闻而死，不为无闻而生。去就乖野，不胜大惧。①

但是，文人的行卷虽然可以起到一定的作用，对于一些重大的政治犯却无法挽救。同样是为求重新获用而行卷，韩愈就幸运地回到了京城，不久出任国子博士，才有了后来因随裴度平淮西而擢迁的机会；而柳宗元则因为宪宗的排拒，至死未再获用。

（三）行卷与文人的声名

文人的行卷，实际就是对自己诗文的传播与宣传，它无疑是帮助文人实现文章名世的一种手段。事实上，确有不少文人因为本身具有真实的才学，而且又行卷适宜，得以顺利地科举中第。比如，韩愈于贞元八年(792)进士及第，而作于贞元六年的《上贾滑州书》就是为科举而行卷，时任滑州刺史者为贾耽。其书中云：

愈闻儒服者不敢用他术干进，又惟古执贽之礼，窃整顿旧所著文一十五章以为贽……伏以小子之文，可见于十五章之内；小子之志，可见于此书。与之进，敢不勉；与之退，敢不从。进退之际，实惟阁下裁之。②

上层权要在文人进退之际的裁决，可以决定一位文人的命运。进之者，则可立功名，退之者，则可能因此湮没无闻。再如，白居易是贞元十六年(800)中的进士，他的许多干谒书信与行卷诗文便是在此年或前一年投献的，他的中第固然有自己的勤学为根基，但无疑也得益于其在京城非常合理的行卷活动。可是，正如柳宗元在评论韦珩时所说：

吾子年甚少，知己者如麻，不患不显，患道不立耳。③

---

① 柳宗元：《上扬州李吉甫相公献所著文启》，《全唐文》卷576，中华书局1983年版，第5823页。

② 韩愈：《上贾滑州书》，《全唐文》卷554，中华书局1983年版，第5608页。

③ 柳宗元：《答韦珩示韩愈相推以文墨事书》，《全唐文》卷575，中华书局1983年版，第5816页。

一个人可以通过投献诗文、币帛来结交权要，甚至或许以此显达，但最终决定其成就的，仍然是才学之高低、持道之与否。如果才不称位，或者虽位居显要而不能治国安邦，徒以谄媚为计，也是不能长久的。

科举行卷之风在中唐尤盛，此前的文人行卷则多为名位而起，他们渴望得到权要的重用，并非为求考试中第，这与初、盛唐时期的用人制度有关。所以，早期一些文人所行卷的对象并非纯粹的主文之官，也有战功卓著的武将或其他行政长官，如王勃所上书的裴行俭是一位儒将，李白所上书的韩朝宗也曾出任过采访使、按察使、刺史等长官之职，不能以清要文官视之，但其人亦长于为文。李白《与韩荆州书》云："君侯制作侔神明，德行动天地，笔参造化，学究天人。"①虽有谀美之嫌，但若非略近于此，亦不能令韩朝宗心服。

正由于早期的行卷与个人的仕进关系并不太紧密，所以一些文人的干谒书信写得较为恣肆随意。即如李白写给韩朝宗的书信中，他就这样写道：

> 至于制作，积成卷轴，则欲尘秽视听，恐雕虫小技，不合大人。若赐观刍荛，请给以纸笔，兼之书人。然后退扫闲轩，缮写呈上。②

自己欲呈文章，因为旧轴积尘，竟然不自新录，而是要求对方提供纸笔与抄写之人，这种预行卷的书信竟如此措辞，今日看来，颇不可思议。再如开元十八年(730)前后，李白行卷于安州的李长史、书信于裴长史，则一是为醉酒猖狂而请罪，一为自荐。前者附有诗卷；其《上安州裴长史书》虽然未必是行卷，但言求遇之心理甚为清晰：

> 愿君侯惠以大遇，洞开心颜，终乎前恩，再辱英盼。白必能使精诚动天，长虹贯日，直度易水，不以为寒。若赫然作威，加以大怒不许门下，逐之长途，白即膝行于前，再拜而去，西入秦海，一观国风，永辞君侯，黄鹄举矣。何王公大人之门不可以弹长剑乎？③

① 李白：《与韩荆州书》，《全唐文》卷348，中华书局1983年版，第3531页。
② 李白：《与韩荆州书》，《全唐文》卷348，中华书局1983年版，第3532页。
③ 李白：《上安州裴长史书》，《全唐文》卷348，中华书局1983年版，第3532页。

其上李长史之书，则附有行卷之诗文："敢以近所为《春游救苦寺》诗一首十韵、石岩寺诗一首八韵、《上杨都尉》诗一首三十韵，辞旨狂野，贵露下情，轻干视听，幸乞详览。"①李长史，据李白《上安州裴长史书》，知为李京之②，其人未详。

早期这些"怀诗书以邀名誉"与谒权要而献诗文的行为，自然是因世族门阀制度遭到一定程度的破坏、科举制度尚未完全兴起之际，一些寒素文人或末落世家子弟为求身份转换而出现的正常现象。但若非得遇爱才、惜才、识才之人，也是不易为人所知的。这种状况在安史之乱以后，才由于科举考试对于用人制度的根本改变而出现变化。文人们行卷的目标不再主要是吏部或地方的长官，一变为与主持科考密切相关的礼部官员，以及与此有联系的前贤先达。

中唐时期文人的干谒行卷之风甚炽，甚至带有一些躁进的情绪。时人赵匡《举选议》言科举十弊，其第五弊即云：

> 收人既少，则争第急切。交驰公卿，以求汲引，毁訾同类，用以争先。故业因儒雅，行成险薄，非受性如此，势使然也。浸以成俗，亏损国风。③

由于科举取士对于人数的限制，以至竟有毁谤同类之事的发生，令风俗变坏。又有假手他人诗文以行卷者，五代牛希济曾说："自文艺之流，假手于人，投掷于公卿之门者，率不能知其伪。"④可见，这种事情还不在少数。但这些均非科举考试的目的，但也确实存在。

至中唐时，文人行卷的数量，也逐渐增多。初、盛唐时期文人行卷数，往往在10篇上下，如王勃上裴行俭之卷轴，是文章10篇；李白上安州李长史，是诗3首。但到了中唐以后，动辄百首、百篇，或者数十轴的诗文巨卷屡见不鲜。如元稹上权德舆行卷为诗50首、文4篇⑤，上令狐楚行卷为诗100首(5卷)⑥；白居易上陈京之行卷杂文20篇、诗100

---

① 李白：《上安州李长史书》，《全唐文》卷348，中华书局1983年版，第3530页。

② 李白《上安州裴长史书》有"前此郡都督马公，朝野豪彦，一见尽礼，许为奇才，因谓长史李京之"之语，《全唐文》卷348，中华书局1983年版，第3532页。

③ 赵匡：《举选议》，《全唐文》卷355，中华书局1983年版，第3602页。

④ 牛希济：《荐士论》，《全唐文》卷846，中华书局1983年版，第8889页。

⑤ 元稹：《上兴元权尚书启》，《全唐文》卷653，中华书局1983年版，第6641页。

⑥ 元稹：《上令狐相公诗启》，《全唐文》卷653，中华书局1983年版，第6641页。

首[①]；李商隐、杜牧亦曾有行卷百首之事[②]；皮日休尤有行卷200篇之例[③]。更有纳省卷数十轴者，《唐摭言》卷12《自负》载：

> 刘允章侍郎主文年，榜南院曰："进士纳卷，不得过三轴。"刘子振闻之，故纳四十轴。[④]

由于行卷之卷轴数量过巨，堆积过夥，以至于公卿之门竟以之为"脂烛之费"，如《唐摭言》所载：

> 薛保逊好行巨编，自号金刚杵。大和中，贡士不下千余人，公卿之门，卷轴填委，率为阍媪脂烛之费。[⑤]

这种行卷的繁荣与中晚唐文学传播意识的增强也有着紧密联系。他们传播作品的行为，其目的终究是为了获得名誉，以求进士及第。

在中晚唐行卷盛行的风气之下，甚至还出现了诗人李群玉直接向帝王投献诗文的情况。一般来说，帝王会向朝中擅长文学的大臣征索诗文，文人以平民、布衣身份直接向帝王投献诗文的情况是极少见的。据《唐才子传》卷7《李群玉》记载，裴休观察湖南，厚礼延致群玉之郡中，尝勉之曰："处士被褐怀玉，浮云富贵，名高而身不知，神宝宁久弃荒途子其行矣。"大中八年，李群玉以草泽臣的身份来京，诣阙上表，自进诗三百篇。休适为相，复论荐。上悦之，敕授弘文馆校书郎[⑥]。《全唐文》所收李群玉《进诗表》云：

> 但虑寒饥江湖之滨，与枯鱼涸蚌为伍。瞑目黄壤，虚谢文明。是以徒步负琴，远至辇下。谨捧所业歌行、古体、今体七言今体五言四

---

① 白居易：《与陈给事书》，《全唐文》卷674，中华书局1983年版，第6883页。

② 李商隐：《献相国京兆公启》，《全唐文》卷778，中华书局1983年版，第8115页。（按，冯浩认为京兆公为杜悰。）杜牧：《献诗启》："谨录一百五十篇，编为一轴，封留献上"，《全唐文》卷752，中华书局1983年版，第7801页。

③ 皮日休：《文薮序》，《全唐文》卷796，中华书局1983年版，第8352页。

④ 王定保撰：《唐摭言》，上海古籍出版社1978年版，第136页。

⑤ 王定保撰：《唐摭言》，上海古籍出版社1978年版，第136页。

⑥ 辛文房撰，傅璇琮等校注：《唐才子传校笺》第3册卷7，中华书局1990年版，第391～393页。

通等合三百首，谨诣光顺门昧死上进。①

即其本事。

孙樵的《骂僮志》是一篇刻画科举干谒之士具体形象的奇文，此文借自己的两个书僮之口，对欲举进士、干谒行卷之人的行径进行了再现，可以清晰地看到中晚唐之际文人干谒的总体风貌，兹录如下：

吾闻他举进士者，有门吏诸生为之前焉，有亲戚知旧为之地焉。走健仆，囊大轴，肥马四驰，门门求知。所至之家，入去如归。阍者迎屈，引主人出，取卷开读，喜欢入骨。自某至某，如到一户。口口附和，不敢指破。亲朋扳联，声光烂然。其于名达，进取如掇。今主远来关东，居长安中，进无所归，居无所依。慾割口食，以就卷轴。冒暑触雪，携出籍谒。所至之门，当关迎嗔。俯眉与语，受卷而去。望一字到主人目，且不可得，矧其开口以延乎？时或不弃，而遇主人，推心于公是者，当开缄引读。苟合心曲，又曰彼何人耶？彼何自耶？况所为幽拙，大与时阔。

凡为世人，婉颜巧唇，望风趋尘，以售其身；则必淡面钝口，戆揖痴步，昧于知几，买嫌于时。凡为读书，东猎西渔，粗知首尾，则为有余；则必灯前月下来，寒朝暑夜，磨礲反覆，期入圣域，徒苦其神，孰裨其身。凡为文章，拈新摘芳，鼓势求知，取媚一时；则必摆落尖新，期到古人，上规时政，下达民病，句句淡涩，读不可入，徒乖于众，孰适于用？凡为造谒，去冷附势，大求其力，小求其得；则必权门扫迹，寂寞是适，所至之处，雀罗在户，人皆嫌去，愈恭好慕。凡为结交，搜罗杰豪，相醉以酒，相饫以庖；则必屑去温燠，胶牢淡泊，时或丛处，冻冷彻曙，晨起散去，洁腹出户，追暮如故。学猎古今，不为众誉。文近丁奇，不为人知。九试泽宫，九黜有司。十年辇下，与穷为期。一岁之间，几日晨炊。饥不饱菜，寒无袭衣。此皆自掇，何怨于时。浪死无成，孰与归耕。②

文中先述其他欲举进士之人的手段：有门吏诸生为之前导绍介，有亲戚知旧为之铺路方便。随从仆人皆健壮无比，囊中所携卷轴装帧富丽，四处求

① 李群玉：《进诗表》，《全唐文》卷793，中华书局1983年版，第8317页。
② 孙樵：《骂僮志》，《全唐文》卷795，中华书局1983年版，第8337页。

谒于权要之门，与他们联系紧密，以致来去如归。又借僮仆之口对比性地描写自己在长安城中进退皆无所依，装裱卷轴也是省吃俭用之费用，所献之卷，也不知能否达到主人的手中，而且即使幸运地被主人所见到，又不知能否受到赏识。然后文中又接着谈到世人、读书、文章、造谒、结交等方面谈到当时的文人世态，无不笔含针砭，深蕴讽刺之意。

以今日之眼光看来，文人之行卷是为获取功名，为科举及第，但在当时许多文人的眼中，行卷是为“求知己”。《文献通考》卷29《选举二》引江陵项氏语：

> 天下之士，什什伍伍，戴破帽，骑蹇驴，未到门百步，辄下马奉币、刺再拜以谒于典客者，投其所为之文，名之曰“求知己”。①

如李翱有《感知己赋》②，杜牧有《上知己文章启》③，刘蜕有《投知己书》④《答知己书》⑤等，罗隐也曾以《谗书》上干公卿，希望能得知己赏识。李商隐《上崔华州书》言这种求知己的心理，可谓深切：

> 凡为进士者五年。始为故贾相国所憎，明年病不试，又明年复为今崔宣州所不取。居五年间，未曾衣袖文章，谒人求知，必待其恐不得识其面，恐不得读其书，然后乃出。⑥

行卷文人，虽有如韩愈、白居易那样的成功者，但更多的则因落第而被埋没。当时的一位文人记有落第举子客死他乡的事例：

> 予元和乙未岁，落第西征。适此公署，忽闻呻吟之声，潜听而微惙也。乃于暗室之内，见一贫病儿郎。问其疾苦行止，强而对曰：“辛勤数举，未遇知音。”眄睐叩头，久而复语，惟以残骸相托，馀不能言。拟求救疗，是人俄忽而逝。余遂贱鬻所乘鞍马于村豪，备棺瘗之。恨不知其姓字，苟为金门同人，临歧凄断。⑦

① 马端临撰：《文献通考》，中华书局1986年版，第274页上。
② 李翱：《感知己赋》，《全唐文》卷634，中华书局1983年版，第6397页。
③ 杜牧：《上知己文章启》，《全唐文》卷752，中华书局1983年版，第7801页。
④ 刘蜕：《投知己书》，《全唐文》卷789，中华书局1983年版，第8252页。
⑤ 刘蜕：《答知己书》，《全唐文》卷789，中华书局1983年版，第8253页。
⑥ 李商隐：《上崔华州书》，《全唐文》卷776，中华书局1983年版，第8091页。
⑦ 廖有方：《书胡馆板记》，《全唐文》卷713，中华书局1983年版，第7323页。

这种悽惨之事绝非个别现象。诗人徐凝《自鄂渚至河南将归江外留辞侍郎》诗云："一生所遇唯元白，天下无人重布衣。欲别朱门泪先尽，白头游子白身归。"①写出了落第举子的普遍心声。

五、由上而下的诗文征求

如果说行卷是作者渴求为人所知的一种主动干谒活动，"征求"则是君王或高官慕于作者之声名而采取的一种诗文收集行为。对于被征者而言，固然是一种来自高层的宠幸，但却是一种相对于作者的被动传播活动。

唐代帝王中，颇有些爱好文学的君主。这些帝王经常向朝中大臣询问当世著名文人，并向他们索求这些文人的诗文。如代宗宝应二年(763)，王缙奉旨献上其兄王维的诗集，他在《进王维集表》中写道：

> 恩命忽临，以惊以喜，退因编录，又窃感伤。臣兄文词立身，行之余力，常持坚正，秉操孤贞，纵居要剧，不忘清静，实见时辈，许以高流。至于晚年，弥加进道，端坐虚室，念兹无生。乘兴为文，未尝废笔，或散朋友之上，或留箧笥之中。臣近搜求，尚虑零落，诗笔共成十卷，今且随表奉进。曲承天鉴，下访遗文。魂而有知，荷宠光于幽穸；没而不朽，成大名于圣朝。②

王缙所写，道出了一位在朝官员作为著名文人亲朋的细微心理。他这里所表现出来的一惊一喜一感伤，并非没有来由，且细细辨析之。

王缙之惊，恐怕最初还是出于其兄王维可能带来的政治牵连，因为王维险些被误认为附从安禄山而处以极刑。据唐人郑处诲《明皇杂录补遗》记载，天宝末，叛贼陷两京，大掠文武朝臣及黄门、宫嫔、乐工、骑士，每获数百人，以兵仗严卫，送于雒阳。至有逃于山谷者，而卒能罗捕追胁，授以冠带。禄山尤致意乐工，求访颇切，于旬日获梨园弟子数百人。群贼因相与大会于凝碧池，有乐工雷海清者，投乐器于地，西向恸哭。逆党乃缚海清于戏马殿，支解以示众，闻之者莫不伤痛。王维时为贼拘于菩提寺中，闻之赋诗曰："万户伤心生野烟，百官何日更朝天。秋槐叶落空

---

① 《全唐诗》卷474，中华书局1960年版，第5383页。

② 王缙：《进王维集表》，《全唐文》卷370，中华书局1983年版，第3756页。

宫里，凝碧池头奏管弦。”①王维曾被迫任职于安禄山的强权之下，其所赋之凝碧池诗，恰恰反映了被迫服从的无奈情绪，成为他得以减罪的重要证据，加以王缙在平乱其间辅佐李光弼有功，所以王维并没有受到很重的惩罚。但王缙的担忧是仍然存在的，因为这种情况完全取决于君主一念之间的决断，所以他有一惊。王缙之喜则是因为朝廷诏令索要亡兄的诗集，可以光耀门楣，扬名千载。所以他说，“魂而有知，荷宠光于幽穸；没而不朽，成大名于圣朝”。王缙之感伤，首先因为其兄已逝（王维卒于761年），不能见到今日之荣宠；其次则在于其兄王维虽然早年便以文词立身，但因为遭罹国变，开始虔心向佛，且诗文零落，未能多加收辑，所以伤怀。

其他著名文人如权德舆、元稹、李泌等人也都曾有过受皇上征求诗文之事②，他们有的是在生前，由自己亲奉；有的则在身后，由亲人进奉。其中权德舆或者还是因为位在权要的友人推荐的结果，其《进诗状》曰：“征诗之旨，本在枢衡念旧之仁，因及簪屦。”③而元稹竟因此而获“才子”之美名，据白居易所作元稹墓志云：“在翰林时，穆宗前后索诗数百篇，命左右讽咏，宫中呼为‘元才子’，自六宫、两都、八方至南蛮、东夷国，皆写传之，每一章一句出，无胫而走，疾于珠玉。”④

帝王对于所征求诗文的作者一般会有褒奖，以示鼓励。比如玄宗应给曾经进献《猎渭滨》诗的魏知古“赐物五十段，用申劝奖”⑤。

除了帝王，一些喜好文辞、爱好风雅的朝中权贵也会有诗文征求之举。如陈子昂《上薛令文章启》云：

> 昨恭承显命，垂索拙文……岂图曲蒙荣奖，躬奉德音，以小人之浅才，承令君之嘉惠，岂不幸甚！⑥

---

① 丁如明等校点：《唐五代笔记小说大观》，上海古籍出版社2000年版，第969页。《新唐书》卷202亦载（中华书局1975年版，第5765页）。

② 参见权德舆《进诗状》（《全唐文》卷485，中华书局1983年版，第4958页）、元稹《进诗状》（《全唐文》卷651，中华书局1983年版，第6607页）、梁肃《丞相邺侯李泌文集序》（《全唐文》卷518，中华书局1983年版，第5259页）。

③ 权德舆：《进诗状》，《全唐文》卷485，中华书局1983年版，第4958页。

④ 白居易：《唐故武昌军节度处置等使正议大夫检校户部尚书鄂州刺史兼御史大夫赐紫金鱼袋赠尚书右仆射河南元公墓志铭》，《全唐文》卷679，中华书局1983年版，第6945页。

⑤ 玄宗：《褒魏知古进诗手制》，《全唐文》卷20，中华书局1983年版，第235页。

⑥ 陈子昂：《上薛令文章启》，《全唐文》卷214，中华书局1983年版，第2162页。

这封信中所云薛令，即薛元超，高宗永隆二年(681)，曾拜为中书令。薛元超祖父薛道衡、父亲薛收皆为隋唐之际的著名文士，其本人好学擅文辞，并且喜欢引荐寒俊之士，尝表荐任希古、高智周、郭正一、王义方、孟利贞等十馀人，由是时论称美①。据《旧唐书》本传，薛元超卒于高宗弘道元年冬(683)，故陈子昂此信当作于681—683年之间②。薛元超出身于诗书世族，当时又位高权重，何以会以向陈子昂这样当时才二十出头的年青人垂索诗文呢？这是因为当时陈子昂的名气已经初成。据《旧唐书》卷一九〇《陈子昂传》记载，“(子昂)初为《感遇诗》三十首，京兆司功王适见而惊曰：‘此子必为天下文宗矣！’由是知名，举进士。会高宗崩……”③陈子昂举进士适逢高宗驾崩之年，即公元684年，所以，陈子昂以《感遇诗》被王适称赏，与其诗文被薛元超垂索，时间上当在前后不远。陈子昂最初自然是怀诗书入京干谒，后来才得以被薛元超等人征求垂索，也正因为这一连串的轰动效应，他不久得中高第。

再如元稹《上令狐相公诗启》中记曰：

> 窃承相公特于廊庙间道某诗句，昨又面奉教约，令献旧文，战汗悚踊，惭忝无地。……辄缮写古体歌诗一百首，百韵至两韵律诗一百首，合为五卷，奉启跪陈。④

所记则是令狐楚向其征索旧文之事。信中有“某始自御史府谪官于外，今十余年矣”之语，而令狐楚可称相公，在穆宗即位之初⑤，则此信当为长庆元年(821)所作。当然，需要注意的是，这些权要只所以会向一些文才出众的文人征索诗文，或许也是出于朝廷举荐人才的要求。

另有一类友人间的征索诗文，或日常燕居之时，或在离别相送之际。如前文所论，古人对于赠诗、赠言非常重视，所以友朋间离别之时，如果没有主动的赠诗，可能还会受到征求索要。如权德舆《送从兄南仲登科后

---

① 刘昫等撰：《旧唐书》卷73《薛收传》所附《薛元超传》，中华书局1975年版，第2590页。

② 傅璇琮《唐代科举与文学》对陈子昂此信亦有分析，陕西人民出版社1986年版，第264页。

③ 刘昫等撰：《旧唐书》卷190中《陈子昂传》，中华书局1975年版，第5018页。

④ 元稹：《上令狐相公诗启》，《全唐文》卷653，中华书局1983年版，第6641页。

⑤ 刘禹锡《唐故相国赠司空令狐公集序》云：“七月，急召(楚)抵京师，拜中书侍郎同中书门下平章事。天下然后知上心倚以为相，非一朝也。是岁元和十四年秋。明年正月，宪宗晏驾。惜其在位日浅，遭时大变。穆宗践阼，转门下侍郎平章事。”(《全唐文》卷605，中华书局1983年版，第6107页。)

归汝州旧居序》即云："南宫郎有雅知兄者，且与德舆为僚，征诗贶别，以附其志。"①日常燕居之时的书信往来中，也会出现索要诗文的情况，如权德舆《与张秘监书》曰："顷因从容纵言，遂及曩岁与外舅相国有往复书，猥见征求，出于眷爱，休沐发箧，追怀怆然。"②

如上所述，在诗文征求活动中，被索要的作者固然带有一定的被动性，索要之人可能在某种程度上成为其诗文的传播者，但这种活动的出现无疑也会促进诗文的创作，繁荣文学流转的局面。

六、文字饮：酒筵上的浅斟低唱

"文字饮"作为一个固定的语词，最初与韩愈有关，其《醉赠张秘书》诗中有云：

> 长安众富儿，盘馔罗膻荤。不解文字饮，惟能醉红裙。③

所写是对长安富儿只知盘罗膻荤、惟能醉倒红裙，却不能以诗文助饮的讥笑。原诗中前部分写自己与张籍、孟郊等人饮酒作诗之乐，并认为这种乐趣皆缘于座上宾客擅于为文之故："人皆劝我酒，我若耳不闻。今日到君家，呼酒持劝君。为此座上客，及余各能文。"表现出文人以文相交、以文相重的清高。韩愈的这份清高固然能获得文人理解之同情，却为后世文人谈论其立身行事提供了话柄。如曾慥《类说》卷57《爱文字饮与俗人沽酒同科》条云：

> 东坡言韩退之诗，"长安众富儿，盘馔罗膻荤。不解文字饮，惟能醉红裙"，至云"艳姬踏筵舞，清眸射剑戟"，则知此老个中兴复不浅。张文潜戏答曰："爱文字饮者，与俗人沽酒同科。"④

以东坡之博学通达，考韩文公之风流情事，固然是游戏之举，所以张文潜才会戏称"爱文字饮与俗人沽酒同"。可竟也有认真者，陈善《扪虱新话》卷7记曰：

---

① 《全唐文》卷493，中华书局1983年版，第5028页。
② 《全唐文》卷489，中华书局1983年版，第4991页。
③ 《全唐诗》卷337，中华书局1960年版，第3774页。
④ 曾慥编：《类说》，上海古籍出版社1993年版。

> 韩退之嘲京师富儿，“不解文字饮，惟能醉红裙”，然余观退之，亦未能忘情者。退之有两侍妾，曰绛桃、柳枝，又尝有诗云：“银烛未烧窗送曙，金钗半醉坐添香”，此岂空饮文字者？①

陈善之意，竟欲将文公之风流凿实矣！可笑亦可叹。韩文公之初衷，原非指自己不近女色，只是尤重诗文佐酒之欢罢了，大可不必因其不解文字饮、惟能醉红裙之言论而非议前贤。“文字饮”之出处及其相关之故事既已明了，以下专就其本义及与传播意识之关系论述之。

文字饮是指与筵席饮酒相关的吟诗作歌活动，是文人们逞才露己的绝佳机会，这种场合的诗文传播，虽然多半为口头性质，但其传播效果并不逊色于题壁、行卷等书面性质的文学传播活动（当然，文字饮的作品也相当一部分是即席题于壁或其他材料上的）。龚鹏程认为文字饮的出现与唐代的崇文之风与文学普遍化有关。由这一点出发，他谈到文字饮“大行于文人雅士之间，杯酒酬酢，或口占，或分韵，或传唱，或联句，或命题，或行酒令，以为极乐”，饮酒时的诗文成为一种斗胜的文字游戏。而此类作品与作为，本身即为一种仪式化的举动，借着参与这类活动，人可成为文人阶层中的一分子，文人间的同侪意识，也借这类活动来培养；同时酒宴唱和也刺激了文学作品的创造。另外，文人的这种雅戏，还逐渐被世人所认同并加以摹拟，扩大到非文人的群体中②。饮酒佐以诗文助兴，究竟是由文人之雅戏扩散到民间，还是先就有饮酒时的一些初级活动，之后才有文人对饮酒娱乐活动的雅化呢？这恐怕是龚先生需要注意的一个问题。这里不妨将酒与诗文相联系的历史略作一番梳理，以探明“文字饮”在唐代得以繁盛的历史原因，并揭示这一活动与文学传播意识的关系。

《旧唐书》卷一六《穆宗本纪》记载：“前代名士，良辰宴聚，或清谈赋诗，投壶雅歌，以杯酌献酬，不至于乱。国家自天宝已后，风俗奢靡，宴席以喧哗沉湎为乐。”③这里谈到前代名士宴集中的几种活动：清谈、赋诗、投壶、雅歌。从字面上看，其中的清谈、赋诗与雅歌似乎应该属于与“文字饮”有关的行为，然投壶一般又似乎总与雅歌有些联系。所以，就此都溯一下源头。

---

① 《韩愈流入弄端》，陈善著：《扪虱新话》，中华书局 1985 年版，丛书集成初编本第 73 页。

② 龚鹏程：《文化符号学：中国社会的肌理与文化法则》，上海世纪出版集团、上海人民出版社 2009 年版，第 303 页。

③ 刘昫等撰：《旧唐书》卷 16，中华书局 1975 年版，第 485 页。

（一）早期宴饮中的射礼与投壶

最早的酒筵，佐酒多射箭、投壶之类的活动。《诗经·小雅》有《宾之初筵》篇，其中写道："酒既和旨，饮酒孔偕。钟鼓既设，举酬逸逸。大侯既抗，弓矢斯张。射夫既同，献尔发功。发彼有的，以祈尔爵。"①篇中记录的是古代的燕射礼，即当时酒筵以射箭佐酒助饮之事，反映了上古时期对于武力的崇尚。后世酒筵间有以箭投壶的游戏，盖由此演变而来②。《左传·昭公十二年》曾记有晋昭公宴诸国君主（前530），行投壶之戏③。《史记》卷126《滑稽列传》也记有淳于髡与齐威王行酒投壶之事（威王八年，前349）④。投壶在战国时得到发展，并逐渐形成相关的酒宴礼仪，《礼记》便有《投壶》篇⑤。郑注《礼记》云："投壶者，以其记主人与客燕饮，讲论才艺之礼。"秦汉以后，投壶戏在士大夫阶层中盛行不衰，每逢宴饮，必有"雅歌投壶"的节目助兴，形式、名目也日渐增多，如设置屏风盲投，或背坐反投等。葛洪《西京杂记》记载："武帝时，郭舍人善投壶，以竹代矢，不用棘也。"《东观汉记》记载："（祭）遵为将军，取士皆用儒术，对酒娱乐，必雅歌投壶"（《后汉书》卷20《祭遵传》亦载）。《晋书》云："石崇有妓，善投壶，隔屏风投之。"《颜氏家训》卷七则言："投壶之礼，近世愈精。"⑥韩愈《河东节度观察使荥阳郑公神道碑文》曰："公与宾客朋游饮酒，必极醉，投壶博弈，穷日夜，若乐而不厌者。"⑦此正可印证前引《旧唐书·穆宗本纪》所言中唐以后上层官僚宴席的奢靡。宋司马光《投壶新格》一书，详细记载了壶具的尺寸、投矢的名目和计分方法，并认为"夫投壶闲事，游戏之类，而圣人取之以为礼……可以治心，可以修身，可以为国，可以观人。"

以上对宋以前的相关史料略作举例，可知投壶乃宴礼之一种，是我国中古以前酒宴之上的一种重要活动，故于探讨"文字饮"之前先做交代。

---

① 阮元校刻：《十三经注疏》，中华书局1980年版，第484页。

② 孔颖达云："投壶亦射之类。"《礼记·投壶疏》，阮元校刻：《十三经注疏》，中华书局1980年版，第1665页。

③ 《春秋左传·昭公十二年》，阮元校刻：《十三经注疏》，中华书局1980年版，第2062页上。

④ 司马迁撰：《史记》，中华书局1959年版，第3199页。

⑤ 《礼记·投壶》，阮元校刻：《十三经注疏》，中华书局1980年版，第1665页。

⑥ 关于投壶之礼，可详参李小成《投壶考》，《江汉论坛》2005年第4期。此处所引部分资料，包括下文司马光一条，皆从中借鉴，不敢掠美，于此说明。

⑦ 《全唐文》卷562，中华书局1983年版，第5689页。

但本书不拟深究此礼的详细程序，惟关注其与歌诗之结合时间与演变。由于射礼、投壶礼均可视作宴席之上的“武戏”，而作为“文戏”的赋诗、咏歌与清谈等，当自有其发展之路径。在谈论酒宴上的文武之结合时，不妨先考察一下酒席上诗咏的出现。

（二）饮酒与诗文雅唱

酒宴之上，赋诗吟诵，也是古已有之。只是早期的酒筵赋诗，非为游戏而作，多有其政治目的。《左传·昭公元年》记载：

> 夏，四月。赵孟、叔孙豹、曹大夫入于郑，郑伯兼享之。子皮戒赵孟，礼终，赵孟赋《瓠叶》。子皮遂戒穆叔，且告之。穆叔曰：“赵孟欲一献，子其从之。”子皮曰：“敢乎？”穆叔曰：“夫人之所欲也，又何不敢。”及享，具五献之笾豆于幕下。赵孟辞，私于子产曰：“武请于冢宰矣。”乃用一献。赵孟为客，礼终乃宴。穆叔赋《鹊巢》，赵孟曰：“武不堪也。”又赋《采蘩》，曰：“小国为蘩，大国省穑而用之，其何实非命。”子皮赋《野有死麇》之卒章。赵孟赋《常棣》，且曰：“吾兄弟比以安，尨也可使无吠。”穆叔、子皮及曹大夫兴拜，举兕爵曰：“小国赖子，知免于戾矣。”饮酒乐。赵孟出，曰：“吾不复此矣。”①

鲁昭公元年在公元前541年。此段记载中，赵孟、穆叔、子皮等人赋诗皆为国家政治及外交而作。

酒宴之上，将投壶与雅歌、赋诗相结合，当在汉代便已滥觞。前引汉人祭遵之事及郑玄注《礼记》之语可谓明证。但这样的例子，在汉代以前的史料中记载并不多。酒宴中投壶与赋诗、雅歌等活动结合起来并逐渐繁盛，应在汉末三国时期。《文心雕龙·明诗》篇论建安文学道：“怜风月，狎池苑，述恩荣，叙酣宴，慷慨以任气，磊落以使才；造怀指事，不求纤密之巧；驱辞逐貌，唯取昭晰之能；此其所同也。”②其中所云“叙酣宴”当与诗文佐酒相关。另据《艺文类聚》所录，三国时魏国邯郸淳亦作有《投壶赋》③。

---

① 《春秋左传》，阮元校刻：《十三经注疏》，中华书局1980年版，第2021页。
② 刘勰著，范文澜注：《文心雕龙注》卷2，人民文学出版社1958年版，第66页。
③ 欧阳询等编纂，汪绍楹点校：《艺文类聚》，上海古籍出版社1982年版。

两晋南北朝时期，随着士族与文学的发展，出现了一些以文学见长的世家大族，如王氏、谢氏。加上统治阶层对于文学的重视，宴饮之中，清谈赋诗、投壶雅歌遂成常事。如晋代的石崇、潘岳等人金谷雅集与王羲之、孙绰等人兰亭雅集便是其中的著名事件，潘岳的《金谷诗序》与王羲之的《兰亭集叙》也是与此相关的序文名作。东晋高门士族聚居区的乌衣巷，也经常是王、谢子弟诗酒雅集的风流场所。南朝时期的梁氏、陈后主，以及徐、庾诸人，均擅文学，又居处皇室、上层，谈宴赋诗、文酒之会更加寻常。如《梁书》卷四一《萧介传》：

> 介性高简，少交游，惟与族兄琛、从兄眎素及洽、从弟淑等文酒赏会，时人以比谢氏乌衣之游。初，高祖招延后进二十馀人，置酒赋诗，臧盾以诗不成，罚酒一斗，盾饮尽，颜色不变，言笑自若；介染翰便成，文无加点。高祖两美之曰："臧盾之饮，萧介之文，即席之美也。"①

作为文人，齐梁陈隋时期这些君臣的文酒之会固然无可非议。但以治国论，君王、宰辅自应在宴饮歌舞方面有所节制，不能溺情于此，以致于荒废国事。《陈书》卷6记陈后主之荒淫奢侈、寄情文酒之状云："后主生深宫之中，长妇人之手，既属邦国殄瘁，不知稼穑艰难。初惧阽危，屡有哀矜之诏，后稍安集，复扇淫侈之风。宾礼诸公，唯寄情于文酒，昵近群小。"②隋炀帝更是大肆奢靡、沉溺酒色之人，《旧唐书》卷48《食货志》曰："炀帝即位，大纵奢靡，加以东西行幸，舆驾不息，征讨四夷，兵车屡动，西失律于沙徼，东丧师于辽、碣。数年之间，公私罄竭，财力既殚，国遂亡矣。"③溺情文酒、耽恋女色是南朝及隋朝各代短祚的一个重要因素。

酒宴上的诗文，多半与音乐有联系，至少与声律密切相关。嵇康便为善于弹琴之人，他赴刑之际，索琴弹奏《广陵散》而绝④。撰写《后汉书》的范晔则擅长弹奏琵琶，《宋书》卷六九《范晔传》记载，晔"善弹琵琶，能为新声，上欲闻之，屡讽以微旨，晔伪若不晓，终不肯为上弹。上尝宴饮

① 姚思廉撰：《梁书》，中华书局1973年版，第588页。
② 姚思廉撰：《陈书》，中华书局1972年版，第119页。
③ 刘昫等撰：《旧唐书》，中华书局1975年版，第2085页。
④ 房玄龄等撰：《晋书》卷49《嵇康传》，中华书局1974年版，第1347页。

欢适，谓晔曰：‘我欲歌，卿可弹。’晔乃奉旨。上歌既毕，晔亦止弦。”① 文酒之会的频繁与文人雅集的发展，不仅产生出许多会弹琴弄琶的文人，还直接催生出专以奏乐歌诗为业的歌妓，相传为南朝齐代的苏小小便是当时极为有名的歌妓，类似于苏小小的歌妓当然还有不少。

唐代社会的发展与经济的繁荣，为各种层次的歌筵提供了良好的滋生环境，而歌筵上诗人与歌妓的吟唱则成为这一生活方式中不可或缺的一部分，这种歌妓佑酒佐欢的风气，在中晚唐时期尤为繁盛。孙棨《北里志序》云：

> 京中饮妓，籍属教坊，凡朝士宴聚，须假诸曹署行牒，然后能致于他处。惟新进士设筵顾吏，故便可行牒。追其所赠之资，则倍于常数。诸妓皆居平康里，举子、新及第进士，三司幕府但未通朝籍、未直馆殿者，咸可就诣。如不吝所费，则下车水陆备矣。其中诸妓，多能谈吐，颇有知书言话者。②

歌筵之上，无论是歌妓的吟唱，还是诗人自身的吟诵，对唐代诗文所具有的声情并茂的特点影响至大。因为这种场所的需要，当时的诗文词作不仅要注重声韵，还要切情，以达到感动人心的效果，唐代声诗与唐代晚期出现的花间词便是这种环境下的直接产物。

(三)文字饮与诗文传播

从早期宴饮中的射箭、投壶等礼仪，到后来酒筵上的赋诗雅唱，都或明或暗地表现出一种文人士大夫间的智慧较量。怎样在射礼、投壶礼中不失礼仪地完成政治的使命、显示自己的才华，或者如何在赋诗雅唱时使得四座咸惊？这些都需要知识的积累与才智的灵活，而表现出这些智慧与才智，无疑取决于文人传播的意识、传达的能力。

孙逖《伯乐川记》云：“歌蔓草之相遇，笑投壶之失辞。”③一歌一笑之间，反映的是雅歌相投的融洽与失辞不对的讪笑，谁不愿意做前者而舍后者呢？《唐诗纪事》卷39记载：“长庆中，元微之、梦得、韦楚客同会乐

① 沈约撰：《宋书》，中华书局1974年版，第1820页。

② 孙棨：《北里志》，《教坊记 北里志 青楼集》，古典文学出版社1957年版，第22页。有关唐代歌妓的内容，可详参李剑亮《唐宋词与唐宋歌妓制度》，杭州大学出版社1999年版。

③ 《全唐文》卷312，中华书局1983年版，第3170页。

天舍，论南朝兴废，各赋金陵怀古诗，刘引满一杯，饮而即成，曰：‘王濬楼船下益州，金陵王气黯然收。千寻铁锁沉江底，一片降幡出石头。人世几回伤往事，山形依旧枕江流。而今四海为家日，故垒萧萧芦荻秋。’白公览之曰：‘四人探骊龙，子先获珠，所馀鳞爪何用耶！’于是罢唱。”①绝佳的诗文，加上白居易的点评，刘禹锡在这场文字饮的较量中无疑占据上风，他的这首怀古诗，当然也就会脍炙人口。刘禹锡在这里展现的是他敏捷的诗才与高超的传达能力。

另据《本事诗·高逸第三》记载：

> 杜(牧)为御史，分务洛阳时，李司徒罢镇闲居，声伎豪华，为当时第一。洛中名士，咸谒见之。李乃大开筵席，当时朝客高流，无不臻赴。以杜持宪，不敢邀置。杜遣座客达意，愿与斯会。李不得已，驰书。方对花独酌，亦已酣畅，闻命遽来。时会中已饮酒，女奴百馀人，皆绝艺殊色。杜独坐南行，瞪目注视，引满三卮，问李云：“闻有紫云者，孰是?”李指示之。杜凝睇良久，曰：“名不虚得，宜以见惠。”李府而笑，诸妓亦皆回首破颜。杜又自饮三爵，朗吟而起曰：“华堂今日绮筵开，谁唤分司御史来?忽发狂言惊满座，两行红粉一时回。”意气闲逸，傍若无人。②

杜牧在这里表现出一位风流才子恃才索妓的意向。

另外，“教坊”的设立，原本也是宴饮雅唱发展的产物，而唐代出现的《教坊记》，同样体现出唐人对于这类文艺之记录的重视。任半塘曰：“今传崔令钦《教坊记》残本，不过二千八百余字，其重点显在三百余曲名……此三百余曲名，颇能反映盛唐四十年之文治、武功、礼俗、宗教、物情、民隐等”，此等歌曲，固无代无之，“更幸有心人崔氏者为之记载，乃传于后世；未若其他时代，同此政治性之歌曲，虽当时同样流播，而皆无收录之机构，复无记载之专书，乃终于湮没无闻也。”③诚然，正是唐代文人对于与“文”相关的各种艺术表现形式的重视，才产生了《教坊记》这样一部独特的著作。

法国哲学家福柯曾说，“语境决定文本的意义”，但是通过以上的考

---

① 计有功撰，王仲镛校笺：《唐诗纪事校笺》，巴蜀书社1989年版，第1070页。
② 孟棨撰：《本事诗》，丁福保辑：《历代诗话续编》，中华书局2006年版，第15~16页。
③ 任半塘：《教坊记笺订弁言》，《教坊记笺订》，中华书局1972年版，第2~3页。

察，却又似乎可以说，是作家的传播意识让他们在不同的话语环境下，决定了文本存在的不同趋向。一位作家倘若他无意于传，则其作品便会随意、自然、超脱、不做作，而一位作家倘若具有播衍的意识，则其作品就会变得谨慎、注重装饰、带有炫耀性，也许读者在选择上，不一定会看重后者，但毕竟有意于传与无意于传的创作态度与传播意识的有无，是会给作品带来影响的。

第二节　文学传播意识下的文章创作

文学传播意识的产生与强化，带来许多文体的变化。早期的赋、颂、诗等纯文学形式自不必言，其他如壁记、序文(赠序、集序、宴序)、碑铭、游记，甚至包括制科对策、吏官判词等实用性文体也都增进了文学的因素。作者当时也许并非想要传播他的这些应用文字，更多地是希望传播自己的才情与声名。

一、冀赏：意指对象与文学呈现

一位作者，如果具有自觉的传播意识，他往往会对作品的读者进行预先的考虑，欲传之后世者，会有如司马迁那样的寄托之意；欲文章名于当世者，又会有顺应当时潮流的参与意识，同时带有政治气候等方面的考虑。本节重点从唐代作品传播在当时可能存在的几种读者(即传播的意指对象)，以及作者作为传播者可能采取的创作手段与呈之于人的表现风格进行探讨，以完成文人传播意向中意指对象的研究。

(一)同侪作为意指对象：较量与亲和

文人相轻，汉魏时的曹丕已揭其事。但文人间的交往，既有彼此相轻的意气之争，也有知音相洽的意气相投。这种较量与亲和的态度，是文人同侪作为意指对象时的两大倾向。

文人之间善意地比较才学的事例很多，请先举一例。《新唐书》卷119《武平一传》记曰：

> 初，崔日用自言明《左氏春秋》诸侯官族。它日，学士大集，日用折(武)平一曰："君文章固耐久，若言经，则败绩矣。"时崔湜、张说素知平一该习，劝令酬诘，平一乃请所疑。日用曰："鲁三桓，郑

七穆，奈何？"答曰："庆父、叔牙、季友，桓三子也。孟孙至彘凡九世，叔孙舒、季孙肥凡八世。郑穆公十一子，子然及士子、子孔三族亡，子羽不为卿，故称七穆，子罕、子驷、子良、子国、子游、子卬、子丰也。"一坐惊服。平一问日用曰："公言齐桓公、楚庄王时，诸侯属齐若凡几？平公、灵王时，诸侯属晋、楚凡几？晋六卿，齐、楚执政几何人？"日用谢曰："吾不知，君能知乎？"平一条举始末，无留语。日用曰："吾请北面。"阖坐大笑。①

虽然较量才学时剑拔弩张，但坦诚的认输使这种紧张的气氛消弥于无形，从"阖坐大笑"四字可见当时众人欢洽的场面。"旗亭画壁"的故事，也是文人同侪间暗中较量的一个显著事例，其事或非实有，但类似的较量却大量存在，前文已述，此处以之为例来分析文人间较量与亲和的关系。唐人薛用弱《集异记》载：

开元中，诗人王昌龄、高适、王涣之②齐名。时风尘未偶，而游处略同。一日，天寒微雪，三人共诣旗亭，贳酒小饮，忽有梨园伶官十数人，登楼会宴。三诗人因避席，偎拥炉火以观焉。俄有妙妓四辈，寻续而至，奢华艳曳，都冶颇极。旋则奏乐，皆当时之名部也。昌龄等私相约曰："我辈各擅诗名，每不自定其甲乙。今者，可以密观诸伶所讴，若诗人歌词之多者，则为优矣。"③(《集异记》"王涣之"条)

三人因在旗亭内遇见诸妓歌诗，于是暗中约定赛诗以定名次，"若诗人歌词之多者，则为优矣。"起初，王昌龄、高适均有诗画于壁，王之涣独无。后来，王之涣终因一首《凉州词》(黄河远上白云间)为妓中最佳者吟唱而后来居上，于是皆大欢喜，"欢醉竟日"。微雪寒天，坐拥炉火，饮酒、聆唱，赛诗才、评佳丽，诚为一时乐事。事中记诗，诗因事所记而流传益广；诗以事连，事亦因诗而脍炙人口。《集异记》之后，这段轶事又被多种笔记、类书所录，足见其魅力。这段故事中，王之涣、王昌龄与高适，三人较量的是才情，但也在这场较量之中，由赌胜而惺惺相惜，加深了友

---

① 欧阳修、宋祁撰：《新唐书》，第4294页。
② 王涣之，后世习称"王之涣"。
③ 薛用弱：《集异记》卷2，中华书局1985年版，第8页。

情，实现了文人间的亲和。类似的显著事例还有如元稹、白居易的“文战”与密交，不再赘述。

孟郊之诗，素为韩愈所重，但也曾被当时一些文人所嘲讽。他在《懊恼》一诗中这样感叹：

> 恶诗皆得官，好诗空抱山。抱山冷殑殑，终日悲颜颜。好诗更相嫉，剑戟生牙关。前贤死已久，犹在咀嚼间。以我残杪身，清峭养高闲。求闲未得闲，众诮瞋虤虤。①

反映出“好诗更相嫉”、“众诮瞋虤虤”的文争局面。文人间因意气不和的相争固然存在，但也有互相亲和、引为知己的相投。中国古代历来就有重视友情的传统，朋友之交、交而有信也成为人与人之间必须注意的一个伦理准则。朋友、知己的多少往往也反映出一个人成功的与否。柳冕《答徐州张尚书论文武书》曰：“古者自天子至于庶人，未有不须友以相成者。”②反映出友情对于事业的助益。

正因为如此，一些文人也注意到朋友之间的揄扬有助于彼此文章的传播。它不仅反映在友人对于诗文的抄写与传示方面，尤其是一些诗文友人更可能是记述逝者身世的作者（如撰写友人集序、墓志、行状、祭文等），对于一位文人的声名垂于后世具有不可忽视的作用。沈亚之《与福州使主徐中丞第一书》云：

> 从古以来，怀其所为，抱其所用者，非知己之进，无能自扬也。自咎繇之蒙举，颜回七十子之蒙，范叔之蒙，鲍叔之推，至于今，知己之功，相嗣而不绝。非有文字之记，其功虽如前数士，而后代无闻也。③

自古以来，许多著名的文人，正是因为有了朋友、知己的记载，才得以为人所知，不至于湮没后世。

首先，表现在朋友间单篇诗文的誊录、抄写并宣扬上。如李白《金陵与诸贤送权十一昭夷序》写道：“白每一篇一札，皆昭夷之所操。吁！舍

---

① 孟郊：《懊恼》，《全唐诗》卷375，中华书局1960年版，第4209页。
② 柳冕：《答徐州张尚书论文武书》，《全唐文》卷527，中华书局1983年版，第5358页。
③ 沈亚之：《与福州使主徐中丞第一书》，《全唐文》卷735，中华书局1983年版，第7587页。

我而南，若折羽翼。”①意思是说，友人权昭夷的离开，使他少了一位传写自己诗文的好友，“若折羽翼”。其次，朋友间对于文学传播的作用还体现在文集的编辑上。比如，隋唐之际的隐士文人王绩，与李播、陈永、吕才等人为莫逆之交，其所作诗赋，多所散逸，若不是由友人吕才鸠集访求、编辑成集，后世也难见其诗文了。李白的诗文集，也是由友人魏颢编辑而成。孟浩然的诗歌，也得益于王士源的收集与传播②。中晚唐以后，文人编集之风盛行，友朋间的协助推引更不胜枚举。最后，友人的各种序文也有助于彼此声名的揄扬。这一点，将在后面详细谈到。

另外，友人间的声名揄扬还反映在荐士之举上。这种引荐行为，不仅使被荐之人得到及第或才士之名，而且使引荐之人的声誉也大大提高。韩愈便是一位喜好接纳引荐他人的文人，《新唐书》卷176本传记载：

> 愈性明锐，不诡随。与人交，终始不少变。成就后进士，往往知名，经愈指授，皆称“韩门弟子”，愈官显，稍谢遣。③

其实，韩愈前后，也有许多喜好接引文士之人。如之前引荐韩愈的梁肃，当时也是以善于推荐人才而著称的。韩愈之后，也有好引荐人才的李观，他也有推荐朱利见、戴察、孟郊、崔宏等人的文章存于世。

有时候，这种推荐似乎具有感染力，能够形成一种传递。比如柳宗元曾经向京兆尹杨凭推荐过吴武陵，说他“才气壮健，可以兴西汉之文章”④，后来，吴武陵也有推荐杜牧之举⑤。恰如其分的荐才之举，对于其中一些擅长文学的人，能起到很好的传播作用。要知道，每年赴于京师的各地举子成千上万，如果没有名公先达的引荐延誉，要想在众多的举子

---

① 李白：《金陵与诸贤送权十一昭夷序》，《全唐文》卷349，中华书局1983年版，第3542页。

② 韦縚《孟浩然集序》云：“天宝中，忽获《浩然文集》，乃士源为之序传。词理卓绝，吟讽忘疲，书写不一，纸墨薄弱。昔虞坂之上，逸驾与驽骀俱疲；吴灶之中，孤桐与樵苏共爨。遇伯乐与伯喈，遂腾声于千古。此诗若不遇王君，乃十数张故纸耳。然则王君之清鉴，岂减孙、蔡而已哉？余今缮写，增其条目，复贵士源之清才，敢重述于卷首。谨将此本，送上秘府，庶久而不泯，传芳无穷。”(《全唐文》卷307，中华书局1983年版，第3124页)，又按，王士源与孟浩然未曾谋面，因机缘听闻浩然轶事，私心慕之。此关系，见王氏为孟集所作《孟浩然集序》(《全唐文》卷378，中华书局1983年版，第3837页。)

③ 欧阳修、宋祁撰：《新唐书》卷176，中华书局1975年版，第5265页。

④ 柳宗元：《与杨京兆凭书》，《全唐文》卷573，中华书局1983年版，第5790页。

⑤ 王定保撰：《唐摭言》卷6《公荐》，上海古籍出版社1978年版，第63页。

中脱颖而出，确乎其难。牛希济《荐士论》云：

> 郡国所送，群众千万，孟冬之月，集于京师，麻衣如雪，纷然满于九衢。是非相难，固不可知矣。①

说的就是这个情况。荐士之举，原本是发现人才的良好手段，朝廷一般也会积极要求朝中贤达与地方长官不定期地推荐人才，以助国家之治理。所谓“野无遗贤”的政治权谋，只能遭到后世士大夫的唾骂②。还是牛希济说得好，如果没有求得贤士、贤将，必“非求之不广”，而是“荐之不至也”③。

但荐士之举也并非全无弊端。由于世间等级的存在，荐引之人也会根据推荐对象的家世、身份来决定。牛希济《荐士论》论当时荐士之弊云：

> 诸侯所荐，率皆应权幸之旨，承交游之命，取其虚名奏署，谓之“借听”；取其谬举之说，谓之“横荐”。凡四方表函，达于中书者，必可指期于清实美秩，名邦剧邑。诸侯之荐士，宰执之命官，岂唯平生未交于一言，盖见其姓氏而已，岂能摭实哉！官达幸门，易如秋草，能复贵贱之别(阙)冠裳之重矣。……时君既不问其实，安可不信大臣之言？从而与之，上下相蒙，其何以济？

这些“借听”、“横荐”的虚荐之举，往往使真正的人才受到埋没，让显官达要、宠幸世族的子弟轻易占据要位，实在不利于国家的长久。所以，牛希济认为，应该采取“上赏、连坐之典以正之”，即荐贤者多受赏；门生故吏如得罪，举荐之人必连坐，如此，便可使在位者得其贤，有道之士争趋了。

文人间的惺惺相惜，还表现在异代相知上。崔恭《唐右补阙梁肃文集序》曰：“公之文章，粹美深远，无人能到，此事可以俟于知音，不可与

① 牛希济：《荐士论》，《全唐文》卷846，中华书局1983年版，第8889页。

② 元结《喻友》云：“天宝丁亥(六年，747)中，诏征天下士，人有一艺者，皆得诣京师就选。相国晋公林甫，以草野之士猥多，恐泄漏当时之机，议于朝廷曰：‘举人多卑贱愚瞶，不识礼度，恐有俚言，汙浊圣听。’于是奏待制者，悉令尚书长官考试，御史中丞监之，试如常吏(如吏部试诗赋论策)。已而布衣之士无有第者，遂表贺人主，以为野无遗贤。……于戏！贵不专权，罔惑上下，贱能守分，不苟求取，始为君子。”(《全唐文》卷383，中华书局1983年版，第3887页。)

③ 牛希济：《荐士论》，《全唐文》卷846，中华书局1983年版，第8889页。

薄俗者同世而论也。……年过四十，士林归崇，比夫颜子、黄叔度，不为不寿矣。”①这即是冀赏于异代知音之意。

(二)民众作为意指对象：平易与浅俗

文人与民间的接触，就不像文人之间那样复杂了。由于与世俗的接触，他们会更深刻地感悟到怎样的作品才能流传广泛，怎样的风格才能吸引民众。他们的为人也会因此变得通达与平易。也许有些作品的风格会因为对世俗的附和而变得浅俗，由此遭到正统文人的诋毁，但这些均无碍于这些作品在世间的广泛流传。

白居易就是一位积极将自己的诗歌俗化的诗人。宋僧惠洪《冷斋夜话》卷一记载：“白乐天每作诗，令一老妪解之，问曰‘解否？’妪曰‘解’，则录之，‘不解’，则易之。”②惠洪所记之事，未见于唐人记载，或出于杜撰。但白诗“尚俗”诚为不易之论。唐宣宗李忱写诗悼念白居易曰：“缀玉联珠六十年，谁教冥路作诗仙？浮云不系名居易，造化无为字乐天。童子解吟长恨曲，胡儿能唱琵琶篇。文章已满行人耳，一度思卿一怆然。”③这种“童子解吟”“胡儿能唱”的现象，就是白诗通俗易懂的明证。白居易追求诗歌的通俗，却是与他的传播意识有着密切联系的。前文在引白居易《与元九书》中，曾谈到白氏已经注意到“自长安至江西”，“每每有咏其诗者”，并认为“时俗所重”者，正在于他的那些感伤、杂律诗，说明他对于诗文的传世状况是相当在意的。在这样一种背景之下，其诗为何追求平易浅俗，也就不难理解了。

刘禹锡也是一位注重文学在民间传播的文人。据《旧唐书》卷160《刘禹锡传》记载：“禹锡在朗州十年，唯以文章吟咏，陶冶情性。蛮俗好巫，每淫祠鼓舞，必歌俚辞。禹锡或从事于其间，乃依骚人之作，为新辞以教巫祝。故武陵溪洞间夷歌，率多禹锡之辞也。”④刘禹锡这种从事于民间俗歌创作的行为，同样与他的传播意识是有关的。他在《竹枝词引》中谈到：

> 昔屈原居沅、湘间，其民迎神，词多鄙陋，用为作九歌。到于今，荆楚鼓舞之。故余亦作竹枝词九篇，俾善歌者扬之附于末，后之

① 崔恭：《唐右补阙梁肃文集序》，《全唐文》卷480，中华书局1983年版，第4903页。
② 惠洪撰，陈新点校：《冷斋夜话》卷1，中华书局1988年版。
③ 宣宗李忱：《吊白居易》，《全唐诗》卷4，中华书局1960年版，第49页。
④ 刘昫等撰：《旧唐书》卷160，中华书局1975年版，第4210页。

聆巴歈，知变风之自焉。①

其创作之意，原为使民间之善歌者扬之，则不得不求之于通俗；其又欲使后之聆者，知变风之始，则传世之意亦甚明。

文人以地方曲歌填词，相对于地方的鄙陋之词来说，是对其的雅化，但如果相对于他们自身的另外一些言志抒情之作，则会因为要求一般民众的理解而具有俗化的趋势。正如叶维廉所说，“作者选择了什么读者，什么层次的读者，他的语言便会随之而变化”②。如刘氏《竹枝词》所作：

杨柳青青江水平，闻郎江上唱歌声。东边日出西边雨，道是无晴却有晴。③

其用词遣调皆为民间口吻，尤其是“道是无晴却有晴”中的“晴”字，更是巧妙地运用了民歌中常用的谐声双关手法。近人龙榆生评曰：“中唐诗人，刘、白并称。二人皆留意民间歌曲，因之在倚声填词方面，亦能相互切劘，以开晚唐、五代之盛。”④诚非虚言。

同时还需要注意，类似的文人与民间百姓接触的情况，多数发生在文人遭到贬谪之际，他们往往通过这样的一种方式，来排解心中的郁闷。从政治生活上来看，他们是不幸的，但从文学的发展来看，却不仅是他们文学生命的大幸，也是文学史逐渐丰富的重要因素。

(三)上层作为意指对象：恭维与自炫

当文人的作品指向上层时，其传播的意识往往在恭维与自炫之间进行微妙的调节。那些颂美上层的诗歌与文章，变得异常注重铺排辞藻，以至于雕绘满眼、炫人眼目，在文学价值上反不如内容真切的抒情写志之作。文人干谒的书信在这一特点的呈现上，尤为明显。

干谒书信的指向对象多为高层官僚或主考官。干谒之风得以盛行，与唐代文人对于“布衣之士”与“王公大人”关系的理解有着密切联系，因为当时一些恃才干谒的布衣文人往往认为，在王公大人荐举自己的同时，他

① 刘禹锡：《刘梦得文集》卷9《竹枝词引》，商务印书馆1922年版。
② 叶维廉：《中国诗学》，三联书店1992年版，第239页。
③ 《全唐诗》卷28作“杂曲歌辞”(中华书局1960年版，第396页)；卷365作“词”(第4110页)。
④ 龙榆生：《唐宋名家词选》，上海古籍出版社1980年版，第7页。

们双方其实是都有利的。韩愈《与凤翔邢尚书书》最可见出这一点，其文曰：

> 布衣之士身居穷约，不借势于王公大人，则无以成其志；王公大人功业显著，不借誉于布衣之士，则无以广其名。是故布衣之士虽甚贱而不谄，王公大人虽甚贵而不骄，其事势相须，其先后相资也。①

二者之间，一者得以逞其志，一者可以广其名，互相借助，可谓“双赢”，这就是唐代文人对于干谒的认识。正是基于这样一种心理，再加上科举、制科等选拔制度的逐步繁荣，唐人干谒之风颇盛。在这种贫困者向上层的干谒中，自然有大量文人是以贫贱求富贵者，希望上层主司能“择其人之贤愚而厚薄等级之”②。其方式则有直接借书信展示文才的，也有借所附卷轴诗文(即行卷)以展示自己才能的。

在此，重点分析一下直接以干谒书信来把握恭维与炫才之分寸的例子。骆宾王《与程将军书》云：“君侯怀管、乐之才，当卫、霍之任”③，将这位程将军比之管、乐、卫、霍，不能不说是谀词。而宋之问《在桂州与修史学士吴兢书》所写则辞采杂陈：

> 拙自谋卫，降黜炎荒。杳寻魑魅之途，远在雕题之国。飓风摇木，饥鼬宵鸣，毒瘴横天，悲鸢昼落。……恐耆旧咸谢，竹帛傥遗，使盛烈湮沈，下情感痛。自昔逸群之器，旷俗之才，誉虽冠于人伦，禄不跻于卿士。南史之笔，漏美不书；东岱之魂，与名俱灭。④

而其颂美吴兢之辞，亦恰到好处：

> 惟君侯礼乐山高，文华海阔，古一千岁，闻圣人之书；今五百年，知作者之运。山甫拾遗于中路，时谓得贤；蔡邕挥翰于词林，谁其不许？

---

① 韩愈：《与凤翔邢尚书书》，《全唐文》卷553，中华书局1983年版，第5598页。
② 韩愈：《与凤翔邢尚书书》，《全唐文》卷553，中华书局1983年版，第5598页。
③ 骆宾王：《与程将军书》，《全唐文》卷197，中华书局1983年版，第1998页。
④ 宋之问：《在桂州与修史学士吴兢书》，《全唐文》卷240，中华书局1983年版，第2433页。

不仅称赞了吴兢在礼乐文章方面的特殊才能，而且运用典故将当时文人对吴兢的推许融入其中，可称妙文。

王勃《上刘右相书》这样写道：

> 君侯足下，出纳王命，升降天衢。激扬凤扆之前，趋步麟台之上，亦复知天下有遗俊乎？夫心之精微，口不能言也；言之微妙，书不能文也。伏愿辟东阁，开北堂，待之以上宾，期之以国士，使得披肝胆，布腹心，大论古今之利害，高谈帝王之纲纪。然后鹰扬豹变，出蓬户而拜青墀；附景抟风，舍苔衣而见绛阙。幸甚，斯不为难矣。庶几乎麑卵不弃，终感玄枵之精；骏骨时收，或致飞黄之锡。①

据《新唐书》卷106《刘祥道传》记载，“麟德元年，拜右相。”②又据卷201《王勃传》：“麟德初，刘祥道巡行关内，勃上书自陈，祥道表于朝，对策高第。”③王勃的这篇书信同样写得文采飞扬、辞藻华美，其中既有对刘祥道“激扬凤扆”“趋步麟台”的恭维，也有对他“亦复知天下有遗俊乎”的反问，更有“辟东阁，开北堂，待之以上宾，期之以国士”的期望，加上略带骈俪的文句，读来令人神观飞越，作品即时传播的意识较为强烈，最终能够得到刘祥道的推荐从而对策高第也就顺理成章了。

李白的《与韩荆州书》更是这方面一篇奇文，开篇即引士子之议论“生不用封万户侯，但愿一识韩荆州”，以言韩朝宗在引荐人才方面的卓越能力，说他具有周公之风，令豪俊之士奔走而归趋，又赞其文章德行云：

> 君侯制作侔神明，德行动天地，笔参造化，学究天人。④

岂非恭维之语？在表述自己时，则在对句之中，显得一气呵成：

> 白陇西布衣，流落楚汉。十五好剑术，遍干诸侯；三十成文章，历抵卿相。虽长不满七尺，而心雄万夫。五公大臣，许与气义。此畴曩心迹，安敢不尽于君侯哉？

---

① 王勃：《上刘右相书》，《全唐文》卷179，中华书局1983年版，第1821页。（清）蒋清翊《王子安集注》，上海古籍出版社1995年版，第163～164页。

② 欧阳修、宋祁：《新唐书》，中华书局1975年版，第4050页。

③ 欧阳修、宋祁：《新唐书》，中华书局1975年版，第5739页。

④ 李白：《与韩荆州书》，《全唐文》卷348，中华书局1983年版，第3531页。

类似的例文是很多的，不再一一列举。文人正是在或显过誉、或恰如其分的恭维话语和自我文才的传播展现之中，希望得到起用，实现自己的抱负，但却并不是每个人都那样幸运的。

又有些文人的上书，写得意气纵横，宛如战国策士的议论，酣畅恣肆，不带过多的谀美，完全出自由衷的歆慕。布衣之士袁参的《上中书姚令公元崇书》就是这样一篇较独特的文章。此文坦率表达了自己对于四入为相的姚崇的崇敬心情，渴望能为姚相所用，其痛快淋漓的"五利"陈说，给人以深刻印象：

> 若使君常怀相印，不失通侯，寿客满堂，黄金横带，则参请以车轨所至、马首所及，而掩君之短，称君之长，使天下之人，不能议君矣。若使君当不测之时，遭不测之祸，身从吏讯，妻子满狱，则参请以翳翳之身、渺渺之命，伏死一剑，以白君冤，使酷杀之刑，不能陷君矣。若使君因缘谤书，不得见察，卒至免逐，为天下笑，则参以一寸之节、三寸之舌，抗义犯颜，解于阙廷，使逐臣之名，不能污君矣。君有盛忿之隙、睚眦之怨，朝廷之士，议欲侵君，则参请以直辞，先挫其口，不尔，则更以眦血，次污其衣，见陵之羞，不能丑君矣。若使君事至不可知，千秋万岁后，而君门阑卒有饥寒之虞，则参请解参之裘，推参之哺，勉勉不怠，终身奉之，使子孙之忧，不能累君矣。此五者，参之所以利君而自托也，君其可乎？①

接连五个"若使君……，则参……"的长句排比，使得文章颇具气势，摆脱了一般干谒书信的恭维与炫才，充盈其间的是写信者的一腔忠义之情。开元二十九年(747)，萧颖士写给韦述的《赠韦司业书》，则是文人书信中的长篇佳作，在这篇长达近五千余字的信中，萧颖士并没有恭维的话语，只是陈述了自己对于时风的认识与自我的生平与志向，同时也可算作炫耀自己才笔的一篇书信。对此信的具体分析，在后面还要论到，此处暂不谈。

也有一些较含蓄隐晦的干谒之作。范摅《云溪友议》卷下载：

> 朱庆余遇水部郎中张籍知音，索庆余新旧篇什数通吟改，只留二十六章，籍置于怀抱而推赞之，时人以籍重名，无不缮录讽咏，遂登

① 袁参：《上中书姚令公元崇书》，《全唐文》卷396，中华书局1983年版，第4037页。

科第。初，庆余尚为谦退，作《闺意》一篇以献张曰："洞房昨夜停红烛，待晓堂前拜舅姑。妆罢低声问夫婿：'画眉深浅入时无？'"籍酬之曰："越女新妆出镜心，自知明艳更沉吟。齐纨未是人间贵，一曲菱歌敌万金。"由是朱之诗名流于四海内矣。①

这里，朱庆余巧借新人拜舅姑之事来喻自己忐忑不安的干谒心理，贴切而新奇，所以，受到张籍的推赞，起到了很好的效果。

另有些文人的干谒信、陈情表写得过于逞才使气，其文章固然能动人心魄，但在当时恐怕不能很好地达到预期效果。如咸亨年间，员半千竟直接向高宗皇帝上书："请陛下召天下才子三五千人，与臣同试诗、策、判、笺、表、论，勒字数，定一人在臣先者，陛下斩臣头，粉臣骨，悬于都市，以谢天下才子。"②气势凌人，但显然过于狂狷。所以，最终却"书奏，不报"③。

又或者所书之上层，曾为故旧相识，于是语气便颇带谐谑之意。王泠然《与御史高昌宇书》云："仆之怪君甚久矣，不忆往日任宋城县尉乎？仆稍善文章，每蒙提奖，勤勤见遇，又以齐甿，叨承恩顾，铭心在骨。复闻升进，不出台省，当为风流可望，故旧不遗。"其下文又云，"仆困穷如君之往昔，君之未遇似仆之今朝，因斯而言，相去何远？君是御史，仆是词人，虽贵贱之间，与君隔阔，而文章之道，亦谓同声，而不可以富贵骄人，亦不可以礼义见隔。……今公之富贵，亦不可多得，意者望御史今年为仆索一妇，明年为留心一官，幸有余力，何惜些些？……倘也贵人多忘，国士难期，使仆一朝出其不意，与君并肩台阁，侧眼相视，公始悔而谢仆，仆安能有色于君乎？"④王泠然作此书时，刚及第不久，所以语气间，颇有志得意满之态，但如此上书之文字，如何能起到实际的效果呢？《唐才子传》卷1《王泠然》载：

(泠然)气质豪爽，当言无所回忌，乃卓荦奇才，济世之器，惜

① 范摅：《云溪友议》，《唐五代笔记小说大观》，上海古籍出版社2000年版，第1320页。

② 员半千：《陈情表》，《全唐文》卷165，中华书局1983年版，第1682页。

③ 《新唐书》卷112《员半千传》所载与《全唐文》略异，其文曰："臣家赀不满千钱，有田三十亩，粟五十石。闻陛下封神岳，举豪英，故鬻钱走京师。朝廷九品无葭莩亲，行年三十，怀志洁操，未蒙一官，不能陈力归报天子。陛下何惜玉陛方寸地，不使臣披露肝胆乎？得天下英才五千，与榷所长，有一居先，臣当伏死都市。"书奏，不报。（中华书局1975年版，第4161页。）

④ 王泠然：《与御史高昌宇书》，《全唐文》卷294，中华书局1983年版，第2983页。

其不大显而终。①

从他的这封写给御史高昌宇的书信来看，《唐才子传》对其言“无所避忌”的评价，非常中肯。

传播学家施拉姆曾说，有效传播的一个秘密是把一个人的语言保持在听众能够适应的程度上。只有那些自以为是的作家，那些只想到自己的作家，才会不去注意传播对象；或者出于试图给贵族听众予以深刻印象的目的，这些人专门寻觅罕用词语、多音节词和非常抽象的公式化说明②。中国古代那些狂狷的才士还真有这样一些特点呢？他们有时并不考虑自己所上书信的传播对象如何感受，一味逞才使气，留给文学史的是一篇佳作，在现实中却可能受到挫折。但这样的文人却又往往是性格最鲜明，给人印象最深刻的卓异之士，凭借着一件轶事、一篇短文、一首诗歌就能流传久远。狂狷或许带来的是生活的窘困，但却又为他们赢得了不同流俗的清誉，其间之得失，不能不令人扼腕兴叹。

二、文学传播意识与审美性创作的心理驱动

审美性的文字是纯文学，其作品创作时的传播意识最为薄弱，即便存在这类作品的传播意识，也多半是在作品产生以后，（但很多时候，这类作品的作者原本就没有去考虑是否流传与传世的问题，也正是一种无意于传的创作心态，作品反具有一种超越性。）而不像实用性文字，其传播意识在创作之前就已具备。

在唐代，诗、赋作为主要的审美性创作文体，其形式上的变化反映出文人在这类传播内容上的意向转变，而体现这些转变的文字，大多保留于文人为自己的诗、赋所写的序引（或称小序）中。由作品的小序，一般可以窥见文人创作前后的心理。本节重点以诗、赋的序引为材料，并结合诗歌创作中的“苦吟”现象，以及由扬雄相沿而下的“悔其少作”的心理，对文人在诗、赋等审美性创作形式方面的某些传播意识加以分析，以探究其特点。

---

① 辛文房撰，傅璇琮等校注：《唐才子传校笺》第1册卷1，中华书局1987年版，第183~184页。

② [美]威尔伯·施拉姆、威廉·波特著：《传播学概论》，陈亮、周立方、李启译，新华出版社1984年版，第98页。

(一)诗题小序的传播意涵与苦吟的内在驱动

1. 诗歌小序的传播意涵

诗题之下有小序，或称为引。明人徐师曾《文体明辨序说》论“小序”与“引”云：

> 小序者，序其篇章之所由作，对大序而名之也。
>
> 唐以前，文章未有名引者。汉班固虽作《典引》，然实为符命之文，如杂著命题，各用己意耳，非以引为文之一体也。唐以后始有此体，大略如序而稍为短简，盖序之滥觞也。①

要之，“小序”与“引”一般附于诗题之下，与兼论文与叙事的“大序”文字不同。

唐人诗歌的序、引中，开始关注所作诗歌的传播。在唐代诗人中，柳宗元、白居易、元稹、刘禹锡等人非常注意对序、引的运用。杜甫之时，诗题之下的小序、引文极为简短，往往只是些说明性的文字。或者用来说明诗题之义，或者用来说明诗题之中的地名、人名、官名等。如《不见》诗题原注云：“近无李白消息。”②只为说明“不见”者为何人；而《喜达行在所三首》原注：“自京窜至凤翔。”③则为说明所抵行在为何地；《送梓州李使君之任》原注：“故陈拾遗，射洪人也。篇末有云。”④则为说明诗中末四句“遇害陈公殒，于今蜀道怜。君行射洪县，为我一潸然”的内涵；《送何侍御归朝》小序云：“李梓州泛舟，筵上作。”⑤文辞虽短，却已带有小序真正的功能，说明了作诗时的基本情境。另需要说明的是，这些诗题下的小序，有的或许并非杜甫原来所写，而是早期注本的残余。到了白居易等人的手中，诗题之下的小序，开始变得略长一些，内容也渐为丰富。

---

① 徐师曾：《文体明辨序说》，《文章辨体序说　文体明辨序说》，人民文学出版社 1962 年版，第 135、136 页。

② 杜甫著，仇兆鳌注：《杜诗详注》，中华书局 1979 年版，第 858 页。(参见《全唐诗》卷 227)

③ 《全唐诗》卷 225，中华书局 1960 年版，第 2405 页。

④ 杜甫著，仇兆鳌注：《杜诗详注》，中华书局 1979 年版，第 916 页。(参见《全唐诗》卷 227)

⑤ 杜甫著，仇兆鳌注：《杜诗详注》，中华书局 1979 年版，第 998 页。(参见《全唐诗》卷 227)

如其《琵琶行序》即是此中名篇，序云：

> 元和十年，予左迁九江郡司马。明年秋，送客湓浦口，闻船中夜弹琵琶者，听其音，铮铮然有京都声；问其人，本长安倡女，尝学琵琶于穆、曹二善才。年长色衰，委身为贾人妇。遂命酒，使快弹数曲，曲罢悯然。自叙少小时欢乐事，今漂沦憔悴，转徙于江湖间。予出官二年恬然自安，感斯人言，是夕，始觉有迁谪意，因为长句歌以赠之，凡六百一十六言，命曰琵琶行。①

全序一百三十余字，如此长的诗题小序，不论在白居易集，还是在全唐诗中，均是不多见的。但它的出现，却意味着一种文人创作意识与传播意识的转变。又如柳宗元《霹雳琴赞引》记载，一位超道人斫雷击之枯桐以为琴，柳宗元作赞辞十句四十字识于琴底孔之左右，又作赞引，其中有云：

> ……是琴也，既良且异，合而为美，天下将不可载焉。微道人，天下之美几丧。余作赞辞，识其越之左与右，以著其事。又益以序，以为他传。辞曰：惟湘之涯，惟石之危。龙伏之灵，震焚之奇。既良而异，爰合其美。超实为之，赞者柳子。②

此处，题为“引”，文中又自言“序”，其实一也。赞之用，为“著其事”，引之用，则是“以为他传”，使知成琴之始末，并知题赞之作者。

另外，诗题的变长，诗题中叙事成分的加入，也意味着诗人对于诗歌传播的注意。如杜甫《天宝初，南曹小司寇舅于我太夫人堂下累土为山，而作是诗》③与《至德二载，甫自京金光门出，问道归凤翔。乾元初，有悲往事》④，两篇诗题中将时间与事情经过均作了交待，与此前诗题的凝练已有不同。而白居易的《昔与微之在朝日，同蓄休退之心。迨今十年，沦落老大，追寻前约，且结后期》⑤《初，与元九别后，忽梦见之，及寤，而书适至，兼寄桐花诗，怅然感怀，因以此寄》⑥，诗题述往道今，已如诗

① 白居易撰，顾学颉点校：《白居易集》卷12，中华书局1979年版，第241页。书中作《琵琶引》。

② 柳宗元撰：《柳宗元集》卷19，中华书局1979年版，第525页。

③ 《全唐诗》卷224，中华书局1960年版，第2391页。

④ 杜甫著，仇兆鳌注：《杜诗详注》，中华书局1979年版，第480页。

⑤ 《全唐诗》卷430，中华书局1960年版，第4749页。

⑥ 《全唐诗》卷432，中华书局1960年版，第4774页。

之本事；白氏更有《微之到通州日，授馆未安，见尘壁间有数行字，读之，即仆旧诗，其落句云：渌水红莲一朵开，千花百草无颜色。然不知题者何人。微之吟叹不足，因缀一章，兼录仆诗本同寄。省其诗，乃十五年前初及弟时，赠长安妓人阿软绝句。缅思往事，杳若梦中，怀旧感今，因酬长句》①《木莲树生巴峡山谷间，巴民亦呼为黄心树，大者高五丈，涉冬不凋，身如青杨，有白文，叶如桂，厚大无脊，花如莲，香色艳腻皆同，独房蕊有异。四月初始开，自开迨谢，仅二十日。忠州西北十里，有鸣玉溪，生者秾茂尤异。元和十四年夏，命道士丘元志写，惜其遐僻，因题三绝句云》②这些过百字的长题，已如一篇简短的小文了，甚至长过了诗的正文。

总体来说，唐五代时期，文人的诗题小序与引文尚属初萌，不如后来宋人的诗词题序内容丰富，但其出现，本身已经意味着文学传播意识的根本变化。内容的长短、繁简只是任何一种新的文学样式发展的不同阶段而已。吴承学认为："诗题与诗序的制作，正表明当时诗人对于自己创作的诗歌有一种自觉的传播与传世的意识，诗题诗序正是诗人进行自我阐释的努力，目的是要使自己的作品得到读者的了解、接受和欣赏。……诗题诗序的兴起，也意味着诗人开始考虑到读者包括后代读者在阅读过程中'以意逆志'和'知人论世'的心理需求，这是一种新兴的有关读者接受的意识。"③这个论述是非常中肯的。

2. 苦吟现象的内在驱动

在中晚唐之际也出现了一批以"苦吟"称著的诗人，如张祜、李贺、贾岛等。这种"苦吟"现象本身，就反映出文人对于创作的认真态度，而背后的内在驱动，却与传播意识的增强有关。如张祜其人，《唐才子传》记载：

> （张）祜苦吟，妻孥每唤之皆不应，曰："吾方口吻生花，岂恤汝辈乎！"④

可见其沉湎于诗歌之状。传中又称，元和、长庆间，祜深为令狐楚所器

---

① 《全唐诗》卷438，中华书局1960年版，第4868页。

② 《全唐诗》卷441，中华书局1960年版，第4917页。

③ 吴承学：《论古诗制题制序史》，《文学遗产》1996年第5期。

④ 辛文房撰，傅璇琮等校注：《唐才子传校笺》第3册卷6，中华书局1990年版，第174页。

重。令狐楚《进张祜诗册表》有云：

> (张祜)研几甚苦，搜象颇深；辈流所推，风格罕及。①

可谓张祜苦吟之又一佐证。而其重生花之妙口，不恤妻孥之相唤，则可称诗痴矣。皮日休《论白居易荐徐凝屈张祜》云：

> (张)祜，元和中作宫体诗，词曲艳发，当时轻薄之流重其才，合噪得誉。及老大，稍窥建安风格。诵乐府录，知作者本意。讲讽怨谲，时与六义相左右。此为才之最也。②

这种诗风随时而变的创作，也反映出张祜对诗歌的自觉追求。在这样的创作态度下，其传播意识也随之而生。《唐语林》卷3记载，白居易初到钱塘时，徐凝、张祜先后前去拜谒，请求引荐，于是白居易让二人"较胜负于一战"，诗赋作罢，徐凝胜出，张祜于是叹曰："虞韶九奏，非瑞马之至音；荆玉三投，伫良工之必鉴。且洪钟韶击，瓦缶雷鸣；荣辱纠绳，复何定分！"遂行歌而迈，凝亦鼓枻而归。自是二生终身偃仰，不随乡试。③张祜这种"伫良工之必鉴"的心理，正是其传播意识的一部分，也才有后来杜牧对他诗歌的赞赏。正因为重诗的态度与传播意识的存在，张祜虽不曾及第，但他的诗在当时流传甚广。如顾陶《唐诗类选后序》所云："近则杜舍人牧、许鄂州浑，洎张祜、赵嘏、顾非熊数公，并有诗句，播在人口。"④即是明证。

3. 慎出其作

在传世不朽的意识之下，文人还有一种谨慎对待创作的态度。如果他自己感觉在某一题材上无法超越前人，他们便会选择不写，并直接表达出自己对于已有作品的赞赏。《唐才子传》卷1《崔颢》条记载：

> (颢)少年为诗，意浮艳，多陷轻薄。晚节忽变常体，风骨凛然，一窥塞垣，状极戎旅，奇造往往并驱江、鲍。后游武昌，登黄鹤楼，

---

① 令狐楚：《进张祜诗册表》，《全唐文》卷539，中华书局1983年版，第5476页。
② 皮日休：《论白居易荐徐凝屈张祜》，《全唐文》卷797，中华书局1983年版，第8359页。
③ 王谠撰，周勋初校证：《唐语林校证》，中华书局1987年版，第295页。
④ 顾陶：《唐诗类选后序》，《全唐文》卷765，中华书局1983年版，第7960页。

感慨赋诗。及李白来，曰：“眼前有景道不得，崔颢题诗在上头。”无作而去，为哲匠敛手云。①

李白因称许崔颢之诗而不仅“为哲匠敛手”，而且后来还模仿崔颢写了《登金陵凤凰台》，尤见期叹服之意。再如范摅《云溪友议》卷上《巫咏难》记载：

秭归县繁知一闻白乐天将过巫山，先于神女祠粉壁。大署之曰：“苏州刺史今才子，行到巫山必有诗。为报高唐神女道，速排云雨候清词。”白公睹题处怅然，邀知一至曰：“历阳刘郎中禹锡，三年理白帝，欲作一诗于此，怯而不为，罢郡经过，悉去千馀首诗，但留四章而已。此四章者(按，指沈佺期、王无竞、李端、皇甫冉四人之作)，乃古今之绝唱也，而人造次不合为之。②

刘禹锡、白居易这样的大才子，到了巫山、白帝城一带，也因为粉壁上题有沈佺期、王无竞、李端、皇甫冉等前代才人之作而罢笔，让人看到了才子们自信之外的另一面。这样一种慎出的态度，正是文人出于对自己作品的负责，因为他们知道，作品一旦写出并加以题写流传，便不仅仅属于自己，它的品质，会直接影响到自己的声名，甚至关系到自身在文学史上的存在与湮没。

(二)辞赋欲丽与悔其少作

1. 唐代文人对辞赋欲丽的认识

自曹丕《典论·论文》中提出“辞赋欲丽”③以来，对于“丽”的追求，可以说是魏晋至唐代(3—9世纪)文人对于赋体甚至是整个文学形式上应该呈现特点的普遍认识。比如，唐太宗《令天下诸州举人手诏》中，对于文章一类的人才，其要求就是：

含章杰出，命世挺生。丽藻遒文，驰楚泽而方驾；钩深睹奥，振

① 辛文房撰，傅璇琮等校注：《唐才子传校笺》第1册卷1，中华书局1987年版，第202页。

② 范摅：《云溪友议》，《唐五代笔记小说大观》，上海古籍出版社2000年版，第1263页。

③ 曹丕：《典论·论文》，萧统编，李善注：《文选》卷52，上海古籍出版社1986年版，第2271页。

梁苑以先鸣。业擅专门，词高载笔。①

辞藻要丽，文章要遒劲有力、钩深睹奥，这是朝廷对文学之士的选择标准。彼时名臣虞世南所撰《破邪论序》亦云："尔其文情，乃典而不野，丽而有则。"②以此来表达对玄奘法师文章的认可。唐人芮挺章《国秀集序》亦曰：

昔陆平原之论文曰："诗缘情而绮靡。"是彩色相宣，烟霞交映，风流婉丽之谓也。③

陈子昂在《与东方左史虬修竹篇序》中首先对"彩丽竞繁"的齐梁文章提出不满，由此揭开了唐代文人对于兴寄、风骨追求的帷幕。但唐人对于遒丽的向往并没有根本改变，他们更希望能骨力、遒丽二者兼善。孙过庭的《书谱》虽是论述书法的一篇长文，但其中的观点，多少也反映出唐人在文艺方面的共同认识，其中论骨力与遒丽一段尤为精彩，擢引如下：

假令众妙攸归，务存骨气。骨既存矣，而遒润加之。亦犹枝干扶疏，凌霜雪而弥劲；花叶鲜茂，与云日而相晖。如其骨力偏多，遒丽盖少，则若枯槎架险，巨石当路，虽妍媚云阙，而体质存焉。若遒丽居优，骨气稍劣，譬夫芳林落蕊，空照灼而无依；兰沼漂萍，徒青翠而奚托？是知偏工易就，尽善难求。④

书法如此，于文学又何尝不是如此呢？高适评价皇甫冉的《巫山诗》，说它"终篇皆丽"⑤，正是对皇甫氏的推崇。魏颢称李白"情理宛约，词句妍丽"⑥，也是对李太白的肯定。

那么，对于"丽"辞的追求，与传播有何关系呢？还是李白说得好，其《大猎赋序》曰：

① 太宗：《令天下诸州举人手诏》，《全唐文》卷8，中华书局1983年版，第95页。
② 虞世南：《破邪论序》，《全唐文》卷138，中华书局1983年版，第1399页。
③ 芮挺章：《国秀集序》，《全唐文》卷356，中华书局1983年版，第3619页。
④ 孙虔礼：《书谱》，《全唐文》卷202，中华书局1983年版，第2046页。
⑤ 高适：《皇甫冉集序》，《全唐文》卷357，中华书局1983年版，第3629页。
⑥ 魏颢：《李翰林集序》，《全唐文》卷373，中华书局1983年版，第3798页。

白以为赋者古诗之流，辞欲壮丽，义归博达。不然，何以光赞盛美、感天动神？①

他认为“壮丽”之辞，是“光赞盛美、感天动神”的重要条件，可是李白在“丽”字之前加了一个“壮”字。

盛唐时期李白、孙虔礼等人关于“丽”与“壮”、“骨力”分别在赋、书法上的结合，已经反映出文人在文艺上的一些观念变化，即仅有“丽”的辞采与线条是不能满足人们审美上的需求了，一定要结合壮美、骨力才能归于尽善。尚衡《文道玄龟》中的观点，可以视为盛唐中后期这种风气转变的代表性言论：

词士之作，学古以抒情，属词以及物；及物胜则词丽，抒情逸则气高。高者求清，丽者求婉，耻乎质，贵乎情，而忘其志，斯乃颓靡之道焉。②

一味求丽、求婉、重情，而不重质、不言志的文学创作，乃是颓靡之道。这是对当时文学发展的客观认识，也是中唐复古以新变之风的理论前导。

2. 悔其少作

“悔其少作”的情结，在中国古代文人的身上由来已久，唐代前后也屡见不鲜。东汉扬雄《法言·吾子》篇载，或问扬雄云：“吾子少而好赋？”扬雄答曰：“童子雕虫篆刻，壮夫不为。”③曹魏杨德祖《答临淄侯笺》：“修家子云，老不晓事，强著一书，悔其少作。”④宋代的陈师道在他年纪稍大时见到黄庭坚之诗，曾尽焚少时所作诗稿，黄庭坚读杜诗以后亦曾有过类似的行为，还有陆游悔其少时所作长短句等，都是这种情结的体现。宋以后，这种现象仍然存在。《明史·徐祯卿传》：“（祯卿）既登第，与李梦阳、何景明游，悔其少作，改而趋汉、魏、盛唐，然故习犹在。”⑤清人袁枚曾说：“余宰江宁时，门下士谈毓奇为刻《双柳轩诗文集》二册。罢官后，悔其少作，将板焚毁。后《小仓山房集》中仅存十分之三。”⑥袁枚弟

① 李白：《大猎赋序》，《全唐文》卷347，中华书局1983年版，第3521页。
② 尚衡：《文道元龟》，《全唐文》卷394，中华书局1983年版，第4014页。
③ 扬雄撰，汪荣宝疏，陈仲夫点校：《法言义疏》，中华书局1987年版，第45页。
④ 杨修：《答临淄侯笺》，萧统编，李善注：《文选》卷40，上海古籍出版社1986年版，第1819页。
⑤ 张廷玉等撰：《明史》卷286，中华书局1974年版，第7351页。
⑥ 袁枚著，顾学颉点校：《随园诗话·补遗》，人民文学出版社1982年版，第655页。

子薛起凤在《小仓山房诗集序》中也证实，袁枚“晚年境愈高，才愈敛，欲删去《少年》《落花》《残雪》诸作”，因薛起凤坚持不可删，这才保存了少数早年之作①。所以，鲁迅在《〈集外集〉序言》中有云：“听说中国的好作家是大抵‘悔其少作’的，他在自定集子的时候，就将少年时代的作品尽力删除，或者简直全部烧掉。”②

悔其少作的心理现象与文章名世的意识是相始终的，所以，这两种内在的观念较早地集中发生在扬雄一人身上，就不足为奇了。实际上，文章名世的希求与悔其少作的心理，从根本来说是一个人心灵成长中的正常变化。扬雄早年为人简易佚荡，因口吃而不能剧谈，喜好深沉之思；由于不汲汲于富贵，所以不修廉誉以邀名③，只是好作辞赋。但是，随着年龄的增长与阅历的丰富，扬雄逐渐认为辞藻华丽的辞赋劝百讽一，无补于世，于是他复归古道，仿《周易》作《太玄》，仿《论语》作《法言》，欲以有道之文章名垂于世④。

文章名世的观念与悔其少作的心理是与文学传播意识的萌发密切相关的。前面已经对文章名世观进行了分析，此不再论。悔其少作同样是文学史上的一个非常重要的现象，也是文人文学传播意识增强的一个心理佐证，由于它最初与被视为“童子雕虫篆刻”的辞赋有关，故于此节论述之。

悔其少作反映的是文学传播意识或说是文人传世意识的增强，由于对“文章千古事”的深刻理解，所以对自己年少时不成熟的作品会有删之而后安的心理。宋代陆游后悔早年作词，但又终身难舍，其《长短句序》云：“少时汩于世俗，颇有所为，晚而悔之，然渔歌菱唱，犹不能止。今绝笔已数年，念旧作终不可掩，因书其首以识吾过。”⑤明代王世贞曾在《李东阳乐府跋》（亦作《书李西涯古乐府后》）中谈及自己对年少所作《艺苑卮言》之翻悔云：“余作《艺苑卮言》时，年未四十，方与于鳞辈是古非今，此长彼短，未为定论。至于戏学《世说》，比拟形似，既不切当，又伤儇薄。行世已久，不能复秘。姑随事改正，勿令多误后人而已。”⑥清人周亮工《书影》卷一亦有云：“古文人初持其一偏之说，与人凿凿不相下。殆识

① 薛起凤：《小仓山房诗集序》，袁枚著，周本淳点校：《小仓山房诗文集》，上海古籍出版社1988年版，第1页。
② 鲁迅：《〈集外集〉序言》，《鲁迅全集》第7册，人民文学出版社1981年版，第3页。
③ 按，由于汉代通过察举孝廉来选拔人才，不修廉誉，即无意于仕途也。
④ 班固撰，颜师古注：《汉书》卷87《扬雄传》，中华书局1962年版，第3583页。
⑤ 转引自龙榆生：《唐宋名家词选》，上海古籍出版社1980年版，第235页。
⑥ 王世贞：《书李西涯古乐府后》，清梁溪顾氏校刻本《读书后》卷4。

益高，心益下，未有不翻然自悔者。”①实际上，人固然会随着年龄的增长与阅历的丰富带来认识上的成熟，但文学创作却并非与此相应提升。一位文人年轻时的作品与年老时的作品可能存在风格上的差异，却并不能表示后者一定高明，相反，甚至还存在年轻时思如泉涌、年老时江郎才尽的现象。所以，悔其少作只能反映文人自身在心理上的变化，并不能表示早期作品的品质在客观上的低劣。而文人心理的变化，既与主观的修为有关，有时也与社会环境有关，但无论如何，悔其少作都表示着文人主体的责任意识与传世的慎重态度。

从主观方面来看，文人悔其少作的原因有两点。其一，不满意他早期的作品，比如，李白《大鹏赋序》记载有他悔其少作之事：

> 予昔于江陵见天台司马子微，谓予有仙风道骨，可与神游八极之表，因著《大鹏遇希有鸟赋》以自广。此赋已传于世，往往人间见之。悔其少作，未穷宏达之旨，中年弃之。及读《晋书》，睹阮宣子《大鹏赞》，鄙心陋之。遂更记忆，多将旧本不同。今腹存手集，岂敢传诸作者，庶可示之子弟而已。②

李白认为其赋“未穷宏达之旨”，固然出于其思想认识与文学表现能力上的发展，便所悔者，却不仅有文章的不如意处，也包含赋的“已传于世，往往人间见之”。

其二，他欲在其他领域有所成就，如扬雄早年好辞赋，后来转好古道；再如唐代的刘知几，早年喜作诗赋，晚岁沉浸于史传，亦有悔其少作之意，他在《史通自序》中将自己与扬雄相比，说有“四似”，其文如下：

> 予辄不自揆，亦窃比于扬子云者有四焉。何者？扬雄尝好雕虫小技，老而悔其少作。余幼喜诗赋，而壮都不为，耻以文士得名，期以述者自命。其似一也。扬雄草《玄》，累年不就，当时闻者，莫不哂其徒劳。余撰《史通》，亦屡移寒暑。悠悠尘俗，共以为愚。其似二也。扬雄撰《法言》，时人竞尤其妄，故作《解嘲》以酬之。余著《史通》，见者亦互言其短，故作《释蒙》《唐书》以拒之。其似三也。扬雄少为范踆、刘歆所重，及闻其撰《太玄经》，则嘲以恐盖酱瓿。然刘、

① 周亮工：《书影》卷1，上海古籍出版社1981年版。

② 李白：《大鹏赋序》，《全唐文》卷347，中华书局1983年版，第3523页。

范之重雄者，盖贵其文彩若《长扬》《羽猎》之流耳。如《太玄》深奥，理难探赜。既绝窥逾，故加讥诮。余初好文笔，颇获誉于当时。晚谈史传，遂减价于知己。其似四也。①

“幼喜诗赋”与“初好文笔”的刘知几，虽以此获誉，但后来颇以为耻，这是一种兴趣转向时的心理变化。

当然，悔其少作作为一种主体的心理变化，也与一定的社会因素有关。比如，个人生活环境的转变、个人创新的要求、社会的尊崇与喜好风尚等。

三、文学传播意识下实用性创作形式的变异

在文学传播意识的发展下，文人间的书信交往，非但是一种实用的通讯工具，也不只是单纯地寄上一篇诗或是一篇文章，而是将诗文与书、序等相合的综合体，白居易在《与元九书》中写这种情状时说：“每诗来，或辱序，或辱书，冠于卷首，皆所以陈古今歌诗之义，且自叙为文因缘与年月之远近也。”②正是这样一种诗、序、书、论与叙事相杂糅的交往文字，给人以入山林而胜景无穷之感，同时也反映出文人在传播意识增长时实用文体的变化。

(一)书信

书信在古代有多种称谓，一般习称为“书”、“简”。关于这种实用性文字，吴讷《文章辨体》中这样解释：“昔臣僚敷奏，朋旧往复，皆总曰书。近世臣僚上言，名为表奏；惟朋旧之间，则曰书而已。”③可谓简明。徐师曾《文体明辨》言之较详：“刘勰云：‘书记之用广矣。’考其杂名，古今多品，是故有书，有奏记，有启，有简，有状，有疏，有牋，有劄；而书记则其总称也。”其中，“简”又可称作“手简”、“小简”、“尺牍”等④。

书信最初的形制较为短小，是一种日常的交流文书，起初多用于朝廷表奏，友朋间问候衣食住行、健康状况等。从表达上看，它主要用于倾诉

① 《史通》内篇《自叙》第三十六。刘知几著，浦起龙通释：《史通通释》，上海古籍出版社2009年版，第272页。

② 白居易：《与元九书》，《全唐文》卷675，中华书局1983年版，第6888页。

③ 吴讷：《文章辨体序说》，《文章辨体序说　文体明辨序说》，人民文学出版社1962年版，第41页。

④ 徐师曾：《文体明辨序说》，《文章辨体序说　文体明辨序说》，人民文学出版社1962年版，第128页。

文人的心声。所以，刘勰在《文心雕龙·书记》篇中说“书之为体，主言者也”，并引扬雄“言为心声”之语以诠之：

详总书体，本在尽言，言以散郁陶、托风采，故宜条畅以任气，优柔以怿怀。文明从容，亦心声之献酬也。①

汉末、六朝时期，一些世家大族为维持本族的荣耀，对子女多有规训，出现了“诫子书”一类的特殊书信文，这种文字在唐代仍时有所见，其根源在于文学传播意识中明道、教化观念等的存在，于是在书信中也会时有表现。李华《与外孙崔氏二孩书》一信中，他引旧俗而感叹世风沦替，对世道的变化颇为痛心：“吾小时犹省长幼，每日两时栉盥，起居尊行，三时侍食，饮良讫然后敢食，犹责不如礼。今者诸子日出高眠，争览盘器，何曾有此仪？可为叹息！”同时他对二位外孙也进行了教育，说道：“汝等当学读《诗》《礼》《论语》《孝经》，此最为要也。”②整封信，无一语涉及起居饮食，以训诫为主，惟因外家之故，语辞较委婉而已，颇有些类似六朝时期士族之家的“诫子书”。

书信的文学化，很早就开始了。吴讷就说：“战国、两汉间，若乐生、若司马子长、若刘歆诸书，敷陈明白，辨难恳到，诚可以为修辞之助。”③魏晋六朝的书信小札，已多有文学佳作。到了唐代，书信的文学性质更加浓厚。如王维《山中与裴迪秀才书》就是一篇绝美的小品文：

近腊月下，景气和畅，故山殊可过。足下方温经，猥不敢相烦。辄便往山中，憩感配寺，与山僧饭讫而去。北涉元灞，清月映英郭。夜登华子冈，辋水沦涟，与月上下。寒山远火，明灭林外。深巷寒犬，吠声如豹。村墟夜舂，复与疏钟相间。此时独坐，僮仆静默。多思曩昔，携手赋诗，步仄径，临清流也。当待春中，草木蔓发，春山可望，轻鯈出水，白鸥矫翼，露湿青皋，麦陇朝雊。斯之不远，倘能从我游乎？非子天机清妙者，岂能以此不急之务相邀？然是中有深趣矣，无忽！因驮黄蘖人往，不一。山中人王维白。④

① 刘勰著，范文澜注：《文心雕龙注》，人民文学出版社1958年版，第456页。
② 李华：《与外孙崔氏二孩书》，《全唐文》卷315，中华书局1983年版，第3195页。
③ 吴讷：《文章辨体序说》，《文章辨体序说　文体明辨序说》，人民文学出版社1962年版，第41页。
④ 王维：《山中与裴迪秀才书》，《全唐文》卷325，中华书局1983年版，第3292页。

尤其是"夜登华子冈"一段，写到了水、月、山、林，写到了深巷犬吠、村墟夜舂，写到了仄径、清流，其景仿佛可感，其音似乎可聆，令人如置身其中一般。

还有在书信中直接写诗传达给友人的。如元和十二年，白居易所写《与元微之书》一信中①，不仅回忆了元稹在他初到浔阳时(元和十年，815)寄与之诗，而且自己也将写信时的情境与心理，复添于信末，表达出对于友人元稹的无边思念之情。元稹之诗曰：

> 残灯无焰影幢幢，此夕闻君谪九江。垂死病中惊起坐，暗风吹雨入寒窗。

而白居易写信之时，则置身于他建于庐山的一座草堂中，此处"云水泉石，胜绝第一"，而且他自己又做了一番修葺，"前有乔松十余株，修竹千余竿，青萝为墙垣，白石为桥道，流水周于舍下，飞泉落于檐间，红榴白莲，罗生池砌"，可谓胜境。诗人白居易在这个一处清幽的地方，给友人写信，不知不觉中一夜过去，于是，写了这样一首三韵诗句：

> 忆昔封书与君夜，金銮殿后欲明天。今夜封书在何处，庐山庵里晓灯前。笼鸟槛猿俱未死，人间相见是何年。

信中所写作诗之境况，结合所作之诗，构成一个完美的整体，整封信就成为一篇绝妙的文学作品。

唐代文人更用通过友朋间书信的交往来议论文章、史学。中唐时期韩、柳，元、白等文人对于文学、史学以及哲理、师道的认识，大部分都是通过书信来讨论的。所以，吴讷也说，"至若唐之韩、柳……凡其所与知旧、门人答问之言，率多本乎进修之实。"②所谓"本乎进修"，即是关乎修身之道学(理学)。

谈及文学的，著名的如白居易的《与元九书》，韩愈的《答李翊书》《答刘正夫书》，柳宗元的《与友人论为文书》，杜牧的《答庄充书》，司空图的《与李生论诗书》等。这些论文书信已为人所熟知，此不再引述，兹再举

---

① 白居易：《与元微之书》，《全唐文》卷674，中华书局1983年版，第6880页。此信所作时间，可参傅璇琮《唐五代文学编年史》。

② 吴讷：《文章辨体序说》，《文章辨体序说 文体明辨序说》，人民文学出版社1962年版，第41页。

几篇不太为人所注意的论文书信。如柳宗元的《与杨京兆凭书》，原本是向杨凭荐举吴武陵的，其中也谈到文章的写作：

> 凡为文以神志为主。自遭责逐，继以大故，荒乱耗竭，又常积忧，恐神志少矣。①

强调一个人的神志对于文章的重要性，认为贬逐之人，神志缺损，必影响于文章的写作。

孙樵作为韩愈的门人，延续着其师注重明道的文学特点。论述持道与为文之关系更为具体。如其《与贾希逸书》曰：

> 文章亦然，所取者廉，其得必多；所取者深，其身必穷。……爵禄不动于心，穷达与时上下，成一家书，自期不朽。②

将廉洁的持守与文章不朽相联系，可视作对“文以明道”的一种疏解。再如孙樵《与王霖秀才书》所云：

> 储思必深，摛词必高。道人之所不道，到人之所不到，趋怪走奇，中病归正。以之明道，则显而微；以之扬名，则久而传。③

则言深思在文学创作与传播中的作用。此外，孙樵的《与友人论文书》不仅谈到辞高意深对于明道、传名的作用，而且还分析了当时文宗各设户牖、磨定文章的风气对于文学的影响：

> 古今所谓文者，辞必高然后为奇，意必深然后为工，焕然如日月之经天也，炳然如虎豹之异犬羊也。是故以之明道，则显而微，以之扬名，则久而传。……当元和、长庆之间，达官以文驰名者，接武于朝，皆开设户牖，主张后进，以磨定文章。故天下之文，薰然归正。④

---

① 柳宗元：《与杨京兆凭书》，《全唐文》卷573，中华书局1983年版，第5790页。
② 孙樵：《与贾希逸书》，《全唐文》卷794，中华书局1983年版，第8324页。
③ 孙樵：《与王霖秀才书》，《全唐文》卷794，中华书局1983年版，第8325页。
④ 孙樵：《与友人论文书》，《全唐文》卷794，中华书局1983年版，第8325页。

再如柳冕，尤多论文书信，如《与滑州卢大夫论文书》《与徐给事论文书》《答荆南裴尚书论文书》《答徐州张尚书论文武书》《答杨中丞论文书》《答衢州郑使君论文书》等①。一个人有如此集中的论文书信，前此是比较罕见的。其《与徐给事论文书》中所言“盖文有余而质不足则流，才有余而雅不足则荡；流荡不返，使人有淫丽之心，此文之病也”②，论文章之病端，颇堪细思。

文人们还往往在行卷时附上书简，由于这封书信是决定行卷对象能否继续阅读行卷诗文的“导言”，其重要性不言而喻。程千帆认为，在内容方面，“这封信除了表达自己希望被赏识、提拔的愿望之外，往往还将所献文字，加以扼要的介绍，以唤起对方的注意”③。除了程先生所说的内容之外，其实文人在这封行卷书启中，不仅表现为文字的精粹上，还表现在文辞的讲究上。

萧颖士的《赠韦司业书》是一封长达五千字的行卷书启④。此信从“勇于昔闻而怯于今见”引出知音难求的话题。在对文人“求誉于时”的时代风习进行批评的同时，表达出韦述在识人方面的不同流俗之处。颂美对方时，又极有层次，先说韦司业有阅人之能，“旁求百氏，独步当朝，抑扬鉴戒，时难与拟”，再言他出身名门，地位尊崇，“名卿之孙，相门自出，妙年籍甚，宠驾时贤”，又说他才高职要，“蕴邱明之耻，资董狐之良，载笔延阁，职司国史”。接下来谈及自己的身世，以及自己在史学方面的兴趣与文章方面的专长，希望能够“得秘书省一官，登蓬莱，阅典籍，冀三四年内，绝笔之秋，使孟浪之谈，一朝见信”。写自己日常生活一段，更如精美的骈文：

> 三杯之馀，则任意纵诞。就闲窗或屏风间，曲肱岸帻，怡然自处。或经过广座稠人之中，绮筵四匝，珍羞盈品，爽心翻然，有时阁箸。若乃笔歌乱奏，继以举白，博奕樗蒲，呼枭争道，优姬艳伎，喧杂左右，易貌变声，千态万曲，即嗒然气尽，无所觉知。

信末更直言若意不相投，乞求归还：

① 参见《全唐文》卷527《柳冕》，中华书局1983年版。
② 柳冕：《与徐给事论文书》，《全唐文》卷527，中华书局1983年版，第5356页。
③ 程千帆：《唐代进士行卷与文学》，上海古籍出版社1980年版，第25页。
④ 萧颖士：《赠韦司业书》，《全唐文》卷323，第3273~3279页。下引此文不再出注。

若文不足征，道未相偕，请见还此本，谨俟烧焚。无为轻置盖瓿，使识者一窥齐楚交失，非古之君子退人有礼之道也。

诸如此类的行卷书启反映出文人在文学发展的背景下写作书信时的变化。

书信论史方面，如韩愈《答刘秀才论史书》中谈史官，“夫为史者，不有人祸，则有天刑，岂可不畏惧而轻为之哉！”[①]表达出自己出任史官后的忧惧心理。此书后来转到柳宗元的手中，柳宗元针对韩愈身为史官而畏惧著史的态度提出了批评，他说：

退之以为纪录者有刑祸，避不肯就，尤非也。史以名为褒贬，犹且恐惧不敢为；设使退之为御史中丞大夫，其褒贬成败人愈益显，其宜恐惧尤大也，则又将扬扬入台府，美食安坐，行呼唱于朝廷而已耶？在御史犹尔，设使退之为宰相，生杀出入升黜天下士，其敌益众，则又将扬扬入政事堂，美食安坐，行呼唱于内庭外衢而已耶？[②]

由此，他指出“凡居其位，思直其道”，希望韩愈能“守中道，不忘其直，无以他事自恐”，但如果真的畏惧不敢言，不如引退，“果卒以为恐惧不敢，则一日可引去”。

谈论师道的书信，以柳宗元为代表，如其《答韦中立论师道书》提出“文者以明道”的观点[③]，其他如《答严厚舆论师道书》[④]《报袁君陈秀才避师名书》[⑤]《答贡士萧纂求为师书》[⑥]，也与此相关。

这样，书信就由上书言事、嘘寒问暖的一种实用性交流工具一变为论道、论教、论文、论史、干谒上层以炫才的带有一定综合性质的创作形式。其中有关论述文章的书信，代表着文人文学传播意识的增强。

(二)序文

明人吴讷云：“序之体，始于《诗》之《大序》。”又云：“大抵序事之

---

① 韩愈：《答刘秀才论史书》，《全唐文》卷554，中华书局1983年版，第5609页。
② 柳宗元：《与韩愈论史官书》，《全唐文》卷574，中华书局1983年版，第5796页。
③ 柳宗元：《答韦中立论师道书》，《全唐文》卷575，中华书局1983年版，第5813页。
④ 《全唐文》卷575，中华书局1983年版，第5814页。
⑤ 《全唐文》卷575，中华书局1983年版，第5815页。
⑥ 《全唐文》卷575，中华书局1983年版，第5817页。

文，以次第其语、善叙事理为上。”①徐师曾论序云：“其为体有二：一曰议论，二曰叙事。”②二人都谈到序文所具有的叙事功能，徐氏还认为序文中存在有议论的成分。序文，原是文人在宴集、送别、编集时用以纪事的一种实用型文体，但是由于文学整体上的发展，在唐代的时候，无论是宴序、送别序、文集序，在基本的纪事功能之外又加入了大量的纯文学因素。许多唐代文人的序文便是文学批评史上的文论经典，如集序中的《王勃集序》(杨炯)、《河岳英灵集序》(殷璠)、《箧中集序》(元结)、《李贺集序》(杜牧)、《花间集序》(欧阳炯)；送别序中的《送孟东野序》(韩愈)；宴序如《刘侍御月夜讌会序》(元结)等均是其中的名篇。

1. 宴序

宴序，是古代文人雅集时，请其中一位文才较高之人所写的序文，往往用来倡议众人赋诗言志，以纪当日宴集之酣乐。如李白的《春夜宴从弟桃花园序》即以议论与倡议为主：

> 夫天地者，万物之逆旅；光阴者，百代之过客。而浮生若梦，为欢几何？古人秉烛夜游，良有以也。况阳春召我以烟景，大块假我以文章，会桃李之芳园，序天伦之乐事。群季俊秀，皆为惠连；吾人咏歌，独惭康乐。幽赏未已，高谈转清。开琼筵以坐花，飞羽觞而醉月，不有佳作，何伸雅怀？如诗不成，罚依金谷酒数。③

但也有如王勃《秋日宴季处士宅序》的，不仅有述有论有倡议，还有对夏末秋初的景物描写。其议论如：“若夫争名于朝廷者，则冠盖相趋；遁迹于邱园者，则林泉见托。虽语默非一，物我不同，而逍遥皆得性之场，动息匪自然之地”、“丈夫不纵志于生平，何屈节于名利？”叙事如：“故有季处士者，远辞濠上，来游境中，披白云以开筵，俯青溪而命酌。”描写如：“向时朱夏，俄涉素秋。金风生而景物清，白露下而光阴晚。庭前柳叶，才听蝉鸣；野外芦花，行看鸥上。”倡议则言：“人赋一言，各申其志，使夫千载之下，四海之中，后之视今，知我咏怀抱于兹日。”④

---

① 吴讷：《文章辨体序说》，《文章辨体序说　文体明辨序说》，人民文学出版社 1962 年版，第 42 页。

② 徐师曾：《文体明辨序说》，《文章辨体序说　文体明辨序说》，人民文学出版社 1962 年版，第 135 页。

③ 李白：《春夜宴从弟桃花园序》，《全唐文》卷 349，中华书局 1983 年版，第 3536 页。

④ 王勃：《秋日宴季处士宅序》，《全唐文》卷 181，中华书局 1983 年版，第 1843 页。

在唐代文人的宴序文中，独孤及的宴序是需要从文学表现上予以关注的，兹录几篇以观。其《仲春裴胄先宅宴集联句赋诗序》云：

> 堂有琴，庭有条，芳草数步，落花满席。中和子冠乌纱帽，相与箕踞嗢噱，傲睨相视，称觞乎其间。①

仲春时节，聆听着厅堂间的袅袅的琴音，庭院里各种树木的柔条随风摇荡，芳草茵茵，飘落和花瓣将香气带入筵席间，朋友们自由随意地在一起吟诗饮酒。《郑县刘少府兄宅月夜登台宴集序》则写夏夜于高城古台赏月饮酒之乐：

> 夏五月，小暑至矣，吾兄方幕夜天，扫月榭，有酒如乳，酹我乎城隅。城临近山，俯瞰平隰，秦郊汉苑，相错如绣，且有颢气，足以娱人，故数君子称觞焉。……初筵而惠好修，中饮而意气接，既醉而是非遣。夫彭泽采菊，隐侯临风，谓之盛矣。况高城古台，深夜朗月，芳樽良友，佳景胜事。今夕何夕，八者俱并。②

《建丑月十五日虎邱山夜宴序》写阳春之夜，狂歌送酒、奋髯起舞之状：

> 会之日，和气满谷，阳春逼人，岩烟扫除，肃若有待。余与夫不乱行于鸥鸟者，衔流霞之杯，而群嬉乎其中，笑向碧潭，与松石道旧。兕觥既发，宾主醉止，狂歌送酒，坐者皆和。吴趋数奏，云去日没，梵天月白，万里如练，松荫依依，状若留客。于斯时也，抚云山为我辈，视竹帛如草芥，颓然乐极，众虑皆遣，于是奋髯屡舞，而叹今夕何夕。③

《清明日司封元员外宅登台设宴集序》写清明时节宴集之胜景：

> 是日也，卉木罗其庭除，柔嘉充于圆方。……台下有南山倚庭，碧草芊芊，沟塍圃畦，如龙鳞龟甲，芳树绣布，白花雪下。于是一觞

---

① 《全唐文》卷387，中华书局1983年版，第3931页。
② 《全唐文》卷387，中华书局1983年版，第3931页。
③ 《全唐文》卷387，中华书局1983年版，第3932页。

解颜，再觞解忧，三觞忘形而傲随之。商弦数奏，墙阴移而坐客醉，手持浊醪，笑向朗月，夫以世道之多故，年岁之不吾与也。①

以上这些宴序美文，情景事理，浑然一体，是南朝美文的延续与发展，不仅仅是叙事、议论二端所能概括的。

2. 文集序

杜牧在《答庄充书》中说："自古序其文者，皆后世宗师其人而为之。……古者其身不遇于世，寄志于言，求言遇于后世也。"②这是庄充在请杜牧为其文编作序时，杜牧所回复之语。杜牧所言，显然是推托之辞，因为当时也存在许多由在世文宗为他人作集序的事例。不过，杜牧所说集序由"后世师其人"者(即门人)以为之，则是文集传世时的主要现象。但不管是请当时的文宗为之延誉，还是由后世师其人者为广其传，集序中文学性的增强与序文中文学传播意识的表达确乎存在，不容置疑。

集序最基本的功能是为文人的诗文编辑次第，并述成集之缘起。如穆员在《缑山道中五咏诗序》中谈论"诗之时用"与编次序纪时所说：

善乎诗之时用也！如绘出其芳，镜涵群象，晕呈鲜彩，琴韵雅音。俯仰吟咏之间，若在春原之上，晴峰之下，境移众目，胜集我心，诗之时用也如此！否则一时得之，人与闲云并散，兴与夕阳俱尽，春与残花共谢，游者、居者，等无及焉。他日属和之声，洛阳为之动。既编次盈什，则不可不纪其所以然。③

他所说的"诗之时用"，是对于年华流逝的担忧，而"既编次盈什，则不可不纪其所以然"，则是指集序文的实用功能。

但集序文字当然不止有记述成集缘由的简单作用，随着时代的发展，集序的书写也出现了不少新的变化，如文学史的叙述与文学性描写的增入，便是最为明显的特点。独孤及在当时被视为一代文宗④，他不仅因此写过不少精美的宴序文字，也撰写过一些当时著名文人的文集序，如《唐

① 《全唐文》卷387，中华书局1983年版，第3935页。
② 《全唐文》卷751，中华书局1983年版，第7783页。
③ 穆员：《缑山道中五咏诗序》，《全唐文》卷783，中华书局1983年版，第8182页。
④ 梁肃《朝散大夫使持节常州诸军事守常州刺史赐紫金鱼袋独孤公行状》云："达言发辞，若山岳之峻极，江海之波澜，故天下谓之文伯。"《全唐文》卷522，中华书局1983年版，第5304页。

故左补阙安定皇甫公集序》就是他为皇甫冉的文集所作序文，《检校尚书吏部员外郎赵郡李公中集序》则是他为李华文集所作序①。前序中论及五言诗源流云：

> 五言诗之源，生于《国风》，广于《离骚》，著于李、苏，盛于曹、刘，其所自远矣。当汉魏之间，虽以朴散为器，作者犹质有余而文不足。以今揆昔，则有朱弦疏越、太羹遗味之叹。历千余岁，至沈詹事、宋考功，始裁成六律，彰施五色，使言之而中伦，歌之而成声，缘情绮靡之功，至是乃备。虽去《雅》寖远，其丽有过于古者，亦犹路鼗出于土鼓、篆籀生于鸟迹也。沈、宋既殁，而崔司勋颢、王右丞维复崛起于开元、天宝之间。得其门而入者，当代不过数人。②

可说是中唐以前五言诗发展的一个小史。

晚唐五代时期，文人的诗词文集骤然增多，这本身也是文人通过编撰来实现自身作品传播的重要体现，相关集序也悄然发生着变化。最初仅仅为了纪事的序文，也更加注重辞彩与文学性。欧阳炯的《花间集序》，不啻为一篇精美的四六文字：

> 镂玉雕琼，拟化工而回巧。裁花剪叶，夺春艳以争鲜。是以唱云谣则金母词清，挹霞醴则穆王心醉。名高白雪，声声而自合鸾歌；响遏青云，字字而偏谐凤律。杨柳大堤之句，乐府相传；芙蓉曲渚之篇，豪家自制。莫不争高门下，三千玳瑁之簪。竞富樽前，数十珊瑚之树。则有绮筵公子，绣幌佳人，递叶叶之花笺，文抽丽锦。举纤纤之玉指，拍按香檀。不无清绝之辞，用助娇娆之态。自南朝之宫体，扇北里之倡风，何止言之不文，所谓秀而不实。有唐已降，率土之滨，家家之香径春风，宁寻越艳；处处之红楼夜月，自锁常娥。在明皇朝，则有李太白应制《清平乐》词四首。近代温飞卿复有《金荃集》。迩来作者，无愧前人。③

此序将词之前与其相关的乐府、宫体的发展，以极工整的骈俪文辞道出，

① 《全唐文》卷388，中华书局1983年版，第3945页。
② 《全唐文》卷388，中华书局1983年版，第3940页。
③ 欧阳炯：《花间集序》，《全唐文》卷891，中华书局1983年版，第9306页。

不仅道出了花间词产生的时代背景与发展的现实依据，体现出欧阳炯对于文体发展与文学传播的关注，而其文辞本身也是文学的精品。

如果说集序中的文学史叙述与文学性描写，体现的是文人文学意识的增强在集序中的表现，那么文人在集序中所流露出的传播景象，则是文人文学传播意识增强的具体体现。杜确《岑嘉州集序》中论宫体之革除与岑参诗的传播之状云：

> 梁简文帝及庾肩吾之属，始为轻浮绮靡之词，名曰宫体。自后沿袭，务于妖艳，谓之摛锦布绣焉。其有敦尚风格，颇存规正者，不复为当时所重，讽谏比兴，由是废缺，物极则变，理之常也。圣唐受命，斩雕为朴。开元之际，王纲复举，浅薄之风，兹焉渐革。……公讳参……尤工缀文，属辞尚清，用意尚切，其有所得，多入佳境，回拔孤秀，出于常情，每一篇绝笔，则人人传写，虽闾里士庶，戎夷蛮貊，莫不讽诵吟习焉。①

通过初盛唐之际敦尚规正的诗风“不为当时所重”，与岑参诗的“人人传写”的对比，体现出文人对于文风变化与文集流传的关注。再如许孟容《穆公集序》则曰：

> 业文之士，蓄灵含粹，光价时独者，往往间出……发箧开卷，如升元圃，将垂来代，敢失其传。②

“光价时独”是当时的传播，“将垂来代”是后世的传播，这是对空间与时间两方面传播的注意。在集序中论述传播之盛者，莫过于元稹在《白氏长庆集序》中所描写的：

> 予谴掾江陵，乐天犹在翰林，寄予百韵律诗及杂体，前后数十章。是后各佐江、通，复相酬寄。巴、蜀、江、楚间洎长安中少年，递相仿效，竞作新词，自谓为“元和诗”，而乐天《秦中吟》《贺雨》《讽谕》《闲适》等篇，时人罕能知者。然而二十年间，禁省、观寺、

---

① 杜确：《岑嘉州集序》，《全唐文》卷459，中华书局1983年版，第4692页。
② 许孟容：《穆公集序》，《全唐文》卷479，中华书局1983年版，第4898页。按，穆公，指穆员。

> 邮堠、墙壁之上无不书，王公、妾、妇牛、童马走之口无不道，至于缮写模勒，衒卖于市井，或持之以交酒茗者，处处皆是。①

序中还谈到自己与白居易的唱和诗文，“自篇章已来，未有如是流传之广者”。体现当时文人对于传播的自觉认识。

有些自序其诗文的作者，也同样表现出鲜明的传播态度。高宗总章二年(669)五月，王勃入蜀，有感于川中山川之美，他一路边行边写，作诗达30首，于是编之成集，投之于好诗之人，以广其传，并自作其序。其《入蜀纪行诗序》载其首尾甚明：

> 总章二年五月癸卯，余自长安观景物于蜀……若乃采江山之俊势，观天下之奇作，丹壑争流，青峰杂起，陵涛鼓怒以伏注，天壁嵯峨而横立，亦宇宙之绝观者也。……躬览胜事，足践灵区，烟霞为朝夕之资，风月得林泉之助？嗟乎！山川之感召多矣，余能无情哉？爰成文律，用宣行唱，编为三十首，投诸好事焉。②

从这篇序文中，可以看出王勃的“用宣行唱”、“投诸好事”，即是对于诗文传播的自觉态度。

集序文学性的增强，还表现在集序中叙、论、诗等的杂糅上。如白居易《故京兆元少尹文集序》论文章需有“粹灵气”：

> 天地间有粹灵气焉，万类皆得之，而人居多。就人中，文人得之又居多。盖是气凝为性，发为志，散为文。粹胜灵者，其文冲以恬；灵胜粹者，其文宣以秀；粹灵均者，其文蔚温雅渊，疏朗丽则，检不扼，达不放，古淡而不鄙，新奇而不怪。③

元少尹，名宗简，字居敬，举进士，历御史府、尚书郎，迄于京兆少尹。其临终前遗言：“吾平生酷嗜诗，白乐天知我者，我殁，其遗文得乐天为之序”，白居易受其子元途之请，为之作序。序中不仅有上述一段关于“粹灵气”的精彩论语，而且还叙及自己受托之后，四年间“往复奔命”“席

---

① 元稹：《白氏长庆集后》，《全唐文》卷653，中华书局1983年版，第6644页。
② 《全唐文》卷180，中华书局1983年版，第1833页。
③ 白居易：《故京兆元少尹文集序》，卷675，中华书局1983年版，第6896页。

不遑暖”、无暇为文的窘迫之状，后来才在苏州政事之暇援笔作序，“烛下讽读，憯恻久之”。而且还附诗二首：

黄壤讵知我，白头徒念君。唯将老年泪，一洒故人文。

遗文三十轴，轴轴金玉声。龙门原上土，埋骨不埋名。

整篇序文，论、叙、诗杂糅一体，堪称文学佳作。

此外，由于对文集传世的重视，也相应地提升了文人对集序的重视。他们往往像那位元宗简一样请当世名公为自己的文集作序，渴望得到中肯准确的评价，有时候对于一些溢美之辞还会表示不满。比如权德舆在《答杨湖南书》中就毫不客气地批评对方“奖饰非宜”“侈言过实”，他说：“览鸿丽之作，无非溢言，追思内讼，已无所及。使鄙人涉敝帚自见之患，陷作者于玉卮无当之嫌”，“今序中所言，霈王泽，浊幽滞，振刑典，申肃杀，揄扬宏大，务极其言，则虚美之中，又为虚美”，明确地对于对方所作序中的虚美之辞非常不满，甚至还说可能“一不敏而相交丧”①。权德舆这种爱惜自己声名的意识，无疑是着眼于后世、期待于百代之下的，他清醒地认识到作序者的虚美之辞，虽然可能因为自己的地位而不被人所非言，但千载之后，却逃脱不了严厉的批评，所以他说“陷作者于玉卮无当之嫌”。此处所云“杨湖南”，即杨嗣复，中唐名臣杨于陵次子，会昌元年(841)武宗立，曾被贬为湖南观察使，故称②。其为权德舆所作序文，今《全唐文》有载③。

3. 送别序

“夫有别必感，今昔共之。”④送别序，是文人间离别时所作的一种序文。它与送别诗属同类性质，均为友人宠别、慰远而作，也有许多是为送秀才应举的文章。这种序文的产生，与赠诗文以宠行的社会行为有关，关于其根源，前文已经有所交待，此不再言。此处仅就别序文饰性的增强与别序中所体现的传播意识略作论述。

由于文饰性在各种文体内的渗透，以及受传播意识的影响，文人的赠

① 权德舆：《答杨湖南书》，《全唐文》卷489，中华书局1983年版，第4992页。

② 刘昫等撰《旧唐书》卷176(中华书局1975年版，第4559页)、欧阳修、宋祁撰《新唐书》卷174(中华书局1975年版，第5240页)。

③ 杨嗣复：《权德舆文集序》，《全唐文》卷611，中华书局1983年版，第6176页。

④ 宋之问：《送裴五司法赴都序》，《全唐文》卷241，中华书局1983年版，第2438页。

别序文也有一个由虚辞敷衍到用语亲切可感的过程，在单纯言别纪行的质朴文字中逐渐添加了极富文饰色彩的景物描写与情感表现，成为唐代古文的一个重要畛域。为了说明这样一种转变，现举唐代各个时期送别序文中的一些文学描写比较以观。

先来看陈子昂《送吉州杜司户审言序》中的景物表现：

> 朝廷相送，驻旌盖于城隅；之子孤游，淼风帆于天际。白云自出，苍梧渐远，帝台半隐，坐隔丹霄巴山一望，魂断绿水。于是邀白日，藉青蘋，追潇湘之游，寄洞庭之乐，吴歈楚舞，右琴左壶，将以缓燕客之心，慰越人之思。①

虽然辞藻甚美，但这种景物的表现却是缺乏特点的，城隅、孤帆与山水，任何一次离别都可以这样来写。

宋之问的别序中也同样有这个特点。如其《袁侍御席饯永昌独孤少府序》曰：

> 尔乃选辰开宴，考地疏筵，落花覆沼，悬藤扫砌。竹林以清气娱宾，兰畹以芳心爱客。②

落花悬藤、竹林兰畹的清景固然美丽，但仍然没有太多的现场展开。

到盛唐张说时，送别序文中的环境交待开始切合现场的景况，但给予人的可感性仍不太强，只有一个总体的印象。如《送工部尚书弟赴定州诗序》所写：

> 于时春带余寒，野衔残雪，太官重味，御酒百壶。供帐临岐，假丝竹以留宴；倾城出饯，会文章以宠行。③

《送严少府赴万安诗序》所云：

---

① 陈子昂：《送吉州杜司户审言序》，《全唐文》卷214，中华书局1983年版，第2164页。

② 宋之问：《袁侍御席饯永昌独孤少府序》，《全唐文》卷241，中华书局1983年版，第2438页。

③ 张说：《送工部尚书弟赴定州诗序》，《全唐文》卷225，中华书局1983年版，第2272页。

> 顾瞻周道，载怀京邑。绮筵临路而告别，朱盖倾城而出饯。①

前序中的“春带余寒，野衔残雪”，写当时天气，颇为新颖；其余各句也仅给人留下一个“倾城出饯”的场面阔大之感。

这种别序文中景物表现与现场离别的疏离之感，在盛唐后期的文人任华那里，开始出现转变。以下是任华送别序文中摘录出的写景句：

> (1)岁十有一月，二三子出饯于野。霜天如扫，低向朱崖，加以尖山万里，平地卓立，黑是铁色，锐如笔锋。复有阳江、桂江，略军城而南走，喷入沧海，横浸三山。②
>
> (2)秋天晚晴，碧色如扫，横度一鸟，时时行云。③
>
> (3)僧院少客，苍苔满地，终南晓晴，洗然黛色，日暮饮罢，钟声傍山。④
>
> (4)秋九月，又言归于湘东，众君子出饯于北郭。碧峰巉巉，出于柏梢，有如虎牙，夹天而立。加以白日欲落，挂在岩半，横照滩水，月带微明。⑤
>
> (5)镜湖秋月，当见色空；稽山片云，能引诗兴；剡溪白鸟，知尔无机；云门疏钟，讶君来暮，岂不谓然耶?⑥
>
> (6)江亭暮天，勿辞一醉，醉后解缆，则月照沧海，猿啼碧山。⑦

通过以上这些列举的写景文字，可以看出这些精美的描写，虽然受到六朝以来骈文辞藻的影响，但因为描写与现实场境的贴合，加以作者情感的渗入，已经与徒重形式的六朝骈语有所不同，不仅描写富于变化，而且更加亲切可感了。

送别序的写作的背景，除了宦游士大夫间的风雅饯别，还有许多是文坛贤达送秀才应举的文章。中唐代宗、德宗以后，送别序的主要内容便以

---

① 张说：《送严少府赴万安诗序》，《全唐文》卷225，中华书局1983年版，第2274页。

② 任华：《送宗判官归滑台序》，《全唐文》卷376，中华书局1983年版，第3820页。

③ 任华：《送姜司户赴宣州序》，《全唐文》卷376，中华书局1983年版，第3821页。

④ 任华：《荐福寺后院送辛屿尉洛郊序》，《全唐文》卷376，中华书局1983年版，第3822页。

⑤ 任华：《送李审秀才归湖南序》，《全唐文》卷376，中华书局1983年版，第3822页。

⑥ 任华：《送虔上人归会稽觐省便游天台山序》，《全唐文》卷376，中华书局1983年版，第3823页。

⑦ 任华：《送魏七秀才赴广州序》，《全唐文》卷376，中华书局1983年版，第3823页。

送秀才应举居多，如权德舆、韩愈等人的送别文，大多为此类。这类送别序，更多地是用来励志、劝勉，与这个时期逐渐兴起的科举有着紧密联系①。而永贞革新、牛李党争、甘露之变等的政治背景的变化，却使文人间的交往变得慎重，宦游别序相对于盛唐之前，则大大减少，故像任华那样的别序文字也不再易见。

送别序文学性的增强，还表现在以序论文上。韩愈的《送孟东野序》即是送别序中的论文名篇，其中有关"不平则鸣"的论述，是文学批评史上的著名观点。另外，还有一些游记序文，也体现出写景、叙事、议论上的一些变化，也是文学传播意识增强的具体表现。如白居易《游大林寺序》所写：

> ……山高地深，时节绝晚，于时孟夏，如正二月。天山桃始华，涧草犹短，人物风候，与平地聚落不同。初到恍然，若别造一世界者。因口号绝句云："人间四月芳菲尽，山寺桃花始盛开。长恨春归无觅处，不知转入此中来。"②

写景言诗，笔随意至，文学表现力极强。再如白居易的《三游洞序》，则反映出元、白二人无处不在的传播意识：

> 微之曰："诚哉是言！矧吾人难相逢，斯境不易得，今两偶于是，得无述乎？请各赋古调诗二十韵，书于石壁。"仍命予序而纪之。③

（三）记体文

记体文，原本也是一种实用性的文体，其源出于史官之职事。《文心雕龙·史传》篇云："史者，使也。执笔左右，使之记也。"④史书的人物传、地理志，皆为记体。这种记体文章，在唐以前，并不算作沉思翰藻之文，所以《文选》中没有收录。但到了唐代，无论是一些描写一地景致的

---

① 按，此类别序体现出议论上的发展，同样可视为文学性的增强。韩愈别序，即以论理见长，论之者甚众，本书不再赘论。

② 白居易：《游大林寺序》，《全唐文》卷675，中华书局1983年版，第6895页。

③ 白居易：《三游洞序》，《全唐文》卷675，中华书局1983年版，第6895页。

④ 刘勰著，范文澜注：《文心雕龙注》卷4，人民文学出版社1958年版，第283页。

记述短文，还是记录政事的公厅壁记，都开始出现文学化、审美化的倾向。

众所周知的“永州八记”乃是古代散文中的精品，其文学性毋庸置疑。但在柳宗元之前的一些古文家，便已非常注意在地理名胜、亭馆楼阁等记文中的文学表现。如独孤及《卢郎中浔阳竹亭记》，便是一篇古文佳作，为方便分析，全录如下：

> 古者半夏生，木槿荣，君子居高明，处台榭。后代作者，或用山林水泽、鱼鸟草木以博其趣。而佳景有大小，道机有广狭，必以寓目放神，为性情筌蹄，则不俟沧洲而间，不出户庭而适。前尚书右司郎中卢公，地甚贵，心甚远，欲卑其制而高其兴，故因数仞之邱，伐竹为亭。其高出于林表，可用远望。工不过凿户牖，费不过翦茅茨，以俭为饰，以静为师。辰之良，景之美，必作于是。凭南轩以瞰原隰，冲然不知锦帐粉闱之贵于此亭也。亭前有香草怪石，杉松罗生，密条翠竿，腊月碧鲜，风动雨下，声比萧籁。亭外有山围溢城，峰名香炉，归云轮囷，片片可数，天香天鼓，若在耳鼻。是其所以夸逋客而傲汉貂也。百里奚爵禄不入，故饭牛而牛肥。卢公恬智相养，于是竹亭构而天机畅。尝试论亭之趣：夫物不感则性不动，故景对而心驰也；欲不足则患不至，故意惬而神完也。耳目之用系于物，得丧之源牵于事，哀乐之柄成乎心。心和于内，事物应于外，则登临殊途，其适一也。何必嬉东山，禊兰亭，爽志荡目，然后称赏？公欲其迹之可久，故命余为志。①

此文先写竹亭主人卢公伐竹为亭的缘起，是“以寓目放神，为性情筌蹄”“不出户庭而适”，并记其筑亭行为之俭：“工不过凿户牖，费不过翦茅茨”，此尚均为写实。但从“凭南轩以瞰原隰”以下，写景抒怀，已经不是简单的记录之文，而俨然一篇杂糅了赋、序手法的审美文字。这种记体文的文学化，在唐前的南北朝时期已经开始出现端倪。地理名著《水经注》中便记有许多优美的写景文字，而记载寺庙情况的《洛阳伽蓝记》也颇富辞翰。但它们的作者仍然是以实用为目的，并无凭借文采以传事(即欲其迹之可久)之意。

这种由实用向审美的转变，还明显地表现在应以严肃为表征的壁记之

① 《全唐文》卷389，中华书局1983年版，第3953页。

文中。“壁记”是中国古代记录某一公共场所的主要功能、历史沿革及当前现状的一种实用型文字，属于记体文中的一个类型，它又是古人题壁的一种特殊形式，产生并兴盛于唐开元以后。“壁记”有着自身的体例，行文往往先述本厅起源及职能，再谈沿革与现状，是了解古代机构职能与官制的重要资料。褚斌杰在《中国古代文体概论》中曾谈到“厅壁记”这种记体文①。据《文苑英华》《全唐文》等书收录情况看，孙逖、李华、元结等人的壁记是现存最早的壁记文，此前的《文选》及清人严可均所辑《全上古三代秦汉三国六朝文》并无壁记文。但孙、李、元等的壁记却是已经发展了的壁记文。李华《御史大夫厅壁记》云：“初，厅壁列先政之名，记而不叙。”②可见，在孙逖、李华、元结等人的带叙文之前，壁记便已出现，只是因为其纯记名的形式，未被《文苑英华》《唐文粹》等唐文总集所收。

唐人吕温又说“壁记非古也”③，封演也说：“壁记之由，当是国朝以来，始自台省”④。唐吴兢《贞观政要》卷3《择官第七》有这样一条记载：“贞观二年，太宗谓侍臣曰：‘朕每夜恒思百姓间事，或夜半不寐。惟恐都督、刺史堪养百姓以否。故于屏风上录其姓名，坐卧恒看，在官如有善事，亦具列于名下。’”⑤“屏风记名”与“壁记”是否存在联系？因为“壁记”最初原本就是只记任者姓名的一种存录行为。但要将“屏风记名”视为“壁记”的起源，还需要其他材料的论证。

岑仲勉曾说：“唐碑记题名之要者，传于今凡三：曰《御史台精舍碑》，曰《尚书省郎官石记》，曰《重修翰林学士壁记》。”⑥《全唐文》所收赵煜《东都留台石柱记》云：“日者天子在镐，庶官分守，于是乎有留台，所以上至中司、鹗峙都邑。夫洛阳有明堂、辟雍，太仓、武库，郊庙百祀，邦畿百域，有不如法，得举劾之。至若密网峻威，微文深诋，众所严惮，愈于京师。盖由临之者专也，奉之者一也。专则权有独断，一则政无多门。**前达以之，立名于此**。……始自乾元岁，掌留务者，次而书之，以垂于后。”⑦此文亦是先述留台源起，再述当前任者，并且其中有“前达以之，立名于此”之语，当与所记前任之名参看之文。

① 褚斌杰：《中国古代文体概论》，北京大学出版社1992年版，第358页。

② 李华：《御史大夫厅壁记》，《全唐文》卷316，中华书局1983年版，第3203页。

③ 吕温：《道州刺史厅后记》，《全唐文》卷628，中华书局1983年版，第6339页。

④ 封演撰，赵贞信校注：《封氏闻见记校注》，中华书局2005年版，第41页。

⑤ 吴兢著：《贞观政要》，上海古籍出版社1978年版，第89页。

⑥ 岑仲勉：《翰林学士壁记注补序》，《郎官石柱题名新考订》（外三种），上海古籍出版社1984年版，第196页。

⑦ 《全唐文》卷330，中华书局1983年版，第3349页。

题名的情况，还出现在改官、贬谪、游历途中，往往刻于寺庙石碑之上，如颜真卿就有《华岳庙题名》《东林寺题名》《西林寺题名》《靖居寺题名》等文字①，韩愈也有《长安慈恩塔题名》《洛北惠林寺题名》《谒少室李渤题名》《福先塔寺题名》《嵩山天封官题名》《迓杜兼题名》等②。可见，唐代记名的行为方式，并非只见于“壁记”。今天所能见到的“登科记”“题名记”“石柱记”等，与其应为同种性质的记载行为。

从现存“壁记”来看，唐代“壁记”数量最多，参与的著名文人最多，是“壁记”文最兴盛的时期。郭预衡《中国散文史》云：“厅壁之记，虽非古制，却是盛行于唐代的文章。其作者之众，数量之多，为其他朝代所未有。”③从孙逖的《中书政事堂记》算起，至南唐刘仁赡的《袁州厅壁记》为止，唐代的壁记史共有 220 年左右④。若从壁记文的品质、作者的地位及影响来看，盛唐、中唐的百年间(722—824)，壁记之文言辞典雅、内容博赡，是其最兴盛的时期。细究其由，盖由四端：

其一，与复古风气相关联。

文学史一般将穆宗长庆四年(824)以后，视为晚唐。这是因为中唐文人的突出代表韩愈于是年去世，而在此前不久，孟郊、李贺、柳宗元也分别于元和九年(814)、元和十一年(816)、元和十四年(819)辞世，其他如白居易、元稹、刘禹锡诸人虽仍活跃在文坛，但创作倾向已经发生转向。随着宝历初年杜牧、许浑、张祜、李商隐、温庭筠、段成式等人的登上文坛，唐代文学进入晚唐时期⑤。风教与讽谕之心已悄然隐遁，重事功、求明道的思想也逐渐消退，自李华、萧颖士等人至韩愈发起并倡导的复古思潮暂时回落。壁记文虽非古制，但在李华、元结、韩愈诸人手中，却是欲本春秋之旨的。在复古之风渐去的时代背景之下，壁记文的衰落也是势所必然。

其二，与考官制度紧密联系。

---

① 《全唐文》卷 339，中华书局 1983 年版，第 3433~3434 页。

② 《全唐文》卷 559，中华书局 1983 年版，第 5658~5659 页。

③ 郭预衡：《中国散文史》，上海古籍出版社 1993 年版，第 374 页。

④ 按，孙逖乃开元十年(722)登科，其作《中书政事堂记》不得早于此年；刘仁赡，据《旧五代史》卷 129《周书》，卒于周世宗显德三、四年冬春之际(957)，本传又云：“刘仁赡，略通儒术，好兵书，在泽国甚有声望。吴知之，累迁为伪右监门卫将军，历黄、袁二州刺史，所至称治。洎李景僭袭伪位，俾掌亲军，迁鄂州节度使。”(《旧五代史》，中华书局 1976 年版，第 1707~1708 页)知其初仕于吴，历任黄州、袁州刺史，后因杨溥逊位李昪(937)，继仕南唐，李璟袭位后(943)，迁鄂州节度。则其《袁州厅壁记》当作于 942 年左右。

⑤ 罗宗强撰：《隋唐五代文学思想史》，中华书局 2003 年版，第 222 页。

据《唐会要》记载，武则天“文明元年四月十四日敕：律令格式，为政之本，内外官人，退食之暇，各宜寻览。仍以当司格令，书于厅事之壁，俯仰观瞻，使免遗忘。”德宗贞元二年敕：“宜委诸曹司，各以本司杂钱，置所要律令格式，其中要节，仍旧例录在官厅壁。”①从武则天与德宗时期的这两条敕令来看，官厅壁上，除介绍本厅沿革的壁记外，还记录有本厅的一些重要“律令格式”。而制定这些“律令格式”，让官员们观瞻记诵的目的，正是为了通过这些律令格式，对所任职位进行相应的考核。

其三，与唐人题壁之风相终始。

唐人题壁之风甚盛。这种风气的兴起，有人认为是纸张缺乏的原因②，有人以为是出行频繁与雕版印刷受限的缘故。应该说，这些因素均可能成为题壁兴起的客观因素。但唐人在国力日强的形势下，日益增长的自觉的声名传播意识，同样是不容忽视的一个主观原因。萧颖士《赠韦司业书》云：

> 窃观今之文人，雅操大缺，内不能自强于已，外有以求誉于时……今朝野之际，文场至广，掞藻飞声，森然林植。必也扣精微于赏鉴之府，稽折中于序述之科。③

萧氏虽然指陈的是这种“求誉”、“掞藻飞声”的弊端，但从反面正看出了盛中唐时期文人对于声名的追求之盛。

唐代文人在题壁的行为中，能很好地得到众人称羡的心理满足，从“脱帽露顶王公前，挥毫落纸如云烟”（杜甫《饮中八仙歌》）的癫狂到“每到驿亭先下马，循墙绕柱觅君诗”（白居易《蓝桥驿见元九诗》）的痴迷，以及“旗亭画壁”的争胜，反映出唐人从书法与文学的炫耀中，得到的极大快感。壁记由题名录演变为带有故实与辞采的壁记文，正是这种题壁炫文风气下的产物。

其四，著名文人之参与。

有唐一代，参与壁记写作的著名文人有孙逖、李华、李白、元结、独孤及、梁肃、吕温、权德舆、韩愈、柳宗元、元稹、白居易、沈亚之、皇甫湜、杜牧等，若从文章发展角度看，这些人已经涵盖盛、中唐以后古文

① 此二条均引自《唐会要》卷39《定格令》，中华书局1955年版，第705页。
② 李德辉撰：《唐代交通与文学》，湖南人民出版社2003年版，第221页。
③ 萧颖士：《赠韦司业书》，《全唐文》卷323，中华书局1983年版，第3273页。

创作的主要成员。可见，时人选择壁记的撰写者，并非随意而为，而是有所选择的。

吕温曾批评一些壁记作者，“居其官而自记者则媚己，不居其官而代人记者则媚人”(《道州刺史厅后记》)①，春秋之旨尽失。而他对元结的《道州刺史厅壁记》却青眼有加，其《后记》云：

> 河南元结，字次山，自作《道州刺史厅壁记》，既彰善而不党，亦指恶而不诬，直举胸臆，用为鉴戒。昭昭吏师，长在屋壁，后之彼贪虐放肆以生人为戏者，独不愧于心乎?②

即指出了元氏壁记文的讽谕之旨。韩愈的《蓝田县丞厅壁记》，更不仅是壁记中的名篇，亦是中国古代散文史上的经典之作。这些著名文人的参与，丰富了壁记的书写内容，提升了壁记的文学价值，是壁记当时兴盛的重要保证。

初为人名簿的“壁记”，经由文人之手，便可以敷史实、演风雅，成为一种具有记事与文辞观赏功能的文学作品。李华《御史大夫厅壁记》云：“初，厅壁列先政之名，记而不叙。公以为艰难之选，将俟后人，谓华尝备属僚，或知故实。授简之恩至，属词之艺寡，无以允副非常之待，所报者直质而少文。”③此处所云“艰难之选”“非常之待”，皆指“厅壁记”之文前代所未曾见之故。从“或知故实”来看，文中所指的御史大夫定是让李华在人名录后补上本官的历史沿革，无非出于一种存史的思想。而李华该文也确实中规中矩，并未加以太多的文学渲染，自己也称之“直质而少文”。

封演《封氏闻见记》卷五“壁记”条云：“朝廷百司诸厅皆有壁记，叙官秩创置及迁授始末。原其作意，盖欲著前政履历，而发将来健羡焉。故为记之体，贵其说事详雅，不为苟饰。而近时作记，多措浮辞，褒美人材，抑扬阀阅，殊失记事之本意。”④他认为记体文字，应该“说事详雅，不为苟饰”，壁记文也应如此，偏偏时人“多措浮辞”，失去记体之本意。封演乃大宝年间的进士，其所云正是壁记转入兴盛期的状况，其所云“多措浮辞”固然是记体之失，却正是壁记具备文学性的起点。众所周知，铺陈藻

---

① 董诰等编：《全唐文》卷628，中华书局1983年版，第6339页。
② 董诰等编：《全唐文》卷628，中华书局1983年版，第6339页。
③ 李华：《御史大夫厅壁记》，《全唐文》卷316，中华书局1983年版，第3203页。
④ 封演撰，赵贞信校注：《封氏闻见记校注》，中华书局2005年版，第41页。

饰历来是文学的一个重要特征，壁记也正是在典故的铺陈与文采的增饰上，开始变成一种可供人观赏的记体文字的。所以，壁记“浮辞”的出现，固然不利于考官以实，但却成就了其文学上的发展。

壁记粉饰性的增强，有时还会误导民众对于官员的态度。《旧唐书》卷170《裴度传》记有一段田兴借壁记以扬己的史事：“(元和)七年，魏博节度使田季安卒，其子怀谏幼年不任军政，牙军立小将田兴为留后。兴布心腹于朝廷，请守国法，除史输常赋，宪宗遣度使魏州宣谕。兴承僭侈之后，车服垣屋，有逾制度，视事斋阁，尤加宏敞。兴恶之，不于其间视事，乃除旧采访使厅居之，请度为壁记，述兴谦降奉法，魏人深德之。兴又请度遍至属郡，宣述诏旨，魏人郊迎感悦。”①裴度撰写的壁记，因为宣扬田兴“谦降奉法”，使田兴得到了魏州人的拥戴，成为沽名钓誉者的利用工具。

壁记文学性的增强，也并非仅有不利的一面，它也能起到针砭时弊、批判现实的作用，这便是壁记文发展的第二阶段，表现为批判性的增加。如韩愈《蓝田县丞厅壁记》、元结《道州刺史厅壁记》、杜牧《同州澄城县户工仓尉厅壁记》等均表现出这一点。吕温评元结《道州刺史厅壁记》，也谈到该记“善而不党，恶而不诬，直举胸臆，用为鉴戒”②。

在批判性开始出现的同时，有些壁记还表现出一定的抒情性，如白居易的《江州司马厅记》、韦纾的《栝郡厅壁记》，前者表达了作者识时知命、独善其身的“吏隐”心志，后者则表现出作者关心民瘼、欲求邦治的襟怀。此外，随着壁记的发展，有些作者在撰写中，还增入一些方志、风物的内容，不乏写景的佳构。如薛文美的《泾县小厅记》即堪称绝妙的写景小品：“县署之后，池塘迂折，半里有余。虽水涸草侵，波澜不见，而斜湾曲岸，景致宛然。别有亭基五所古木修篁，交荫若盖。”③韩愈的《蓝田县丞厅壁记》，则通过行动、语言的表现，将蓝田县丞崔斯立的形象完整地凸显出来。沈亚之的壁记更能以小见大，写到了一些战乱的情况，如其《寿州团练副使厅壁记》云：

> (元和)九年秋，蔡州叛。寿春守令狐通引兵屯霍丘，副使得羸卒百余人留郡中。冬，蔡兵大入马塘，寇邓家城，杀其将卒五千余

---

① 刘昫等撰：《旧唐书》，中华书局1975年版，第4413页。
② 吕温：《道州刺史厅后记》，《全唐文》卷628，中华书局1983年版，第6339页。
③ 《全唐文》卷872，中华书局1983年版，第9122页。

人，尽虏民男女，焚坏邑室而去。郡中惊骇，民人多流其家而东。副使因言："寿春其地堑水四络，南有淠，西遮淮颍，东有淝，下以北注，激而回为西流，环郛而濬入于淮，此天与险于是也。假如愚民能弃其业西流，即为蓬徙鹿走耳，安与国是为利耶？"乃出家奴与民户一丁，俱为水工，决安丰已南陂池，会其流于城傍野中，浸注如泽。以故居民流心稍稍复定。时马塘邓家城既陷，霍邶方畏寇乘其虚，复飞语为谣以惑其俗曰："狐死首丘。"井间多传言之。耆老曰："果守不能保是矣。"守闻之益恐，遂弃其城亡归。是日霍丘焚，行未及郡，会日暮，使吏驰告副使以归伏，令得夜开壁。吏至，壁卒捍关不得入，呼骂其卒。副使立城上曰："某得命于诏，城书受即昼复之。今守独入而卒露，无为也。如驱与俱来，宁不知盗居其闲，得夜则祸成矣。或幸止于邮。"平明辟关，介士陈兵夹道，验其号以入，卒无敢越伍而趋。居有顷，守谪去，诏以李将军代。将军西出强兵临万胜城，复以副使掌留事。明年，陟其能，得加侍御史。是岁亚之东观战至寿春，得副使之迹，题之于署下，以记行事之时云。①

俨然以史笔为之矣！

（四）碑铭行状

碑、铭、行状，在明代吴讷《文章辨体》与徐师曾《文体明辨》中，皆各有其体，且于各类又另有细分，至为琐碎。此处总言之"碑铭行状"，乃是取古人记载生平、功业之文体为对象，说明其在唐人文字传播意识观照下的一些变化——由实用性地评功业、记生死，转变成一种史传式的叙述，甚至直接成为后来史传的取资材料。

碑之用，初有二途。其一，在宫室，以识日影；其二，在宗庙，以系牲畜。秦汉以降，始谓"刻石"曰碑，如李斯的泰山刻石、峄山碑等②，于其上纪功德。故唐人长孙无忌《立碑议》云："勒石纪号，垂裔后昆，美盛德之形容，阐后王之休烈，其义远矣。"③张九龄《请东北将吏刊石纪功德状》曰："有美不宣，臣子所以成罪……幸见成事，岂可使天功虚往，而日用不知？竹帛相传，复纪何事？请具状宣付史馆，垂示将来，仍请将吏

① 《全唐文》卷736，中华书局1983年版，第7602页。

② 吴讷：《文章辨体序说》，《文章辨体序说　文体明辨序说》，人民文学出版社1962年版，第52页。

③ 《全唐文》卷137，中华书局1983年版，第1387页。

等刊石勒颂，以纪功德。”①韩愈《进撰平淮西碑文表》亦曰：“窃惟自古神圣之君，既立殊功异德卓绝之迹，必有奇能博辩之士，为时而生，持简操笔，从而写之，各有品章条贯，然后帝王之美，巍巍煌煌，充满天地。……淮西之功，尤为俊伟，碑石所刻，动流亿年，必得作者，然后可尽能事。”②皆言刊石以纪君王之功德。后来，这种纪功之石碑又不局限于帝王。如《新唐书》卷197《韦丹传》记载：“大和中，裴谊观察江西，上言为丹立祠堂，刻石纪功，不报。宣宗读《元和实录》，见丹政事卓然，它日与宰相语：‘元和时治民孰第一？’周墀对：‘臣尝守江西，韦丹有大功，德被八州，殁四十年，老幼思之不忘。’乃诏观察使纥干臮上丹功状，命刻功于碑。”③宣宗因为韦丹在“江南西道观察使”任上的政绩，于是命令刻其功业于碑，而观察使，只是十五道监察御史中的一位。隋唐时，已经确立以五品为槛的制度，五品以上者用碑，五品以下之人则用碣。这一制度，一直为后世所延用④。

东汉以后，碑志作者渐盛，碑之种类随之亦繁，如山川之碑、城池之碑、宫室之碑、桥道之道、坛井之碑、神庙之碑、家庙之碑、古迹之碑、风土之碑、灾祥之碑、功德之碑、墓道之碑、寺观之碑、讬物之碑等，皆据其所用而分，目的是为“以石代金，同乎不朽”⑤。

唐封演《封氏闻见记》卷6《碑碣》记载：

> 隋文帝子齐王攸薨，僚佐请立碑。帝曰：“欲求名，一卷史书足矣。若不能，徒为后人作镇石耳。”⑥

可见，隋唐之际，世人已经明白，若想名垂后世，载诸史册的效果是要强

---

① 《全唐文》卷288，中华书局1983年版，第2928页。

② 韩愈：《进撰平淮西碑文表》，《全唐文》卷548，中华书局1983年版，第5550页。

③ 欧阳修、宋祁撰：《新唐书》卷197，中华书局1975年版，第5630页。

④ 吴讷《文章辨体序说》引《事祖笔记》云：“秦汉以来，死有功业，则刻于上，稍改用石。晋宋间始称神道碑，盖地理家以东南为神道，碑立其地而名耳。”又，“墓碣，近世五品以下所用，文与碑同。”(《文章辨体序说　文体明辨序说》，人民文学出版社1962年版，第52页)唐代封演《封氏闻见记》卷6《碑碣》述其流衍云：“臣子或书君父勋伐于碑上，后又立之于隧口，故谓之神道，言神灵之道也。……前汉碑甚少，后汉碑蔡邕、崔瑗之徒多为人立碑。魏晋之后，其流浸盛。……隋氏制五品已上立碑……今近代碑稍众，有力之家多辇金帛以祈作者，罹人子罔极之心，顺情虚饬，遂成风俗。”(《封氏闻见记校注》，中华书局2005年版，第57页。)

⑤ 徐师曾：《文体明辨序说》，《文章辨体序说　文体明辨序说》，人民文学出版社1962年版，第144页。

⑥ 封演撰，赵贞信校注：《封氏闻见记校注》卷6《碑碣》，中华书局2005年版，第58页。

于刻之于碑碣的，这也是唐人尤重史籍的另一个原因。

铭，则指埋于地下的墓志铭，或称墓志、埋铭、墓记，与古代刻于器物之上以自警的铭文有所不同①。据明人徐师曾说，汉代时，杜子夏勒铭埋于墓侧，遂有墓志，后人因之②。明人吴讷曰："凡碑碣，表于外者，文则稍详；志铭，埋于壙者，文则严谨。"③可见，碑文与铭文的差别，在于一者详赡，一者严谨。故徐师曾《文体明辨序说》便说："碑实铭器，铭实碑文，其序则传，其文则铭，此碑之体也。"④作为铭序的传文一般即碑文的主体。倘若有志无铭，或有铭无志，皆是墓志铭的变体。由于墓志铭埋于地下，所以它一般可以避免因陵谷变迁带来的破坏，较易存留于后世，因而也是后人考察墓主身份的重要物证。撰写墓志铭者，一般为当时的文章宗师，在编辑这些作者的文集时，他们所撰写的墓志铭文也会予以收入，因此，墓志铭遂成为一种重要的实用型文体。吴讷《文章辨体序说》认为："古今作(墓志铭)者，惟昌黎最高。行文叙事，面目首尾，不再蹈袭。"⑤徐师曾《文体明辨序说》云："迨夫末流，乃有假手文士，以为可以信今传后，而润饰太过者，亦往往有之。"并认为，墓志铭的正体应为叙事实，若因叙事而杂议论则为变体⑥。

行状，则是"门生故旧状死者行业上于史官，或求铭志于作者之辞也"⑦。说得通俗些，就是死者的门生、故旧所记其人生平及行事的状书，或者用于上交史馆，或者用于提供给撰写墓志铭的作者。后人亦多以韩、柳所作行状为式范。五代时期，欲修唐史，史官请求购求相关资料，其中便有行状之属。赵莹《论修唐史奏》曰：

> 请下文武两班及藩侯郡牧，各叙累代官婚名讳行业功勋状一本，

---

① 裴度《寄李翱书》所引唐生《钟铭》语云："以功伐名于器为铭"，《全唐文》卷538，中华书局1983年版，第5461页。

② 徐师曾：《文体明辨序说》，《文章辨体序说　文体明辨序说》，人民文学出版社1962年版，第148页。

③ 吴讷：《文章辨体序说》，《文章辨体序说　文体明辨序说》，人民文学出版社1962年版，第53页。

④ 徐师曾：《文体明辨序说》，《文章辨体序说　文体明辨序说》，人民文学出版社1962年版，第144页。

⑤ 吴讷：《文章辨体序说》，《文章辨体序说　文体明辨序说》，人民文学出版社1962年版，第53页。

⑥ 徐师曾：《文体明辨序说》，《文章辨体序说　文体明辨序说》，人民文学出版社1962年版，第149页。

⑦ 吴讷：《文章辨体序说》，《文章辨体序说　文体明辨序说》，人民文学出版社1962年版，第50页。

如有家谱家牒，亦仰送官，以凭纂叙列传。①

所以，碑、铭、行状作为一个人世系、名字、生平的记载，往往是史家著史时需要取资的重要材料，不容忽视。

隋唐以来，随着文化的下移，碑铭行状的使用不再局限于处于上层的君王公侯，逐渐普及到下层的官僚甚至是民间，由此带来作者的繁盛，以及此类文章的兴盛，确是事实。明人辨识文章之楷式，于此颇具只眼，往往以韩、柳文章为典范，非无由也。至于碑、铭、行状在中古至唐这一时期的演进、变异，却非本书之一节所能揭示，于此先做交待，以俟他日详考。

唐碑的发展，还带来唐代碑阴文的出现。徐师曾《文体明辨序说》称："古无此体，至唐始有之。或他人为碑文而题其后，或自为碑文而发其未尽之意，皆是也。"②可见，这种碑阴文的出现，也不过唐人传播意识在碑刻上的拓展而已。

（五）判词

判词，就是判决文书，最初只是一种实用性的法律公文体，主要用于对各类案件的判决。徐师曾《文体明辨序说》云："古者折狱，以五声听讼，致之于刑而已。秦人以吏为师，专尚刑法。汉承其后，虽儒吏并进，然断狱必贵引经，尚有近于先王议制及《春秋》诛意之微旨。其后乃有判词。唐制选士，判居其一，则其用弥重矣。"③由于众多案例往往是当时民间诉讼的具体事件，所以一些狱讼判词其实可成为"事件化"（eventualization，亦即具象化，福柯语）历史研究的极好材料④。

---

① 赵莹：《论修唐史奏》，《全唐文》卷854，中华书局1983年版，第8963页。

② 徐师曾：《文体明辨序说》，《文章辨体序说　文体明辨序说》，人民文学出版社1962年版，第145页。

③ 徐师曾：《文体明辨序说》，《文章辨体序说　文体明辨序说》，人民文学出版社1962年版，第127页。

④ 按，汪世荣认为唐判往往为拟判，"事实浮于判词之外"（《中国古代判词研究》，《法律科学》1995年第3期），但即使如此，唐人的判词，涉及到当时社会现象的各个方面，总能反映当时文官的思考理路与主体倾向。如《文苑英华》卷503～552，所录皆为判词，涉及乾象、律历、岁时、雨雪、傩、水旱、灾荒、礼乐、师学、勤学、惰教、师殁、直讲、教授、文书、书、数、射、投壶、围棋、射御、选举、礼宾、祭祀、丧礼、刑狱、田农、田税、沟渠、堤堰、陂防、户贯、帐籍、商贾、佣赁、封建、拜命、请命、职官、为政、县令、曹官、小吏、继嗣、封袭、孝感、畋猎、卤簿、刻漏、印鉴、枕钩、军令、衣冠扇、食官、酒、器、炭藁瓦、国城、官宅、墙井、关门、道路、钱帛、玉璧、果木、鸟兽、易卜、病疾、占相妖言、巫梦等诸多社会内容。（此据吴承学《唐代判文文体及源流研究》统计，《文学遗产》1999年第6期。）

到了唐代，由于判词作为选士的标准之一，它的作用越来越重要，对其写作则要求“文、理优长”，也就是既要文辞好，又要能达事理。唐人杜佑《通典》卷15“选举三”云：“其择人有四事：一曰身，取其体貌丰伟；二曰言，取其词论辨正；三曰书，取其楷法遒美；四曰判，取其文理优长。四事皆可取，则先乎德行。德均以才，才均以劳。……凡选，始集而试，观其书、判。已试而铨，察其身、言，询其便利，而拟其官。”①宋人洪迈《容斋随笔》卷10《唐书判》亦曰：“既以书为艺，故唐人无不工楷法，以判为贵，故无不习熟。而判语必骈丽，今所传《龙筋凤髓判》及《白乐天集甲乙判》是也。自朝廷至县邑，莫不皆然，非读书善文不可也。”②当时选士，礼部试以文学，吏部试以政事，身言书判之试为吏部之试。这一点马端临《文献通考》卷37“选举十”言之较详：

唐取人之法，礼部则试以文学，故曰策，曰大义，曰诗赋；吏部则试以政事，故曰身，曰言，曰书，曰判。然吏部所试四者之中，则判为尤切，盖临政治民，此为第一义。必通晓事情，谙练法律，明辨是非，发摘隐伏，可以此觇之。③

判词的具体测试方法是怎样的呢？杜佑《通典》卷15“选举三”云：“初，吏部选才，将亲其人，覆其吏事，始取**州县案牍疑议**，试其断割，而观其能否，此所以为‘判’也。后日月浸久，选人猥多，案牍浅近，不足为难，乃采**经集古义**，假设甲乙，令其判断。既而来者益众，而通经正籍又不足以为问，乃征**僻书曲学隐伏之义**问之，唯惧人之能知也。”④可见，判词之试至少经过三个阶段，早期尚取州县实际案例中有疑议者进行裁断，以此评判其人实干之才；其后则取经集古义，假设甲乙后进行判断；再后则取较冷僻的书籍以及隐伏之文义来进行测试。整个发展，存在一个从实用到学问博识的转变。既然测试形式逐渐由实例转向书本，则判词的文采便成为选择的标准。所以，徐师曾评唐人判词曰：“独其文堆垛故事，不切于蔽罪；拈弄辞华，不归于律格，为可惜耳。”⑤徐氏之批评固

① 杜佑撰：《通典》，中华书局1988年版，第360页。
② 洪迈撰，孔凡礼点校：《容斋随笔》，中华书局2005年版，第129页。
③ 马端临撰：《文献通考》，中华书局1986年版，第354页上。
④ 杜佑撰：《通典》，中华书局1988年版，第361页。
⑤ 徐师曾：《文体明辨序说》，《文章辨体序说　文体明辨序说》，人民文学出版社1962年版，第128页。

然不错，但判词的这种转变，正是唐代文学发展与唐人文学传播意识增强的表现。

判词的主要文体特点即是四六、骈俪，上引《容斋随笔》已经谈到，具体说来，就是表现在用典、辞藻、骈偶等语言形式上。这一特点的形成，与唐代文人判词的创作影响密切相关。唐代的一些著名文人如张鷟、白居易、元稹等人，均存留有大量的判词作品。如张鷟有《龙筋凤髓判》，《白乐天集》有《甲乙判》，《元微之集》亦有判百余篇。而这些作品，多为四六之文。徐师曾《文体明辨序说》亦曰："今世理官断狱，例有参词；而设科取士，亦试以判，其体皆用四六，则其习由来久矣。"①徐氏所言今世(明代)判词皆四六，其由来已久，则唐时已肇起先。

唐代的判词大体上可分为"狱讼之词"与"选士之词"②。"狱讼之词"与民事相关，起源应较早，即徐师曾所说"古者折狱"之类。汉代董仲舒撰有"春秋决狱"，但仍然没有明确的判文体制。现存唐以前的判词仅三篇，被严可均《全上古秦汉三国六朝文》所收录。分别是《全后魏文》卷55封君义的《判窦瑗表改麟趾制母杀父条》、《全隋文》卷20高构《武乡儿姓判》和《全隋文》卷25柳彧《高熲子应国公弘德申牒请戟判》，语言均较为质朴③。

"选士之词"则为唐代所始出。由于它主要以"采经集古义，假设甲乙"来作判词。张鷟的《龙筋凤髓判》与白居易的《甲乙判》等大部分文人判词，即属此类。张鷟因为判词作得好，当时便有"青钱学士"之誉④，明代刘允鹏感于其判词"辞极藻绚，用事奥赜"⑤，为之作注并予以刊行；白居易的判词与他相比，则另成标格。洪迈《容斋续笔》卷12《龙筋凤髓判》条，扬白抑张，认为张鷟"百判纯是当时文格，全类俳体，但知堆垛故事，而于蔽罪议法处不能深切，殆是无一篇可读，一联可味。如白乐天《甲乙判》则读之愈多，使人不厌……不背人情，合于法度，援经引史，比喻甚明，非青钱学士所能及也"⑥。实际上，由张鷟到白居易，只是唐代判词发展的一个表征罢了。《四库全书总目》论之甚明，其提要认为，

① 徐师曾：《文体明辨序说》，《文章辨体序说 文体明辨序说》，人民文学出版社1962年版，第128页。

② 徐师曾：《文体明辨序说》，《文章辨体序说 文体明辨序说》，人民文学出版社1962年版，第128页。

③ 吴承学：《唐代判文文体及源流研究》，《文学遗产》1999年第6期。

④ 刘昫等撰：《旧唐书》卷149《张荐传》附《张鷟传》，中华书局1975年版，第4023页。

⑤ 张鷟撰，刘允鹏注：《龙筋凤髓判》，影印文渊阁《四库全书》本。

⑥ 洪迈撰，孔凡礼点校：《容斋随笔》，中华书局2005年版，第364~365页。

张判"其文胪比官曹，条分件系，组织颇工……居易判主流利，此则缛丽，各一时之文体耳。……鷟作是编，取备程式之用，则本为隶事而作，不为定律而作，自以征引赅洽为主。言各有当，固不得以指为鷟病也"①。无论是"狱讼之词"，还是"选士之词"，唐代判词写作骈俪的特点并无二致。汪世荣认为，"至唐，判词已形成一种文体，骈判的正式确立，形成了唐代判词文辞华丽、语句典雅的风格，是中国古代判词发展史上的第一个里程碑"②。言之甚是。

判词既作为选士的科目，于是成为衡量文才的标准之一，文人往往也以擅作判词为荣。《旧唐书》记载杜审言的一段故事："乾封中，苏味道为天官侍郎，审言预选。试判讫，谓人曰：'苏味道必死。'人问其故，审言曰：'见吾判，即自当羞死。'"③白居易《与元九书》亦云："旧者又闻亲友间说礼、吏部举选人，多以仆私试赋判，传为准的。"④其得意之态，依稀可见。刘肃《大唐新语》卷8更载有裴琰之以判词而名动州郡的故事：

> 裴琰之弱冠为同州司户，但以行乐为事，略不视案牍。刺史李崇仪怪之，问户佐，户佐对："司户小儿郎，不闲书判。"数日，崇仪谓琰之曰："同州事物殷系，司户尤甚。公何不别求京官，无为滞此司也。"琰之唯诺。复数日，曹事委积，众议以为琰之不知书，但遨游耳。他日，崇仪召入，励而责之。琰之出问户佐曰："文案几何?"对曰："急者二百馀道。"琰之曰："有何多，如此逼人!"命每案后连纸十张，令五六人供研墨点笔。琰之不上厅，语主案者略言其事意，倚柱而断之，词理纵横，文笔灿烂，手不停缀，落纸如飞。倾州官寮，观者如堵。既而回案于崇仪，崇仪曰："司户解判耶?"户佐曰："司户大高手笔。"仍未之奇也。比四五案，崇仪悚怍，召琰之，降阶谢曰："公词翰若此，何忍藏锋以成鄙夫之过?"由此名动一州。⑤

"双关判""花判"的出现，更是唐代文人炫才的表现⑥。这样一种将实用的判体文逐渐文学化的倾向，也引起有识之士的担忧。刘迺《与宋昱

① 永瑢等：《四库全书总目》，中华书局1965年版，第1142页下。
② 汪世荣：《中国古代判词研究》，《法律科学》1995年第3期。
③ 刘昫等撰：《旧唐书》卷190《杜易简传》所附《杜审言传》，中华书局1975年版，第4999页。
④ 白居易：《与元九书》，《全唐文》卷675，中华书局1983年版，第6888页。
⑤ 刘肃撰，许德楠、李鼎霞点校：《大唐新语》，中华书局1984年版，第120页。
⑥ 吴承学：《唐代判文文体及源流研究》，《文学遗产》1999年第6期。

论铨事书》云：

> 近代主司，独委一二小冢宰，察言于一幅之判，观行于一揖之内，何其易哉？……夫判者，以狭词、短韵、语有定规为体，亦犹以一小冶而鼓众金，虽欲为鼎为镛，不可得已。故曰判之在文，至局促者。夫铨者，必以崇衣冠、自媒耀为贤，斯又士之丑行，君子所病。①

这段话从文学的发展来看，固然不必重视。但若以铨选人才言，一味将才智用在辞藻、典故的堆砌上，确也应该予以纠正。

无论如何，唐代判词的文学化倾向已是一个确定的事实。在这一点上，论之者已多②，兹不再言。惟须强调一点，正是文人在文学传播意识上的增强，才使他们在撰写判词这一极具实用功能的文体时，也加入了文学的因素。

另外，科举试中的对策、战争时的露布等其他实用性的文章，也都体现出在唐人文学传播意识下一些新变，如皇甫湜的《对贤良方正极言直谏策》，当时即以文辞激切而耸动一时③。还有一些颂赞之类的实用性作品，也体现出唐人在宣扬功德方面的传播之意。比如一项利民工程的完成，一次治理地方的功绩，甚至一座亭子的落成④，也都会作颂，或者遗爱碑之类的作品来传示众人。

刘师培《中国中古文学史》论文体之变曰："一代之文，必有宗尚。故历代文人所作，各有专长。……自晋末裴松之奏禁立碑，而志铭之文代之而起，然敕立、奏立之碑，时仍弗乏，寺塔碑铭作者尤众。又晋、宋而降，颇事虚文，让表谢笺，必资名笔；朝野文人，尤精树论，驳诘之词既盛，辨答之说益繁，故数体之文，亦以南朝为盛。自斯而外，若箴、铭、颂、赞、哀、诔、骚、七、设论、连珠各体，虽稍有通变，然鲜有出辙。其有文体舛讹，异于前作者，亦肇始齐、梁之世，如行状易为偶文，祭文

---

① 刘迺：《与宋昱论铨事书》，《全唐文》卷 378，中华书局 1983 年版，第 3843 页。

② 目前，有关论及唐代判词文学化倾向的论文已有：吴承学《唐代判文文体及源流研究》(《文学遗产》1999 年第 6 期)、苗怀明的《中国古代判词的文学化进程及其文学品格》(《江海学刊》2000 年第 5 期)和《唐代选官制度与中国古代判词文体的成熟》(《河南社会科学》2002 年第 1 期)等。另有博士论文 1 篇：谭淑娟《唐代判文研究》(西北师范大学，2009 年)。

③ 刘昫等撰：《旧唐书》卷 148《裴垍传》，中华书局 1975 年版，第 3990 页。

④ 如李白《赵公西候新亭颂》，《全唐文》卷 348，中华书局 1983 年版，第 3526 页。

不为韵语，嗣者志铭之作，无异诔文，赋体益恢，杂以四六，此则文体之变也。"①刘氏所言，虽为宋、齐、梁、陈四代文体之变异，但若以唐代诸文体观之，又何尝没有体现出一种更进一层的文学新变呢？

① 刘师培：《中国中古文学史》，人民文学出版社1959年版，第103~104页。

第四章　文学传播意识的时代背景与社会动因

不知古人之世，不可妄论古人之辞也。

知其世矣，不知古人之身处，亦不可以遽论其文也。

——（清）章学诚《文史通义·文德》

一篇作品的传播和影响与一个时代的背景有着密切的关系，它往往要受到当时的政治环境、经济发展、文化思潮以及科技水平等方面的限制。从纵向的历史发展来看，唐代在思想领域的三教并重，固然带来了思想上的融合，但由于道家本身所具有的“无为”“不作”等思想，使它对于唐代文人文学传播意识的内在理路影响并不大，儒家传统中所存在的传世不朽的思想才是文学传播意识的思想构成基础；文学的发展则丰富了文学传播意识的内容。从横向的社会层面来看，当时佛家传经、讲筵等传布方式，在传播形式上予文人以启发；科举制度的产生与发展对文人的安身、进阶甚至传世观念都造成了巨大的冲击；经济的繁荣所带来的交通上的发展以及科技进步所导致的雕版印刷的产生等都从物质条件等方面对唐代文人的文学传播意识有着重要的影响。

第一节　儒学的深层影响与文学的现实发展

唐代的儒学相比于前之汉、后之宋，显得较为薄弱，论者皆以佛学为唐代学术的主流。实际上，唐代儒学杂中有纯、变中含正，融合之中有创新，使魏晋以来逐渐兴盛的玄学复归于儒，对于宋代新儒学（理学）的兴起有着不可忽视的先驱作用。唐代文学以诗著称，仅诗之一类，古体今体、歌行律绝，均臻乎极境。传奇、变文、词、民间戏曲等更是唐代文学在文类上的新发展。这些思想、学术上的新变与文学本体的发展，均带来了文人文学传播意识的变化。

一、儒家传统与从希冀长生到文章不朽

《汉书·艺文志》云，儒家者流，“祖述尧舜，宪章文武，宗师仲尼”，“盖出于司徒之官，助人君顺阴阳明教化者也”①。

唐初近五十年的时间里，统治者依然注重儒家思想之教化。高祖李渊从隋季板荡之时局取天下，固知守成之艰难，其于儒家助治之功从未小觑，武德二年(619)，他就下诏要国子监诸学馆立周公孔子庙以崇儒。太宗虽然喜好文辞，但对儒家教化同样非常重视，其所设立的弘文馆十八学士，每与他在听朝之暇，讲论儒家经义。《旧唐书·儒学传》曰：“(武德)三年，太宗讨平东夏，海内无事，乃锐意经籍，于秦府开文学馆，广引文学之士，下诏以府属杜如晦等十八人为学士，给五品珍膳，分为三番，更直宿于阁下。及即位，又于正殿之左，置弘文学馆，精选天下文儒之士虞世南、褚亮、姚思廉等，各以本官兼署学士，令更日宿直。听朝之暇，引入内殿，讲论经义，商略政事，或至夜分乃罢。”并大征天下儒士，以为学官。以致四方儒士，多抱负典籍，云会京师。② 后又因为经籍去圣久远，文字多讹谬，诏令前中书侍郎颜师古考定《五经》，颁于天下，命学者温习。复又以儒学多门，章句繁杂，诏国子祭酒孔颖达与诸儒撰定《五经》义疏，凡170卷，名曰《五经正义》，令天下传习。贞观十四年(640)与贞观二十一年(647)，他两度下诏奖掖儒学之士，第一次是要求引擢梁、陈以降的名儒后人，第二次则是将前贤如左丘明、卜子夏等21人配享孔庙，皆可见其尊崇儒家的倾向。所以，杜甫在《行次昭陵》诗中感叹道：“文物多师古，朝廷半老儒。”③但从高宗麟德元年(664)起，武则天始擅朝政。由于武后为寻求自己主政的合法性因素，她不得不离弃一向尊崇王道、讲究君臣父子夫妇等级的儒家思想，统治上层开始出现“薄儒重文”的倾向。《旧唐书·儒学传序》云：“高宗嗣位，政教渐衰，薄于儒术，尤重文吏。于是醇醲日去，华竞日彰。”④实际乃云武后主政以后之事。武则天以后，又由于擅长文学的张说、张九龄的先后为宰，唐室上层崇文之风持续不衰。

麟德元年之后相当长的时间内，“薄儒重文”一直是官方主流的意识形态。但玄宗即位不久，儒家思想重新归复，在当时统治阶层的重要人物

① 班固撰，颜师古注：《汉书》卷30，中华书局1962年版，第1728页。
② 刘昫等撰：《旧唐书》卷189上《儒学》，中华书局1975年版，第4941页。
③ 萧涤非、张忠纲等编注：《杜甫全集校注》，人民文学出版社2014年版，第185页。
④ 刘昫等撰：《旧唐书》卷189上《儒学》，中华书局1975年版，第4942页。

中，名相姚崇、宋璟等人便是与张说相对立的重儒教（吏治）、轻文华的宰辅之士①。更重要的是，盛唐、中唐之际的代表文人如杜甫、元结、李华、独孤及等人均在诗文创作中渗入了深广的儒家思想。直至贞元、元和时期的韩愈等人，更以复古明道为旗帜，排除异端思想，推尊孔、孟的儒家传统，一时俨然呈儒学中兴之势。可见，武则天执政时的崇文时风并未根本改变重儒家之教的传统格局，短期的改弦更张只是造成了唐代文儒并重的文坛倾向。李翰《通典序》云：

> 夫五经、群史之书，大不过本天地，设君臣，明十伦五教之义，陈政刑赏罚之柄，述礼乐制度之统，究理乱兴亡之由。……故施于文学，可为通儒；施于政事，可建皇极。②

这种将五经、群史视为文学、政事之根本的观点，并非李翰一人才有，它代表着唐代文人的群体认识。

从心理学的角度来看，文人中普遍存在的"明道""不朽"等观念所带来的传播意识，是出于儒家传统思想"同化（assimilation）"的结果。按照瑞士心理学家皮亚杰的理论，同化有三种水平：（1）在物质上，把环境的成分作为养料，同化于体内的形式；（2）感知运动智力，即把自己的行为加以组织；（3）逻辑智力，把经验的内容同化为自己的思想形式。最后通过自我"调节"（accommodation），促成了格局（schema）的改变与创新③。唐代文人的传播意识正是在这样一种崇文的时局之下，通过传统儒家思想的"同化"，而形成文、道并重之格局的。儒家传统"不朽"思想对于唐代文人的同化，一个主要的表现就是在对魏晋以降追求长生思想的改造上，使当时的文人在思想上彻底完成了**从希冀长生到追求文章不朽**的转变。

如果说汉末以来日益自觉的文学观念，因为魏晋南北朝时期长达四百余年的战乱与猜忌而淡化，没有来得及让文人认真思索文章名世与文章不朽的存在问题，那么经过唐贞观之治以后，随着社会的逐渐稳定与经济的日趋繁荣，在武后及玄宗初期，文人们又重新开始了借文章垂名的深入思考。由于"薄儒重文"局面的出现，从陈子昂、宋之问等人开始，许多文人开始关注文章对于自身不朽的价值，他们不再只是希冀事功的建立，尽

---

① 前文论唐代崇文局面形成的重要人物时，谈及"吏治与文学"之争，与此有关。
② 李翰：《通典序》，《全唐文》卷430，中华书局1983年版，第4378页。
③ ［瑞士］J. 皮亚杰著，王宪钿等译：《发生认识论原理·中译者序》，商务印书馆1981年版，第3页。

管这种渴望在盛唐时期又因为边塞的战事出现过反复，但在总体上，文人希望借助文章名世的观念已经积淀为他们心中一缕抹不去的情愫。昔日秦始皇以帝王之尊，求长生而不得。可是，魏晋南北朝直至唐，士大夫文人并没有放弃对于长生的渴望。不妨简单地回顾一下这个从追求生命的延续到渴望精神(文章)不朽的过程。

最能反映文人希冀长生的行为就是服药。鲁迅在《魏晋风度及文章与药及酒之关系》一文中曾谈到何晏、王弼等人因“身子不好”而“不能不服药”，说吃了那种“五石散”能使人“转弱为强”，并认为吃药对于文人“魏晋风度”(如衣服宽大、不鞋而屐、扪虱而谈等)的形成起着重要作用①，但鲁迅并没有谈及服药实则出于当时文人对于长生的追求。东晋葛洪《抱朴子》内篇卷之五《至理》即云：

服药虽为长生之本，若能兼行气者，其益甚速，若不能得药，但行气而尽其理者，亦得数百岁。②

可以明证服药为求长生，或者出于延年益寿之目的。其卷4《金丹》、卷11《仙药》更是专讲炼丹制药之法。

这种服药求长生之事，在唐代仍然存在。最著名的当属以推尊道教而著称的帝王唐玄宗，他极力倡导炼丹采药，除了在宫中立真仙之像，焚香礼拜，祈求长生外，并令道士，中官于天下名山合炼金丹。有时下诏，让地方官进贡炼丹所需之原料，甚至在西都长安兴庆宫内建合炼院来炼丹。玄宗不仅自己服药而且还将药物赏赐给大臣们。开元末(741)，百岁隐民、宋州人姜托被玄宗召至东都，在集贤院安置。姜氏告诉玄宗，常服常春藤，可使白发变黑，并可长生，太湖所产者最佳。于是，玄宗下诏取太湖常春藤分赐臣下。后擢姜托银青光禄大夫，号冲和先生。一时朝野上下，服药成风③。

另一个追求长生的事例，就是对孙思邈、张果等长寿之人的尊崇。生活于隋唐之际的孙思邈曾屡次受到朝廷的召请，但均被孙氏所婉拒。而张果其人，更为离奇，《旧唐书》卷191《张果传》载：

---

① 《鲁迅全集》第3卷，人民文学出版社1993年版，第501~517页。

② 葛洪撰，王明校释：《抱朴子内篇校释》卷5，中华书局1985年版，第114页。

③ 赵荣珦：《九都释道》第2章，中州古籍出版社2001年版。

> 张果者，不知何许人也。则天时，隐于中条山，往来汾、晋间，时人传其有长年秘术，自云年数百岁矣。……则天遣使召之，果佯死不赴。……玄宗初即位，亲访理道及神仙方药之事，及闻(果)变化不测而疑之。有邢和璞者，善算人而知夭寿善恶，玄宗令算果，则惘然莫知其甲子。又有师夜光者，善视鬼，玄宗召果与之密坐，令夜光视之，夜光进曰："果今安在?"夜光对面终莫能见。玄宗谓力士曰："吾闻饮堇汁无苦者，真奇士也。"会天寒，使以堇汁饮果。果乃引饮三卮，醺然如醉所作，顾曰："非佳酒也。"乃寝。顷之，取镜视齿，则尽焦且黧。命左右取铁如意击齿堕，藏于带。乃怀中出神仙药，微红，傅堕齿之龂。复寐良久，齿皆出矣，粲然洁白，玄宗方信之。①

不仅长寿至数百岁，而且由于玄宗好神仙，于是欲将玉真公主下嫁于"神仙"张果，但张果恳辞归山，玄宗无奈之余，只得封他为"通玄先生"，后张果"乃入恒山，不知所之"。

此外，从汉、唐两代关于妻子"七出"的排序，也略可见出唐人在对待是否有子的态度上与汉代人的细微差异②。

汉代"罢黜百家，独尊儒术"，尤重孝道，所以将媳妇孝顺公婆视为首务，如《礼记·内则》详细记载了"妇事舅姑如事父母"的具体要求，如"鸡初鸣，咸盥漱"，"以适父母舅姑之所。及所，下气怡声，问衣燠寒。……出入则或先或后，而敬扶持之。进盥，少者奉槃，长者奉水，请沃盥。盥卒，授巾。问所欲而敬进之，柔色以温之"③，等等。大体意思是说，鸡叫头遍，媳妇就要起床梳洗，穿戴整齐，到公婆处请安，奉水盥漱，侍侯用饭，没有公婆的命令不能退入私室休息。长篇叙事诗《孔雀东南飞》便突出体现了汉代"七出"制度下媳妇刘兰芝的悲剧。

唐代则将"不事舅姑"退至第三位，代而将"无子"排于第一位，体现出唐代对于子嗣传承的重视。由汉至唐，这一观念有个发展演变的过程，具体的变化因素不是本书讨论的重点，仅举曹植《弃妇诗》的诗句来看汉末就已开始出现的转变："拊心长叹息，无子当归宁。有子月经天，无子

---

① 刘昫等撰：《旧唐书》卷191，中华书局1975年版，第5106页。

② 汉代"七出"载于《大戴礼记·本命》，又称为"七去"："不顺父母，去；无子，去；淫，去；妒，去；有恶疾，去；多言，去；窃盗，去。"(方向东：《大戴礼记汇校集解》卷13，中华书局2008年版。)唐代"七出"见于《唐律疏议》："一无子，二淫佚，三不事舅姑，四口舌，五盗窃，六嫉妒，七恶疾。"(长孙无忌等：《唐律疏议》卷14，丛书集成初编本，中华书局1985年版。)

③ 方向东：《大戴礼记汇校集解》卷8，中华书局2008年版。

若流星。”①对于“无子”的重视，反过来看，就是对于自身生命不能延长的认同，反映中古时期世人对于生命认识的进展，而与本书相关的就是“文章不朽”观念逐渐对“希冀长生”思想的取代。

反映唐人“文章不朽”观念增强的具体例证，除了前文所谈到的中晚唐兴起的编集之风，还有就是对才子文人的身份进行追赠。如武平一《请追赠杜审言官表》云：

> 审言誉郁中朝，文高前列，是以升荣粉署，擢秀兰台。往以微瑕，久从远谪。陛下膺图玉扆，下制金门，收贾谊于长沙，返蔡邕于左校，审言获登文馆，预奉属车。未献长卿之辞，遽启元瑜之悼。臣等积薪增愧，焚芝盈感，伏乞恩加朱绂，宠及幽泉，假饰终之仪，举哀荣之典，庶敝帷莫弃，坠履无遗。②

武平一其人，《新唐书》卷119有传，名甄，以字行，并州文水(今属山西)人。武曌伯父武士逸玄孙，父载德。“武后时畏祸不敢与事，隐嵩山修浮图法，屡召不应。中宗复位，平一居母丧，迫召为起居舍人，丐终制，不见听。景龙二年兼修文馆直学士。时天子暗柔不君，韦后烝乱，外戚盛。平一重斥语，即自请抑母党……帝慰勉，不许。迁考功员外郎。……玄宗立，贬苏州参军，徙金坛令。平一见宠中宗，时虽宴豫，尝因诗颂规诫，然不能卓然自引去，故被谪。既被谪而名不衰。开元末，卒。”③据《唐会要》卷六十四《宏文馆》条的记载，知武氏曾在景龙二年(708)与杜审言同为修文馆直学士④。杜审言应在任命不久即卒，故文中有“未献长卿之辞，遽启元瑜之悼”之语。《旧唐书》卷190中《宋之问传》又言武平一曾为宋氏纂集十卷⑤。据《新唐书》卷201《杜审言传》载：

> 审言病甚，宋之问、武平一等省候何如，答曰“甚为造化小儿相苦，尚何言？然吾在，久压公等，今且死，固大慰，但恨不见替人”云。⑥

① 徐陵编，吴兆宜注、程琰删补，穆克宏点校：《玉台新咏》卷2，中华书局1985年版，第66页。
② 武平一：《请追赠杜审言官表》，《全唐文》卷268，中华书局1983年版，第2722页。
③ 欧阳修、宋祁撰：《新唐书》卷119，中华书局1975年版，第4293~4295页。
④ 王溥撰：《唐会要》卷64《宏文馆》，中华书局1955年版，第1115页。
⑤ 刘昫等撰：《旧唐书》卷190中《宋之问传》，中华书局1975年版，第5025页。
⑥ 欧阳修、宋祁撰：《新唐书》卷201，中华书局1975年版，第5736页。

则知杜氏与宋之问、武平一过往甚密，而宋、武诸人亦颇服其文，故有武平一如上之请追赠表的上疏。

再如韦庄也曾上奏请求追赠李贺、皇甫松等人为进士，其《乞追赐李贺、皇甫松等进士及第奏》云：

> 词人才子，时有遗贤。不沾一命于圣明，没作千年之恨骨。据臣所知，则有李贺、皇甫松、李群玉、陆龟蒙、赵光远、温庭筠、刘德仁、陆逵、傅锡、平曾、贾岛、刘稚珪、罗邺、方干，俱无显遇，皆有奇才。丽句清词，遍在词人之口。衔冤抱恨，竟为冥路之尘。伏望追赐进士及第，各赠补阙拾遗。见存惟罗隐一人，亦乞特赐科名，录升三级，便以特敕，显示优恩。俾使已升冤人，皆沾圣泽。后来学者，更励文风。①

据《新唐书》卷196《陆龟蒙传》记载，韦庄上表乞追赠之事，在光化年间(898~901)，而这些人也均被追赠为“右补阙”②。正由于韦庄具有对于文人才子的重视之心，后来他主政的西蜀，才成为晚唐五代时期文风最盛的地方之一。

二、文学的发展促成文学传播意识的深化

刘大杰在《中国文学发展史》中谈及唐代文学的发展时，这样说道：

> 诗是唐代文学的代表，这是人人所知道的。诗以外如古文运动的兴起，传奇的盛行，变文的出现，词的形成，都是唐代文学的新发展。……再如北齐时代受着外来乐舞的影响而出现的“代面”、“拨头”、“踏摇娘”以及唐代的“参军戏”等等，自然都是戏曲史上的重要材料。③

诚然，唐朝作为中国中古时期一个鼎盛的王朝，其意义绝不仅仅在政治的强大与经济的繁荣上，文化的昌盛及其对周边国家的影响也是其中的关键

① 韦庄：《乞追赐李贺、皇甫松等进士及第奏》，《全唐文》卷889，中华书局1983年版，第9287页。

② 欧阳修、宋祁撰：《新唐书》卷196《陆龟蒙传》，中华书局1975年版，第5613页。

③ 刘大杰：《中国文学发展史》，上海古籍出版社1982年版，第358~359页。

因素。在文化的发展中，文学的发展无疑是其中非常重要的一环。

文学的发展，促成了唐代极盛的崇文风气。盛唐名相张说曾言：

> 自则天久视之后，中宗景龙之际，十数年间，六合清谧。内峻图书之府，外辟修文之馆。搜英猎俊，野无遗才。右职以精学为先，大臣以无文为耻。每豫游宫观，行幸河山，白云起而帝歌，翠华飞而臣赋，雅颂之盛，与三代同风。①

这种帝歌臣赋、以无文为耻的局面，太宗朝已现端倪，并成为贯穿于唐代的一种独特现象。故中唐文人杨嗣复《权德舆文集序》云：

> 唐有天下二百二十载，用文章显于时，代有其人。然而自成童就傅，以及考终命；解巾筮仕，以及钧衡师保，造次必于文，视听必于文。②

诚如杨氏所言，唐兴以来，文人代出。从童子受教，到年老终命；从登科及第，到位至冢宰，无不以文铨衡。文学与唐人之生命，几乎无孔不入。以下将从经济、政治、社会地位等方面，就唐人的崇文之风做一梳理③，进而探讨这种风气之下的文学传播意识。

唐代崇文的风气极盛，首先表现在当时文章在经济上的丰厚回报。先来看一组数据：

> (1)李峤《谢撰攀龙台碑蒙赐物表》："伏奉恩敕，编撰攀龙台碑文，赐臣物四百段。"④
>
> (2)张说《谢赐撰郑国夫人碑罗绢状》："合赐卿采罗二十匹，绢

---

① 张说：《唐昭容上官氏文集序》，《全唐文》卷225，中华书局1983年版，第2274～2275页。

② 杨嗣复：《权德舆文集序》，《全唐文》卷611，中华书局1983年版，第6176页。

③ 唐代的崇文之风，龚鹏程《文化符号学：中国社会的肌理与文化法则》(上海世纪出版集团、上海人民出版社2009年版)一书第三章《文字化的社会及其变迁》有详细论证。龚先生一反将唐诗繁荣归之于科举诗赋取士的传统观点，认为唐人对进士的看重却是因为唐代的崇文之风所致，科举只是印证才士的一种社会仪式(263页)，我赞同此点。鉴于有龚著在前，本书对唐人崇文之风不拟展开太多，仅从经济收入、政治前途、社会地位三个方面略加疏解，庶几有利于对这种风气的理解，从而便于深入把握此际文人的文学传播意识。

④ 李峤：《谢撰攀龙台碑蒙赐物表》，《全唐文》卷246，中华书局1983年版，第2490页。

一千匹。”①

(3)韩愈《奏韩宏人事物状》：“臣先奉恩敕，撰《平淮西碑文》，伏缘圣恩，以碑本赐韩弘等。今韩宏寄绢五百匹与臣充人事，未敢受领，谨录奏闻，伏听进止。”或许是所受人事太夥，韩愈不敢私受，于是他写了这篇奏状，乞君王决断。后来皇上同意了他的领受，他又写了篇《谢许受韩宏物状》②。

(4)另有一位崔沔，当时也是文章名家，他向朝廷献《庆云颂》，获“赐绢一百匹”，“奉敕撰《龙门公宴诗序》，赐绢百匹”③，虽然略少些，但也得绢百匹以上了。

那么，这些数据按照今日的货币来衡量，价值如何呢？以张说的文价为例来计算一下，按谭文熙《中国物价史》所记唐朝开元盛世时物价，绢一匹值 200 文，米一斗值 13 文，张说所受 1000 匹绢，大致相当于 15380 斗米④。又按丘光明《中国历代度量衡考》所记唐朝量器，当时一斗约有米 13 斤⑤。现在买 13 斤普通大米，大概要 26 元，买 15380 斗则需要 399880 元。也就是说，张说一篇文章就拿了近 40 万元。再以此类推，则韩愈之文，也近 20 万元/篇，李峤之文近 16 万元/篇，崔沔之文近 4 万元/篇⑥。张说当时即被称为“大手笔”，恐怕不仅指的是其文多草朝廷诏制的政治地位，也包括其文章经济价值上的衡量。韩愈的《平淮西碑》文共 1505 个字，每一个字竟然达到了 130 元左右，难怪刘禹锡说他“三十余年，声名塞天。公鼎侯碑，志隧表阡，一字之价，辇金如山。”⑦

另据高彦休《唐阙史》卷上《裴晋公大度》条记载，裴度平定淮西以后，朝廷恩赐巨万，因裴公笃信浮屠教，于是尽舍平叛所得，修葺福先寺。修毕，原拟请白居易撰写修缮碑文，时逢皇甫湜在畔，为湜所请。皇甫湜撰成以后，裴公因以宝车名马缯彩器玩约千余缗，派人送至湜第。不料皇甫

① 张说：《谢赐撰郑国夫人碑罗绢状》，《全唐文》卷 224，中华书局 1983 年版，第 2259 页。

② 韩愈：《奏韩宏人事物状》、《谢许受韩宏物状》，《全唐文》卷 549，中华书局 1983 年版，第 5563 页。

③ 颜真卿：《通议大夫守太子宾客东都副留守云骑尉赠尚书左仆射博陵崔孝公宅陋室铭记》，《全唐文》卷 338，中华书局 1983 年版，第 3427 页。

④ 谭文熙：《中国物价史》，湖北人民出版社 1994 年版，第 109 页。

⑤ 丘光明：《中国历代度量衡考》，科学出版社 1992 年版，第 259 页。

⑥ 计算方法参考《唐朝也有天价稿费：韩愈碑文一篇二十万元》，《广州日报》2009 年 3 月 4 日。

⑦ 刘禹锡：《祭韩吏部文》，《全唐文》卷 610，中华书局 1983 年版，第 6169 页。

湜大忿，掷书于地，叱来人曰："寄谢侍中，何相待之薄也！某之文，非常流之文也，曾与顾况为集序外，未尝造次许人。今者请制此碑，盖受恩深厚尔，其辞约三千余字，每字三匹绢，更减五分钱不得。"裴公僚属，无不扼腕切齿，但裴公大度地依数酬谢了他，并叹其为"命世不羁之才"。高彦休注云："愚幼年尝数其字，得三千二百五十有四，计送绢九千七百有二。后逢寺之老僧曰师约者，细为愚说，其数亦同。"①若以高氏所计"九千七百有二"匹绢来算，则皇甫湜一篇文章的所得总数竟然比号称"大手笔"的张说还要高近十倍了。

此外，还有如白居易为亡友元稹写碑文，其家亦不惜酬以重价。白氏《修香山寺记》记此事云："微之将薨，以墓志文见托。既而元氏之老状其臧获、舆马、绫帛洎银鞍、玉带之物，价当六七十万，为谢文之贽，来致于予。予念平生分，文不当辞，贽不当纳。自秦抵洛，往返再三，讫不得已，回施兹寺。"②粗略统计了一下可知，白居易为元稹所撰碑文计一千五百字左右，则此文所值亦称惊人了。白居易顾及友情，不愿受纳，于是回施于香山寺，以供修缮之资。该寺长老清闲上人赞云："凡此利益，皆名功德，而是功德，应归微之"。

封演《封氏闻见记》卷6《碑碣》条曰："近代碑碣稍众，有力之家，多辇金帛以祈作者之谀。虽人子罔极之心，顺情虚饰，遂成风俗。"③反映的正是当时日嚣尘上的厚葬之习。在这种风气之下，许多文人为了生计，也会奔走以求撰文。王谠《唐语林》卷1记载："长安中争为碑志，若市贾然。大官薨，其门如市，至有喧竞构致不由丧家者"④，则写尽寒士文人为求金帛争写碑志的窘态。李肇《唐国史补》卷中亦载："王仲舒为郎中，与马逢友善，每责逢曰：'贫不可堪，何不求碑志相救？'"⑤也表明对于较贫寒的文人来说，撰写碑志实能挣钱糊口。

唐人崇文风气之盛还表现在文人在政治上的荣宠待遇。由于唐代以文章取士，科举进士便成为文人滋生的直接根源。唐人沈既济《词科论》云：

永隆中，始以文章选士。及永淳之后，太后君天下二十余年，当

① 高彦休撰：《唐阙史》，《唐五代笔记小说大观》，上海古籍出版社2000年版。
② 白居易：《修香山寺记》，《全唐文》卷676，中华书局1983年版，第6906页。
③ 封演撰，赵贞信校注：《封氏闻见记校注》，中华书局2005年版，第58页。
④ 王谠撰，周勋初点校：《唐语林校证》，中华书局1987年版，第25页。
⑤ 李肇：《唐国史补》，《唐五代笔记小说大观》，上海古籍出版社2000年版，第183页。

时公卿百辟，无不以文章显。因循遐久，寖以成风。①

沈氏还谈到，到了开元、天宝年间，甚至还出现了“五尺童子，耻不言文墨”的局面。梁肃亦云：“开元中……海内和平，士有不由文学而进，谈者所耻。”②

在这种重文的局面之下，文才的高低便成为晋升的一个重要条件。刘禹锡《唐故相国李公集序》云：

唐以神武定天下，群慝既聋，骤示以文，韶英之音与钲鼓相袭。故起文章为大臣者，魏文贞以谏诤显，马高唐以智略奋，岑江陵以润色闻，无草昧汗马之劳，而任遇在功臣上。唐之贵文至矣哉！后王纂承，多以国柄付文士。元和初，宪宗遵圣祖故事，视有宰相器者，贮之内庭。繇是释笔砚而操化权者十八九。③

可是，这样的选拔是建立在德行的基础之上的，仅仅文采绝伦，而人品不高，也不会被重用。唐初，有位举子张昌龄，颇有文采，时人皆知，但他在参加科举的时候，还是被主考的王师旦给罢黜了，理由就是其人“华而少实”：

张昌龄……与兄昌宗皆以文自名，州欲举秀才，昌龄以科废久，固让。更举进士，与王公治齐名，皆为考功员外郎王师旦所绌。太宗问其故，答曰：“昌龄等华而少实，其文浮靡，非令器也。取之则后生劝慕，乱陛下风雅。”④

武后时期，武则天与狄仁杰有段关于选才的对话：

长安中，则天问狄仁杰曰：“朕要一好汉使，有乎？”仁杰对曰：“臣料陛下若求文章资历，则今之宰臣李峤、苏味道，亦足为之使矣。岂非文士龌龊，思大才用之，以成天下之务者乎？”则天悦曰：

---

① 沈既济：《词科论》，《全唐文》卷476，中华书局1983年版，第4867页。

② 梁肃：《侍御史摄御史中丞赠尚书户部侍郎李公墓志铭》，《全唐文》卷520，中华书局1983年版，第5289页。

③ 刘禹锡：《唐故相国李公集序》，《全唐文》卷605，中华书局1983年版，第6109页。

④ 欧阳修、宋祁撰：《新唐书》卷201《张昌龄传》，中华书局1975年版，第5734页。

“此朕心也。”①

原本已趋于高位的李峤、苏味道二人文章虽好，但因其行龌龊，未被进用为宰相，后来起用了年高稳重的张柬之。类似的例子还有很多，这些文人才士，文采固然超绝，但或为人轻浮，或恃才傲物，或品行有亏，终于没有被重用。但执政者之中，如杨嗣复所说“代有文人”，却是不争的事实，如张说、权德舆、李德裕等，皆一时之文魁。

唐代崇文风气之盛还表现在文人社会地位的尊崇。《旧唐书·职官志》“翰林院”条载：“至德已后，天下用兵，军国多务。深谋密诏，皆从中出，尤择名士，翰林学士得充选者，文士为荣。”②《唐国史补》卷中载：“独孤郁，权相子婿，历掌内职纶诏，有美名。宪宗尝叹曰：‘我女婿不如德舆女婿。’”③独孤郁因为有文才，负责草拟诏令之文，颇有美誉，竟然能够令皇帝叹息自己的女婿不如别人的女婿，文人之地位，可见一斑。《太平广记》卷183《贡举》六载有这样一则故事：

> 赵琮妻父为锺陵大将，琮以久随计不第，穷悴甚，妻族益相薄，虽妻父母，不能不然也。一日军中高会，州郡请之眷设者，大将家相率列棚以观之。其妻虽贫，不能无往，然所服故弊，众以帷隔绝之。设方酣，廉使忽驰，吏呼将，将惊且惧。既至，廉使临轩手持一书笑曰：“赵琮得非君子婿乎？”曰：“然。”乃告之适报至已及第矣。即授所持书，乃牓也。将遽以牓奔归，呼曰：“赵郎及第矣！”妻之族即撤去帷障，相与同席，竞以簪服而庆遗焉。（出《玉泉子》）④

一场亲族间的酒宴，竟因中第而前后态度出现这么大的差异，可以证明作为文人身份的“进士”多么受社会的尊崇。

由于对文饰的重视，唐代还出现了专门的“润文使”与“润文官”。高宗时，法师玄奘的译场就有润文使，当时著名文人如于志宁、许敬宗、薛元超、李义府等均参预其事。睿宗朝，天竺菩提流志译佛经，润文官中也

① 刘肃撰，许德楠、李鼎霞点校：《大唐新语》卷6《举贤》，中华书局1984年版，第94页。

② 刘昫等撰：《旧唐书》，中华书局1975年版，第1854页。

③ 丁如明等校点：《唐五代笔记小说大观》，上海古籍出版社2000年版，第182页。

④ 李昉等编：《太平广记》卷183，中华书局1961年版。

有徐坚、张说等大学士[①]。

文人本身受尊重也还罢了，就连歌妓，如果诵得《长恨歌》，竟也比他妓尊贵[②]。《云谿友议》卷中《辞雍氏》所载之吴楚狂生崔涯，因文才高就随意挖苦别人，妻族、倡肆均要看他脸色，也可谓尊崇已极。正因为有这样的社会背景，中唐文人皇甫湜才会说出“文于一气间，为物莫与大”[③]的话来。

随着文学的发展，中唐以后还出现了不少专门讨论文章的书信。有鉴于唐代专论诗文著作的相对短缺[④]，这些论文书信成为考察唐代文人文学观念的重要材料。如柳冕《与滑州卢大夫论文书》中云：“夫文生于情，情生于哀乐，哀乐生于治乱。故君子感哀乐而为文章，以知治乱之本。屈宋以降，则感哀乐而亡雅正；魏晋以还，则感声色而亡风教；宋齐以下，则感物色而亡兴致。……自夫子至梁陈，三变以至衰弱。”讲的是文章与治乱的关系，认为屈宋、魏晋、宋齐三变而雅正、风教、兴致渐亡，这是一种文章衰退的观点。但柳冕希望以“圣唐之治”，而能“兴三代之文”[⑤]。其《与徐给事论文书》中则主张“文章本于教化，形于治乱，系于国风”，需有用于天下，不可一味求哀艳、恢诞、形似、骨气、藻丽，不可使文有馀而质不足、才有馀而雅不足，致使文章流荡不返，则是一种尚质尚用的文学观[⑥]。在《答荆南裴尚书论文书》中更进一步提出“儒之用，文之谓也”的观点[⑦]。

文学的发展，不仅表现为文学在不同时代的变化，体现出由质朴向华美、简单向复杂、内容上的浅薄向丰富的发展，而且还表现为个人在文学表现、思想认识上的变化。一个突出的例子就是发生在许多文人身上的“悔其少作”现象，这种“悔其少作”的现象，本身就源于文人因传世、传播的存在而产生的珍惜名誉的心理，故与传播意识也有着一定的联系，这一点前面已经谈到。所以，文学的发展，使唐代文人不仅具备传统以德、道为“不朽”声誉的传世意识，而且也产生出纯粹以文章而不朽的传世观念。

---

① 释赞宁：《宋高僧传》卷3《菩提流志传》，中华书局1987年版。

② 白居易：《与元九书》，《全唐文》卷675，中华书局1983年版，第6888页。

③ 皇甫湜：《题浯溪石》，《全唐诗》卷369，中华书局1960年版，第4150页。

④ 如尚永亮先生便认为唐代在诗学理论方面，相对于其诗歌的繁荣，显得较为薄弱。见《唐代诗学论纲》，《唐代诗歌的多元观照》，湖北人民出版社2005年版。

⑤ 柳冕：《与滑州卢大夫论文书》，《全唐文》卷527，中华书局1983年版，第5356页。

⑥ 柳冕：《与徐给事论文书》，《全唐文》卷527，中华书局1983年版，第5356页。

⑦ 柳冕：《答荆南裴尚书论文书》，《全唐文》卷527，中华书局1983年版，第5357页。

第二节　科举触动、佛教传布与雕版印书

唐代的科举制度一改此前盛行了数百年的察举制(包括九品中正制)，为人才的选择提供了新的标准。佛学的兴盛带来佛经传布、讲经、经书存藏等传播方式的变化，对文学的传播也形成影响。雕版印刷虽然尚限于少量文字的经书(尤其是佛经)、日用文书(如历书)和一些短篇诗文，但对文学传播的模式及文人的传播意识无疑形成极大的触动。

一、科举制度对文人传播意识的触动

(一)进士及第：名动天下的最佳捷径

进士科在唐代所受尊崇非同一般，不仅寒士出身的文人对此趋之若鹜，门阀世族的子弟对此也是热衷不已。五代时的王定保《唐摭言》卷七“好放孤寒”条载，元和十一年(816)，世人歌咏登第进士云：

> 元和天子丙申年，三十三人同得仙；袍似烂银文似锦，相将白日上青天。①

所以，当时社会底层对于进士及第有“登龙门”之称②。世家子弟同样看重进士科举，开国名相薛收之子薛元超就曾说自己有三个遗憾：一是不由进士出身；二是未娶五姓女；三是没能预修国史。其中便以非进士出身为憾。《唐摭言》卷1也说：“缙绅虽位极人臣，不由进士科者终不为美”③，意即此也。

科举进士又是唐代文人得以成名登阶的一条重要路径。发榜之日，“榜第揭出，万人观之，未浃旬而名达四方”④，所以诗人张籍说：“二十八人初上牒，百千万里尽传名。”⑤姚合亦赞叹道：“春榜四散飞，数日遍

---

① 王定保撰：《唐摭言》，上海古籍出版社1978年版，第74页。
② 王谠撰，周勋初点校：《唐语林校证》卷8，中华书局1987年版，第714~715页。
③ 王定保撰：《唐摭言》卷1《散序进士》，上海古籍出版社1978年版，第4页。
④ 李奕：《登科记序》，《全唐文》卷536，中华书局1983年版，第5445页。
⑤ 张籍：《喜王起侍郎放牒》，《全唐诗》卷385，中华书局1960年版，第4333页。

八纮。"①考中进士之人，"近者佐使外藩，司言中禁，弹(一作峨)冠宪府，起草粉闱，由此与能，十恒七八。至于能登台阶、参密命者，亦繁有徒"，这种成名登阶上的迅速，使科举取士在唐代已被认为是"选才授爵之高科，求仕滥觞之捷径"了②。

关于唐代科举与文学之关系，傅璇琮在其著作《唐代科举与文学》中考述已详，今取资该书，重点就唐代科举与唐代文学传播意识之关系论述之。傅先生曾引五代词人牛希济的几句话，谈到当时举子聚集到京城时的盛况：

> 郡国所送，群众千万，孟冬之月，集于京师，麻衣如雪，纷然满于九衢。③

这个景象是非常壮观的。千千万万的举子们，一时齐聚于京城之中，自然是他们炫耀文才、传播自己的绝佳机会。于是他们结交名公、投献诗文以行卷；或者互通声气、结成朋党以壮势(傅先生认为，唐代以此习称棚，或曰朋)；还要按照规定向礼部呈交旧作以纳卷。当然，也有些风流才子，眠花醉柳，沉湎游宿于倡伎之家；还有些荡尽钱财、落拓流离，甚至客死他乡的失落者④。

科举及第之目的，从低层次的生存需求上来说，是能够满足自己乃至整个家族的生活物质需要，即以得禄为目的；从较高层次的精神需求上来说，则是因为中第进士得禄之后，可以存名于史，不至于名没后世。王士源《孟浩然集序》云：

> 孟浩然……未禄于代，史不必书，安可哲踪妙韵，从此而绝？⑤

这句话，初看甚为普通，但仔细思之，却无疑是文人传世意识的一大关结。如果不以科举及第实现出仕得禄的现实目的，不仅仅是生活的贫困，而且还面临"哲踪妙韵"从此湮没的危险。未禄于代对于以德操为重的士人或许还可接受，而湮没的境况("史不必书")，却是大部分文人所不愿

---

① 姚合：《寄陕府内兄郭冏端公》，《全唐诗》卷497，中华书局1960年版，第5646页。
② 李奕：《登科记序》，《全唐文》卷536，中华书局1983年版，第5445页。
③ 牛希济：《荐士论》，《全唐文》卷846，中华书局1983年版，第8889页。
④ 傅璇琮著：《唐代科举与文学》第4章，陕西人民出版社1986年版，第72页。
⑤ 王士源：《孟浩然集序》，《全唐文》卷378，中华书局1983年版，第3837页。

面对的。沈既济《词科论》中曾谈到玄宗开元、天宝年间，四海晏然，世人纷纷取科举及第以求声名动天下的盛况：

> 故太平君子，唯门调户选，征文射策，以取禄位，此行已立身之美者也。父教其子，兄教其弟，无所易业。大者登台阁，小者任郡县，资身奉家，各得其足，五尺童子，耻不言文墨焉。是以进士为士林华选，四方观听，希其风采，每岁得第之人，不浃辰而周闻天下。①

日本学者筑山治一郎《盛唐的宰相与吏部的官僚》（1954，后收入《唐代政治制度研究》）认为唐初的宰相多由南北朝以来的，特别是北朝系的贵族担任，自高宗朝起开始由科举及第的新人阶层进入官僚机构，其中也有升至宰相的。武则天为压制贵族集团而大力起用科举官僚。到玄宗朝时，已有许多科举出身的官僚出任宰相②。从沈既济的论述来看，筑山氏所言不虚。由于高者可以登台阁、任宰辅，低者亦可掌郡县、资身家，所以形成父教子、兄教弟，朝野纷纷言文墨的现象。既能名动天下，又可资身奉家，甚至还可能出任要职、建立功业，科举一事，能够达成文人"不朽"的诸多愿望，其兴盛也就成为一种必然了。

科举带来的升阶希望给予当时的下层士人以极大的诱惑，这是当时科举兴盛的一个重要原因。安史之乱以后，随着国家上层的需要，科举试的规模较之以往，并未受到影响。开元之时，每岁"应诏而举者，多则二千人，少犹不减千人，所收才百一"③，也就是说，每年入试者达一二千人，及第者才二三十人。罹乱之后，也仍然保持着这样的规模，韩愈《送权秀才序》中即说："愈常观于皇都，每年贡士至千余人。"④康骈《剧谈录》卷下《元相国谒李贺》条亦云："大中、咸通以后，每岁试春官者千余人。"⑤择人既然百中取一，多时也不过二十取一⑥，文人也就必须经过苦读才可

① 沈既济：《词科论》，《全唐文》卷476，中华书局1983年版，第4867页。

② 胡戟、张弓、李斌城、葛承雍主编：《二十世纪唐研究》，中国社会科学出版社2002年版，第44页。

③ 沈既济：《词科论》，《全唐文》卷476，中华书局1983年版，第4867页。

④ 韩愈：《送权秀才序》，《全唐文》卷556，中华书局1983年版，第5624页。又《韩昌黎文集校注》卷4。

⑤ 康骈：《剧谈录》，《唐五代笔记小说大观》，上海古籍出版社2000年版，第1497页。

⑥ 赵匡《举选议》："举人大率二十人中方收一人"，《全唐文》卷355，中华书局1983年版，第3602页。

能成功。李颀《缓歌行》云：

> 男儿立身须自强，十年闭户颍水阳。业就功成见明主，击钟鼎食坐华堂。①

写出了当时士子为求及第，十年闭户苦读之状。

这种将科举及第视为垂名不朽之途的看法，即使是在晚唐五代那个政治衰败的时代，也没有太大改变。徐铉《送张佖郭贲二先辈序》曰：

> 君子所以章灼当时、焜耀来裔者，必曰进士擢第，畿尉释褐。斯道也，中朝令法，虽百王不移者也。②

可见此观念在唐代文人心中渗透之深。

（二）科举与类书编纂及诗赋创作

1. 类书编纂

在唐代，科举以经书的谙熟、诗文的写作为测试的主要内容，由此也带来类书编纂的兴起。故明人陈继儒《太平清话》卷下曰：

> 白乐天《六帖》为应科举而设，故丑类不广。梁《昭明文选》亦咸为词赋楝科。③

可是，早期的类书却是为皇室的阅读而设。比如，可考的最早类书是三国魏时由刘劭、王象等编纂的《皇览》，当时并无科举之试，它的出现，完全是为了供喜好典籍与文学的魏文帝阅览所用，这一点由其命名也知。直至唐初，一些官方所修的类书，如高祖时的《艺文类聚》100 卷，太宗时的《文思博要》1200 卷，高宗时的《瑶山玉彩》500 卷、《累璧》400 卷，武则天时期的《玄览》100 卷、《三教珠英》1300 卷，玄宗时的《事类》130 卷、《初学记》30 卷等④，也都是为皇室的阅读而设。刘肃《大唐新语》卷 9《著述》记载：

---

① 李颀：《缓歌行》，《全唐诗》卷 133，中华书局 1960 年版，第 1348 页。
② 徐铉：《送张佖郭贲二先辈序》，《全唐文》卷 882，中华书局 1983 年版，第 9217 页。
③ 陈继儒撰：《太平清话》，商务印书馆 1936 年版，丛书集成初编本。
④ 胡道静：《中国古代的类书》，中华书局 1982 年版，第 57 页。

玄宗谓张说："儿子等欲学缀文，须检事及看文体。《御览》之辈，部帙既大，寻讨稍难。卿与诸学士撰集要事并要文，以类相从，务取省便，令儿子等易见成就也"。说与徐坚、韦述等编此进上，诏以《初学记》为名……其书行于代。①

《初学记》编于开元十五年(727)，此段对话中，并没有谈到《初学记》之编成与科举有什么联系，可见官修类书的御用性质是非常明显的。但是，此段话中却又说到了类书的一个重要作用，即有助于"缀文"。类书以综引前朝旧典而称著，《文选》《艺文类聚》等书之后②，类书中更增加了诗文的成分，故有益于在文学创作中翻检典故与查看文体，渐渐演化成科考举子随身携带的便利工具书。许多文人自己编辑类书，以供日常应用，这便是私修类书。

私修类书的出现，无疑出于文人自我创作与积累学识的需要。如晋代的陆机，诗文以辞藻繁富见长，不能不获益于其自身修纂的类书——《要览》。隋唐之际的虞世南，之所以受到太宗李世民的崇重，除了德行与忠直之外，他的博学与文辞也是两个重要的方面，而这两点，同样受益于虞氏自己所编的类书——《北堂书钞》。类书将典故与诗文以类相从，确实方便了记忆，有助于知识的掌握与文采的形成。唐代许多著名文人都编有自己的类书，元稹有《元氏类集》，白居易有《白氏六帖》，温庭筠有《学海》，皮日休有《鹿门家钞》③，李商隐亦有《金钥》④，等等。在唐代，随着科举中对于诗赋创作的重视，私修类书便也带有了陈继儒所说的"为应科举而设"这样的性质，尤为文人考试的重要工具书，这也是当时有一种"兔园册子"非常盛行的重要原因。

2. 诗赋应举

唐代科举考试，最初以熟习经、策为重，但从天宝十三载(754)起，举子试加入了诗赋的测试。《旧唐书》卷9《玄宗本纪》记载：

(十三载)，上御勤政楼试四科制举人，策外加诗赋各一首。制

① 刘肃撰，许德楠、李鼎霞点校：《大唐新语》，中华书局1984年版，第137页。
② 《文选》之归属，亦有断其为类书者，唯以文为类。
③ 以上参欧阳修、宋祁撰：《新唐书》卷59《艺文志》，中华书局1975年版，第1564页。
④ 陈振孙撰：《直斋书录解题》卷14，上海古籍出版社1987年版，第424页。

举加诗赋，自此始也。①

《旧唐书》卷119《杨绾传》则言之稍详：

天宝十三年，玄宗御勤政楼，试博通坟典、洞晓玄经、辞藻宏丽、军谋出众等举人，命有司供食，既暮而罢。取辞藻宏丽外，别试诗赋各一首。制举试诗赋，自此始也。②

针对诗赋加入考试的内容，宋人严羽《沧浪诗话》认为“唐以诗取士，故多专门之学，我朝之诗所以不及也”③。明人胡震亨《唐音癸签》卷27《谈丛三》更发展了这种说法，认为科举试中加入诗赋是唐诗兴盛的一大关键：

唐进士初重策，兼重经，后来倚重诗赋。中叶后，人主至亲为披阅，翘足吟咏所撰，叹惜移时。或复微行，谘访名誉，袖纳行卷，予阶缘。士益竞趋名场，殚工韵律。诗之日盛，尤其一大关键。④

今人也颇有附合胡氏之论者⑤。但生活于胡震亨之前的王世贞，便已反驳了诗赋取士对于唐诗的决定性作用，他在《艺苑卮言》中说：

人谓唐以诗取士，故诗独工，非也。凡省试诗，类鲜佳者，如钱起《湘灵》之诗，亿不得一；李肱《霓裳》之制，万不得一。律赋尤为可厌，白乐天所载玄珠、斩蛇，并韩柳集中存者，不啻村学究语。⑥

王世贞所言，确为事实，目前学术界基本不同意严羽、胡震亨“唐诗因诗赋取士而盛”的观点⑦，但严、胡的论断，有着深远地影响，并且也有其

① 刘昫等撰：《旧唐书》卷9，中华书局1975年版，第229页。
② 刘昫等撰：《旧唐书》卷119，中华书局1975年版，第3429页。
③ 严羽著，郭绍虞校注：《沧浪诗话校释》，人民文学出版社1983年版，第147页。
④ 胡震亨著：《唐音癸签》，上海古籍出版社1981年版。
⑤ 武复兴：《试论唐诗繁荣之原因》，《汉唐文史漫论》，陕西人民出版社1986年版，第195页。
⑥ 王世贞撰：《艺苑卮言》卷4，丁福保辑：《历代诗话续编》，中华书局2006年版，第1015页。
⑦ 如林庚在《略谈唐诗高潮中的一些标志》一文中，即认为宋代也有“以诗取士”，但宋诗却也不及唐诗。见《社会科学战线》1982年第4期。

合理的因素，这从当时唐人对于科举重文之流弊的批评中可窥端倪。

科举考试虽然为唐王朝选拔了不少的人才，但也产生了一些流弊。傅璇琮于此也有论述，他在《唐代科举与文学》第十三章《唐人论进士试的弊病及改革》中，从太宗贞观年间王师旦黜张昌龄、王公瑾谈起，先后论及武后时薛登(谦光)的欲复古举，玄宗开元年间的两次改革，肃宗朝刘峣的上疏，以及代宗宝应二年(763)的杨绾等人欲废科举、复察举，还有赵匡的主张，李德裕的改革等①。可谓遗漏殊少。但因为傅先生对于赵匡的《举选议》一文并未予以重视，所以傅先生说“在唐人的议论中根本没有接触到，如因公荐引起的通关节、托人情而因缘为奸，贵门势要之家的把持举选权，宦官、藩镇等之干预考试，等等”②，但第一点实际在赵文中论举试的事难路隘、举子的争第心切时，已经论及。

其实，当时的沈既济、赵匡等人对科举之弊是有深刻认识的。比如沈既济认为，中唐以后的科举，“入仕之门太多，代胄之家太优，禄利之资太厚，督责之令太薄”③；并且认为，选才应以“德”“才”“劳”为标准，而不能以“安行徐言”为德，以“丽藻方翰”为才，以“累资积考”为劳④，这实际是对当时较颓靡的士风进行了批判。

赵匡论科举之弊则更为深切。赵匡，其人曾师事萧颖士⑤、啖助。赵匡传啖助之学，其弟子中以陆质最为著名⑥。其《举选议》论科举十弊云：

> 进士者，时共贵之。主司褒贬，实在诗赋，务求巧丽，以此为贤。惟不无益于用，实亦妨其正习；不惟挠其淳和，实又长其佻薄。自非识度超然，时或孤秀，其余溺于所习，悉昧本源。欲以启导性灵，奖成后进，斯亦难矣。故士林鲜体国之论，其弊一也。又人之心智，盖有涯分。而九流七略，书籍无穷，主司问目，不立程限。故修习之时，但务钞略，比及就试，偶中是期。业无所成，固由于此。故当代寡人师之学，其弊二也。疏以释经，盖筌蹄耳。明经读书，勤苦已甚，既口问义，又诵疏文，徒竭其精华，习不急之业。而其当代礼法，无不面墙，及临民决事，取办胥吏之口而已。所谓所习非所用，

① 傅璇琮著：《唐代科举与文学》第13章，陕西人民出版社1986年版，第381~399页。
② 傅璇琮著：《唐代科举与文学》，陕西人民出版社1986年版，第399页。
③ 沈既济：《选举论》，《全唐文》卷476，中华书局1983年版，第4868页。
④ 沈既济：《上选举议》，《全唐文》卷476，中华书局1983年版，第4866页。
⑤ 欧阳修、宋祁撰：《新唐书》卷202《萧颖士传》，中华书局1975年版，第5768页。
⑥ 欧阳修、宋祁撰：《新唐书》卷168《陆质传》，中华书局1975年版，第5127页。

所用非所习者也。故当官少称职之吏，其弊三也。举人大率二十人中方收一人，故没齿而不登科者甚众。其事难、其路隘也如此，而杂色之流，广通其路也。此一彼十，此百彼千，揆其秩序，无所差降。故受官多底下之人，修业抱后时之叹。待不才者何厚？处有能者何薄？崇末抑本，启昏窒明，故士子舍学业而趋末伎，其弊四也。收人既少，则争第急切。交驰公卿，以求汲引，毁訾同类，用以争先。故业因儒雅，行成险薄，非受性如此，势使然也。浸以成俗，亏损国风，其弊五也。大抵举选人以秋初就路，春末方归。休息未定，聚粮未办，即又及秋。正业不得修习，益令艺能浅薄，其弊六也。羁旅往来，縻费实甚，非惟妨阙正业，盖亦隳其旧产。示及数举，索然以空，其弊七也。贫窭之士在远方，欲力赴京师，而所冀无际。以此揆度，遂至没身，使兹人有抱屈之恨，国家有遗才之阙，其弊八也。官司运江淮之储，计五费其四乃达京邑，刍薪之贵又十倍。而四方举选之人，每年攒会，计其人畜，盖将数万无成而归，十乃七八，徒令关中烦耗，其弊九也。为官择人，惟才是待。今选司并格之以年数，合格者判虽下劣，一切皆收。如未合格而应科目者，才有小瑕，莫不见弃。故无能之士，禄以例臻；才俊之流，坐成白首。此非古人求贤审官之义，亦已明矣，其弊十也。选人不约本州所试，悉令聚于京师。人既浩穰，文簿烦杂，因此偷滥，其事百端，故俗闲相传云："入试非正身，十有三四；赴官非正身，十有二三。"此弊之尤者。①

因赵匡所论十点，颇能切中时弊，故全录如上。另有一位刘秩，言及举选崇文之弊端时，引前朝为鉴，论之云：

洎乎晋、宋、齐、梁，递相祖习，其风弥盛。舍学问，尚文章，小仁义，大放诞。谈庄周、老聃之说，诵《楚词》《文选》之言。六经九流，时曾阅目；百家三史，罕闻于耳。撮群抄以为学，总众诗以为资，谓善赋者廊庙之人，雕虫者台鼎之器。下以此自负，上以此选材，上下相蒙，持此为业，虽名重于当时，而不达于从政。……近之作者，先文后理，词冶不雅，既不关于讽刺，又不足以见情，盖失其本。②

---

① 赵匡《举选议》，《全唐文》卷355，中华书局1983年版，第3602页。

② 刘秩：《选举论》，《全唐文》卷372，中华书局1983年版，第3785页。

对这种以文章名重当时，却不能有助于政治的现象，进行了抨击。

沈既济、赵匡、刘秩等人都是盛唐末期对科举选拔人才之弊进行揭露的文人，他们的观点，虽然有的全面、有的专深，但有一点却是一致的，即当时对于文学的推崇已成为一种选举人才的阻碍，必须加以改革。这些观点的发生，应该不是偶然的，他们的意见，代表着中唐兴起的新乐府运动、复古为新的古文运动在制度、思想方面的早期萌动。

所以，科举中以诗赋取士，固然并没有直接产生出众多如钱起《湘灵鼓瑟》那样的佳作，但却为当时诗文的繁荣提供了极好的土壤，这一点应毋庸置疑。

(三)科举的兴盛与人员的流动

唐代文人多有徜徉山林、云游四方之人，这种人员的流动并不同于魏晋南北朝时期，因为六朝时期的人口流动多因频繁的战乱所造成。唐代社会的稳定与经济的繁荣，带来了户籍的相对稳定，但也因为一些制度、国事上的变化，促成了文人的游历。这种变化，突出地表现在开元、天宝之际，具体为：

(1)均田制的破坏；

(2)府兵制被募兵制所取代；

(3)租庸调法嬗替为两税法；

(4)唐代交通的发展；

(5)安史之乱的冲击；

(6)科举中地方生徒与乡贡之人的入京就试。

以上这些制度与行政的变化，均促成了人口的流动。文人的游历多与最后一点相关，交通的便利，自然也是必不可少的条件。

唐代的科举制不仅造成了人员在社会阶层上的流动，而且直接带动了人员在空间上的移动。当时的人员流动，无外乎宦游、商旅、征戍、举选这几个大类。前三类与本书所论无关，此处仅就科举选士所造成的人员流动，以及与此相关的文学传播做些考察。

1. 科举游历

傅璇琮在论述科举进士试参加人员的广泛性时，曾引《唐摭言》卷1《会昌五年举格节文》，其中涉及诸州、道贡士情况，可睹当时举子流动之一斑，今亦引如下：

> 所送人数：其国子监明经，旧格每年送三百五十人，今请送三百

人；进士，依旧格送三十人；其隶名明经，亦请送二百人；其宗正寺进士，送二十人；其东监、同、华、河中所送进士，不得过三十人，明经不得过五十人。其凤翔、山南西道东道、荆南、鄂岳、湖南、郑滑、浙西、浙东、鄜坊、宣商、泾邠、江南、江西、淮南、西川、东川、陕虢等道，所送进士不得过一十五人，明经不得过二十人。其河东、陈许、汴、涂泗、易定、齐德、魏博、泽潞、幽孟、灵夏、淄青、郓曹、兖海、镇冀、麟胜等道，所送进士不得过一十人，明经不得过十五人。金汝、盐丰、福建、黔府、桂府、岭南、安南、邕容等道，所送进士不得过七人，明经不得过十人。①

按照这个举子选送格式，除去国子监、宗正寺这些本在京城的学馆所送举子 550 人，当年至少要有 157 人游走于各地去往京城的路上。

据柳宗元《馆驿使壁记》记载，当时由全国各地通往长安的主要干道有七条：

自万年至于渭南，其驿六，其蔽曰华州，其关曰潼关。自华而北界于栎阳，其驿六，其蔽曰同州，其关曰蒲津。自灞而南至于蓝田，其驿六，其蔽曰商州，其关曰武关。自长安至于盩厔，其驿十有一，其蔽曰洋州，其关曰华阳。自武功而西至于好畤，其驿三，其蔽曰凤翔府，其关曰陇关。自谓而北至于华原，其驿九，其蔽曰坊州。自咸阳而西至于奉天，其驿六，其蔽曰邠州。由四海之内，总而合之，以至于关；由关之内，束而会之，以至于王都。②

这七条主干道又与各州、郡内的驿路相连，形成唐王朝的交通网络。唐代李吉甫的《元和郡县志》以及今人严耕望的《唐代交通图考》等著作对于唐代的交通均有更为详细的记载与考证，此不赘言。

有研究者统计，唐代进士录取数为 7516 人，五代为 678 人，按开科年数算，年均录取人数分别 26.01 人/年、13.29 人/年；同时，每 1 千万人口中进士的人数，唐代为 4—16 人③。这样一组数据实际是集中在以长安为中心的黄河流域的录取数，从上面所引会昌五年举子选送格式，便可

① 王定保撰：《唐摭言》，上海古籍出版社 1978 年版，第 2 页。
② 柳宗元：《馆驿使壁记》，《全唐文》卷 580，中华书局 1983 年版，第 5858 页。
③ 吴建华：《科举制度下进士的社会结构和社会流动》，《苏州大学学报》1994 年第 1 期。

以看出这种地域分配名额上的不公平。不过当时江南的大部分地区相当落后，的确极少有中进士的机会。

据钱易《南部新书》己卷记载，“范阳卢氏，自兴元元年(784)癸亥，至乾符二年(875)乙未，凡九十二年，登进士者一百十六人”①。有唐一代，山西闻喜裴氏一门便有进士 51 人。陕西武功有 14 人，而浙江钱塘却无一人。荆南一带也是到了大中四年(850)刘蜕及第之后②，才接连出现余知古、关图、常修等人连登上科的。五代荆南人孙光宪《北梦琐言》卷 4 记载：

> 唐荆州衣冠薮泽，每岁解送举人多不成名，号曰“天荒解”。刘蜕舍人以荆解及第，号为“破天荒”。③

而闽地(福建)虽有早于神龙二年(706)进士及第的薛令之，但此后近百年，才又在贞元七年(791)与贞元八年(792)先后出现了林藻、欧阳詹，之后才“由是俗一变，岁贡士与内州等”④，并接连出现了陈诩、王棨、黄滔等人⑤。

住在长安或京城附近州、郡的举子，可能尚无羁旅跋涉之苦，而居住在远地僻乡的科考举子则要历尽艰辛才能抵达长安，参加岁末的考试。荆南人刘蜕曾在《上礼部裴侍郎书》中谈到自己入京的艰苦，可窥当时举子赴京的情状：

> 家在九曲之南，去长安近四千里。膝下无怡怡之助，四海无强大之亲。日行六十里，用半岁为往来程，岁须三月侍亲左右，又留二月为乞假衣食于道路。是一岁之中，独留一月在长安。王侯听尊，媒妁声深。况有疾病、寒暑、风雨之不可期者杂处一岁之中哉。是风雨生

---

① 钱易撰，黄寿成点校：《南部新书》，中华书局 2002 年版，第 83 页。按，《唐语林》卷 4《企羡》亦载，王谠撰，周勋初点校：《唐语林校证》，中华书局 1987 年版，第 382~383 页。

② 徐松撰，赵守俨点校：《登科记考》，中华书局 1984 年版，第 815 页。

③ 孙光宪撰，贾二强点校：《北梦琐言》，中华书局 2002 年版，第 81 页。

④ 欧阳修、宋祁撰：《新唐书》卷 150《常衮传》语，中华书局 1975 年版，第 4810 页。

⑤ 傅璇琮著：《唐代科举与文学》，陕西人民出版社 1986 年版，第 206~207 页。按，林藻，史传无载，据《文献通考》卷 233《经籍六十》载：“唐岭南节度副使林藻纬乾撰。贞元七年进士。试《珠还合浦赋》，叙珠去来之意，人谓之神助。”(中华书局 1986 年版，第 1858 页上。)则知林藻字纬乾，并曾任岭南节度副使。

白发，田园变荒芜。求抱关养亲，亦不可期也。[①]

而晚唐的另一位诗人曹邺，则是桂州阳朔人，他亦于宣宗大中四年(850)进士及第，及第之前，曾寄居于偏僻的通济里，其《下第寄知己》诗中写道：

……归来通济里，开户山鼠出。中庭广寂寥，但见薇与蕨。无虑数尺躯，委作泉下骨。唯愁揽清镜，不见昨日发。愿怜闺中女，晚嫁唯守节。勿惜四座言，女巧难自说。[②]

大概可以代表当时“漂流”于长安的举子们的居住情况与思乡的心情。而诗僧贯休《送郑准赴举》诗中所写“赁居槐拶屋，行卷雪埋袍”[③]，亦揭示了赴举士子的生活侧面。

从今人陈正祥所绘《唐代前期的进士》(618—755)地理分布图上，可查知总数275人，京兆30人以上，冠于全国，洛阳20人，位居第二；《唐代后期的进士》(756—907)共713人，仍以京兆50人以上居首，而南方苏州地区已超过50人[④]，反映出南北地区经安史之后以后，在进士录取上的一些变化。所以，傅璇琮认为，安史之乱以后，北方黄河流域一带，战乱频仍，经济受到极大的破坏，而江淮以南，则处于相对安定的状态，农业生产得到正常的发展，加以江南一带土地肥沃，雨水、气候等自然条件也较好，中唐以后，经济重心逐渐南移，这是闽中、荆南、桂州等进士接连出现的经济保证[⑤]。不管怎样，中晚唐以后，进士录取地域的广泛性，增加了举子出游的频率。

崔涂所作《入蜀赴举秋夜与先生话别》诗道出了应举文人在出仕与归隐之际的徬徨、担忧与无奈心理：

欲怆峨嵋别，中宵寝不能。听残池上雨，吟尽枕前灯。失计方期隐，修心未到僧。云门一万里，应笑又担簦。[⑥]

---

① 刘蜕：《上礼部裴侍郎书》，《全唐文》卷789，中华书局1983年版，第8256页。

② 《全唐诗》卷592，中华书局1960年版，第6868页。

③ 《全唐诗》卷832，中华书局1960年版，第9387页。

④ 陈正祥：《中国文化地理》，三联书店1983年版。

⑤ 傅璇琮著：《唐代科举与文学》，陕西人民出版社1986年版，第209页。

⑥ 《全唐诗》卷679，中华书局1960年版，第7772页。

当时的举子，应有不少这样失眠的夜晚吧！崔涂其人，据《唐才子传》卷9载，他于光启四年(888)郑贻矩榜进士及第，穷年羁旅，壮岁上巴蜀，老大游陇山。家寄江南，每多离怨之作。所作之诗，深造理窟，能够竦动人意；写景状怀，往往宣陶肺腑，意味俱远①。其名句如“流年川暗度，往事月空明”，感人至深。

与韩愈、李观、李绛、崔群等人同登贞元八年(792)“龙虎榜”的闽人欧阳詹，曾作有《出门赋》，铺陈自己应举时离家的不舍与越江逾岭的苦辛之状：

出门辞家兮，人有志而斯逞，予纷然而远游。别天性之至慈，去人情之好仇。严训戒予以勿久，指蒲柳以伤秋。弱室咨予以遄归，目女萝而起愁。心眷眷以缠绵，泪浪浪而共流。惕怀安以败名，曾何可以少留？于是驱忠信以为车，执艺业以为贽。越三江，逾五岭，望尧旌而求试。庶亦呈功取爵，建德扬名。获甘旨以报勤，光昼锦以回衡。如弧斯张，如鸟斯征。射百步而期中，飞三年而必鸣。萧瑟天寒，峥嵘岁晚。鹊联翩以不定，蓬悠扬而自转。逮前程之尚遥，顾所离而日远。事纷拏以争拔，情交戾而不和。退藩篱则弱羽恋于云路，激龙门则纤鳞限乎尺波。身违日日之晨昏，恋凄凄而莫遣；亲益年年之羸老，思摇摇而若何。②

他在《上郑相公书》中则写得较为直白：

某代居闽越，自闽至于吴，则绝同乡之人矣；自吴至于楚，则绝同方之人矣。过宋由郑，逾周到秦，朝无一命之亲，路无回眸之旧。犹孤根寄不食之田也，人人耘耨所不及，家家溉灌所不沾。③

同样是在这封书信中，他谈到自己希望垂名后代、播美当时的志向：

夫人百行庶几，万事留心。不仕则已，仕则冀就高衡远途，展其素蓄，垂名于后代，播美于当时。

① 辛文房著，傅璇琮等校注：《唐才子传校笺》卷9，中华书局1990年版，第187页。
② 欧阳詹：《出门赋》，《全唐文》卷595，中华书局1983年版，第6013页。
③ 欧阳詹：《上郑相公书》，《全唐文》卷596，中华书局1983年版，第6024页。

这些飘零于外的举子，就如下面这首诗所写的一样，他们期待着鸿鹄举翼、直上青云，纷纷聚于京城，以期待通过考试来实现命运的好转，但披星戴月、风雨兼程的昼夜行旅，未必就能得到很好的回报呢：

鸿鹄振羽翮，翻飞入帝乡。朝鸣集银树，暝宿下金塘。日月天门近，风烟夜路长。自怜穷浦雁，岁岁不随阳。①

另，《唐诗纪事》卷51载："大中初，（魏扶）知礼闱，入贡院题诗云：'梧桐叶落满庭阴，锁闭朱门试院深。曾是昔年辛苦地，不将今日负初心。'榜出，无名子削为五言诗以讥之。"②按，所削五言诗为每句去首二字，如下：

叶落满庭阴，朱门试院深。昔年辛苦地，今日负初心。

魏扶所作七言诗，乃为举才而言志抒怀，而每句前二字一去，所道则为举子之辛酸矣。

2. 山林读书与迁移游历

举子游历的歇脚处，除了驿站之外，还有一些寺、观。唐代的诗僧皎然、贯休、齐己等人写有不少的送士子赴举诗，可以为证。而这些寺、观，又多半处于山林之中。所以，"唐代的一些士人，在入仕之前，或隐居山林，或寄宿寺庙、道观以读书。陈子昂曾读书于金华山的玉京观；李白出夔门之前，隐于大匡山读书；岑参十五隐于嵩阳；刘长卿少曾读书嵩山；曾读书嵩山的，还有孟郊、崔曙、张谓、张諲等；颜真卿未仕时，读书讲学常在福山；李端、杜牧、温庭筠、杜荀鹤、李中都曾读书庐山；阎防、薛据、许稷曾读书于终南山；徐商读书中条山中；符载等数人读书青城山；李绅读书于无锡惠山寺，等等"③。"唐代寒门士人得以应举，他们读书的主要场所，就是寺庙、道观。唐代寺庙经济发达，可为贫寒的士人提供免费的膳食与住宿。且又藏书丰富，为士人读书提供方便。读书山中，不仅读经史，也作诗赋。"如李骘《题惠山寺序》云："太和五年四月，

① 刘希夷：《饯李秀才赴举》，《全唐诗》卷82，中华书局1960年版，第887页。

② 计有功撰，王仲镛校笺：《唐诗纪事校笺》，巴蜀书社1989年版，第1379页。

③ 此据罗宗强隋唐五代文学"绪论"所引严耕望《唐人读书山林寺院之风尚》（原载《历史语言研究所集刊》第三十本下册，1959），今参袁行霈主编：《中国文学史》第2卷，高等教育出版社1999年版，第205页。

肄业于惠山寺。居三岁，其所讽念：《左氏春秋》《诗》《易》，及司马迁、班固史，屈原《离骚》、庄周、韩非、书、记，及著歌诗数百篇。”①

但是，唐代文人好入名山游，除应举试读书外，既有秉承魏晋以来如谢灵运等名士的作风，带着山水游赏的雅兴(如李白《初下荆门》诗云：“此行不为鲈鱼脍，自爱名山入剡中。”即是此意)，又有寻仙求道之意，如李白《庐山谣寄卢侍御虚舟》有句曰：“五岳寻仙不辞远，一生好入名山游。”②

当然，唐代文人的游历，除了读书、寻仙的山林之游，另有为建功立业而驱马边关、参军入幕的边塞之游，如王翰、高适、王维、李白、岑参、杜甫、萧颖士、李华、梁肃、元结等著名文人，都曾有过幕府生活的经历，中唐以后入幕的重要文人，更多达 70 人以上③；也有因职位变动与出使而发生的官员迁移④；更有因受政治迫害而遭受的文人贬谪等空间上的流动⑤。因这些都有相关专著，不再探讨。

3. 青楼游冶

随着国事的衰败，文人的功名立业之志堕落为享乐游冶的颓靡，他们开始在仕途上干谒躁进，在生活上寻求感官的刺激，与此相关的就是奔走于高第权门之间，出入于青楼风月之所。

这种情况，前贤已略有述及，如陈寅恪曾言：“唐代进士贡举与倡伎之密切关系，观孙棨《北里志》及韩偓《香奁集》之类，又可证知。”⑥曹聚仁亦曾论曰：“进士浮华，狎妓游宴，乃是中晚唐，尤其是晚唐的朝野风尚。晚唐人的作品，无不充满这种气息。流传到如今，专写娼妓的书，如孙棨《北里志》、崔令钦《教坊记》，都是名作。”⑦当时京城长安的平康里，就是诸妓居住之地。五代人王仁裕所撰《开元天宝遗事》记载，“长安有平康坊，妓女所居之地。京都侠少萃居于此，兼每年新进士以红笺名纸游谒

① 据罗宗强“隋唐五代文学绪论”，袁行霈主编：《中国文学史》第 2 卷，高等教育出版社 1999 年版，第 205 页。

② 袁行霈主编：《中国文学史》第 2 卷，高等教育出版社 1999 年版，第 204 页。

③ 戴伟华：《唐方镇文职僚佐考》，天津古籍出版社 1994 年版。

④ 胡宝华《试论开元时期的地方吏治》(《河北学刊》1988 年第 4 期)认为，“唐玄宗本人轻内官，重外任，同时官员任期短，迁移快。”按，官员的频繁更替，无疑增加了游宦者的数量。另宁志新《唐朝使职若干问题研究》(《历史研究》1999 年第 2 期)认为唐朝使职总数为 350 个左右。

⑤ 参见尚永亮：《元和五大诗人与贬谪文学考论》，台湾文津出版社 1993 年版。

⑥ 陈寅恪：《元白诗笺证稿》第 4 章《艳诗及悼亡诗》，三联书店 2001 年版，第 89 页。

⑦ 曹聚仁：《中国学术思想史随笔》，三联书店 1986 年版，第 440 页。

其中，时人谓此坊为‘风流薮泽’。”①孙棨在《北里志序》中谈及这种风气时说：

> 自大中皇帝（按，即宣宗，847—859在位）好儒术，特重科举。……进士自此尤盛，旷古无俦。然率多膏粱子弟，平进岁不及三数人。由是仆马豪华，宴游崇侈，以同年俊少者为两街探花使，鼓扇轻浮，仍岁滋甚。自岁初等第于甲乙，春闱开送天官氏，设春闱宴，然后离居矣，近年延至仲夏。……诸妓皆居平康里，举子、新及第进士，三司幕府但未通朝籍、未直馆殿者，咸可就诣。②

中晚唐所兴起的这股青楼游冶之风，不但盛行于繁华的帝都，而且在当时文化、经济较发达的洛阳、扬州、金陵等地，同样蔚为风气。这种游冶的风气不仅令歌筵盛行，还直接导致了声诗与词的兴起。晚唐一些著名文人如杜牧、温庭筠等即是此中的代表。《太平广记》卷273引《唐阙史》“杜牧”条云：

> 唐中书舍人杜牧，少有逸才，下笔成咏。弱冠擢进士第，复捷制科。牧少隽，性疏野放荡，虽为检刻，而不能自禁。……扬州胜地也，每重城向夕，倡楼之上，常有绛纱灯万数，辉罗耀烈空中。九里三十步街中，珠翠填咽，邈若仙境。牧常出没驰逐其间，无虚夕。③

杜牧诗所云“十年一觉扬州梦，赢得青楼薄倖名”，并非虚言。温庭筠更以“士行尘杂，不修边幅，能逐弦吹之音，为侧艳之词”为当政者所不容④，《唐才子传》亦载其“夜尝醉诟狭邪间，为逻卒折齿”之事⑤。因为这些不重持操、恃才傲物的行为，以至于他在仕途上坎壈终身。但由于这样的一些经历，却使得他能把词同南朝宫体与北里倡风结合起来，成就了这位以缛采轻艳之词而著称于文学史的花间词鼻祖。

青楼游冶还直接催生出一些题于该处的题壁诗作。如才士崔涯，为

① 王仁裕撰，曾贻芬点校：《开元天宝遗事》，中华书局2006年版，第25页。
② 孙棨：《北里志序》，《教坊记　北里志　青楼集》，古典文学出版社1957年版，第22页。
③ 李昉等编：《太平广记》卷273，中华书局1961年版。
④ 刘昫等撰：《旧唐书》卷190下《温庭筠传》，中华书局1975年版，第5079页。
⑤ 辛文房著，傅璇琮等校注：《唐才子传校笺》第3册卷8，中华书局1990年版，第435页。

吴、楚间人，与张祜友好齐名，久客扬州，喜于青楼酒肆题诗。《云溪友议》卷中载："每题一诗于娼肆，无不诵之于衢路。誉之，则车马继来；毁之，则杯盘失措。"①《唐诗纪事》卷 52 云："太行岭上三尺雪，崔涯袖中三尺铁。一朝若遇有心人，出门便与妻儿别。涯《侠士诗》也。涯与张祜失意，游侠江淮，此诗往往传于人口。"②由于这种青楼游冶的盛行，还产生出一些文人与歌妓间的情事。韩偓的《别锦儿》即是一首写给妓女的诗：

> 一尺红绡一首诗，赠君相别两相思。画眉今日空留语，解佩他年更可期。临去莫论交颈意，清歌休著断肠词。出门何事休惆怅，曾梦良人折桂枝。③

此诗题下有小注云："及第后出京，别锦儿与蜀妓。"可知锦儿也不过是歌妓中的一位。欧阳詹与太原乐籍女子的一段感情，则尤称凄美。据黄璞《欧阳行周传》记载：

> 欧阳詹字行周，泉州晋江人。弱冠能属文，天纵浩汗。贞元年登进士第。毕关试，薄游太原，于乐籍中因有所悦，情甚相得。及归，乃与之盟曰："至都当相迎耳。"即洒泣而别。仍赠之诗曰："驱马渐觉远，回头长路尘。高城已不见，况复城中人。去意既已甘，居情谅多辛。五原东北晋，千里西南秦。一屦不出门，一车无停轮。流萍与系匏，早晚期相亲。"寻除国子四门助教。往乐籍中者思之不已，经年得疾且甚。乃危妆引髻，刃而匣之。顾谓女弟曰："吾其死矣。苟欧阳生使至，可以是为信。"又遗之诗曰："自从别后减容光，半是思郎半恨郎。欲识旧时云髻样，为奴开取缕金箱。"绝笔而逝。及詹使至，女弟如言。径持归京，具白其事。詹启函阅之，又见其诗，一恸而卒。④

二人一者"绝笔而逝"，一者"一恸而卒"，可见相投之切、相思之深。傅璇琮于此亦有所考，认为欧阳詹文集中存在诸如《初发太原途中寄太原所

① 范摅：《云溪友议》，《唐五代笔记小说大观》，上海古籍出版社 2000 年版，第 1284 页。
② 计有功撰，王仲镛校笺：《唐诗纪事校笺》，巴蜀书社 1989 年版，第 1426 页。
③ 《全唐诗》卷 682，中华书局 1960 年版，第 7825 页。
④ 黄璞：《欧阳行周传》，《全唐文》卷 817，中华书局 1983 年版，第 8603 页。

思》等诗，其人应有太原之游，此事之有无，虽在疑似之间，但不可遽断其无①。

无论是怎样的一种游历，这些颇具文才的应试举子，来往奔波于唐代的土地上时，艰辛的阅历为他们的吟唱增添了几许动人的意绪，而四处的吟诵与传写又传播了他们的诗文，这正是唐代诗歌丰富多彩的原因之一。

二、佛教传布对文学传播意识的启发

唐代三教并重，佛教对于唐代文人的思想产生了强烈地影响。王国维曾说："自汉以后……儒家唯以抱残守缺为事……佛教之东，适值吾国思想凋蔽之后。当此之时，学者见之，如饥者之得食，渴者之得饮。"②孙昌武认为，佛教对于唐代文人的生活、文艺观点、文学创作等均产生着深刻地影响③。不仅如此，佛教的一些传播方式，也对于当时文人的传播意识也有着一定的启发。

杜继文《佛教史序》中谈道："宗教是社会的产物，它不能悬空地存在着，它有具体的表现形式。宗教也必须生存(传播)在一定的民族和地区。"④的确，传播是一个宗教存在的基础，这种传播的需要，导致了佛教不仅在早期传播中具有依附王权和特点，而且较早就拥有了比较丰富的传播经验与传播方法，并对其他领域形成影响。向达在《唐代刊书考》中便认为道家与佛家的大印是刊本印书的诱发因素⑤。钱存训也认为，"印刷术在中国的发明和应用，最初虽受到佛教的影响，但不久便为儒家经典所利用而取代，成为复兴中国传统思想的重要工具。"⑥均指出了佛教在当时对于雕版印刷术的早期影响。

佛教对于唐人传播意识的影响，当然不仅在于技术的改进上，它还从一些具体的传道形式(如讲筵、润文、写经等)，从佛教的门派观念，甚至是佛教教义、藏经方式等方面对唐代文人产生着影响，给他们带来一些传播上的启发。

据陈寿《三国志》所载材料来看，中国接触佛教在西汉哀帝元寿元年

① 傅璇琮著：《唐代科举与文学》，陕西人民出版社1986年版，第462页。
② 王国维撰：《论近年之学术界》，《王国维文集》，线装书局2009年版。
③ 孙昌武撰：《佛教与唐代的文学》，《唐代文学研究》，山西人民出版社1988年版，第32~45页。
④ 杜继文撰：《佛教史》，中国社会科学出版社1991年版。
⑤ 向达著：《唐代长安与西域文明》，三联书店1957年版，第117~135页。
⑥ 钱存训：《印刷术在中国传统文化中的作用》，《文献》1991年第2期。

(前2年)①。东汉明帝永平十年(67)，汉王朝遣蔡愔等人西行求道，在大月氏遇二位天竺法师，延请回国，佛教思想开始初步传入中国②。在佛教传入中国的过程中，译经是一件首要的事情。

魏晋南北朝时期，佛经的翻译已经不再主要依靠外国僧人，中国僧人远赴西域求法之人逐渐增多，如西行求法的僧人法显即是其中的杰出代表。但在东晋名僧道安之前的佛经翻译，基本出于私人③。此后，随着佛教义理的逐渐深入，一些帝王开始奉信佛教，统治上层也开始重视佛经的翻译工作，出现了一些大的官方译场，这一时期的佛经翻译开始转向意译。唐朝玄奘所处时期，佛经翻译和佛学义理已经发展到了一个很高的水平。佛经的翻译已开始摆脱单纯直译或意译的限制，变为以具有汉语特色的语言来表达印度佛教典籍的阐释风格，由此而出现了"润文使"。

高宗时，玄奘的译场专门设有润文使，于志宁、许敬宗、薛元超、李义府、杜正伦等文士皆曾预其事④。神龙年间，义净翻译《大孔雀经》等佛典时，崔湜、卢粲为润文官⑤。睿宗朝，菩提流志译《太宝积疏》，润文官为卢粲，徐坚、张说等大学士亦曾参预⑥。唐宋时期，佛经翻译一般出于官方，主润文之事者，多为宰相，而润文官则由翰林学士担任，其间多有擅文之人。

汤用彤在《隋唐佛教史稿》中曾谈到当时译经的情形，他说，"及至唐代，制度益臻完密，参与人数虽多，然因言意已融，主译者能统摄始终，无虞歧异。而又人各专司，不嫌混杂，其职司有九"，这九类职事中，便有"润文"之官，其职责是"依所笔受，刊正文字"⑦。

讲筵是一种宣讲经义的主要形式，儒家、佛家皆有之。儒家之讲筵，

---

① 《三国志》卷30《魏书三十》裴松之注引文："博士弟子景卢，受大月氏王使伊存口授《浮屠经》。"(陈寿撰，裴松之注，陈乃乾校点：《三国志》，中华书局1959年版，第859页。)

② 释慧皎著，汤用彤校注：《高僧传》卷1，中华书局1992年版。

③ 汤用彤撰：《汉魏两晋南北朝佛教史》上册："道安以前，译经恒为私人事业"(中华书局1983年版，第211页)。按，天竺人鸠摩罗什译经，虽得后秦帝王姚兴提供便利，但其译经仍出于私人(可参释慧皎《高僧传》，中华书局1992年版)。

④ 释道宣著：《续高僧传》卷4《玄奘传》，上海古籍出版社1996年版。

⑤ 释赞宁著：《宋高僧传》卷1《义净传》，中华书局1987年版。

⑥ 释赞宁著：《宋高僧传》卷3《菩提流志传》，中华书局1987年版。

⑦ 汤用彤撰：《隋唐佛教史稿》，中华书局1982年版，第75~76页。

如汉代经师即以此授徒，唐代亦有之，然已呈衰微之势①。一些高僧在翻译佛经的同时，以寺院为传道之场，向周围信众传播佛法要义，亦开设讲筵。鸠摩罗什、真谛、玄奘、义净是中国佛教史上有名的翻译家，但他们同时也是著名的讲解经义之人，并由此形成门派。

梁启超《佛教教理在中国之发展》云："（鸠摩）罗什之前，我佛教界殆绝无所谓派别观念，自罗什至而大小乘界限分明矣。"又云："吾侪将此事与党贤事比而观之，足想见当什门上座，大有学阀专制气象，即同门有持异义者，亦不能相容。"②受这种师门意识的影响，中唐时期的文人开始具有明显的立师道与门派意识。韩愈《师说》主张"道之所存，师之所存"，有抗颜为师之意③，《新唐书》卷176本传记曰：

> （愈）成就后进士，往往知名，经愈指授，皆称"韩门弟子"。④

柳宗元屡蒙吴武陵⑤、韦中立⑥等人拜师，但均被他谦逊地辞让，他在《答韦中立论师道书》中谈道：

> 今之世不闻有师，有辄哗笑之，以为狂人。独韩愈奋不顾流俗，犯笑侮，收召后学，作《师说》，因抗颜而为师。世果群怪聚骂，指目牵引，而增与为言辞，愈以是得狂名。

柳宗元之不欲为师，固系被贬之后心灰意冷的原因，而韩愈之好为人师，却实含弘扬儒教之意。《旧唐书》本传论之云：

> （愈）颇能诱厉后进，馆之者十六七，虽晨炊不给，怡然不介意。

---

① 如玄宗《将行释奠礼令》云："夫谈讲之务，贵于名理，所以解疑辩惑，凿瞽开聋，使听者闻所未闻，视者见所未见。爰自近代，此道渐微。问《礼》言《诗》，惟以篇章为主，浮词广说，多以嘲谑为能，遂使讲座作俳优之场，学堂成调弄之室。"此即指儒家讲筵。（《全唐文》卷20，中华书局1983年版，第234页。）

② 梁启超著：《佛学研究十八篇》，上海古籍出版社2001年版，第164页。

③ 陈寅恪在其《论韩愈》一文中论及韩愈在中国文化史之地位时谈及六点，其第一点即言韩愈"建立道统，证明传授之渊源"的功绩，第六点则为"奖掖后进，期望学说之流传"，此二点皆与立师道相关。（《金明馆丛稿初编》，三联书店2001年版，第319、331页。）

④ 欧阳修、宋祁撰：《新唐书》卷176，中华书局1975年版，第5265页。

⑤ 柳宗元：《答吴陵论〈非国语〉书》，《全唐文》卷574，中华书局1983年版，第5801页。

⑥ 柳宗元：《答韦中立论师道书》，《全唐文》卷575，中华书局1983年版，第5813页。

大抵以兴起名教、弘奖仁义为事。①

白居易在晚唐时被人奉为“广大教化主”，并在其下设上入室、入室、升堂、及门等诗人17人；以及孟云卿为高古奥逸主、李益为清奇雅正主、孟郊为清奇僻苦主、武元衡为瑰奇美丽主②，各门下又分置诗人数名，这种设置便反映出晚唐时期的门派观念。张氏所排诗人之顺序，虽颇为今人所不解，但在唐宋时期却似乎并无异议，如与稍后于他的晚唐诗人吴融就曾说：“昔张为作诗图五层，以白氏为广大教化主，不错矣。”③宋代陈振孙《直斋书录解题》卷22则曰：“近世诗派之说，殆出于此。”只是陈振孙认为张氏之区分，“要皆有未然者”④。

唐代佛经得以传诵，多借助于僧人的抄写，但佛经却又是较早被运用于雕版印刷的文字。佛经的刊刻，也对儒家经典与文人诗文集的刊刻带来启发，钱存训于此已有详细考证⑤，此不赘言。

除了写、刻佛经外，造型各异的石窟雕塑、摩崖造像，以及岩画、壁画（如敦煌壁画）、变文、俗讲、传奇等也都是传播佛教思想与信仰的方式，对唐代文艺的创作与传播形态产生着影响。

佛家在藏经方面的经验，也给予当时的文人以一定的启发。先来看白居易所写的几篇寺庙所藏文集的叙记擢录：

《东林寺白氏文集记》：昔余为江州司马时，常与庐山长老于东林寺经藏中披阅远大师与诸文士唱和集卷，时诸长老请余文集亦置经藏，唯然心许他日致之……仍请本寺长老及主藏僧，依远公文集例，不借外客，不出寺门，幸甚。⑥ 太和九年(835)

《圣善寺白氏文集记》：乐天曰：“吾老矣，将寻前好，且结后缘。”……仍请不出院门，不借官客，有好事者，仍就观之。⑦ 开成元年(837)

---

① 刘昫等撰：《旧唐书》卷160，中华书局1975年版，第4203页。
② 张为：《诗人主客图序》，《全唐文》卷817，中华书局1983年版，第8604页。
③ 吴融：《禅月集序》，《全唐文》卷820，中华书局1983年版，第8642页。
④ 陈振孙撰：《直斋书录解题》，上海古籍出版社1987年版，第645页。
⑤ 可详参钱存训著，郑如斯编订：《中国纸和印刷文化史》，广西师范大学出版社2004年版。
⑥ 《全唐文》卷676，中华书局1983年版，第6905页。
⑦ 《全唐文》卷676，中华书局1983年版，第6905页。

《苏州南禅院白氏文集记》：其集家藏之外，别录三本，一本置于东都圣善寺钵塔院律库中，一本置于庐山东林寺经藏中，一本置于苏州南禅字千佛堂内。……愿以今生世俗文字、放言绮语之因，转为将来世世赞佛乘、转法轮之缘也。① 开成四年(839)

《香山寺白氏洛中集记》：夫以狂简斐然之文，而归依支提法宝藏者，于意云何？我有本愿，愿以今生世俗文字之业，狂言绮语之过，转为将来世世赞佛乘之因，转法轮之缘也。② 开成五年(840)

在太和九年所作的第一篇记文中，白居易就谈到，请东林寺僧“依远公文集例”，将自己的文集置于经藏之中，“不借外客，不出寺门”。远公，即东晋名僧慧远。寺庙藏经、藏集的方法，无疑对他保存自己的文集有一定的触动。在二年后所作圣善寺所藏文集叙记中，他再次强调“不出院门，不借官客”。而不久后的苏州南禅院、香山寺所藏文集叙记中，他更表明“愿以今生世俗文字之业，狂言绮语之过，转为将来世世赞佛乘之因，转法轮之缘”，受佛家“形尽神不灭”(慧远《沙门不敬王者论》)的传世观念之影响更趋明显。这种影响，不仅表现在佛家经义上，也表现在一些传藏形式上。

慧远《沙门不敬王者论》“形尽神不灭”思想影响的唐代文人，并不止白居易一人。李白《江上吟》诗云：“屈平词赋悬日月，楚王台榭空山丘。”③认为词赋文章的存在价值甚至超过了盖世的王霸事业。晚唐诗人张乔将诗作为记载六朝事迹的唯一载体：“六朝明月唯诗在，三楚空山有雁回。”④表达出对于诗文“不灭”的倚重，均很难断定不受这种思想的潜移默化。

三、雕版印书带来的图籍变化

法国文学社会学家埃斯卡皮(R. Escarpit)曾论及书籍传播的重要性，他说：“书籍，无论是手抄、印刷，还是影印，其目的都是为了让说的话重复无数次，也为了让说的话保存下去。”⑤中国古人历来重视典籍的“文

① 《全唐文》卷676，中华书局1983年版，第6908页。
② 《全唐文》卷676，中华书局1983年版，第6904页。
③ 李白：《江上吟》，《全唐诗》卷166，中华书局1960年版，第1715页。
④ 张乔：《题宣州开元寺》，《全唐诗》卷639，中华书局1960年版，第7331页。
⑤ [法]罗贝尔·埃斯卡皮著，于沛选编：《文学社会学——罗·埃斯卡皮文论选》，浙江人民出版社1987年版，第255页。

教”作用，唐人亦是如此，唐初官方所撰《隋书·经籍志》记曰：“夫经籍也者……王者之所以树风声、流显号、美教化、移风俗，何莫由乎斯道？故曰：其为人也，温柔敦厚，《诗》教也；疏通知远，《书》教也；广博易良，《乐》教也；洁静精微，《易》教也；恭俭庄敬，《礼》教也；属辞比事，《春秋》教也。”①

对于唐代文人文学传播意识的背景描述，自然还应涉及当时的图书状况，雕版印刷技术应用于文集刊印的具体时间等。但一则鉴于有关唐代图书状况的论述已有学者著述，二则有关雕版印刷之普遍适用又众说纷纭，这里只对有关重要观点作一辨析。

据杨家骆的统计，中国古代产生的文献数量如下②：

中国西汉至清文献数量

朝代	部数	卷数
西汉及汉前	1033	13029
三国	1100	2900
晋	2438	14887
南北朝	7094	50833
隋唐	10036	173324
五代	7700	11750
宋	11519	124919
西夏辽金元	5970	52891
明	14024	218029
清	126649	1700000

从表中数据可看出隋唐时期的图书在文献史上应有地位。万余部图书几乎是此前所有时代产生的图书总量之和，而十七余万卷的卷数则又是此前文献卷数的两倍。应该说，这已是雕版印刷技术尚未普及前产生文献数量的峰值。

但是，唐代的图书不仅有几次大规模的收集，而且也经历了几次大的破坏。当然，这些书籍，大部分都是写本图籍。雕版印书在唐代虽已出

① 魏征、令狐德棻等：《隋书》，中华书局1973年版，第903页。

② 方厚枢：《中国书知多少》，《世界图书》1981年第3期。

现，但尚未普遍适用于佛经以外的大量知识性的典籍。以下对唐代雕版刊刻的情况，略加论述。

宋人沈括在《梦溪笔谈》中记载：

> 板印书籍，唐人尚未盛为之。自冯瀛王始印五经，已后典籍，皆为板本。庆历中，有布衣毕昇，又为活板。①

沈氏认为五代冯道刊印经籍后，典籍皆为雕板印本，恐非其实。与沈括几乎同时的苏轼为阅读《汉书》，便抄写此书数遍，可见当时抄本仍与刻本并行。叶梦得《石林燕语》卷8记载：

> 唐以前，凡书籍皆写本，未有模印之法，人以藏书为贵。人不多有，而藏者精于雠对，故往往皆有善本。学者以传录之艰，故其诵读亦精详。五代时，冯道始奏请官镂六经板印行。国朝淳化中，复以史记、前后汉付有司摹印，自是书籍刊镂者益多，士大夫不复以藏书为意。②

叶氏所云宋淳化以后书籍刊刻逐渐增多的情形，应更接近当时的实况。

近世日本学者岛田翰《雕版渊源考》引明人陆深《河汾燕闲录》云："隋开皇十三年十二月八日，敕废像遗经，悉令雕版。"其下，岛田氏自注："是语见于隋费长房《历代三宝记》，曰：'废像遗经，悉令雕撰。'市村器堂氏依此文乃云：'雕属废像，撰属遗经。'即非刻书之谓。予则以为，陆氏在明，犹逮见旧本，而记云'雕版'，恐宋藏中，必有作雕板者矣。"据此，岛田翰推断"隋时已有雕版也"。以下，他又据北齐颜之推《颜氏家训》卷6所云"江南书本"之语，认为"书本"是相对"墨版"而言，得出"北齐时既知雕版矣"的结论。同时，他还援引昙域《禅月集后序》《豫章漫抄》引异本《挥麈馀录》《旧五代史·和凝传》等材料，证明"唐时墨版已盛行"，并进一步认为"墨版之用，河北先于江左"③。

---

① 沈括著，胡道静校证：《梦溪笔谈校证》，上海古籍出版社1987年版，第597页。

② 叶梦得撰，宇文绍奕考异：《石林燕语》卷8，中华书局1984年版，第116页。按，雕版印书之始众说歧出，但版印书即使是到了宋仁宗的时候，也不是很多，确是事实。张鎡《仕学规范》卷二引《韩庄敏公遗事》即有"时世间印板书绝少，多是手写文字"之语。其时则在宋仁宗嘉祐年间。可详参张高评《雕版印刷之繁荣与宋代印本文化之形成》，《宋代文学研究丛刊》第11、12期，台湾丽文文化事业公司，2005年、2006年。

③ 岛田翰：《汉籍善本考》，北京图书馆出版社2003年影印版，第249~255页。

叶德辉《书林清话》卷1《书有刻板之始》云："书有刻本，世皆以为始于五代冯道，其实唐僖宗中和年间已有之。"叶氏引柳玭《柳氏家训序》、元稹《白氏长庆集序》、司空图《一鸣集》九、朱翌《猗觉寮杂记》等所载为证，并云："特当时所刻印者，非经典四部及有用之书，故世人不甚称述耳。"他对岛田翰的"北齐已知雕版"、"唐时墨版已盛行"等观点进行了辩驳，认为"刻板盛于五代"①。

近人向达在其《唐代刊书考》中，则排比史料中有关"唐代刊书"之记载，详加考辨，最近事实。此文针对昉自明人陆深的"隋代雕版说"，初引明嘉靖陆氏家刊本，以正岛田翰所云"雕版"为"雕撰"之误，又引袁恬《书隐丛说》"雕者属像，撰者乃经"再辨其非。对于岛田翰袭陆氏之误，引俞樾《春在堂笔谈》、叶德辉《书林清话》细驳其诬，可谓至当。向达另据《法苑珠林》卷39、唐义净《南海寄归内法传》卷4、唐冯贽《云仙散录》"印普贤像"条引《僧园逸录》，以及《抱朴子・登涉》篇、《旧唐书・文宗纪》太和九年敕令、《全唐文》卷624冯宿《禁版印时宪书奏》等材料，认为道家数百字的枣木大印与印度传入之佛印，是借刊本印刷以传播文字的诱发因素，但"中国刊书史由此蜕变，以至于正式刊刻书籍"，其间仅日本宝龟元年(唐代宗大历五年，770)刊本《陀罗尼经》犹存，堪为旁证，余则须借史载"历日板"之材料为佐证。关于元稹的《白氏长庆集序》所云"模勒"二字，向达认为，从《陀罗尼经》刊本来看，当时刊书存在可能，但尚无实物堪证，不能遽断"刊刻范围已由宗教方面转入世俗文学"。唯从诸家所云"唐代刊书"之言，及现存敦煌所出咸通本《金刚经》，认为刊书的时间当在"唐懿宗咸通或其后不远"。向氏所引材料多达九条，值得重视。向达的最大遗憾是始终没有确切的实物证明唐代刊书的存在，他对岛田翰《雕版渊源考》、罗振玉《莫高窟石室秘录》、孙毓修《中国雕版源流考・雕版之始》中所提及的唐代刊本书，均提出了怀疑②。

今人钱存训所著《中国纸和印刷文化史》第五章第二节"雕版印刷的创始"取精用宏，综合前说，指出1966年朝鲜东南部庆州佛国寺释迦石塔内发现的《大陀罗尼经》，要早于日本约于764—770年所刊印的《陀罗尼经

① 叶德辉：《书林清话》，古籍出版社1957年版，第19~21页。
② 向达著：《唐代长安与西域文明》，三联书店1957年版，第117~135页。

咒》①。同时，钱先生认为，最早的印刷实物虽然是在中国域外发现的，但这些印刷物完全遵循中国印刷的模式与技术，所以印刷术发明于中国，并向外传播，是不容怀疑的。而且8世纪已有大量印刷佛经的实物，7世纪则有史料记载，可以断定在公元7世纪的唐代出现了雕版印刷②。

按，穆宗长庆四年十二月十日(825)元稹《白氏长庆集序》所云“缮写模勒，衒卖于市井，或持之以交酒茗，处处皆见”中，即使“模勒”为“刊刻”之意，也不能断定所刻即为白氏全部之文集，否则，白居易也不会令人将他的诗文集抄写七部，置于天下寺观中了，板印岂非更为方便。

通过以上诸家所考，可以确定的是：唐代已有板刻印书，但一般仅用于佛经、日用历书等民间实用的印刷物，文人的诗文即使有刻板，也非为整部文集的刊刻，而是少量篇幅的诗文板。可是，雕版印书的出现，毕竟对文化传播的模式带来了深刻的变革。柳诒征《中国文化史》就说：

> 雕版印刷之术之勃兴，尤于文化有大关系。故自唐室中晚以降，为吾国中世纪变化最大之时期。③

就经籍传播与唐代取士之关系而言，一方面，科举之制度虽然打破了传统贵族蹑高位的局面，但因书籍传播的限制，造成寒素之族难见经籍，所以进士及第者仍然较多地以贵族子弟为主，并未惠及大部分的寒族；另一方面，五代以后，“取士不问家世”④，其中一个重要的原因就是由于当时印本经籍开始行世，寒庶子弟始增阅览的便利，得以读书应举。

法国学者皮埃尔—马克·德比亚齐曾谈到抄本在古代传播中的作用，他说：“直到印刷术在15世纪把西方文化归入‘现代时期’，抄写人的手稿一直在文本，尤其是文学文本的注册、交流、大众传播等方面起到了惟一的基础的作用。”⑤同样，中国也存在着这样一个抄写手稿本的阶段，在

---

① 曹之《中国印刷术的起源》认为：“武则天长安四年(704)至唐玄宗十年(751)之间刻印的《无垢净光大陀罗尼经咒》和吐鲁番出土的《妙法莲华经》是迄今为止我们所知道的两件最早的印刷品实物。”(武汉：武汉大学出版社，1996年版，第270页)，前者与钱先生所指当为一时之物。

② 钱存训撰，郑如斯编订：《中国纸和印刷文化史》，广西师范大学出版社2004年版，第133~135页。

③ 柳诒征：《中国文化史》，东方出版中心1996年版，第488页。

④ 郑樵撰：《通志》卷25《氏族略第一·氏族序》，浙江古籍出版社1988年版，志第439页上。

⑤ [法]皮埃尔—马克·德比亚齐(Pierre Marc de BIASI)著：《文本发生学》(*La Génétique du texte*)，汪秀华译，天津人民出版社2005年版，第2页。

雕版印刷产生以前，正是这些手稿、抄本在交流与传播中起着重要的作用。只是，中国的这个阶段要比西方早五百年左右。

有论者认为，“古代以竹简、碑石为载体的图书，偏重时间上的纵向传播(传之后世)；以纸为载体的图书，更有利于空间上的横向传播”①，这种从传播媒介着眼来探讨时间与空间上传播的界限，也是一种思路。纸张作为载体的兴起，确乎也见证着古代文人对名盛当世的追求心迹。

对唐代文学传播意识的影响因素，当然不止于思想、文化、科技等方面。其他如政治、经济，包括交通等也都起着重要的作用。比如安史之乱对文人的思想观念便有着极大的触动，元结《与吕相公书》曾云：“少不学为吏，长又著书论自适。昔天下太平，不敢绝世业，亦欲求文学之官职员散冗者，为子孙计耳。自兵兴以来，此望亦绝。”②他在《文编序》中更谈到了自己在战乱前后所表现出来的不同的为文态度：“方年少，在显名迹，切耻时人谄邪以取进，奸乱以致身。径欲填陷穽于方正之路，推时人于礼让之庭，不能得之，故优游于林壑，怏恨于当世。是以所为之文，可戒可劝，可安可顺。”当时的文章，他也急欲令上层所知；而经过丧乱之后，“所为之文，多退让者，多激发者，多嗟恨者，多伤闵者。其意必欲劝之忠孝，诱以仁惠，急于公直，守其节分”。其传播显名之意顿减，只以感伤自娱为目的③。这个例子便极好地反映出文人在政治动乱前后思想上的转变。而在经济方面，中国古代的文人虽然一直具有一种轻商的、不言利的观念，但经济的发展所带来的青楼、酒馆的繁荣，对于文学传播场所的提供；以及一字千金所带来的名誉上的满足，还有文人以文章价格为参照所进行的暗中比较，都显示出经济在背后的推动力量。凡此种种，也都需要予以注意。

第三节　文馆、教坊、驿站与文学传播

除去传统儒学对于文人思想的深层濡染，文学地位提升带来文人不朽观念的深化，以及科举制度、印刷科技、宗教传布等因素外在的触动，唐代的文馆、教坊、驿站等官府机构的设立也为文学传播提供了条件，从而

① 于翠玲撰：《传统媒介与典籍文化》，中国传媒大学出版社 2006 年版，第 50 页。
② 元结：《与吕相公书》，《全唐文》卷 381，中华书局 1983 年版，第 3871 页。
③ 元结：《文编序》，《全唐文》卷 381，中华书局 1983 年版，第 3872 页。

对文人的文学传播意识产生影响。

一、文 馆

文馆乃撰著文史、鸠聚学徒之所。汉代有东观，魏有崇文馆，刘宋时期有玄、史二馆，南齐有总明馆，梁有士林馆，北齐有文林馆，后周有崇文馆①。文馆学士均为一代遴选之饱学富文之士。唐代文馆主要有修文馆，集贤院与翰林院亦与此相关。

修文馆，为唐武德四年所设，原隶属门下省。武德九年，改名宏(弘)文馆。中宗神龙元年，又因避讳改昭文馆。景龙二年四月，又改回修文馆，并始设大学士、学士、直学士。《唐会要》卷64记其沿革较详：

> 武德四年正月，于门下省置修文馆。至九年三月，改为宏文馆。至其年九月，太宗初即位，大阐文教，于宏文殿聚四部群书二十余万卷，于殿侧置宏文馆，精选天下贤良文学之士虞世南、褚亮、姚思廉、欧阳询、蔡允恭、萧德言等，以本官兼学士，令更宿直。听朝之隙，引入内殿，讲论文义，商量政事，或至夜分方罢。令褚遂良检校馆务，号为馆主，因为故事。其后得刘祎之、范履冰，并特敕相次为馆主。贞观三年，移于纳义门西。九年，又移于门下省南。其后移仗大明宫，其馆亦在门下省南。仪凤中，以馆中多图籍，置详正学士校理之。神龙元年十月十九日，改为昭文馆，避孝敬讳故也。二年，又改为修文馆。至景龙二年四月二十二日，修文馆增置大学士四员，学士八员，直学士十二员，征攻文之士以充之。二十三日，敕中书令李峤、兵部尚书宗楚客并为大学士。二十五日，敕秘书监刘宪、中书侍郎崔湜、吏部侍郎岑羲、太常卿郑愔、给事中李适、中书舍人卢藏用、李乂、太子中舍刘子玄并为学士。五月五日，敕吏部侍郎薛稷、考功员外郎马怀素、户部员外郎宋之问、起居舍人武平一、国子主簿杜审言并为直学士。十月四日，兵部侍郎赵彦昭、给事中苏颋、起居郎沈佺期并为学士。景云元年，馆中学士多以罪被贬黜，宰臣遂令给事中一人权知馆事。二年三月八日，复改为昭文馆。至开元七年九月四日，依旧改为宏文馆。②

---

① 刘昫等撰：《旧唐书》卷43，中华书局1975年版，第1847页。

② 王溥撰：《唐会要》，中华书局1955年版，第1114页。

唐代修文馆学士武平一《景龙文馆记》所记文馆学士有可补《唐会要》所阙者，录如下：

> 中宗景龙二年，始于修文馆置大学士四员，学士八员，直学士十二员，象四时、八节、十二月。于是李峤、宗楚客、赵彦昭、韦嗣立为**大学士**，李适、刘宪、崔湜、郑愔、卢藏用、李乂、岑羲、刘子玄为**学士**，薛稷、马怀素、宋之问、武平一、杜审言、沈佺期、阎朝隐、韦安石为**直学士**，又召徐坚、韦元旦、徐彦伯、刘允济等满员。其后被选者不一。①

由所载名录可以看出，这些大学士、学士、直学士，皆为擅文之士，可称一时之选。因此，文馆学士的文学创作与传播决定着一个时代的文学风貌，是一个时代的文学枢纽。由于文馆是学士文人们的会聚之所，其间唱和活动自不可少，虽然应酬之际的诗歌绝少佳作，但因此而滋生文学传播之意识则又当属必然。《新唐书》卷202《李适传》载：

> 凡天子飨会游豫，唯宰相及学士得从。春幸梨园，并渭水祓除，则赐细柳圈辟疠；夏宴蒲萄园，赐朱樱；秋登慈恩浮图，献菊花酒称寿；冬幸新丰，历白鹿观，上骊山，赐浴汤池，给香粉兰泽，从行给翔麟马、品官黄衣各一。帝有所感即赋诗，学士皆属和。②

在随天子宴飨、游豫之际，学士以其文学侍从之身份，与帝王、宰相相伴，当帝王有所感兴而赋诗时，他们属对唱和。

据陶敏所辑《景龙文馆记》记载，景龙年间文馆诸学士唱和场合主要有：

> 景龙二年七月七日七夕，两仪殿会宴；
> 景龙二年九月九日，帝幸慈恩寺；
> 景龙二年闰九月九日，帝幸总持寺；
> 景龙二年秋，诸学士饯送许州宋司马赴任；
> 景龙二年秋，诸学士饯送唐贞休赴永昌令任；

① 陶敏辑校：《景龙文馆记 · 集贤注记》，中华书局2015年版，第9页。
② 欧阳修、宋祁：《新唐书》，中华书局1975年版，第5748页。

景龙二年十月三日，帝幸三会寺；

景龙二年十一月五日，内殿联句为柏梁体；

景龙二年十二月六日，帝幸荐福寺；

景龙二年十二月立春日，侍宴赋诗；

景龙二年十二月二十一日，帝幸临渭亭；

景龙二年十二月三十日，帝幸长安故城；

景龙二年十二月晦日，诸学士入阁守岁；

景龙三年正月初七，帝登清晖阁；

景龙三年正月十七日，宴梨园亭；

景龙三年正月晦日，帝幸昆明池；

景龙三年二月二日，帝幸玄武门；

景龙三年二月八日，诸学士送僧恒景、玄奘等还荆州；

景龙三年二月十一日，帝幸太平公主南庄；

景龙三年三月三日，宴梨园；

景龙三年春某日，宴芙蓉园；

景龙三年七月六日，帝幸梨园亭；

景龙三年八月十一日，帝幸望春宫送张仁亶；

景龙三年八月二十一日，帝幸安乐公主西庄；

景龙三年九月九日重阳，帝幸临渭亭；

景龙三年九月二十二日宴，吐蕃使奏蹀马之戏；

景龙三年十月八日，帝幸安乐公主新宅；

景龙三年十一月一日，宴安乐公主新宅；

景龙三年十一月五日宴，中宗诞辰，长宁公主满月；

景龙三年十二月十二日，帝幸温泉宫；

景龙三年十二月十四日，帝幸韦嗣立庄，在骊山鹦鹉谷，群臣赋诗，张说为序；

景龙三年十二月十五日，帝幸白鹿观；

景龙三年十二月十八日，帝幸秦始皇陵；

景龙三年十二月二十二日，随帝登骊山；

景龙三年岁夜宴，时安乐公主产子满月；

景龙四年正月朔日元旦，赐群臣柏树；

景龙四年正月五日，宴吐蕃使，为柏梁体；

景龙四年正月七日，宴大明殿，赐彩缕、人胜，观打毬；

景龙四年正月八日立春，帝幸望春宫，内出綵花树，群臣应制；

景龙四年正月二十九日晦，帝幸浐水，宴；

景龙四年二月一日，送金城公主入蕃；

景龙四年二月三日，幸王光辅庄；

景龙四年二月二十一日，宴桃花园；

景龙四年三月一日清明，帝幸梨园；

景龙四年三月三日，祓禊渭滨；

景龙四年三月八日，宴于礼部尚书窦希玠亭，学士应制赋诗，张说为序；

景龙四年三月十一日，宴上官昭容别院；

景龙四年三月二十七日，学士送李峤入都祔庙；

景龙四年三月，诸学士送高询赴唐州刺史任；

景龙四年四月一日，帝幸长宁公主庄；

景龙四年四月五日，游芳林园，赐食樱桃；

景龙四年四月十四日，帝幸兴庆池(因近五王宅，又号五王子池)观竞渡；

景龙四年四月十四日，过窦希玠宅。

由以上记录，大略可知当日文馆诸学士游宴与应制的日常性。在这些君臣与学士之间的诗歌唱和中，有文采与才华的学士自然是受到宠幸的。如直学士杜审言以文采享誉朝廷，景龙二年十月，当其卒时，李峤、武平一均请朝廷予以恩宠，终得加赠著作郎①。张说则在多次唱和赋诗后，受命撰序，无惭于时人所称之“大手笔”，文学声誉的日趋隆盛，为他日后为相奠定了基础。诸学士既然是以文华取幸，当然免不了有炫才服众的想法，这些均与文学传播意识相关。《唐诗纪事》卷三“上官昭容”条载景龙三年正月昆明池赋诗事云：

中宗正月晦日幸昆明池赋诗，群臣应制百余篇。帐殿前结彩楼，命昭容选一首为新翻御制曲。从臣悉集其下，须臾纸落如飞，各认其名而怀之。既进，唯沈、宋二诗不下。又移时，一纸飞坠，竞取而观，乃沈诗也。及闻其(指上官婉儿)评曰：“二诗工力悉敌。沈诗落句云：微臣凋朽质，羞睹豫章材。盖词气已竭。宋诗云：不愁明月

① 陶敏辑校：《景龙文馆记·集贤注记》，中华书局2015年版，第27页。

尽，自有夜珠来。犹陟健举。”沈乃伏，不敢复争。①

沈、宋之诗固然是才华的展示，上官婉儿的评点同样不遑多让。因为她的精到评判，令沈佺期不得不服。但就传播而言，在这场诗歌的较量中，没有输者，诗歌均得传唱。同时，上官婉儿评判时所持“词气健举”的标准，对于“声律风骨始备”的盛唐诗风的形成，无疑有着深远的影响。

崔日用则是一位极善利用宴会以传播其文华的文人，《本事诗·嘲戏》篇记载：

> 崔日用为御史中丞，赐紫。是时佩鱼须有特恩，亦因内宴，中宗命群臣撰词，日用曰：“台中鼠子直须谙，信足跳梁上壁龛。倚翻灯脂污张五，还来啮带报韩三。莫浪语，直王相，大家必若赐金电，卖却猫儿相赏。”中宗亦以绯鱼赐之。②

由于学士受君王恩宠眷顾，崔日用便利用内宴机会作歌，终于获得兼职学士的称号。《唐诗纪事》卷 10 载：

> 上宴日，日用起舞，自歌云：“东馆总是鹓鸾，南台自是杞梓。日用读书万卷，何忍不蒙学士。墨制帘下出来，微臣眼看喜死。”其日以日用兼修文馆学士。③

当日的唱和活动固然可以传播诗歌，成就诗人的名誉。而作为文馆学士的武平一与徐坚，分别在所著《景龙文馆记》与《初学记》中，记载了大量的初盛唐时期的应制诗歌，成为保存当时诗歌的重要文献。在前文第三章类书编纂一节，已论《初学记》记载收录唐诗之功，此略。

且修文馆(弘文馆)内一般还有学生 30 人，校书郎 2 人，令史 2 人，楷书手 30 人，典书 2 人，搨书手 3 人，笔匠 3 人，熟纸装潢匠 9 人，亭长 2 人，掌固 4 人。馆中学士们“掌详正图籍，教授生徒”④，无论是校正图书石刻后传抄、搨印，还是教授生徒，均在当时学术与诗文的传播中起着举足轻重的作用。

---

① 计有功撰，王仲镛校笺：《唐诗纪事校笺》，中华书局 2007 年版，第 64 页。
② 孟棨撰：《本事诗》，《历代诗话续编》本，中华书局 2006 年版，第 21~22 页。
③ 计有功撰，王仲镛校笺：《唐诗纪事校笺》，中华书局 2007 年版，第 309 页。
④ 刘昫等撰：《旧唐书》卷 43，中华书局 1975 年版，第 1848 页。

集贤院之产生，晚于修文馆。据唐代史学家韦述《集贤注记》载：

开元十三年，诏改集仙殿为集贤殿，改丽正书院为集贤书院，以中书令张说、右散骑常侍徐坚并为集贤学士，说知院事。自馀并以旧官为学士及侍讲学士等。集贤院学士之名，始于此矣。①

另据《旧唐书》卷43《职官二》载：

集贤学士。初定官制以五品已上官为学士，六品已下为直学士。每宰相为学士者，为知院事，常侍一人，为副知院事。学士知院事一人，副知院事一人，判院一人，押院中使一人。侍讲学士，修撰官，校理官，留院官，检讨官，孔目官一人，专知御书典四人，知书官八人，书直、写御书一百人，搨书六人，书直八人，装书直十四人，造笔直四人。集贤学士之职，掌刊缉古今之经籍，以辨明邦国之大典。凡天下图书之遗逸，贤才之隐滞，则承旨而征求焉。②

早年曾为修文馆学士的张说、徐坚，至开元年间皆成为集贤院的学士，所以集贤院与修文馆（弘文馆）实际上有着密切的承接关系，但职权更重。比如，修文馆、弘文馆的学士主要职掌校正图籍、撰修国史，但更多作为皇帝的文学侍从；集贤殿学士的主要事务虽然也是校理图书，但还承担草定仪注、修订历法、翻译佛经、教习乐工等事务。开元、天宝时期的集贤院学士中，如陆坚、张九龄、徐安贞、吕向、刘光谦等人，同时还任职台阁或供奉翰林，担负着起草诏令的部分事务③。

由于集贤学士基本担负着当时整个国家的学术任务（邦国礼乐），加以皇帝的宠幸，故而极受人尊重。《新唐书》卷125《张说传》云：

故事，官重者先饮，说曰："吾闻儒以道相高，不以官阀为先后。大帝时修史十九人，长孙无忌以元舅，每宴不肯先举爵。长安中，与修《珠英》，当时学士亦不以品秩为限。"于是引觞同饮，时伏其有体。中书舍人陆坚以（集贤）学士或非其人，而供拟太厚，无益

① 陶敏辑校：《景龙文馆记·集贤注记》，中华书局2015年版，第217页。
② 刘昫等：《旧唐书》卷42，中华书局1975年版，第1851~1852页。
③ 李肇《翰林志》，参陶敏辑校：《景龙文馆记·集贤注记》，中华书局2015年版，第198页。

国家者，议白罢之。说闻曰："古帝王功成，则有奢满之失，或兴池观，或尚声色。今陛下崇儒向道，躬自讲论，详延豪俊，则丽正乃天子礼乐之司，所费细而所益者大。陆生之言，盖未达邪。"帝知，遂薄坚。①

张说素以重视文学、学术著称，张、陆之争，以陆坚受玄宗冷落而告终，自然是当时君臣对集贤院学士重视的体现。由于集贤院又有征求贤才的职能，当时文人往往以能在集贤院展示才能为荣。李白待诏翰林时曾作《翰林读书言怀呈集贤诸学士》诗，杜甫《莫相疑行》亦有"忆献三赋蓬莱宫，自怪一日声辉赫。集贤学士如堵墙，观我落笔中书堂"之句，皆可见一斑。

附：部分开元时期集贤院学士名录（据两唐书及韦述《集贤注记》）

集贤学士知院事：张说、萧嵩、张九龄、李林甫；

集贤学士副知院事：徐坚②；

集贤院学士：元行冲、施敬本、王仲丘、康子元、陆坚、徐安贞（原名楚璧）、吕向、刘光谦、孙逖、韦述③、尹愔④、郑钦说⑤、陆善经⑥、王湾、卢僎、綦毋潜、赵冬曦⑦、孙季良、咸廙业、贺知章。

当时供职于集贤院的还有书法家史惟则、蔡有邻、张怀瓌，画家吴道玄等⑧。

唐时翰林院，在银台门内、麟德殿西重廊之后，为待诏之所。《新唐

---

① 欧阳修、宋祁等撰：《新唐书》，中华书局1975年版，第4410页。

② 刘昫等：《旧唐书》卷43："初，宰相张说知院事，以左常侍徐坚为副知院事，因为故事。"故知此后左常侍皆为副知院事，徐坚之后所任，俟考。

③ 刘昫等：《旧唐书》卷102《韦述传》："二十七年，转国子司业，停知史事。俄而复兼史职，充集贤学士。"

④ 刘昫等：《旧唐书》卷9《玄宗本纪》："（开元二十五年春正月）癸卯，道士尹愔为谏议大夫、集贤学士兼知史馆事。"

⑤ 欧阳修、宋祁等：《新唐书》卷200："开元集贤学士，又有尹愔、陆坚、郑钦说、卢僎，名稍著。"

⑥ 刘昫等：《旧唐书》卷26《礼仪六》："礼部员外郎崔宗之驳下太常，令更详议，令集贤学士陆善经等更加详核，善经亦以其议为允。"

⑦ 欧阳修、宋祁：《新唐书》卷200《赵冬曦传》："开元初，迁监察御史，坐事流岳州。召还复官，与秘书少监贺知章、校书郎孙季良、大理评事咸廙业入集贤院修撰。"

⑧ 陶敏辑校：《景龙文馆记·集贤注记》，中华书局2015年版，第198页。

书·百官志》谓"乘舆所在，必有文词经学之士，下至卜医伎术之流，皆直于别院，以备燕见"者是也。但翰林院最初并非文馆机构，地位较低。韦执谊《翰林院故事记》云：

> 其地乃天下以艺能伎术见召者之所处。①

故其最初所设之"**翰林待诏**"，原为延引杂流，非为文学侍从之设。直至唐玄宗时，"置翰林待诏供奉乘舆，集院学士分掌制诰"，翰林之职渐重，始称"**翰林供奉**"。肃宗在灵武、凤翔时，事多草创，作为权宜之计，翰林之中始掌书诏②。至德宗贞元时期，别置学士院(或谓之"东翰林院")，于是"翰林供奉"又改为"**翰林学士**"③。旧翰林院当值之人，仍为"艺能伎术"之人，如德宗时术士桑道茂之类，但"翰林"之名实际已归学士院④。至德宗贞元末，学士院之"翰林学士"责任益重，以致时人谓之"内相"。宪宗元和初年，学士院正式执掌书诏之印⑤。自此以后，"翰林"遂成为文儒重臣的定称。

李肇《翰林志》记载：

> 唐兴，太宗始于秦王府开文学馆。擢房玄龄、杜如晦一十八人，皆以本官兼学士，给五品珍膳，分为三番更直，宿于阁下，讨论坟典，时人谓之"登瀛洲"。贞观初，置弘文馆学士，听朝之隙，引之大内殿讲论文义，商较时政，或夜分而罢。至玄宗，置丽正殿，学士名儒大臣皆在其中，后改为集贤殿，亦草书诏。至翰林置学士，集贤书诏乃罢。⑥

---

① 董诰：《全唐文》，中华书局1983年版，第4648页。

② 李肇《翰林志》载："肃宗在灵武、凤翔，事多草创，权宜济急，遂破旧章，翰林之中始掌书诏。"

③ 李肇《翰林志》则云："玄宗改为翰林待诏，张说、陆坚、张九龄、徐安贞，相继为之，改为翰林供奉。开元二十六年，刘光谦、张垍乃为学士，始别建学士院于翰林院之南。又有韩翃、阎伯玙、孟匡朝、陈兼、李白、将镇在旧翰林院，虽有其名，不职其事，至德宗已后，翰林始兼学士之名。"

④ 永瑢等撰：《四库全书总目》卷79《李肇〈翰林志〉提要》，中华书局1965年版，第682页。

⑤ 李肇《翰林志》载："元和初，置书诏印，学士院主之。……贞元末其任益重，时人谓之内相。"《丛书集成初编》第189册《翰苑群书》本，中华书局2010年版。

⑥ 李肇《翰林志》，《丛书集成初编》第189册《翰苑群书》本，中华书局2010年版，第327页。

又曰：

> 德宗雅尚文学，注意是选。乘舆每幸学士院，顾问锡赉，无所不至，御馔珍肴，辍而赐之。又尝召对于玉堂，移院于金銮殿，对御起草，诗赋倡和，或旬日不出。①

又云：

> 凡内宴，坐次宰相。坐居一品班之上，别赐酒食珍果，与宰相同。②

这些记载，可见翰林院与秦王文学馆、弘文馆、集贤院之关系。可以说，中唐以后之“翰林学士”，在地位上与初盛唐时期的弘文馆相近，但因正式执掌书诏之印信，职权却已大大过之。

附：翰林学士名录（据丁居晦《重修承旨学士壁记》③，其中为相者凡54人。）：

开元后八人：吕向、尹愔、刘光谦、张垍、张淑、张渐、窦华、裴士淹；

至德后四人：[相]董晋、于可封、苏源明、潘炎；

宝应后六人：[相]常衮、柳伉、张涉、李翰、于肃、于益；

建中后八人：张周、[相]姜公辅、[相]赵宗儒、归崇敬、[相]陆贽、吴通微、吴通元、顾少连；

兴元后二人：奚陟、吉中孚；

贞元后十二人：[相]韦执谊、梁肃、韦绶、[相]郑絪、[相]郑馀庆、卫次公、[相]李程、张聿、李建、凌准、王叔文、王伾；

永贞后二人：[相]李吉甫、[相]裴垍；

元和后二十四人：[相]李绛、[相]崔群、白居易、卫次公（再

① 李肇《翰林志》，《丛书集成初编》第189册《翰苑群书》本，中华书局2010年版，第329页。

② 李肇《翰林志》，《丛书集成初编》第189册《翰苑群书》本，中华书局2010年版，第331页。

③ 丁居晦：《重修承旨学士壁记》，《丛书集成初编》第189册《翰苑群书》本，中华书局2010年版，第349~359页。

任)、钱徽、韦宏景、独孤郁、[相]萧俛、刘从周、独孤郁(再任)、徐晦、[相]令狐楚、郭求、张仲素、[相]段文昌、沈传师、[相]杜元颖、李肇、[相]李德裕、[相]李绅、庾敬休、[相]韦处厚、[相]路随、柳公权;

长庆后七人:[相]元稹、高釴、蒋防、韦表微、庞严、崔郾、高重;

宝历后二人:王源中、[相]宋中锡;

大和后二十人:郑澣、许康佐、[相]李让夷、柳公权(再任)、丁公著、[相]崔郸、[相]郑覃、路群、薛廷老、[相]李珏、郑覃(再任)、[相]陈夷行、[使相]郑涯、高重(再任)、元晦、柳公权(三任)、丁居晦、归融、黎埴、袁郁;

开成后十四人:柳璟、[相]周墀、[相]王起、高元裕、裴素、丁居晦(再任)、高少逸、李褒、周敬复、[相]郑朗、卢懿、李讷、[相]崔铉、敬皞;

会昌后八人:[相]韦琮、魏扶、[相]白敏中、封敖、[相]徐商、孙瑴、[相]刘瑑、裴谂;

大中后二十九人:[相]萧邺、宇文临、沈询、宇文临(再任)、[相]令狐绹、郑颢、郑处诲、[相]崔慎由、令狐绹(再任)、郑薰、[相]毕諴、[相]萧寘、苏涤、萧邺(再任)、韦澳、[相]曹确、庾道蔚、李淳儒、孔温裕、于德孙、皇甫珪、[相]蒋伸、苗恪、杨知温、严祁、[相]杜审权、[相]高璩、李贶、[相]刘邺;

咸通后三十二人:张道符、[相]杨收、[相]路严、赵骘、刘允章、独孤霖、李瓒、[相]于琮、侯备、裴璩、刘允章(再任)、郑言、[相]刘瞻、李骘、卢深、崔珮、刘瞻(再任)、[相]郑畋、张裼、崔充、[相]韦保衡、韦蟾、杜裔休、郑延休、薛调、韦保乂、刘承雍、崔璆、李溥、[相]豆卢瑑、崔湜、[相]卢携。

由上述各阶段的学士之名可知,唐代的修文馆学士、集贤院学士、翰林院学士基本上了代表了初、盛及中晚三个时期的学术与文学精英,成为这样的学士无疑是所有读书人的最大荣耀,在奔向学士的路途上,他们除了读书修身以完善才学品德,还要传播才学以获得文学的声名,这也正是唐代文学繁荣的一种制度与机构上的驱动力。

二、教 坊

《唐会要》卷34《论乐》记载，唐高祖武德初年，即置内教坊于禁中，掌教习音乐，属太常寺。武德四年(621)，有诏云：

太常乐人，本因罪谴，没入官者，艺比伶官。前代以来，转相承袭。或有衣冠继绪、公卿子孙，一沾此色，累世不改。婚姻绝于士庶，名籍异于编甿，大耻深疵，良可矜愍。其大乐鼓吹诸旧乐人，年月已久，时代迁移，宜并蠲除，一同民例。但音律之伎，积学所成，传授之人，不可顿阙，仍令依旧本司上下。若已经仕宦，先入班流，勿更追补，各从品秩。自武德元年，配充乐户者，不在此例。①

唐室开国，气象便异于前朝，其中最突出的一点就是对人才的重视。前代的太常寺乐人中有衣冠继绪、公卿子孙以罪谴者，“婚姻绝于士庶，名籍异于编甿”，也就是失去了一般人所具有的婚姻自由与仕进自由。此法至唐代即予以蠲除，从此，有音律之技者，可在教坊传艺，亦可进入宦途。《唐会要》自注云：

乐工之杂士流，自兹始也。太常卿窦诞，又奏用音声博士，皆为大乐鼓吹官僚。于后筝簧琵琶人白明达、术踰等夷，积劳计考，并至大官。自是声伎入流品者，盖以百数。②

“乐工杂士流”与“声伎入流品”，应该是有乐工以来一次重要的事件。虽不敢说文人词的出现与此有绝对关系，但从二者在时间上的对应性来看，其中的关联确乎也是存在的。比如今存最早的文人词即产生于此后不久。据《本事诗·嘲戏》记载：

沈佺期曾以罪谪，遇恩，官还秩，朱绂未复。尝内宴，群臣皆歌《回波乐》，撰词起舞，因是多求迁擢。佺期词曰：“回波尔时佺期，流向岭外生归。身名已蒙齿录，袍笏未复牙绯。”中宗即以绯鱼

① 王溥撰：《唐会要》，中华书局1955年版，第623~624页。
② 王溥撰：《唐会要》，中华书局1955年版，第624页。

赐之。①

只是唐初词作并不多，从曾昭岷等所主编的《全唐五代词》来看，初盛唐时期的词作加起来不过18首，且李白的作品中，或有存疑，或作诗歌。所以，明代的胡仔说："唐初歌辞多是五言诗或七言诗，初无长短句。自中叶以后，至五代，渐变为长短句。"②

此后，武则天如意元年(692)，改内教坊为云韶府。玄宗开元二年(714)，又置内教坊于蓬莱宫侧，京都置左右教坊，掌俳优杂技，教习俗乐，后遂不再属太常寺。此后凡祭祀朝会用太常雅乐，岁时宴享则用教坊俗乐。虽然教坊使均由宦官担任，但乐工与酒宴有着密切的联系，可以说他(她)们就是为酒宴服务的。早期文人词集《花间集》《尊前集》，甚至直至北宋时期的晏、欧，文人作词为歌酒佐欢的性质也没有太大变化。随着教坊的独立与乐人地位的提升，将音乐与文学相结合的传播形式——传唱得以产生。最初所唱多为五、七言的诗歌，任半塘称之为"声诗"："唐声诗指唐代结合声乐、舞蹈之齐言歌辞(五、六、七言之近体诗)，及其少数之变体。在雅乐、雅舞之歌辞以外，在长短句歌辞以外，在大曲歌辞以外，不相混淆。"③如王维的《送元二使安西》更是在唐代传唱甚广的一首诗，被人称为《阳关曲》或《渭城曲》，甚至还运用了叠唱的形式。吴相洲认为，明代的胡震亨之所以把唐诗称为"唐音"，就取其能歌唱的特点。而"今日听君歌一曲，暂凭杯酒长精神""与君歌一曲，请君为我侧耳听""君歌且休听我歌，我歌今与君殊科""独酌甘泉歌，歌长击樽破""座中薛华善醉歌，歌辞自作风格老""白头老罢舞复歌，杖藜不睡谁能那""今日便令歌者，唱兄诗送一杯"等，都是对当时诗人作歌、唱歌的描写④。

宋人王灼《碧鸡漫志》卷1"唐绝句定为歌曲"条云：

唐时古意亦未全丧，竹枝、浪淘沙、抛球乐、杨柳枝，乃诗中绝句，而定为歌曲。故李太白清平调词三章皆绝句。元、白诸诗，亦为

---

① 参见曾昭岷、曹济平、王兆鹏、刘尊明编著：《全唐五代词》，中华书局1999年版，第2页。

② 胡仔：《苕溪渔隐丛话后集》卷39，《丛书集成初编》第2568册，中华书局1985年版，第734页。

③ 任半塘：《唐声诗》，上海古籍出版社1982年版，第46页。

④ 吴相洲：《唐代歌诗与诗歌》，北京大学出版社2000年版，第1~2页。关于唐诗传唱的情况，还可参吴淑英：《唐诗传播与唐诗发展之关系》第三章第四节，中华书局2013年版，第193~201页。

知音者协律作歌。白乐天守杭，元微之赠云："休遣玲珑唱我诗。我诗多是别君辞。"自注云："乐人高玲珑能歌，歌予数十诗。"乐天亦醉戏诸妓云："席上争飞使君酒，歌中多唱舍人诗。"又闻歌妓唱前郡守严郎中诗云："已留旧政布中和，又付新诗与艳歌。"元微之见人咏韩舍人新律诗，戏赠云："轻新便妓唱，凝妙入僧禅。"沈亚之送人序云："故友李贺，善撰南北朝乐府古词，其所赋尤多怨郁凄艳之句。诚以盖古排今，使为词者莫得偶矣。惜乎其终亦不备声歌弦唱。"然唐史称，李贺乐府数十篇，云韶诸工皆合之弦筦。又称，李益诗名与贺相埒，每一篇成，乐工争以赂求取之，被声歌供奉天子。又称，元微之诗，往往播乐府。旧史亦称，武元衡工五言诗，好事者传之，往往被于筦弦。又，旧说开元中，诗人王昌龄、高适、王之涣诣旗亭饮。梨园伶官亦招妓聚燕，三人私约曰："我辈擅诗名，未定甲乙，试观诸伶讴诗，分优劣。"一伶唱昌龄二绝句云："寒雨连江夜入吴。平明送客楚帆孤。洛阳亲友如相问，一片冰心在玉壶。""奉帚平明金殿开。强将团扇共徘徊。玉颜不及寒鸦色，犹带昭阳日影来。"一伶唱适绝句云："开箧泪沾臆，见君前日书。夜台何寂寞，犹是子云居。"之涣曰："佳妓所唱，如非我诗，终身不敢与子争衡。不然，子等列拜床下。"须臾妓唱："黄河远上白云间。一片孤城万仞山。羌笛何须怨杨柳，春风不度玉门关。"之涣揶揄二子曰："田舍奴，我岂妄哉。"以此知李唐伶伎，取当时名士诗句入歌曲，盖常俗也。①

王灼主要谈的是唐代传唱诗歌的情况，而且这种诗歌与音乐的结合，确也对诗人们的创作产生了影响。如《旧唐书·刘禹锡传》云：

禹锡在朗州十年，唯以文章吟咏，陶冶情性。蛮俗好巫，每淫祠鼓舞，必歌俚辞。禹锡或从事于其间，乃依骚人之作，为新辞以教巫祝。故武陵溪洞间夷歌，率多禹锡之辞也。②

词在唐代产生后，更是一直作为演唱的诗歌而存在的。前面谈到的早期诗词混沌时期的《回波乐》《清平乐》等调，以及中晚唐兴起的《杨柳枝》

① 王灼：《碧鸡漫志》，参见唐圭璋：《词话丛编》本，中华书局 2005 年第 2 版，第 1 册第 77 页。

② 刘昫等撰：《旧唐书》，中华书局 1975 年版，第 4210 页。

《梦江南》《菩萨蛮》等调，皆为教坊曲目。后世所传唱的词调，大多也是出自教坊的。

歌者无论是否出于教坊，倘真能有逸出群伦者，常受人尊重。能歌白居易《长恨歌》者，所以能邈视其他歌者，即由于其能歌他人所不能之歌。宋人李清照《词论》云：

> 乐府声诗并著，最盛于唐。开元、天宝间，有李八郎者，能歌擅天下。时新及第进士开宴曲江，榜中一名士先召李，使易服隐姓名，衣冠故敝，精神惨沮，与同之宴所。曰："表弟愿与坐末。"众皆不顾。既酒行，乐作，歌者进，时曹元谦、念奴为冠。歌罢，众皆咨嗟称赏。名士忽指李曰："请表弟歌。"众皆哂，或有怒者。及转喉发声，歌一曲，众皆泣下。罗拜曰："此李八郎也。"自后郑、卫之声日炽，流靡之变日烦。已有《菩萨蛮》《春光好》《莎鸡子》《更漏子》《浣溪沙》《梦江南》《渔父》等词，不可遍举。①

其中所言李八郎，是为能歌者。此中所言故事，可见唐时乐府、声诗之著。此外，唐代倡肆发达，此亦与歌者相关，也是文人经常题咏之所，佳者往往能使人声价顿增，附记《唐才子传》一则于此：

> 同时崔涯亦工诗，与祜齐名，颇自放行乐，或乘兴北里，每题诗倡肆，誉之则声价顿增，毁之则车马扫迹。②

崔涯、张祜不过是当时众多才子冶游的一个缩影而已。

三、馆　驿

唐代李吉甫《元和郡县图志》记载了唐代十大行政区划：关内道、河南道、河东道、河北道、山南道、淮南道、江南道、剑南道、岭南道、陇右道③。唐代之区划以"道"命名，本身就意味着交通在行政中的重要地位。

严耕望《唐代交通图考》序言则在开篇即云：

---

① 王学初校注：《李清照集校注》，人民文学出版社1979年版，第194页。
② 傅璇琮主编：《唐才子传校笺》，中华书局1987年版，第175页。
③ 李吉甫撰，贺次君点校：《元和郡县图志》，中华书局1983年版。

> 交通为空间发展之首要条件，盖无论政令推行，政情沟通，军事进退，经济开发，物资流通，与夫文化宗教之传播，民族感情之融和，国际关系之新睦，皆受交通畅阻之影响，故交通发展为一切政治经济文化发展之基础。

又云：

> 大抵唐代交通以长安、洛阳大道为枢轴，汴州(今开封)、岐州(今凤翔)为枢轴两端之伸延点。由此两轴端四都市向四方辐射发展，而以全国诸大都市为区域发展之核心。……全国大道西达安西(或至葱岭)，东穷辽海，北踰沙碛，南尽海隅，莫不置馆驿，通使命，而国疆之外，凡唐之声威所曾届达处，亦颇有中国馆驿之记录。唐制三十里一驿，开元盛时，凡天下水陆驿一千六百三十九所，量闲剧置船马。……官驿之外，民间亦置私驿客舍供商旅，沿途寺院亦具客舍之作用。①

交通与传播在英语中皆可为“Communication”，故知二者在功能上的相辅相成：交通的便利为物资的流通、思想的交流提供了物质基础，而物流、政令传达、文化传播的需求又促成了交通的发展，它们实则是一体二用而已。上引二段文字，一观交通对于传播之重要，二观唐代交通与馆驿概貌。有关唐代交通与驿站情况，严先生此书考之甚详，亦不是本书之重点。另外，当代已有学者关注到唐代交通驿站与文学的关系，如李德辉《唐代交通与文学》《唐宋时期馆驿制度及其与文学之关系》、吴淑英《唐代驿传与唐诗发展之关系》等著作和论文即是其中较具代表性的作品，在探讨唐代交通的结构、程序，以及交通对于文学创作、文学传播的影响，驿传对于唐诗发展的作用等方面已有较为成熟的认识，本节将借鉴前贤，重点论述唐代驿站与文学传播之关系，以及对唐代文人传播意识之影响。

唐代馆驿统归尚书兵部主管，以驾部郎中专掌。重要路段设驿站，次要路段则置馆舍，平均约三十余里即有一驿，四五十里有一馆。唐时驿馆功用有三：一是传递文书，搬运货物，起现代邮局和物流公司的作用；二是接待官客，为其提供饮食起居，起现代宾馆与政府招待所的作用；三是

---

① 严耕望：《唐代交通图考》序言，《“中央研究院”历史语言研究所专刊》之八十三，台湾商务印书馆1985年版，第1页、第5页。

为行人提供车船驴马，起现代车站和轮船码头的作用①。柳宗元《馆驿使壁记》记载了当时以长安京畿之地为中心的 7 条主要干道，分别入潼关、蒲津、武关、华阳、陇关、坊州、邠州，7 条干道上凡驿站 47 所，四海“奉贡、输赋、修职”与王都“征令、赐予、布政”均通过此七道，“华人夷人往复而授馆者，旁午而至，传吏奉符而阅其数，县吏执牍而书其物”。柳宗元认为“馆驿之制，于千里之内尤重”②。张籍《洛阳行》诗亦曰：“百官月月拜章表，驿使相续长安道。”③柳宗元、张籍的诗文虽然没有谈及馆驿与文学传播的关系，但他们无疑都注意到了馆驿在人员财物交通、政令上传下达中的重要性。

在唐代，尤其是到了中晚唐五代时期，馆驿不再只是对军人和高官开放的专属机构，而是一个社会化程度渐高的公共场所，里面有广阔的空间可供文人盘桓④。这样，馆驿就不仅具有传递文书、转运货物、提供车马的官方功能，也具有了诗人饯别、驿壁题写、传播诗文等文学传播功能，具有自觉传播意识的诗人自然开始关注馆驿传诗的作用。岑参《虢中酬陕西甄判官见赠》诗云：“前者驿使来，忽枉行军诗。昼吟庭花落，夜讽山月移。”⑤即写驿中收到友人的诗歌，然后唱和酬赠之状。前文所引白居易《与元九书》云：

> 自长安抵江西三四千里，凡乡校、佛寺、逆旅、行舟之中，往往有题仆诗者，士庶、僧徒、孀妇、处女之口，每每有咏仆诗者。此诚雕虫之戏，不足为多，然今时俗所重，正在此耳。虽前贤如渊、云者，前辈如李、杜者，亦未能忘情于其间。⑥

其中虽然不涉驿站字样，但佛寺在当时本就多设私驿，况且白居易此处是想突出其诗在民间传诵的程度，他自然不谈官驿。元稹《白氏长庆集序》则直接道出“邮堠”：

> 二十年间，禁省、观寺、邮堠墙壁之上无不书，王公、妾妇、牛

① 李德辉编著：《唐宋馆驿与文学资料汇编》，凤凰出版社 2014 年版，第 3~4 页。
② 柳宗元：《柳宗元集》，中华书局 1979 年版，第 703~704 页。
③ 彭定求等编：《全唐诗》卷 198，中华书局 1960 年版，第 4285 页。
④ 李德辉编著：《唐宋馆驿与文学资料汇编》，凤凰出版社 2014 年版，第 7 页。
⑤ 彭定求等编：《全唐诗》卷 198，中华书局 1960 年版，第 2031 页。
⑥ 白居易：《与元九书》，《全唐文》卷 675，中华书局 1983 年版，第 6891 页。

童、马走之口无不道，至于缮写模勒、炫卖于市井，或持之以交酒茗者，处处皆是。①

元和四年(809)三月，元稹充剑南东川详覆使，行至骆口驿，曾作《骆口驿二首》，其一云："邮亭壁上数行字，崔李题名王白诗。尽日无人共言语，不离墙下至行时。"诗题小注曰：

东壁上有李二十员外逢吉、崔二十二侍御使云南题名处，北壁有翰林白二十二居易题《拥石》《关云》《红树》等篇，有王质夫和焉。王不知何人也。②

白居易在《骆口驿旧题诗》也谈到："拙诗在壁无人爱，鸟污苔侵文字残。唯有多情元侍御，绣衣不惜拂尘看。"③以及他的《蓝桥驿见元九诗》："每到驿亭先下马，循墙绕柱觅君诗。"④这些诗中所言骆口驿与蓝桥驿，则为官驿。由诗中所言，元、白二人对于自己的诗歌是否书于驿壁，是否被人关注，都是非常留意的，这自然是一种自觉的文学传播意识。再如白居易《醉封诗筒寄微之》所云"为向两州邮吏道，莫辞来去递诗筒"⑤，则白氏对于邮递传诗也是尤为留意的。

正由于元、白认识到驿传的传播功效，所以由他们的唱和而形成的诗歌时称"元和体"，对当时的文坛产生了较大的影响。杜牧有言：

自元和以来，有元、白诗者，纤艳不逞，非庄士雅人，多为其所破坏，流于民间，疏于屏壁，子父女母，交口教授，淫言媟语，冬寒夏热，入人肌骨，不可除去。⑥

杜牧对元白艳情诗是持批判态度的，但也应该看到，没有驿传的条件，就不会有元白间的"通江唱和"与"杭越唱和"，也不会产生元白在元和年间的巨大影响，并使其流风及于后世。

---

① 元稹著，冀勤点校：《元稹集》，中华书局1982年版，第224页。
② 元稹著，冀勤点校：《元稹集》，中华书局1982年版，第194页。
③ 《全唐诗》卷437，中华书局1960年版，第4849页。
④ 《全唐诗》卷438，中华书局1960年版，第4870页。
⑤ 白居易著，顾学颉点校，中华书局1979年版，第505页。
⑥ 杜牧：《唐故平卢军节度巡官陇西李府君墓志铭》，《全唐文》，中华书局1983年版，第7834页。

第五章　文学传播意识对文人文学史地位之影响

我们不过那种与草木同朽的生活，
我们要使后世之人来谈论我们的奇迹。①
——古希腊伊斯金尼斯

文学传播意识的有无和强弱在一定程度上影响着文人的文学史地位。现在世人所熟悉的大文学家，不仅需要高品质的作品作为符号，而且需要数量较多的作品传世，最好拥有跨越多种文类的作品。凭借少量作品甚至一篇作品影响文学史的现象绝无仅有，即使会有像《春江花月夜》这种“孤篇横绝”的特殊情况，也不得不承认存世作品的过少影响了张若虚在文学史中书写的分量。大批作品的产生，有时不仅需要作家的才情，也需要他们具备一种着眼于传世与流布的文学传播意识。

第一节　传播意识与作品存世数量之关系

一般来说，具备较为自觉的文学传播意识的文人，其存世作品的数量会相对多些，反之则较少。

一、唐代作家的作品存世数量

尚永亮师曾据“创作量”将唐五代时期的诗人分为高产作家层、多产作家层、中产作家层与低产作家层。其中，创作量达 500 首以上者，属高产层，作者 20 人；创作量在 100—500 首之间者，属多产层，作者 97 人；创作量在 20—100 首之间者，属中产层，作者 151 人；创作量在 20 首以

① 伊斯金尼斯语，培根：《新工具》引，商务印书馆 1984 年版，第 83 页。

下者，属低产层，作者2889人①。

诚然，文学史中固然存在着高产与低产这类才性上的差别，但一位作家作品存世的数量，恐怕也有相当一部分原因是与传播有关的。将一位作家的作品存世数量当作“创作量”，是因为没有考虑文学传播因素的缘故②。所以，我将这组统计数据称作“作品存世数量”，并根据数量排名来分析这些数据与文学传播意识之间的关系。据尚先生的研究统计，唐诗作者中传世作品量的前31位作者依次是白居易(2923首)、杜甫(1451首)、李白(1045首)、元稹(845首)、齐己(833首)、刘禹锡(819首)、贯休(760首)、李商隐(612首)、陆龟蒙(612首)、韦应物(574首)、钱起(543首)、王建(539首)、张祜(539首)、许浑(531首)、姚合(529首)、皎然(524首)、刘长卿(518首)、杜牧(517首)、罗隐(507首)、孟郊(505首)、张籍(453首)、皮日休(430首)、司空图(430首)、韩愈(426首)、贾岛(416首)、岑参(404首)、权德舆(394首)、王维(378首)、方干(361首)、张说(358首)、温庭筠(353首)③。

同时需要注意的是，诗歌只是文学创作的一部分，在以上文人中，还有不少作家在其他文体(如散文、辞赋、词等)上倾注过大量的精力，如果考虑到一个人的生命长度，就要对一位作家的所有存世作品量(在唐代至少是诗文总量)进行考量，才能得到一个有关作家存世作品的较为客观的结论。

对以上这些作家，我又进行了所作文章数量的数据统计。主要数据取自《全唐文》、《唐文拾遗》、《唐文续拾》与《全唐文补编》，作家的排列顺序仍依上述诗作数量的排序：

白居易(886篇)、杜甫(29篇)、李白(70篇)、元稹(294篇)、齐己(3篇)、刘禹锡(242篇)、贯休(7篇)、李商隐(421篇)、陆龟蒙(59篇)、韦应物(2篇)、钱起(13篇)、王建(0篇)、张祜(1篇)、许浑(1篇)、姚合(0篇)、清昼[皎然](38篇)、刘长卿(12篇)、杜牧(205篇)、罗隐(122篇)、孟郊(3篇)、张籍(2篇)、皮日休(87篇)、司空图(71篇)、韩愈(345篇)、贾岛(1篇)、岑参(4篇)、权德舆(399篇)、王维(71篇)、方干(0篇)、张说(259篇)、温庭筠(27篇)。

如果重新将这些作家按存留诗文的总量进行排列，其顺序如下表：

---

① 尚永亮、张娟：《唐知名诗人之层级分布与代群发展的定量分析》，《文学遗产》2003年第6期。

② 这一点在《文学遗产》所载尚先生文后所附傅璇琮的评语中已经指出。

③ 尚永亮：《唐代诗歌的多元观照》，湖北人民出版社2005年版，第356页。

序号	作者	存文数	存诗数	诗文总数
1	白居易	886	2923	3809
2	杜甫	29	1451	1480
3	元稹	294	845	1139
4	李白	70	1045	1115
5	刘禹锡	242	819	1061
6	李商隐	421	612	1033
7	齐己	3	833	836
8	权德舆	399	394	793
9	韩愈	345	426	771
10	贯休	7	760	767
11	杜牧	205	517	722
12	陆龟蒙	59	612	671
13	罗隐	122	507	629
14	张说	259	358	617
15	韦应物	2	574	576
16	清昼(皎然)	38	524	562
17	钱起	13	543	556
18	张祜	1	539	540
19	王建	0	539	539
20	许浑	1	531	532
21	刘长卿	12	518	530
22	姚合	0	529	529
23	皮日休	87	430	517
24	孟郊	3	505	508
25	司空图	71	430	501
26	张籍	2	453	455
27	王维	71	378	449
28	贾岛	1	416	417
29	岑参	4	404	408
30	温庭筠	27	353	380
31	方干	0	361	361

除以上 31 人外，考虑到一些文章家的地位，又可按大致的时代顺序补充如下 22 人(后附存世文章数)：

王勃(148 篇)、杨炯(85 篇)、卢照邻(29 篇)、骆宾王(39 篇)、陈子昂(123 篇)、李峤(163 篇)、李华(111 篇)、萧颖士(29 篇)、贾至(97 篇)、于邵(149 篇)、独孤及(195 篇)、梁肃(105 篇)、孙逖(234 篇)、吕温(148 篇)、令狐楚(151 篇)、元结(121 篇)、柳宗元(457 篇)、李翱(109 篇)、皇甫湜(44 篇)、符载(97 篇)、李德裕(346 篇)、沈亚之(93 篇)。

这 22 人中，初唐四杰、陈子昂、柳宗元又均在诗歌方面有极大成就与影响。比如柳宗元另有诗 163 首，诗文总量亦达到 620 篇，若置于表中，在第 14 位的张说之前。而以上这些文章家中，擅诗者尚有李峤、元结、李德裕等人，也是需要注意的。此外，表中的温庭筠还以作词著名。

另有如苏颋、张九龄、常衮、陆贽等人所作文章数亦不少，但多为朝廷制册诏令文字；而五代时期存留文章最多的几位也均为撰写制状文字的上层权要，如钱珝、薛廷珪、徐铉等，此处不列。

有了这些文章数以后，再来参看诗歌存世数，就会发现如果将诗文综合起来看，诗歌数量排进前十的齐己、贯休、韦应物，作为诗歌“高产作家”，存世文章却极少；而身为诗歌“多产作家”的岑参、张籍、孟郊、张祜、许浑、贾岛，所存文章亦是寥寥，王建、姚合、方干等人更是没有文章存世。

经过比勘，还可以发现在这前 31 位文人的排列中，盛唐以前的文人仅有杜甫、李白、王维、岑参、张说 5 人，其余则均为中晚唐文人。造成这一现象最直接的原因自然就是文人诗文是否因编纂成集而得以保存，中晚唐时期逐渐兴盛起来的编集之风，无疑是文人存留诗文较多的根本原因。唐人别集、总集的编纂及存佚情况，详见本章第二节。

二、作品存世数量与传播意识的关系

一位文人存诗与存文数量的多少，虽然首先与这位作家的才性与文体观有关(如有的擅长于诗，有的则擅长于文)，但也与其自身、友人及门生强烈的传播意识有关。如果他自身或者在他的周围存在关注其诗文并能够加以收集整理的人，或者存在一个文学传播的“场域”，其存世诗文就会大增。诗、文两项存世数量均高居榜首的白居易，其文学传播意识无疑最为强烈与自觉，他的友人元稹，存世诗文亦不少，位居第三，其原因就是二人均是构成“元、白诗传播场域”的重要人员。

“场域”的概念，是由当代法国社会学家布尔迪厄(Pierre Bourdieu，1930—2002)提出的。在布尔迪厄眼中，研究文学意味着建构一系列“纸上的建筑群”，从文学场域的角度思考文学，意味着从一个空间结构、关系结构中考察文学意义的生产。在考虑文学的传播时，围绕着作家的各种空间结构、关系结构都是重要的因素。

例如，白居易与元稹得以有如此巨大的存世作品数，不仅因为二人均具有较自觉的文章传世观念，也与他们频繁的唱和有关，这种文人间的相互酬唱，无形中就形成了一个文学传播的“场域”。再如李白、寒山，其本人固然没有非常强烈的传播意识，但由于他们的周围有着关注并收集他们诗文的朋友(如魏颢之于李白)、门生弟子(如寒山之弟子)，这种周边亲友的关注，也可形成一个文学传播的“场域”。

只要这种“传播场域”存在，这个“场域”所围绕的核心作家的作品，就会得到极大的保存，对传世形成有利的条件；反之，无论一位作家多么勤于著述，缺乏这种“传播场域”，也有可能片纸无存。

正如法国文学社会学家罗贝尔·埃斯卡皮(R. Escarpit)所指出的，“统计资料可以反映出文学事实的概貌，但要解释这些资料则需借助另一种类型的客观资料。这类客观资料要通过对围绕着文学事实的社会结构的研究，以及对文学事实起制约作用的各种技术手段的研究才能获得，比如：政治制度，文化机构，阶级，社会阶层及等级，职业，消遣内容，文化程度，作家、书商及出版商的合法的经济地位，语言问题，书籍历史，等等。最后，还要用总体文学或比较文学的方法来研究具体事件：一部作品的命运，一种体裁或一种文体的发展演变，主题的处理，某一神话的历史，周围环境的确定，等等”①。

本节希望通过文人的存世诗文数，能反映出文学传播意识对其作品存世的影响，具体的数据内涵，是要在阅读前面的有关论述以后才能理解的。作品数量与传播媒介的关系也极重要。在唐代，如能将文集献于祕阁文馆，或藏于寺庙道观，并被多次转抄，则其传世之可能性便大增。如其不然，也有借特殊之工具而得以存诗者。宋代黄休复《茅亭客话》载诗人唐求以瓢传诗之传奇云：

---

① [法]罗贝尔·埃斯卡皮著，于沛选编：《文学社会学——罗·埃斯卡皮文论选》，浙江人民出版社1987年版，第13~14页。或可参《文学社会学》，符锦勇译本，上海译文出版社1988年版，第28页。

> 或吟或咏，有所得，即将稿捻为丸，纳于大瓢中。二十余年，莫知其数，亦不复吟咏。其赠送寄别之诗，布于人口。莫年因卧病，索瓢致于江中，曰："斯文苟不沉没于水，后之人得者，方知我苦心耳。"漂至新渠江口，有识者云："唐山人诗瓢也。"探得之，已遭漂润损坏，十得其二三，凡三十余篇，行于世。①

唐求以瓢传诗当然是传播工具匮乏时期的特殊传播行为，因为他的有意于传，也因为他的机智，我们今天才能在《全唐诗》中读到他的诗，否则，他也将和许多曾经吟咏不辍却诗文无存的才子们一样，湮没在历史的烟尘中。

作品的存世是一位文人能够在后世继续产生影响的基本条件，如果没有诗文存世，即使生前文名赫赫，也只能留给后人以惋惜与遗憾。比如，武后时期的"北门学士"刘懿之、刘祎之、周思茂、元万顷、范履冰等人，生前地位尊崇、文名卓著，殁后所存诗文却极少，而他们的名字也没有太多人知道了。

第二节　唐代文人别集、总集存佚考录

《新唐书·艺文志》论著作之存佚云：

> 其精深闳博，各尽其术，而怪奇伟丽，往往震发于其间，此所以使好奇博爱者不能忘也。然凋零磨灭，亦不可胜数，岂其华文少实，不足以行远欤？而俚言俗说，猥有存者，亦其有幸不幸者欤？今著于篇，有其名而亡其书者，十盖五六也，可不惜哉。②

著作之存亡，固然与本身的品质有关，精深闳博、怪奇伟丽者，宜其立言不朽；华文少实、俚言俗说之作，固当凋零磨灭。可是世间事往往不以人之喜好定存亡：其佳者、妙者、多者，或因战乱、兵燹、水火、虫蠹、独藏、偷盗等遭致散佚；俚者、俗者、少者③，或竟因无人问津、埋没石

---

① 转引自傅璇琮主编：《唐才子传校笺》(第四册)，中华书局1987年版，第462页。
② 欧阳修、宋祁：《新唐书》，中华书局1975年版，第1422页。
③ 经察考，唐集中多有一卷得全璧而存者。

窟、携带便利，夤缘而得存。怎不令人感慨系之！

唐代诗文集最初产生了多少？在唐代以后散佚了多少？存留的唐集在后世又有哪些变化？知之者恐怕不多，但唐集的传播状况在一定程度上却决定着唐代文学的成就。我们不能想象缺少了李、杜诗集与韩、柳文集的唐代文学在中国文学史上会是怎样的地位。同时，我们也无法知晓在散佚的唐代诗文集中，是否存在着可能与李、杜诗歌媲美的诗作与诗人？在存留的唐集中，又是否有凭借非文学因素（如权势、财富）而流传的卷帙？千余年后的今天，我们探寻历史烟尘中渐渐模糊的痕迹，探寻才子们呕心沥血、殚精竭虑的文学作品存佚的现象与缘由，应该有助于文学传播史的多维度思考。

万曼的《唐集叙录》是目前为止较为权威的一部关于唐集传本的专著，考察唐集存佚情况，其中可资借鉴者良多，凡万氏已考之唐集，本节均予采纳，但仅述存佚。新近所出陈伯海、朱易安编撰《唐诗书目总录》及陈伯海、李定广编著之《唐诗总集纂要》对唐代所编别集、总集源流之考证颇堪取资。傅璇琮主编之《唐才子传校笺》亦对唐集存佚考释多有助益，自当取鉴。另外，本节还将对《旧唐书·经籍志》《新唐书·艺文志》以降的史志、书目进行查考，重点关注唐集佚本的情况，以期探明唐集传播中存佚的相关问题。

一、别集存佚

《旧唐书·经籍志》所载典籍系唐初迄玄宗时期所蓄，录集部书籍 892 部，12028 卷①，其中唐代文人别集 110 部②；《新唐书·艺文志》所载玄宗以前唐人别集则有 118 部③，玄宗以后又增 406 家，5012 卷④。今按《新唐书·艺文志》之顺序录如下，并考其后世存佚、流衍于下（集后已考证部分注以按语，并以仿宋体区分；今存者或基本保全者前加“＊”号⑤，辑佚与所存不全前“△”，不存者或篇章甚少者前加“○”；因材料所限未及考证者书前暂空）。《旧唐书·经籍志》所载 110 部下划横线，卷数如有变化，后加按语，以供比勘：

① 刘昫等撰：《旧唐书》，中华书局 1975 年版，第 1965 页。第 2051 页则云 890 部，卷数同。

② 以下所录别集、总集，录自《旧唐书》卷 47，释、道所著未录。

③ 欧阳修、宋祁撰：《新唐书》，中华书局 1975 年版，第 1597～1601 页。

④ 欧阳修、宋祁撰：《新唐书》，中华书局 1975 年版，第 1618 页。

⑤ 实为当时文集内容仍存于今者，并非指唐代版本。

○《太宗集》四十卷。按，此集《旧唐书·经籍志》(下称旧志或《旧唐书》)未载。《崇文总目》载《唐太宗集》一卷。宣和年间，宋人刘麟有云："新旧《唐书·艺文志》载其当时君臣所撰著文集，篇目甚多；**《太宗集》四十卷至武后《垂拱集》一百卷，今皆弗传**。其余名公钜人之文，所传盖十一二尔。如《梁苑文类》、《会昌一品》、《凤池藁草》、《笠泽丛书》、《经纬》、《穴(冗)余》、《遗荣》、《雾居》，见于集录所称道者，毋虑数百家，今之所见，仅数十家而已。以是知唐人之文，亡逸多矣。"①陈振孙《直斋书录解题》、马端临《文献通考》皆作三卷。郑樵《通志》与《新唐书·艺文志》(下称新志)同。清人陈田《翰林学士集序》亦云："检《唐书·艺文志》，《太宗集》四十卷、《杨师道集》十卷、《许敬宗集》八十卷、《于志宁集》四十卷、《上官仪集》二十卷、《岑文本集》六十卷、《刘子翼集》二十卷、《沈叔安集》二十卷、《褚遂良集》二十卷、《刘垍集》十卷、《张文琮集》二十卷。《崇文总目》、《郡斋读书志》、《直斋书录解题》均未著录，则当宋时，各集完本早已失传。"②则《太宗集》宋时已佚，郑氏所载当本新志，然新志所载唐人别集多有当时不存而录自本传或文集序者，识者自当辨之。

○《高宗集》八十六卷。

○《中宗集》四十卷。

○《睿宗集》十卷。

○武后《垂拱集》一百卷；又《金轮集》十卷。

按，以上诸集皆已不存。后世总集有收其诗者，皆系辑佚。以下所录初唐别集与《旧唐书·经籍志》多有同者，亦太半散佚。陈尚君有云：**"《旧唐书·经籍志》著录开元间所存初唐别集五六十种，今存原书者仅《王绩集》五卷一种，及《王勃集》的一些残卷。"**③是也。今观初唐人别集，即使是内容差可保存旧貌者，亦不过《王绩集》《骆宾王集》《陈子昂集》三种而已。

○《陈叔达集》十五卷。按，《旧唐书》作五卷。

○《窦威集》十卷。按，此集旧志未载。

○《褚亮集》二十卷。按，卷数与旧志同。

---

① 万曼：《唐集叙录》引宋人刘麟《元氏长庆集序》，中华书局1980年版。第235页。

② 陈田：《翰林学士集序》，据傅璇琮、陈尚君、徐俊编：《唐人选唐诗新编》，中华书局2014年版，第36页。

③ 见陈尚君《〈翰林学士集〉考释》一文，收入傅璇琮、陈尚君、徐俊编：《唐人选唐诗新编》，中华书局2014年版，第45页。

○《虞世南集》三十卷。按，卷数与旧志同。

○《萧瑀集》一卷。按，卷数与旧志同。

○《沈齐家集》十卷。按，卷数与旧志同。

○《薛收集》十卷。按，卷数与旧志同。

○《杨师道集》十卷。按，卷数与旧志同。

○《庾抱集》十卷。按，《旧唐书》作六卷。

○《孔颖达集》五卷。按，卷数与旧志同。

*《王绩集》五卷。按，《王绩集》五卷由其友吕才所编，并为序。吕氏序曰："君所著诗赋杂文二十余卷，多并散逸，鸠访未毕，且编成五卷。"[1]自唐志以下，晁、陈书目及《宋史·艺文志》皆有著录。《崇文总目》作《东皋子集》二卷，系唐时陆淳所编本。元明以来，吕才所编五卷本《王绩集》遁于世，钞本流传多为三卷删节本，然亦非唐时陆淳所编二卷《东皋子集略》本。《北京图书馆善本书目》记有《王无功文集》五卷一种，系清同治四年陈氏晚晴轩钞本，一册[2]，当系蜀刻唐集。据陆心源《皕宋楼藏书志》记载，清人吴翌凤曾于鲍以文处见此本。王绩另撰《会心高士传》五卷，《酒经》《酒谱》二卷等，不列于集。

○《郎楚之集》三卷。按，《旧唐书》作十卷。

○《魏徵集》二十卷。按，卷数与旧志同。

○《许敬宗集》八十卷。按，《旧唐书》作六十卷。《崇文总目》因避讳作《许恭宗集》十卷。今传从日本传回之《翰林学士集》一卷，陈尚君认为系《许敬宗集》残卷，收入《唐人选唐诗新编》[3]。

○《于志宁集》四十卷。按，卷数与旧志同。

○《上官仪集》三十卷。按，卷数与旧志同。

○《李义府集》四十卷。按，《旧唐书》作三十九卷。

○《颜师古集》六十卷。按，《旧唐书》作四十卷。

○《岑文本集》六十卷。按，卷数与旧志同。

○《刘子翼集》二十卷。按，《旧唐书》作十卷。

《殷闻礼集》一卷。按，《旧唐书》作十卷。

《陆士季集》十卷。按，卷数与旧志同。

○《刘孝孙集》三十卷。按，卷数与旧志同。

---

① 傅璇琮主编：《唐才子传校笺》(第一册)所引，中华书局1987年版，第15页。

② 万曼：《唐集叙录》，中华书局1980年版，第1～2页。

③ 陈尚君：《〈翰林学士集〉考释》，傅璇琮、陈尚君、徐俊编：《唐人选唐诗新编》，中华书局2014年版，第45页。

○《郑世翼集》八卷。按，《旧唐书》作郑代翼。

○《崔君实集》十卷。按，卷数与旧志同。

○《李百药集》三十卷。按，卷数与旧志同。《崇文总目》未载。南宋晁、陈二志仅著录《北齐书》五十卷，未载其集，疑宋时已亡佚。今其诗见《全唐诗》卷四三，文见《全唐文》卷一四二至一四三①，皆后人所辑。

○《孔绍安集》五十卷。按，《旧唐书》作三卷。

○《高季辅集》二十卷。按，《旧唐书》作二卷。

○《温彦博集》二十卷。按，卷数与旧志同。

○《李玄道集》十卷。按，卷数与旧志同。

○《谢偃集》十卷。按，卷数与旧志同。

○《沈叔安集》二十卷。按，卷数与旧志同。

○《陆楷集》十卷。按，卷数与旧志同。

○《曹宪集》三十卷。按，卷数与旧志同。

○《萧德言集》二十卷。按，《旧唐书》作三十卷。

○《潘求仁集》三卷。按，卷数与旧志同。

○《殷芊集》三卷。按，《旧唐书》作殷芊。

○《萧钧集》三十卷。按，卷数与旧志同。

○《袁朗集》十四卷。按，《旧唐书》作四卷。

○《杨续集》十卷。按，卷数与旧志同。

○《王约集》一卷。按，卷数与旧志同。

○《任希古集》十卷。按，《旧唐书》作五卷。《崇文总目》作十卷。

○《凌敬集》十四卷。按，卷数与旧志同。

○《王德俭集》十卷。按，卷数与旧志同。

○《徐孝德集》十卷。按，卷数与旧志同。

○《杜之松集》十卷。按，卷数与旧志同。

○《宋令文集》十卷。按，卷数与旧志同。

○《陈子良集》十卷。按，卷数与旧志同。

○《颜顗集》十卷。按，卷数与旧志同。

○《刘颖集》十卷。按，卷数与旧志同。

○《司马佥集》十卷。按，卷数与旧志同。

○《郑秀集》十二卷。按，卷数与旧志同。

○《耿义褒集》七卷。按，卷数与旧志同。

---

① 傅璇琮主编：《唐才子传校笺》（第一册），中华书局1987年版，第118页。

○《杨元亨集》五卷。按，卷数与旧志同。

○《刘纲集》三卷。按，卷数与旧志同。

○《王归一集》十卷。按，卷数与旧志同。

○《马周集》十卷。按，卷数与旧志同。

○《薛元超集》三十卷。按，卷数与旧志同。

○《高智周集》五卷。按，卷数与旧志同。

○《褚遂良集》二十卷。按，卷数与旧志同。

○《刘祎之集》七十卷。按，《旧唐书》作五十卷。

○《郝处俊集》十卷。按，卷数与旧志同。

○《崔知悌集》五卷。按，卷数与旧志同。

○《李安期集》二十卷。按，卷数与旧志同。

○《唐觐集》五卷。按，卷数与旧志同。

○《张大素集》十五卷。按，《旧唐书》作十卷。

○《邓玄挺集》十卷。按，卷数与旧志同。

○《刘允济集》二十卷。按，卷数与旧志同。

*《骆宾王集》十卷。按，两唐志均记为十卷。中宗朝郗云卿所集。宋《崇文总目》《郡斋读书志》《直斋书录解题》均作十卷，故知此集宋时仍存。骆集之唐宋旧本，未见明人记录；明代所刻多为二卷、四卷、六卷、八卷本，皆非古本。到了清代，骆集宋、元所刊十卷本复见于世。十卷元刊本后归钱塘丁氏；十卷北宋本递经毛氏汲古阁、顾氏小读书堆、黄氏士礼居、杨氏海源阁收藏，后归入北京图书馆(今国家图书馆)。

△《卢照邻集》二十卷；△又《幽忧子》三卷。按，张鷟《朝野佥载》云："著《幽忧子》以释愤焉，文集二十卷。"《旧唐书》仅录《卢照邻集》二十卷。北宋《崇文总目》著录："《卢照邻集》十卷，《幽忧子》三卷"。南宋以后，《郡斋读书志》载"卢照邻《幽忧子集》十卷"；《直斋书录解题》记"《卢照邻集》十卷"。故知宋代通行卢氏集为十卷，是残本抑或合并重编本，不详。清孙星衍平津馆所藏旧影宋写本《唐四杰诗集》四卷，其中卢照邻诗一卷。明代莫友芝、邵章、陈第尚有十卷本之记载，此后卢集再未见十卷之记载，仅余赋诗二卷。明代有铜活字印本《唐五十家诗集》，收《卢照邻诗集》二卷。崇祯十三年(1640)，张燮辑《初唐四子集》，其中，《幽忧子集》七卷，附录一卷，[1] 较为完备，《四部丛刊》据此本影印。

① 此节参考万曼《唐集叙录》(中华书局1980年版，第23页)及祝尚书《卢照邻集笺注·前言》(上海古籍出版社2011年版，第10页)。

△杨炯《盈川集》三十卷。按,《旧唐书》作《杨炯集》。《崇文总目》《郡斋读书志》皆作二十卷,故宋时已有亡佚。宋以后,二十卷本亦踪迹渺然。现存宋椠本仅有清孙星衍平津馆所藏旧影宋写本《唐四杰诗集》四卷,其中杨炯诗一卷。范氏《天一阁书目》著录《盈川集》五卷,明嘉靖中永嘉张逊业校正。万历中,龙游童珮重新诠次,并搜辑遗文,汇裒简帙,勒为十卷,并请皇甫汸为序,为较通行之本(丁丙《善本书室藏书志》卷二四、缪荃孙《艺风堂藏书续记》卷六、《四库全书总目》)。崇祯间,张燮重辑为十三卷。

△《王勃集》三十卷。按,《旧唐书》亦作三十卷。《王勃集》系其友杨炯初为整理,然杨序云"二十卷"。两唐志、《崇文总目》则均作三十卷。《容斋四笔》《郡斋读书志》《宋史·艺文志》亦有载,卷数有二十七及二十卷之别。然唐、宋、元旧本,皆已不见。明张逊业、张燮、许自昌,清项家达、蒋清翊渐次辑刊。清孙星衍《平津馆鉴藏书记》三记一旧影写本《唐四杰诗集》四卷,万曼认为张逊业所编诗集或据此原本为祖本,其余文赋则由张燮、项家达、蒋清翊等人据《文苑英华》诸书补辑。范氏《天一阁书目》四集部载《王子安集》四卷,刊本,未见。勃尚有《周易发挥》五卷、《次论语》十卷、《舟中纂序》五卷及《千岁历》,皆不传。

○《狄仁杰集》十卷。按,卷数与旧志同。

○《李怀远集》八卷。按,卷数与旧志同。

○《卢受采集》二十卷。按,《旧唐书》作十卷。

○《王适集》二十卷。按,卷数与旧志同。

○《乔知之集》二十卷。按,卷数与旧志同。

○《苏味道集》十五卷。按,卷数与旧志同。

○《薛耀集》二十卷。按,《旧唐书》作薛曜。

○《郎余庆集》十卷。按,卷数与旧志同。

○《卢光容集》二十卷。按,《旧唐书》作五卷。

○《崔融集》六十卷。按,《旧唐书》作四十卷。

○《阎镜机集》十卷。按,卷数与旧志同。

△《李峤集》五十卷。按,《旧唐书》作三十卷。元辛文房《唐才子传》亦云其集五十卷。唯宋晁公武《郡斋读书志》云:"集本六十卷,未见。今所录一百二十咏而已,或题曰单题诗,有张方注。"故知其集宋代已不存矣。王重民《敦煌古籍叙录》有张庭芳所撰《李峤杂咏注》,则晁氏所"张方"当为"张庭芳"。杂咏之外,有明代所辑《李峤集》三卷,前赋后诗。

○《乔备集》六卷。按,卷数与旧志同。

*《陈子昂集》十卷。按，两唐志、《崇文总目》《郡斋读书志》《直斋书录解题》均作十卷。旧本虽皆不存，然今存最早刻本即明弘治四年(1491)杨春重编、杨澄校定刊刻本，基本保存了唐时卢藏用所编十卷之原貌。

○《元希声集》十卷。按，卷数与旧志同。

○《李适集》十卷。按，《旧唐书》作二十卷。

△《沈佺期集》十卷。按，两唐志及《直斋书录解题》皆作十卷。《郡斋读书志》《文献通考》作五卷。原集于宋时当已散佚，逮至明代，多作二卷。高儒《百川书志》记《沈云卿诗》二卷；明正德间有王廷相刊《沈詹事集》据诗体五古、七古、五律、五排、七律、五绝、七绝析为七卷，然皆非旧本。

○《徐彦伯前集》十卷；《后集》十卷。按，卷数与旧志同。

△《宋之问集》十卷。按，此集《旧唐书·经籍志》《崇文总目》《新唐书·艺文志》《郡斋读书志》《直斋书录解题》皆作十卷。据《旧唐书·宋之问传》，知此集为武平一所纂。然此十卷本已无存，今所传仅诗二卷，亦为明人掇拾之本，常熟瞿氏铁琴铜剑楼有藏本。

△《杜审言集》十卷。按，两志均作十卷。《郡斋读书志》《直斋书录解题》皆云一卷。今传集本有杨万里序云："今户曹赵君彦清旁搜远摭，得其诗四十三首，将刻枣以传好事。"故知杜审言诗文南宋时多已散佚。聊城杨氏海源阁藏宋椠《杜审言诗集》一卷，为现存最古之刊本，杨绍和记云："共诗四十三首，有明人朱校，颇精核。"

○《谷倚集》十卷。按，卷数与旧志同。

○《富嘉谟集》十卷。按，卷数与旧志同。

○《吴少微集》十卷。按，卷数与旧志同。

○《刘希夷集》十卷。按，《旧唐书》作三卷。《崇文总目》《郡斋读书志》《直斋书录解题》皆未载。辛文房《唐才子传》云"有集十卷，及诗集四卷，今传"，恐不确。《全唐诗》卷八二编为一卷，由收诗35首，其间似杂后人所作①。

○《张柬之集》十卷。按，卷数与旧志同。

○《桓彦范集》三卷。按，卷数与旧志同。

○《韦承庆集》六十卷。按，卷数与旧志同。

○《闾丘均集》二十卷。按，《旧唐书》作三十卷。

---

①　傅璇琮主编：《唐才子传校笺》(第一册)，中华书局1987年版，第100页。

○《郭元振集》二十卷。按，卷数与旧志同。
○《魏知古集》二十卷。按，卷数与旧志同。
○《阎朝隐集》五卷。按，卷数与旧志同。
○《苏瓌集》十卷。按，卷数与旧志同。
○《员半千集》十卷。按，卷数与旧志同。
○《李乂集》五卷。按，卷数与旧志同。
○《姚崇集》十卷。按，卷数与旧志同。
○《丘悦集》十卷。按，卷数与旧志同。
○《刘子玄集》三十卷。按，《旧唐书》作十卷。
○《卢藏用集》三十卷。按，《旧唐书》作二十卷。
○《玄宗集》。
○《德宗集》卷亡。
○《濮王泰集》二十卷。
○《上官昭容集》二十卷。
○《令狐德棻集》三十卷。
○《褚亮集》二十卷。按，此与前所记重。
○《许彦伯集》十卷。
○《刘洎集》十卷。
○《来济集》三十卷。
○《杜正伦集》十卷。
○《李敬玄集》三十卷。
○《裴行俭集》二十卷。
○《崔行功集》六十卷。
○《张文琮集》二十卷。
○《麴崇裕集》二十卷。
○《刘宪集》三十卷。
○《薛稷集》三十卷。
○《宋璟集》十卷。
○《蒋俨集》五卷。
○《赵弘智集》二十卷。
○《贺德仁集》二十卷。
○《许子儒集》十卷。
○《蔡允恭集》二十卷。
○《张昌龄集》二十卷。

○《杜易简集》二十卷。

○《颜元孙集》三十卷。

○《姚璹集》七卷。

○《杜元志集》十卷。字道宁，开元考功郎中，杭州刺史。

○《杨仲昌集》十五卷。

○《崔液集》十卷。裴耀卿纂。

*《张说集》二十卷。按，此集《旧唐书·经籍志》未载。《崇文总目》《郡斋读书志》《直斋书录解题》均作三十卷。《新唐书·艺文志》殿本作三十卷，宋本作二十卷，自当以三十卷为是。此集旧本久佚，自宋迄清，未尝为世人所知。民国二十三年(1934)，傅增湘无意中于邢詹亭家得见影宋刻蜀本三十卷的《张说之集》；又云有周叔弢所藏东武李氏研録山房校写本三十卷。①

△《苏颋集》三十卷。按，此集《旧唐书·经籍志》未载。《郡斋读书志》作二十卷。《宋史·艺文志》《通志·艺文略》皆作三十卷。至明代，虽有翻刻，但只有二卷、三卷、五卷本②，当亦为掇拾之作。

○《徐坚集》三十卷。

○《元海集》十卷。字休则，开元临河尉。

△《李邕集》七十卷。按，此集《旧唐书·经籍志》未载，然卷一九〇中《李邕传》有记。《新唐书·艺文志》所载录，或据本传。《郡斋读书志》《直斋书录解题》《宋史·艺文志》皆未载。丁丙《善本书室藏书志》著录《李北海集》六卷，明曹荃刊，当亦为摭拾零奇之作。《四库全书》有《李北海集》六卷附录一卷，即曹氏所刊本。

○《王浣集》十卷。

*《张九龄集》二十卷。按，此集《旧唐书·经籍志》未载。《郡斋读书志》《直斋书录解题》皆云"《曲江集》二十卷"，然据直斋所言，知有曲江本、蜀本之分。《宋史·艺文志》所载卷数与新唐志同，此后世间流播稍稀。明成化年间邱濬内阁录出，经韶州知府苏韡刊行本，卷目与唐志合③。《四库全书》有《曲江集》二十卷。

○《康国安集》十卷。以明经高第直国子监，教授三馆进士，授右典戎卫录事参军，太学崇文助教，迁博士，白兽门内供奉、崇文馆学士。

---

① 万曼：《唐集叙录》，中华书局1980年版，第39~42页。

② 明铜活字印本《苏廷硕集》二卷；丁丙《善本书室藏书志》记有《苏许公诗集》三卷；《天一阁书目》记五卷。据《唐集叙录》，中华书局1980年版，第43页。

③ 清永瑢等撰：《四库全书总目》，中华书局1965年版，第1279页。

○《孙逖集》二十卷。按，此集旧志未载。颜真卿序云："公凡所著诗歌赋序策问赞碑志表疏制诰等不可胜纪，遭二朝之乱，多有散落……同时台省乃编次公文集为二十卷"。除新志外，宋人书目皆未著录，故知宋时其集又佚①。

○《赵冬曦集》，卷亡。按，赵冬曦，曾为集贤院学士。

○《苑咸集》卷亡。京兆人。开元末上书，拜司经校书、中书舍人，贬汉东郡司户参军，复起为舍人、永阳太守。

○《毛钦一集》三卷。字杰，荆州长林人。

○王助《雕虫集》一卷。

*《王维集》十卷。按，此集《旧唐书·经籍志》未载，然《旧唐书·王维传》云："代宗时，缙为宰相，代宗好文，常谓缙曰：'卿之伯氏，天宝中诗名冠代，朕尝于诸王座闻其乐章。今有多少文集，卿可进来。'缙曰：'臣兄开元中诗百千余篇，天宝事后，十不存一。比于中外亲故间相与编缀，都得四百馀篇。'翌日上之，帝优诏褒赏。"王缙《进王右丞集表》云"诗笔共成十卷"，则《王维集》为其弟王缙所编辑，十卷四百馀篇。《崇文总目》《郡斋读书志》《直斋书录解题》皆记为十卷。宋人刘辰翁有王右丞诗评点。明代顾起经编《类笺王右丞集》，此书将原集六卷诗析为十卷，文四卷编于末册，凡十四卷。清代，有乾隆二年(1737)赵殿成《王右丞集注》，诗以古近体分编，古体诗六卷，近体诗八卷，皆以刘辰翁评本所载为断，别本所增及他书互见者为外编一卷；杂文厘为十三卷，并为笺注，故增为二十八卷。赵本虽排比有绪，较为精审，但所编序次，全失旧本面目，且注典多有举末遗本处②，加之"书梓成亦不得人覆校，故其误字当多"(卢文弨《抱经堂文集》十三《书王右丞集笺注后》)，故未称完善。

○《康希铣集》二十卷。字南金，开元台州刺史。

○《张均集》二十卷。

○《权若讷集》十卷。开元梓州刺史。

○《白履忠集》十卷。

○《鲜于向集》十卷。

○《康玄辩集》十卷。字通理，开元泸州刺史。

○《严从集》三卷。从卒，诏求其稿，吕向集而进焉。

○《陶翰集》卷亡。润州人，开元礼部员外郎。按，此集旧志未载。

---

① 傅璇琮主编：《唐才子传校笺》(第一册)，中华书局1987年版，第174页。

② 清永瑢等撰：《四库全书总目》，中华书局1965年版，第1282页。

新志注曰“卷亡”，是未见也。《直斋书录解题》作一卷。今《全唐诗》卷一四六录其诗一卷，计十七首，系从《河岳英灵集》辑出①。

*《崔国辅集》卷亡。应县令举，授许昌令，集贤直学士、礼部员外郎。坐王鉷近亲贬竟陵郡司马。按，此集旧志未载。新志注曰“卷亡”，是未见也。然《直斋书录解题》作一卷，收诗三十四首。今《全唐诗》卷一一九收其诗四十一首②，可知诗篇未佚。

*《高适集》二十卷。按，此集旧志未载。《崇文总目》载文集十卷，又诗一卷。《郡斋读书志》亦作十卷，另有集外文二卷、诗一卷。《直斋书录解题》仅作十卷。南宋尚有乾道间陆游刊本。《四库全书》以鲍士恭家藏汲古阁影宋抄本著录，凡诗八卷，文二卷。现传明刊本皆十卷，赋、诗八卷，文二卷，前后无序跋，源流无考。罗振玉《鸣沙石室佚书》影写唐人诗选卷末收高适诗《信安王出塞》一首、《上陈左相》半首。王重民从巴黎敦煌残卷又辑得《上陈左相》诗后半，其余不见于世传刻本者共六首③。

△《贾至集》二十卷；别十五卷。苏冕编。按，此集旧志未载。《郡斋读书志》《直斋书录解题》均作十卷，晁郡斋有云：“集李邯郸淑家本二十卷，苏弁编次，常仲孺为序，以墓铭序碑列于后。”晁氏所云李淑家之二十卷本，当系完本，惜今已不传。今其诗见于《全唐诗》仅一卷（二三五卷），《全唐文》收文三卷（三六六至三六八）。故贾至诗文，宋代以后太半散佚④。

○《张孝嵩集》十卷。字仲山，南阳人。开元河东节度使，南阳郡公。

△《储光羲集》七十卷。按，此集旧志未载。顾况《监察御史储公集序》记“其文篇赋论凡七十卷”，又云初为王缙编次，后由其子储溶操简，顾况为序。新志载七十卷。至宋，《郡斋读书志》《直斋书录解题》皆作五卷，七十卷本已不存。《天禄琳琅》后编十八著录《唐储光羲诗集》五卷，诗224首。近人储皖峰《储氏丛书》辑有《储光羲诗集》五卷，又附录一卷。

○《苏源明前集》三十卷。

*《李白草堂集》二十卷。李阳冰录。按，此集旧志未载。然《旧唐书·李白传》云“有文集二十卷行于时。”魏颢《李翰林集序》云：“颢生平自负，人或为狂，白相见泯合，有赠之作，谓余：‘尔后必著大名于天下，无忘老夫与明月奴。’因尽出其文，命颢为集。……经乱离，白章句

① 傅璇琮主编：《唐才子传校笺》（第一册），中华书局1987年版，第284页。
② 傅璇琮主编：《唐才子传校笺》（第一册），中华书局1987年版，第235页。
③ 万曼：《唐集叙录》，中华书局1980年版，第102页。
④ 傅璇琮主编：《唐才子传校笺》（第一册），中华书局1987年版，第492页。

荡尽。上元末，颢于绛偶然得之，沈吟累年，一字不下。”①然魏颢所集仅二卷。又据李阳冰宝应元年(762)所作《唐李翰林草堂集序》，知阳冰时为当涂(今属安徽)令，李白扁舟以附，不久疾亟，因于枕上授简。但据李序所云“自中原有事，公避地八年，当时著述，十丧其九，今所存者，皆得之它人”之语②，则李阳冰所编亦非太白诗文全部。唐范传正《赠左拾遗翰林学士李公新墓碑》云“文集二十卷，或得之于时之文士，或得之于公之宗族，编缉断简，以行于代”③，不知是否为李阳冰编辑之本。然宋人乐史、宋敏求皆云李阳冰所纂为十卷，且分别重新加以增订。乐史合《李翰林集》为二十卷，凡七百七十六篇，又纂杂著为《别集》十卷。熙宁中，宋敏求又据王溥家藏李白诗集残本、魏颢所纂诗集二卷、《唐诗类选》、刻石所传等予以增广，又得诗二百二十五篇，纂集凡千有一篇，析为二十四卷，又杂著六十五篇，析为六卷，共三十卷，不免阑入他人之作。曾巩据宋编三十卷编年排次，并为后序。元丰三年(1080)，晏知止为苏州太守，镂版刊行。后之传世者，皆出自宋氏增定之本④。

△《杜甫集》六十卷；*《小集》六卷。润州刺史樊晃集。按，杜子美此二集旧志未载。《旧唐书》杜甫本传则云“甫有集六十卷”。万曼认为新志如上所载“想系依本传所记转载，未必系史臣目睹”⑤，樊晃所编《小集》六卷则是宋时流行之本。樊晃序云，“文集六十卷，行于江汉之南”，而江左之人不知，自称“采其遗文，凡二百九十篇，各以事类，分为六卷，且行于江左”。唐人元、白所见杜诗，亦非全帙。晚唐五代时期，孙光宪所序本、郑文宝所序《少陵集》，以及蜀本均为二十卷。北宋《崇文总目》亦著录“《杜甫集》二十卷”。宋初孙僅所编杜集，据王洙序称“孙僅一卷”，当系私人抄本。此后，苏舜钦又整理有《老杜别集》未定本，较二十卷本旧集增加三百八十馀篇(参《苏学士文集》十三《题杜子美别集后》)，然此本当亦为私人抄本。宋仁宗宝元二年(1039)，王洙有感旧藏大小集皆亡佚之余，次第混乱，于是蒐裒中外书(古本二卷、蜀本二十卷、集略十五卷、樊晃《小集》六卷、孙光宪序二十卷、郑文宝序二十卷、别题小集二卷、孙僅一卷、杂编三卷)，去其重复，定为千四百有五篇，诗十八

① 董诰：《全唐文》，中华书局1983年版，第3797~3798页。

② 董诰：《全唐文》，中华书局1983年版，第4460页。

③ 董诰：《全唐文》，中华书局1983年版，第6201页。

④ 此处论述参考万曼：《唐集叙录》中华书局1980年版，第80页；及王琦：《李太白全集》中华书局1977年版，第1687页。

⑤ 万曼：《唐集叙录》，中华书局1980年版，第106页。

卷，赋笔杂著二卷，亦二十卷，成为唐本杜集亡佚后较全的一个整理本。至嘉祐四年(1059)，姑苏(今苏州)郡守王琪、润州知州裴煜与苏州进士何琢、丁修参考王洙本，重新编定并镂版刊行，成为杜集传世最早的刊定本。《直斋书录解题》著录《杜工部集》二十卷，即王琪本。后世杜集，或有重刻、增校者，然皆出于此本。正如张元济在《宋本杜工部集跋》中所云："自后补遗、增校、注释、批点、集注、分类、编韵之作，无不出于二王之所辑。"[此外，王安石曾于皇祐四年(1052)在鄞县令上蒐"古之诗世所不传者二百余篇"，断以为甫作，增补编次为《杜工部诗后集》。元丰五年(1082)，陈浩然编有《析类杜诗》，曾参考处士孙正之所得未传二百篇、王安石所编本与王洙本，当较为完备，惜已亡佚。]

*《岑参集》十卷。按，此集旧志未载。据杜确序所言，知本集初由确"区分类聚"而成，然杜氏云"八卷"。《新唐书·艺文志》《崇文总目》《郡斋读书斋》并云十卷。《直斋书录解题》作"八卷"。宋时所记八卷、十卷本皆不存。杨绍和《楹书隅录》记有一宋刊四卷本，与常建、杜审言、皇甫冉共称四家。明刻岑集最善者为正德年间熊相所刊七卷本，瞿镛称此本"犹是宋元以来相传之旧本"，《四部丛刊》亦据此本。清修《四库全书》未收岑集，后阮元进一明刊八卷本，然阮氏疑并非唐人旧册。孙星衍《平津馆鉴藏书记》著录一岑集明刻八卷本，与王维、高适两集并刻，与阮氏所进本有异。万曼云："岑集诸本编次皆不同，其间字句讹夺，题注舛误，各有短长。"是矣！然亦知岑集旧本篇目散佚不多也。

○《卢象集》十二卷。字纬卿，左拾遗、膳部员外郎，授安禄山伪官，贬永州司户参军，起为主客员外郎。按，此集旧志未载。今《全唐诗》卷一二二录诗一卷。

○萧颖士《游梁新集》三卷；△又《集》十卷。按，此集旧志未载。《崇文总目》《郡斋读书志》《直斋书录解题》俱作十卷，无新志所载《游梁新集》三卷。李华《扬州功曹萧颖士文集序》云："有文十卷，卷行于代，其篇目虽存，章句遗逸，古所谓有义而无其辞者也。"①故知萧集当时即已遗逸，宋代所传十卷并非原本。然此十卷本，元明以来亦未见著录。清代陆氏皕宋楼、丁氏善本书室所记旧抄本一卷，皆后人辑抄残篇。

△《李华前集》十卷；《中集》二十卷。按，此集旧志未载。然《旧唐书》本传称华有集十卷。独孤及《赵郡李华中集序》云："自监察御史以前十卷，号为前集；其后二十卷，颂赋诗歌碑表序论志记赞祭文凡一百四十

① 董诰：《全唐文》，中华书局1983年版，第3198页。

四篇为中集。”并云：“他日继于此而作者当为后集。”新志或本于此。宋晁氏《郡斋读书志》、陈氏《直斋书录解题》，元马端临《文献通考·经籍考》皆未列，故此集当于宋时已佚。清代劳氏丹铅精舍、陆氏《皕宋楼藏书志》、丁氏《善本书室藏书志》所记《李遐叔文集》抄本，皆系后人所辑残本。

○《李翰前集》三十卷。

*《王昌龄集》五卷。按，此集旧志未载。《崇文总目》作一卷；《郡斋读书志》作《王昌龄诗》六卷；《直斋书录解题》作《王江宁集》一卷，可知宋代传本，已有不同，而宋椠放佚，亦渺不可考。明代有正德年间袁翼刊本。《全唐诗》云：“集六卷，今编诗四卷”，或据宋传，然不知何本。

*《元结文编》十卷。按，此集旧志未载。《崇文总目》著录《元子》二十卷。《郡斋读书志》记云：“元子十卷、琦玕子一卷、文编十卷”。《直斋书录解题》仅录《元次山集》十卷。元结《文编序》云：“天宝十二年(753)，漫叟以进士获荐，名在礼部。会有司考校旧文，作《文编》，纳于有司。”又云：“叟在此州(当即道州)，今五年矣。地偏事简，得以文史自娱，乃次第新作，合于旧编，凡二百三首，分为十卷，后命曰《文编》，示门人弟子，可传之于筐箧耳。……时大历二年(767)丁未仲冬也。”①故知天宝年间所纳为行卷之作，大历年间所编则为定稿。元结《自释书》又云：“少居商馀山，著《元子》十篇，故以元子为称”②。然《元子》十卷、《琦玕子》一卷今俱不存。所存《文编》至明代郭勋刻本增为十二卷。

○《邵说集》十卷。

○《裴倩集》五卷；又《溢城集》五卷。均之父。

○《刘汇集》三卷。

○《樊泽集》十卷。

○《崔良佐集》十卷。

○《汤贲集》十五卷。字文叔，润州丹阳人。贞元宋州刺史。

○《刘迥集》五卷。

○《武就集》五卷。元衡父。

○《于休烈集》十卷。

○《元载集》十卷。

○《张荐集》三十卷。

---

① 《全唐文》，中华书局1983年版，第3872页下。

② 《全唐文》，中华书局1983年版，第3872页上。

*《刘长卿集》十卷。字文房。至德监察御史，以检校祠部员外郎为转运使判官，知淮西鄂岳转运留后，鄂岳观察使。吴仲孺诬奏，贬潘州南巴尉。会有为辨之者，除睦州司马，终隋州刺史。按，此集旧志未载。新志所云十卷未分诗、文，《郡斋读书志》《直斋书录解题》所载十卷，皆诗九卷、杂文一卷。宋代又有十一卷的建昌本，陈振孙氏曾有提及，士礼居黄荛圃、铁琴铜剑楼瞿镛、何义门、抱经堂卢文弨、善本书志丁丙、平津馆孙星衍、皕宋楼陆心源、江安傅增湘氏诸藏家所云或为宋十一卷残本，或为十一卷翻本。

△《戎昱集》五卷。卫伯玉镇荆南从事，后为辰州、虔州二刺史。按，此集旧志未载。《郡斋读书志》作三卷；《直斋书录解题》作五卷。《全唐诗》卷二七〇编其诗一卷①。

○《崔祐甫集》三十卷。

○《常衮集》十卷；又《诏集》六十卷。

○《杨炎集》十卷；又《制集》十卷。苏弁编。

△颜真卿《吴兴集》十卷；又《庐陵集》十卷；《临川集》十卷。按，此三集旧志未载。殷亮《颜鲁公行状》载云："永泰二年春，差公摄职谒太庙。公以祭器不修，言之于朝。载谮公以为讪谤时政，贬峡州别驾。代宗为罚过其罪，寻换吉州别驾。公与往来词客，诗酒讲论，为乐甚。有所著，编为《庐陵集》十卷。于大历三年迁抚州刺史。在州四年，以约身减事为政。然而接遇才人，耽嗜文卷，未曾暂废焉。因命在州秀才左辅元编次所赋，为《临川集》十卷。七年九月，拜湖州刺史。……公初在平原，未有兵革之日，著《韵海镜源》，成一家之作。始创条目，遂遇禄山之乱，寝而不修者二十馀年。及至湖州，以俸钱为纸笔之费，延江东文士萧存、陆士修、裴澄、陆澌、颜祭、朱弁、李莆、清河寺僧智海，兼善小篆书吴士汤涉等十余人，笔削旧章，该搜群籍，撰定为三百六十卷。……此外饯别之文，及词客唱和之作，又为《吴兴集》十卷。……山陵毕，授光禄大夫，迁太子少师，依前为礼仪使，前后所制仪注，令门生左辅元编为《礼仪》十卷。"②令狐峘《颜鲁公神道碑》亦载。然诸集经五代乱离，全部佚亡。此后，宋代吴兴沈侯、宋敏求均采辑有十五卷，然《郡斋读书志》仅记《颜真卿文》一卷，是又有散佚。明代嘉靖癸未(1523)，吴郡都穆据旧本重为编订十五卷，又补遗一卷，毗陵安民泰刻之；万历间有翻刻都编安

① 傅璇琮主编:《唐才子传校笺》(第一册)，中华书局1987年版，第671页。

② 董诰等编:《全唐文》，中华书局1983年版，第5229~5230页。

刻者，又有颜氏裔孙颜胤祚重刻本，然脱漏舛错，尽失其旧。清道光间黄本骥刊有《颜鲁公集》十二卷，外集八卷，书评十卷，补遗一卷，总题为三十卷，搜辑甚备。此书有光绪后校《三长物斋丛书》本。

○《归崇敬集》二十卷。

○《刘太真集》三十卷。

○《于邵集》四十卷。

○《梁肃集》二十卷。

*独孤及《毗陵集》二十卷。按，此集旧志未载。李舟《常州刺史独孤公文集序》云："常州讳及，有遗文三百篇，安定梁肃编为上下帙，凡二十卷，作为后序。"梁肃《毗陵集后序》云："大历丁巳岁(777)夏四月，有唐文宗常州刺史独孤公薨于位，秋九月既葬，门下生安定梁肃咨谋先达，稽览故志……缀其遗草三百篇，为二十卷，以示后嗣。"宋代官私著录皆同，但宋元旧椠久绝。明代有吴宽(1435—1504)抄本自东阁录出，成为此后抄本之滥觞。清代乾隆五十六年(1791)，赵怀玉氏亦有生斋校刊本出，《毗陵集》始大行于世。

○《窦叔向集》七卷。字遗直。与常衮善，衮为相，用为左拾遗内供奉，及贬，亦出溧水令。按，此集旧志未载。《直斋书录解题》作《窦拾遗集》一卷。洪迈《容斋四笔》卷六《窦叔向诗不存》条已云"略无一首存于今"，则窦氏诗至南宋中叶，存者已寥寥矣①。

○《丘为集》卷亡。苏州嘉兴人，事继母孝，尝有灵芝生堂下。累官太子右庶子，时年八十余，而母无恙，给俸禄之半。及居忧，观察使韩滉以致仕官给禄所以惠养老臣，不可在丧为异，唯罢春秋羊酒。初还乡，县令谒之，为候门磬折，令坐，乃拜里胥立庭下，既出，乃敢坐。经县署，降马而趋。卒年九十六。按，此集旧志未载。新志注云"卷亡"。宋代其他公私书目皆未载。

○《柳浑集》十卷。

○《李泌集》二十卷。

○《张建封集》二百三十篇。

△《顾况集》二十卷。按，此集旧志未载。《崇文总目》作十九卷。《郡斋读书志》作二十卷。《直斋书录解题》仅诗集类五卷，注云："集本十五卷，今止五卷，不全。"虽然皇甫湜《唐故著作佐郎顾况集序》亦称顾集为二十卷(参《唐文粹》)，但是后之藏家著录，大抵都是《华阳集》三卷附顾

① 傅璇琮主编：《唐才子传校笺》(第二册)，中华书局1987年版，第87页。

非熊诗一卷。故直斋而后，集已不全矣。据丁丙《善本书室藏书志》云："晚年退居茅山，自号华阳真逸，集旧编为二十卷。此明万历中，况二十五世孙端所辑，止上中下三卷，附其子非熊诗一卷，前有睦州皇甫湜持正原序。"

△《鲍溶集》五卷。按，此集旧志未载。据曾巩《鲍溶诗集目录序》(《元丰类稿》十一)云，北宋时，史馆和《崇文总目》都误题为《鲍防集》，经宋敏求与曾巩校勘，才确定为鲍溶。并补收欧阳修所藏本的三十三篇为一卷，于是有了六卷本的《鲍溶集》。《郡斋读书志》作一卷，或即欧阳修所藏无次第本。《直斋书录解题》作五卷，并云：鲍溶，元和四年(809)进士。直斋所云，与史馆所藏本卷数同。宋本皆不见著录。《四库全书》著录本为江南叶裕家抄本六卷、集外诗一卷，此本外集数与曾巩所补数同，正集却多一卷，然诗止一百四十五首，少于曾巩五卷二百篇之数，盖残阙之余，重为编次，已非巩本之旧。《全唐诗》云："集五卷，今编诗三卷"，当据史馆与直斋所藏之五卷本。

○《齐抗集》二十卷。

○《郑余庆集》五十卷。

○《崔元翰集》三十卷。

○《杨凝集》二十卷。

*《欧阳詹集》十卷。按，此集旧志未载。李贻孙《唐故四门助教欧阳詹文集序》云："大和中，予为福建团练副使日，其子价自南安抵福州，进君之旧文共十编，首尾凡若干首，泣拜请序。已诺其命矣，而词竟未就。价微有文，又早死。大中六年(852)，予又为观察使，令访其裔，因获其孙曰澥。不可使欧阳氏之文遂绝其所传也，为题其序，亦以卒后嗣之愿云。"则欧阳詹之集，文宗大和年间即已成编。《崇文总目》《郡斋读书志》俱作十卷。《直斋书录解题》则作《欧阳行周集》五卷。后世所传皆十卷本。

*《李观集》三卷。陆希声纂。按，此集旧志未载。陆希声《唐太子校书李观文集序》云："自广明丧乱，天下文集略尽。予得元宾遗文于汉上，惜其或复磨灭，因条次为三编，论其意以冠于首。"此序作于大顺元年(890)。《崇文总目》亦作三卷。《郡斋读书志》作《李观文编》三卷，并云："其后蜀人赵昂，又得其《安边书》至《晁错论》一十首为《后集》二卷。"《直斋书录解题》便记作《李元宾集》五卷，注云："陆希声得文二十九篇，为之序。庆历中(1041—1048)，章詧又得十四首于楚人赵昂，通为五卷。"源流甚明。此本一直流传至今。

*《吕温集》十卷。按，此集旧志未载。《郡斋读书志》亦作十卷。但宋椠久佚，不见著录。吕集之传，得益于明人的传抄与清人的整理校勘。明代吕集抄本繁夥，整理校勘之功臣，则首推冯舒(1593—1645)。冯舒有跋记云："甲子岁，于钱牧斋借得前五卷；戊辰岁，从郡中买得后三卷，俱宋本。第六、第七二卷付之缺如，因弃置久之。越三年辛未，友人姚君章始为余录之。因取《英华》《文粹》所载者，照目写入，以俟他年得完本校定。"又云："此本则一照宋本抄写。第二首《闻砧》以下十五首，宋本所无，案陈解元棚本增入。"冯氏整理本成为明清时期众多抄本的源头。瞿氏铁琴铜剑楼亦藏一述古堂抄本，亦十卷，中含六、七两卷，颇可注意。

○《穆员集》十卷。

○《窦常集》十八卷。按，此集旧志未载。宋代以来书志未载。窦常，字中行，窦叔向之子。常与牟、群、庠、巩兄弟五人，联芳比藻，法度风流，相距不远。然五子文集多未暇编录，散佚不存。后人集五人诗一百首为五卷，名《窦氏联珠集》，有唐褚藏言序，行于世①。《全唐诗》卷二七一收其诗二十六首②。窦氏另编有《南薰集》，传于世，见后录总集。

○《郑絪集》三十卷。

○《符载集》十四卷。

○《郗纯集》六十卷。

○戴叔伦《述稿》十卷。按，此集旧志未载。《崇文总目》录其诗一卷。《郡斋读书志》著录《述稿》十卷、外诗一卷、书状一卷(袁本晁志作二卷)，且称集有马聪序。明代书目未见《述稿》。今存文二篇；诗三百首，见《全唐诗》二七三、二七四卷，窜入他人之作颇多。③

○《张登集》六卷。贞元漳州刺史。按，此集旧志未载。《郡斋读书志》称其旧集"存者才六十余首"。盖宋时其集已散佚。《全唐诗》卷三一三收其诗仅七首，童养年《全唐诗续补遗》补四首，间有疑作。④

○《陆迅集》十卷。德宗时监察御史里行。

○《柳冕集》卷亡。

---

① 《新唐书·艺文志》四著录《窦氏联珠集》五卷，《直斋书录解题》亦作五卷。参傅璇琮主编：《唐才子传校笺》(第二册)，中华书局 1987 年版，第 217 页。五人小传参该书第 210~248 页。

② 傅璇琮主编：《唐才子传校笺》(第二册)，中华书局 1987 年版，第 219 页。

③ 傅璇琮主编：《唐才子传校笺》(第二册)，中华书局 1987 年版，第 526 页。

④ 傅璇琮主编：《唐才子传校笺》(第二册)，中华书局 1987 年版，第 378 页。

〇《姚南仲集》十卷。

〇《李吉甫集》二十卷。

△《武元衡集》十卷。按，此集旧志未载。《郡斋读书志》作《临淮集》二卷，并云："旧有《临淮集》七卷，此其二也。"《直斋书录解题》作《武元衡集》一卷。故武氏集宋时已不全。《全唐诗》编其诗二卷(卷三一六、三一七)。文十篇，载《全唐文》卷五三一①。

权德舆〇《童蒙集》十卷；＊又《集》五十卷；〇《制集》五十卷。按，权氏诸集旧志未载。《崇文总目》《郡斋读书志》《直斋书录解题》皆作文集五十卷。元、明以来，《制集》五十卷久佚，《童蒙集》未见著录，《文集》五十卷也散佚不全，仅存十卷。清康熙间，王士祯曾见一《文集》五十卷抄本，后亦不知存佚。嘉庆间，朱珪得一五十卷本，并刊刻之，权集得以重显于世，然朱刻本体式、编辑、校勘均不甚完善，后《四部丛刊》据以再版。孙星衍亦藏一旧写本，与朱本同源，后归海源阁杨氏，转归莫伯骥五十万卷楼。国家图书馆所藏善本书有宋刻本《权载之文集》三册，系五十卷残本。

＊《韩愈集》四十卷。按，此集旧志未载。韩集初由门人李汉编辑，并目录合为四十一卷，名为《昌黎先生集》。此集经五代乱离，并未散佚。《崇文总目》仍作四十卷。宋初柳开、穆修俱见其本。穆修更曾镂板刊印。与穆本同时或较早的刻本还有祥符杭本(1009年刊)与蜀本(欧阳修幼时曾见，后嘉祐年间苏溥据以校刊)。《郡斋读书志》作四十卷，有集外文一卷。赵希弁则称所藏合五十一卷，即"《昌黎先生文集》四十卷、外集三卷、《顺宗实录》五卷、附录三卷"(《读书附志》三下)。赵氏还提及宜春新旧本、饶本、嘉祐杭本等。宋代秘阁还有经李汉老、谢伯阳所校之本，方崧卿《韩集举正》以为"最为详密，字之疑者，皆标同异于其上，故可以为据"。此外，还有谢克家本、李昞本、洪兴祖本、晁本、潮本、泉本等。除正集四十卷外，宋人做了不少辑佚增补的工作，赵希弁所藏溢于唐集，即因辑补之故。再如《直斋书录解题》作"昌黎集四十卷、外集一卷、附录五卷、年谱一卷、举正十卷、外钞八卷"，注云："《年谱》，洪兴祖撰，莆田方崧卿增考，且撰《举正》以校其同异，而刻之南安军。"然陈振孙云："然则世所谓外集者，自《实录》外，皆伪妄，或韩公及其婿所删者也。"朱熹著《韩集考异》，校《昌黎先生外集》，有题识，亦同此说。宋本韩集传于今者多种，详参《唐集叙录》，不赘。欧阳修《唐田弘正家庙碑跋

① 傅璇琮主编：《唐才子传校笺》(第二册)，中华书局1987年版，第210页。

尾》云："自天圣以来，古学渐盛，学者多读韩氏，而患集本讹舛。"韩集卷数，至宋不减反增，除了原本保存完善、传递不失外，还因为宋人辑佚、增补、考订的缘故，这在中国古代文集传播史上是一个鲜见的案例。

*《柳宗元集》三十卷。按，此集旧志未载。元和十四年(819)，柳宗元逝。临终前，子厚嘱好友刘禹锡编次《柳宗元集》。刘序云："病且革，留书抵其友中山刘某曰：'我不幸，卒以谪死，以遗草累故人。'某捧书以泣，遂编次为三十通，行于世。"《崇文总目》亦作三十卷；《郡斋读书志》作三十卷、集外文一卷；《直斋书录解题》引作三十二通；陆之渊《柳文音义》引作三十三通；《唐文粹》及其他各本均作四十五通。五代以来，唐本柳集散佚殆尽。宋初穆修云："出人间者残落才百馀篇。"经穆修多年访求，终于获其书，据说是"联为八九大编，夔州前序其首，以卷别者凡四十有五"，"书字甚朴，不类今跡，盖往昔之藏书也。"应该是一唐写本。穆氏便录为别本，并与李之才参读累月，还于天圣元年(1023)作成后序，成为宋人编校柳集的第一本，亦成为后世一切柳集的祖本。后世编校刊刻注释柳集者甚夥，详见《唐集叙录》，此不赘。

○《韦贯之集》三十卷。

○《李绛集》二十卷。

令狐楚○《漆奁集》一百三十卷；又*《梁苑文类》三卷；《表奏集》十卷。自称《白云孺子表奏集》。按，令狐诸集旧志未载。《漆奁集》后世未见著录。《郡斋读书志》有《令狐楚表奏》十卷；《宋史·艺文志》著录《梁苑文类》三卷，令狐楚《表奏》十卷。今《全唐文》收其文五卷(卷五三九至五四三)，计一百四十二篇。令狐楚又有与沈传师、杜元颖合撰之《元和辨谤略》十卷，宋代已罕见传本。还有与李逢吉唱和之《断金集》一卷，与刘禹锡唱和之《彭阳唱和集》，与僧广宣唱和集一卷，均未传。另有令狐楚所集《御览诗》一卷，见《唐人选唐诗十种》。①

○《韦武集》十五卷。

○《皇甫镛集》十八卷。

○《樊宗师集》二百九十一卷。

○《武儒衡集》二十五卷；又《制集》二十卷。

○李道古《文舆》三十卷。

○董侹《武陵集》卷亡。侹，字庶中，元和荆南从事。

△《刘禹锡集》四十卷。按，此集旧志未载。刘禹锡曾在《刘氏集略》

① 傅璇琮主编：《唐才子传校笺》(第二册)，中华书局1987年版，第306~398页。

中谈到自己“得已书四十通”，并且删取四之一为《集略》。刘氏除正集外，还有《彭阳唱和集》《吴蜀集》《汝洛集》等。至宋代，各集已零落不全。《郡斋读书志》录《刘禹锡梦得集》三十卷，外集十卷；《崇文总目》录《刘宾客集外诗》三卷；《直斋书录解题》录《刘宾客集》三十卷，外集十卷，与郡斋所录卷数相同。陈直斋记云：“集本四十卷，逸其十卷，常山宋次道裒辑其遗文，得诗四百七篇，杂文二十二篇为外集，然未必皆十卷所逸也。”宋本今存于日本平安福井氏崇兰馆，《四部丛刊》据此本影印。陆氏皕宋楼亦藏一述古堂影宋本。明代郭氏刊本名《中山集》；朱氏结一庐所刊本为习见之本，今人瞿蜕园所著《刘禹锡集笺证》即以结一庐本为底本。

△《元氏长庆集》一百卷；△又《小集》十卷。元稹。按，此集旧志未载。白居易作元稹墓志称著文一百卷，题曰《元氏长庆集》。新志所云百卷本与《小集》十卷原本俱阙佚不传。宋刻有闽、蜀、浙三种。闽本系宣和六年甲辰(1124)刘麟(应礼)募工刊行。刘序云：“新旧唐书艺文志载其当时君臣所撰著文集，篇目甚多”，“名公钜人之文，所传盖十一二尔”，“见于集录所称道者，毋虑数百家，今之所见，仅数十家而已。以是知唐人之文，亡逸多矣。”刘氏之语，于唐集存佚可谓知言。关于元集，他说道：“其文虽盛传一时，厥后浸亦不显，唯嗜书者时时传录。”并云因爱其文而辑成此本。浙本为洪适刻于乾道四年(1168)，据刘本覆刻。洪氏跋云：“(元集)传于今者，惟闽、蜀刻本，为六十卷。三馆所藏，独有《小集》，其文盖已杂之六十卷中矣。”宋本六十卷，传于后。

*《白氏长庆集》七十五卷。白居易。按，此集旧志未载。据白居易《编集拙诗成一十五卷因题卷中戏赠元九李二十》诗，知大约元和十年(815)前后，他在江州曾自编文集十五卷，因是白集最早的底本。长庆四年(824)，元稹曾为好友编集，“成五十卷，凡二千一百九十一首”，题为《白氏长庆集》。大和二年(828)，白居易又自为续编，“从五十一以降，卷而第之。”大和九年(835)，把“前后所著文大小合二千九百六十四首，勒成六十卷”，纳于庐山东林寺经藏中。开成元年(836)，编成六十五卷，凡三千二百五十五首。开成四年(839)，编成六十七卷，凡三千四百八十七首。会昌五年(845)，白居易所作《白氏长庆集后序》叙之甚详：“白氏前著《长庆集》五十卷，元微之为序，后集二十卷，自为序。今又续后集五卷，自为记。前后七十五卷，诗笔大小凡三千八百四十首。集有五本，一本在庐山东林寺经藏院，一本在苏州南禅寺经藏内，一本在东都胜善寺钵塔院律库楼，一本付侄龟郎，一本付外孙谈阁童，各藏于家，传于后。其日本、暹罗诸国及两京人家传写者，不在此记。又有《元白唱和》《因继

集》共十七卷，《刘白唱和集》五卷，《洛下游赏宴集》十卷，其文尽在大集内录出，别行于时。”①《崇文总目》作七十卷。《郡斋读书志》作七十一卷。《直斋书录解题》记《白氏长庆集》七十一卷、年谱一卷、又新谱一卷。郡斋言宋时《续后集》已亡三卷。宋敏求《春明退朝录》载白氏集寄藏东林、香山二者，皆写本，止七十卷，续后集并未入藏。万曼认为，“北宋各本皆出于七十卷本，续后集五卷散佚，北宋未见七十五卷本，仅得续后集中律诗一百首，编成七十一卷本而已。”②然即此七十一卷宋本，后世亦不多见。常熟瞿氏铁琴铜剑楼藏一绍兴年间宋刊本，自云“旧为文氏藏书，后入太仓王奉常家，及邑中钱氏、扬州季氏、昆山徐氏、近藏邑中张氏，著录《藏书志》。旋入艺芸书舍汪氏，今归余家。”此本今藏国家图书馆。明刻有华坚铜活字本、郭勋本、钱应龙本、马元调本等，皆七十一卷。日本虽称“自白氏之集一流传，举世皆学之”（岛田翰），然亦无七十五卷本，零本较夥，最全者为那波道圆活字本，七十一卷，系覆宋本，《四部丛刊》据此影印。除诗文全集外，白诗尚有单行本，可详参《唐集叙录》，此不赘述。

○《白行简集》二十卷。

○《张仲方集》三十卷。

○《郑浣集》三十卷。

○《冯宿集》四十卷。

○《刘伯刍集》三十卷。

○《段文昌集》三十卷；又《诏诰》二十卷。

○《韦处厚集》七十卷。

○《刘栖楚集》二十卷。

*《李翱集》十卷。按，此集旧志未载。《崇文总目》作一卷；《郡斋读书志》《文献通考》作十八卷；《直斋书录解题》亦作十卷。元代赵汸《东山存稿》有《书后》一篇，称《李文公集》十有八卷，百四篇，乃据苏天爵所藏本记。然苏氏藏本虽为十八卷，并非郡斋所见之本。因晁氏有云：“集皆杂文，无歌诗，前有苏舜钦序。”而今存各本皆无此序。故苏本十八卷，似后来一切李集之祖本。

○《温造集》八十卷。

○《滕珦集》卷亡。珦，东阳人。历茂王傅，大和初以右庶子致仕，

① 《全唐文》，中华书局1983年版，第6897页。

② 万曼：《唐集叙录》，中华书局1980年版，第241页。

四品给券还乡自珦始。

○《王起集》一百二十卷。

○《崔咸集》二十卷。大和人。

*《皇甫湜集》三卷。按，此集旧志未载。《崇文总目》作一卷。《郡斋读书志》《直斋书录解题》俱作六卷，题名略异。郡斋云："今集，杂文三十八篇而已。"直斋亦云："今集才数十篇。"高儒《百川书志》则云三十九篇。毛晋汲古阁《三唐人文集》本《皇甫持正集》作六卷，亦只三十八篇，与晁志合。明末以来，各家著录未见宋椠，《四部丛刊》以涵芬楼宋刊本影印，乃蜀中刻本。

○《舒元舆集》一卷。

李德裕*《会昌一品集》二十卷；○又《姑臧集》五卷；*《穷愁志》三卷；*《杂赋》二卷。按，此集旧志未载。《郡斋读书志》作"《会昌一品集》二十卷、《姑臧集》五卷、《平泉诗》一卷、《穷愁志》三卷、《别集》八卷"，并云"《一品集》，郑亚为之序，皆会昌制诰、表状、外内册赞、碑序文也。赋诗四首。《穷愁志》乃崖州所撰。《姑臧集》题段全纬纂，上四卷亦制诰，第五乃《戛黠斯朝贡传》与八诗。《别集》乃裒合古赋，《平泉诗》、集外杂著。又有《古赋》一卷，载《金松》等四赋"；《直斋书录解题》作"《会昌一品集》二十卷、《别集》十卷、《外集》四卷"，另有"《李卫公备全集》五十卷、《年谱》一卷、《摭遗》一卷"。可见，宋代李卫公集已多异本，且屡经校补。范仲淹《述梦诗序》亦曾提及集贤学士钱仙游从父汉东公尝得卫公集外诗赋杂著成一编，名《一品拾遗》，所收"雄富"。宋本今存唯有残本。今传最古之嘉靖刊本有《会昌一品制集》二十卷、《别集》十卷(载诗赋杂文)、《外集》四卷(载论文，即《穷愁志》)，所直斋所载合。明刊本多本此三十四卷本。《四部丛刊》亦据此本影印。

*杜牧《樊川集》二十卷。按，此集旧志未载。据其外甥裴延翰《樊川文集序》知，杜牧于宣宗大中六年(852)冬迁中书舍人，"尽搜文章，阅千百纸，擲焚之，才属留者十二三"，但因裴延翰久有藏蓄，比较焚外，十多七八，故得离为二十编，合诗文四百五十首，题为《樊川文集》。《崇文总目》著录仍二十卷。《郡斋读书志》录《樊川集》二十卷，外集一卷。《直斋书录解题》所记与郡斋同。正集以外之诗作，南宋以来，多疑其伪，刘克庄、姚宽即以为别集中多有许浑之作。宋本樊川集，后世罕见，然据以翻刻、抄写者多有。明嘉靖间翻刻本，全仿宋本而刻，楮印精好，最善，钱曾《读书敏求记》有载，瞿氏铁琴铜剑楼、叶氏郎园、孙氏平津馆、丁氏善本书室均有藏。《四部丛刊》据此本影印。

△《沈亚之集》九卷。按，此集旧志未载。《郡斋读书志》作八卷。《直斋书录解题》作十二卷。《文献通考》作十卷。沈集宋代元祐丙寅(1086)间曾有十二卷刊本，此后刊本绝少，仅赖传抄，流布未广。今所传者，皆十二卷本，多抄自钱曾《读书敏求记》所记元祐十二卷刊本。孙星衍《平津馆鉴藏书记》、陆心源《皕宋楼藏书志》所记皆影写自此。今国家图书馆所藏二抄本，则从瞿氏铁琴铜剑楼来。刊本今仅存明刊本，《四部丛刊》据以影印。

○《罗让集》三十卷。

△《王涯集》十卷。按，此集旧志未载。《直斋书录解题》著录《王涯集》一卷。故王涯集宋时已散佚。《全唐诗》编其诗一卷(卷三四六)，且有他之作；《全唐文》《唐文拾遗》共录其文十五篇。①

○《魏谟集》十卷。

○《秣陵子集》一卷。来择，字无择，宝历应贤良科。

○《柳仲郢集》二十卷。

○《陈商集》十七卷。

○《欧阳衮集》二卷。衮，福州闽县人，历侍御史。

△温庭筠《握兰集》三卷；又《金筌集》十卷；《诗集》五卷；《汉南真稿》十卷。按，温氏诸集旧志未载。《崇文总目》载前二种。《郡斋读书志》载《金荃集》七卷、《外集》一卷，《文献通考》同。《直斋书录解题》载《温飞卿集》七卷。则宋代传本，已参差不一，且逐渐亡佚矣。今传各本皆祖北宋本，正集七卷，别集一卷，应为晁氏所著录之本，瞿氏铁琴铜剑楼、丁丙善本书室均有藏。未审七卷本、外一卷本与新志所记之关系，姑以宋人辑本标记。温庭筠另与段成式、余知古唱和之《汉上题襟集》，见于后。

△陈陶《文录》十卷。按，此集旧志未载。《郡斋读书志》著录《陈陶集》二卷。《全唐诗》存诗二卷。②

△刘蜕《文泉子》十卷。字复愚，咸通中书舍人。按，此集旧志未载。《直斋书录解题》亦作十卷。旧本久佚。刘蜕《献南海崔尚书书》云："因时著书满十卷，自谓不有得于今，必有得于后；不有得于人，必有得于鬼神。"又云："谨贡旧投刺书一卷，以其最近于情；杂歌诗共二卷，以其颇有逸事。"未审刘氏呈于崔尚书之诗文，是否系其十卷内之文，阙疑。今存最早刻本，系明天启四年(1624)吴馡所刻六卷本，《四部丛刊》据以

① 傅璇琮主编：《唐才子传校笺》(第二册)，中华书局1987年版，第432页。

② 傅璇琮主编：《唐才子传校笺》(第三册)，中华书局1987年版，第420页。

影印。

○郑畋《玉堂集》五卷；又《凤池稿草》三十卷；《续凤池稿草》三十卷。

○孙樵《经纬集》三卷。字可之，大中进士第。按，此集旧志未载。唐僖宗中和四年(884)，孙樵《文集自序》记载："阅所著文及碑碣书檄传记铭志得二百馀篇，藂其可观者三十五篇，编成十卷，藏诸箧笥，以贻子孙。"但《新唐书·艺文志》《郡斋读书志》《文献通考》《通志》皆云孙樵《经纬集》三卷。《直斋书录解题》作《孙樵集》十卷，并称"樵自为序，凡三十五篇"，与《自序》所记同。自明以来，所传皆十卷本，未见《经纬集》三卷。宋元所椠十卷本，明人未见。明代传本，大抵皆以正德十二年(1517)王鏊刊本为祖本。王鏊本自云录自内阁。天启五年(1625)，吴馡据王氏本与林茂之闽本，参考《文苑》等籍，厘正谬误，与《刘蜕集》同刻。《四部丛刊》即据吴刻本影印。明代汲古阁所刻《三唐人文集》(李翱、皇甫湜、孙樵)亦以王鏊本为祖本。其他如闵齐伋刻本、黄烨然刻本则均与吴馡刻本有密切关系。至清代，宋椠渐出。黄荛圃于顾抱冲小读书堆见一南宋初年所刻《孙可之文集》，十卷二十册，系锡山华氏真赏斋原藏，此本后归艺芸书舍汪士锺，转归海源阁，终归莫伯骥五十万卷楼。

○周慎辞《宁苏集》五卷。字若讷，咸通进士第。

○《皮日休集》十卷；○又《胥台集》七卷；*《文薮》十卷；○《诗》一卷。按，皮氏诸集旧志未载。皮日休《文薮序》云："咸通丙戌(866)中，日休射策不上第，退归州东别墅，编次其文，复将贡于有司，发箧丛萃，繁如薮泽，因名其书曰《文薮》焉。"又云："凡二百篇，为十卷。"《崇文总目》无新志所载"《诗》一卷"，馀皆同。皮氏尚有类书《皮氏鹿门家钞》九十卷。然存于今者唯《文薮》十卷，然亦仅为明刊本，宋元旧椠未见。皮氏另有与陆龟蒙唱和之《松陵集》十卷，存于世。详见后文。

陆龟蒙*《笠泽丛书》三卷；○又《诗编》十卷；○《赋》六卷。按，陆氏诸集旧志未载。[《新唐书·艺文志》乙部史录〈杂传记类〉尚记有《小名录》五卷①。与皮日休唱和之《松陵集》十卷见于后文所载。]《崇文总目》与新志同。唐僖宗乾符六年(879)春，陆龟蒙曾自序丛书，然未言卷数。宋哲宗元符三年(1100)，有七卷蜀刻本，蜀本樊开所序，称陆氏尚有《吴兴

① 欧阳修、宋祁：《新唐书》，中华书局1975年版，第1484页。

实录》四十卷①。《郡斋读书志》仅录《笠泽丛书》四卷，无诗、赋。《直斋书录解题》所记与郡斋同，"为甲、乙、丙、丁(四卷)诗文、杂编，政和中朱衮刊之吴江"，然多《补遗》一卷，系用蜀本增入之四赋。从樊开序、朱衮序记，以及晁、陈二氏所记，可知宋时笠泽之集蜀本为七卷，较通行的则是郡斋、直斋所载之四卷本。元代陆德原重刻《笠泽丛书》四卷、补遗一卷本，当据直斋所录本。南宋宝祐五年(1257)，叶茵合《笠泽丛书》《松陵集》编为《甫里先生文集》，凡二十卷，计诗文652篇。明代严景和、许自昌皆有重刻，并略有增补。《四库全书》即据许本收录。然至清代，二十卷本的《甫里先生集》较少有人谈及，且再未翻刻，而《笠泽丛书》，却由于藏书家的抄校，新本叠出。清代藏书家吴焯《绣谷亭薰习录》于此集渊源述之甚明，可参《唐集叙录》②。

○《杨夔集》五卷；又《冗书》十卷；《冗余集》一卷。按，杨氏诸集旧志未载。《崇文总目》《通志·艺文略》所录与新志同。集今皆佚，《全唐诗》卷七六三存其诗十二首，《全唐文》卷八六六存其文二十二篇。③

○沈栖远《景台编》十卷。字子鸾，咸通进士第。

○《郑諴集》卷亡。字申虞，福州闽县人。大中国子司业，郢、安二州刺史，江西节度副使。

△司空图《一鸣集》三十卷。按，此集旧志未载。光启三年(887)，司空图记云："及遭乱窜伏，又顾无有忧天下而访于我者，曷自见平生之志哉！因捃拾诗笔，残缺亡几，乃以中条别业一鸣窗以目其前集，庶警子孙耳。其述先大夫所著家牒照乘传及补亡舅赞祖彭城公中兴事，并愚自撰密史，皆别编次云。"司空图《一鸣集》之手稿至北宋仅余残篇，北宋嘉祐四年(1059)，宋祁曾见。今所见司空图集，其嗣子司空荷所辑。《崇文总目》作三十卷。《郡斋读书志》著录三十卷，云："集自为序，以濯缨亭一鸣窗名其集。子荷别为集后记。"《直斋书录解题》载《一鸣集》一卷(《文献通考》作三十卷)，又载《司空表圣集》十卷，"此集皆诗也"。南宋尚存之《一鸣集》三十卷，今不传。传于后世之《司空表圣文集》仅八卷，无诗，俱题杂著，五卷六卷题碑，当系直斋所云之"蜀本"。汲古阁、平津馆、铁琴铜剑楼、皕宋楼、善本书室，及钱楚殷、何焯、缪荃孙、耿光斗诸人所记皆同。司空图之诗，宋洪迈《万首唐人绝句》卷五六至五八收七绝二

① 樊开：《甫里先生文集序》，曾枣庄、刘琳主编：《全宋文》卷2821第130册，上海辞书出版社、安徽教育出版社2006年版，第375页。

② 万曼：《唐集叙录》，中华书局1980年版，第324页。

③ 傅璇琮主编：《唐才子传校笺》(第四册)，中华书局1987年版，第466页。

百三十余首，卷八九收五绝七十五首，因得以存①。明末胡震亨《唐音戊签》编表圣诗五卷，《四部丛刊》据以影印，题曰《司空表圣诗集》。

○《陆扆集》七卷。

△秦韬玉《投知小录》三卷。字中明，田令孜神策判官、工部侍郎。按，此集旧志未载。《崇文总目》作五卷，当为三卷之误；《郡斋读书志》与新志同；《直斋书录解题》记《秦韬玉集》一卷。其集今佚，《全唐诗》卷六七〇录存余作。②

○《郑賨集》十卷。字贡华，乾符进士第。

○袁皓《碧池书》三十卷。袁州宜春人。龙纪集贤殿图书使，自称碧池处士。

○《郑氏贻孙集》四卷。

○养素先生《遗荣集》三卷。皆唐末人。

○《张玄晏集》二卷。字寅节，昭宗翰林学士。

○《齐夔集》一卷。

○黄璞《雾居子》十卷。

○《谭正夫集》一卷。

○《丘光庭集》三卷。

○张安石《涪江集》一卷。

○张友正《杂编》一卷。

○《沈光集》五卷。题曰《云梦子》。按，此集旧志未载。宋元书目均未载，盖元时其集已不存。《全唐文》卷八〇二存《李白酒楼记》一篇，馀皆未见。③

○《程晏集》七卷。字晏然，乾宁进士第。

○沈颜《聱书》十卷。

○李善夷《江南集》十卷。

○《刘绮庄集》十卷。

○《王秉集》五卷。

○《孙子文纂》四十卷。又《孙氏小集》三卷。孙郃，字希韩，乾宁进士第。

○《陈黯集》三卷。字希孺，泉州南安人，昭宗时。

---

① 陈尚君：《司空图传校笺》，见傅璇琮主编：《唐才子传校笺》（第五册），中华书局1995年版，第436页。

② 傅璇琮主编：《唐才子传校笺》（第四册），中华书局1987年版，第151页。

③ 傅璇琮主编：《唐才子传校笺》（第三册），中华书局1987年版，第469页。

○《罗衮集》二卷。字子制，天祐起居郎。

○李峤《杂咏诗》十二卷。

○《刘希夷诗集》四卷。

○《崔颢诗》一卷。汴州人，才俊无行，娶妻不惬即去之者三四，历司勋员外郎。按，此集旧志未载。《直斋书录解题》亦作一卷。今《全唐诗》编其诗亦一卷(卷一三〇)。文有散佚①。

*《綦毋潜诗》一卷。字孝通。开元中，繇宜寿尉入集贤院待制，迁右拾遗，终著作郎。按，此集旧志未载。《直斋书录解题》亦作一卷。今《全唐诗》卷一三五录其诗一卷②。

*《祖咏诗》一卷。按，此集旧志未载。《直斋书录解题》亦作一卷。今《全唐诗》编其诗亦一卷(卷一三一)③。

△《李颀诗》一卷。并开元进士第。按，此集旧志未载。新志云诗，《直斋书录解题》则云《李颀集》一卷。然宋元旧椠，未见传本。钱塘丁氏《善本书室藏书志》二十四录唐《李颀诗集》一卷，明万历刊本，系钱塘凌登瀛、元仲甫纂辑。善本书室另有一正德刊本，可参《唐集叙录》。

*《孟浩然诗集》三卷。弟洗然。宜城王士源所次，皆三卷也。士源别为七类。按，此集旧志未载。王士源《孟浩然集序》云："浩然凡所属缀，就辄毁弃，无复编录……今集其文诗二百一十八首，分为四卷。"④不久，韦縚又据王士源本重加缮写，增其条目，送上秘府⑤。至宋代，《新唐书·艺文志》《郡斋读书志》《直斋书录解题》虽皆云三卷，但基本保持原貌。元、明以后，宋椠三卷本渐稀，《十二家唐诗》本收孟诗二百六十三首，毛晋"依宋刻，以元本(刘辰翁评点本)、关中本(明弘治关中所刻)参之，附以拾遗，共得二百六十六首。"⑥清代所编《全唐诗》盖出汲古阁本。

○《包融诗》一卷。润州延陵人。历大理司直。二子何、佶齐名，世称"二包"。何，字幼嗣，大历起居舍人。融与储光羲皆延陵人，曲阿有余杭州尉丁仙芝、缑氏主簿蔡隐丘、监察御史蔡希周、渭南尉蔡希寂、处士张彦雄、张潮、校书郎张晕、吏部常选周瑀、长洲尉谈戭，句容有忠王府仓曹参军殷遥、硖石主簿樊光、横阳主簿沈如筠，江宁有右拾遗孙处

---

① 傅璇琮主编：《唐才子传校笺》(第一册)，中华书局1987年版，第205~206页。
② 傅璇琮主编：《唐才子传校笺》(第一册)，中华书局1987年版，第249页。
③ 傅璇琮主编：《唐才子传校笺》(第一册)，中华书局1987年版，第211页。
④ 董诰：《全唐文》，中华书局1983年版，第3838页。
⑤ 韦縚：《孟浩然集序》，《全唐文》，中华书局1983年版，第3124页。
⑥ 万曼：《唐集叙录》，中华书局1980年版，第75~78页。

玄、处士徐延寿，丹徒有江都主簿马挺、武进尉申堂构，十八人皆有诗名。殷璠汇次其诗，为《丹杨集》者。按，此集旧志未载。宋代其他书目亦未载。今《全唐诗》卷一一四载其诗八首。原集已佚。

*《皇甫冉诗集》三卷。字茂政，润州丹阳人，秘书少监、集贤院修撰彬侄也。天宝末无锡尉，避难居阳羡，后为左金吾卫兵曹参军、左补阙，与弟曾齐名。曾，字孝常，历侍御史，坐事贬徙舒州司马，阳翟令。按，此集旧志未载。《郡斋读书志》作《皇甫冉诗》二卷，有独孤及序。《直斋书录解题》作《皇甫冉集》一卷，亦谓"集有独孤及序"；另有其弟《皇甫曾集》一卷。杨绍和《楹书隅录》记有一与常建、杜审言、岑嘉州合刊《四家诗集》宋本，分上下二卷，收诗218首，无独孤及序。丁丙《善本书室藏书志》所记明正德所刻"《皇甫补阙诗》二卷"、"《皇甫御史诗》一卷"从宋本重刊而来。明代另刊有"《皇甫冉诗集》七卷附《皇甫曾诗集》一卷"本与"《二皇甫诗集》八卷本"，乃明人刊书分卷故习，存诗并未增补。

*《严维诗》一卷。字正文，越州人，秘书郎。按，此集旧志未载。《直斋书录解题》亦作一卷。清《全唐诗》卷二六三编其诗一卷。

*《张继诗》一卷。字懿孙，襄州人。大历末，检校祠部员外郎，分掌财赋于洪州。按，此集旧志未载。叶梦得《石林诗话》卷中云："继诗三十馀篇，余家有之，往往多佳句。"今传清席启寓《唐诗百名家全集》与《全唐诗》均录其诗四十七首，然杂入他人之作二十三首，去其数，则与叶氏所记相当，与《文苑英华》所录亦相近①。

*《李嘉祐诗》一卷。别名从一，袁州、台州二刺史。按，此集旧志未载。《崇文总目》《直斋书录解题》皆作一卷，《郡斋读书志》则作二卷。《百川书志》录《李嘉祐诗集》一卷，《四库全书》未收。丁丙《善本书室藏书志》著录《李嘉祐集》二卷，明活字本。士礼居藏《台阁集》一卷，系汲古阁抄元本；黄氏又藏一《李嘉祐诗集》五卷本，分体为卷，自云"不及一卷"。另，莫伯骥"五十万卷楼"藏一旧本，分上下卷，"板式甚雅"。

*《郎士元诗》一卷。字君胄，中山人。宝应元年，选畿县官，诏试中书，补渭南尉，历拾遗、郢州刺史。按，此集旧志未载。《郡斋读书志》《直斋书录解题》亦作一卷。《全唐诗》卷二四八编其诗为一卷②。

*《张南史诗》一卷。字季直，幽州人。以试参军避乱居扬州杨子，再召之，未赴，卒。按，此集旧志未载。《直斋书录解题》亦作一卷。《全

① 傅璇琮主编：《唐才子传校笺》(第一册)，中华书局1987年版，第512页。
② 傅璇琮主编：《唐才子传校笺》(第一册)，中华书局1987年版，第528页。

唐诗》卷二九六编其诗为一卷①。

○《畅当诗》二卷。按，此集旧志未载。《宋史·艺文志》著录一卷。《全唐诗》卷二八七收其诗十七首，且杂有他人之作②。

○《郑常诗》一卷。按，此集旧志未载。《中兴间气集》录其诗三首，《唐诗纪事》卷三一、《全唐诗》卷三一一同③。

○《苏涣诗》一卷。涣少喜剽盗，善用白弩，巴蜀商人苦之，号白跖，以比庄蹻。后折节读书，进士及第。湖南崔瓘辟从事，瓘遇害，涣走交广，与哥舒晃反，伏诛。按，此集旧志未载。宋代文献亦仅新志有载。宋以后书目均未见。今仅存零篇四首。

△《朱湾诗集》四卷。李勉永平从事。按，此集旧志未载。《直斋书录解题》作一卷。《全唐诗》卷三〇六编其诗一卷④。

○《吉中孚诗》一卷。楚州人，始为道士，后官校书郎，登宏辞，谏议大夫、翰林学士、户部侍郎，判度支。贞元初卒。按，此集旧志未载。除新志外，宋代书志均未著录。《全唐诗》录其诗一首⑤。

*《朱放诗》一卷。字长通，襄州人，隐居剡溪。嗣曹王皋镇江西，辟节度参谋，贞元初召为拾遗，不就。按，此集旧志未载。《郡斋读书志》同。《直斋书录解题》作《朱放集》一卷。《全唐诗》卷三一五录其诗一卷，计二十五首；童养年《全唐诗续补遗》补其诗一首⑥。

*《刘方平诗》一卷。河南人，与元鲁山善，不仕。按，此集旧志未载。宋代晁、陈二志未载。清《全唐诗》编其诗一卷(卷二五一)⑦。

*《常建诗》一卷。肃、代时人。按，此集旧志未载。新志、《郡斋读书志》《直斋书录解题》《宋史·艺文志》皆作一卷。宋椠本中，有临安陈起宗书肆所刊二卷本，盖从一卷所分(《天禄琳琅》后编六著录，曾为杨士奇家藏)；又有与杜审言、岑参、皇甫冉四家合刊本(杨氏海源阁所藏)，二卷，57首。明汲古阁刊《常建诗》三卷，仍为57首。钱塘丁丙善本书室所藏与杨氏海源阁藏本同，莫友芝《郘亭知见传本书目》录明嘉靖丁未(1547)余文周仿宋刻《唐十子诗》，其中《常建集》二卷。

○《麴信陵诗》一卷。按，此集旧志未载。《郡斋读书志》《直斋书录解

---

① 傅璇琮主编：《唐才子传校笺》(第一册)，中华书局1987年版，第659页。
② 傅璇琮主编：《唐才子传校笺》(第二册)，中华书局1987年版，第125页。
③ 傅璇琮主编：《唐才子传校笺》(第二册)，中华书局1987年版，第125页。
④ 傅璇琮主编：《唐才子传校笺》(第一册)，中华书局1987年版，第686页。
⑤ 傅璇琮主编：《唐才子传校笺》(第二册)，中华书局1987年版，第19页。
⑥ 傅璇琮主编：《唐才子传校笺》(第二册)，中华书局1987年版，第350页。
⑦ 傅璇琮主编：《唐才子传校笺》(第一册)，中华书局1987年版，第592页。

题》均作一卷。洪迈《容斋五笔》卷七《书麹信陵事》云："予因忆少年寓无锡时，从钱伸仲大夫借书，正得信陵文集，才有诗三十三首，《祈雨文》三首。……《新唐书·艺文志》但记诗一卷，略无他说。非乐天之诗，几于与草木俱腐。乾道二年，历阳陆同为望江令，得其诗于汝阴，王廉清为刊版而致之郡库，但无《祈雨文》也。"故知宋时麹诗尚有重刊。然宋人所编之集，元以后亦渐散佚。《全唐诗》仅收其诗六首。①

○《**章八元诗**》**一卷**。**睦州人，大历进士第**。按，此集旧志未载。除新志外，宋代公私书志无著录。《全唐诗》卷二八一录其诗六首②。

＊《**秦系诗**》**一卷**。按，此集旧志未载。宋陈振孙《直斋书录解题》作《秦隐君集》一卷。清代瞿氏《铁琴铜剑楼藏书目录》十九录一影宋钞本《秦隐君诗集》一卷。

○《**陈诩集**》**十卷**。**字载物，福州闽县人。贞元户部郎中，知制诰**。

＊《**钱起诗**》**一卷**。按，此集旧志未载。《崇文总目》亦作一卷。《郡斋读书志》作二卷。《直斋书录解题》则称《钱考功集》十卷，并云："蜀本作前后集十三卷。"后世钱集多为十卷。钱曾《读书敏求记》与瞿氏《铁琴铜剑楼藏书目录》所记、黄丕烈士礼居所藏(后归海源阁杨氏，入藏国家图书馆)皆十卷旧抄。宋、元旧椠未见。明刻本有嘉靖间卢龙渊刻七卷本、明活字十卷本。《四库全书》所收亦十卷。然胡震亨及四库馆臣皆认为钱起中杂入其曾孙钱珝之作，所编甚驳，有待精校。

＊《**李端诗集**》**三卷**。按，此集旧志未载。《郡斋读书志》《直斋书录解题》皆录作三卷，题名略异。士礼居收得校明抄本《李校书集》三卷，认为"系旧抄，校者之笔亦是明人"，此本后归杨氏海源阁。明代另有铜活字本四卷，《唐五十家诗集》收之；莫友芝《知见传本书目》记有《李端集》四卷；国家图书馆有藏。

＊《**韩翃诗集**》**五卷**。按，此集旧志未载。《崇文总目》《郡斋读书志》《直斋书录解题》俱作五卷。至明代，刘成德分体编为八卷、江元禔编为三卷，竟致旧五卷本日见稀少。黄丕烈所藏明抄本《韩君平诗集》五卷与《钱考功诗》合为一册，后归海源阁杨氏，今藏国家图书馆，或系五卷本韩集唯一传本。

＊《**司空曙诗集**》**二卷**。按，此集旧志未载。《直斋书录解题》载《司空

---

① 傅璇琮主编：《唐才子传校笺》(第二册)，中华书局1987年版，第372~373页。
② 傅璇琮主编：《唐才子传校笺》(第二册)，中华书局1987年版，第113页。

文明集》二卷。《全唐诗》编其诗二卷（卷二九二、二九三）①。

△《卢纶诗集》十卷。按，此集旧志未载。《崇文总目》录作：《卢纶集》十八卷，又《卢纶诗》十卷。《郡斋读书志》仅作一卷。《直斋书录解题》作十卷。宋明以来，卢集传本甚少，有见于著录者，仅十卷本一种。《藏园群书题记》有云："北平图书馆新收唐《卢纶诗集》三卷，明正德刊本。"乃沈天祥校证之本。又云："唐史言帝（文宗）遣中官悉索家笥，得诗五百首，皆入秘书省。今尚未传布。"傅氏三卷本录诗一百首。《天禄琳琅》后编卷六宋版集部，有《卢户部诗集》十卷，得诗三百三首。席氏《唐诗百家全集》则收诗二百八十四首，皆非全本矣。

*《耿湋诗集》二卷。按，此集旧志未载。《郡斋读书志》《直斋书录解题》亦作二卷。《全唐诗》亦编为二卷（卷二六八、二六九），又卷八八三补遗一首②。

*《崔峒诗》一卷。按，此集旧志未载。除新志外，宋代书志未录。《全唐诗》卷二九四编其诗一卷，诗四十七首。

*《韦应物诗集》十卷。按，此集旧志未载。宋嘉祐元年（1056）王钦臣校定韦集，序云："有集十卷，而缀叙猥并非旧次矣。今取诸本校定，仍所部居，去其杂厕，分十五总类，合五百七十一篇，题曰《韦苏州集》。"王钦臣性嗜古，藏书数万卷，手自校正，世称善本。他所校定的韦集，是今所传韦集的母本③。然则王钦臣所见之本，已非旧次，所幸篇数当去原本不远。《郡斋读书志》作"《韦应物集》十卷"④，《直斋书录解题》作"《韦苏州集》十卷"⑤，二书所记文字略同。

○《许经邦诗集》一卷。建中右武卫胄曹参军。

○《韦渠牟诗集》十卷。谏议大夫时集。

△《刘商诗集》十卷。贞元比部郎中。按，此集旧志未载。《直斋书录解题》著录《刘虞部集》十卷。《宋史·艺文志》亦作十卷。据集序所云，编集时收诗二百七十七篇。《全唐诗》编其诗为二卷（卷三〇三、三〇四），收诗九十七首。《补遗》二又收一首。

*《王建集》十卷。大和陕州司马。按，此集旧志未载。《崇文总目》

---

① 傅璇琮主编：《唐才子传校笺》（第二册），中华书局1987年版，第56页。
② 傅璇琮主编：《唐才子传校笺》（第二册），中华书局1987年版，第35页。
③ 万曼：《唐集叙录》，中华书局1980年版，第87页。
④ 晁公武撰，孙猛校证：《郡斋读书志校证》，上海古籍出版社1987年版，第864页。
⑤ 陈振孙著，徐小蛮、顾美华点校：《直斋书录解题》，上海古籍出版社1987年版，第562页。

作二卷。《郡斋读书志》《直斋书录解题》与新志同。直斋又录有《王建宫词》一卷，系从集中第七卷录出单行本。明毛晋汲古阁刻本为八卷，自云亦据宋本，然不知所出。涵芬楼收有十卷本，系南宋书棚本。中华书局上海编辑所1959年所印《王建诗集》，即以书棚本为底本，并以汲古阁本、《全唐诗》、清康熙席启寓琴川书屋刻《唐人百家》本、清康熙胡介祉谷园刻本互校。

张碧《歌行集》二卷。贞元人。

*《雍裕之诗》一卷。按，此集旧志未载。《直斋书录解题》作《雍裕之集》一卷。元代所编《宋史·艺文志》、明胡震亨《唐音癸签》亦均作一卷。《全唐诗》编其诗一卷(四七一)。①

*《杨巨源诗》一卷。字景山，大和河中少尹。按，此集旧志未载。《郡斋读书志》《直斋书录解题》亦作一卷。《全唐诗》编其诗为一卷。②

△《孟郊诗集》十卷。按，此集旧志未载。孟东野文集唐时传播情况不明。宋初传有汴吴镂本五卷、周安惠本十卷等。《崇文总目》录《孟郊诗》五卷。宋敏求“总括遗逸，擿去重复，……得五百一十一篇，釐别乐府、感兴、咏怀、游适、居处、行役、纪赠、怀寄、酬答、送别、咏物、杂题、哀伤、联句十四种，又以赞书二系于后，合十卷。”使孟集有了一个比较完善的本子。后世孟集，皆祖宋氏所编。《郡斋读书志》《直斋书录解题》皆录为十卷，即此编。北宋椠本，后为黄丕烈士礼居所得，转归杨氏海源阁。

△《张籍诗集》七卷。按，此集旧志未载。《崇文总目》亦作七卷。《郡斋读书志》作五卷，《直斋书录解题》作《张籍集》三卷。宋初张洎(933—996)《张司业集序》云：“自皇朝(指南唐)多故，荐经离乱，公之遗集，十不存一。予自丙午岁(946)迄至乙丑岁(965)相次辑缀，仅得四百余篇，藏诸箧笥，馀则便俟博访，以广其遗阙云尔。”张洎所编，凡十二卷，钱公辅名为《木铎集》。郡斋所藏，即云张洎所编。后宋人汤中综集所得各本编《张司业集》八卷，附录一卷，较为完善，成为后世诸刻的祖本。《直斋书录解题》有录，直斋云：“汤中季庸以诸本校订，且考订其为吴郡人。魏峻叔高刻之平江。续又得《木铎集》，凡他本所无者，皆附其末。”明代刘成德于载籍中“又得乐府五七言古诗三十首，今体五十二首，而次编之，共得三百九十三首”，丁丙善本书室著录刘氏本，《四部丛刊》据以影

① 傅璇琮主编：《唐才子传校笺》(第二册)，中华书局1987年版，第574页。
② 傅璇琮主编：《唐才子传校笺》(第二册)，中华书局1987年版，第412页。

印。万历中，张尚儒购得刘氏本，参以朱兰嵎金陵刊本，得诗四百四十九首，并录《与韩昌黎书》二首，订为八卷，可称完帙，《四库全书》所收。

*《李涉诗》一卷。按，此集旧志未载。《郡斋读书志》《直斋书录解题》《宋史·艺文志》亦皆作一卷。《全唐诗》卷四七七编其诗一卷，计一百一十三首，掺杂有他人诗。《补遗》录九首，孙望《全唐诗补逸》又补一首①。

*《李贺集》五卷。按，此集旧志未载。杜牧《太常寺奉礼郎李贺歌诗集序》曾引沈子明书信云："吾亡友李贺，元和中义爱甚厚，日夕相与起居饮食。贺且死，尝授我生平所著歌诗，杂为四编，凡若干首。"故知李长吉集初为四编。《郡斋读书志》记四卷，但又著录外集一卷。宋代所传李贺诗集，据记载有五种版本：京师本、蜀本、会稽姚氏本(出秘阁)、宣城本、鲍钦止家本(或称上党本)。除鲍本外，馀皆不传。另，《四部丛刊》据以影印之瞿氏铁琴铜剑楼所藏旧云金代刻本《李贺歌诗编》四卷，万曼认为应为元刻或蒙古刊本。毛晋汲古阁本系依鲍钦止手定本覆刻。明代钟惺《李长吉诗辨》云："杜牧，李长吉挚友也。叙长吉诗曰，贺且死，尝授我平生所著歌诗凡二百三十三首。今二百三十三首具在，则长吉诗无逸者矣。其逸者，非逸也，皆贺所不欲存者也。"虽误将杜牧当作沈子明，然述长吉诗歌之传，可谓通达矣。

李绅*《追昔游诗》三卷；○又《批答》一卷。按，此集旧志未载。《崇文总目》《郡斋读书志》《直斋书录解题》皆著录有《追昔游诗》。《直斋书录解题》云："皆平生历官及迁谪所至，述怀纪游之作也。"《追昔游编》虽然没有宋元旧椠，但是一直传录，刻本通行的有汲古阁本和席氏刻本，《四库全书》以天一阁藏本著录。《批答》一卷未见著录。

*《章孝标诗》一卷。按，此集旧志未载。孝标，元和十四年(819)进士，秘书省正字。《直斋书录解题》作《章孝标集》一卷。丁丙《善本书室藏书志》著录一卷，系明正德依宋刊本，系与其子章碣同刊本。

△《殷尧藩诗》一卷。元和进士第。按，此集除新志外，《宋史·艺文志》《直斋书录解题》均有记载；元辛文房《唐才子传》亦有提及，故该集元时尚存；明末胡震亨编《唐音统签》时，其集已亡佚。《唐集叙录》未载。《全唐诗》卷四九二收殷尧藩集一卷，诗88首，然据陶敏考证，卷中窜入元虞集、萨都剌、明初史谨、吴伯宗等人诗25首，尚有不知出处与作者的伪诗(包括与其他诗人的重出诗)若干首。故知胡震亨及清代《全唐诗》

① 傅璇琮主编：《唐才子传校笺》(第二册)，中华书局1987年版，第310页。

编者所据《殷尧藩集》当为明人伪造之本①。

○《李敬方诗》一卷。字中虔，大和歙州刺史。按，此集旧志未载。顾陶《唐诗类选后序》称其于大中十年已有家集三百首。然新志言一卷，故宋时已散佚。《全唐诗》卷五〇八仅录其诗八首。②

*《玉川子诗》一卷。卢仝。按，此集旧志未载。《崇文总目》《郡斋读书志》俱作一卷。《直斋书录解题》作《卢仝集》三卷，并云"第三卷号集外诗，凡十首。……川本止前二卷"，乃庆历间韩盈所辑之本。宋椠本不传。各藏家所著录，皆影宋抄本。丁丙善本书室记《卢仝诗集》三卷，外集一卷，系明抄宋本。《北京图书馆善本书目》有《卢仝诗集》二卷，集外诗一卷，明陆涓刻本。《四部丛刊》据涵芬楼藏旧抄本影印。

*《裴夷直诗》一卷。按，此集旧志未载。《宋史·艺文志》卷七录其诗为二卷。《全唐诗》卷五一三录其诗五十七首。夷直曾为李逢吉、令狐楚二相唱和之《断金集》作序，当时颇负士林之望。③

△《施肩吾诗集》十卷。按，此集旧志未载。《崇文总目》卷五载其集十卷。《郡斋读书志》《直斋书录解题》著录施氏《西山集》一卷。《全唐诗》卷四九四录其诗一九七首，另有残句若干。④

*《姚合诗集》十卷。按，此集旧志未载。《崇文总目》作一卷。《郡斋读书志》与新志同。《直斋书录解题》记云："《姚少监集》十卷"。宋代浙本、川本卷数同而编次异，且浙本名《姚少监集》，川本名《姚合诗集》。浙本后经汲古阁、士礼居、涵芬楼递藏，《四部丛刊》据此影印。黄丕烈又有五卷残宋刊本，从陆西屏、周香严处得来，后归杨氏海源阁，辗转入国家图书馆(《北京图书馆善本书目》有著录)。

△《韩琮诗》一卷。字成封，大中湖南观察使。按，此集旧志未载。《崇文总目》卷五著录与新志同。《宋史·艺文志》卷七作《韩宗诗》一卷。《全唐诗》卷五六五录其诗二十四首。⑤

李商隐△《樊南甲集》二十卷；△《乙集》二十卷；*《玉溪生诗》三卷；○又《赋》一卷；○《文》一卷。按，李氏诸集旧志未载。《崇文总目》未载《文》一卷，余皆与新志同。《郡斋读书志》则记为《樊南甲集》二十

① 陶敏：《〈全唐诗·殷尧藩集〉考辨》，《中华文史论丛》第47辑。此文亦收入陶先生《唐代文学与文献论集》，中华书局2010年版，第423页。

② 傅璇琮主编：《唐才子传校笺》(第三册)，中华书局1987年版，第231页。

③ 傅璇琮主编：《唐才子传校笺》(第三册)，中华书局1987年版，第102页。

④ 傅璇琮主编：《唐才子传校笺》(第三册)，中华书局1987年版，第143页。

⑤ 傅璇琮主编：《唐才子传校笺》(第三册)，中华书局1987年版，第156页。

卷、《乙集》二十卷，《文集》八卷，又有古赋及文共三卷，诗五卷。《直斋书录解题》除称诗三卷外，馀与郡斋所记同。自宋以来，除晁氏称五卷外，各种官本皆称义山诗为三卷；私本流传，则纷纭不一。宋贤杨亿、钱若水孜孜访求，所得亦不如今传本之数。明代毗陵蒋氏刊刻《中唐人集十二家》，《李义山诗集》六卷，分体排纂。朝鲜刻本《李商隐诗集》十卷、补遗一卷，今藏国家图书馆。义山文集四十卷，也唤作《樊南四六》，甲集收文433篇，乙集400篇。宋人陈振孙曰："以近世四六观之，当时以为工，今未见其工也。"因宋代人不喜义山四六文，故其文集日就澌灭，终于不传。清代朱鹤龄从《文苑英华》《唐文粹》诸书汇辑文集五卷(《四部丛刊》据此本影印)。此后，徐炯、冯浩、钱振伦又予以补辑，总计现存总数353篇。

贾岛＊《长江集》十卷；○又《小集》三卷。按，此集旧志未载。《崇文总目》与新志同。《郡斋读书志》《直斋书录解题》均作十卷，无《小集》三卷。宋龚鼎《贾浪仙祠堂记》云："凡为编次其诗者二人：许彬者谓之《小集》，而天仙寺浮屠无可谓之《天仙集》。"《天仙集》亦未见著录。《长江集》十卷，有宋书棚本传于后；《小集》三卷，不传。

＊《张祜诗》一卷。字承吉，为处士，大中中卒。按，此集旧志未载。《郡斋读书志》与新志同。《直斋书录解题》作《张祜集》十卷。明正德间有一仿宋刊本《唐张处士诗》五卷，递藏刘恕，后入丁丙善本书室。明末叶奕抄校《唐张处士诗集》则为六卷，有吴寿旸跋，今藏国家图书馆(见《北京图书馆善本书目》)。

＊许浑《丁卯集》二卷。字用晦，圉师之后，大中睦州、郢州二刺史。按，此集旧志未载。《崇文总目》作三卷。贺铸《丁卯集跋》则云："按浑自序，集三卷，五百篇。世传本两卷，三百余篇。求访二十年，……共得四百五十四篇。"(晁公武引)晁氏又云："予近得浑集完本，五百篇皆在，然止两卷。"然贺、晁二氏所集本皆不存。《直斋书录解题》载"《丁卯集》二卷"，又云"蜀本有拾遗二卷"。《续古逸丛书》影印《许用晦文集》二卷、拾遗二卷，即直斋所云。

△《李远诗集》一卷。字求古，大中建州刺史。按，此集旧志未载。《全唐诗》存其诗三十四首，句二。①

△《雍陶诗集》十卷。字国钧，大中八年自国子《毛诗》博士出为简州刺史。按，此集旧志未载。《崇文总目》卷五作《雍陶集》一卷。《郡斋读书

① 傅璇琮主编：《唐才子传校笺》(第三册)，中华书局1987年版，第226页。

志》卷一八云："《雍陶》诗集五卷。……唐志：集十卷。今亡其半。"《宋史·艺文志》著录《雍陶诗集》三卷。故知宋元时雍氏诗集已散佚且存者版本参差。《全唐诗》卷五一八存其诗一卷，收诗一百三十二首，其中或有他人之作。①

*《朱庆馀诗》一卷。名可久，以字行。宝历进士第。按，此集旧志未载。《崇文总目》《直斋书录解题》皆作一卷。黄丕烈士礼居藏有宋椠，后归瞿氏铁琴铜剑楼，今藏国家图书馆。

*《喻凫诗》一卷。开成进士第，乌程令。按，此集旧志未载。《直斋书录解题》作《喻凫集》一卷。《宋史·艺文志》与新志同。《全唐诗》存诗一卷六十三首，补遗一首。②

△《马戴诗》一卷。字虞臣，会昌进士第。按，此集旧志未载。《崇文总目》《直斋书录解题》俱作一卷。瞿氏铁琴铜剑楼藏《会昌进士集》一卷，系旧抄本。丁丙善本书室藏《会昌进士诗》一卷，系明弘治刊本。

*《李群玉诗》三卷；《后集》五卷。字文山，澧州人。裴休观察湖南，厚延致之，及为相，以诗论荐授校书郎。按，此集旧志未载。李群玉《进诗表》云："谨捧所业歌行、古体诗、今体七言、今体五言四通等合三百首，谨诣光顺门。"辛文房《唐才子传》记其事在宣宗大中八年(854)，又云："今有诗三卷、后集五卷行世。"黄氏士礼居曾收得旧抄本前后共四种：一本为空居阁冯氏旧藏；一本为汲古阁旧藏；一本为叶奕抄本《李群玉诗集》三卷、后集五卷；一本为道光癸未(1823)所得南宋书棚本，前集三卷、后集五卷。前两种无卷数，均与方干诗集合装；后两种最近唐本。士礼居藏书散出后，叶抄本归杨氏海源阁，书棚本与《碧云集》(按，李中文集)则归上元邓孝先氏。《四部丛刊》据南宋书棚本影印。

△崔橹《无讥集》四卷。按，此集旧志未载。《直斋书录解题》与新志同。元代辛文房言其诗三百馀篇，今集已佚。《全唐诗》卷五六七及卷八八四补遗所录之数，远未及三百。③

○郁浑《百篇集》一卷。浑常应百篇举，寿州刺史李绅命百题试之。按，此集旧志未载。《崇文总目》卷五著录此集一卷。今不存，《全唐诗》未载郁浑诗。

△《姚鹄诗》一卷。字居云，会昌进士第。按，此集旧志未载。《郡斋

① 参傅璇琮主编：《唐才子传校笺》(第三册)，中华书局1987年版，第254页。
② 傅璇琮主编：《唐才子传校笺》(第三册)，中华书局1987年版，第286页。
③ 傅璇琮主编：《唐才子传校笺》(第四册)，中华书局1987年版，第142页。

读书志》《直斋书录解题》《文献通考》均无著录。《宋史·艺文志》著录与新志同。《全唐诗》卷五五三存其诗一卷，三十七首。①

*《项斯诗》一卷。字子迁，江东人，会昌丹徒尉。按，此集旧志未载。《直斋书录解题》作《项斯集》一卷。《全唐诗》存其诗一卷。②

○《孟迟诗》一卷。字迟之，会昌进士第。按，此集旧志未载。《郡斋读书志》与新志同。《全唐诗》存诗十七首，与他家重出五首。故原集已散佚。③

*《顾非熊诗》一卷。况之子，大中盱眙簿，弃官隐茅山。按，此集旧志未载。《直斋书录解题》作《顾非熊集》一卷。《全唐诗》存诗一卷。④又按，顾非熊集附于其父顾况集后，传于世。可参前顾况集考述。

*《章碣诗》一卷。按，此集旧志未载。碣，孝标之子，登僖宗乾符进士第。《直斋书录解题》著录《章碣集》一卷。丁丙《善本书室藏书志》著录一卷，系明正德依宋刊本，与其父文集同刊。

△赵嘏《渭南集》三卷。又《编年诗》二卷。字承祐，大中渭南尉。按，此集旧志未载。《郡斋读书志》著录《渭南集》三卷；《直斋书录解题》著录《渭南集》一卷。故其集宋时已散佚。《全唐诗》卷五四九、五五〇编其诗二卷。⑤

△《薛逢诗集》十卷；又《别纸》十三卷；《赋集》十四卷。按，此集旧志未载。《郡斋读书志》仅著录《薛逢歌诗》二卷；《直斋书录解题》仅录《薛逢集》一卷。故其集宋时太半已佚。《全唐诗》卷五四八存其诗一卷，《全唐文》卷七六六存其文一卷。⑥

△《于武陵诗》一卷。按，此集旧志未载。武陵，名邺。新志后又录《于邺诗》一卷。殆于集曾以两名行于世，新志分列，实误。《郡斋读书志》《直斋书录解题》均著录《于武陵集》一卷。《全唐诗》卷五九五编于武陵诗一卷，卷七二五编于邺诗一卷，二者多重。去其重，存诗六十六首，三首七绝，余皆五律。⑦

△《李频诗》一卷。按，此集旧志未载。今传《梨岳集》一卷，有诗一百九十五首。丁丙《善本书室藏书志》二十五著录二影本：一为影至元三

① 傅璇琮主编：《唐才子传校笺》(第三册)，中华书局1987年版，第328页。
② 傅璇琮主编：《唐才子传校笺》(第三册)，中华书局1987年版，第334页。
③ 傅璇琮主编：《唐才子传校笺》(第三册)，中华书局1987年版，第346页。
④ 傅璇琮主编：《唐才子传校笺》(第三册)，中华书局1987年版，第356页。
⑤ 傅璇琮主编：《唐才子传校笺》(第三册)，中华书局1987年版，第307页。
⑥ 傅璇琮主编：《唐才子传校笺》(第三册)，中华书局1987年版，第296页。
⑦ 傅璇琮主编：《唐才子传校笺》(第三册)，中华书局1987年版，第424~428页。

年(1337)刊本；一为影正统七年(1442)张瑛刊本。另有明嘉靖十七年(1538)汪佃、朱幸刻本(《北京图书馆善本书目》)、清道光十七年(1837)徐璥刻本。《四部丛刊三编》依影元本印，并从他书补。《四库全书》以正统本著录。傅增湘氏跋万历丙申(1596)本云："频诗笔尚清健，然在晚唐诸人中，亦非上驷。而元明以来覆校至于六次，观龚氏后序，知后人推重梨岳者，非以其诗为足重，特以功德在民，数百年来讴思不忘，而汲汲有思以永其传也。"则文集之传亦有赖于政绩者也。

△《李郢诗》一卷。字楚望，大中进士第，侍御史。按，此集旧志未载。《郡斋读书志》著录《李郢端公诗》一卷；《直斋书录解题》著录《李端公集》一卷。《全唐诗》卷五九〇存诗一卷，补遗十首，续补据《秘殿珠林石渠宝笈续编》补四十二首，据《百城烟水》补一首。今存诗一百一十五首，又与他人重出者。①

△《曹邺诗》三卷。字邺之，大中进士第，洋州刺史。按，此集旧志未载。《直斋书录解题》作《曹邺集》一卷。丁丙《善本书室藏书志》则记《祠部诗集》二卷，明刊仿宋本。曹邺文集传本绝少，除合集外，单行本仅见丁氏藏本，源流未知。

△《刘沧诗》一卷。字蕴灵。按，此集旧志未载。《郡斋读书志》《直斋书录解题》均作一卷。《全唐诗》卷五八六存其诗一卷，一百〇一首，然非全帙。②

△《崔珏诗》一卷。字梦之，并大中进士第。按，此集旧志未载。崔珏，字梦之，清河(今属河北)人。尝与赵光远、孙棨诸人游冶北里，所作多狎妓之作，《全唐诗》卷五九一录其诗。③

*《刘得仁诗》一卷。按，此集旧志未载。《崇文总目》《郡斋读书志》《直斋书录解题》《宋史·艺文志》所载与新志同。《全唐诗》卷五四四、五四五录其诗一百三十八首，断句若干。④

*《高蟾诗》一卷。乾宁御史中丞。按，此集旧志未载。《崇文总目》《直斋书录解题》所载与新志同。《全唐诗》卷六六八录其诗一卷。⑤

*《高骈诗》一卷。按，此集旧志未载。《崇文总目》《直斋书录解题》

---

① 傅璇琮主编：《唐才子传校笺》(第三册)，中华书局1987年版，第406页。
② 傅璇琮主编：《唐才子传校笺》(第三册)，中华书局1987年版，第414页。
③ 傅璇琮主编：《唐才子传校笺》(第四册)，中华书局1987年版，第101页。
④ 傅璇琮主编：《唐才子传校笺》(第三册)，中华书局1987年版，第188页。
⑤ 傅璇琮主编：《唐才子传校笺》(第四册)，中华书局1987年版，第67页。

与新志同。《全唐诗》卷五九八录其诗一卷。①

△《薛能诗集》十卷；〇又《繁城集》一卷。按，此二集旧志未载。《郡斋读书志》作"《薛能集》十卷"。《直斋书录解题》作"《薛许昌集》十卷"。北宋咸平六年(1003)张咏等人编刻之本，应系最古之刻本。张咏序云："薛君诗千余篇，不得全本。咸平癸卯年，余移自咸镐，再莅三川。……因议近代作者，合出薛集，仅将十本。……凡得四百十八篇，……依旧本例，编为十卷，授鬻书者雕印行，用字未尽精，篇亦颇略。"南宋绍兴元年(1131)，陆荣望有感于薛集精粗各半，因删其瑕纇，得二百三十篇，录藏翠山书院。张咏本久已佚亡，今传本大都据陆氏本。毛晋汲古阁据陆氏录藏本刊印。《全唐诗》收薛诗三百馀篇，较绍兴陆氏本为多，又不及咸平张咏本，当别有所据。

〇陆希声《颐山诗》一卷。

*郑嵎《津阳门诗》一卷。按，此诗旧志未载。《郡斋读书志》所记同于新志，并引《津阳门诗序》曰此诗乃长句一千四百言。《津阳门诗》并序今皆存，载《全唐诗》卷五六七。②

*《于濆诗》一卷。字子漪。按，此集旧志未载。《直斋书录解题》《遂初堂书目》皆作一卷，集名略异。《全唐诗》存诗一卷，四十五首。③

*《许棠诗》一卷。字文化。按，此集旧志未载。《直斋书录解题》记《许棠集》一卷。《全唐诗》卷六〇三、六〇四录其诗。④

〇《公乘亿诗》一卷。字寿山，并咸通进士第。按，此集旧志未载。新志另录其《赋集》十二卷，见前文。《崇文总目》录《赋集》十卷、《华林集》三卷。《宋史·艺文志》录《珠林集》四卷、《华林集》三卷、《集》七卷。其一卷本诗集，除新志外，宋代书志均未载，已佚。其赋集今亦佚。《全唐诗》卷六〇〇录其诗四首，句二。《全唐文》卷八一三载其文三篇。⑤

△《聂夷中诗》二卷。字坦之，咸通华阴尉。按，此集旧志未载。《崇文总目》与新志同。《直斋书录解题》记《聂夷中集》一卷，故至南宋其集已散佚。《全唐诗》卷六三六录其诗。⑥

△《于邺诗》一卷。按，于邺，即于武陵，见前。

---

① 傅璇琮主编:《唐才子传校笺》(第四册)，中华书局1987年版，第83页。
② 傅璇琮主编:《唐才子传校笺》(第三册)，中华书局1987年版，第365页。
③ 傅璇琮主编:《唐才子传校笺》(第三册)，中华书局1987年版，第459页。
④ 傅璇琮主编:《唐才子传校笺》(第四册)，中华书局1987年版，第29~30页。
⑤ 傅璇琮主编:《唐才子传校笺》(第四册)，中华书局1987年版，第34页。
⑥ 傅璇琮主编:《唐才子传校笺》(第四册)，中华书局1987年版，第14~15页。

*《于鹄诗》一卷。按，此集旧志未载。《直斋书录解题》亦作一卷。《唐诗鼓吹》卷八郝天挺注亦称鹄“有集一卷，传于世”。《全唐诗》卷三一〇收其诗一卷，《全唐诗逸》卷上收残句二①。

郑谷*《云台编》三卷；○又《宜阳集》三卷。字守愚，袁州人，为右拾遗。乾宁中，以都官郎中卒于家。按，郑氏二集旧志未载。《崇文总目》《郡斋读书志》著录《云台编》三卷、《宜阳外编》一卷。《直斋书录解题》仅著录《云台编》三卷。今独存《云台编》，《宜阳集》久佚。乾宁元年(894)郑谷自序记云：“乾宁初，上幸三峰。朝谒多暇，寓止云台道舍，因以所记……编成三百首，分为上中下三卷，目之为《云台编》。”欧阳修《六一诗话》有云：“今其集不行于世矣。”则欧阳公之时，郑集已不多见。绍兴三十年(1160)，童宗说在袁州教授任，以郑谷为乡贤，得《云台编》与外集残本，锓木以流通。明嘉靖十四年(1535)，严嵩据王鏊录自秘阁之童刻本复刻于袁州。陆氏皕宋楼所藏即严嵩刻本。《豫章丛书》所刊《二唐人集》即为卢肇《文标集》与郑谷《云台编》。现存《云台编》之最早刻本，为宋代蜀本，《四部丛刊续编》据萧山朱氏藏本影印，题名《郑守愚文集》，题下有子目《云台编》三字。

○《朱朴诗》四卷；又《杂表》一卷。

*《玄英先生诗集》十卷。方干。按，此集旧志未载。《崇文总目》与新志同。《郡斋读书志》作《方干诗集》一卷，“其甥杨弇与(孙)郃编次，王赞为序，郃又为《玄英先生传》附。”王赞序作于乾宁三年(896)，略云：“孙郃出所作传，且曰与其甥杨弇洎门生居远收缀其遗诗，得三百七十余篇。”孙郃《玄英先生传》亦称：“先生有集十卷，弟子杨弇编之，余请王赞舍人为之序。”郡斋所记，当误矣。《直斋书录解题》作“《玄英集》十卷”。影宋抄本，传于今，详见《唐集叙录》，不赘。

△《李洞诗》一卷。按，此集旧志未载。《崇文总目》《郡斋读书志》，《直斋书录解题》俱作一卷。陆心源《皕宋楼藏书志》著录《李洞诗集》二卷，系叶石君抄本，不知是否旧本。

△《吴融诗集》四卷；又《制诰》一卷。按，吴集旧志未载。《直斋书录解题》著录《唐英集》三卷，并注云：“融与偓皆龙纪元年(889)进士。”直斋所记，当为宋人事理本。《天禄琳琅》续编六载宋椠《唐英歌诗》三卷，为最古之刻本。钱曾《读书敏求记》亦载。明代毛氏汲古阁与清代席氏琴川书屋所刻，亦皆三卷。明清间抄本，散见诸家著录，皆为三卷。

---

① 傅璇琮主编：《唐才子传校笺》(第二册)，中华书局1987年版，第149页。

*《韩偓诗》一卷；又《香奁集》一卷。按，韩集旧志未载。《崇文总目》载《韩偓诗》一卷；《郡斋读书志》作《韩偓诗》二卷，《香奁集》不分卷；郑樵《通志·艺文略》所记与《新唐书》同；尤袤《遂初堂书目》著录《韩偓集》未言卷数；《直斋书录解题》作《香奁集》二卷，《入内廷后诗集》一卷，《别集》三卷。宋时各家之著录，已殊不相同。邓小军《韩偓集版本》一文述韩集版本甚明。邓先生根据沈括《梦溪笔谈》与叶梦得之记述、宋代书志之记载，认为嘉祐年间(1056—1063)韩偓四世孙奕所献诗文数卷系宋代韩集前后记载不一致的重要因素。前此则多为叶梦得所云"百篇本"，此后则有《入内廷诗后集》《别集》诸名。后集出而前集渐亡，篇帙却有增多。宋代以后，韩集有编年本与分体本两大类。汲古阁刻本与铁琴铜剑楼影宋抄本皆为编年本之代表；《四部丛刊》据以影印之《玉樵山人集附香奁集》则为分体本之代表①。另有韩偓《金銮密记》见于史部记载，此不赘。

△《曹唐诗》三卷。字尧宾。按，此集旧志未载。《郡斋读书志》《直斋书录解题》均作《曹唐集》一卷，故其诗宋时已有散佚。《全唐诗》卷六四〇、六四一存诗两卷。②

*《周贺诗》一卷。按，此集旧志未载。《崇文总目》《郡斋读书志》《直斋书录解题》俱作一卷。直斋注云："别本又号《清塞集》。"南宋书棚本《周贺诗》一卷传于今，瞿氏铁琴铜剑楼藏有原刻本，原系王稚登藏书，现藏于国家图书馆。

○《刘干诗》一卷。

*《崔涂诗》一卷。字礼山，光启进士第。按，此集旧志未载。《崇文总目》卷五、《直斋书录解题》卷一九与新志同。《全唐诗》卷六七九录存其诗一卷。③

△《唐彦谦诗集》三卷。按，此集旧志未载。《郡斋读书志》曰唐彦谦《鹿门诗》一卷。《直斋书录解题》作《唐彦谦集》一卷。瞿镛《铁琴铜剑楼藏书目录》录《鹿门集》二卷，自云系陈鸿文传录绛云楼本。钱谦益所藏系崇祯七年(1634)抄本，今藏国家图书馆。

*《张乔诗集》二卷。按，此集旧志未载。《直斋书录解题》与新志同。《全唐诗》卷六三八、六三九录存其诗二卷。张乔与郑谷在京兆府争解元

---

① 可参见吴在庆《韩偓集系年校注》前言引邓小军《韩偓集版本》一文，中华书局2015年版。

② 傅璇琮主编：《唐才子传校笺》(第三册)，中华书局1987年版，第495页。

③ 傅璇琮主编：《唐才子传校笺》(第四册)，中华书局1987年版，第194页。

时尚能压倒郑氏，其诗句清雅少伦①，不可轻忽。

○《王驾诗集》六卷。字大用。按，此集旧志未载。《崇文总目》与新志同。《直斋书录解题》著录《王驾集》一卷。故其集南宋时当已散佚。《全唐诗》及补遗录存其诗七首，且有两首与他人重出。②

○《吴仁璧诗》一卷。字廷实，并大顺进士第。

△《王贞白诗》一卷。字有道。按，此集旧志未载。《郡斋读书志》著录《灵溪集》七卷；《直斋书录解题》与晁志同。今存《王贞白诗集》一卷，《全唐诗》卷七〇一编为一卷，卷八八五补遗十二首，《全唐诗外编》又补逸十二首，续补遗一首一联。③

△《张蠙诗集》二卷。字象文。按，此集旧志未载。《郡斋读书志》《直斋书录解题》皆作《张蠙集》一卷。《铁琴铜剑楼藏书目录》记《张蠙诗集》一卷，系从宋本抄出。今国家图书馆藏《张蠙诗集》一卷，明抄本，与《周贺诗集》合一册，系原黄丕烈藏本。

△《翁承赞诗》一卷。字文尧。按，此集旧志未载。《直斋书录解题》《宋史·艺文志》所录与新志同。翁承赞有《咏槐花》诗云："雨中妆点望中黄，勾引蝉声送夕阳。忆得当年随计吏，马蹄终日为君忙。"甚为当时传诵。《全唐诗》卷七〇三编其诗为一卷，存三十七首，句一联；卷八八五补一首。较元代辛文房所云"一百二十馀篇"又有散佚。④

△《褚载诗》三卷。字厚之，并乾宁进士第。按，此集旧志未载。《崇文总目》《通志·艺文略》皆录其《咏史诗》三卷。《直斋书录解题》录为一卷。集今不存，《全唐诗》卷六九四收其诗十四首。

△《王毂诗集》三卷。字虚中，乾宁进士第，郎官致仕。按，此集旧志未载。《直斋书录解题》录为一卷。集今不存，《全唐诗》卷六九四收其诗十八首。⑤

△《曹松诗集》三卷。字梦征，天复进士第，校书郎。按，此集旧志未载。《郡斋读书志》《直斋书录解题》皆录为一卷，故其集宋时已有散佚。《全唐诗》卷七一六、七一七编其诗。⑥

△《罗邺诗》一卷。按，此集旧志未载。《直斋书录解题》著录《罗邺

① 傅璇琮主编:《唐才子传校笺》(第四册)，中华书局1987年版，第311页。
② 傅璇琮主编:《唐才子传校笺》(第四册)，中华书局1987年版，第257~258页。
③ 傅璇琮主编:《唐才子传校笺》(第四册)，中华书局1987年版，第340页。
④ 傅璇琮主编:《唐才子传校笺》(第四册)，中华书局1987年版，第351、356页。
⑤ 傅璇琮主编:《唐才子传校笺》(第四册)，中华书局1987年版，第360页。
⑥ 傅璇琮主编:《唐才子传校笺》(第四册)，中华书局1987年版，第422页。

集》一卷。《全唐诗》卷六五四存诗一卷。①

○《赵抟歌诗》二卷。按，此集旧志未载。《崇文总目》《通志·艺文略》《宋史·艺文志》与新志同。《全唐诗》卷七七一仅收其诗二首。②

○《周朴诗》二卷。朴称处士。按，此集旧志未载。据林嵩《周朴诗集序》，知此集乃僧栖浩所捃拾，凡一百首。《崇文总目》与新志同。然其集今已佚，存诗四十五首，句若干，见《全唐诗》卷六七三。③

○《朱景元诗》一卷。

△崔道融《申唐诗》三卷。按，此集旧志未载。《崇文总目》与新志同。《直斋书录解题》记《东浮集》九卷，自云缺第十卷，又记《申唐诗》三卷，六十九篇。今皆散佚。《全唐诗》卷七一四录其诗一卷。④

○《陈光诗》一卷。

○《王德舆诗》一卷。

○汤绪《潜阳杂题诗》三卷。

○《韦霭诗》一卷。按，此集旧志未载。《崇文总目》《通志·艺文略》与新志同。《宋史·艺文志》录《韦蔼诗》一卷。韦霭其人，未载于唐末五代文献，疑即宋志所载韦蔼。蔼，京兆杜陵人，玄宗朝宰相韦见素之后，韦庄之弟⑤。其诗今不传。

○《张为诗》一卷。按，此集旧志未载。《崇文总目》《通志·艺文略》《宋史·艺文志》与新志同。集今不传，《全唐诗》卷七二七收其诗三首，句一联。⑥

○《罗浩源诗》一卷。

○薛莹《洞庭诗集》一卷。按，此集旧志未载。《直斋书录解题》作《薛莹集》一卷。《全唐诗》存诗仅十一首。故其诗散佚几尽。⑦

○谢蟠隐《杂感诗》二卷。按，此集旧志未载。《崇文总目》作谢磻隐《杂感诗》三卷，磻，当为蟠。《通志·艺文略》《宋史·艺文志》与新志同。其诗今不存。

○《谭藏用诗》一卷。

△刘言史《歌诗》六卷。按，此集旧志未载。《宋史·艺文志》则著录

① 傅璇琮主编：《唐才子传校笺》（第三册），中华书局1987年版，第478页。
② 傅璇琮主编：《唐才子传校笺》（第四册），中华书局1987年版，第316页。
③ 傅璇琮主编：《唐才子传校笺》（第四册），中华书局1987年版，第108~111页。
④ 傅璇琮主编：《唐才子传校笺》（第四册），中华书局1987年版，第7页。
⑤ 傅璇琮主编：《唐才子传校笺》（第四册），中华书局1987年版，第317页。
⑥ 傅璇琮主编：《唐才子传校笺》（第四册），中华书局1987年版，第321页。
⑦ 傅璇琮主编：《唐才子传校笺》（第三册），中华书局1987年版，第286页。

为十卷。《全唐诗》卷四六八编其诗一卷。

△《黄滔集》十五卷。字文江，光化四门博士。按，此集旧志未载。宋人书志，亦未见著录。绍兴二十六年(1156)，其八世孙黄公度，感于此集岁久讹缺，于是以旧藏稿本釐为十卷，名曰《东家编略》。然此本或未开板，未见流传。淳熙三年(1176)，公度子永丰县令黄沃又加裒集，杨万里为序；永丰人曾时杰、曾晞说为之锓板，谢谔序之。庆元二年(1196)，黄沃又刻于邵州，洪迈为序。淳熙本未见著录，然《四库全书》所录崇祯刻本，云为"淳熙初刻"；庆元本传于后，光绪十年(1884)，王祖源曾据影抄庆元本覆刻。明正德、万历(与《欧阳四门集》并行)、天启、崇祯，清嘉庆、咸丰、光绪皆有刻本，或云出自淳熙，或云出自庆元，实则黄集日趋综合，宋本原貌，亦因之泯灭。杨万里序文，关涉文人对于文集传播之态度，选录于下："当御史公之时，岂自知其诗文之传不传哉！然二百年间几乎泯矣，而复传于二百年之后。然则士之所立，顾其可传与否耳。其不传也奚以慼，其复传也奚以欣，余于是独有得焉。余见士大夫子孙承家百年而不毁者或寡矣，而永丰君能力求其祖之诗文于二百年之前，其可尚也夫。"

○郑良士《白岩集》十卷。字君梦。昭宗时献诗五百篇，授补阙。按，此集旧志未载。《崇文总目》有《白岩四六》五卷，未署著者。《通志》卷七〇《艺文略》八录《白岩集》十卷，又《白岩四六》五卷，后书亦未署名。诸集今皆不存。①

○《严郾诗》二卷。

○《刘威诗》一卷。

○《郑云叟诗集》三卷。

○《来鹏诗》一卷。按，此集旧志未载。《直斋书录解题》亦作一卷。《全唐诗》卷六四二编其诗一卷，存诗二十八首，句二。补逸半首。②

○陆元皓《咏刘子诗》三卷。

○《任翻诗》一卷。按，此集旧志未载。《直斋书录解题》作《任藩集》一卷。据席启寓《唐诗百名家全集·任藩诗小集》所附南宋汝阴王廉清记叙翻诗宋时传刻之状，知其诗宋时所存仅五言十首，七绝一首，系吴地僧人简微所集，由台州知州向沩乾道六年前后附刻于《李嘉祐集》后。《全唐

① 傅璇琮主编：《唐才子传校笺》(第四册)，中华书局1987年版，第314页。
② 傅璇琮主编：《唐才子传校笺》(第三册)，中华书局1987年版，第432页。

诗》录其诗十八首。梁超然据《天台集》又辑得《台州早春》一首。①

*《李山甫诗》一卷。按，此集旧志未载。《直斋书录解题》与新志同。《全唐诗》卷六四三存其诗一卷。② 其赋早佚，见新志前文所载。

○道士《吴筠集》十卷。按，此集旧志未载。《旧唐书》卷一九二本传称其"有文集二十卷"，且云"词理宏通，文彩焕发，每制一篇，人皆传写。虽李白之放荡，杜甫之壮丽，能兼之者，其唯筠乎！"可谓评价过甚。此集乃吴氏卒后二十五年由王颜所编，后由弟子邵冀元请序于权德舆，权序称诗文"合为四百五十篇……为三十编，拜章上献，藏在祕府"。《郡斋读书志》未载，《直斋书录解题》亦作十卷。今十卷本已不存，仅存诗赋论一百十九篇③。

○僧《惠赜集》八卷。姓李，江陵人。

○僧《玄范集》二十卷。

○僧《法琳集》三十卷。

○僧《灵彻诗集》十卷。姓汤，字源澄，越州人。按，此集旧志未载。《文集纪》引其门人语云："师尝在吴，赋诗仅二千首，今删取其三百篇，勒为十卷；自大历至元和，凡五十年，接词客、闻人唱和酬别为十卷。"《郡斋读书志》《直斋书录解题》均未载。其集十卷及酬唱集似南宋时已不存。《全唐诗》收其诗十六首，残句若干④。

*《皎然诗集》十卷。字清昼，姓谢，湖州人，灵运十世孙，居杼山。颜真卿为刺史，集文士撰《韵海镜源》，预其论著。贞元中，集贤御书院取其集以藏之，刺史于頔为序。按，此集旧志未载。于頔序称"得诗笔五百四十六首，分为十卷"。《郡斋读书志》记皎然《杼山集》十卷，《直斋书录解题》有《吴兴集》一卷，万曼《唐集叙录》疑为十卷之误。《读书敏求记》、《郘亭知见传本书目》、汲古阁、《铁琴铜剑楼藏书目录》、双鉴楼皆记有清昼十卷之集。

○卢献卿《愍征赋》一卷；《谢观赋》八卷。

卢肇*《海潮赋》一卷；○又《通屈赋》一卷。○注林绚《大统赋》二卷。字子发，袁州人。咸通歙州刺史。按，卢氏所作，旧志、《崇文总目》、《直斋书录解题》均未载。《郡斋读书志》有《文标集》三卷。陆心源《皕宋楼藏书志》七十著录《文标集》三卷，系旧抄本。丁丙《善本书室藏书

① 傅璇琮主编：《唐才子传校笺》(第三册)，中华书局1987年版，第350页。

② 傅璇琮主编：《唐才子传校笺》(第三册)，中华书局1987年版，第488页。

③ 傅璇琮主编：《唐才子传校笺》(第一册)，中华书局1987年版，第155~156页。

④ 傅璇琮主编：《唐才子传校笺》(第一册)，中华书局1987年版，第620页。

志》有精写本《文标集》三卷、外录一卷。二本皆有童说(或作童宗说)序，乃童氏所编本。《豫章丛书》刊《二唐人集》，有《文标集》与《云台编》(郑谷集)，其中《文标集》三卷、补遗一卷。卢肇，袁州宜春人，或云望蔡上乡人，唐武宗会昌三年(843)进士第一，仕至集贤院学士，歙州刺史①。《全唐文》收有《海潮赋》。

○《高迈赋》一卷。

○皇甫松《大隐赋》一卷。

○崔葆《数赋》十卷。乾宁进士，王克昭注。

○《宋言赋》一卷。字表文。

○《陈汀赋》一卷。字用济，并大中进士第。

○乐朋龟《纶阁集》十卷；又《德门集》五卷；《赋》一卷。字兆吉，僖宗翰林学士，太子少保致仕。

○《蒋凝赋》三卷。字仲山，咸通进士第。

○公乘亿《赋集》十二卷。按，此集旧志未载。有诗集见新志前文所载。《崇文总目》录《赋集》十卷、《华林集》三卷。《宋史·艺文志》录《珠林集》四卷、《华林集》三卷、《集》七卷。其赋集今佚。《全唐文》卷八一三载其文三篇。②

○《林嵩赋》一卷。字降臣，乾符进士第。按，此集旧志未载。《崇文总目》同。其集今佚。《全唐文》卷八二九收其文二篇，赋则无存。③

○《王翃赋》一卷。字雄飞，大顺进士第。

○《贾嵩赋》三卷。

○《李山甫赋》二卷。按，此集旧志未载。宋代收兵书志均未载，《全唐文》亦未收其赋。④ 盖早佚。有诗传世，见后载。

○陆贽《论议表疏集》十二卷；又《翰苑集》十卷。韦处厚纂。

○《王仲舒制集》十卷。

○《李虞仲制集》四卷。

○《封敖翰稿》八卷。

○崔嘏《制诰集》十卷。字乾锡，邢州刺史。会刘稹反，归朝，授考功郎中、中书舍人。李德裕之谪，嘏草制不尽书其过，贬端州刺史。

---

① 徐松：《登科记考》，中华书局 1984 年版，第 791 页。《文标集》童说序亦略述卢肇生平，参《唐集叙录》所引。

② 傅璇琮主编：《唐才子传校笺》(第四册)，中华书局 1987 年版，第 34 页。

③ 傅璇琮主编：《唐才子传校笺》(第四册)，中华书局 1987 年版，第 60 页。

④ 傅璇琮主编：《唐才子传校笺》(第三册)，中华书局 1987 年版，第 488 页。

○独狐霖《玉堂集》二十卷。

○刘崇望《中和制集》十卷。

○《李溪制集》四卷。

△钱珝《舟中录》二十卷。按，此集旧志未载。《崇文总目》作二卷，误。此集今已散佚。《全唐诗》卷七一二录其诗一卷，《全唐文》卷八三一至八三六录其文六卷。其诗多有混入其曾祖父钱起集中者。①

○薛廷圭《凤阁书词》十卷。

○郭元振《九谏书》一卷。

○李绛《论事集》三卷。蒋偕集。

○《李溪表疏》五卷。

○《张浚表状》一卷。

○《临淮尺题》二卷。武元衡西川从事撰。

○《李程表状》一卷。

○《刘三复表状》十卷。

○《问遗杂录》三卷。

○赵璘《表状集》一卷。

○《张次宗集》六卷。

○吕述《东平小集》三卷。

○《段全纬集》二十卷。

○刘邺《甘棠集》三卷。

○《王虬集》十卷。字希龙，泉州南安人。大顺初举进士第。

○崔致远《四六》一卷；＊又《桂苑笔耕》二十卷。高丽人，宾贡及第，高骈淮南从事。按，崔氏诸集旧志未载。《宋史·艺文志》著录"崔致远《笔耕集》二十卷；又《别集》一卷"。莫友芝《郘亭知见传本书目》云："是集唐、宋志皆著录，后随逸不传。……迄今道光以前，皆未有言及者，故全唐诗、文并未收采。"道光之后，高丽活字本传入中国，始为人注意。陆氏皕宋楼记以高丽刊本，丁丙善本书室录以高丽活字本。陆心源《高丽刊桂苑笔耕跋》称此集在其国中亦为罕见之秘本，崔为彼国文人之鼻祖。《四部丛刊》据无锡孙氏小绿天藏高丽刊本影印，前有崔氏自序，略述其集勒成缘由。崔致远《四六》一卷，今未见。

○《顾氏编遗》十卷。

○《苕川总载》十卷。

---

① 傅璇琮主编：《唐才子传校笺》(第四册)，中华书局1987年版，第94~95页。

○《纂新文苑》十卷。

○《启事》一卷。

○《赋》二卷。

○《集遗具录》十卷。顾云，字垂象，池州人。虞部郎中，高骈淮南从事。

○郑准《渚宫集》一卷。字不欺，乾宁进士第。按，此集旧志未载。《崇文总目》《通志·艺文略》所录与新志同。《通志》另录《郑准四六》一卷。集今皆佚，《全唐诗》卷六九四存其诗五首，《全唐文》卷八四一存其文篇。①

○李巨川《四六集》二卷。韩建华州从事。

○胡曾《安定集》十卷。按，此集旧志未载。《直斋书录解题》仅录《咏史诗》三卷。其《咏史诗》，《四部丛刊》三编收录，乃影宋钞本。余诗所存不多，《全唐诗》尚有其《草檄答南蛮有咏》等十二首，合《咏史诗》一百五十首，共一百六十二首(其中或有他人之作)。②

○《陈蟠隐集》五卷。

○张泽《饮河集》十五卷。

○黄台《江西表状》二卷。钟传从事。

太宗《凌烟阁功臣赞》一卷。

崔融《宝图赞》一卷。王起注。

卢铤《武成王庙十哲赞》一卷。

李靖《霸国箴》一卷。

魏徵《时务策》五卷。

郭元振《安邦策》一卷。

《刘蕡策》一卷。

王勃《舟中纂序》五卷。

《才命论》一卷。张鷟撰，郗昂注。一作张说撰，潘询注。

杜元颖《五题》一卷。

《李甘文》一卷。

《南卓文》一卷。

《刘轲文》一卷。

---

① 傅璇琮主编：《唐才子传校笺》(第四册)，中华书局1987年版，第484页。

② 傅璇琮主编：《唐才子传校笺》(第三册)，中华书局1987年版，第484页。

《陆鸾文》一卷。字离祥，咸通进士第。

《吴武陵书》一卷。

夏侯韫《大中年与凉州书》一卷。

骆宾王《百道判集》一卷。

张文成《龙筋凤髓》十卷。

《崔锐判》一卷。大历人。

郑宽《百道判》一卷。元和拔萃。

＊《对寒山子诗》七卷。天台隐士。台州刺史闾丘胤序，僧道翘集。寒山子隐唐兴县寒山岩，于国清寺与隐者拾得往还。按，此集《旧唐书》未载。《新唐书·艺文志》载于"道家类"(《唐集叙录》误记为"释家类")，原注如上，由僧道翘所编集①。略早编成的《太平广记》引《仙传拾遗》所载云"桐柏征君徐灵府序而集之，分为三卷，行于人间云云"，卷数虽不同，然诗亦三百余首，均附有拾得诗。寒山诗云："一住寒山万事休，更无杂念挂心头。闲于石壁题诗句，任运还同不系舟。"又云："五言五百篇，七字七十九。三字二十一，都来六百首。一例书岩石，自夸云好手。"则其诗成集时已佚半数。宋、明、清时期，《寒山诗集》刊本、钞本颇多，清《择是居丛书》本《寒山子诗集》较为精好，日本国自宋代以降亦数次雕版。详参《唐集叙录》。

除以上所述别集外，未载于两唐书志而存世之唐集(或为残帙，如《李益集》类)尚有《王梵志诗集》②、《徐安贞集》③、齐己《白莲集》④、贯休《禅月

① 欧阳修、宋祁：《新唐书》，中华书局1975年版，第1531页。

② 有敦煌石室残卷，存于巴黎国家图书馆与伦敦不列颠博物院。(参见《唐集叙录》)今人项楚有《王梵志诗校注》(上海古籍出版社2010年版)。

③ 据《唐集叙录》，知《述古堂书目》《读书敏求记》《铁琴铜剑楼藏书目录》皆有载，又作《徐侍郎集》，皆二卷。今国家图书馆有藏。徐安贞，原名楚璧，字子珍，信安陇丘人。善五言诗，开元中为中书舍人集贤学士，累迁中书侍郎，天宝中卒。

④ 《白莲集》系齐己门人西文收集，孙光宪所编，天福二年(938)勒成十卷，共810篇。《直斋书录解题》云"唐僧齐己《白莲集》十卷，《风骚旨格》一卷"，然宋刻久佚矣。明嘉靖苏州人柳佥手抄本最近宋刻，系后来诸抄本的母本。

集》①、罗隐《甲乙集》《谗书》②、《李益集》③、《薛涛诗》④、《鱼玄机集》⑤、王棨《麟角集》⑥、李咸用《披沙集》⑦、杜荀鹤《唐风集》⑧、韦庄《浣花集》⑨、

① 据唐昭宗光化二年(899)吴融所作序，知贯休集初名《西岳集》。后贯休以吴序“或以文害辞，或以辞害志，或以诞饰饶借，殊不解我意”，又让其门人昙域为序。前蜀永平二年(912)，贯休去世，因其贤名著于蜀地，时相寻问其作，昙域乃“寻检稿草及暗记忆者约一千首，雕刻板部，题号《禅月集》”。清人莫友芝认为“雕刻成部，自刻专集，自是集始”。惜乎昙刻本今不传。南宋嘉熙四年(1240)有兜率寺可燦重刊。后汲古阁毛晋又据可燦本重刻，并辑补遗一卷。《四库全书》据汲古阁著录。

② 罗隐著述颇多，见于《崇文总目》《郡斋读书志》《直斋书录解题》《通志·艺文略》诸书者有《罗隐集》二十卷、《江东后集》十卷、《甲乙集》十卷、《罗隐赋》一卷、《罗隐启事》一卷、《谗书》五卷、《吴越掌记集》三卷、《湘南集》三卷、《淮海寓言》等，另各书子部亦载其《两同书》一种。今仅存《甲乙集》《谗书》。明人姚士粦重辑屠中孚校刊《罗昭谏集》系辑佚并综合本。见《唐集叙录》第344页。

③ 《李益集》，《郡斋读书志》作《李益诗》一卷；《直斋书录解题》作《李益集》二卷。丁丙《善本书室藏书志》录《李君虞诗集》二卷，明刊宋本。国家图书馆藏有清初钱谦贞钞本二卷。

④ 《薛涛诗》，《郡斋读书志》录薛涛《锦江集》五卷，《直斋书录解题》作《薛涛诗》一卷。而世传《薛涛李冶诗集》二卷。《四库全书总目提要》著录非其原本，大抵皆后人掇拾而成，单行本稀见，藏书家皆不著录。

⑤ 《鱼玄机集》，《旧唐书·经籍志》《崇文总目》《新唐书·艺文志》《郡斋读书志》皆未载，《直斋书录解题》作《鱼玄机集》一卷。黄丕烈《百宋一廛》有书棚本《唐女郎鱼玄机诗》一卷。光绪二十五年(1899)，长沙叶德辉据黄氏藏本覆刻。

⑥ 王棨《麟角集》，其裔孙王蘋辑录。明清各藏家所录，仅有抄本。《四库全书》以浙江汪启淑家藏本著录。

⑦ 李咸用《披沙集》，两唐书志、《崇文总目》《郡斋读书志》均未著录。《直斋书录解题》卷十九著录《李推官披沙集》六卷，直斋注云：“唐李咸用撰。其八世孙兼孟达居宛陵，亦能诗，尝为台州，出其家集，求杨诚斋作序。”杨序云：“晚识李兼孟达于金陵，出唐人诗一编，用其八世祖推官公《披沙集》也。”此集自此显于世。今国内仅存明正德刊本，丁丙《善本书室藏书志》有著录。光绪间，杨守敬访书日本，获南宋书棚本《李推官披沙集》六卷。此集于民国初年由傅增湘作介归涵芬楼，后又转于邓孝先。其间原委，可参《唐集叙录》所引傅增湘《影宋本披沙集跋》。

⑧ 杜荀鹤集，两唐志均未载。《崇文总目》著《杜荀鹤诗集》一卷。《郡斋读书志》著《唐风集》十卷，《文献通考》亦作十卷。《宋史·艺文志》则作二卷。现存本皆三卷。顾云于唐昭宗景福元年(892)所作《唐风集序》云：“大顺初，皇帝命小宗伯河东裴公掌邦贡。次二年，遥者来，隐者出，异人俊士，始大集都下。于群进士中，得九华山杜荀鹤，拔居上第。……次年，宁亲江表，以仆故山偕隐者，出平生所著五七言三百篇见简。”又云：“仆幸得为之叙录，视其人齿尚壮，才力未尽，讴吟之兴方酣。视其继作，得如周颂鲁颂者，广之为《唐风集》。”(《全唐文》，第8585页。)故知此集初为二百篇之数，唐时即有《唐风集》之名。

⑨ 韦庄《浣花集》，两唐志均未载。唐昭宗天复三年(903)，韦蔼编次其兄韦庄诗为《浣花集》并为之序。序中称庄于庚子(880)乱离前，歌诗文章数十通，经兵燹而简编所存无几。后经缀集得千余首，次为二十卷，时因韦氏居成都浣花溪杜甫旧宅，名之曰《浣花集》。《崇文总目》作二十卷；《郡斋读书志》作五卷；《直斋书录解题》作一卷。今传本止十卷，二百五十二首。故《浣花集》自宋后已残缺不全。韦庄另有《幽居杂编》一卷(见《崇文总目》)、《笺表》一卷、《谏草》一卷、《蜀程记》一卷、《峡程记》一卷(见《补五代史·艺文志》)，今皆不传。

徐寅《探龙集》《雅道机要》(《钓矶集》)①、《唐求诗集》②、《李建勋集》③、李中《碧云集》④、释元觉《永嘉集》⑤(以上十七人文集，详见万曼《唐集叙录》)、《皇甫曾集》⑥、罗虬《比红儿诗》一卷⑦等。

此外，尚有王翰、张子容、李昂⑧、卢鸿、王泠然、刘昚虚、薛据、阎防、张諲、郑虔、沈千运、孟云卿、贺知章、鲍防、陆羽、古之奇、冷朝阳、张谓、马异、姚系、马逢、张仲素⑨、杨衡⑩、李约、徐凝、贾驰、陈上美、郑巢、翁绶、汪遵、任涛、温宪、戴思颜、王焕、张鼎、裴谐、张瀛、孟贯、陈抟等，元代辛文房《唐才子传》皆称有集，然未见载于宋代各公私书目(按，考《唐才子传》所言文人别集之存佚，多有不实，故知辛氏所记多为臆测)。或南宋陈振孙《直斋书录解题》等宋代书目有载，而今亦只存零篇者，如崔署、李季兰、包何、包佶、王季友、刘叉、

① 徐寅文集，两唐志未载。《崇文总目》卷一二录《探龙集》一卷、赋一卷，《通志》所载与《崇文总目》同。然刘克庄《跋徐先辈集》称有"律赋及《探龙集》各五卷、诗八卷"传于世。《十国春秋》亦谓："寅才思敏绝，有《探龙集》一卷，《雅道机要》并诗八卷，亦曰《钓矶集》，又有《赋》五卷。"建炎三年，徐氏族孙徐师仁据家藏《赋》五卷、蔡襄家藏《雅道机要》一卷及族人中所存五言诗并绝句合二百五十余首，以类相从，编为八卷本《钓矶文集》。然徐师仁所辑，至宋末已亡佚。元延祐年间，徐氏裔孙徐玩(字可珍)重新编次，暂编成卷。清代钱曾也是园有抄本，后入士礼居，《四部丛刊》三编所收《钓矶文集》据此影印。

② 《唐求诗集》，士礼居藏南宋陈宅书棚本，后归杨氏海源阁。

③ 《李建勋集》，两唐志未载。《直斋书录解题》作一卷。李建勋，南唐宰相。瞿氏铁琴铜剑楼藏《李丞相诗集》二卷，南宋书棚本。

④ 李中《碧云集》三卷，有宋开宝六年(973)孟宾于序，称集"以公五言、七言兼六言三百篇，目曰《碧云集》"。清道光三年(1823)，黄丕烈获此集与《李群玉诗集》南宋陈宅书棚本于昆山一古董铺中。《四部丛刊》据以影印。

⑤ 唐释元觉，姓戴氏，字明道，永嘉人。其《永嘉集》，史志未载。《直斋书录解题》十五总集类有《永嘉集》三卷，注曰"不知何人集"，既为总集，恐非元觉之集。晁瑮《宝文堂书目》佛藏类有《禅宗永嘉集》；《赵定宇书目》有《禅宗永嘉集注》二本，然皆未标明作者。藏书家吴寿旸《拜经楼藏书题跋记》卷五著录《禅宗永嘉集》，释元觉所撰。冒广生《永嘉诗人祠堂丛刻》收《永嘉集》一卷，为近代唯一刻本。

⑥ 参傅璇琮主编：《唐才子传校笺》(第一册)，中华书局 1987 年版，第 576 页。

⑦ 傅璇琮主编：《唐才子传校笺》(第四册)，中华书局 1987 年版，第 136 页。

⑧ 辛文房《唐才子传》曰："(昂)工诗，有《戚夫人楚舞歌》一篇，播传人口，真佳作也。"《唐才子传校笺》，第 164 页。

⑨ 张仲素诗集，宋代书志均未载，然元代所编《宋史·艺文志》载"《张仲素诗》一卷"，《全唐诗》卷三六七录其诗一卷，计三十八首(参《唐才子传校笺》(第二册)，第 536 页)，此为辛文房《唐才子传》称有集而不误者。

⑩ 杨衡诗，宋代书志未载，《宋史·艺文志》记一卷。《全唐诗》卷四六五收其诗五十八首。参《唐才子传校笺》(第二册)，第 604 页。

庄南杰、羊士谔、陈羽、长孙佐辅、张又新、僧无可、熊孺登、薛涛①、李廓、袁不约、伍乔、刘驾、储嗣宗、邵谒、李昌符、周繇、喻坦之、殷文圭②、裴说、唐求、廖图、孟宾于、江为等③。

二、总集存佚

《旧唐书·经籍志》所载唐代文人所编撰的总集11部(未计李善、公孙罗、萧该等人的文选音注、训注等著作),《新唐书·艺文志》载85部。《旧唐书》所载《类文三百》七十七卷(庾自直撰)《新唐书》未收,而旧志所记《古今诏集》三十卷(温彦博撰)、《古今诏集》百卷(李义府撰)则录于《新唐书》乙部史录起居注类中。今按《新唐书·艺文志》录唐代文人所纂总集如下:

○刘允济《金门待诏集》十卷。按,此集旧志亦载。宋代其他书志未载。

○《文馆辞林》一千卷。许敬宗、刘伯庄等撰。按,此集旧志亦载,记作《文馆词林》,署许敬宗撰。此集依《文选》体例纂辑先秦至唐代各体诗文,宋时已佚,《崇文总目》卷五著录《文馆词林弹事四卷》,许敬宗编。近代自日本传回残本四卷。

○《丽正文苑》二十卷。按,此集旧志亦载,作许敬宗撰。

○《芳林要览》三百卷。许敬宗、顾胤、许圉师、上官仪、杨思俭、孟利贞、姚璹、窦德玄、郭瑜、董思恭、元思敬集。按,此集旧志亦载,作许敬宗撰。

○僧惠净《续古今诗苑英华集》二十卷。按,此集旧志亦载,记作《续古今诗苑英华》,释惠静撰。《崇文总目》卷五著录十卷;《郡斋读书志》卷二十著录十卷。今不存。

---

① 薛涛《锦江集》,北宋有蜀刻本五卷,《郡斋读书志》著录。晁公殁后,其集便亡。《直斋书录解题》著录一卷。《全唐诗》卷八〇三编其诗一卷,凡八十九首。参《唐才子传校笺》(第三册),第111页。

② 辛文房《唐才子传》卷十《王毂传》附评曰:“唐季,文体浇离,才调荒秽,稍稍作者,强名曰诗,南郭之竽,苟存于众响,非复盛时之万一也。如王周、刘兼、司马札、苏拯、许琳、李咸用等数人,虽有集相传,皆气卑格下,负鱼目唐突之惭,窃碱砆韫袭之滥,所谓家有弊帚,享之千金,不自见之患也。”(《唐才子传校笺》,第369页)评论虽痛诋王、刘诸人,但亦曾有文集传者。

③ 另有如沈鲂等,《崇文总目》《通志·艺文略》有载;卢延让、沈彬、熊皎等,见载于《郡斋读书志》等宋代书目,今亦只存零篇者。以上数类作者皆可参傅璇琮主编《唐才子传校笺》,中华书局1987年版。

○刘孝孙《古今类聚诗苑》三十卷。按，此集旧志亦载，记作《古今类序诗苑》。

○郭瑜《古今诗类聚》七十九卷。按，此集旧志亦载。

○孟利贞《续文选》十三卷。

○康显《词苑丽则》三十卷。又《海藏连珠》三十卷。希铣之兄，修书学士。按，前书旧志作《辞苑丽则》，二十卷，康明贞撰。《海藏连珠》，旧志未载。康显，康希铣之兄。

○卜长福《续文选》三十卷。开元十七年上，授富阳尉。

○卜隐之《拟文选》三十卷。开元处士。

○《朝英集》三卷。开元中张孝嵩出塞，张九龄、韩休、崔沔、王翰、胡皓、贺知章所撰送行歌诗。

○张楚金《翰苑》三十卷。

○王方庆《王氏神道铭》二十卷。

○徐坚《文府》二十卷。开元中，诏张说括《文选》外文章，乃命坚与贺知章、赵冬曦分讨，会诏促之，坚乃先集诗赋二韵为《文府》上之。余不能就而罢。

○裴潾《大和通选》三十卷。

△李康《玉台后集》十卷。按，《崇文总目》卷五著录十卷，作李康成编；《郡斋读书志》卷二、《直斋书录解题》卷十五亦作十卷，李康成集。新志作"李康"，误。此集明以后未见著录，《永乐大典》尚多有引用，当亡于明初以后。今人陈尚君据宋、明典籍辑录作者七十一人，诗一百〇六首，所存诗作仅原集六分之一弱①。

○元思敬《诗人秀句》二卷。

○孙季良《正声集》三卷。按，《崇文总目》与新志同。

△《珠英学士集》五卷。崔融集，武后时修《三教珠英》学士李峤、张说等诗。按，此集一作《珠英集》，成书于武后长安元年(701)。收李峤、张说、沈佺期、宋之问、徐坚等预修《三教珠英》之学士诗二百七十六首②。《崇文总目》卷五著录五卷；《郡斋读书志》卷二十著录五卷；《直斋书录解题》未载。此书宋后久佚，二十世纪初敦煌莫高窟石室洞开，其残卷方重见于世③。残卷系原第四、五卷的一部分，分藏于法国巴黎图书馆

① 傅璇琮、陈尚君、徐俊编：《唐人选唐诗新编》，中华书局2014年版，第381~382页。
② 陈伯海、李定广编著：《唐诗总集纂要》，上海古籍出版社2016年版，第12页。
③ 傅璇琮、陈尚君、徐俊编：《唐人选唐诗新编》，中华书局2014年版，第49页。

和英国伦敦大不列颠图书馆。

○《搜玉集》十卷。按，《崇文总目》卷五著录十卷；《郡斋读书志》未载。《直斋书录解题》卷十五著录《搜玉小集》一卷，谓“自崔湜至崔融三十七人，诗六十一首”，此小集传于后。然直斋所录之《搜玉小集》是否与《搜玉集》相关，尚不得而知①。此集排列颇为混杂，看不出编选意图和选诗标准。《四库全书总目》认为：“既不以人叙，又不以体分，编次参差，重出叠见，莫能得其体例。”②

○曹恩《起予集》五卷。大历人。按，《崇文总目》与新志同。

＊元结《箧中集》一卷。按，《箧中集》录沈千运等七人五言古诗共二十四首。《崇文总目》《直斋书录解题》与新志同。王安石编《唐百家诗选》，卷六全录。集存于今。③

○《奇章集》四卷。按，《崇文总目》与新志同。

○刘明素《丽文集》五卷。兴元中集。按，《崇文总目》与新志卷数同，作刘昭素编。

○李吉甫《古今文集略》二十卷；又《国朝哀策文》四卷；《梁大同古铭记》一卷；《丽则集》五卷；《类表》五十卷，亦名《表启集》。按，《丽则集》，《崇文总目》与新志著录同；《郡斋读书志》卷二十亦录。《直斋书录解题》卷十五著录《唐类表》二十卷，不知是否为李吉甫所编残本。

○柳宗直《西汉文类》四十卷。按，《崇文总目》未载。《郡斋读书志》卷二十作二十卷；《直斋书录解题》所载与新志同。

○柳玄《同题集》十卷。

○窦常《南薰集》三卷。按，《崇文总目》与新志同；《郡斋读书志》卷二十亦同。此集系窦常编韩翃至皎然三十人诗三百五十篇，今佚④。

殷璠△《丹杨集》一卷；又＊《河岳英灵集》二卷。按，《丹杨集》，高仲武《中兴间气集序》作《丹阳集》，称此集“止录吴人”；《崇文总目》作《丹阳集》一卷；前引新志别集《包融诗》下长注，知此集选润州五县十八诗人之作汇集而成。此集成书于开元二十三年至二十九年间（734—

① 傅璇琮、陈尚君、徐俊编：《唐人选唐诗新编》，中华书局2014年版，第93页。

② 永瑢等：《四库全书总目》，中华书局1965年版，第1691页。并参《唐诗总集纂要》，上海古籍出版社2016年版，第14页。

③ 参傅璇琮、陈尚君、徐俊编：《唐人选唐诗新编》，中华书局2014年版，第357～361页。

④ 陈伯海、李定广编著：《唐诗总集纂要》，上海古籍出版社2016年版，第64页。

741)。[①] 南宋中叶后，似即亡佚。北宋末蔡传所编《吟窗杂录》收录此佚文[②]。《河岳英灵集》二卷，《崇文总目》作一卷；《直斋书录解题》所载与新志同。此集收诗人二十四，诗二百三十四首，今国家图书馆善本部所藏宋刻本二卷，存诗二百三十首。其版本情况详参《唐人选唐诗新编·河岳英灵集》前记[③]。

○王起《文场秀句》一卷。

*姚合《极玄集》一卷。按，《崇文总目》卷五、《直斋书录解题》卷十五均与新志同。此集收录盛唐王维、祖咏及大历以下作者二十一人，诗百首，姚合题辞称"皆诗家射雕手也，合于众集中更选其极玄者"，今存影宋钞本一卷、元明所刊二卷本。然集中并无李、杜、元、白、韩、孟、刘、柳诸家。其版本详参《唐人选唐诗新编》。[④]

*高仲武《中兴间气集》二卷。按，《崇文总目》与新志同；《郡斋读书志》卷二十作三卷，然高氏自序亦谓"分为两卷"，故晁志误；《直斋书录解题》卷十五亦作二卷。此集选录肃宗至德元载(756)迄代宗大历十四年(779)间作者二十六人，诗一百四十馀首[⑤]，突出反映了大历诗风，对钱起、郎士元二家诗最为推重，分置于上下卷之首位。

○李戡《唐诗》三卷。

○顾陶《唐诗类选》二十卷。大中校书郎。按，《崇文总目》《直斋书录解题》与新志同。据顾氏前、后序，知此书成于唐宣宗大中十年(856)，历三十年始定稿。此书所选，起自唐初，下迄大中十年，选诗按题材内容分类，故名类选。此集去取自有标准，标举李、杜为宗主，未收元稹、白居易、令狐楚、李绅、刘禹锡、杜牧、许浑、张祜、赵嘏、顾非熊诸人诗。此书今佚。[⑥]

○刘餗《乐府古题解》一卷。

○《李氏花萼集》二十卷。李乂、尚一、尚贞。按，今人陈尚君云："唐人有编次一家族世代作品为一编而家集的习惯，今知有杜氏家集(杜牧)、李逢吉家集、皇甫氏家集(皇甫松)，也有编录兄弟作品为一集者，《新唐书·艺文志》即著录《李氏花萼集》二十卷、《韦氏兄弟集》二十卷，

---

① 陈伯海、李定广编著:《唐诗总集纂要》，上海古籍出版社 2016 年版，第 23 页。
② 傅璇琮、陈尚君、徐俊编:《唐人选唐诗新编》，中华书局 2014 年版，第 127~129 页。
③ 傅璇琮、陈尚君、徐俊编:《唐人选唐诗新编》，中华书局 2014 年版，第 151~155 页。
④ 傅璇琮、陈尚君、徐俊编:《唐人选唐诗新编》，中华书局 2014 年版，第 667~671 页。
⑤ 其版本详参《唐人选唐诗新编》，中华书局 2014 年版，第 446~450 页。
⑥ 陈伯海、李定广编著:《唐诗总集纂要》，上海古籍出版社 2016 年版，第 59 页。

但都没有留传下来。”

○《韦氏兄弟集》二十卷。韦会，弟弼。按，参上条。

*《窦氏联珠集》五卷。窦群、常、牟、庠、巩。按，此集为褚藏言编选，《崇文总目》未载，《直斋书录解题》亦著录五卷。并参前《窦常集》脚注。此集现存最早有宋淳熙五年(1178)王崧刻本。明毛氏汲古阁刊《唐人四集》收入，《四库全书》据录。《四部丛刊三编》据宋淳熙本影印①。今人陈尚君有整理本，收入《唐人选唐诗新编》②。

○《集贤院壁记诗》二卷。按，《崇文总目》作《集贤院诗》二卷。

*《翰林歌词》一卷。按，此集未见于其他宋代书目。陈尚君认为即今传之《元和三舍人集》。③

○《大历年浙东联唱集》二卷。按，《崇文总目》作《浙东联句集》二卷，并注云“李逢吉、令狐楚撰”。

○《断金集》一卷。李逢吉、令狐楚唱和。按，《崇文总目》与新志同；《郡斋读书志》卷二十亦载，并云：“唐令狐楚辑其与李逢吉酬唱诗什。开成初，裴夷直序之。”《直斋书录解题》卷十五亦载。

○《元白继和集》一卷。元稹、白居易。

○《三州唱和集》一卷。元稹、白居易、崔玄亮。按，《崇文总目》与新志卷数同，题作《元白三州唱和诗》一卷。

○《刘白唱和集》三卷。刘禹锡、白居易。按，《崇文总目》作一卷。

○《汝洛集》一卷。裴度、刘禹锡唱和。

○《洛中集》七卷。

○《彭阳唱和集》三卷。令狐楚、刘禹锡。

○《吴蜀集》一卷。刘禹锡、李德裕唱和。

○裴均《寿阳唱咏集》十卷；又《渚宫唱和集》二十卷。

○《岘山唱咏集》八卷。

○《荆潭唱和集》一卷。

○《盛山唱和集》一卷。

○《荆夔唱和集》一卷。

○《僧广宣与令狐楚唱和》一卷。

○《名公唱和集》二十二卷。

---

① 陈伯海、李定广编著：《唐诗总集纂要》，上海古籍出版社2016年版，第64页。

② 傅璇琮、陈尚君、徐俊编：《唐人选唐诗新编》，中华书局2014年版，第713~717页。

③ 傅璇琮、陈尚君、徐俊编：《唐人选唐诗新编》，中华书局2014年版，第626页。

○《汉上题襟集》十卷。段成式、温庭筠、余知古。按，《崇文总目》《郡斋读书志》卷二十均与新志同；《直斋书录解题》卷十五记为三卷。

○袁皓集《道林寺诗》二卷。

*《松陵集》十卷。皮日休、陆龟蒙唱和。按，此集旧志未载。除皮、陆外，尚有崔璞、颜萱、张贲、魏朴等九人少量篇什，共收诗六百七十八首，为唐代规模最大的唱和诗集。《郡斋读书志》卷二十、《直斋书录解题》卷十五所录与新志同①。宋人蔡景繁藏一北宋京都旧本，后归韩驹，再入陆游之手，明毛晋汲古阁据以刊行。明代另有弘治刘济民刻本、崇祯丙寅汲古阁刊本等。② 清初因树楼据汲古阁本重修，又有《湖北先正遗书》本。

○《廖氏家集》一卷。廖光图，唐末人。按，《崇文总目》与新志同。

○ 卢瓌《杼情集》二卷。按，《崇文总目》与新志同，作《抒情集》。

○孟棨《本事诗》一卷。按，《崇文总目》卷五、《郡斋读书志》卷二十、《直斋书录解题》卷十五均与新志同。

○刘松《宜阳集》六卷。松，字稚美，袁州人。集其州天宝以后诗四百七十篇。按，《崇文总目》卷五作《宜阳录》六卷。

△蔡省风《瑶池新咏》二卷。集妇人诗。按，此集为中国古代现存最早一部女诗人诗歌专集。《郡斋读书志》卷二十著录一卷，题为《瑶池新集》。宋以后失传，今存徐俊据俄国所藏敦煌写本残卷整理本，载于《唐人选唐诗新编》③。陈尚君《唐女诗人甄辨》一文考定此集所收女诗人23人，无鱼玄机及称后之薛媛、刘瑶等，认为编集时间在大和至大中间④。

○僧灵彻《酬唱集》十卷。大历至元和中名人。

○吴兢《唐名臣奏》十卷。按，《崇文总目》卷五著录七卷。

○马总《奏议集》三十卷。按，《崇文总目》卷五著录二十卷。

○臧嘉猷《羽书》三卷。处士。按，《崇文总目》与新志同。

○沈常《总戎集》三十卷。按，《崇文总目》卷五著录十卷。

○唐稟《贞观新书》三十卷。稟，袁州萍乡人。集贞观以前文章。

○黄滔《泉山秀句集》三十卷。编闽人诗，自武德尽天祐末。按，黄氏别集前文有述，此乃所编总集，今不传。

---

① 万曼《唐集叙录》云郡斋、直斋未载，误。

② 陈伯海、李定广编著：《唐诗总集纂要》，上海古籍出版社2016年版，第74~75页。

③ 傅璇琮、陈尚君、徐俊编：《唐人选唐诗新编》，中华书局2014年版，第885~896页。

④ 陈尚君：《唐女诗人甄辨》，《文献》，2010年第2期。参《唐诗总集纂要》引，上海古籍出版社2016年版，第71~72页。

○周仁瞻《古今类聚策苑》十四卷。按，《崇文总目》与新志同。

○《五子策林》十卷集。许南容而下五人策问。按，《崇文总目》与新志同，注云“许南容等五人撰”。

○《元和制策》三卷。元稹、独孤郁、白居易。按，《崇文总目》与新志同。

○李太华《掌记略》十五卷。按，《崇文总目》与新志卷数同，作李大华编。

○《新掌记略》九卷。按，《崇文总目》卷五著录五卷。

○林逢《续掌记略》十卷。按，《崇文总目》卷五著录一卷。

未载于《新唐书·艺文志》之唐人所编总集，可考知者尚有李寿昌所编《乐府集》十卷、韦縠所编《才调集》十卷、韦庄所编《又玄集》一卷、刘吉所编《江南续又玄集》十卷、陈康图所编《拟元类集》十卷、张籍《垂风集》十卷、檀溪子道民所编《连璧诗集》三十二卷、陈康图所编《诗纂》三卷、王轂所编《临沂子观光集》三卷、李逊所编《谢亭诗》一卷、僧应物《九华山录》一卷、佚名所编《留题惑山诗》一卷①、无名氏所录《古文苑》九卷②、五代时期吴地的处常子所撰《续本事诗》二卷、佚名所编《唐赋》二十卷、五代窦俨所编《东汉文类》③、佚名所集《三国文类》、《三谢诗》(《中兴书目》作唐庚所集，或为宋人所集)、李商隐所集《梁词人丽句》一卷、南唐崔遵度所编《群书丽藻》六十五卷、后汉王贞范所集《洞天集》五卷、蜀后主王衍所集《烟花集》④、佚名所编《翰林学士集》(陈尚君认为系

① 此前数集参《崇文总目》卷5，《丛书集成初编》本，中华书局2011年版，第6册第355~366页。

② 《古文苑》九卷，《郡斋读书志》“读书附志”有载(第1214页)，《直斋书录解题》卷15亦录(第438页)，皆云宋代孙洙(字巨源)得之于佛寺之经龛，清人叶德辉《郎园读书志》卷15云：“今《古文苑》，首石鼓文，下即载宋玉赋，凡文二百六十馀首，盖即由《杂文章》推广之。彼讬于出祕阁，此讬于出佛龛，其隐身之术一也。”孙猛注《郡斋读书志》“《杂文章》一卷”条，认为《古文苑》乃“孙洙实录取唐宋类书成帙，故又讬之出祕阁、佛龛云”(《郡斋读书志校证》，第1057页)。然考之宋代著录，整理、辑佚、编选多而伪托实少，不敢必断孙氏出于假托，宁视其纠集残本而有所增补可也。又，郡斋此书后录石公辅所编《古文章》十六卷，注云“与前书(指《古文苑》)相出入而稍多”，益可证孙巨源、石公辅所编古文集应有所本。《古文苑》在宋代绍定年，有章樵为之注释，明代成化年间，福建巡按御史张世用得其本而刊之，厘为二十卷，又有杂赋十四首、颂三首别为一卷，共二十一卷，《四库全书总目》(第1691页)有载。

③ 《古文苑》以下四部参《郡斋读书志》卷20及读书附志，见孙猛校证《郡斋读书志校证》，第1057~1073页。

④ 《三国文类》以下六种参《直斋书录解题》卷15，上海古籍出版社1987年版，第439~443页。

《许敬宗集》六十卷之残本)、殷璠所编《荆扬挺秀集》二卷、《元和三舍人集》(王涯、令狐楚、张仲素三之作，陈尚君认为即新志所载《翰林歌词》)、芮挺章所编《国秀集》、令狐楚所编《御览诗》①、高正臣所编《高氏三宴诗集》三卷、《香山九老诗》一卷、刘润之所辑《二皇甫集》七卷、佚名所编《唐四僧诗》六卷(灵澈、灵一、清塞、常建)、《薛涛李冶诗集》二卷②等。今存唐代总集与别集一样亦多为后人整理辑佚而成，极少唐本全集(甚至当时所编之内容)传至今者，正如傅璇琮所言："唐人选唐诗，可考者虽有一百三十多种，但唐后存世者甚少。"③

纵观唐集存佚流播大略可知，即使是大诗人李白、王维之诗集，经安史之乱，已十不存一；百卷以上之别集、总集，存者亦是寥寥；而唐末大才如韦庄、高骈诸人，虽有精思奇藻，又孜孜矻矻，不废吟咏，然一经唐末之乱离，诗文更几至亡佚。便知盛世与乱世之别，不仅在民众安定与否，亦在文籍传播之难易，文化传承之可能也。

第三节 传播意识的强弱与文学史呈现的效果

王兆鹏师曾运用定量分析的方法，对历代有代表性的唐诗选本、评点资料和当代唐诗研究论文等三个方面的数据进行统计比较分析，遴选出一个唐诗经典名篇的排名。从研究结果来看，崔颢的《黄鹤楼》位居第一。创造名篇最多的十大诗人是杜甫、李白、王维、李商隐、杜牧、王昌龄、孟浩然、刘禹锡、白居易和岑参，产生名篇与名家最多的时期是盛唐④。应该说，分析的结果总体上与已有文学史书写的权重相一致，并未颠覆人们对这些作家的传统看法，但也存在少数作家虽有名篇但文学史书写不够的现象。定量分析的方法是科学的，其结果完全可以认为是唐代诗人所处文学史地位的客观反映。

① 《元和三舍人集》以下五种据傅璇琮、陈尚君、徐俊编：《唐人选唐诗新编》，中华书局2014年版。《国秀集》三卷、《唐御览诗》一卷，《直斋书录解题》卷15有载。殷璠《荆扬挺秀集》久佚，仅见于《日本国见在书目录》，参《唐人选唐诗新编》，第127页。

② 以上数种见永瑢等撰：《四库全书总目》，中华书局1965年版，第1687~1691页。然《高氏三宴诗集》，或作明人杨尔曾编刻，或作明代顾元庆编刻(参陈伯海、李定广编著《唐诗总集纂要》，上海古籍出版社2016年版，第9页)，兹存疑。

③ 傅璇琮序，《唐人选唐诗新编》，中华书局2014年版，第1页。

④ 王兆鹏、孙凯云：《寻找经典——唐诗百首名篇的定量分析》，《文学遗产》2008年第2期。

前文已经谈到，作家传播意识与作品存留数量基本存在一种正比关系，即一位作家的作品存世数量基本可以代表他的传播意识“强度”，因此白居易可以视作有唐一代最具传播意识的作家。本节将通过作品存世较多的作家与一些拥有少量篇章却仍具深刻影响的作家(如王之涣、张若虚等)这二类作家之间的比较，来论述文学传播意识与其文学史地位之间的关系，以考察文学传播意识作为一位作家的主体意识，它所能达到的文学史效果。

一、吉光片羽与传播无意识

在文学史上，有这样一些诗人，他们可能因为某些原因仅存留了少量的诗篇，但却凭着这为数不多的几篇诗文，产生了深远的影响。比如，在王兆鹏师统计出的十大名篇作者中，崔颢、王之涣、张继、王湾这四个人并没有存留太多的作品，在《全唐诗》中他们的存留作品分别是48首、6首、58首、11首；在《全唐文》中，崔颢、王之涣、张继三人均无作品，王湾也只有一篇判文①。可是，分别由他们所作的《黄鹤楼》、《凉州词》(黄河远上白云间)、《登鹳鹊楼》、《枫桥夜泊》、《次北固山下》却都是脍炙人口的名篇佳作，也为他们赢得了不朽的诗名。

据《唐才子传》记载，这几人都是极有才名的文人，他们的作品原本不应只有这些。如《唐才子传》卷一《崔颢》云：“少年为诗，意浮艳，多陷轻薄。晚节忽变常体，风骨凛然。”又云：“颢苦吟咏，当病起清虚，友人戏之曰：‘非子病如此，乃苦吟诗瘦耳。’”②崔颢大约活了五十岁，他从年少时即开始作诗，晚年诗风还有变化，又“苦吟咏”，为此而身体瘦弱。他是一位喜欢作诗的才子，不到50首的存世数量，只能说明他的诗文有散佚，而散佚的出现，与作者无意编辑整理自己的诗文是有关的。同样，卷一《王湾》亦云：“词翰早著，为天下所称。往来吴、楚间，多有著述。”③卷三《张继》：“早振词名……诗情爽激，多金玉音。盖其累代词伯，积袭弓裘。”④卷三《王之涣》：“中年折节工文，十年名誉日振。”⑤可

① 王湾：《对清白二渠判》，《全唐文》卷402，中华书局1983年版，第4106页。

② 辛文房撰，傅璇琮等校注：《唐才子传校笺》第1册卷1，中华书局1987年版，第199页。

③ 辛文房撰，傅璇琮等校注：《唐才子传校笺》第1册卷1，中华书局1987年版，第191页。

④ 辛文房撰，傅璇琮等校注：《唐才子传校笺》第1册卷3，中华书局1987年版，第511页。

⑤ 辛文房撰，傅璇琮等校注：《唐才子传校笺》第1册卷3，中华书局1987年版，第446页。

见，除王之涣是中年始为诗文外，其馀三人都是年少之时便开始写诗的，作品不应在少数。所以，他们并非低产的诗人，但他们却不擅长保存作品。从存留诗文不多这一点来看，他们的传播意识可谓相当淡薄。而凭借《春江花月夜》而“孤篇横绝”①的张若虚(存诗2首)，依靠《凉州词》(葡萄美酒夜光杯)而名盛后世的王翰(存诗13首)，也均属此类。

李白、杜甫、王维等人的诗文虽然有着相当的存世数量，但他们现存的文集却并非自己整理而成。如李白集由友人魏颢所编；王维集也是因为代宗索要，才由其弟王缙编纂进献；杜甫初有诗文六十卷传播于江汉之南，但经战乱之后，亡佚多半，今日所见杜集乃是唐宋间诸多喜好杜诗者编辑的结果。所以，他们的传播意识都不是特别强烈，如果不是因为亲友及好事者整理成编，散佚的情况也难以避免。如果诗文出现散佚，使他们诗文的存留数将大大减少，中国古代尤其是唐代的文学一定会逊色不少。以此来假设，如果崔颢、王湾等人的诗文能有友朋予以整理，其存世的数量也必将大大超出目前之数。有理由相信，如果能找回崔、王诸人那些散佚的作品，以他们的文才表现，未必就会在文学史的书写中少于李、杜等人篇幅，也必将使后人对唐代文学有个新认识。当然，历史是不能假设的，存在即是合理，遗失了的诗文只能留给后世无尽的遗憾。

二、有意识传播下的作品数量与文学史书写的空间

反观白居易，他曾多次整理自己的文集，并在生前将其文集藏于多处，极大地减少了散佚的可能。如今，他以近3000首的诗、880篇的文，成为唐代保存诗文最多的作家，这与他个人自觉而强烈的传播意识不无关系。清人朱彝尊说：

> 诗家好名，未有过于唐白傅者，既属其友元微之排缵《长庆集》矣，而又自编后集，为之序，复为之记；既以集本付其从子外孙矣，而又分贮东林、南禅、圣善、香山诸寺。②

可见，前人也早已注意到这一点。但是，白居易的诗文中，被传唱、被选录、被评点最多的也不过是《琵琶行》《长恨歌》《赋得古草原送别》等诗，

① 王闿运《湘绮楼论唐诗》语，引自陈伯海主编：《唐诗汇评》，浙江教育出版社1995年版，第262页。

② 朱彝尊：《曝书亭集》，世界书局1937年版，第443页。

以及《与元九书》这样的名文。几乎可以说，正是这几篇诗文，奠定了白居易在唐代文学史中的地位。

在广为传唱并受到后世选家与评论者所重视的唐诗百首名篇中，杜甫之诗有16首，李白之诗有13首。而在三百首名篇的遴选中，杜甫则占52篇，李白38篇。可见，文学传播意识的有无、强弱所形成的“文学传播意识场域”，固然可以影响作品的存世数量，但却不能决定一位作家的文学史地位。决定一位作家文学史地位的关键因素，还是在于高品质作品的拥有量。正如王兆鹏师所言，“名篇的多少决定作者地位的高低和名声的大小。受非文学因素的影响，作者凭借他的社会、政治、家庭地位或特殊的经历可以名噪一时，但如果没有众多的名篇来支撑，其名声和影响力就不可能延续持久。”①

可是，无论如何，作为文学传播意识量化反映的作品存世数量，无疑充盈了一位作家被阐释的空间；大量作品的不同风格呈现，也增加了他在后世被解读时的角度。比如，白居易虽然在名篇数量上低于王昌龄、孟浩然等人，但现在所书写的古代文学史却需要为其辟出专章，而王昌龄则只占据边塞诗人一章中的一小节，孟浩然也要与王维并举，只占用田园诗人一章的一角。而崔颢、王之涣、张继、王湾等人，在古代文学史的书写中，更是占用极少的笔墨。因为存世不多的作品，本身就限制了文学史家们叙述的展开，他们只能用一节甚至一小段来加以说明。

唐代诗人司空图《白菊三首》其二云：

> 自古诗人少显荣，逃名何用更题名？诗中有虑犹须戒，莫向诗中著不平。②

这是对诗人与显贵不可兼得的诠释，也是他处在晚唐那个风雨飘摇时代的感慨。也许正是这样，甘于寂寞的诗人，原本就是逃名之人，若要读真正的诗，还真要向那些存诗不多的人中间去寻求呢？

一个社会对于文学采取怎样的需求态度，往往能够左右那个时代文学的审美风尚与创作风气。陈文忠认为，“一个时代总有它最活跃的读者群，它的审美趣味和审美需要往往足以支配这一时代的审美风尚。”③陈先

① 王兆鹏：《寻代经典——唐诗百首名篇的定量分析》，《文学遗产》2008年第2期。

② 《全唐诗》卷634，中华书局1960年版，第7275页。

③ 陈文忠：《中国古典诗歌接受史研究》，安徽大学出版社1998年版，第56页。

生是从接受史叙述的角度得出这一论断的。如果继续深入思考一下，就会发现，最活跃的读者群其实是有其产生的社会背景的。真正决定一个时代审美风尚的，与其说是一群最活跃的读者，勿宁说是社会发展所规定的传播主流的导向。这种传播主流的形成，与上层的倡导、作者的追求、读者的需要均密切相关，当三者达成一致，其表现形式便形成主流的文学传播意识形态。

第四节　对亡阙与残篇诸现象的思考

在中国学术史上，有一位非常重视“亡阙之书”的学者，他就是宋代的郑樵。“他主张要通记古今图书，不仅记书，而且记图；不仅记有，而且记亡，欲做到广古今而无遗。”①这正是出于对唐人记书的纠偏。同时，还要注意到，亡阙与残篇，并非一定是作者所不愿意的，它有着较为复杂的主客观因素。

一、唐人书目记有不记无

郑樵在《通志》卷71《校雠略》中撰有三篇《编次必记亡书论》，其一云：

> 古人编书，皆记其亡阙……为亡阙之书有所系，故可以本所系而求。所以，书或亡于前而备于后，不出于彼而出于此。及唐人收书，只记其有，不记其无，是致后人失其名系。②

唐人撰书目，仅记所见之书，不记亡阙之作，确为其特点，郑氏所言极为精当。兹举所见唐人记书“不载其无”一例：郦道元《水经注》在《艺文类聚》中未见引用③，仅引《水经》3条，而在《初学记》中引用却达到184条。考《隋书·经籍志》，仅记有郭璞注《水经》，郦氏《水经注》则未见载④，

① 王新才：《从会通到辨章学术考镜源流到书目控制论》，《中国目录学：理论、传统与发展》，国家图书馆出版社2008年版，第50页。此文原载于《图书馆》1995年第5期。

② 郑樵撰：《通志》卷71，浙江古籍出版社1988年版，第831页下。

③ 李剑雄、刘德权编：《艺文类聚索引》，见《艺文类聚》附录，上海古籍出版社1982年版。

④ 魏征、令狐德棻撰：《隋书》卷33，中华书局1973年版，第982页。

当是后来收入内府者，故欧阳询诸人不曾见①。倘若郦氏《水经注》失传，那我们也读不到"三峡七百里中，两岸连山，略无阙处。重岩叠嶂，隐蔽天日。非亭午夜分，不见日月"这样的妙文了。

在这样一种"只记其有，不记其无"的著述习惯下，我们可以看到五代时编成的《旧唐书·经籍志》有大量未著录的文集，宋代所编《新唐书·艺文志》便改变了这一现象。当然，这涉及到史书中"实录"的标准与史书编写的条件诸问题。《旧唐书》编写于战乱后不久，不仅典籍本身的存藏要少些，编写时间的仓促也会导致其《经籍志》未能全面完成。一般认为《旧唐书·经籍志》据《开元总目》编写，所以所记典籍止于玄宗以前，这一点，由别集之记载止于《卢藏用集》便可看出。《新唐书·艺文志》编写于北宋承平之时，所收典籍渐多，所参考之著作也增多(新志多有据史传、墓铭等记载者，其集则当时已不存，可参前第二节)，编写时间又较为充裕，所以它的遗漏相对少得多。尽管如此，我们仍然可以看到对王梵志、齐己、贯休、罗隐、鱼玄机等人文集的缺载。

不仅别集著作有漏载的现象，在许多诗文总集中，我们也总能看到很多"无名氏"、"阙名"、"佚名"之类的作者。如《全唐诗》中有"无名氏"作品160篇，《全唐文》中收"阙名"(含阙姓)作品950篇②。陈尚君所辑《全唐文补编》所收"阙名"者的作品更多达1663篇③。

再来看残篇的现象。据《唐才子传》记载，隋唐之际有位诗人叫崔信明，年少即英敏无比，稍长，博闻强记，下笔成章，才冠一时。时值乱世，于是隐于太行山。他为人颇恃才蹇傲，自谓诗文过于李百药。但他传留的诗文仅有"枫落吴江冷"之断句与《送金竟陵入蜀》一首④。另外一位盛唐诗人李昂，所存留的诗歌也仅有《戚夫人楚舞歌》与《从军行》两首诗⑤。而黄须美丈夫康洽，盛年曾携琴剑入长安，以工乐府而名喧京城，曾被李颀、戴叔伦、李端等人所赞，但竟未留只言片语⑥。

---

① 《水经注》何时被唐室内府所收，尚待考证。《全唐文》卷168载裴炎《猩猩铭》(中华书局1983年版，第1712页)，曾引郦元长《水经注》语，裴氏为高宗时人，则此书当时已为朝中士人所睹。

② 另据尚永亮统计，唐五代时期有诗名诗集见称于世、但无作品流传的作者人数为71人。参见尚永亮、张娟：《唐知名诗人之层级分布与代群发展的定量分析》，《文学遗产》2003年第6期。

③ 陈尚君辑：《全唐文补编》，中华书局2005年版。按，其中再补所收77篇，又再补所收129篇。

④ 傅璇琮主编：《唐才子传校笺》(第一册)，中华书局1987年版，第19~22页。

⑤ 傅璇琮主编：《唐才子传校笺》(第一册)，中华书局1987年版，第164页。

⑥ 傅璇琮主编：《唐才子传校笺》(第二册)，中华书局1987年版，第88~90页。

二、亡阙与残篇的主客观原因

亡阙与残篇现象的出现，当然有许多的原因。主观上的原因，或许是因为作者本身的存名意识淡薄，作诗为文之际，并没考虑自己名字的存留与否；或者出于厚积薄发的传统观念的影响，使得作品数量原就较少；或者也因为在较为特殊的文化环境下(如文字狱)，作者有意的掩饰等。客观上的原因，如传播技术的不发达，卷帙浩繁的大型文集难以多部存藏，亦可能因为本身地位的低微而无法很好地保存作品；或者是因战乱、灾害等较大的社会变动造成作品的散佚，使作者与作品之间的关系断开，难为人知(因为在印刷、复制技术并不如现代发达的古代，加上信息的闭塞，很容易出现作品与作者相脱节的现象)。不管出于怎样的原因，对于这些"阙名""佚名"的作者，我们也同样要引起重视①。要仔细考证这些"无名氏"作品的创作时间，将它放入到已知的时段中，这样，才能获得一种较全面的文学史观。

对于佚文与遁世遗名之士的关注，史上早已有之。东汉王充《论衡》中便专设有《佚文》篇②；《魏志》卷21《嵇康》裴注引嵇喜撰《嵇康传》亦载，嵇康曾"撰录上古以来圣贤、隐逸、遁心、遗名者，集为传赞。自混沌至于管宁，凡百一十有九人。盖求之于宇宙之内，而发之乎千载之外者矣"③。嵇康所集，或者尚有名姓。对于无名氏，同样也需要关注。

唐代的元结便是一位注意收集下层文人作品的编选者。他曾编辑《箧中集》，收录与时文相异的作者诗人7位，作品22首。倘若没有他的这次收集，沈千运等人是否能有诗歌传世，便值得疑问了。元结在《箧中集序》中说："有名位不显，年寿不终，独无知音，不见称颂，死而已矣……吴兴沈千运，独挺于流俗之中，强攘于已溺之后，穷老不惑，五十余年，凡所为文，皆与时异。"④并说类似沈千运者，又有五六人，"皆以正直而无禄位，皆以忠信而久贫贱，皆以仁让而至丧亡"，倘若不予收辑，则难以为嗣，必会在诗人长逝以后，遗文散佚；使异地阻绝之人，不见近作，所以，他便编成此集。

---

① 近来有研究者从有名氏作者的身份分类为旁证来探察"无名氏"的大致身份，亦不失为一种思路。参见李志恒：《文本与作者——论元代无名氏散曲的佚名问题》，2009年马来西亚中国文学传播与接受国际研讨会"青年学者论坛"提交论文。

② 王充著，黄晖校释：《论衡校释》卷20《佚文第六十一》，中华书局2006年版。

③ 陈寿撰，裴松之注，陈乃乾校点：《三国志》，中华书局1959年版，第605页。

④ 元结：《箧中集序》，《全唐文》卷381，中华书局1983年版，第3873页。

还有些无名氏，是因为身份卑贱所致，如宫女。她们中有些具备一定诗才的，偶尔也会写些诗歌题于缣素、纩衣、树叶之上，传之于世的。如范摅《云溪友议》卷下记载，卢渥应举时，偶临御沟，见一红叶，上有绝句。置于巾箱。及宣宗出宫人，偓得一宫女。睹红叶，吁嗟久之，曰："当时偶题随流，不谓郎君收藏巾篋。"①孟棨《本事诗·情感》一章亦记有不少相关的故事，兹录二篇以观：

> 开元中，颁赐边军纩衣，制于宫中。有兵士于短袍中得诗曰："沙场征戍客，寒苦若为眠。战袍经手作，知落阿谁边？畜意多添线，含情更著绵。今生已过也，重结后身缘。"兵士以诗白于帅，帅进之。玄宗命以诗遍示六宫曰："有作者勿隐，吾不罪汝。"有一宫人自言万死。玄宗深悯之，遂以嫁得诗人，仍谓之曰："我与汝结今身缘。"边人皆感泣。

> 顾况在洛，乘间与三诗友游于苑中，会流水上，得大梧叶题诗上曰："一入深宫里，年年不见春。聊题一片叶，寄与有情人。"况明日于上游，亦题叶上，放于波中。诗曰："花落深宫莺亦悲，上阳宫女断肠时。帝城不禁东流水，叶上题诗欲寄谁？"后十余日，有人于苑中寻春，又于叶上得诗以示况。诗曰："一叶题诗出禁城，谁人酬和独含情？自嗟不及波中叶，荡漾乘春取次行。"②

这些宫女亦可算作佚名诗人之特例了。这类佚名诗人在主观上虽然具有传播之意识，但却不为声名，只为传情达意而已。

此外，在唐宋人的笔记中，多有所谓鬼神灵怪之诗，为后世《全唐诗》所录。如卷864之"神诗"1卷，卷865、866之"鬼诗"2卷，卷867之"怪诗"1卷③，盖皆欲传诗而不欲传名之隐者所为也。

---

① 范摅：《云溪友议》卷下，《唐五代笔记小说大观》，上海古籍出版社2000年版，第1312页。

② 孟棨撰：《本事诗》，丁福保辑：《历代诗话续编》，中华书局2006年版，第6页。

③ 傅璇琮主编：《唐才子传校笺》（第四册），中华书局1987年版，第519页。

结　语

斯蒂芬·欧文(Stephen Owen，即宇文所安)曾说，传统不仅仅意味着对过去的保存，它还是联接起过去和现在的一种方式。传统总是在变动当中，总是在寻找新的方法来理解过去，使得对过去的思考仍然触动现在的神经①。明道、存史、弘文、诉情是唐代文人在传播意识上的表征形态，其思想本原与追求不朽的传统观念及渴望名世的心理动机有关。本书的考察，希望不仅是对唐代文人传世心理的一种揭示，也希望能对时下文学创作者指向读者的“期待视野”有所启发。当代著名学者哈罗德·布鲁姆(Harold Bloom)认为，人类发展到今天，已经积攒了一处拥有不朽价值的伟大的文学宝库，其中的每一部分作品都有各自内在的审美价值，如果有人试图颠覆这些伟大的作品，那么这些人就是野蛮人②。文学传播的研究可能会揭示一些当时声名显赫而今日视之平淡无奇，或者当时影响甚微而今日以伟大冠之的作家与作品，但这并不表明论者具有意图颠覆经典的想法。恰恰相反，正可以从这些穿越时空的今昔对比中，彰显出经典的品质与不朽的内核。

文学传播意识所表现出的明道、存史、弘文、诉情等内涵，同时也是文学传播所指向的目标，在整个中国古代没有太大变化。为人之品格与文学作品之传世亦有重大关联。以文才论，唐初沈佺期、宋之问、李峤诸人亦属一流，其作品生前流传也较广，然因为依附张、武，其后世声名则难与王、杨、卢、骆及陈子昂等人相媲美。所以，媚时与守正之间的抉择，往往会决定一位文人日后在文学史中的定位。《中庸》有云：“君子和而不流，中立而不倚，强哉矫！”③此中所蕴含的独立不倚之宗旨，是中国古代

---

① [美]宇文所安著，田晓菲译：《他山的石头记：宇文所安自选集自序》，凤凰出版传媒集团、江苏人民出版2006年版，第2页。

② [美]哈罗德·布鲁姆著，江宁康译：《西方正典：伟大作家和不朽作品》，译林出版社2005年版。

③ 朱熹：《四书章句集注》，中华书局1983年版，第21页。

对于君子文人的最高准则。遵其道，则人重之；悖其道，则人非之。

传播意识的强弱往往能决定一位作家存世作品的数量。虽然这种清醒自觉地的传播意识或许并非出于其本人，只是出于他的友人，或者是其文集的编辑者。但只要是一部编纂有序的诗文集，其背后一定存在着一位具备传播意识的编者。也就是说，没有一种自觉的传播意识，文学作品的**存世**几乎是不可能的。即使这位文人当时已经名满天下，作品传唱于万人之口，但在保存方式较为单一、技术也相对简陋的古代，文人也要担心自己的作品有散佚的危险，同时还要顾及时间对于作品品质的拷问。

可是，作品的**传世**是否一定能够成为经典，却与传播意识并没有必然的联系。苏轼《答谢民师书》引欧阳修语曰："文章如精金美玉，市有定价，非人所能以口舌定贵贱也。"①《四库全书总目》卷148《别集类一》亦云："文章公论，历久乃明。天地英华所聚，卓然不可磨灭者，一代不过数十人。"②陈寅恪也曾言："自来文人作品，其最能为他人所欣赏，最能于世间流播者，未必即是其本身所最得意，最自负自夸者。"③文人作品的流播固然有如是之特点，一时代之文学亦复如此。往往一时期的文学作品中，最为当时人所激赏、最流行于世者，未必即是文学史上第一流的作品，其作者亦未必即是第一流的作家。

明季思想家顾炎武曾说："立言不为一时。"④时间，就像是一层又一层的过滤之网，把一些应时性的文章滤进历史的尘埃之中。一篇作品要想属于它自己所在的那个时代，仅仅是流行还远远不够，无创造性地简单复制当然更不在其列，其"当世性"的价值，如果有的话，应该给予那些不属于其他任何时代的原创性作品⑤。只有那些具有创造性、富于才情、蕴含着深刻内容，并能为不同时代的读者所接受的作品才能长盛不衰。

一个人的生命再长，也终究是有限的，可是文学作品却存在着代代相传、永世不朽的可能，所以，当具备深沉的历史感的文人认识到自身的长生已成为虚妄的时候，那些可能永远流传的诗文，就成为承载他们精神寄托的最好载体。西方近代哲学的先驱者笛卡儿有句名言"我思故我在"，这其中既包含着对独立思想的倾心，也蕴含着人生于世的存在思考。但

---

① 苏轼：《答谢民师书》，《四部丛刊》本《经进东坡文集事略》。

② 永瑢等：《四库全书总目》，中华书局1965年版，第1271页下。

③ 陈寅恪：《元白诗笺证稿》第1章《长恨歌》，三联书店2001年版，第1页。

④ 顾炎武著，黄汝成集释：《日知录集释》卷19，上海古籍出版社1985年版，第1448页。

⑤ 哈罗德·布鲁姆认为，经典之所以为经典之原因，在于"陌生性(strangeness)"的存在，即是一种无法同化的原创性。《西方正典：伟大作家和不朽作品》，江宁康译，译林出版社2005年版，第2页。

是，作品“产生以后，便开始了它的社会化运动过程，它的命运决定于自身的价值、读者的选择和时间的考验。”①一种思想、一部文学作品要想传之久远，必须要经得起历史上无数读者那挑剔眼光地审视。读者在阅读作品时，他们各有喜好，具有相异性，但也能趋同；相异的结果，是多种风格的并存，趋同的结果，则造成了经典的形成。

世间之人也并非尽然相同，也有些不愿彰显之人。比如，唐代的高郢，曾做过九年的中书舍人，家中却没有留下一篇制册的草稿，有人问他：“前辈皆有制集，公独焚之，何也？”他回答道：“王言不可存于私室。”②高郢这种不愿将所草制状留存的情况，固然是由于他存在“王言不可存于私室”这样一种谨慎的秘书观念，但从众多中书舍人存留制书的行为来看，朝廷似乎并无这样的限制与规定，所以只能视为他本人不愿彰显的个性行为。类似的不愿彰显诗文的举动也仍有不少。另外有一些对诗文的隐匿行为，或者由于政治气候与文化环境的压制。

本书对唐代文人文学传播意识的本原、内涵及有关现象等进行了考证与诠释，但仍然还有许多未尽之处。比如在传播意识这个概念上，仍然停留在表象思维的阶段，并没能深入概念思维的境界，定义有些不太明确，尚须进一步的思考。如唐代文人的文学传播意识较之前代文人有何发展变化？对后世文人的文学传播意识有何启发与奠基？均未作比较。另外，对于唐代文人文学传播意识的特征虽然有直观感悟式的说明，但尚缺乏明晰的考证。这些时代纵向上的比较与传播意识特征的证明尚需充分的阅读与研究以后才能加以阐释与论证。

太史公司马迁曾说：“天下君王至于贤人众矣，当时则荣，没则已焉。孔子布衣，传十余世，学者宗之。”③司马迁之时，孔子之德行、文章已传十余世；司马迁之后，又二千余年，孔子的思想已经凝聚成中华文化的精髓，这个传世不朽的灵魂，还将随着人类的存在而继续存在，永远不会湮没。孔子“述而不作”，自然无所谓传播之意识，但他的门生弟子却注意了对其言论的收集，根本之原因还在于孔子言论内容本身所具有的启发性、真理性，与文采性。

---

① 参见周九常：《论名著的产生与传播》，原载于《图书与情报》1992年第2期。此处引自王新才、王友富《论文献的选择性传播》一文，《中国目录学：理论、传统与发展》，国家图书馆出版社2008年版，第32页。引文前后的部分论述，受后文启发，特此说明。

② 李肇：《唐国史补》卷中，《唐五代笔记小说大观》，上海古籍出版社2000年版，第175页。

③ 司马迁撰：《史记》卷47《孔子传》，中华书局1959年版，第1947页。

如果要问一位作家在文学史上的影响(文学史效果)与他的文学传播意识强度、作品数量(存世作品数)、作品质量(经典作品的数量)存在怎样的一种关系?我们不妨用一个代数公式来为以上三十余万言的论述作个总结:

$$E = cd^n$$

说明:E:文学史效果

c:传播意识的强度

d:作品的数量

n:作品的质量

概括来说,就是文人的文学史书写权重(文学史效果)与他的传播意识强度和作品的数量均成正比,其作品的质量(经典作品的数量)更以作品数幂次的形式表现,在作家文学史地位的评定中起着尤为重要的决定性作用。

Publish or Perish——在"不发表即灭亡"的西方论调下,传统中国文人"厚积薄发"的著述观念受到冲击。在一篇题为《质量与/或数量?论多发表学术文章的重要性》(*Quantity and/or Quality? The importance of Publishing Many Papers*)的研究文章中(PLOS ONE. 2016. 11. 21),作者通过抽样调查瑞典4.8万名研究人员及其发表文章的数据,提出"产出(即文章的数量)与影响(即被引用率)之间不仅有非常紧密的联系,而且还适用于高水平文章的产生,即发表的文章越多,其中的高水平文章就越多"①。当然,就传播而言,产生并流传的高质量作品越多,其影响越大。可是,我们也要注意到,大量内容重复的、方法单一的创作也会增加低质作品的数量,令庸俗、浮滑的作风大量呈现,从而影响到作家的声誉。

① 郭英剑:《是"不发表即灭亡"还是"厚积薄发"?》,《中国科学报》2017年1月4日。

主要参考文献

一、古代著作(按四部顺序排列)

《周易》，阮元校刻：《十三经注疏》本，中华书局1980年版。

《诗经》，阮元校刻：《十三经注疏》本，中华书局1980年版。

《尚书》，阮元校刻：《十三经注疏》本，中华书局1980年版。

《礼记》，阮元校刻：《十三经注疏》本，中华书局1980年版。

《春秋左传》，阮元校刻：《十三经注疏》本，中华书局1980年版。

陆德明撰：《经典释文》，中华书局1983年版。

朱熹集注：《四书章句集注》，中华书局1983年版。

方玉润撰：《诗经原始》，中华书局1986年版。

王念孙撰：《广雅疏证》，中华书局1983年版。

司马迁撰，裴骃、司马贞、张守节疏解：《史记》，中华书局1959年版。

班固撰，颜师古注：《汉书》，中华书局1962年版。

范晔撰，李贤等注：《后汉书》，中华书局1965年版。

陈寿撰，裴松之注，陈乃乾校点：《三国志》，中华书局1959年版。

房玄龄等撰：《晋书》，中华书局1974年版。

沈约撰：《宋书》，中华书局1974年版。

魏收撰：《魏书》，中华书局1974年版。

萧子显撰：《南齐书》，中华书局1972年版。

李百药撰：《北齐书》，中华书局1972年版。

姚思廉撰：《梁书》，中华书局1973年版。

姚思廉撰：《陈书》，中华书局1972年版。

魏征、令狐德棻撰：《隋书》，中华书局1973年版。

刘昫等撰：《旧唐书》，中华书局1975年版。

欧阳修、宋祁撰：《新唐书》，中华书局1975年版。

薛居正等撰：《旧五代史》，中华书局 1976 年版。

司马光编著、胡三省音注：《资治通鉴》，中华书局 1956 年版。

杜佑撰：《通典》，中华书局 1988 年版。

郑樵撰：《通志》，浙江古籍出版社 1988 年版。

马端临撰：《文献通考》，中华书局 1986 年版。

王溥撰：《唐会要》，中华书局 1955 年版。

徐松撰，赵守俨点校：《登科记考》，中华书局 1984 年版。

徐元诰撰，王树民、沈长云点校：《国语集解》，中华书局 2002 年版。

吴兢著：《贞观政要》，上海古籍出版社 1978 年版。

陶岳撰：《五代史补》，影印文渊阁《四库全书》本。

辛文房撰，傅璇琮等校注：《唐才子传校笺》(全五册)，中华书局 1987—1995 年版。

刘知几著，浦起龙通释：《史通通释》，上海古籍出版社 2009 年版。

王尧臣撰：《崇文总目》，《丛书集成初编》本，中华书局 2011 年版第 6 册。

晁公武撰，孙猛校证：《郡斋读书志校证》，上海古籍出版社 1990 年版。

陈振孙撰：《直斋书录解题》，上海古籍出版社 1987 年版。

永瑢等编：《四库全书总目》，中华书局 1965 年版。

章学诚著，叶瑛校注：《文史通义校注》，中华书局 1985 年版。

黎翔凤撰：《管子校注》，中华书局 2004 年版。

吴则虞集释：《晏子春秋集释》，中华书局 1962 年版。

孙诒让撰，孙启治点校：《墨子间诂》，中华书局 2001 年版。

尸佼著，汪继培辑：《尸子》，中华书局 1991 年版。

郭庆藩撰，王孝鱼点校：《庄子集释》，中华书局 1961 年版。

焦循撰，沈文倬点校：《孟子正义》，中华书局 1987 年版。

王先谦撰：《荀子集解》，中华书局 1988 年版。

王先慎撰：《韩非子集解》，中华书局 1998 年版。

刘文典撰，冯逸、乔华点校：《淮南鸿烈集解》，中华书局 1989 年版。

王充著，黄晖校释：《论衡校释》，中华书局 1990 年版。

刘义庆著，徐震堮校注：《世说新语校笺》，中华书局 1984 年版。

刘劭撰：《人物志》，文学古籍刊行社 1955 年版。

萧绎撰，许逸民校注：《金楼子校笺》，中华书局 2011 年版。

颜之推著，王利器校注：《颜氏家训集解》，中华书局 1993 年版。

张鷟撰，赵守俨点校：《朝野佥载》，中华书局 1979 年版。

刘肃撰，许德楠、李鼎霞点校：《大唐新语》，中华书局 1984 年版。

封演撰，赵贞信校注：《封氏闻见记校注》，中华书局 2005 年版。

崔令钦、孙棨、夏伯和撰：《教坊记　北里志　青楼集》，古典文学出版社 1957 年版。

崔令钦撰，任半塘笺订：《教坊记笺订》，中华书局 1972 年版。

高彦休撰：《唐阙史》，丁如明、李宗为、李学颖等校点：《唐五代笔记小说大观》，上海古籍出版社 2000 年版。

康骈撰：《剧谈录》，丁如明、李宗为、李学颖等校点：《唐五代笔记小说大观》，上海古籍出版社 2000 年版。

韦绚撰：《刘宾客嘉话录》，丁如明、李宗为、李学颖等校点：《唐五代笔记小说大观》，上海古籍出版社 2000 年版。

李肇撰：《唐国史补》，丁如明、李宗为、李学颖等校点：《唐五代笔记小说大观》，上海古籍出版社 2000 年版。

王仁裕撰，曾贻芬点校：《开元天宝遗事》，中华书局 2006 年版。

王谠撰，周勋初点校：《唐语林校证》，中华书局 1987 年版。

孙光宪撰，贾二强点校：《北梦琐言》，中华书局 2002 年版。

钱易撰，黄寿成点校：《南部新书》，中华书局 2002 年版。

洪迈撰，孔凡礼点校：《容斋随笔》，中华书局 2005 年版。

洪遵辑：《翰苑丛书》，《丛书集成初编》本，中华书局 2011 年版第 189 册。

文莹撰：《湘山野录・续录》，中华书局 1984 年版。

王定保撰：《唐摭言》，上海古籍出版社 1978 年版。

蔡正孙撰：《诗林广记》，中华书局 1982 年版。

叶梦得撰，宇文绍奕考异：《石林燕语》，中华书局 1984 年版。

沈括著，胡道静校证：《梦溪笔谈校证》，上海古籍出版社 1987 年版。

赵彦卫撰，傅根清点校：《云麓漫钞》，中华书局 1996 年版。

方勺撰：《泊宅编》，中华书局 1983 年版。

罗大经撰，王瑞来点校：《鹤林玉露》，中华书局 1983 年版。

曾慥编：《类说》，上海古籍出版社 1993 年版。

陈善著：《扪虱新话》，中华书局 1985 年版，丛书集成初编本。

顾炎武著，黄汝成集释：《日知录集释》，上海古籍出版社 1985 年版。

钱大昕撰：《十驾斋养新录》，上海书店 1983 年版。

赵翼著：《廿二史札记》，中华书局 1985 年版。

欧阳询等编纂：《艺文类聚》，上海古籍出版社 1982 年版。

徐坚等编纂：《初学记》，中华书局 1962 年版。

王钦若等编纂：《册府元龟》，凤凰出版社 2006 年版。

李昉等编：《太平广记》，中华书局 1961 年版。

葛洪撰，王明校释：《抱朴子内篇校释》，中华书局 1985 年版。

释慧皎著，汤用彤校注：《高僧传》，中华书局 1992 年版。

释道宣著：《续高僧传》，上海古籍出版社 1996 年版。

释赞宁著：《宋高僧传》，中华书局 1987 年版。

洪兴祖著：《楚辞补注》，中华书局 1983 年版。

杜甫撰，仇兆鳌注：《杜诗详注》，中华书局 1979 年版。

萧涤非，张忠纲等：《杜甫全集校注》，人民文学出版社 2014 年版。

杜甫著，谢思炜校注：《杜甫集校注》，上海古籍出版社 2015 年版。

韩愈著，马其昶校注：《韩昌黎文集校注》，上海古籍出版社 1987 年版。

柳宗元撰：《柳宗元集》，中华书局 1979 年版。

白居易撰，顾学颉点校：《白居易集》，中华书局 1979 年版。

萧统编，李善注：《文选》，上海古籍出版社 1986 年版。

徐陵编，吴兆宜注，程琰删补，穆克宏点校：《玉台新咏》，中华书局 1985 年版。

李昉等编：《文苑英华》，中华书局 1966 年版。

彭定求等编：《全唐诗》，中华书局 1960 年版。

董诰等编：《全唐文》，中华书局 1983 年版。

陈尚君辑校：《全唐文补编》，中华书局 2005 年版。

沈德潜编：《唐诗别裁集》，上海古籍出版社 1979 年版。

陆机著，张少康集释：《文赋集释》，人民文学出版社 2002 年版。

刘勰著，范文澜注：《文心雕龙注》，人民文学出版社 1958 年版。

杜甫、元好问撰，郭绍虞集解、笺释：《杜甫戏为六绝句集解　元好问论诗三十首小笺》，人民文学出版社 1978 年版。

[日]遍照金刚著，王利器校注：《文镜秘府论校注》，中国社会科学出版社 1983 年版。

孟棨撰：《本事诗》，丁福保辑：《历代诗话续编》，中华书局 2006 年版。

严羽著，郭绍虞校注：《沧浪诗话校释》，人民文学出版社 1983 年版。

计有功撰，王仲镛校笺：《唐诗纪事校笺》，巴蜀书社 1989 年版。

葛立方撰：《韵语阳秋》，何文焕辑：《历代诗话》，中华书局 1981 年版。

王世贞撰：《艺苑卮言》，丁福保辑：《历代诗话续编》，中华书局 2006 年版。

吴讷、徐师曾撰：《文章辨体序说　文体明辨序说》，人民文学出版社 1962 年版。

胡震亨著：《唐音癸签》，上海古籍出版社 1981 年版。

叶燮撰：《原诗》，丁福保辑：《清诗话》，上海古籍出版社 1978 年版。

赵翼撰：《瓯北诗话》，人民文学出版社 1963 年版。

袁枚著，顾学颉点校：《随园诗话》，人民文学出版社 1982 年版。

二、近现代著作（以下均按出版年月先后）

叶德辉著：《书林清话》，古籍出版社 1957 年版。

向达著：《唐代长安与西域文明》，三联书店 1957 年版。

刘师培著：《中国中古文学史》，人民文学出版社 1959 年版。

冯友兰著：《中国哲学史》，中华书局 1961 年版。

钱穆著：《中国学术思想史论丛》第 1、3 辑，台北东大图书有限公司 1977 年版。

程千帆著：《唐代进士行卷与文学》，上海古籍出版社 1980 年版。

龙榆生编：《唐宋名家词选》，上海古籍出版社 1980 年版。

万曼著：《唐集叙录》，中华书局 1980 年版。

吕思勉著：《吕思勉读史札记》，上海古籍出版社 1982 年版。

胡道静著：《中国古代的类书》，中华书局 1982 年版。

刘大杰著：《中国文学发展史》，上海古籍出版社 1982 年版。

汤用彤著：《隋唐佛教史稿》，中华书局 1982 年版。

朱金城著：《白居易年谱》，上海古籍出版社 1982 年版。

岑仲勉著：《郎官石柱题名新考订》（外三种），上海古籍出版社 1984 年版。

严耕望著:《唐代交通图考》,《中央研究院历史语言研究所专刊》之八十三,台湾“商务印书馆”1985 年版。

曹聚仁著:《中国学术思想史随笔》,三联书店 1986 年版。

傅璇琮著:《唐代科举与文学》,陕西人民出版社 1986 年版。

罗竹风主编:《汉语大词典》第 3 卷,汉语大词典出版社 1989 年版。

杜继文著:《佛教史》,中国社会科学出版社 1991 年版。

褚斌杰著:《中国古代文体概论》,北京大学出版社 1992 年版。

叶维廉撰:《中国诗学》,三联书店 1992 年版。

郭预衡著:《中国散文史》,上海古籍出版社 1993 年版。

尚永亮著:《元和五大诗人与贬谪文学考论》,台湾文津出版社 1993 年版。

戴伟华著:《唐方镇文职僚佐考》,天津古籍出版社 1994 年版。

陈伯海主编:《唐诗汇评》,浙江教育出版社 1995 年版。

柳诒征著:《中国文化史》,东方出版中心 1996 年版。

曹之著:《中国印刷术的起源》,武汉大学出版社 1996 年版。

陈寅恪撰:《唐代政治史述论稿》,上海古籍出版社 1997 年版。

李斌城、李锦绣、张泽咸、吴丽娱、冻国栋、黄正建著:《隋唐五代社会生活史》,中国社会科学出版社 1998 年版。

傅璇琮主编:《唐五代文学编年史》,辽海出版社 1998 年版。

陈文忠撰:《中国古典诗歌接受史研究》,安徽大学出版社 1998 年版。

袁行霈主编:《中国文学史》第 2 卷,高等教育出版社 1999 年版。

尚永亮著:《庄骚传播接受史综论》,文化艺术出版社 2000 年版。

梁启超著:《佛学研究十八篇》,上海古籍出版社 2001 年版。

陈寅恪著:《陈寅恪集》,三联书店 2001 年版。

郭绍虞主编:《中国历代文论选》,上海古籍出版社 2001 年版。

陶敏、李一飞著:《隋唐五代文学史料学》,中华书局 2001 年版。

章太炎著:《国故论衡》,上海古籍出版社 2003 年版。

[日]岛田翰著:《汉籍善本考》,北京图书馆出版社 2003 年影印版。

罗宗强撰:《隋唐五代文学思想史》,中华书局 2003 年版。

尚永亮撰:《柳宗元诗文选评》,上海古籍出版社 2003 年版。

李德辉撰:《唐代交通与文学》,湖南人民出版社 2003 年版。

黄侃著:《文心雕龙札记》,中国人民大学出版社 2004 年版。

余英时著:《中国知识人之史的考察》,广西师范大学出版社 2004

年版。

钱存训著、郑如斯编订：《中国纸和印刷文化史》，广西师范大学出版社 2004 年版。

龚鹏程著：《中国文人阶层史论》，兰州大学出版社 2004 年版。

尚永亮著：《贬谪文化与贬谪文学》，兰州大学出版社 2004 年版。

刘真伦著：《韩愈集宋元传本研究》，中国社会科学出版社 2004 年版。

刘洪生编：《唐代题壁诗》，中国社会科学出版社 2004 年版。

傅璇琮著：《唐翰林学士传论》，辽海出版社 2005 年版。

李中华著：《中国古代文学风貌与文学精神》，湖北人民出版社 2005 年版。

熊礼汇著：《中国古代散文艺术史论》，湖北人民出版社 2005 年版。

尚永亮著：《唐代诗歌的多元观照》，湖北人民出版社 2005 年版。

王兆鹏主编：《传播与接受论丛》第一辑，中华书局 2006 年版。

孟二冬著：《中唐诗歌之开拓与新变》，北京大学出版社 2006 年版。

刘加夫、熊礼汇、闵泽平、霍有明等主编：《中国文学编年史·隋唐五代卷》，湖南人民出版社 2006 年版。

于翠玲著：《传统媒介与典籍文化》，中国传媒大学出版社 2006 年版。

刘永济著：《文心雕龙校释》，中华书局 2007 年版。

王新才著：《中国目录学：理论、传统与发展》，国家图书馆出版社 2008 年版。

龚鹏程著：《文化符号学：中国社会的肌理与文化法则》，世纪出版集团、上海人民出版社 2009 年版。

陈弱水著：《唐代文士与中国思想的转型》，广西师范大学出版社 2009 年版。

张国良主编：《传播学原理》，复旦大学出版社 2012 年版。

吴淑玲著：《唐诗传播与唐诗发展之关系》，中华书局 2013 年版。

陈伯海、朱易安编撰：《唐诗书目总录》，上海古籍出版社 2015 年版。

陈伯海、李定广编著：《唐诗总集纂要》，上海古籍出版社 2016 年版。

三、国外译著

[德]黑格尔(Hegel)著，贺麟、王玖兴译：《精神现象学》，商务印书馆1979年版。

[德]黑格尔(Hegel)著，贺麟译：《小逻辑》，商务印书馆1980年版。

[瑞士]皮亚杰(Jean Piaget)著，王宪钿等译：《发生认识论原理》，商务印书馆1981年版。

[英]培根(Francis Bacon)著，许宝骙译：《新工具》，商务印书馆1984年版。

[奥]弗洛伊德(Sigmund Freud)著，高觉敷译：《精神分析引论》，商务印书馆1984年版。

[美]威尔伯·施拉姆(Wilbur Schramm)、威廉·波特(William E. Porter)著，陈亮、周立方、李启译：《传播学概论》，新华出版社1984年版。

[法]萨特(Jean Paul Sartre)著，陈宣良等译：《存在与虚无》，三联书店1987年版。

[法]罗贝尔·埃斯卡皮(Robert Escarpit)著，于沛选编：《文学社会学——罗·埃斯卡皮文论选》，浙江人民出版社1987年版。

[法]罗贝尔·埃斯卡皮(Robert Escarpit)著，符锦勇译：《文学社会学》，上海译文出版社1988年版。

[日]铃木虎雄(Suzuki Torao)著，许总译：《中国诗论史》，广西人民出版社1989年版。

[英]崔瑞德编、中国社会科学院历史研究所与西方汉学研究课题组译：《剑桥中国隋唐史》，中国社会科学出版社1990年版。

[美]米德(George Herbert Mead)著，赵月瑟译：《心灵、自我与社会》，上海译文出版社1992年版。

[德]胡塞尔(Edmund Husserl)著，李幼蒸译：《纯粹现象学通论》，中国人民大学出版社2004年版。

[美]哈罗德·布鲁姆(Harold Bloom)著，江宁康译：《西方正典：伟大作家和不朽作品》，译林出版社2005年版。

[美]罗杰斯(Rogers, E. M.)著，殷晓蓉译：《传播学史——一种传记式的方法》，上海译文出版社2005年版。

[法]皮埃尔—马克·德比亚齐(Pierre Marc de BIASI)著，汪秀华译：《文本发生学》(*La Génétique du texte*)，天津人民出版社2005年版。

[德]海德格尔(Martin Heidegger)著，陈嘉映、王庆节合译：《存在与时间》，三联书店 2006 年版。

[德]恩斯特·卡西尔(Ernst Cassirer)著，甘阳译：《人论》，上海译文出版社 2006 年版。

[美]威尔伯·施拉姆(Wilbur Schramm)、威廉·波特(William E. Porter)著：《传播学概论(第 2 版)》(*Men, Women, Messages, and Media: Understanding Human Communication, 2nd ed., New York*, 1982)，北京大学出版社 2007 年影印英文版。

四、研究论文

卞孝萱撰：《刘禹锡与韩愈》，《四川师院学院》1983 年第 1 期。

范之麟撰：《唐代诗歌的流传》，《唐代文学论丛》总第 5、6 辑，陕西人民出版社 1984 年版。

王兆鹏撰：《宋文学书面传播方式初探》，《文学评论》1993 年第 2 期。

方汉奇撰：《中国近代传播思想的衍变》，《新闻与传播研究》1994 年第 1 期。

吴建华撰：《科举制度下进士的社会结构和社会流动》，《苏州大学学报》1994 年第 1 期。

吴承学撰：《论题壁诗——兼及相关的诗歌制作与传播形式》，《文学遗产》1994 年第 4 期。

汪世荣撰：《中国古代判词研究》，《法律科学》1995 年第 3 期。

王兆鹏撰：《传播与接受：文学史研究的另两个维度》，《江海学刊》1998 年第 3 期。

吴承学撰：《唐代判文文体及源流研究》，《文学遗产》1999 年第 6 期。

施丁撰：《刘知几“实录”论》，《史学理论研究》2003 年第 4 期。

尚永亮、张娟撰：《唐知名诗人之层级分布与代群发展的定量分析》，《文学遗产》2003 年第 6 期。

马承五撰：《唐代诗文的编集与传播》，《中州学刊》2004 年第 2 期。

李小成撰：《投壶考》，《江汉论坛》2005 年第 4 期。

王兆鹏撰：《中国古代文学传播研究的六个层面》，《江汉论坛》2006 年第 5 期。

王兆鹏、孙凯云撰：《寻找经典——唐诗百首名篇的定量分析》，《文学遗产》2008 年第 2 期。

刘兴超撰：《论唐代厅壁记》，《四川大学学报》2008 年第 3 期。

郑华珍、刘蓉撰：《论白居易的自觉传播意识》，《湖南社会科学》2008 年第 5 期。

薛泉撰：《李东阳的文学传播意识》，《武汉大学学报》2008 年第 5 期。

王凤玲撰：《唐代书信研究》，武汉大学 2009 年博士论文。

重要人名索引

B

C

D

F

G

H

J

K

L

M

W

X

Y

Z

后　　记

北冥深广，鲲翼垂天。云抟九万，水击三千。

这是武大鲲鹏广场上镌刻于鲲鹏雕像底座上的几句话，其意取自《庄子·逍遥游》。回想十年前，我从明珠园后的宿舍楼到校本部的图书馆去，每次都要经过这里，一瞥眼就可以看到这十六个精美的隶书文字。凝视下半身还是鱼身、上半截却已双翼高举的鲲鹏合塑雕像，联想着这些文字所表现出来的磅礴意境，自己仿佛总能感受到鲲化为鹏时，那种云水激荡、自强不息的沉重与力量，它所象征的寻求超越、渴望翱翔的内在底蕴时时激励着我，使我不敢有丝毫地松懈。

此篇书稿，以我的博士论文为基础，从构思到付梓成书，将近十载，虽然仍有许多未尽之处，但毕竟是一段对我来说非常重要的学术经历的结晶，故也敝帚自珍。

感谢恩师王兆鹏先生，以文学传播作为研究领域，系老师直接影响的结果。王老师关于文献考据方法的传授，对我文章的修改以及珞珈山麓、潜山之巅、凤凰湖畔的谆谆教诲，都令我受益终身。

感谢恩师尚永亮先生。尚老师关于诗学理论的课程，注重启发人的思考，成为我日后写学术文章又一重要的方法。在博士论文答辩前夕，由于王老师出国，尚老师承担了我的论文定稿与论文答辩工作；此次又在书稿出版前，为我撰写了序言，恩泽良多。

感谢我的硕士导师余传棚先生，是先生当年不嫌弟子资质愚钝，收下了我。先生关于诗歌、人生的谈论，一直引导着我砥砺前行。

感谢曾为我传道解惑的诸位先生，如授受专业的李中华老师、熊礼汇老师、陈文新老师、陈顺智老师、程水金老师，还有古籍所的骆瑞鹤老师、万献初老师、罗积勇老师和讲授专业英语涂险峰老师、张箭飞老师等。我从诸位先生那里所学习到的，不仅是他们所传授的知识，更重要的还有每位先生都具有的严谨扎实的治学态度。

感谢论文校外评审、答辩委员会及国家社科基金评委老师们提出的中肯意见，使得书稿质量大为提升。

感谢武汉大学出版社的胡程立女士，没有她的热忱点拨，此书也不会申报国家社会科学基金，出版也不会如此顺利。同时，也要感谢武大出版社核校书稿的编辑老师。如此冗长的书稿，他们却认真地核对了每一条引文与每一个标点符号，令人感佩！

感谢荆楚理工学院各位同仁的关怀与支持。感谢学生江晴丽、姜蒙、李虎为本书编排索引。

感谢我的家人尤其是相濡以沫的妻子孔亚平，没有亲人的支持，我不可能安静地读书、学习和心无旁骛地进行论文的撰写。家中的孩子，从我读研究生之初的呀呀学语，到写博士论文时的总丱学童，再到现在的风华少年，也见证了我论文成书的过程。今年上半年，我的祖母、岳父先后谢世，谨以此书献上心香一瓣。

本书的初稿即博士论文完成时，正值武大樱花盛开，而如今在这个朔风初起的冬夜，我再读自己的文稿，不禁回想起当年那一片片曾经映照过我的樱花花瓣，它将永久沉淀在我的记忆里，化作来年的期待，循环不已。

黄俊杰

丁酉初冬于荆门西山